오만과 편견

Pride and
Prejudice

오만과 편견

초판 1쇄 발행 2006년 3월 24일
개정판 1쇄 발행 2021년 10월 15일

지은이 제인 오스틴
옮긴이 박찬영
윤문 김형주
그린이 김유신
편집 정예림, 김유은
디자인 박민정
펴낸이 박찬영
마케팅 조병훈, 박민규, 최진주
발행처 리베르
주소 서울특별시 성동구 왕십리로 58 서울숲포휴 11층
등록번호 제2013-000017호
전화 02-790-0587, 0588
팩스 02-790-0589
e-mail skyblue7410@hanmail.net
ISBN 978-89-6582-316-2, 978-89-6582-315-5(세트)

제인 오스틴 지음 | 박찬영 옮김
김형주 윤문 | 김유신 그림

리베르

차
례

새로운 번역에 부쳐

'오만과 편견'은 100년 넘게 영국인은 물론 전세계인의 사랑을 받아온 작품이다. 한국에서만 30여 번역 작품이 독자에게 선을 보이기도 했다. 하지만 번역물의 대다수는 옛 어투나 번역투의 문장 때문에 정상적인 독서를 할 수 없을 정도다. 이는 번역물이 독자로부터 외면을 받는 이유이기도 하다. 번역투의 문장은 언어와 문화의 차이를 무시한 직역에서 비롯되는 경우가 많다. 시대에 따라 언어는 바뀐다. 따라서 번역도 시대에 맞게 다시 옷을 입힐 필요가 있다. '리베르'가 오만과 편견을 그 작업의 첫 대상으로 삼았다. '오만과 편견'은 많은 번역이 시도된 만큼 오역과 부자연스런 문장이 많았음을 지적하지 않을 수 없다. 학생 번역물에 교수의 이름을 빌리는 과거의 관행 탓도 무시할 수 없을 것이다. 전공 교수조차 글쓰기의 전문가가 아닌 탓에 좋은 문장을 기대하기는 힘들다. 그래서인지 국내 최고 권위의 영문학자들이 번역한 번역물조차 부자연스러운 문장투성이다. 부자연스런 문장은 독서를 결정적으로 방해한다는 점에서 오역과 다르지 않다. 번역이 가장 잘됐다는 평가를 받는 다른 간행물의 오류들을 몇 가지 예로 들어본다. 문제는 이러한 오류들이 몇몇 부분에 그치지 않고 작품 전체를 메우고 있다는 것이다. 우선 너무나 유명한 '오만과 편견'의 첫 부분부터 검토해본다.

상식에 어긋난 경우

▶ **기존 번역**

재산깨나 있는 독신 남자에게 아내가 꼭 필요하다는 것은 누구나 인정하는 진리다(It is a truth universally acknowledged, that a single man in possession of a good fortune, must be in want of a wife). 이런 남자가

6

이웃이 되면 그 사람의 감정이나 생각을 거의 모른다고 해도 이 진리가 동네 사람들의 마음 속에 너무나 확고하게 자리 잡고 있어서 그를 자기네 딸들 가운데 하나가 차지해야 할 재산으로 여기게 마련이다.

'재산깨나 있는 독신 남자에게 아내가 꼭 필요하다' 는 표현은 상식적으로 생각해도 결코 누구나 인정하는 진리가 아니다. 이 표현은 '재산깨나 있는 독신 남자는 (일반적으로) 아내를 필요로 할 것이다' 라고 해야 옳다. 엄격히 말해 첫 문장부터 오역인 셈이다. '딸들 가운데 하나' 는 영어(one of their daughters)를 그대로 번역한 것이다. 우리말에는 이러한 표현이 없다. 또 사람을 재산이라고 하는 것도 부자연스럽다. '자신의 딸 가운데 누군가가 그 남성을 차지하게 되리라고 생각할 것이다.' 정도의 번역이 무난하다.

▶ **리베르 번역**
재산깨나 있는 미혼 남성이 아내를 맞고 싶어 할 것이라는 사실은 누구나 인정하는 진리다. 만약 이런 남자가 이웃으로 이사를 온다면, 당사자의 기분이나 생각은 아랑곳하지 않고 주위 사람들은 제멋대로 이런 진리를 신념처럼 확고하게 여겨 자신의 딸 가운데 누군가가 그 남성을 차지하게 되리라고 생각할 것이다.

인과 관계가 분명하지 않은 경우

▶ **기존 번역**
루커스 부인은 착한 편이었고 별로 영리하지 못해서 베넷 부인에게는 소중한 이웃이었다. 그들에게는 자식이 여럿 있었다. 맏이는 분별 있고 똑똑한 스물일곱의 처녀로 엘리자베스하고는 막역한 사이였다.

'영리하지 못해서 소중한 이웃이다?' 도무지 인과관계가 성립되지 않는다. '그들'은 누구인가. 또 '맏이'는 어느 집 맏이인가. 막역한 사이는 누구와의 사이인가. '막역하다'는 표현은 남자 사이에 관용적으로 자주 쓰이는 표현이므로 여자들 사이에는 잘 쓰지 않는다. 어렵게 번역된 문장은 번역문학의 독서를 기피하게 하는 원인이 된다.

▶ 리베르 번역
루커스 부인은 약삭빠르지 않고 착한 심성을 지녔기에 베넷 부인과 친한 이웃이 될 수 있었다. 루커스 경 부부의 자녀들은 베넷 집안의 자매들과 친했는데, 특히 총명하고 사려 깊은 맏딸은 스물일곱 정도로 엘리자베스와 무척 가까웠다.

무슨 말인지 알기 힘든 경우

▶ 기존 번역
롱본의 숙녀들은 곧 네더필드의 숙녀들을 방문했다. 베넷 양의 붙임성 있고 예절 바른 몸가짐을 대하고 허스트 부인과 빙리 양은 그녀에게 더욱 호의를 가지게 되었다. 어머니는 참을 수 없었고 동생들은 말을 건넬 가치도 없다고 생각했지만, 위로 두 언니들에게는 더 친하게 지내고 싶다는 희망을 표했다.

어머니가 무엇을 참을 수 없었단 말인지 도무지 알 수 없다. 남의 집을 방문한 사람들이 '말을 건넬 가치가 없다'는 것은 또 무슨 말인가. 또 누가 두 언니와 친하게 지내고 싶다는 말인가. 말도 꼬이고 표현도 헷갈리는 경우다. 주술 관계를 분명히 해줄 필요가 있는 부분이다.

롱본의 여인들은 네더필드의 여인들을 방문했다. 베넷 양의 정감 넘치는 태도는 허스트 부인과 빙리 양이 호감을 갖도록 하기에 충분했다. 그들은 베넷 부인을 참을 수 없는 사람으로, 동생들은 말을 건넬 가치도 없는 사람으로 보았지만, 장녀와 차녀인 제인과 엘리자베스에게는 더 친하게 지내고 싶다는 희망을 표시했다.

새로운 리베르판 '오만과 편견'은 다음과 같은 점에 유의해 번역을 시도했다.

1. 가능한 원본에 충실하되, 우리와 문화가 다른 부분은 우리의 감각에 맞게 과감하고 자연스럽게 옮기는 데 초점을 맞추었다.
2. 문화적 차이까지 번역하기 위해 때로는 부언하고 때로는 삭제하는 기술적 번역도 시도했다.
3. 무엇보다도 우리 소설처럼 술술 읽히는 번역이 되도록 했다. 이를 위해 역자와 소설가가 이중 크로스 체크하는 시스템을 번역 사상 처음으로 채택했다.

외면당하는 번역 소설에서 읽히는 번역 소설로 바꾸기 위해 가능한 충실하고 자연스런 번역을 시도했지만 양이 방대해 놓치고 가는 부분이 없지 않으리라 본다. 조금이라도 문제점이 있는 부분은 추후 보완할 것을 기약한다. 리베르가 외국 소설을 마치 우리 소설처럼 읽힐 수 있도록 새로운 번역 문화를 만드는 데 앞장 설 것이다.

편집자 씀

작가와 작품 세계

제인 오스틴(Jane Austen)

제인 오스틴은 1775년 영국의 햄프셔 주에서 유복한 목사의 딸로 태어났다.
정규교육은 거의 받지 않은 채 가정교육을 받은 그녀는 어려서부터 습작을
했다. 15세 때부터 단편을 썼고 21세 때는 장편소설을 쓰기 시작했다. 1796
년에 쓴 서간체 소설 '첫인상'은 출판사에서 출판을 거절당했는데, 이 소설
은 후에 '오만과 편견'으로 다시 제목이 바뀌어 출판되었다.

1805년 아버지가 사망하자 경제적으로 어려워진 그녀는 어머니와 함께
사우스 햄튼으로 이사하였고, 1809년 다시 초턴으로 이사하여 거의 생애가
끝날 때까지 그곳에서 살았다. 그녀는 결혼을 하지 않고 일생을 독신으로
지냈다. 그동안 '센스 앤 센서빌리티(Sense and Sensibility: 1811)', '오만
과 편견(Pride and Prejudice: 1813)', '맨스필드 파크(Mansfield Park:
1814)', '엠마(Emma: 1815)' 등을 발표했다. 1817년 건강이 급속히 악화된
그녀는 주치의와 가까운 윈체스터로 이사했으나, 42세를 일기로 그곳에서
세상을 떠났다. '노댕거 수녀원(Northanger Abbey)' 및 '설득(Persuasion)'
은 사후인 1818년에 출판됐다. 그녀의 작품 중 '센스 앤 센서빌리티'와 '엠
마' 등은 영화화되어 좋은 반응을 얻기도 했다.

제인 오스틴의 작품은 18세기 후반의 중류 계급에서 일어나는 일상적인
사건 가운데 남녀의 결혼을 둘러 싼 문제를 극적이고 사실적으로 묘사했다
는 평을 받고 있다. 제인 오스틴은 특히 인물에 대한 섬세한 관찰과 성격 묘
사가 뛰어나며, 재기 넘치는 대화로 읽는 재미를 더한다. 그녀는 자신의 소
설 쓰기를 '섬세한 붓으로 2인치의 상아에 작업하는 일'이라고 규정했는데,
이처럼 창작의 소재를 한정시킨 것은 결혼 풍속도가 정치나 경제 못지않게
중요한 주제라는 것을 의식적으로 드러낸 것이라고 볼 수 있다.

작가 연보

1775년   영국 햄프셔주 스티븐턴에서 교구목사의 딸로 태어남.

1796년   '첫 인상' 집필. 나중에 '오만과 편견'으로 개제(改題)하여
           발표.

1797년   '첫 인상'을 집필했으나 출판사로부터 거절당했고, '분별과 감
           수성'을 집필.

1798년   '노댕거 사원' 집필.

1801년   스티븐턴을 떠나 바아스로 이사.

1803년   '노댕거 사원'을 '수잔'이라는 이름으로 런던의 크로스비에
           팔다.

1805년   아버지 조지 오스틴 사망.

1806년   사우샘프튼으로 이사.

1809년   '수잔'의 판권을 되사다. 초튼으로 이사.

1811년   '센스 앤 센서빌리티' 출판.

1813년   '오만과 편견' 출판.

1814년   '엠마' 출판.

1816년   '설복' 완성.

1817년   '샌디튼' 집필. 윈체스터로 이사. 사망.

구성과 줄거리

발단

다섯 딸을 둔 베넷 가는 재력가인 독신남 빙리가 이웃에 오게되자 눈독을 들임

'재력도 있고, 미혼인 남성이 훌륭한 여인을 아내로 맞고 싶어 할 것이라는 사실은 누구나 인정하는 진리일 것이다.' 이 진리에 가장 민감한 사람은 베넷 부인이었다. 롱본이라는 시골에 사는 베넷 씨 부부에게는 다섯 명의 딸이 있다. 베넷 씨는 이따금 농담을 섞어가며 곧잘 비꼬는 성격이지만 바탕은 온화한 사람이다.

맏딸 제인과 둘째딸 엘리자베스가 결혼 적령기가 되었기 때문에 어머니는 항상 딸들의 혼인만을 생각한다. 마침 근처에 있는 네더필드라는 저택에 독신 청년 빙리가 들어오게 된다. 빙리의 연수입이 4천, 5천 파운드라는 이야기를 듣게 된 베넷 가는 그에게 눈독을 들이게 된다.

전개

제인은 빙리와 사랑하게 되고 빙리의 친구 다아시는 엘리자베스에게 사랑을 느끼게 됨

빙리 씨를 환영하는 무도회가 이 마을에서 열리자 마을 처녀들이 총출동하고 빙리는 런던에서 일행을 데리고 참석한다. 그의 일행은 두 누이 동생, 손위 매부인 허스트 씨, 그리고 빙리의 친구 다아시 등 모두 다섯 명이다. 빙리는 의젓하고 인상이 좋은 청년이며, 그의 누이동생도 미인이다.

매부인 허스트 씨는 평범한 신사로서 마을 여자들의 화제에도 오르지 않지만 다아시에게는 사람들의 시선이 쏠린다. 다아시는 키 큰 미남일 뿐 아니라 일 년 수입이 1만 파운드나 되지만, 곧 그가 거만하고 주위의 사람들을 무시하는 것 같다는 소문이 나돈다. 특히 베넷 부인과 둘째딸 엘리자베스는 그의 거만한 태도에 거부감을 드러낸다.

제인은 빙리의 눈에 띄어서 여러 번 함께 춤을 춘다. 무도회가 끝나고 얼마 안 되어 네더필드에서 제인에게 놀러 오라는 초대장이 오자 본인보다도 베넷 부인이 더 기뻐한다. 그리고 제인이 네더필드로 간 뒤 비가 와서 하룻밤이라도 더 묵게 되기를 바란다.

실제로 제인이 비를 맞아 감기가 들었다는 소식이 오자 엘리자베스는 걱정이 되어 빙리의 저택을 찾아간다. 그 집 사람들은 엘리자베스의 대담함에 오히려 냉소를 보인다. 거만한 다아시는 엘리자베스의 언행에 놀라기도 하지만 은밀한 사랑의 감정을 느끼기도 한다. 빙리의 누이동생 캐럴라인은 다아시에게 호감을 갖고 있어 두 남자가 베넷 가의 딸들과 가까이하는 것을 싫어한다. 그러나 다아시는 캐럴라인에 대해 언제나 냉정한 태도를 취한다. 재력가인 다아시는 엘리자베스나 제인에게는 호감을 갖고 있었지만 그들 부모의 속물 근성은 싫어한다.

위기
젊은 목사 콜린스의 청혼을 거절한 엘리자베스는 거짓말쟁이 위컴에게 호감을 가짐

먼 친척 되는 콜린스라는 젊은 목사가 케서린 부인의 알선으로 롱본에 오게 된다. 그는 아들이 없는 베넷 가의 재산을 상속하게 되어 있다. 경박한 성격의 콜린스는 큰 선심이나 쓰는 것처럼 이 집 딸 중의 한 명과 결혼해 주겠다고 제안한다. 베넷 부인은 그 제의에 맞장구를 치고 엘리자베스를 설득시키려고 한다. 콜린스는 엘리자베스와 단 둘이 있게 되자 용감하게 청혼하지만, 엘리자베스는 단호히 거절한다. 콜린스는 자신의 생각대로 되지 않자 엘리자베스의 친구인 샬롯 루커스와 결혼해 버린다.

한편 엘리자베스의 동생 리디아와 키티는 근처에 주둔하고 있는 군인들과 교제하고 있었는데, 그 군인 중에는 위컴이라는 청년이 있었다. 위컴은 엘리자베스에게 '자신이 다아시와 가까우며 다아시의 냉대로 불행하게 됐다'고 거짓말을 한다. 원래 의협심이 강한 엘리자베스는 다아시를 더욱 미워하게 되고 위컴을 동정하게 된다.

절정
엘리자베스는 다아시로부터 청혼을 받지만 '오만' 하다는 '편견' 때문에 거절함

콜린스의 아내가 된 샬롯으로부터 집들이 초청을 받게 된 엘리자베스는 그다지 마음이 내키지는 않았으나 그들을 방문한다. 그곳에서 캐서린 부인을 만나게 되고 자신의 딸을 조카인 다아시의 아내로 만들려는 계획도 알게 된다. 엘리자베스는 그런 연유로 이곳을 방문하게 된 다아시를 어느 날 우연히 만나게 된다. 제인에게서 '빙리를 만나지 못해 쓸쓸하다' 는 심경을 적은 편지가 오게 되자 두 사람을 떼어 놓은 다아시를 더욱 미워한다. 그러나 의외로 다아시는 엘리자베스에게 청혼을 한다. 다아시로서는 자신의 자존심이 꺾이는 것은 억울하지만 사랑은 또 다른 문제라고 생각한 것이다. 다아시는 엘리자베스가 당연히 자신의 청혼을 받아들일 것으로 생각했지만 엘리자베스는 그의 오만한 태도를 지적하며 통쾌하게 청혼을 거절한다. 또한 신분 차이를 내세우며 제인으로부터 빙리를 떼어놓은 것과 위컴을 냉대한 것에 대해 비난한다.

결말
오해를 풀게 된 엘리자베스는 다아시와 결혼하게 되고, 제인도 빙리와 결혼하게 됨

위컴은 엘리자베스의 동생 리디아와 도망을 친다. 다아시는 위컴의 모든 비행을 편지로 자세히 설명하고 오해를 풀어준다. 뿐만 아니라 리디아와 위컴이 도망친 것까지 알게 되자 그들을 찾아가서 모든 뒷처리를 해준다. 거만한 태도를 지닌 다아시도 참된 사랑에 굴복하여 엘리자베스에게 열성을 다한 것이다. 오만한 태도를 반성하게 된 다아시와 편견에서 벗어나게 된 엘리자베스는 사랑의 결실을 맺게 된다. 제인도 다아시의 주선으로 빙리와 결혼하게 된다.

주요 등장인물

베넷 씨 : 부인을 무시하고, 딸들도 제인과 엘리자베스를 제외하고는 모두
　　　　모자란다고 생각한다. 다섯 명의 딸들 중 가장 영리한 엘리자베스
　　　　를 제일 좋아한다.

베넷 부인 : 딸들을 부잣집에 시집보내는 것을 최종 목표로 삼고 있다. 늘
　　　　신경이 약하다고 투덜대며 품위가 없는 편이다. 좋아하는 딸은
　　　　제인과 리디아.

제인 : 베넷 부부의 첫째 딸. 가장 아름다운 외모를 지니고 있다. 항상 모든
　　　것을 좋게만 생각하는 낙천적인 성격 때문에 손해를 볼 때도 많다.
　　　엘리자베스와는 친구처럼 고민을 함께 나눌 정도로 친하다. 빙리 씨
　　　와 사랑에 빠지지만 착한 성품 때문에 위기에 빠지기도 한다.

엘리자베스 : 베넷 부부의 둘째 딸. 이 소설의 주인공으로 제인 다음으로 아
　　　　름답다. 쾌활하고 영리하며 논리적으로 말하는 것을 좋아한
　　　　다. 남의 눈을 의식하지 않고 행동하는 편이어서 가끔 버릇없
　　　　다는 말을 듣기도 한다. 처음에는 다아시에게 오만하다는 편
　　　　견을 가져 잘 생긴 군인인 위컴에게 호감을 갖지만, 결국 인정
　　　　많은 다아시와 사랑에 빠진다.

메리 : 베넷 부부의 셋째 딸. 가장 못생겼고 공부만 열심히 하는 책벌레. 사
　　　교 모임에는 별로 관심이 없다. 책에서 읽은 멋진 말들을 어떻게 해
　　　서든지 일상 생활에 적용시키고 싶어한다.

키티 : 베넷 부부의 넷째 딸. 리디아가 하는 행동을 그대로 따라하는 편. 신경질적이지만 리디아보다는 철이 들어서 그녀만큼 부모님의 속을 썩이지는 않는다.

리디아 : 베넷 부부의 다섯째 딸. 항상 사교 모임과 남자 생각에 빠져있다. 아직 어려서 언니들처럼 활발한 사교 활동을 못하는 것이 유일한 불만이다. 위컴과 사랑의 도피 행각을 벌이는 바람에 다섯 자매 중 가장 먼저 결혼하게 된다.

빙리 : 미혼의 갑부 청년으로 상냥하고 사교적이어서 주변 사람들과 쉽게 친해진다. 가장 친한 친구인 다아시의 말을 잘 듣는 우유부단한 면도 있다. 제인과 사랑에 빠진다.

다아시 : 처음 만난 사람과는 이야기를 잘 못해서 오만하다는 평을 듣지만, 사실은 인정이 많고 친절한 부잣집 도련님이다. 엘리자베스에게 자신 있게 청혼하지만 보기 좋게 거절당한다. 그 후로 자신의 태도에 문제점이 있다는 것을 반성하게 되고, 결국 엘리자베스와 결혼하게 된다.

위컴 : 네더필드 근처 군부대의 군인. 방탕스러운 생활로 항상 돈이 부족한 그는 돈 많은 집안의 딸과 결혼하기 위해 노력한다. 다아시 가의 집사 아들로 다아시와는 친구 사이다. 엘리자베스에게 다아시에 대한 거짓말을 해서 그녀로부터 동정심을 유발한다.

생각해 볼 문제

1. 베넷 가의 다섯 딸 가운데 첫째와 둘째인 제인과 엘리자베스는 서로 대조적인 모습을 보인다. '오만과 편견'은 재산은 없어도 뛰어난 미덕을 지닌 두 여주인공이 신분과 조건을 뛰어넘어 결혼에 성공하는 '신데렐라적인 플롯'을 지니고 있다. 두 사람의 성격을 대비해 보고, 그들의 성격이 결혼에 미치는 영향에 대해 생각해 보자.

전형적인 미인형에 몸가짐도 조심스러운 제인을 정적인 미인이라고 한다면, 엘리자베스는 재기발랄한 언행에 검은 눈동자가 인상적인 동적인 미인이라고 할 수 있다. 온화함과 활발함, 단순함과 복잡함이 제인과 엘리자베스의 대조적인 성격이라고 할 수 있다. 두 자매의 성격은 각자가 선택하는 결혼 상대는 물론 결혼 과정까지도 대비되게 만든다. 제인과 빙리의 사랑은 잠시 중단되기도 했지만 두 사람은 평탄하게 결혼에 이른다. 반면에 '오만'과 '편견'을 대변하는 다아시와 엘리자베스는 우여곡절 끝에 사랑의 결실을 맺는다. 제인의 결혼을 직감에 의한 행복한 결합이라고 한다면 엘리자베스의 결혼은 우회적인 노력의 결실이라고 볼 수 있다.

2. 엘리자베스가 다아시의 청혼을 거절하게 되는 이유는 무엇이며, 다시 호감을 가지게 되는 계기는 무엇인가.

엘리자베스는 신분을 내세우는 무뚝뚝한 성격의 다아시가 '오만' 하다는 '편견'을 가지고 그의 청혼을 거절한다. 그러나 그녀는 경박하고 낯이 두꺼운 콜린스와 친절하지만 성실하지 못한 위컴과 만나면서 결코 첫인상이 중요하지 않다는 사실을 깨닫게 된다. 엘리자베스는 리디아와 위컴이 도망친 것을 알게 된 다아시가 두 사람을 찾아내 뒤처리를 해준 것을 알게 된 이후 다아시가 인정 많고 사려 깊은 인물이라는 사실을 깨닫게 되면서 점차 그에 대한 '편견' 에서 벗어나고 호감을 가지게 된다.

18

3. '오만과 편견'을 통해 당시의 사회상을 살펴보자.

이 작품은 귀족과 시민 계급의 결혼을 통해 귀족 중심의 봉건 질서에서 시민 중심의 근대 질서로 사회와 가치관이 변화하는 모습을 담고 있다. 이는 영국 특유의 상속 제도에 대한 반발 의식을 반영하고 있기도 하다. 유럽 대륙에서는 귀족 자녀들이 대체로 동등한 권한을 누렸지만, 영국에서는 장남이 전 재산을 물려받음으로써 부모대의 재산과 지위가 장남에게로 계승되었다. 이를 위해 재산과 지위가 집안 남자를 통해서 상속되도록 하는 한정 상속이라는 법적 장치도 있었다. 그 결과 차남들은 목사나 군인이 되는 길을 택하는 경우가 많았다. 장자 상속과 한정 상속 때문에 상속 받을 재산이 없는 딸들은 결혼만이 재산과 지위를 획득할 수 있는 중요한 수단이었다. 결혼을 못한 노처녀는 친지에게 얹혀살거나 하녀나 다름없는 가정교사로 전락하기도 하였다. 제인 오스틴도 '사랑과 조건'의 불합리한 선택의 기로에서 사랑이 좌절되는 체험을 하였고, 그 체험이 '오만과 편견'이란 작품 속에 스며들어 있다고 볼 수 있다.

4. 사랑을 할 때 쉽게 빠지기 쉬운 '오만과 편견'에 대해 생각해보자.

다아시의 오만과 엘리자베스의 편견이 서로의 관계를 어렵게 만들 듯 오만은 타인이 다가오기 힘들게 하고 편견은 타인에게 다가서기 힘들게 한다. 사랑을 할 때 우리가 버려할 것이 두 가지 있다면 '오만과 편견'이라고 할 수 있다. 의도했든 하지 않았든 오만함의 정도에 따라 이성의 오해도 비례하게 마련이다. 상대에게 성의 없이 말하거나 심지어 말 한마디도 걸지 않는 사람에게 다른 사람이 접근하기는 쉽지 않다. 아무리 매력적인 이성이라도 오만한 사람이라면 감히 다가설 엄두도 못낸 채 결국 다른 편 안한 이성에게 발길을 돌릴 수도 있을 것이다. 남녀의 접속 코드는 결국 편안함이다. 차가운 매력은 소모전일 수도 있다. 소모전을 줄이기 위해서 는 차가운 매력은 짧게 가져가는 것이 좋을 것이다.

편견 역시 이성과의 만남을 어렵게 하는 장애 요소다. 누구하고도 잘 사 귀는 연애의 달인인 여자들을 보면 십중팔구 상대방 남자를 아무런 편견 없이 받아들인다. 옷차림, 외모, 말투, 평판 등에 신경을 곤두세우지 않는 다. 상대방으로부터 있는 그대로의 장점을 찾아나간다. 그러다보면 흙 속 에서 진주를 찾아낼 수도 있는 법이다. 미리 흙만을 보는 편견을 가진 사 람이 진주를 찾기는 어려울 것이다.

Pride and
Prejudice

1

⚜

재산깨나 있는 미혼 남성이 멋진 여자를 아내로 맞고 싶어할 것이라는 사실은 누구나 인정하는 진리다. 만약 이런 남자가 이웃으로 이사를 온다면, 당사자의 기분이나 생각은 아랑곳하지 않고 주위 사람들은 제멋대로 이런 진리를 신념처럼 확고하게 여겨, 자신들의 딸 가운데 누군가가 그 남성을 차지하게 되리라고 생각할 것이다.

베넷 부인이 남편에게 말했다.

"여보, 네더필드 저택에 결국 사람이 들어오기로 한 것 같던데…… 얘기 들으셨어요?"

베넷 씨는 그런 말을 듣지 못했다고 대답했다.

"틀림없는가 봐요. 방금 롱 부인이 다녀갔는데 얘길 하더군요."

남편이 아무런 대꾸도 않자, 부인은 참지 못하고 목청을 높였다.

"어떤 사람이 오게 되었는지 당신은 궁금하지도 않아요?"

"어차피 당신이 얘기할 것이고, 내가 듣지 않겠다고 하지 않았으니 된 거 아니오?"

이 정도면 이야기를 듣고 싶다는 것과 진배없었다.

"들어 보세요, 당신도 알아 두셔야 하니까요. 롱 부인 말로는 네더필드에 오게 된 사람은 북 잉글랜드 출신의 청년으로 상당한 부자래요. 지난 월요일에 사두마차를 타고 와서 집을 둘러보더니 무척 마음에 들었는지 그 자리에서 모리스 씨와 계약을 했다는 거예요. 미가엘제(9월 29일. 대천사 미가엘의 축일) 전에 입주할 예정이고 하인들은 내주 말까지는 온대요."

"이름이 뭐랍디까?"

"빙리래요."

"결혼을 했나 아니면 미혼인가?"

"미혼이래요, 여보! 엄청난 부자인데다가 연수입이 4, 5천 파운드나 된 대요. 우리 애들한테 꼭 어울리는 사람이죠."

"어째서 그렇다는 거지? 그게 우리 애들과 무슨 상관이라고?"

"어쩌면 당신은 그렇게 무심하세요? 내 말은 그 사람이 우리 집 애하고 연분을 맺었으면 한다는 거예요."

"그럴 작정으로 이사를 온답디까?"

"작정이라뇨? 무슨 말씀을 그렇게 하세요? 그 사람이 우리 애들 중에 누구 하나를 사랑하게 될 수도 있잖아요. 그러니까 이사 오는 대로 당신이 한 번 찾아가 주셨으면 해요."

"그렇게 할 필요가 뭐 있나? 당신이나 애들 데리고 가보도록 해요. 아니면 애들만 보내든지. 당신도 아직 미모가 받쳐 주니 어쩌면 빙리 씨라는 청년이 당신을 좋아할지도 모르잖소."

"놀리지 마세요. 하긴 저도 한때는 미모에 꽤나 자신이 있었죠. 하지만 이제는 과년한 딸을 다섯씩이나 거느린 만큼 옛날 생각은 잊어야겠죠."

"그렇게 되었다면 따질 게 뭐 있소?"

"여보, 하여튼 그 청년이 이사 오면 꼭 인사를 나눠야 해요."

"약속은 못 하겠는걸."

"애들 생각을 하셔야죠. 그 청년이 우리 애들 중 누군가와 맺어진다고 생각해 보시란 말이에요. 윌리엄 루커스 경과 부인은 방문하기로 결정한 모양이에요. 당신도 알다시피 그 분들은 누가 새로 이사 왔다고 해서 관심을 갖는 부류는 아니잖아요. 분명 속셈이 있을 거예요. 그러니 당신도 꼭 가셔야 해요. 당신이 가지 않는데 제가 애들하고 간다는 건 말도 안 되니까요."

"내가 생각하기에 빙리라는 청년은 여자들끼리 오는 것을 더 좋아할 것 같은데. 그 사람이 우리 애들 중에 누구를 선택해서 청혼하더라도 무조건 승낙할 것이라고 내가 편지를 써서 보내면 될 거 아니오. 맞아, 편지에는 리지(엘리자베스의 애칭)에 대한 이야기를 꼭 써야지."

"제발 그만두세요. 리지가 다른 애들보다 뭐가 낫다고 그래요? 사실 제인보다 예쁘지도 않고, 상냥하기로는 리디아의 반도 쫓아가지 못하잖아요. 그런데도 당신은 리지만 귀여워하니……."

"애들이라고 뭐 똑 부러지게 내세울 게 있어야지. 내 딸이지만 하나같이 못나고 무식하단 말이야. 그래도 리지가 그 중 낫지."

"여보, 어쩌면 자식들 흉만 보세요? 절 놀리는 게 그렇게 재미있나 보죠? 당신은 제가 신경이 무척 예민하다는 사실을 손톱만큼도 생각하지 않는 모양이네요."

"뭔가 오해하는 모양인데, 나는 당신의 신경을 건드릴 생각은 조금도 없어. 적어도 20년 동안 당신 신경을 건드리지 않으려 각별히 조심해 왔거든."

"아, 제가 얼마나 고통스러운지 당신은 모르실 거예요."

"부디 당신이 그 고통을 극복하고, 연간 수입이 4천 파운드나 되는 청년들이 이웃에 많이 이사 오는 것을 볼 때까지 살아 줬으면 좋겠소."

"설사 그렇다 하더라도 당신은 그들을 찾아갈 양반이 아니니까, 스무 명이 와서 산대도 아무 소용이 없을 거예요."

"일은 그때 가 봐야 아는 거요. 정말 스무 명이 온다면 난 한 사람도 빼놓지 않고 다 찾아다닐 거요."

베넷 씨는 워낙 순발력이 뛰어나고 풍자적인 동시에 신중함을 지닌 복잡다단한 인물이었기에 23년을 함께 살아온 부인으로서도 그 성격을 파악하기란 힘들 것이었다.

반면에 부인의 마음을 헤아리기는 그다지 어려운 일은 아니었다. 그녀는 많이 배우지도 못 했으며 이해력도 부족하고 변덕스럽기까지 한 여자였다.

그녀의 한평생 가장 중요한 일은 딸들을 출가시키는 것이었고, 낙이 있다면 다른 집을 방문해서 세상 돌아가는 이야기를 나누는 것이었다.

2

🍀

베넷 씨는 아침 일찍 네더필드를 방문하여 빙리 씨를 만나고 돌아왔다. 그는 진작부터 그를 찾아갈 생각을 하고 있었지만, 부인에게는 절대로 가지 않겠다고 했기에, 부인은 그 사실을 모르고 있었다.

그런데 둘째딸이 모자 장식을 하고 있는 것을 본 베넷 씨가 한 마디 툭 던짐으로써, 빙리 씨를 방문했다는 사실이 드러나고 만 것이다.

그날 저녁 사실이 알려지게 된 경위는 다음과 같다.

"리지, 빙리라는 청년도 그 모자 장식을 마음에 들어 했으면 좋겠구나."

"그 사람 취향을 알 수 있어야죠. 한 번 만난 적이라도 있어야 도움이 될 텐데." 어머니가 원망스럽게 말했다.

"그분과는 무도회에서 만나기로 되어 있어요. 롱 부인께서 소개까지 해주신다고 했는데…, 엄마는 깜빡 했나 봐." 엘리자베스가 말했다.

"설마 롱 부인이 그렇게까지 해주겠니? 자기도 조카딸이 둘씩이나 있는데. 그 사람 겉치레가 심하고 자기 생각만 하는 터라 나는 믿지 않기로 했어."

"당신이 롱 부인한테 폐를 끼치지 않겠다니 듣던 중 반가운 소리군."

남편의 말에 마음이 상한 베넷 부인은 괜히 딸에게 화풀이를 했다.

"키티, 제발 기침 좀 하지 마라! 신경이 사나워서 못 견디겠구나."

"너는 꼭 중요한 때 맞춰서 기침을 하는구나."

아버지의 말에 키티가 입술을 삐죽이며 답했다.

"뭐, 기침을 심심해서 하나요?"

"리지야, 다음 무도회는 언제 열리지?"

"2주일 뒤에요."

"맞아, 그렇지." 하고 어머니가 목청을 높였다. "롱 부인은 그 전날까지 돌아오지 못 하니까, 빙리 씨를 만날 수도 없으니 소개를 시켜 줄 수도 없고요."

"그러니까 당신이 나서서 빙리 씨를 롱 부인께 소개하도록 해요."

"안 될 말씀이에요, 여보. 나도 모르는 사이인데 그게 말이나 되나요?"

"하긴 2주일이라면 교제 기간으로는 너무 짧지. 그동안 알 수 있는 게 거의 없거든. 그나저나 우리가 먼저 손을 쓰지 않으면 딴 사람이 가로채지 않을까? 만약 롱 부인과 조카가 그런 기회를 가진다면 얼마나 좋아하겠소? 그런 만큼 당신이 나서야 돼."

딸들은 눈을 동그랗게 뜨고 아버지를 바라보았다. 베넷 부인만 "그건 말도 안 돼!"라고 말했다.

딸들의 시선을 받은 베넷 씨는 목소리를 더욱 높였다.

"말도 안 된다니, 당신은 대체 어떻게 하자는 거요? 사람을 소개하는 데는 최소한 갖춰야 할 예의와 절차가 있어. 나는 그런 걸 무시할 수는 없거든. 메리, 네 생각은 어떠냐? 너는 생각도 깊고 독서도 많이 했으니 말 좀 해보렴."

메리는 무언가 그럴싸한 말을 하고 싶었지만 적당한 말이 생각나지 않았다.

"메리가 생각을 정리하는 사이에," 그가 말을 이었다. "우리, 빙리 이야기로 돌아갑시다."

"이제는 빙리라는 이름만 들어도 머리가 지끈거릴 지경이에요." 이번에는 부인이 음성을 높였다.

"진작 그렇게 말했어야지. 그 사실을 미리 알았다면 오늘 아침에 그 청년을 만나지 않았을 텐데. 이미 만났으니 이제 와서 교제를 그만두자고 할 수도 없고…… 이거 낭패로군."

베넷 씨를 제외한 모두가 놀랐다. 그 중에서도 가장 놀란 사람은 베넷 부인이었다.

흥분이 어느 정도 가라앉은 부인이 처음부터 그렇게 될 줄 알았다며 이야기를 꺼냈다.

"여보, 정말 훌륭한 일을 하셨군요. 정말 기뻐요! 딸들을 끔찍이도 생각하시는구려. 그런데 그 집에 다녀오시고서도 지금까지 한마디도 안 하시다니 너무 하셨어요."

"키티, 이젠 네가 하고 싶을 때 언제고 기침을 해도 좋다."

베넷 씨는 부인이 좋아하는 모습이 거슬렸던지 딸에게 한 마디를 하고는 밖으로 나가버렸다.

"애들아! 아버지는 너희를 저토록 사랑하신단다. 사실 나이가 들면 새롭게 사람을 사귀는 게 쉽지 않단다. 하지만 너희를 위해서라면 무언들 못하겠니? 애, 리디아! 넌 제일 어리지만, 이번 무도회 때는 빙리 씨가 너하고 춤을 추게 될 거다."

"난 하나도 무섭지 않아요! 나이는 제일 어려도 키는 가장 크니까요."

그날 밤 베넷 씨를 제외한 식구들은 잠자리에 들기 전까지 빙리 씨가 언제쯤 답례차 그들의 집을 방문할 것인가 예상도 해보고, 언제쯤 그를 만찬에 초청할 것인가를 의논했다.

3

🍀

베넷 부인은 아무리 애를 써도 빙리라는 청년에 대해 만족할 만한 이야기를 남편에게서 들을 수 없었다.

직접적인 질문은 물론 집안과 나이 등 알고 싶은 사항을 슬쩍 돌려서 물어 보았지만, 베넷 씨는 미꾸라지처럼 교묘하게 빠져 나갔다.

결국 그녀는 이웃에 사는 루커스 부인의 도움을 받는 수밖에 없었다. 루커스 부인으로부터는 상당한 도움을 받을 수 있었다. 빙리 씨는 젊은 것은 물론 무척 잘생겼으며 상냥하여 윌리엄 경이 무척 마음에 들어 했다는 이야기와 함께 이번 무도회에 친구들도 데리고 온다는 소식까지 들었으니, 제법 수확이 있었던 것이다.

무도회에 기꺼이 참석한다는 것은 약간만 진전되면 사랑도 가능하다는 이야기다. 베넷 부인은 빙리 씨의 마음을 사로잡을 수 있을 것이라는 희망을 가지게 되었다.

"딸 가운데 누구라도 네더필드에서 행복하게 살 수 있게 되면, 다른 애들 역시 시집을 잘 갈 수 있겠죠. 그 이상 또 무엇을 바라겠어요."

베넷 부인이 남편에게 말했다.

며칠 후, 빙리 씨는 베넷 씨가 자신의 집을 방문한 데 대한 답례로 찾아와 서재에서 10분 정도 머물렀다. 그는 익히 들어서 알고 있던 대로 미인인 딸들을 만날 수 있으리라는 희망을 가지고 찾아왔지만, 정작 만난 사람은 아버지뿐이었기에 다소 실망스런 기색이었다.

그 시간에 베넷가의 여인들은 2층 창문을 통해 그가 청색 코트를 입고 검은 말을 타고 왔음을 확인하며 서로 수군거리고 있었다.

빙리 씨가 돌아가자 그들은 즉시 만찬에 참석해 주기 바란다는 초청장을 보냈다. 그런데 베넷 부인이 한껏 솜씨를 발휘하여 음식을 만들고 있을 즈음, 빙리 씨로부터 정중한 회신이 왔다.

호의는 감사하지만 내일 런던으로 떠나야 하므로 초대를 받아들일 수 없다는 내용이었다.

베넷 부인은 크게 당황했다. 빙리 씨가 허트퍼드셔에 오자마자 곧바로 런던에 가야 할 일이 생길 것이라고는 전혀 예상을 못했고, 그토록 바빠서야 정작 네더필드에서 제대로 자리를 잡지 못할까 염려되었던 것이다.

하지만 빙리 씨가 런던으로 가는 것은 이번 파티에 함께 올 친구들을 초청하기 위한 것이라는 루커스 부인의 설명을 듣고서야 불안한 가슴을 진정시킬 수 있었다.

빙리 씨는 열두 명의 아가씨와 일곱 명의 남자들을 데리고 온다는 것이었다. 딸들은 빙리 씨가 다른 여자들을 데리고 온다는 사실에 실망스러워했으나, 무도회 전날 열두 명이 아닌 다섯 명의 자매와 한 명의 사촌 등 모두 여섯 명만을 데리고 왔다는 이야기를 듣고 가슴을 쓸어내렸다.

그리고 막상 그들이 무도회장에 들어섰을 때는 빙리 씨와 그의 두 여동생, 매부 그리고 또 한 명의 친구만을 볼 수 있었다.

빙리 씨는 쾌활하고 여유가 있으며 멋지기까지 한 남성이었다. 그리고 그의 여동생은 나무랄 데 없는 상류사회의 세련된 여성이었다. 매부 허스트 씨는 신사였고, 그의 친구 다아시 씨는 건장한 체격과 수려한 용모, 품위 있는 태도를 갖춘 데다 연수입이 1만 파운드란 소문이 퍼져 5분도 지나지 않아 사람들의 시선을 받게 되었다.

남자들은 그를 늠름하고 당당한 사내라고 칭찬했고, 여인들은 빙리 씨보다 훨씬 더 멋지다며 소곤거렸다.

이처럼 드높게 치솟던 그의 인기는 그날 밤에 급격히 떨어지고 말았다.

그가 거만한데다가 남과 어울리기 싫어하는 태도를 보인 때문이었다. 비록 더비셔에 드넓은 토지를 가지고 있다지만, 친해지기 어려운 까다로운 태도에 친구인 빙리 씨와는 비교할 수 없다는 것이 중론이었다.

빙리 씨는 얼마 지나지 않아 무도회장의 주요 인사들과 가까워졌다. 그는 유쾌하고 가식적이지 않으며, 끊임없이 춤을 추었고, 무도회가 너무 빨리 끝났다고 화를 내며 자신도 네더필드에서 무도회를 열겠다고 했다.

반면에 다아시 씨는 허스트 부인, 그리고 빙리 양과 한 차례씩 춤을 추었을 뿐 다른 여자를 소개받지도 않고, 그저 무도회장을 돌아다니다가 이따금 친구에게 말을 건네는 정도였기에, 다시 없이 거만하고 불쾌감을 주는 존재로 여겨져 절대 다시 오지 말았으면 하는 것이 사람들의 공통된 바람이었다. 그 중에서 가장 크게 반발한 사람은 베넷 부인이었는데, 자신의 딸을 무시했다는 사실에 무척 화가 나 있었다.

남자가 모자랐기에 엘리자베스는 벌써 두 번이나 춤을 추지 못하고 자리에 앉아 있어야 했다. 그동안 그녀가 다아시 씨 옆에 서 있었기에 그와 빙리 씨가 나누는 대화를 엿듣게 되었다. 빙리 씨는 춤을 잠시 멈추고 친구가 어울리도록 권하고 있었다.

"다아시, 그렇게 장승처럼 가만히 서 있기만 할 건가? 자네가 춤을 추는 것을 보고 싶은데."

"별로 춤추고 싶지 않군, 그래. 내가 잘 알지도 못하는 상대와 춤추는 걸 별로 좋아하지 않는다는 사실을 자네도 잘 알지 않나? 그건 내겐 형벌과도 같은 일이라네. 게다가 자네 여동생들은 선약이 있고."

"그렇게 까다롭게 굴지 말게. 솔직히 말해서 오늘처럼 유쾌한 시간을 가진 적도 드물다네. 상당한 미인들도 보이고 말이야."

"자넨 이곳에서 제일 예쁜 여자하고 춤을 추고 있잖아." 다아시는 베넷 씨의 맏딸을 쳐다보며 말했다.

"저런 미인은 정말 보기 힘들 거야! 하지만 자네 바로 뒤에 그 여인의 동생이 앉아 있네. 얼마나 예쁜가. 게다가 상냥하기란 이루 말할 수 없을 정도라네. 내가 소개를 부탁해 보지."

"누구 말인가?"

그는 고개를 돌려 엘리자베스를 바라보다가 눈이 마주치자 황급히 얼굴을 돌리며 차갑게 말했다.

"됐네. 나는 다른 남자들에게 딱지맞은 여자에게 관심을 갖고 싶지는 않아. 자, 내 걱정은 하지 말고 자네나 즐거운 시간을 보내게나. 나하고만 있으면 쓸데없이 시간만 흘러가니까."

다아시의 태도가 이런 만큼 엘리자베스는 그에 대해 좋은 생각을 가질 수가 없었던 것이다. 하지만 그녀는 명랑한 목소리로 다른 사람들에게 그 이야기를 들려주었다. 워낙 밝은 성격에 장난기가 많은 엘리자베스는 재미있는 일을 벌이는 것을 즐기기 때문이었다.

그날 밤은 가족 모두에게 즐거운 밤이었다. 베넷 부인은 맏딸이 네더필드 사람으로부터 칭찬을 받는 것을 보았으며, 빙리 씨는 두 차례나 그녀와 춤을 추었고, 그의 누이들과도 제법 친해진 듯했다.

온순한 제인은 어머니와 다름없이 만족스러워 했고, 엘리자베스는 그녀가 기뻐한다는 사실을 알아차렸다. 메리는 누군가가 그녀가 이 근처에서 가장 교양이 있다고 빙리 양에게 이야기하는 것을 직접 들었으며, 캐서린과 리디아에게는 파트너가 부족하지 않다는 사실이 다행이었다.

어쨌거나 베넷 부인과 딸들은 즐거운 기분으로 롱본으로 돌아왔다. 집에 와 보니 베넷 씨는 아직도 자리에 들지 않고 있었다. 손에 책을 들기만 하면 시간 가는 줄 모르는 그였으나, 이번 무도회에는 기대가 적지 않았던 만큼 그 결과에 대해 비상한 관심을 보이고 있었다. 베넷 씨는 내심 새로 이사를 온 청년에 대한 아내의 기대가 어긋나기를 속으로 바라고 있었다.

하지만 얼마 지나지 않아 그는 전혀 다른 이야기를 전해 들었던 것이다.

베넷 부인이 방에 들어서며 말했다.

"여보, 정말 즐거운 밤이었어요. 무도회는 아주 훌륭했고요. 당신도 함께 가셨더라면 좋았을 텐데. 제인은 인기를 한 몸에 받았지요. 너무 예쁘다고 모두가 야단이었거든요. 빙리 씨도 그 아이를 예쁘게 여겼는지 두 번이나 같이 춤을 췄어요. 그 사람이 두 번이나 춤을 청한 사람은 우리 애뿐이었거든요. 물론 처음에는 루커스 양에게 춤을 청했는데, 물론 그 여자가 마음에 들 리는 없겠죠. 제인이 여러 사람과 차례차례 추는 것을 보고 많이 놀란 것 같더군요. 그리고 우리 애를 소개받고는 두 번이나 춤을 추었어요. 다음에는 킹 양 하고 추었고, 마리아 루커스 양하고 춤을 추고 나서는 다시 그 애와 춤을 추었지요. 그리고 리지의 불랑제 춤은……."

아내의 끝없는 이야기에 남편이 짜증이 난 듯 끼어들었다.

"그 친구, 나를 조금이라도 생각했다면 두 번씩이나 춤을 추지 말았어야 했는데. 여보, 제발 파트너 얘긴 그만하도록 해요. 차라리 처음 춤출 때 다리라도 삐었더라면 좋았을 것을!"

"무슨 말씀을 그렇게 하세요? 빙리 씨라는 청년 정말 제 마음에도 쏙들더군요. 얼마나 잘 생겼다구요. 누이들도 매력적이고요. 그렇게 세련된 옷을 입은 사람을 보질 못했다니까요. 그런데 허스트 부인의 가운 레이스야말로……."

베넷 씨는 부인이 옷에 관한 이야기를 더 이상 하지 못 하도록 막았기에 그녀는 화제를 돌려 다아시 씨의 행동이 못마땅하다는 듯 과장해서 말했다.

"리지가 그 사람 마음에 들지 않았다고 해서 별로 손해 볼 건 없다고 생각해요. 그야말로 세상에서 제일 불쾌하고 끔찍한 사람이라 다시는 만나고 싶지 않을 정도예요. 어찌나 거만하고 잘난 체하는지 눈꼴이 시어서 봐줄 수가 없더라니까요. 혼자만 우쭐해 가지고 잘난 체하는 꼴이란! 같이 춤추고 싶은 생각이 들 만큼 잘생기지도 않았으면서 말예요. 당신이 거기에 계셨다면 멋지게 콧대를 꺾어 주실 수 있었는데. 정말 아쉬워요."

4

🌿

제인과 엘리자베스는 단 둘이 남자 이야기를 시작했다. 그때까지 빙리 씨에 대한 이야기를 꺼내지 않던 제인은 자기가 얼마나 그를 사모하는지를 동생에게 말했다.

"정말 그 사람은 아주 완벽했어. 총명하고 밝고 쾌활하기도 해. 나는 여태까지 그렇게 멋진 남자를 보지 못했어. 온화하고 나무랄 데 없는 품격을 지녔거든!"

"게다가 미남이기도 하지."

엘리자베스가 대답했다.

"적어도 남자라면 그 정도는 생겨야지. 게다가 성격도 좋고."

"그 사람이 두 번째 춤을 청했을 때 나는 정말 날아갈 것 같았어. 솔직히 기대를 하진 않았거든."

"그래? 나는 진작부터 그렇게 될 줄 알고 있었는데……. 바로 이게 우리가 다른 점이에요. 언니는 그런 말을 들으면 놀라겠지만 나는 눈 하나 깜빡 안 해요. 춤을 두 번 청한 것은 지극히 당연한 일이 아니겠어? 언니는 무도회장에 있던 다른 여자들과는 비교도 되지 않을 만큼 예쁘게 보였을 거야. 그 정도 갖고 뭘 그리 좋아해? 어쨌든 그 사람은 무척 상냥했어. 그러니 언니가 그 사람을 좋아해도 된다고 내가 허락하지. 여태까지 언니는 어딘가 모자라는 사람들을 좋아했으니까."

"애는 무슨 말을 그렇게 하니?"

"정말 언니는 누구한테나 한눈에 반한다니까. 상대의 결점이 전혀 눈에 띄지 않는가 봐. 세상이 그렇게 멋지고 좋기만 해? 나는 지금까지 언니가 누군가의 험담을 늘어놓는 것을 들어 보지 못 했거든."

"나는 절대 다른 사람의 이야기를 쉽게 하지 않아. 하지만 언제나 내 생각을 있는 그대로 말하는 사람이야."

"나도 그건 알아. 그런데 바로 그 점이 이상해. 언니처럼 사리판단을 정확히 하는 사람이 남의 결점을 알아채지 못 할 수 있을까? 솔직한 척하면서 뒤로는 온갖 못된 짓을 하는 사람이 얼마나 많은데. 언니는 다른 사람의 좋은 면만 보려 들고, 나쁜 점은 아예 눈을 감고 보지 않으려는 것 같아. 여하튼 그래서 언니는 그 사람의 누이들까지 좋아졌단 말이지? 하지만 내가 보기엔 그 사람 누이들의 태도는 훨씬 못했던 것 같아."

"처음엔 그랬던 같았어. 하지만 너도 이야길 나눠 보면 무척 상냥하다는 걸 알게 될 거야. 빙리 양은 오빠와 함께 살고 있나 봐. 그런 사람과 좋은 이웃이 되지 못한다면 오히려 이쪽의 잘못이지."

엘리자베스는 언니의 말에 쉽게 동의할 수 없었다. 무도회에서 보여준 빙리 자매의 언행은 그다지 칭찬할 만한 것이 못 되었기 때문이다.

언니보다 관찰력이 뛰어나고, 좀처럼 굽힐 줄 모르는 기질을 지닌 데다 다른 사람들의 말을 듣고 섣부른 판단을 하는 일이 없는 그녀였기에 도저히 그들에게 후한 점수를 줄 수가 없었던 것이다.

하지만 실제로 빙리 씨의 누이들은 괜찮은 여자들이었다. 기분이 좋을 땐 아주 싹싹해 보이고, 마음만 먹으면 상냥하게 행동할 수도 있지만, 다소 거만하고 잘난 체하는 구석도 있었다.

그녀들은 미인이라고 할 만한 용모를 가졌으며, 런던에서 일류 교육을 받았고, 2만 파운드 정도의 재산이 있는 만큼 상당한 돈을 써 가며 지체 높은 사람들과 교제를 하니, 어쩌면 자기들이 잘났다고 생각하여 남을 얕보는 경향이 있을 만도 했다.

원래 영국 북부의 좋은 가문 출신인 그들은 이런 관념이 뇌리 깊이 박혀 있다고 할 수 있다.

빙리 씨는 선친으로부터 10만 파운드 가량의 재산을 물려받았다. 그의 아버지는 토지를 사려 했지만, 뜻을 이루지 못하고 유명을 달리했다. 그런 만큼 빙리 씨도 때때로 괜찮은 토지를 물색하기는 했다.

하지만 현재 좋은 집에 살고 있고 적지 않은 특권을 누리고 있는 것은 물론 성격도 느긋한 만큼 사람들은 그가 네더필드에서 여생을 보내고 토지를 구입하는 일은 다음 세대로 미룰 것이라 여기는 반면, 누이들은 그가 자기 소유의 토지를 갖기를 원했다.

그러나 비록 세를 들어 사는 것이라 해도 빙리 양은 오빠의 살림을 보살펴 주는 것이 싫지는 않았다. 그리고 재산이 많지는 않더라도 상류층 인사와 결혼한 허스트 부인 역시 자신만 편하다면 친정 동생의 집을 자기 집처럼 여긴다는 점에서는 누이와 같았다.

빙리 씨가 네더필드 집을 본 것은 그가 성년이 되고 2년이 채 지나지 않아서였다. 잠시 동안 집을 비롯해서 주위를 둘러본 그는 무척이나 마음에 들었는지 당장 계약을 하고 입주하기로 한 것이다.

빙리와 다아시는 서로 판이한 성격을 가졌지만 우정이 돈독했다. 다아시는 착하고 대범하며 솔직한 빙리를 무척 좋아했다.

빙리 역시 다아시를 무척 신뢰했고 그의 판단을 존중했다. 적어도 다아시는 이해력 면에서는 빙리를 앞서고 있었기 때문이었다.

그렇다고 빙리가 이해력이 떨어진다는 것은 아니지만, 다아시가 그보다 더욱 날카로운 것은 사실이었다. 동시에 그는 말이 별로 없고 도도했기에 사람과의 교류가 많지 않았다.

이 같은 점에서는 빙리가 훨씬 나았다. 그는 어디를 가더라도 환영을 받았지만, 다아시는 늘 다른 사람들을 불쾌하게 만들었다.

메리튼의 파티를 다녀온 후에 나눈 두 사람의 이야기로도 그들 각각의 특징을 잘 알 수 있었다.

빙리는 사람들이 모두 명랑하고, 여자들은 예뻤다고 했다. 그는 누구에게나 웃는 얼굴로 보여 사람들과 금세 친해졌고, 베넷 양(제인)처럼 천사 같은 아가씨는 처음 보았다고 했다. 반면 다아시는 예쁜 여자라고는 눈을 씻고 찾아도 볼 수 없었으며, 사람들은 품위가 없었기에 흥미를 느끼지도 못했고 즐겁지도 않았다고 했다. 그리고 베넷 양에 대해서는 미인이긴 하지만 웃음이 헤픈 것 같다고 했다. 허스트 부인과 그의 누이들도 맞장구를 쳤지만 그녀를 사랑스러운 여자라고 칭찬하면서 거리낌 없이 사귀고 싶은 사람이라고 말했다.

빙리는 이런 분위기에 힘입어 얼마든지 그녀를 좋아해도 문제될 게 없다는 생각을 하게 됐다.

5

🍀

베넷 가족과 가까이 지내는 윌리엄 루커스 경은 한때 메리튼에서 장사를 해서 상당한 재산을 모으고 시장까지 지낸 인물이었다. 그러한 배경을 지닌 루커스 경은 베넷 가족이 사는 롱본에서 그다지 멀지 않은 곳에 살고 있었다.

작위(爵位)도 있는 만큼 그는 도도하긴 했지만, 그렇다고 다른 사람을 무시하는 속물은 아니었고, 오히려 정중하다고 해야 옳았다.

선천적으로 너그러운데다가 정이 많아 남을 잘 돌봐 주기도 했는데, 세인트 제임스 궁전에서 국왕을 접견한 뒤로는 더더욱 태도가 정중해졌다.

루커스 부인 또한 약삭빠르지 않고 착한 심성을 지녔기에 베넷 부인과 친한 이웃이 될 수 있었다. 루커스 경 부부의 자녀들도 베넷 집안과 친했는데, 특히 총명하고 사려 깊은 맏딸은 스물일곱 정도로, 엘리자베스와 무척 가까웠다.

그런 만큼 베넷 집안의 딸들이 루커스 집안의 딸들을 만나 무도회에서 있었던 이야기를 하는 것은 당연한 일이었다. 무도회 다음날 아침 루커스 집안의 딸들은 소식도 듣고 말도 전할 겸 롱본으로 갔다.

"그날 무도회는 시작이 좋았지, 샬롯." 베넷 부인이 시치미를 떼며 루커스 양에게 말했다. "빙리 씨의 첫상대가 바로 너였잖아."

"그렇지만 그분은 두 번째 상대를 더 좋아한 것처럼 보이던데요."

"제인 얘길 하는 거로군. 그래, 제인과는 두 번이나 춤을 추었지. 그러고 보니 그 사람은 제인이 마음에 들었나 봐. 그렇지만 나도 구체적으로는 잘 몰라……. 하지만 로빈슨 씨에 대해서 무슨 얘길 하는 것 같던데."

"제가 그분하고 로빈슨 씨가 한 말을 엿들었다는 거죠? 로빈슨 씨가 파티가 마음에 드느냐, 여자들이 예쁘냐, 그 중에 누가 가장 예쁘다고 생각하냐를 묻더군요. 빙리 씨는 맨 마지막 질문에 이렇게 대답했지요. 두말할 것도 없이 '베넷 씨 댁 큰따님이지'라고 말예요. 틀림없어요."

"어머! 그렇다면 벌써 결정 난 거나 다름없겠네. 하지만 그래도 두고 봐야지. 아무 일도 일어나지 않을 수도 있으니 말이야."

"엘리자, 아무래도 내가 들은 얘길 하는 것이 낫겠다. 다아시 씨의 얘긴 빙리 씨 말처럼 들을 만하지 않거든." 샬럿이 말했다.

"그렇게 남을 불편하게 만드는 사람 마음에 든다는 것은 기분 좋은 일이 아니거든. 롱 부인 말로는 30분 동안 옆에 앉아 있었는데 말 한마디 않더라는 거야."

"그게 정말이에요, 엄마? 잘못 들은 게 아니구요? 저는 그분이 롱 부인과 이야기하는 것을 틀림없이 보았거든요." 제인이 말했다.

"그건 롱 부인이 견디다 못해 네더필드가 마음에 드냐고 물어서 할 수 없이 대답을 한 거야. 말을 붙이니까 화를 냈다던걸."

"빙리 양 말로는 그분은 아주 가까운 사이가 아니면 이야기를 하지도 않는다더군요. 하지만 잘 아는 사람들과 있을 때는 무척 상냥하대요."

"제인, 도무지 믿을 수가 없구나. 그렇게 상냥한 사람이라면 롱 부인께 말을 걸었을 게 아니냐? 대략 짐작이 가. 그 사람 자존심이 너무 세서 롱 부인이 무도회에 올 때 마차를 빌려 타고 온 걸 알고 그렇게 거만하게 군 걸 거야."

"롱 부인과 말을 하지 않은 건 그럴 수 있다고 해도 엘리자와 춤을 추지 않은 건 이해하기 힘들어요." 루커스 부인이 말했다.

"리지, 나라면 그런 사람하고는 같이 춤을 추지 않겠다."

"알았어요. 엄마. 그 사람하고는 앞으로 절대 같이 춤추지 않을 게요."

"하지만 그 사람의 태도는 그렇게 불쾌하게 느껴지진 않네요." 루커스 양이 말했다. "저도 그렇듯 자존심이 있는 사람이라면 당연한 것일 수도 있으니까요. 나름대로 타당하잖아요. 명문가 출신에 재산도 많고, 아쉬울 것 하나도 없는 괜찮은 남자가 스스로를 높인다고 해서 크게 잘못된 건 아니잖아요."

"맞는 말이야." 엘리자베스가 말을 받았다. "그 사람의 자존심이 내 자존심을 건드리지만 않는다면 용서할 수 있는 일이지."

"자존심은 누구나 갖고 있어." 메리가 확신에 찬 음성으로 말했다. "내가 아는 바로는 아주 보편적인 것이야. 자기만족의 감정을 갖지 않는 사람은 별로 없는 법이지. 허영심과 자존심은 비슷한 것 같지만 전혀 다른 것이거든. 허영심이 없어도 자존심이 강한 사람도 있으니까. 자존심은 스스로에 대한 생각과 관계가 깊고, 허영심은 다른 사람이 자신을 이렇게 생각해 주었으면 하는 것이니까."

"내가 만약 다아시 씨 같은 부자라면 포크스하운드 종 사냥개나 기르고 날마다 포도주를 마시며 지내겠어요."

누이들과 함께 온 루커스 경 아들의 말에 베넷 부인이 정색하며 말했다.

"그렇게 술을 마시는 것을 보면 즉시 병을 빼앗아 버릴 거예요."

젊은 청년은 그럴 수는 없다고 하고, 나이 든 여인은 그렇게 하겠다며 실랑이를 벌이는 통에 그들의 이야기는 모두가 집으로 돌아갈 무렵이 되어서야 간신히 끝날 수 있었다.

6

🍀

롱본의 여인들은 네더필드의 여인들을 방문했다. 베넷 양의 정감 넘치는 태도는 허스트 부인과 빙리 양이 호감을 갖도록 하기에 충분했다. 두 사람은 어머니를 참을 수 없는 사람으로, 동생들은 말을 건넬 가치도 없는 사람으로 보았지만, 장녀와 차녀인 제인과 엘리자베스에게는 더 친하게 지내고 싶다는 희망을 표시했다.

제인은 풍부한 감성을 지니고 있으면서도 쾌활해서 남의 일에 끼어들기 좋아하는 사람들에게도 좀체 의심을 품지 않았다.

제인에 대한 그들의 친밀감 역시 빙리의 덕분임을 무시할 수는 없었지만, 어쨌든 그들의 방문은 나름대로 성과가 있었다.

그가 제인을 진정으로 사모한다는 것은 누구나 아는 사실이 되었고, 제인 역시 어느새 깊은 사랑에 빠지게 되었다. 엘리자베스는 이런 생각을 친구인 루커스 양에게 털어놓았다.

"사람들을 속인다는 건 재미있긴 하지만 감쪽같이 속이고 있다 보면 자기가 불리해질 때도 있어." 샬럿이 대답했다. "만약 여자가 그런 식으로 교묘하게 자기가 사랑한다는 사실을 상대에게 감추고 있다면 결국 그를 차지하지는 못 할 거야. 어느 누구도 그런 사실을 모른다고 해서 위로가 되진 않아. 사랑은 고마움이나 허영심 같은 감정이 함께 하는 것인 만큼 그냥 내버려두면 쓸모없게 되고 마는 거야. 누군가를 사랑한다는 것은 자유지. 마음이 끌리는 것 역시 마찬가지고. 하지만 이렇다 할 자극 없이 진실한 사랑이 가능할 것 같아? 연애를 하려면 마음을 보여 주어야 하는 거야. 빙리 씨는 틀림없이 네 언니를 좋아하고 있어. 그런데 언니가 먼저 손을 내밀지는 않는 것 같아. 때문에 두 사람 사이는 좀체 진전이 없는 것이지."

"그렇지만 제인 언니도 할 만큼은 하고 있어. 언니가 그 사람을 사랑한다는 것은 나도 알 수 있을 정도인데 그걸 모른다면 그 사람은 정말 둘도 없는 바보겠지."

"엘리자, 그 사람은 너만큼 제인 언니의 성격을 모르고 있어."

"하지만 여자가 어떤 사람에게 마음을 두었다는 사실을 감추려 들지 않는데 상대방 남자가 모를 리는 없어."

"그거야 자주 만난다면 알 수 있겠지. 그런데 빙리 씨와 제인 언니는 자주 만나기는 하지만, 몇 시간씩 함께 있는 경우는 거의 없거든. 게다가 늘 사람들이 많이 있는 곳에서만 만나니까, 둘이 다정하게 얘길 나눌 수도 없을 거야. 그러니까 제인 언니는 그 사람의 주의를 끌 수 있는 30분 정도의 시간을 최대로 이용해야 하는 거야. 상대방의 마음을 사로잡는다면 연애도 마음대로 할 수 있으니까."

"행복한 결혼을 하고 싶다면 그것도 나쁘지 않은 방법이겠지만……."

"재산 많은 남자를 만나겠다는 생각을 가졌다면 나도 그런 방법을 쓰겠어." 엘리자베스가 대답했다. "하지만 제인은 그렇지가 않단 말이야. 어떤 생각이나 계획을 가지고 그렇게 행동하는 게 아냐. 현재는 자기 마음도 잘 모르고 있는 게 사실이야. 두 사람이 알게 된 것도 겨우 2주일밖에 안 되었고, 메리튼에서 네 번쯤 춤을 같이 췄고, 어느 날 아침 그 사람 집에서 만난 후로 네 번 정도 같이 식사를 했을 뿐이거든. 이 정도로 상대를 파악하기란 쉽지 않아."

"단순히 식사만 했다면 고작해야 상대가 왕성한 식욕을 가졌나 하는 정도나 알아냈겠지. 그렇지만 나흘 밤을 함께 있었다는 사실을 기억해야 돼. 나흘 정도라면 뭔가 일어나기엔 충분한 시간이라고 할 수 있지 않을까?"

"나흘 밤이나 함께 지내고서 확인한 것이라곤 고작 두 사람 모두가 코머스(카드 놀이의 일종)보다 뱅팅(카드 놀이의 일종)을 더 좋아한다는 것이래. 그밖에 다른 중요한 건 거의 없는 것 같아."

"정말 제인 언니가 잘 되었으면 해." 샬럿이 말했다. 내일 당장 그 사람과 결혼한다고 해도 그의 성격을 1년 동안 연구한 것처럼 좋은 기회를 얻은 것이라고 여기고 싶어. 행복한 결혼이란 결국 운에 달려 있거든. 두 사람 모두가 상대의 성격을 잘 알고, 또 서로 닮은 구석이 많다는 걸 미리 알았다 해도 그것이 행복을 더해 주지는 않는 법이지. 세월이 지나면 서로 조금씩 어긋나서 곤란한 일이 생기게 되거든. 그러니까 평생을 함께 살아갈 사람이라면 될 수 있으면 단점 같은 건 모르는 게 좋아"

"샬럿, 웃기지 마. 그건 바른 생각이 아니야. 자기가 틀렸다는 것을 누구보다 잘 알면서 그러니. 만약 자기 일이라면 그렇게 하지는 않을 거 아냐."

엘리자베스는 언니에 대한 빙리의 애정을 확인하느라 실제로는 자신이 다아시에게 관심의 대상이 되고 있다는 사실을 조금도 깨닫지 못 하고 있었다. 다아시는 그녀를 예쁘게 여기지 않았고, 무도회에서도 처다보지도 않았다. 그리고 그 다음에 만났을 때도 다아시의 눈에는 그저 흠만 눈에 띄었다.

다아시는 자신과 주변 사람들 눈에 엘리자베스가 특별한 점이 없는 것처럼 보인다고 생각했지만, 초롱초롱한 검은 눈과 묘한 표정은 그녀를 무척이나 총명한 아가씨로 보이게 만들고 있었다. 이 같은 발견에 이어 그를 흥분시키는 또 다른 사실도 있었다. 비판적인 시선으로 보자면 균형이 잘 잡히지 않은 몸매가 거슬렸지만, 그럼에도 불구하고 그녀의 자태는 우아하고 상대의 기분을 들뜨게 만든다는 사실을 인정하지 않을 수 없었다.

그리고 그녀의 예의범절은 결코 상류사회의 것은 아니었지만, 명랑한 자연스러움이 배어있었다.

그러나 정작 엘리자베스 본인은 이런 사실을 전혀 모르고 있었다. 그 남자는 유쾌한 사람도 아니며, 자신과 춤을 같이 출 만큼 멋지다고 생각하지 않았던 것이다.

다아시는 그녀에 대해 보다 많은 것을 알고자 말문을 여는 첫 단계로서, 엘리자베스가 다른 사람과 이야기하고 있을 때 슬쩍 접근했다. 그런데 이 같은 행동이 그녀의 주목을 끌게 되었다. 바로 윌리엄 루커스 경 댁에 많은 사람들이 모였을 때였다.

"다아시 씨는 대체 왜 그럴까? 내가 포스터 대령님과 얘길 나누고 있는데 불쑥 끼어들어 엿듣다니 말이야."

그녀가 불만스런 표정으로 샬롯에게 말했다.

"그 질문에 대한 답변은 다아시 씨만이 할 수 있어."

"그렇지만 대체 어쩌자는 건지? 꼭 빈정대는 것 같거든. 그러니까 내가 아주 단호하게 대처하지 않는다면 계속 문제가 생길 것 같단 말이야."

별다른 용무가 없음에도 다아시가 가까이 다가오자, 루커스 양은 그에게 단도직입적으로 이야기해 보면 어떻겠냐고 했고, 엘리자베스는 즉시 그에게 몸을 돌려 이렇게 말했다.

"다아시 씨, 조금 전에 제가 포스터 대령님께 메리튼에서 무도회를 열어 달라고 한 얘기 근사하다고 생각하지 않으셨나요?"

"아주 멋졌어요. 여자들은 대개 그런 화제에 열심이군요."

"여자들에 대해 매우 엄격하시군요."

"이번엔 엘리자베스가 귀찮게 되겠군." 루커스 양이 말했다. "엘리자, 내가 피아노 뚜껑을 열어 줄게. 어떻게 하는지는 알고 있지?"

"넌 정말 웃기는 친구야. 사람들만 있으면 내게 피아노를 치게 하고 노래를 부르게 하다니… 혹시라도 내가 이쪽으로 진출하려 한다면 고맙겠지만, 아직 실력이 부족해서 그럴 엄두가 나지 않아. 정말 뛰어난 연주만 듣던 사람들 앞에서는 한참 모자란다구."

하지만 루커스 양이 계속 부추기자 할 수 없이 엘리자베스는 피아노 앞으로 다가서며 말했다.

"뭐 꼭 해야 한다면 할 수 없지만."

그녀는 다소 엄숙한 표정으로 다아시를 슬쩍 바라보고는 입을 열었다.

"여기 모인 분들 모두가 잘 아시겠지요. '뜨거운 죽을 식히려면 숨을

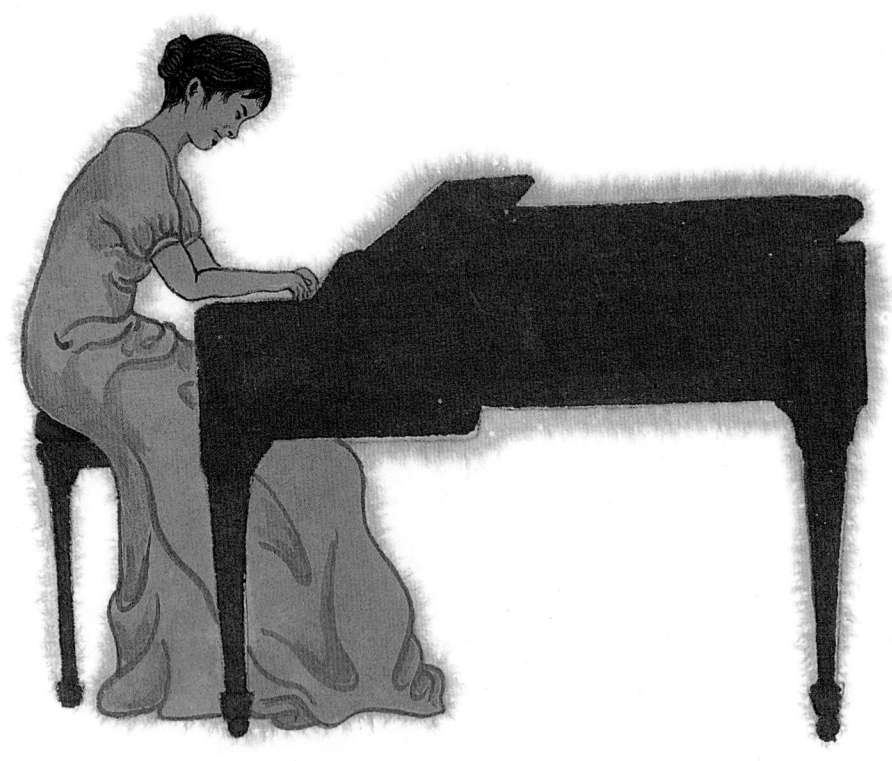

48

몰아쉬어라'라는 속담을요. 그러니까 저도 크게 노래를 부르기 위해 숨을 몰아쉬도록 하겠어요."

결코 잘한다고 하기는 힘들었지만, 그런 대로 그녀의 노래 솜씨는 괜찮은 편이었다. 그녀가 노래를 마치자, 앵콜을 청하는 이도 있었다.

그런데 동생 메리가 재빨리 피아노 앞에 앉았다. 그녀는 미인은 아니었지만, 스스로 뛰어난 학식과 재능을 지녔다고 믿었고 늘 그런 자신을 과시하고 싶어 했다.

심하지는 않지만 이 같은 허영심은 메리로 하여금 잘난 체하는 행동을 하게끔 만들었는데, 그런 태도로는 뛰어난 연주도 망칠 수 있을 것이다.

소박한 성품으로 앞에 나서기를 즐기지 않는 엘리자베스는 동생보다 연주 솜씨가 떨어졌음에도 사람들을 훨씬 즐겁게 만들곤 했던 것이다.

긴 협주곡 연주를 마친 메리는, 동생들의 청에 의해 스코틀랜드와 아일랜드 민요를 연주했고, 그동안 동생들은 루커스 집안의 사람들, 그리고 두세 명의 장교들과 열심히 춤을 추고 있었다.

그동안 다아시는 방 한구석에 서서 이처럼 대화가 없는 모임은 난생 처음 보았다고 생각하며 끓어오르는 화를 혼자 삭이고 있었기 때문에, 윌리엄 루커스 경이 다가와 말을 걸 때까지 그가 옆에 있다는 것도 전혀 의식할 수 없을 정도였다.

"정말이지. 춤추는 젊은이들을 보면 너무 아름답단 말이야. 춤이야말로 가장 멋진 취미 활동이 아닌가?"

"옳으신 말씀입니다. 하지만 어중이떠중이 모두가 즐긴다는 약점도 있지요."

다아시의 가시 돋친 대답에도 윌리엄 경은 그저 미소를 지을 뿐이었다.

"자네 친구는 무척 즐거워 보이는데… 자네도 춤을 잘 추지 않나?" 빙리 씨가 춤추는 모습을 보고 루커스 경이 말했다.

"메리튼에서 제가 춤추는 걸 보셨나 보죠?"

"물론이지. 아주 멋지게 추더군. 세인트 제임스(영국의 왕궁)에서도 가끔씩 추는가?"

"아닙니다."

"그곳에서의 춤은 당연한 의례이자 격식이지."

"저는 그처럼 격식을 갖춰야 하는 자리는 되도록 피하고 있습니다."

"런던에 집이 있는 것으로 아는데……."

다아시는 대답 대신 고개를 끄덕여 긍정의 뜻을 표시했다.

"나도 한때는 런던에서 살고 싶었지. 상류사회의 분위기가 좋아서 말이야. 하지만 공기가 좋지 않거든."

루커스 경은 대답을 기대하는 듯했지만 다아시는 묵묵부답이었다.

그 때 엘리자베스가 두 사람에게로 다가왔고, 루커스 경은 큰 목소리로 이렇게 말햇다.

"엘리자 양. 왜 춤을 추지 않나? 다아시 씨! 이 멋진 아가씨를 자네의 파트너로 소개해도 되겠나? 설마 이런 미인을 두고도 춤을 마다하진 않겠지?"

손을 잡힌 엘리자는 다소 당황한 것 같았지만 그다지 싫은 기색은 보이지 않았기에, 루커스 경은 그녀의 손을 다아시에게로 이끌었다. 그러자 갑자기 그녀는 몸을 사리며 다소 불안한 음성으로 말했다.

"죄송하지만 저는 지금 춤을 추고 싶지 않아요. 그럴 생각으로 이리로 온 것은 아니에요."

다아시는 한껏 정중하게 그녀의 손을 잡을 수 있는 영광을 누리겠다고 했지만 엘리자베스의 태도는 단호했다. 윌리엄 경의 설득도 별로 소용이 없었다.

"춤을 무척 잘 추던데, 그렇게 아름다운 모습을 볼 수 없다는 것은 가슴 아픈 일이오. 더구나 이 청년은 우리를 즐겁게 해주려는 것 같으니 좋은 기회가 아니겠소?"

"다아시 씨는 예의가 바른 분이시죠."

엘리자베스가 웃으면서 말했다.

"정말 그렇소. 하지만 엘리자 양, 다아시 씨가 친절하게 대하는 것을 이상하게 여길 필요는 없겠지. 이런 멋진 여인을 세상에 어느 누가 싫다 할까?"

하지만 엘리자베스는 장난스런 표정을 보이며 고개를 돌렸고, 다아시 역시 기분이 상한 것 같지는 않았다. 그 때 빙리 양이 다가와서 말을 걸었다.

"난 오빠가 무슨 생각을 했는지 알 것 같아요."

"그게 무슨 말이야?"

"이런 곳에서 이렇게 며칠을 보내는 일이 힘들다고 생각하고 있죠? 저도 같은 생각이에요. 이렇게 번거로운 일이 어디 있겠어요? 재미도 없고, 사람들은 주제도 모르면서 위세만 부리고 말예요."

"틀렸는걸. 나는 지금 기분 좋은 일을 생각하고 있는 중이거든. 사실은 어떤 숙녀의 아름다운 눈에서 커다란 기쁨의 빛을 찾으려 하고 있었어."

빙리 양은 그의 얼굴을 뚫어져라 들여다보며, 대체 그런 생각을 품게 한 여인이 누군지 알고 싶다고 했다.

"엘리자베스 베넷 양이야."

"엘리자베스 양이라고요? 정말 놀랄 일이군요. 대체 언제부터 그녀를 좋아하게 되었죠? 그럼 언제쯤 축하 인사를 드려야 하나요?"

"그렇게 물어볼 줄 알았어. 여자의 상상력이란 빠르니까. 관심 있으면 연애하는 것이고, 연애하면 바로 결혼하는 것으로 여기니 정말 놀랄 일이야."

"하지만 진심이라면 결정 난 것이나 다름없지 않겠어요? 게다가 장모 되실 분도 여간 좋은 분이 아니시니 좋으시겠어요. 그러면 펨벌리에서 함께 살게 되나요?"

그녀가 멋대로 상상의 나래를 펴며 즐겁게 떠드는 동안, 다아시는 무관심한 척 듣고만 있었다. 하지만 빙리 양은 그의 침착한 모습으로 미뤄 짐작할 때 아마도 자신의 생각이 틀림없을 것이라 확신하고 있었다.

7

🌿

베넷 씨가 가진 재산은 거의가 토지였기에, 연수입이 2천 파운드 남짓했다. 그나마 불행하게도 상속인이 없어서 먼 친척 한 사람에게 상속하기로 되어 있었다. 어머니도 어느 정도 재산이 있었지만 집안을 꾸려가기에는 턱없이 모자랐다. 그녀의 친정아버지는 딸에게 4천 파운드의 유산을 남겼던 것이다.

그녀의 여동생은 메리튼에서 변호사를 지낸 아버지를 돕던 필립스라는 청년과 결혼을 했고, 필립스의 동생은 런던에서 장사를 하고 있었다.

롱본은 메리튼에서 1마일밖에 떨어지지 않은 곳이었다. 대개 일주일에 서너 번 정도 메리튼에 있는 이모를 방문하고, 길 건너에 있는 양품점에 가지 않고는 배기지 못하는 여자들에겐 딱 알맞은 거리였다. 이런 이유로 가족 가운데 가장 어린 캐서린과 리디아는 메리튼을 자주 왕래했다.

두 사람은 언니들과는 달리 별다른 일도 없는 만큼 오전 시간을 대충 보내고서, 저녁에 풀어 놓을 이야기를 듣기 위해서라도 메리튼으로의 산책은 거를 수 없는 행사가 되어 있었다.

원래 시골이란 관심을 가질 만한 새로운 소식도 거의 없고, 듣기도 힘들지만, 그들은 언제나 이모로부터 이야기를 듣곤 했던 것이다.

지금은 의용군 부대가 근처로 이동해 왔기 때문에 제법 새로운 소식도 들을 수 있었고 색다른 즐거움도 있었다. 부대는 겨울 동안 주둔할 예정이었고, 사령부는 메리튼에 있었다.

이모인 필립스 부인은 늘 새롭고 흥미로운 정보를 전해 주었다. 날마다 젊은 장교의 이름이나 출생지, 이력 등이 쏟아져 나왔고, 두 처녀는 이를 차곡차곡 머릿속에 넣어 두고 있었다. 이제 그녀들은 부대의 웬만한 사항은 부대원보다 더욱 잘 알게 된 것이다.

이모부 필립스 씨는 군인들과 잘 아는 사이였기에, 자나깨나 군인들에 대한 이야기를 했으므로 조카들은 늘 새로운 정보를 얻을 수 있었다.

재력가인 빙리의 이야기가 나오면 어머니는 눈을 빛냈지만, 소녀들에게는 많은 재산도 군복만큼 멋있게 느껴지지 않았던 것이다.

어느 날 아침, 딸들의 수다를 들은 베넷 씨가 차갑게 말했다.

"너희들 얘기를 들어 보니 참 모자란 아이들 같다는 생각이 드는구나. 오랫동안 그렇지 않을까 하고 생각해 왔는데, 이젠 확실히 알았어."

당황한 캐서린은 제대로 대답도 못한 반면, 리디아는 아버지 말은 한 귀로 흘려보냈는지 여전히 카터 대위를 칭찬하기에 바빴다. 내일이면 런던으로 떠나니 오늘 만나야 한다는 식이었다.

"당신도 너무하세요. 자식들을 그렇게 모자란 애들로 여기시다니. 저라면 남의 자식은 욕하더라도 우리 애들 험담은 하지 않을 텐데."

베넷 부인이 말했다.

"자기 자식이 바보라면 그 사실을 알고 있어야 하는 거요."

"하지만 우리 애들은 모두가 똑똑하잖아요."

"그게 바로 당신과 나의 다른 점이지. 우리 두 사람의 의견이 같다고 여겨 왔는데, 두 아이에 대해서만은 극단적으로 다르군."

"철부지 아이들에게 너무 많은 걸 바라는 당신이 잘못된 거죠. 저 애들도 나이가 들면 군인 얘긴 하라고 해도 하지 않을 거예요. 저도 한때는 붉은 군복이 너무나 멋지다고 생각한 적이 있거든요. 그리고 윌리엄 경 저택에서 만난 포스터 대령은 군복이 정말 잘 어울리던걸요. 만일 1년에 5, 6천 파운드 정도 버는 군인 장교가 우리 애들 중 하나를 선택한다면 저는 거절하지 않겠어요."

"이모 말씀으로는, 포스터 대령과 카터 대위는 처음 왔을 때처럼 그렇게 자주 워트슨 양 집에 드나들지는 않는다고 해요, 엄마. 그런데 요즘은 클라크 댁에 많이 가시는 것 같대요."

때마침 하인이 마침 베넷 양 앞으로 온 편지를 가지고 왔다. 네더필드로부터의 회답을 기다리고 있던 부인은 눈에 기쁨이 가득하여, 딸이 편지를 읽고 있는 동안을 참지 못하고 계속 물었다.

"어디서 온 거니? 무슨 내용이야? 제인! 빨리 읽고 얘기해 봐 뭐라고 쓰여 있는지, 어서!"

"빙리 양이 보낸 거예요."

제인은 편지를 소리 내어 읽었다.

친애하는 친구에게.

만일 오늘 내가 루이저 빙리와 식사를 함께 한다는 사실을 당신이 동정해서 우리와 함께 식사해 주지 않는다면, 우리 자매는 앞으로 살아가는 동안 서로를 미워하게 될지도 몰라요.

여자 둘이서 온종일 붙어 있다 보면 결국 싸움을 하게 마련이거든요.

이 편지를 받는 즉시 빨리 와주었으면 해요. 오빠와 남자분들은 장교들과 식사를 하러 나갈 예정이니까요.

샬롯 빙리

"장교들하고 식사를 한다구?" 리디아가 소리 질렀다. "이모는 그런 말씀이 없으셨는데."

"식사를 하러 나갈 거라니. 정말 운이 나쁘구나." 베넷 부인이 말했다.

"마차를 타고 가도 될까요?" 제인이 말했다.

"아냐, 말을 타고 가는 게 좋겠어. 비가 올 것 같으니까. 그렇게 되면 그 집에서 잘 수도 있고."

"참 좋은 아이디어예요. 그 집 식구들이 억지로 돌려보내려고만 하지 않는다면요." 엘리자베스가 끼어들었다.

"하긴, 남자들이 메리튼으로 갈 때 빙리 씨네 마차를 타지 않을까? 허스터 씨 집에는 말이 없으니까."

"그래도 마차로 가고 싶어요."

"그렇지만 너희 아버지가 말을 빌려 주지 않을지도 몰라. 농장에서 필요하거든. 어때요, 여보?"

"말은 농장에서 더 필요한 거다."

"하지만 만약 아버지가 오늘 말들을 빌려주신다면 엄마 뜻대로 되는 거네요." 엘리자베스가 말했다.

결국 제인은 말을 타고 가지 않을 수 없게 되었고, 어머니는 날씨가 좋지 않을 것이라며 문밖까지 나와 배웅을 했다. 결국 모든 것이 어머니가 바라는 대로 된 것이다.

출발한 지 얼마 지나지 않아 억수같이 비가 쏟아지기 시작하자, 동생들은 걱정을 했지만, 엄마는 오히려 기뻐하고 있었다. 비는 밤새도록 줄기차게 내렸다. 이제 제인은 돌아오려야 돌아올 수가 없게 된 것이었다.

"내 생각대로 되어 가는구나."

베넷 부인은 마치 자신이 비가 오도록 한 것처럼 말했다. 다음날 아침에 가서야 자신의 계획이 자아내는 행운을 알게 되었다.

아침 식사를 막 마쳤을 즈음, 네더필드의 하인이 와서 엘리자베스에게 편지를 전했다. 그 내용은 다음과 같았다.

사랑하는 리지!
어제 비에 많이 맞아서인지 오늘 아침 기분은 썩 좋지가 않구나.

이 댁의 식구들은 내가 컨디션을 회복할 때까지 집으로 돌려보내지 않겠다고 하시는구나.

그리고 존스 선생님께 진찰을 받아 보라고 권하셨어. 그렇지만 내가 진찰받았다는 얘길 듣고 놀라지 마. 목이 좀 아프고 약간의 두통이 있는 것 외엔 괜찮으니까.

언니가

"당신은 딸이 병이 나서 죽는다고 하더라도 빙리 씨를 따라다니다가 그런 거라고 하면 마음이 편하겠지. 모두가 당신이 시킨 대로 한 거니까."

엘리자베스가 편지를 다 읽고 나자 베넷 씨가 말했다.

"아빠도 참! 언니가 죽긴 왜 죽어요. 감기 좀 앓는다고 사람이 죽나요? 그 집 식구들이 잘 돌봐줄 텐데요. 거기에 있는 동안은 문제가 없다구요. 마차만 준비되면 내가 당장 가서 만나보겠어요."

사실 그녀는 말을 탈 줄 몰랐기에 걸어갈 수밖에 없었다.

"넌 어쩌면 그렇게도 생각이 짧으냐? 길이 온통 진흙투성이인데도 가겠다고? 그 집에 도착했을 때는 도저히 봐주기 힘든 상태일 텐데?" 어머니가 목소리를 높였다.

"그게 뭐 어때서요? 언니를 만나러 가는 건데요, 뭐."

"네가 아버지를 슬쩍 떠보는구나. 말을 빌려 달라고."

"아녜요. 걸어가기 힘들어서 그런 건 아니란 말예요. 마음만 먹으면 그까짓 3마일 정도는 갔다가 저녁 식사 전까지 돌아올 수 있으니까요."

"언니의 드넓은 마음에 그저 감탄할 뿐이야." 메리가 한 마디 하고 나섰다. "하지만 모든 일은 이성적으로 판단해야 하는 거예요. 노력은 필요에 따라서 해야 하고요."

"메리튼까진 우리가 같이 가줄게." 캐서린과 리디아가 말했다.

결국 엘리자베스는 그들의 뜻을 받아들였고, 세 여인은 함께 집을 나섰다.

"빨리 가면 카터 대위가 출발하기 전에 도착할 수 있을 거야." 리디아가 말했다.

그들은 메리튼에서 헤어졌다. 동생 둘은 어느 장교 부인의 숙소로 갔고, 엘리자베스는 계속 걸음을 재촉했다. 빠른 걸음으로 들판을 가로질러 울타리를 넘고, 빗물이 괸 웅덩이를 뛰어넘고서 마침내 저택이 보이는 곳에 이르렀을 때, 양말은 온통 젖어 있었고, 발목은 아팠으며 얼굴은 벌겋게 달아올라 있었다.

집에 도착한 엘리자베스는 거실로 안내되었다. 그곳에는 제인을 빼놓고 모두 모여 있었는데, 그녀가 나타나자 모두들 깜짝 놀랐다. 궂은 날씨인데다가 이처럼 이른 시간에 그것도 혼자서 먼 거리를 걸어왔다는 사실을 허스트 부인과 빙리 양은 믿지 않았던 것이다.

사람들의 묘한 반응에 엘리자베스는 그 집 식구들이 자신을 얕본다고 오해하기에 이르렀다.

그러나 그녀를 맞는 두 사람은 무척 정중했고, 빙리의 태도에서는 정중함 뿐 아니라 상냥함과 친절함까지도 느껴졌다.

다아시는 거의 말이 없었고, 허스트는 한마디도 하지 않고 있었다. 다아시는 엘리자베스가 운동을 했기 때문에 얼굴에서 빛이 난다고 칭찬하면서도, 혼자서 이렇게 먼 곳까지 걸어오는 것이 과연 올바른 것이었는가를 생각하고 있었고, 허스트는 오로지 아침 식사만 생각하고 있었다.

언니의 병세를 물어보았으나 대답은 썩 만족스럽지 못했다. 지난밤에 잠을 잘 자지 못했고, 지금은 깨어나긴 했지만 열이 높아 밖으로 나올 수 없다는 말을 전해 들었을 뿐이었다.

엘리자베스는 언니가 머물고 있는 방으로 갔다. 제인은 마침 누군가 네더필드 저택을 방문해 달라고 부탁하는 편지를 쓰려다가 식구들을 놀라게 할까봐 그만두었던 참이라 동생을 보고 무척 기뻐했다. 하지만 그녀를 안내한 빙리 양이 방을 나가자 모두가 매우 친절하게 대해 준다는 말 이외엔 별로 할 말도 없었다.

아침 식사가 끝나자 빙리 자매가 자리를 함께 했다. 엘리자베스는 빙리 자매가 제인을 애정을 가지고 대하는 모습을 보고 그들이 좋아졌다.

잠시 후, 의사가 와서 진찰을 하더니 생각대로 심한 감기이므로 잘 간호해 주기를 부탁한다면서 환자를 침대에 눕히고 물약을 주었다.

제인은 점점 열이 나고 두통도 심해졌기에, 엘리자베스는 그녀를 극진히 간호했고 빙리 자매도 방을 나가지 않고 곁에 있었다. 남자들은 모두 외출을 했기에 사실 그들은 특별히 할 일도 없었다.

3시가 되었다. 엘리자베스는 내키지는 않았지만 집으로 돌아갈 때가 되었노라고 말했다. 그런데 빙리 양이 마차를 내어 주겠다고 해서 약간의 실랑이가 벌어졌다. 옥신각신한 끝에 엘리자베스가 간신히 그 제안을 받아들였지만, 또 다른 의견에 의해 모든 것은 원점으로 돌아갔다. 동생이 가고 나면 제인이 무척 섭섭해 할 것이라는 의견이었다.

빙리 양은 엘리자베스에게 언니와 함께 이곳에 머물면 어떻겠냐고 물었다. 엘리자베스는 그녀의 제의를 흔쾌히 받아들였고, 네더필드에 머물게 된 연유를 알리는 한편 갈아입을 옷을 가져 오기 위해 롱본으로 하인을 보냈다.

8

❧

5시가 되자 빙리 자매는 옷을 갈아입는다며 방을 나갔고, 6시 30분에 엘리자베스는 저녁 식사 초대를 받았다.

식사를 하는 중에 사람들이 근심스런 어조로 제인의 안부를 물어 왔다. 특히 빙리는 무척 염려하는 듯했다. 기분은 뿌듯했지만, 엘리자베스는 사람들이 만족할 만한 대답을 할 수가 없었다. 제인의 경과가 그다지 좋지 않았기 때문이었다.

그녀의 이야기를 들은 빙리 자매는 '정말 가엾다'며, 그토록 지독한 감기를 앓는다는 것은 생각만 해도 끔찍하다고 말했다. 그리고 자신들은 병에 걸리는 것을 정말 싫어한다고 서너번이나 되풀이해서 말하고는 그 일에 대해서는 더 이상 생각조차 하지 않았다. 아무리 당사자인 제인이 이자리에 있지 않다고 해도, 빙리 자매가 보이는 냉담한 태도에 엘리자베스는 생각이 바뀌었다. 빙리 자매를 미워하게 된 것이었다.

반면에 빙리에 대해서는 변함없이 호감을 가질 수 있었다. 그가 제인에게 보이는 관심은 지대한 것이었고, 엘리자베스에게도 더없이 친절하게 대했기 때문이었다.

그래서 다른 사람들은 엘리자베스를 불청객 취급을 했지만, 그녀는 개의치 않기로 했던 것이다. 사실 빙리를 제외한 다른 사람들은 그녀에게 별다른 신경을 쓰지 않고 있었다. 빙리 자매 중 언니는 다아시 씨에게 푹 빠져 있었고, 동생도 마찬가지였다.

엘리자베스 옆에 앉은 허스트는 워낙 게을러서 그저 먹고 마시며 카드놀이나 하는 사람처럼 보였는데, 그녀가 스튜보다는 신선한 요리를 좋아한다는 사실을 알고 난 뒤부터는 아예 입을 다물고 있었다.

저녁 식사를 마친 뒤, 엘리자베스는 바로 언니 방으로 돌아갔다. 그녀가 방을 나가자마자 빙리 양은 욕을 했다. 엘리자베스가 너무 자존심이 강하고 교만스럽다는 것이었다. 게다가 이야기를 제대로 하지도 못하며, 품위가 없고 별로 예쁘지도 않다고 했다. 허스트 부인도 같은 생각이라고 맞장구를 쳤다.

"걸음걸이 말고는 별로 볼 게 없어. 특히 오늘 아침의 그 꼴하고는… 정말 두고두고 잊을 수 없을 거야. 영락없이 야만인 같았다니까."

"맞아, 루이저. 나도 웃지 않으려고 얼마나 애를 썼다구. 아니, 감기든 사람은 언니인데 왜 자기가 나서서 야단이야? 그렇게 나설 것까진 없잖아. 게다가 산발한 머리는 뭐야, 단정치 못하게."

"그리고 속치마에 묻은 흙 보았어? 그걸 감추려고 겉옷을 한껏 내린 꼴락서니하고는……."

빙리가 동생의 말을 가로막았다.

"그만하면 됐다, 루이저. 아주 세세하게 잘도 보았구나. 그렇지만 내겐 하나도 안 보이던데. 오늘 아침 엘리자베스 양이 우리 집에 왔을 때는 아주 멋지게만 보이던걸. 속치마가 흙투성이였다구? 난 전혀 보지 못했는데."

"다아시 오빠! 오빠는 보았죠? 만약 오빠 여동생이 그런 모습이었다면 그냥 내버려 두었을까요?"

"말도 안 되는 일이지."

"3마일 아니라 4마일, 5마일 아니 몇 마일이라도 상관없겠지만 발목까지 빠지는 진흙길을 그것도 혼자서 걸어오다니! 그래서 대체 뭘 하겠다는 거야? 촌스러운데다가 건방지기 짝이 없어."

"그래도 언니를 끔찍이 생각하잖아. 기특한 일이지." 빙리가 말했다.

"다아시 씨, 혹시라도 오빠가 눈이 예쁘다고 칭찬한 그 여자의 모험정신에 충격을 받진 않았나요?"

빙리 양이 속삭이듯 말했다.

"전혀. 힘든 길을 걸어와서 그런지 그 아가씨의 눈은 더욱 빛나던걸."

잠시 흐르던 침묵을 깬 것은 허스트 부인이었다.

"나는 제인 베넷 양이 괜찮은 아가씨라고 생각해. 무척이나 상냥하거든. 좋은 남자와 결혼해서 행복하게 잘 살기를 진심으로 바라고 있어. 하지만 부모를 비롯해서 친척들이 그 모양이라니… 잘될 것 같지 않다는 생각이 들어."

"이모부 되시는 분이 메리튼에서 변호사를 하고 있다는 말을 들은 것 같아요."

"맞아. 또 한 분은 칩사이드(런던의 상업지구) 근처에 사신다더군."

"그런데 살다니… 참 대단하신 분이로군요."

여동생이 빈정대자 빙리의 음성이 커졌다.

"설령 칩사이드를 가득 메울 만큼 많은 숙부가 있다 해도 베넷 자매가 상냥하다는 사실은 변치 않아."

"하지만 교양 있는 사람과 결혼할 수 있는 기회는 줄어들겠지."

다아시의 말에 빙리는 더 이상 대꾸하지 않았다.

하지만 두 여동생은 그의 말에 동감을 표하며, 한참이나 칩사이드에 사는 베넷 집안의 친척을 비웃었다.

그러나 흥분이 가라앉자 그들은 곧장 제인의 방으로 가보았다.

제인의 상태는 썩 좋지 않았다. 엘리자베스는 언니 곁을 한시도 떠나지 않았지만, 밤이 깊어 제인이 잠들자 크게 내키지는 않았지만 빙리 자매와 함께 아래층으로 내려가 응접실로 갔다.

응접실에서 사람들은 카드놀이를 하고 있었다. 엘리자베스는 함께 어울리면 어떻겠냐는 말을 들었지만, 오가는 돈이 너무 큰 것 같아 거절하고 잠시 책을 읽겠노라고 말했다.

허스트가 깜짝 놀라며 물었다.

"카드놀이를 하는 것보다 책 읽는 게 더 재미있다니 정말 놀랍군요."

"엘리자 양은 독서광이라고 하더군요. 그런 사람이 카드놀이 같은 걸 즐길 리는 없겠죠."

여동생 양의 말을 들은 빙리가 반박하듯 말했다.

"언니 간호도 즐거운 마음으로 할 거예요. 그리고 완쾌되는 걸 보면 더욱 기뻐하실 거구요."

엘리자베스는 그에게 감사를 표하곤 몇 권의 책이 놓여 있는 테이블로 다가갔다. 그러자 그는 서재에서 다른 책들을 가지고 오겠다고 했다.

"베넷 양을 기쁘게 해드리고 저 자신을 위해서도 책이 더 많았으면 좋겠습니다. 저는 무척이나 게을러서 그나마 많지도 않은 책을 제대로 읽지도 못하고 있거든요."

그의 말에 엘리자베스는 이것만으로도 충분하다고 했다.

"참으로 어이가 없어요. 아버지가 남긴 책이 이것뿐이라니……. 다아시 씨, 펨벌리의 서재에는 훨씬 많은 책이 있겠죠?"

빙리 양이 말했다.

"당연한 일이죠, 몇 대에 걸쳐서 모은 것이니까요."

"오빠가 사 모은 것도 있잖아요. 늘 책을 읽는 사람이니까요."

"요즘 대부분의 가정에서 서재를 소홀히 여기는 것 같던데, 나는 도저히 이해할 수가 없어."

"소홀히 하시다뇨? 그렇게 훌륭한 저택을 아름답게 꾸미자면 무엇 하나 소홀히 할 수 없겠죠. 오빠, 우리도 다음에 집을 지을 때는 펨벌리의 다아시 씨네 반만큼이라도 지었으면 좋겠어요."

"그러면 얼마나 좋겠어."

"펨벌리를 모델로 삼아 근처에 집을 지으면 어때요? 더비셔보다 더 좋은 곳은 영국에선 없을 거예요."

"이보게, 다아시! 자네가 팔겠다고만 하면 내가 펨벌리를 몽땅 살 수도 있네."

"오빠! 저는 가능한 일만 얘기하고 있는 거예요."

"캐롤라인! 나도 진심이야. 흉내를 내기보다는 차라리 사들이는 것이 더 나을 수 있다고 생각해서 하는 말이야."

엘리자베스는 자기도 모르게 그들이 나누는 대화에 귀를 기울이게 되어 도무지 책을 볼 수가 없었다. 결국 그녀는 읽던 책을 덮어 두고 테이블 가까이로 갔다. 그리고 빙리와 그의 큰 여동생 사이에 끼어 앉아 카드놀이 하는 것을 지켜볼 생각이었다.

"다아시 씨! 여동생이 올봄에 많이 큰 것 같던데요."빙리 양이 말했다. "벌써 나만큼이나 키가 큰 걸요."

"그런 것 같군요. 엘리자베스 베넷 양과 거의 비슷한가? 아니 어쩌면 조금 더 클지도 몰라요."

"다아시 양을 꼭 다시 만나보고 싶어요. 여태까지 내가 만나본 사람 중에 가장 훌륭했어요. 빼어난 미모에 예의도 바르고 더구나 그 나이에 그렇게 피아노 연주를 잘 하다니. 정말 놀라워요."

"아무리 생각해도 알 수 없는 일이야. 젊은 여성들이 모든 걸 참고 그런 걸 다 배우다니."빙리가 말했다.

"젊은 여성 모두가 그런 걸 배운다고요? 대체 오빠는 무슨 뜻으로 얘기하는 거예요?"

"그거야 모두에게 하는 말이지. 화판에 색칠을 하고, 표구를 하는가 하면, 지갑을 만들기도 하지. 하긴 그런 걸 못하는 사람은 없겠지. 어떤 여자에 대한 이야기가 나돌면 당연히 뭐든지 잘한다는 말은 부록처럼 따라 붙으니까."

"흔해빠진 재능에 대한 자네의 생각으론 그럴 수 있겠지."다아시가 말했다.

"재능이란 말이 지갑이나 만들고 표구나 하는 부인들에게나 적용될 테니 말일세. 하지만 나는 자네의 생각과는 다르네. 내가 알고 있는 한 재능을 갖춘 여인은 반 정도도 되지 않는다고 생각하거든."

"저도 그래요."빙리 양이 말했다.

"그렇다면 빙리 씨가 생각하는 재능 있는 여자란 상당히 많은 뜻을 가졌다고 보아도 되겠네요."엘리자베스가 불쑥 나섰다.

"맞아요. 꽤나 많은 뜻이 포함되어 있죠."

"당연하시겠지요."빙리의 충실한 조수를 자처하는 여동생이 덧붙였다. "흔히 보는 것보다 훨씬 뛰어나지 않다면 결코 재능이 있다고 할 수 없겠죠. 그러기 위해서는 음악, 미술, 무용 그리고 외국어 등등을 완전히 자기 것으로 하고 있어야 되겠죠. 어디 그뿐이겠어요? 용모, 걸음걸이, 억양, 언어 표현 등이 남과는 달라야죠. 그렇지 않으면 재능이란 말은 절반도 가치가 없을 테니까요."

"당연히 그런 것을 전부 갖춰야겠지요." 다아시가 덧붙였다. "거기다가 다양하고 폭넓은 독서를 통해 본질적인 무엇인가를 갖추고 있어야 하겠죠."

"그 말씀을 듣고 보니 재능 있는 여자를 단지 여섯 명만 안다고 하셔도 저는 조금도 놀라지 않아요. 현재로는 한 사람이라도 알고 있다는 사실이 오히려 다행스러울 정도니까요."

"모든 가능성을 의심한다는 것은 동성끼리 너무 심한 것 아닐까요?"

"저는 지금까지 그런 여자를 만난 적이 없어요. 더욱이 빙리 씨께서 말씀하시는 것처럼 뛰어난 능력과 고상한 취미에 근면하고 우아하기까지 한 사람은 보지 못했거든요."

허스트 부인과 빙리 양은 엘리자베스가 은근히 내비친 의혹은 부당한 것이라며 반대 의사를 표했고, 방금 빙리가 말한 것과 같은 자격을 갖춘 부인은 얼마든지 있다며 항의를 했다. 이에 허스트는 한창 진행 중인 게임이 중단되었다고 불평을 늘어놓으며, 사람들에게 주의를 주었다.

때문에 이야기는 중단되었고, 엘리자베스는 방을 나가 버렸다. 그러자 빙리 양이 기다렸다는 듯 말을 꺼냈다.

"엘리자 베넷 양은 동성을 깎아내림으로써 이성의 환심을 사려는 사람 같아요. 대부분의 남성에게는 그런 수단이 통할지 몰라도, 무척 비열하게 여겨지는군요."

"맞아요. 상대의 마음을 얻기 위해 수단방법을 가리지 않는 여자도 있죠. 교활하고 비열한 행위는 경멸 받아 마땅해요."

다아시가 즉시 대답했지만, 빙리 양은 그의 답이 흡족하지는 않았는지 같은 주제에 대한 이야기를 계속했다.

얼마 지나지 않아 엘리자베스가 얼굴을 보였다.

"언니의 상태가 나빠져서 곁을 지키고 있어야겠어요. 죄송합니다."

이에 빙리는 곧바로 존스 선생을 불러 오도록 사람을 보내려 했다. 그러자 여동생들은 런던으로 사람을 보내 의사를 모셔 오면 어떻겠냐고 했다. 엘리자베스는 빙리의 말에는 찬성했지만 여동생들의 제안은 거절했다. 그래서 이튿날 아침까지 베넷 양이 확실한 차도를 보이지 않으면 아침 일찍 존스 선생을 부르기로 의견을 모았다.

빙리 씨는 안절부절 못했고, 동생들 역시 불안스런 마음에 저녁 식사를 마치고 함께 노래를 불러 울적한 마음을 달랬다. 빙리는 가정부에게 베넷 씨 자매를 잘 보살피라고 지시했지만 여전히 불안한 듯했다.

9

🍀

엘리자베스는 그날 밤을 언니와 함께 보냈다.

다음날 아침 일찍 빙리 씨는 하녀를 통해 제인의 안부를 물어 오고 얼마 지나지 않아 빙리 자매의 시중을 드는 하녀가 제인의 병세를 물었을 때 엘리자베스는 그럭저럭 괜찮다는 대답을 할 수 있었다.

어느 정도 몸을 회복한 제인은 롱본에 편지를 보내 달라는 부탁을 했다. 어머니가 직접 와서 병세를 보아 주었으면 하는 때문이었다.

편지는 즉시 전해졌고, 내용 또한 그대로 실현되었다. 아침 식사가 끝나자마자 베넷 부인이 두 딸을 데리고 네더필드에 도착한 것이었다.

만약 제인의 상태가 눈에 띄게 나빴더라면 베넷 부인은 무척이나 가슴 아파했을 것이었다. 하지만 그다지 염려할 정도는 아님을 알고 만족스러워했다. 그런 한편 몸이 회복되면 네더필드를 떠나야 했기 때문에 은근히 병이 낫지 않기를 바라고 있었다.

때문에 집에 데려가 달라는 딸의 말을 귀담아 듣지 않았다. 마침 거의 같은 때에 온 의사 역시 집으로 가는 것은 찬성할 수 없다고 하여 본의 아닌 지원을 한 셈이 되었다.

제인과 함께 있던 어머니와 세 딸은 빙리 양이 초대를 하자, 그녀를 따라 식당으로 갔다. 빙리 씨는 예의 바르게 베넷 집안 여성들을 맞으면서 제인의 상태가 생각보다 나쁘지 않았으면 좋겠다고 했다.

"썩 좋지는 않더군요. 지금 당장 옮길 만한 상태는 아니더군요. 존스 선생님께서도 움직일 생각을 하지 말라고 하셨고요. 그래서 폐가 되겠지만 조금 더 머물렀으면 합니다."

"옮기다뇨?" 빙리가 외쳤다.

"천만의 말씀입니다. 제 여동생들도 허락하지 않을 거구요."

"걱정하지 마세요, 부인." 빙리 양이 예의 바르지만 냉정한 태도로 말했다. "베넷 양이 저희 집에 있는 동안은 조금도 불편하지 않게끔 보살펴 드릴 테니까요."

정중한 빙리 양의 말에 베넷 부인은 감사의 뜻을 표했다.

"친구분들이 이렇게 친절하고 자상하지 않았더라면 그 애가 어떻게 되었을지 누가 알겠어요? 그 아인 그렇게도 힘든데도 잘 참아내니 참 대견스럽죠. 게다가 또 얼마나 상냥하다구요. 그 애 같은 아이는 좀처럼 찾아보기 힘들지요. 저는 늘 다른 애들한테 말하곤 하지요. 누구도 언니와는 상대가 되지 않는다고. 그런데 빙리 씨, 이 방은 무척 훌륭하네요. 자갈을 깔아 놓은 보도도 잘 보이고 말예요. 아마도 이 근처에서는 네더필드 만한 곳은 찾지 못할 거예요. 그러니까 절대 이곳을 떠날 생각은 하지 마세요. 혹시 계약기간이 짧더라도 말예요."

"저는 성질이 몹시 급한 편이라서요." 그가 대답했다. "그러니까 만약 네더필드를 떠나려고 마음만 먹는다면 5분 내로 떠날 수도 있다는 말이죠. 하지만 지금으로서는 이곳에 정착할까 생각 중입니다."

"제 생각과 같군요." 리지가 말하자 그는 고개를 돌리며 답했다.

"그 말 칭찬으로 받아들이겠습니다. 너무 많은 것을 알게 된다면 제가 너무 초라해질 수도 있으니까요."

"그냥 그렇게 말한 거예요. 빙리 씨보다 성격이 복잡하다고 더 대우를 받아야 할 이유는 없으니까요."

"리지, 말조심해라. 집에서 하듯 마음대로 말해서는 안 되는 법이다." 베넷 부인이 소리쳤다.

"미처 몰랐는데요. 따님이 사람의 성격을 연구하는 취미를 가진 줄은.

그거 무척 재미있겠는데요."빙리가 계속해서 말했다.

"재미있고말고요. 성격이 복잡하면 그만큼 흥미롭지요."

"이 고장에서는 그런 연구 대상이 별로 많지는 않을 것 같군요. 이웃도 극히 제한되어 있고 별다른 변화도 없으니까요."다아시가 대화에 끼어들었다.

"그렇긴 해도 사람들 자체가 무척 변화무쌍해서 항상 새로운 사실을 알아낼 수 있답니다."

"그렇고말고요."이 지방의 이웃 운운하는 그의 말이 거슬렸는지 베넷 부인이 음성을 높였다.

"재미있는 일은 시골이나 도회지나 별로 다를 게 없는 법이에요."

사람들은 무척이나 놀랐다. 특히 다아시는 잠시 그녀를 쳐다보고는 아무 말 없이 고개를 돌려 버렸다.

베넷 부인은 그에게 제대로 한 방 먹였다고 생각했는지 의기양양하게 계속 이야기를 했다.

"내 생각으로는 상점이나 몇몇 명소를 빼고는 런던이 시골보다 낫다고 여기지는 않아요. 오히려 시골이 재미있고 좋지요. 안 그런가요, 빙리 씨?"

"저는 시골에 있으면 좀처럼 떠나고 싶은 생각이 들지 않습니다. 그리고 도회지에 있어도 마찬가지입니다. 그러니까 사람은 저마다 장점과 단점이 다르기 때문에 즐거움도 다를 거라고 생각하고 있습니다."

"그건 빙리 씨가 성격이 좋아서 그런 거죠. 하지만 저 신사분은 이런 시골은 전혀 마음에 들지 않는 것 같네요."베넷 부인이 다아시를 곁눈질로 쳐다보며 말했다.

"그건 엄마가 잘못 알고 계신 거예요."엘리자베스가 얼굴을 붉히면서 말했다.

"다아시 씨는 지방에서는 도회지만큼 많은 사람을 만나기 힘들다고 말씀하신 것뿐이에요. 엄마가 이야기를 잘못 들은 거라구요."

"애야, 그건 말이다. 그래, 네 말도 맞아. 하지만 이 근처에서 사람을 많이 만나지 못한다고 했는데, 사실 따지고 보면 여기처럼 교제가 많은 곳도 없을 게다. 우리만 해도 함께 식사를 하는 집이 스물네 군데나 되지 않니."

베넷 부인의 이야기를 듣고 빙리가 웃음을 터뜨리지 않은 것은 오로지 엘리자베스가 기분을 상하지 않도록 하기 위함이었다.

하지만 그의 여동생은 참지 못하고 고개를 다아시 쪽으로 돌린 채 터져 나오려는 웃음을 참고 있었다.

엘리자베스는 화제를 돌리고자 자기가 네더필드에 온 후에 샬롯 루커스가 롱본에 왔는지를 물었다.

"그래 어제 아버지와 함께 왔었다."

그리고는 빙리를 돌아보며 말했다.

"윌리엄 경은 정말 너무 좋은 분이세요, 안 그래요? 상류층 인사의 표본이라 할 수 있죠. 점잖으신 데다 온화하시고 누구와도 허물없이 잘 지내시죠. 그분이야말로 이상적인 분이죠. 자기만 잘난 줄 아는 무표정한 양반은 단단히 잘못된 거예요."

"샬롯과 식사를 같이 하셨어요?"

"아니다. 빨리 집으로 돌아간다고 해서 하지 못했다. 아마 민스파이 때문에 일이 있었나 보지. 빙리 씨! 그러니까 나는 자기가 맡은 일은 제대로 할 줄 아는 하인들을 데리고 있는 거예요. 우리집에서는 조금 다르게 대하고 있긴 하지만. 그래도 모든 것은 그 사람 입장에서 생각해 줘야 하는 거 아닌가요? 루커스 씨 댁의 딸도 모두 훌륭하다고 할 수 있죠. 얼굴이 따라 주지 않는 게 흠이지만. 물론 그렇다고 해서 샬롯이 아주 못생겼다는 얘긴 아녜요. 그 집은 우리하고 무척 친하거든요."

"그녀는 정말 좋은 사람 같더군요." 빙리가 말했다.

"맞아요. 그렇지만 인물은 별로라는 사실을 아셔야 해요. 루커스 부인도 늘 그렇게 말씀하시고, 우리 제인이 예쁘다며 부러워하세요. 자식 자랑은 팔불출이라지만 우리 제인만한 인물은 좀체 보기 힘들거든요. 누구나 그렇게 말하지요. 나 혼자만의 생각이 아니라니까요. 그 애가 열다섯 살 때인가 런던에 있는 친정 동생 가드너 집에 갔는데, 손님 한 분이 오셨다가 그 애한테 반했는지 올케 말로는 우리가 떠나기 전에 청혼을 할 것이라고 했던 일도 있었어요. 뭐 그렇게 되진 않았지만요. 아마 우리 애가 너무 어리다고 생각했던 모양이에요. 대신에 그 사람이 그 애에 대해서 시를 썼다는데, 정말 아름다운 시였죠."

"그러면 그분의 사랑이 식었다는 말씀이세요?" 엘리자베스가 초조한 듯 말했다.

"제가 알기론 그렇게 해서 사랑을 얻은 사람이 무척 많지요. 대체 구애를 하는데 시가 효과가 있다는 사실을 처음 발견한 사람은 누구였을까요?"

"저는 시란 사랑이 담긴 음식과 같은 것이라고 여겨 왔습니다." 다아시가 말했다.

"그건 건전하고 바른 사랑의 경우겠죠. 본래 강하면 무엇이거나 양분이 될 수 있거든요. 하지만 사랑이 비실비실하다고 생각해 보세요. 아무리 멋진 시를 쓴다 해도 사랑을 굶겨 죽이고 말 테니까요."

다아시는 그저 웃을 뿐이었다. 하지만 모두가 아무 말도 하지 않고 어색한 침묵이 흐르자 엘리자베스는 어머니가 다시 주책을 부릴까 염려되었다. 그래서 뭔가 말을 해서 어머니가 나서지 못하도록 하고 싶었지만, 도무지 무슨 말을 해야 좋을지를 몰랐다.

그렇게 잠시 침묵이 흐르고 난 뒤, 베넷 부인은 제인에게 베풀어 준 친절과 리지가 본의 아닌 폐를 끼친 데 대해 빙리 씨에게 사과의 말을 전했다.

빙리는 조금도 망설이지 않고 공손하게 대답을 했고, 그의 여동생 역시 얌전해질 수밖에 없어 의례적인 답을 했다. 물론 그녀의 태도가 상냥하진 않았지만, 베넷 부인은 그런 대로 만족스런 표정이 되어 마차를 준비해 달라고 부탁했다.

그러자 막내딸이 앞으로 다가왔다.

네더필드에 와 있는 동안 두 딸은 머리를 맞대고 의논한 결과, 막내가 빙리 씨에게 '이곳으로 옮겨오는 즉시 무도회를 열겠다고 약속하지 않았느냐?'며 몰아붙이기로 했기 때문이다.

리디아는 열다섯 살이지만 이미 성숙한 체격을 가졌고, 얼굴이 밝고 선천적으로 쾌활한 기질을 가지고 있었다. 어머니는 그런 리디아를 좋아해서 어릴 때부터 사람들 앞에 나서도록 했다.

명랑하고 자신만만한 그녀에게 호감을 가진 장교들도 많았고, 그녀 또한 그런 사실을 알고 있었다. 물론 그녀의 이모부가 베푸는 훌륭한 만찬도 한몫을 한 것은 부정할 수 없을 것이다.

리디아는 무도회에 관한 이야기를 빙리에게 하면서 약속에 대한 주의를 환기시켰다. 만약 약속을 지키지 못하면 무척이나 수치스런 일일 것이라고 덧붙였다.

갑작스런 공세에 당황한 빙리의 대답은, 베넷 집안의 식구들이 환호성을 터뜨리도록 만들기에 충분했다.

"염려마십시오. 저는 제가 한 약속은 반드시 지키니까요. 하지만 언니가 저렇게 아픈데도 춤을 추고 싶진 않겠죠? 제인 양이 회복되는 대로 무도회를 열겠습니다."

리디아는 만족스럽다고 답했다.

"그래요. 언니가 나을 때까지 기다리는 게 좋겠어요. 그때가 되면 카터 대위님께서도 돌아오실 테니까요. 만일 네더필드에서 먼저 무도회를 열어 주신다면 제가 그분들에게도 부탁해서 무도회를 열게끔 해보겠어요. 그분들이 승낙하지 않으면 포스터 대령님께 일러바치면 되니까요."

베넷 부인과 동생들이 네더필드를 떠나자, 엘리자베스는 바로 제인 곁으로 돌아갔다. 자기 자신과 식구들의 행동에 대해 빙리 집안의 사람들과 다아시가 뭐라고 하든 신경을 쓰지 않기로 했다.

예상대로 빙리 양은 엘리자베스에 대해 이런저런 불평을 늘어놓았지만, 다아시는 그녀의 말에 전혀 동조하지 않고 있었다.

10

그날도 그 전날과 크게 다름없었다. 허스트 부인과 빙리 양은 오전에 얼마 동안 환자를 보살폈고, 제인은 서서히 회복의 기미를 보이고 있었다.

저녁이 되자 엘리자베스는 응접실로 가서 다른 사람과 함께 어울렸다. 어제와는 달리 모두가 카드놀이를 하고 있지는 않았다. 다아시는 편지를 쓰는 중이었고, 빙리 양은 그 옆에서 지켜보고 있었는데, 자꾸 그의 여동생에게 말을 전해 달라고 하여 주의를 산만하게 만들었다.

허스트와 빙리는 카드놀이를 하고 있었는데, 허스트 부인이 그들의 승부를 흥미로운 눈길로 구경하고 있었다.

엘리자베스는 뜨개질을 시작하며 다아시와 그의 상대가 나누는 대화를 엿듣고 내심 즐거워하고 있었다. 빙리 양은 다아시가 뛰어난 필체를 구사하는데다가 행이 고르며 편지의 길이도 적당하다며 칭찬했지만, 정작 다아시 본인은 무관심했기 때문에 대화는 겉돌 수밖에 없었다. 그것은 두 사람에 대해, 엘리자베스가 생각해 왔던 바와 일치하고 있었다.

"이 편지를 받으면 다아시 양이 무척 좋아하겠군요!"

그녀의 말에도 다아시는 대답이 없었다.

"편지를 무척 빨리 쓰시네요."

"그렇지 않아. 오히려 약간 느린 편이지."

"1년 동안 쓰는 편지가 무척 많겠죠? 사업상 보내야 하는 것까지 합치면 말예요. 저 같으면 지겨워서 쓰지 못할 거예요."

"그건 형벌이 아니고 오히려 축복이라고 해야겠지."

"제발 제가 다아시 양을 꼭 만나고 싶어 한다고 전해 주세요."

"그렇지 않아도 그렇게 썼어. 옆에서 줄곧 얘기했으니까."

"펜이 조금 이상한 것 같아요. 제가 고쳐 드릴게요. 이런 데는 솜씨가 있거든요."

"고맙군. 하지만 내가 지금 고치고 있잖아."

"어떻게 글씨를 그렇게 고르게 쓸 수 있죠?"

이 물음에 대해 다아시는 대답하지 않았다.

"다아시 양한테, 하프 솜씨가 많이 늘었다니 참 대단하다고 전해 주세요. 그리고 또 테이블의 예쁜 장식은 저를 황홀하게 만들었다고도 해주시고… 참, 그랜틀리 양의 것보다 훨씬 멋졌다고 써주세요."

"황홀한 내용은 다음 편지로 미루기로 하지. 그 말을 다 쓸 만한 여유가 없으니까."

"그래도 괜찮아요. 크게 중요하진 않으니까요. 그리고 1월이면 만날 수 있을 텐데요. 그런데 언제나 여동생에게 그렇게 긴 편지를 쓰시나요?"

"대개 길게 쓰는 편이지. 훌륭한지는 모르겠지만."

"긴 편지를 그렇게 쉽게 쓸 수 있는 사람은 절대 서투른 글을 쓰지는 않지요."

"그 말을 칭찬이라고 하니, 캐롤라인? 그렇게 쉽게 쓰는 것 같지도 않은데 말이야. 이봐, 다아시! 자네 4음절의 낱말을 찾느라 되게 애쓰고 있군, 안 그래?"그녀의 오빠가 말했다.

"내가 쓰는 문투는 자네하곤 달라."

"맞아요. 오빠는 생각 외로 아무렇게나 쓰는 편이거든요. 내용도 부실하고. 반쯤은 빼먹고, 나머지 반은 지워 버리곤 하니까요."빙리 양이 쏘아붙였다.

"머릿속에 떠오른 생각이 너무도 빨리 지나가고 마니까 미처 표현해낼 겨를이 없어서 그런 거야. 그래서 가끔은 내 생각이 상대에게 전해지지 않을 때도 있기는 해."

"겸손이 지나치시군요."엘리자베스가 말했다.

"겸손한 척하는 것처럼 사람을 기만하는 일은 없을 거요. 그건 남의 의견을 무시하는 것이고, 때로는 간접적인 자만이 될 수도 있으니까."다아시가 말했다.

"나의 겸손은 그 중의 어느 것이라 생각하나?"

"물론 간접적인 자만이지." 다아시가 말을 이었다. "자넨 실제로 글을 쓸 때의 결함을 내세우고 있으니까 말이야. 그 같은 결함은 두뇌회전은 빠르지만 손이 느린 데서 비롯되는 것이니까. 존중하긴 힘들지만, 자네는 어느 정도 흥미 있는 일이라고 여기고 있는 듯하네. 무엇이건 재빠르게 할 수 있다는 것은 그런 능력을 가진 이에게는 언제나 과대평가될 뿐, 그 일이 불완전하다는 사실을 지나치게 만들지. 오늘 아침, 자네가 베넷 부인에게 네더필드를 떠나려고 마음만 먹으면 5분 안에 떠날 수 있다고 했을 때, 그것을 스스로에게 보내는 찬사나 칭송처럼 했지만 아주 중요한 사실을 미완성인 채로 남겨 두고서, 자신은 물론 다른 사람에게까지 아무런 소용도 없는 일을 급하게 서두른 것에 불과하다네. 그게 뭐 대단한 일이라고 할 수 있겠나?"

"아침에 저지른 멍청한 일을 밤이 되어서 다시 떠올린다는 것은 쓸데없는 일이야." 빙리가 반박했다. "명예를 걸고 하는 말이지만, 나는 스스로에 대해 거짓이 없었고, 이 순간에도 그렇다고 믿고 있어. 그런 만큼 적어도 여자들에게 내가 두서없이 감정적으로 처리하는 남자로 보이고 싶지는 않았다는 말이야."

"자넨 그렇게 믿고 있는지 모르지만, 나는 자네가 그렇게 빨리 이곳을 떠나리라고는 절대 믿지 않아. 자네의 행위는 내가 알고 있는 어떤 사람들 못지않게 즉흥적이고 우연에 의한 것처럼 보이네. 자네가 친구 집에서 머물다가 떠나기 위해 막 말에 오르려 하는데, 친구가 자네더러 내주까지 머물러 주면 좋겠다고 하면, 틀림없이 머물 사람이거든. 아마 한 달이라도 머물 수 있을 거야."

"이것으로 확실해진 것은 빙리 씨가 자신의 기질을 올바르게 파악하지 못하고 있다는 것이죠. 다아시 씨는 이분 자신이 한 것보다 훨씬 과장되게 보신 거구요." 엘리자베스가 외쳤다.

"정말 고맙습니다." 빙리가 말했다. "친구의 독설을 저의 부드러운 기질에 대한 찬사로 바꾸어 주셨으니까요. 하지만 제가 보기에는 엘리자베스 양이 저 친구의 말을 완전히 곡해하신 것 같은데요. 만약 그런 상황이라면 제가 깨끗이 거절을 하고 말을 달려 빨리 떠나는 것을 이 친구는 더 좋게 생각할 테니까요."

"그렇다면 다아시 씨는, 한 번 하겠다고 마음먹은 일을 끝까지 밀고나가는 완고함을 가졌다고 생각하는 걸까요?"

"솔직히 말하자면, 그 점에 대해서는 명확하게 설명하기가 힘들군요. 직접 다아시의 말을 들어 보는 것이 좋지 않을까요?"

"자네는 자기 마음대로 내 의견이라고 정해 놓고는 이제 와서 나더러 설명하라는 것 같은데… 나는 절대 내 의견이라고 하지 않았네." 다아시가 발끈했다. "하지만 베넷 양, 이것만은 잊어선 안 되겠죠. 빙리의 친구가 붙잡을 때 그저 그렇게 하기를 바랐기 때문에 그렇게 말한 것이지, 그렇게 하는 편이 더 낫다는 이유 같은 건 하나도 없다는 것입니다."

"친구의 말에 순순히 따른다는 것이 미덕이라고 생각하지는 않으시나 보네요."

"확신이 없는데도 따른다는 것을 사려가 깊다고 할 수는 없지요."

"다아시 씨는 우정이나 애정 같은 감정은 전혀 고려하지 않고 있는 것 같네요. 청하는 상대가 진정한 마음을 품고 있다면 설득 당하기 전에 알아서 응하는 경우가 많죠. 저는 다아시 씨가 빙리 씨한테 일어날 거라고 했던 경우만을 말하는 것이 아니에요. 그러한 행위를 논하기보다는 차라리 그런 상황이 벌어질 때까지 기다리는 것이 더 낫지 않을까요? 하지만 친구 사이라면 보통 어느 한쪽이 크게 중요하지 않은 결정을 바꾸어 달라고 부탁했는데 거기에 응했다고 해서, 상대를 나쁘게 생각하겠어요?"

"계속 이 문제에 대해 논하기 전에 당사자 사이의 친밀도뿐 아니라, 그 요청이 얼마나 중요한 것인가에 대해 보다 명확한 선을 그어야 되지 않을까요?"

"그러면 상세한 얘길 들어보기로 할까요?" 빙리가 외쳤다. "두 사람의 키와 체격까지 포함해서 말예요. 베넷 양은 다소 의아하게 생각할지 몰라도 이 문제는 당신이 알고 있는 이상으로 토론의 쟁점이 될 수도 있으니 말이오. 가령 다아시를 저하고 비교한다면, 그토록 당당하고 그릇이 큰 사람이 아니라면, 나는 여지껏 보인 만큼의 반 정도의 경의도 표하고 싶지 않거든요. 때와 장소에 따라 그 친구만큼 무서운 존재가 또 있을지는 모르겠지만요. 특히 집에서 별로 할 일도 없는 일요일 저녁 같은 때 말입니다."

다아시는 웃는 표정을 하고 있었지만, 엘리자베스는 그가 약간 화가 나 있음을 알고 웃음을 참았다. 또한 빙리 양은 그런 말을 한 오빠를 비난하며 다아시가 모욕을 받았다는 사실에 분개하고 있었다.

"빙리! 이제야 자네 속셈을 알겠군." 그의 친구가 입을 열었다.

"자네는 논쟁에는 어울리는 사람이 아니야. 그러니 그만두세."

"그러는 게 서로에게 좋겠지. 작은 싸움이 큰 싸움이 되는 법이니까. 내가 방에서 나갈 때까지 자네와 베넷 양이 다른 말을 하지 않아 주었으면 하네. 내가 사라지고 나면 마음대로 얘기하도록 하게."

"저는 얼마든지 빙리 씨 말씀에 따를 수 있어요." 엘리자베스가 말했다.

"그래요. 다아시 씨도 쓰던 편지를 마무리해야 하거든요."

빙리 양의 말대로 편지를 다 쓴 다아시는, 두 여자에게 음악을 들었으면 한다고 말했다. 이에 두 사람은 바로 피아노 있는 곳으로 갔다. 빙리 양이 엘리자베스에게 먼저 칠 것을 청했지만, 그녀가 거절하자 결국 자신이 피아노 앞에 앉았다. 그녀의 반주에 맞춰 허스트 부인이 동생과 함께 노래를 불렀다.

여인들이 노래를 부르는 동안, 피아노 위에 있는 악보를 넘기던 엘리자베스는 다아시의 눈길이 자신에게서 떨어지지 않고 있음을 알아챘다.

그녀는 자신이 다아시처럼 대단한 사람의 눈길을 받으리라고는 상상조차 못했다. 물론 그렇다고 해서 자기를 미워해서 바라보는 것이라고는 절대 생각하지 않았지만.

그러나 그녀는 자신이 다아시에게 주목을 받고 있다는 사실이 좌중의 누구에게나 비난을 받을 수도 있다는 생각을 하지 않을 수 없었다. 그에게 잘못 보인다고 해도 마음이 아플 것은 없었다. 그만큼 그녀는 다아시가 못마땅했던 것이다.

빙리 양은 이탈리아 노래 몇 곡을 친 다음, 경쾌한 스코틀랜드 곡을 연주하여 흥을 돋웠다. 다아시는 엘리자베스에게로 다가와서 말했다.

"베넷 양! 유쾌하게 춤을 추고 싶진 않으신가요?"

엘리자베스는 미소를 머금었지만 대답하지는 않았다. 그녀의 침묵에 당황한 다아시는 방금 전에 한 질문을 되풀이했다.

"어머나! 아까도 그랬지만 당장 뭐라고 대답해야 할지 모르겠어요. 다아시 씨는 저의 저속한 취미를 비웃기 위해 저한테 '예!' 라고 하는 대답을 듣고 싶어 하는 것 같은데요. 하지만 저는 그런 부류의 사람에게서 벗어나는 게 다시없는 즐거움이랍니다. 그래서 저는 춤 따위는 추지 않기로 했어요. 이제 비웃고 싶으시면 그래도 좋아요."

"그럴 생각은 전혀 없습니다."

엘리자베스는 그가 면박을 당하면 벌컥 화를 낼 줄 알았지만, 의외로 순순한 그의 반응에 적지 않게 놀랄 수밖에 없었다.

그녀가 투정을 부리더라도 귀여움을 잃지 않았기에 좀처럼 상대방을 화나게 할 수 없었던 것이다.

따라서 다아시에게는 그녀만큼 자기의 마음을 사로잡는 사람은 없을 것 같았다.

만약 그녀의 집안이 조금만 더 좋았더라면 자신은 돌이킬 수 없는 상황에까지 이르렀을지도 모른다는 생각이 들었다.

빙리 양은 질투를 느끼며 그녀를 바라보았다. 친한 벗인 제인의 회복을 바라는 마음은 엘리자베스를 제거해야 된다는 강박관념으로 인해 더더욱 강해지고 말았다.

빙리 양은 여러 번 두 사람이 결혼한 경우를 가정해서 이야기를 했고, 그 같은 결합이 과연 그를 행복하게 할 수 있겠느냐는 식의 발언을 함으로써 다아시가 엘리자베스에게 혐오감을 가지도록 갖은 애를 썼다.

이튿날 함께 숲길을 거닐면서 그녀는 이렇게 이야기를 시작했다.

"만약 두 사람이 연분을 맺는다면 오빠가 장모님께 말수를 좀 줄여 달라고 넌지시 말씀해주세요. 그리고 그 다음에는 작은 따님들이 제발 장교들 뒤꽁무니를 쫓아다니도록 내버려 두지 말라는 말도 해주세요. 그리고 이건 좀 어려운 일일지 모르겠지만, 미래의 사모님이 되실 분은 지나치게 잘난 체하거나 무례한 점은 고치도록 하라는 말도 함께 전해 주셨으면 해요."

"제 가정의 행복에 대해 뭐 특별히 바라는 게 있으세요?"

"예, 처이모부 되시는 필립스 아저씨 내외분의 초상화를 펨벌리의 복도에 걸었으면 해요. 판사를 지내신 종조부님의 초상화 바로 옆에 말예요. 약간의 차이는 있지만 그래도 같은 계통에 종사하는 분들이니까요. 하지만 엘리자베스의 초상화는 그리기 힘들겠죠. 세상에 어떤 화가가 그렇게 예쁜 눈을 그려내겠어요."

"말씀대로 눈의 표정을 잡기는 쉽지 않겠지만, 색과 형태 그리고 아름답고 섬세한 속눈썹은 묘사해낼 수 있겠죠."

바로 그 순간 두 사람은 다른 곳에서 걸어오는 허스트 부인과 엘리자베스와 마주쳤다.

"두 분께서 산책을 나오실 줄은 몰랐어요."빙리 양은 혹시라도 두 사람이 자기가 한 얘기를 듣지 않았나 싶어 당황스런 목소리로 말했다.

"너무하군요. 산책 나온다는 말씀도 하지 않고요."허스트 부인은 이렇게 말하며 다아시의 다른 한 팔을 잡고서 엘리자베스가 혼자 걷도록 만들었다. 그 길은 기껏해야 세 사람이 함께 걸을 수 있는 길이었다.

다아시는 그들이 엘리자베스를 따돌리려 한다는 것을 알고 이렇게 말했다.

"이 길은 우리 모두가 걷기엔 너무 좁은 것 같군요. 가로수 길로 가는 게 좋겠어요."

하지만 엘리자베스는 그들과 함께 걷고 싶은 생각이 전혀 없었기에 웃으면서 말했다.

"그러실 것 없어요. 그냥 그대로 계세요. 세 분이 함께 있는 모습이 무척 잘 어울리거든요. 이런 모습을 연출하기란 무척 힘들죠. 그런데 네 사람이 되면 아름다운 장면이 망가질 수 있으니까 저는 빠질 게요. 그럼 안녕!"

말을 마친 그녀는 토끼처럼 빠르게 뛰어가 버렸다. 그리고는 하루나 이틀 후면 집으로 돌아갈 수 있다는 희망을 가지고 주변을 돌아다녔다.

그날 밤, 제인은 두 시간 정도 밖으로 나갈 만큼 건강이 회복되었다.

11

저녁 식사가 끝난 뒤, 부인들이 식당을 나가자, 엘리자베스는 2층에 있는 언니에게 달려갔다. 언니가 추위를 느끼지 않도록 옷을 단단히 입은 것을 보고서야 엘리자베스는 그녀를 부축해서 응접실로 내려왔다.

제인은 응접실에 있던 두 친구로부터 커다란 환영을 받았다. 엘리자베스는 남자들이 나타나기 전에 여자들끼리 그렇게 정답게 지내는 것을 결코 본 적이 없었다.

그들의 화제는 끝이 없었고, 말은 청산유수였다. 어떤 파티에 대해 이야기를 하는가 하면, 농담을 섞어 가며 어떤 일화를 말하고 있었고, 자기들이 알고 있는 사람들에 대한 이야기를 쉬지 않고 풀어 놓았다.

하지만 남자들이 나타나자 제인은 더 이상 관심의 대상이 될 수가 없었다. 빙리 양의 눈은 곧바로 다아시를 향했고, 그가 채 몇 걸음을 옮기기도 전에 무언가 말을 하지 않고는 견뎌낼 수 없는 듯했다.

그는 먼저 베넷 양에게 말을 건네며 몸이 회복된 것을 축하했다.

허스트도 가볍게 고개를 숙여 보이며 '다행입니다'라고 말했다. 이어진 빙리 씨의 인사말에서는 누구나 느낄 수 있을 만큼 넘쳐흐르는 정성을 엿볼 수 있었다. 말 한마디마다 기쁨과 걱정이 듬뿍 담겨 있었던 것이다.

혹시라도 그녀가 추위를 느낄까 봐 불을 지피는 데 30분 정도가 걸렸다. 그리고 빙리는 그녀를 입구에서 멀리 떨어져서 난로 가까이로 옮기도록 했다. 그리고 그녀의 옆에 앉더니 다른 사람들과는 거의 말을 하지 않았다.

엘리자베스는 반대쪽 모퉁이에서 이런 광경을 아주 흐뭇한 심정으로 바라보고 있었다.

차를 마시고 나자, 허스트는 카드놀이를 하는 게 어떻겠느냐며 처제의 의중을 떠 보았지만 헛수고에 그치고 말았다.

그녀는 다아시가 카드놀이를 그다지 좋아하지 않는다는 정보를 입수하고 있었다. 허스트는 아예 드러내놓고 카드놀이를 하자고 했지만, 깨끗이 거절당하고 말았다.

그녀는 아무도 카드놀이를 할 생각이 없을 것이라고 했는데, 모두가 입을 꾹 다물고 있는 것으로 보아 틀림없는 것 같았다. 결국 허스트는 소파 중 하나에 큰 대 자로 누워 잠을 청하는 수밖에 없었다.

다아시가 책을 펼치자, 빙리 양도 같이 책을 펼쳐 들었다.

허스트 부인은 팔찌와 반지를 매만지면서도, 간간이 베넷 양과 동생의 대화에 불쑥 끼어들곤 했다.

빙리 양은 다아시가 읽고 있는 책으로 눈을 돌리며, 쉼 없이 무슨 질문을 하거나 아니면 질문에 대답하고 있었다.

그녀는 그의 두 번째 작품이라는 이유만으로 펼쳐든 책을 보다가 하품을 하더니 말했다.

"이렇게 밤을 보내는 건 참으로 즐거운 일이죠. 독서보다 큰 즐거움을 주는 것은 없으니까요. 책 말고는 무엇이건 금방 싫증을 느끼게 되거든요. 다음에 내가 살 집에 멋진 서재가 없다면 정말 비참할 거예요."

하지만 아무도 대답을 하지 않자, 그녀는 다시 한 번 하품을 하고 나서는 책을 덮었다. 그리고는 무슨 다른 재미있는 일이 없을까 하고 방을 둘러보았다.

그리고 오빠가 베넷 양에게 무도회에 관한 이야기를 하고 있는 것을 알게 되자, 느닷없이 그를 향해 이렇게 말했다.

"오빠! 정말로 네더필드에서 무도회를 열 생각이에요? 결정하시기 전에 이 자리에 모인 여러분의 생각을 알아보도록 권하고 싶어요. 제가 잘못 알고 있는 건지 모르겠지만, 여기 있는 분 가운데는 무도회를 즐거움이라기보다는 형벌처럼 여기는 분도 계시거든요."

"다아시 말이라면 무도회가 열리기 전에 자면 될 거 아냐. 이건 이미 정해진 일이거든. 니콜즈가 수프만 충분하게 만들어 준다면 나는 지금이라도 초대장을 보낼 수 있어." 그녀의 오빠가 큰 소리로 말했다.

"저도 무도회를 참 좋아하거든요. 약간만 특이하게 진행된다면 말예요. 하지만 그런 모임이 판에 박은 것처럼 변함없이 진행된다면 지루하기 그지없겠죠. 춤 대신에 대화 위주의 모임이 된다면 무척이나 합리적이 되겠지만 말예요." 빙리 양이 대답했다.

"합리적이라……. 캐롤라인! 하지만 만약 그렇게 된다면 전혀 무도회 기분이 나지 않을걸. 안 그래?"

빙리 양은 그 물음에 대답을 하지 않고, 자리에서 일어나서 방안을 돌아다니기 시작했다. 그녀의 자태는 우아했고 걸음걸이도 맵시가 있었지만, 정작 그런 모습을 보아 주기를 바랐던 다아시는 한눈을 팔지 않고 독서에 열중해 있었다. 한껏 실망을 한 그녀는 다시 한 번 애를 써 보겠다고 마음을 먹고, 엘리자베스를 보며 말했다.

"엘리자 베넷 양! 제가 하는 대로 뒤를 따라서 방안을 돌아보시지 않을래요? 같은 자세로 오래 앉아 있는 것보다는 이렇게 조금씩 움직이면 한결 기분이 나아질 테니까요."

엘리자베스는 놀랐지만, 즉시 그녀의 제안에 동의했다. 빙리 양의 정중한 태도는 목표로 했던 상대에게도 효과가 있었다. 다아시가 고개를 들고 그쪽을 힐끗 보았기 때문이었다.

그는 빙리 양이 보기 드물게 정중히 행동하는 것을 보고 자기도 모르게 책을 덮었다. 그 역시 함께 걷지 않겠느냐는 권유를 받았지만 거절했다.

두 여인이 방안을 오락가락 하는 이유는 두 가지 밖에 상상되지 않았지만 자신이 낄 경우, 그 중 어떤 것이라도 방해가 될 것이라며 거절의 의사를 밝혔다.

"다아시 씨는 무슨 생각을 하고 있을까요? 혹시 알아요?" 빙리 양이 엘리자베스에게 물었다.

"전혀 모르겠어요."

"아마 우리들한테 관심이 없는 척하려는 것이겠죠. 이럴 때 상대를 실망시키는 가장 좋은 방법은 아무것도 묻지 않는 거예요."

하지만 빙리 양은 어떤 일에서든지 다아시를 실망시키지 않고자 그가 생각하는 두 가지 이유에 대한 설명을 끈질기게 요구했다.

"그 이유를 설명하는 것은 어렵지 않아요. 두 사람이 그런 식으로 밤을 보내기로 했다는 것은 우선 서로를 신뢰하여 어떤 비밀스런 대화를 나누고 싶든지, 아니면 그렇게 걷는 것이 아름다운 자태를 유지하는 데 큰 도움이 된다는 사실을 의식한 때문이겠죠. 만약 첫 번째 이유라면 나는 두 분에게 완전한 방해꾼이 될 것이고, 두 번째 이유라고 해도 난로 옆에 앉아 있어야 아름다운 두 분의 모습을 훨씬 더 잘 볼 수가 있겠죠."

"어머! 정말 놀랐어요!" 빙리 양이 말했다.

"전 이렇게 모욕적인 말을 들어 보지 못했어요. 그런 말씀을 하신 분께 어떤 벌을 드려야 할까요?"

"마음만 먹으면 쉬운 일이겠지요." 엘리자베스가 말했다.

"우린 서로를 괴롭히고 벌도 줄 수가 있어요. 그러니 오빠를 놀려 줘야 해요. 실컷 웃어 주는 거예요. 친한 사이라면 어떻게 해야 하는가를 알아야죠."

"정말 모르겠어요. 친하긴 해도… 그런 일까지 한다는 건. 냉정하고 침착한 사람을 놀리다니요! 난 못하겠어요. 그런 짓을 한다고 해도 눈 하나 깜짝하지 않을 거예요. 웃는 것도 그래요. 웃을 상대도 없는데 웃는다는 건 오히려 스스로에게 침을 뱉는 것이죠. 다아시 씨를 기쁘게 해주는 결과가 될 것이 뻔하거든요."

"다아시 씨는 남에게서 웃음을 살만한 사람이 아네요." 엘리자베스가 소리쳤다.

"호오, 특별한 생각을 가지고 있네요. 그런 사람이 많을수록 나는 힘들겠지요. 난 웃는 것을 매우 좋아하니까요."

"빙리 양은 저를 정도 이상으로 높이 평가하시는군요. 가장 현명하고 바른 사람 아니 가장 현명하고 바른 행위일지라도, 농담을 인생 최고의 목표로 삼는 사람에게는 웃음거리가 되고 마는 거예요"

"옳은 말씀이세요." 엘리자베스가 대답했다. "그런 사람이 있긴 하지만, 전 그런 사람은 아니에요. 현명하고 바른 것을 보고 웃고 싶지는 않으니까요. 솔직하게 말해서 멍청한 일이나 변덕스럽고 무분별한 행위를 보면 저도 웃긴 하지만… 제 생각에는 다아시 씨에겐 전혀 그런 점이 없는 것 같거든요."

"결코 쉽진 않을 걸요. 뛰어난 지성을 소유한 사람마저도 웃음거리로 삼으려는 저와는 행동을 달리 하려고 애쓰시는 것 같긴 하지만."

"예를 들면 허영심이라든가, 자존심 같은 거겠죠."

"맞아요. 허영심도 틀림없는 결점 가운데 하나겠죠. 하지만 진정으로 우수하다면 자존심도 잘 조절할 수 있을 거예요."

엘리자베스는 웃음을 감추려고 고개를 돌렸다.

"다아시 씨에 대한 검토는 이미 끝난 것으로 알고 있는데, 그 결과는 어떤가요?" 빙리 양이 말했다.

"다아시 씨에겐 티끌만한 결점도 없다는 걸 확신해요. 본인 스스로도 감추지 않고 인정하니까 말예요."

"아닙니다. 그렇게 주장한 적은 없어요." 다아시가 말했다. "저는 결점이 많습니다. 다만 이해력이 부족하지만 않았으면 좋겠어요. 저도 저 자신을 잘 알지 못하니까요. 유순하지 못해서 세상과 잘 어울리지 않는다는 점은 확실하죠. 저는 다른 사람이 저지른 어리석고 못된 행위를 잊지 못하지요. 당연히 잊어 버려야 할 일인데도 말이죠. 게다가 그런 제 마음을 바꿔 보려는 어떤 시도에도 쉽사리 말려들지 않지요. 제 기질은 어느 쪽인고 하면, 화를 잘 내는 편이고 한 번 싫으면 그걸로 영원히 끝이지요."

"그건 정말로 큰 결점이군요!" 엘리자베스가 말했다. "화를 잘 참지 못한다는 것은 정말 큰 결함이죠. 하지만 다아시 씨는 자신의 결점을 알고 계세요. 그런 만큼 웃을 수 없어요. 안심하셔도 좋아요."

"제가 알기로는 누구의 성격에나 독특하고 좋지 않은 부분은 있죠. 타고난 결점 말예요. 그건 아무리 교육을 받아도 극복할 수 없는 것이죠."

"그럼 다아시 씨의 성격적 결함은 모든 사람을 미워하는 건가요?"

그는 미소 지으며 대답했다. "음악이나 들어 볼까요?"

두 사람이 자기가 끼어들기 힘든 이야기를 계속하자 견디기 힘들어진 빙리 양이 말했다.

"언니, 허스트 씨를 깨워도 괜찮을까요?"

그녀의 언니가 조금도 반대하는 눈치를 보이지 않자 빙리 양은 피아노 뚜껑을 열었다.

다아시는 잠시 동안 뭔가 생각해 보는 듯 하더니 벌떡 일어났다. 그는 엘리자베스에게 지나치게 기울어지고 있는 자기 마음을 알고 스스로 위험을 느끼기 시작한 것이었다.

12

이튿날, 엘리자베스는 언니와 의논을 하여 아침 일찍 어머니에게 편지를 보내 그날 중으로 마차를 보내 달라고 했다. 하지만 베넷 부인은 제인이 네더필드에 묵기 시작한 지 일주일이 되는 다음 화요일까지는 그대로 있을 것으로 생각했기에, 그 전에 두 딸을 맞아들일 마음의 준비가 되어 있지 않았다.

이 때문에 어머니의 답신은 탐탁스러운 것이 되지 못했고, 빨리 집으로 돌아가고 싶어 하는 엘리자베스의 바람을 충족시킬 수 없었다.

베넷 부인은 화요일 전에는 마차를 사용할 수 없다는 말을 전하며, 만일 빙리와 그의 여동생들이 며칠 더 있으라고 권한다면 돌아오지 않아도 된다고 덧붙였다.

그렇지만 엘리자베스는 더 이상 네더필드에 머물지 않기로 굳게 마음 먹은 데다, 빙리 남매가 더 머물러 달라는 청을 하리라는 기대도 하지 않았다. 오히려 쓸데없이 오래 머물러 있음으로 해서 공연한 폐만 끼친다고 생각해서 사람들에게 눈치가 보일까 걱정하여, 제인 언니에게 빙리의 마차를 빌리도록 했다.

그래서 결국 그날 아침에 생각한 대로 네더필드를 떠나기 위해 마차를 빌리기로 합의를 보았다.

그녀의 말을 전해들은 빙리 자매는 이런저런 염려의 말을 늘어놓았다. 그리고 제발 하루만이라도 더 머물러 달라고 간청을 했기 때문에 결국 출발은 다음날로 연기되었다.

하지만 빙리 양은 금세 자기가 하루 더 있어 달라고 청한 것을 후회하기에 이르렀다. 엘리자베스를 질투하고 미워하는 마음이 그녀의 언니를 좋아하는 마음보다 훨씬 컸기 때문이었다.

또한 그 집의 주인은 두 사람이 그렇게 빨리 떠난다는 말을 듣고 몹시 유감스럽게 생각하여 베넷 양에게 아직 몸이 완전히 회복되지 않았다는 점을 여러 차례 강조하며 설득하려 했으나, 제인은 자신의 생각이 옳다고 믿고 있었기 때문에 주저하지 않았다.

반면 그녀들이 떠난다는 것은 다아시에게는 무척이나 반가운 소식이었다. 그가 보기엔 엘리자베스가 네더필드에 머무는 기간이 충분하다고 여긴 때문이었다.

엘리자베스는 다아시가 스스로를 주체하기 힘들 정도로 그의 마음을 끌었다. 게다가 빙리 양은 엘리자베스를 무례하게 대했고, 다아시 자신에게도 유난히 짓궂게 굴었다.

다아시는 여자를 칭찬하여, 그들이 남자의 행복에 영향을 미칠 수 있는 힘을 가지고 있다는 생각을 품도록 만들어 우쭐하게끔 하는 일은 절대 하지 않겠다고 속으로 결심하기에 이르렀다. 만일 그러한 생각을 그녀가 조금이라도 눈치를 채게 된다면 마지막 그의 행동이 그 같은 생각을 확인하거나 아니면 좌절시키는 데 결정적인 역할을 할 것이 틀림없다고 느꼈기 때문이었다.

그러한 생각을 굳게 지키기 위해 그는 토요일 하루 동안 그녀에게 채 열 마디도 하지 않았으며, 단 둘만이 있던 30분 동안에도 책에서 눈을 떼지 않고 그녀를 쳐다보지 않았다.

일요일 예배가 끝나자, 대부분의 사람들이 즐겁게 생각하는 작별이 이루어졌다. 엘리자베스에게 보이는 빙리 양의 더없이 정중한 태도는 제인에 대한 애정 못지않았다. 그녀는 작별 인사를 하면서, 제인에게 롱본이나 네더필드에서 만나게 되면 더욱 반가울 것이라고 말하고 포옹을 하였고, 엘리자베스와는 악수를 나눴다.

엘리자베스는 그들과의 작별이 기쁜 듯 명랑해 보였다.

그렇지만 어머니는 귀가하는 딸들을 결코 반갑게 맞지 않았다.

그들이 너무 일찍 돌아온 것을 의아하게 여겼으며, 그토록 어머니의 말을 듣지 않고 말썽만 일으키는 딸들을 못마땅하게 여겨 제인은 틀림없이 다시 감기가 걸릴 것이라고 했다.

이와는 반대로 아버지는 크게 내색하진 않았지만, 딸들의 얼굴을 보는 것이 무척 기쁜 듯했다.

베넷 씨는 딸들이 중요하다는 것을 새삼 느끼고 있었다. 저녁에 한자리에 모여 대화를 나눌 때 제인과 엘리자베스가 없으면 왠지 활기가 없어지고 별다른 의미도 없다는 식이었다.

메리는 평소와 다름없이 저음부와 인간성 연구에 여념이 없었다. 두 언니는 그녀가 구사하는 새로운 인용구에 감탄해야 했으며, 낡은 도덕론에 관한 새로운 견해를 들을 수 있었다. 그리고 캐서린과 리디아는 전혀 새로운 정보를 제공해 주었다.

지난 주 수요일 이후, 부대에서 여러 가지 일이 일어났으며, 색다른 화제도 풍성하다는 것이었다. 최근에 몇몇 장교가 이모부 집에서 식사를 했고, 사병 한 사람이 매를 맞았으며, 머지않아 포스터 대령이 결혼하게 될 것이라고 말했다.

<h1 style="text-align:center">13</h1>

"여보! 오늘은 특별히 맛난 음식 준비를 하도록 해요. 우리 식구 외에 또 한 사람이 올 예정이니까."

다음날 아침 모두가 아침 식탁에 앉았을 때 베넷 씨가 부인에게 말했다.

"누가 오는데요? 혹시 샬롯 루커스가 올지는 몰라도 그 밖엔 올 사람은 없을 텐데요. 샬롯이라면 제 솜씨면 충분하지요. 자기 집에서는 이런 음식을 먹기가 쉽지 않으니 말예요."

"내가 말하는 사람은 남자이고, 더구나 우리 집엔 처음 오는 사람이오."

베넷 부인은 눈을 빛내며 말했다.

"남자인데다가 처음 오는 사람이라면… 틀림없이 빙리 씨일 거예요. 아니 제인, 그런데도 넌 한마디 언질도 없다니. 앙큼한 것 같으니. 하지만 나도 빙리 씨를 만나면 좋지 뭐야. 그런데 어떡하나? 큰 일 났네. 생선 한 마리도 없으니 말이야. 리디아, 벨을 울려서 당장 힐을 불러오너라."

"어허, 빙리 씨가 아니라는데." 남편이 말했다. "나도 생전 처음 보는 사람이란 말이야."

아버지의 말을 들은 가족 모두가 놀랐다. 그리고 그는 한동안 부인과 다섯 명의 딸들로부터 즐거운 질문 공세에 시달려야 했다.

한참 동안 그 같은 즐거움을 맛본 베넷 씨는 이렇게 말했다.

"그러니까 한 달쯤 전에 이 편지를 받았어. 그리고 2주일 후에 답신을 보냈지. 일이 좀 까다로워서 제법 세심하게 주의를 기울였지. 친척인 콜린스에게서 온 편진데, 이 사내는 내가 죽고 나면 언제라도 자기가 원하는 때에 우리 식구들을 이 집에서 쫓아낼 수가 있는 사람이야."

"아니, 여보! 가만히 듣고 있을 수만은 없군요. 그런 지긋지긋한 사람 얘기를 왜 하시는 거예요? 당신의 재산이 한정 상속이 되도록 해서 친자식들에게 물려주지 못한다니… 이게 대체 무슨 일이에요? 제가 만일 당신이었다면 일찌감치 그 일을 매듭지었을 거예요." 아내가 말했다.

제인과 엘리자베스는 한정 상속의 개념을 어머니에게 설명하려 했다. 그들은 예전에도 여러 차례 설명한 적이 있었지만 이성적으로 베넷 부인을 설득하기란 불가능했고 부인은 끊임없이 누구도 좋아하지 않는 남자에게 딸들의 재산을 빼앗아 넘기는 일은 너무 심한 일이라며 비난을 했다.

"맞아. 그건 확실히 도리에 어긋난 일이지." 베넷 씨가 부인의 말을 받았다.

"무슨 일을 하더라도 콜린스 군이 롱본의 집을 물려받는 죄가 없어질 수는 없겠지. 하지만 이 편지를 읽고 그의 마음을 알게 되면 당신도 약간 생각이 바뀔 거야."

"아뇨, 제 생각은 절대 바뀌지 않아요. 절대로! 당신에게 편지를 보내는 것 자체가 무례하단 말예요. 위선자 같으니라구. 전 그렇게 속이 시커먼 사람을 싫어한단 말예요. 그 사내가 왜 자기 아버지처럼 당신하고 계속 싸움을 하지 않는지 모르겠군요."

"그거야, 자식으로서 신중하고자 하는 때문이겠지. 자, 내가 편지를 읽을 테니 들어 보구려."

켄트 주 웨스터램 근교 헌스퍼드에서
10월 15일

선친과 아저씨는 늘 사이가 좋지 않으셨기에 저는 늘 불안했습니다. 그러다가 부친상을 당하게 되었고, 저는 나름대로 두 분 사이를 되돌려 보고자 생각해 왔습니다.

하지만 생전에 사이가 좋지 못했던 분들끼리의 화해를 시도한다는 것도 선친의 혼백에 대해 불경스런 일이 되지 않을까 하는 염려스런 마음도 듭니다. 멀리 떨어진 탓에 서로 왕래가 뜸했던 것도 또 다른 이유였겠죠.

그러나 이제는 확고한 결심이 섰습니다. 부활절에 안수례를 받게 되어 다행스럽게 생각하며, 루이스 드 버그 경의 미망인인 라이트 어너러블(백작 이하의 귀족에게 붙이는 경칭) 캐서린 드 버그의 아낌없는 사랑과 그분의 가없는 은혜에 힘입어 이곳 교구의 막중한 목사직에 추천을 받았습니다.

부인께 감사하는 마음을 잊지 않고, 영국 국교가 제정한 성스러운 의식을 엄숙히 행할 수 있도록 항상 진지한 노력을 경주하려 합니다.

나아가 목사로서의 힘이 미치는 만큼 가정의 평화를 이루고 축복을 하는 것이 의무라고 여기고 있습니다. 이런 이유로 해서 화해의 제의를 하게 된 것을 영광스럽게 여기며, 아울러 제가 롱본의 재산을 한정 상속 하게 되는 권리를 가진 점을 양지하시어 평화의 상징인 이 올리브나무 가지를 거절하지 마시기를 빌어 마지않습니다.

본의 아니게 귀댁의 따님들께 손해를 끼치는 입장에 선 것을 송구스럽게 생각하며, 능력껏 보상을 해드릴 용의가 있음을 밝히는 동시에 심심한 사과를 드리는 바입니다. 그러나 이 문제는 나중에 말씀드리고자 합니다.

제가 귀댁을 방문하는데 이의가 없으시다면, 11월 18일 월요일 오후 4시까지 찾아뵙고, 토요일까지 폐를 끼칠 생각입니다.

제 염려는 하실 필요 없습니다. 다른 목사가 일요일의 예배를 대신해 주기로 했고, 캐서린 부인 역시 별다른 이의가 없으신 것으로 알고 있습니다.

가족들께 안부 전해 주시기 바랍니다.

윌리엄 콜린스 배상

"그러니까 4시까지는 화해의 사절이 오기로 되어 있단 말이오."편지를 접어 넣으며 베넷 씨가 말했다. "확실히 양심적이고 정중한 청년 같아. 캐서린 부인께서 그렇게 너그러운 마음으로 봐주셔서, 그 사람을 우리 집에 보내신다니… 틀림없이 가까이할 만한 사람일 거야."

"우리 애들에 대한 얘기를 보면 생각이 없는 사람은 아닌 것 같아요. 만약 애들에게 어떤 보상이라도 해줄 의사가 있다면 굳이 그의 의사를 막고 싶지는 않군요."

"대체 어떻게 우리가 만족스러워 할 만큼 보상을 해줄지는 모르지만, 적어도 그 마음만은 높이 사야 될 듯싶어요." 제인이 말했다.

엘리자베스는 특히 캐서린 부인에 대한 그의 특별한 존경과 필요하기만 하면 언제라도 교구 내의 세례나 결혼, 그리고 장례까지도 맡아 보겠다는 그의 의욕에 감탄했다.

"무척 독특한 인물 같아요. 이해하기가 상당히 어렵네요. 문체도 고어투이고, 내용도…… 자신이 한정상속자가 된 것에 대해 왜 사과를 하겠다는 건지? 그렇게 되기를 바라지 않는다는 것은 상상하기 어렵거든요. 대체 제정신일까요?"

"직접 만나 봐야 알겠지만 그렇지 않을 수도 있어. 편지를 보면 점잔을 떠는 구석도 있고 비굴함도 엿보이거든. 어쨌거나 빨리 만나 봤으면 좋겠구나."

"문장만으로 보면 그런 대로 괜찮은 것 같아요. 평화의 올리브 가지 같은 부분은 참신하진 않지만 그런 대로 괜찮은 표현이라고 여겨져요." 메리가 말했다.

캐서린과 리디아는 편지에는 물론 편지를 쓴 인물에게도 전혀 관심이 없었다. 그들의 친척이 빨간색 상의를 입고 방문하는 것은 거의 불가능한 일이며, 다른 색의 옷을 입은 사람을 맞이하는 즐거움을 맛본지는 벌써 몇 주일 전이기 때문이었다.

반면에 어머니 베넷 부인은 콜린스가 보낸 편지 내용을 듣고 그에 대한 악감정이 상당히 가신 것처럼 보였다. 그리고 남편을 비롯해서 딸들도 전혀 동요하지 않고 그를 맞이할 준비를 했다.

콜린스는 시간을 정확하게 지켰고, 베넷 가족은 정중하게 그를 맞았다. 베넷 씨는 거의 말을 하지 않았지만, 그는 곧 여인들의 말상대가 되어야만 했다.

콜린스는 키가 크고 중후한 인상을 가진 스물다섯 살의 청년으로, 의식적으로 침묵을 지키려 드는 편은 아니었다.

표정은 엄숙하며 위엄이 있었고, 태도는 극히 형식적이었다. 자리에 앉자마자 베넷 부인에게 딸들이 하나 같이 훌륭하다는 인사말을 하고는, 아름답다는 얘기는 들었지만 실제로 보니 소문보다 훨씬 미인이라며 칭찬을 아끼지 않았다. 그리고 언젠가는 모두가 훌륭한 상대를 만나 결혼할 것이라고 덧붙였다.

의례적인 찬사는 가족 가운데 몇몇의 취향에는 맞지 않았지만, 베넷 부인은 칭찬을 그대로 받아들이는 성격이었기에 바로 이렇게 대답했다.

"어머, 정말 친절하시군요. 그렇게만 된다면 얼마나 좋겠어요? 하지만 그렇지 못할 수도 있죠. 인생이란 늘 묘하게 흘러가는 법이니까요. 만약 혼사가 제대로 이뤄지지 않는다면 우리 딸애들은 참 가엾겠죠. 그건 인정하셔야 해요. 그렇다고 콜린스 씨 잘못이라는 건 아녜요. 흔히 일어날 수 있는 일이니까요. 재산이 일단 한정 상속되고 나면 나중에 어떻게 될 것인가는 누구도 알 수가 없겠죠."

"아름다운 따님들께는 고생이 되리라는 사실을 잘 알고 있습니다. 하고 싶은 이야기는 많지만 너무 서두르면 안 될 것 같아서 조심하고 있습니다. 다만 따님들에게 대해서는 제가 좋은 생각을 가지고 있다는 사실은 확실히 말씀드릴 수 있습니다. 그 외에는 더 이상 말씀드릴 수가 없습니다. 시간이 지나 서로를 보다 더 잘 알게 되면 모를까요?"

식사가 준비되었다는 전갈에 그의 이야기는 중단되고 말았다.

딸들은 서로를 마주보며 미소를 짓고 있었다. 콜린스가 칭찬하는 것은 딸들뿐이 아니었다. 그는 응접실, 식당을 돌아보며 탄성을 질렀고 가구를 보고는 칭찬을 아끼지 않았다. 이 모든 것들이 장차 자기 것이 될 것으로 생각하면서 보고 있는 것이 아니었다면, 그의 칭찬은 부인의 마음을 움직일 수 있을 정도였다.

식사를 하면서도 그의 칭찬은 계속되었다. 식사를 하면서 그는 예쁜 딸 가운데 대체 누구의 요리 솜씨가 이렇게 훌륭한지를 물었던 것이다.

그러나 그가 그 문제에 관해서 잘못 알고 있음을 베넷 부인이 지적해주었다. 그녀는 집에 훌륭한 요리사를 두고 있으며, 딸들은 일체 부엌에 들어가지 못하도록 한다고 말한 것이다.

콜린스는 사과를 했고, 베넷 부인은 부드러운 어조로 그렇다고 기분이 상한 것은 아니라고 말했다. 하지만 그는 연신 사과를 했다.

14

베넷 씨는 식사를 하는 동안 거의 말을 하지 않았다. 하지만 하인이 물러가자 손님과 대화를 할 때라고 생각하여, 상대가 관심을 가질 만한 화제를 꺼냈다.

좋은 후원자를 만나게 되어 다행이라며, 그에 대한 캐서린 드 버그 부인의 배려는 각별한 것으로 여겨진다고 했다. 베넷 씨로서는 더 이상 적합한 화제를 고를 수가 없을 것이었다.

콜린스도 캐서린 부인을 칭찬했다. 그는 조금 전보다 훨씬 엄숙하고 의연하기까지 한 표정으로 자신이 경험한 바로는 상류사회 사람치고 캐서린 부인처럼 정중하고 겸손한 태도를 가진 사람을 보지 못했다고 했다.

또한 자신은 부인 앞에서 설교를 두 차례나 하는 영광을 누릴 수 있었으며, 분에 넘치는 인사를 받았다고 했다. 그리고 부인은 자기를 두 번이나 로징스로 초대를 해서 식사를 함께 했으며, 지난 토요일에는 쿼드릴(네 명이 하는 카드놀이)을 하는데 사람이 모자란다며 자기를 불렀다고 은근히 자랑했다.

대개의 사람들은 캐서린 부인이 무척 거만한 사람이라고 생각하고 있지만, 자신은 한없이 부드럽고 친근한 애정만 베푸는 것으로 여겨진다고 했다. 그녀는 항상 자신을 여느 사람과 마찬가지로 편하게 대하며, 인접 교구의 사교계에 참석하거나 친척을 방문하기 위해 한두 주쯤 교구를 비더라도 반대를 하지 않는다고 했다.

게다가 섣부른 선택만 아니라면 가능한 한 빨리 결혼하는 것이 좋다고 권할 만큼 신경을 써 주었고, 언젠가 한 번은 초라한 목사관을 직접 방문한 적도 있는데 내부 수리작업을 하는 모습을 본 부인이 애쓴다고 치하하며 송구스럽게도 2층 다락에 선반을 만들면 어떻겠냐는 말씀도 하셨다고 했다.

"너무도 친절하시고 현명한 분이에요."

베넷 부인이 말했다.

"두말할 나위도 없이 좋은 분이군요. 하지만 세상의 모든 여자가 그럴 수는 없겠죠. 그런데 댁 가까운 곳에 살고 계신가요?"

"저의 집 앞을 지나는 길 건너편에 부인이 거주하는 로징스 장원이 있습니다."

"미망인이라고 하신 것 같은데… 다른 가족은 어떻게 되는지요?"

"따님이 한 분 있지요. 로징스 장원과 막대한 재산을 상속할 유일한 혈육이죠."

"아! 그렇겠군요." 베넷 부인이 머리를 내저으면서 말했다. "그런 행운을 가진 따님은 어떤 분인가요? 미인인가요?"

"정말 매력적인 여인이죠. 캐서린 부인의 말을 빌자면, 루이스 드 버그 양이야말로 세상에서 가장 아름다운 여성이라고 합니다. 무엇보다 젊은 데다가 용모에서 고귀한 출생임이 나타난다는 것이죠. 단지 몸이 너무 허약해서 많은 것을 배우고 익히지 못했지만 몸만 튼튼했더라면 모든 면을 갖출 수 있었으리라고 함께 살면서 가정교사 노릇도 하는 부인이 말씀하시니까요. 아무튼 그녀는 무척이나 상냥합니다. 조랑말이 끄는 사륜마차를 타고 저의 집 앞을 지나다니시곤 하지요."

"국왕을 접견했나요? 궁전에 출입하는 사람들에게서는 아직 그런 이름을 들어보지 못했는데……."

"워낙 몸이 좋지 않아 런던에 간 적이 없다고 하더군요. 그래서 제가 부인께 이렇게 말씀드렸지요. 따님이 영국 궁전으로 가시면 아마도 가장 빛나는 존재가 될 것이라고 말예요. 부인께서도 제 이야기가 마음에 드신 것 같았어요. 저는 부인께서 기뻐하실 만한 작은 찬사를 자주 하는 편이거든요. 저는 그분이야말로 타고난 귀족 부인이며, 그런 지위조차 오히려 따님이 지녔다는 사실 때문에 빛을 보게 될 것이라고 여러 번 캐서린 부인께 말씀드렸지요. 저로서는 부인께 이런 말씀을 당연히 해드려야 한다고 생각하고 있습니다."

"옳은 생각이오. 그토록 아름다운 찬사를 마음대로 구사할 수 있는 재능을 가진 것은 축복받은 일이라 할 수 있지요. 실례일지 모르지만 그처럼 다른 사람의 기분을 좋게 만드는 언행은 즉각적인 것인지 아니면 평소부터 준비하고 있던 것인지 알고 싶군요."

"아, 그때의 상황에 따라서 발휘되는 것이죠. 물론 어떤 것은 흔히 맞닥뜨릴 수 있는 경우를 예상해서 거기에 적합한 좋은 말을 생각하고 정리해 두기도 합니다. 하지만 가능하면 그때그때 떠오르는 생각을 표현하려 노력하죠."

베넷 씨는 속으로 쾌재를 불렀다. 그가 기대했던 것처럼 그의 친척은 멍청한 사람이었던 것이다.

하지만 베넷 씨는 전혀 내색하지 않고 그의 말에 귀를 기울이는 한편 가끔씩 엘리자베스를 슬쩍 바라보곤 했다.

식사를 마치고 나서 베넷 씨는 손님과 함께 다시 응접실로 가서 차를 마셨고, 콜린스에게 여자들을 위해 책을 읽어 주기를 부탁했다.

콜린스는 이를 수락하고 책을 꺼내 들었다. 그 책은 도서관에서 빌려 온 것이었다. 책을 본 그는 흠칫하더니 자신은 소설책을 읽어 본 적이 없다며 용서를 구했다. 키티는 그를 빤히 쳐다보았고, 리디아는 신음을 터뜨렸다. 그는 다른 책을 몇 권 살펴보더니 한참이나 생각을 하고는 포다이스(Fordyce. 스코틀랜드 신학자로 젊은 여성을 위한 설교집을 지었다)의 설교집을 잡았다. 그가 책을 펼치자, 리디아는 커다랗게 하품을 했고 그가 애를 쓰며 3쪽 정도를 읽자 이렇게 말했다.

"엄마, 필립스 이모부가 리처드를 내쫓겠다고 말씀하신 걸 아세요? 만약 그렇게 되면 포스터 대령님이 채용할 걸요. 토요일에 이모님이 제게 직접 말씀하셨거든요. 내일 메리튼에 가서 얘기를 마저 들을 거예요. 그리고 데니 씨가 런던에서 언제쯤이나 돌아오는지도 여쭤 보고……."

언니들은 리디아에게 조용히 하라며 주의를 주었지만, 콜린스는 몹시 화를 내며 책을 내려놓더니 입을 열었다.

"저는 때때로 젊은 여성들이 자신들을 위해 쓰인 진지한 내용의 책에 흥미를 갖지 못하는 경우를 봅니다. 그때마다 정말 어리둥절해집니다. 왜 자신에게 이로운 소리에 귀를 기울이지 않는지. 젊은 여성들에게 교훈처럼 도움이 되는 것은 없는데도 말입니다. 그래서 더 이상 리디아 양께 부탁하지 않겠습니다."

그는 베넷 씨에게 자신이 주사위 놀이의 상대가 되겠다고 했다. 베넷 씨는 딸들이 그 같은 놀이나 하도록 내버려두는 것이 현명한 일이라면서 그의 도전을 받아들였다.

베넷 부인과 다른 딸들은 리디아가 콜린스의 신경을 거슬리게 한 데 대해 심심한 사과를 하고, 다시는 이런 일이 일어나지 않도록 약속하겠다며 계속해서 책을 읽어 줄 것을 간청했다. 그러나 콜린스는 리디아에 대해서 불쾌한 감정을 갖지 않겠다고 말하고 나서, 베넷 씨와 마주 앉아 주사위 놀이를 준비했다.

15

🍀

콜린스는 영리하지 못했고 교육을 통해 타고난 결점을 고치지도 못한 인물이었다. 생의 대부분을 배우지 못하고 인색하기까지 한 아버지 밑에서 살아온 그였다. 대학을 다니긴 했지만 학업에 열심이지도 못했고, 그저 간신히 졸업장을 땄다고 할 수 있었다.

복종하는 것에 익숙한 생활을 해왔기 때문에 비굴함이 몸에 배어 있었다. 모자란 지능에 다른 사람들과 교류도 없이 살아온 사람이 뜻하지 않게 일찍 거둔 성공에서 비롯된 거만함도 아울러 지니고 있었다. 헌스퍼드의 목사 자리가 비었을 때 캐서린 드 버그 부인의 추천을 받는 행운을 얻은 그는 귀족이라는 지위를 숭배했으며 또한 자신의 후원자이기도 한 그녀에 대한 존경심이 목사로서 가진 권위와 교구장으로서의 권한 등과 어우러져 결국 스스로를 오만하고 자존적인 동시에 비굴함을 지닌 복잡한 인물로 만들었던 것이다.

훌륭한 저택과 적지 않은 수입이 생긴 그는 결혼을 하려고 하고 있었다. 롱본의 가족과 화해를 하고자 한 것 역시 결국 혼인을 위한 포석이었다.

만약 그 집의 딸들이 들리는 것처럼 미모를 갖췄고 품위가 있다면 어느 한 사람을 고를 생각이었던 것이다. 이것이 바로 아버지의 재산을 상속하는 방법이자 나름의 속죄라 생각하고 있었다. 그러므로 그 자신의 관점으로는 이것이 적절하고 타당하며 관대한 조치라 여기게 된 것이었다.

베넷 씨 딸들을 만난 그는 스스로의 생각이 옳았음을 알았고, 특히 제인 베넷의 귀여운 얼굴을 보고서는 결심을 굳혔다. 그리고 재산은 마땅히 장녀의 것이 되어야 한다는 생각은 확신으로 변했다.

이런 이유로 첫날밤에 선택된 사람은 제인이었다. 그러나 다음날 아침에 상황은 돌변하고 말았다.

아침 식사를 하기 전 15분 동안 콜린스는 베넷 부인과 함께 이야기를 나눴다. 그는 자연스럽게 목사관 이야기를 꺼냈고, 그곳의 안주인이 될 여인을 롱본에서 찾을 수 있게 될지도 모른다며 자신의 희망을 피력했다. 이에 부인은 은근히 미소를 띠고 따뜻한 격려를 하면서도, 제인은 절대 안 된다고 단호하게 말을 한 것이다.

"딸의 문제에 대해서는 뭐라고 할 수가 없네요. 뭐 확실하게 약속이 된 것은 아니지만, 그래도 조용히 알려드리는 것이 내 책임이기도 하니까요. 머지않아 약혼을 할 것으로 알고 있거든요."

콜린스는 그다지 실망할 것도 없었다. 목표를 제인에게서 엘리자베스로 옮기기만 하면 되었으니까. 엘리자베스는 나이나 미모나 당연히 제인을 대신할 수 있는 존재였다.

목표를 수정한 그의 계획은 베넷 부인이 불을 지피고 있는 동안에 실행되었다.

베넷 부인은 넌지시 이야기를 흘린 자신을 대견스러워 하며 곧 두 딸 모두를 결혼시킬 수 있으리라 생각하고 있었다. 어제만 하더라도 말 한

마디 나누기 싫었던 그 남자가 이제는 마음에 쏙 드는 사람이 되었던 것이다.

한편 리디아는 메리튼에 가겠다는 어제의 계획을 상기했고, 메리를 제외한 모두가 함께 가기로 했다. 또한 베넷 씨는 콜린스를 쫓아 버리고 혼자 서재에 남아 있기를 바라고 있었다.

왜냐하면 아침 식사를 마치고 콜린스는 그의 뒤를 따라 서재에 들어오더니 커다란 2절판 책이 마음에 든다며 이야기를 시작했는데, 실은 베넷 씨에게 헌스퍼드에 있는 자기 집과 정원 자랑을 늘어놓고 싶은 것이었다. 그 때문에 베넷 씨는 무척 불안해졌다.

서재는 언제나 안락함을 제공하는 그만의 공간이었다. 그가 엘리자베스에게 말한 것처럼 집안 어디에서건 어리석은 인간이나 자만심덩어리와 마주치는 일이 다반사였지만 서재에 있는 동안은 그러지 않아도 되기 때문이었다.

그런 이유로 그는 콜린스에게 아주 정중하게 딸들과 함께 외출하도록 권했던 것이다. 사실 책을 읽기보다는 산책을 하는 것이 적격이랄 수 있는 콜린스는 만족스런 얼굴로 흔쾌히 그의 청을 받아들여 딸들을 따라나서기로 했다.

그는 별것도 아닌 시시한 이야기로 한껏 무게를 잡으려 했고, 베넷 집안의 딸들은 예의 바르게 맞장구를 쳐주었다. 이러는 동안 어느덧 그들은 메리튼에 도착했다.

콜린스는 이미 어린 딸들의 관심에서 멀어져 있었다. 그들의 눈은 거리를 오가는 군인들을 뒤쫓거나 상점의 진열대에 놓인 멋진 모자와 새로 들여온 모슬린을 바라보고 있었다.

그러나 그들의 시선은 금방 장교 한 사람과 함께 걸어가고 있는 한 청년에게로 모아졌다. 처음 보는 청년이었지만 한눈에도 신사처럼 보였다.

장교는 리디아가 런던에서 돌아왔는지를 궁금해 하는 데니였는데, 그들이 지나갈 때 고개를 숙여 인사를 했다.

모두들 신사다운 외모의 그 청년이 누구인지 궁금해졌다. 키티와 리디아는 그 청년의 정체를 알아볼 요량으로 건너편에 있는 가게에서 물건을 사려는 듯 길을 건너 보도에 이르렀고, 다행스럽게도 두 남자와 만날 수가 있었다. 데니는 그들에게 인사를 하고, 친구 한 사람을 소개해도 괜찮겠냐며 양해를 구했다. 그의 말에 의하면, 멋진 청년의 이름은 위컴이며 어제 런던에서 함께 돌아왔는데, 자신의 부대에 장교로 임관될 예정이라는 것이었다.

만약 그 청년이 군복을 입는다면 훨씬 더 멋질 것이었다. 사실 그는 좋은 체격, 멋진 용모, 맵시 있는 행동 그리고 훌륭한 태도 등 모든 것을 지닌 인물이라 할 수 있었다.

소개가 끝나자 위컴은 기꺼이 대화를 나누고 싶어 했고, 그 태도 또한 예의에 어긋나지 않으면서 아주 자연스러웠다. 모두가 기쁜 마음으로 이야기를 나누고 있을 때, 말발굽 소리가 들려 왔다.

고개를 돌려보니 그들은 바로 다아시와 빙리였다. 여인들을 발견한 두 사람은 곧바로 그들에게 다가와 언제나처럼 공손하게 인사를 했다.

빙리 씨는 마침 제인을 문병하기 위해 롱본에 가는 길이라고 했고, 다아시는 그 사실이 맞다는 뜻으로 고개를 끄덕여 보였다. 그는 엘리자베스와 눈을 마주치지 않으려고 고개를 돌리다가 낯선 청년과 시선이 맞닿았다.

서로 시선을 고정시킨 두 사람을 보고 엘리자베스는 놀라지 않을 수 없었다. 거의 동시에 두 사람의 얼굴색이 변했는데, 한 사람은 창백해지고 한 사람은 빨갛게 되었다. 한참 만에 위컴이 손을 올려 경례를 했지만, 다아시는 마지못해 답례를 하는 것이었다. 이것이 대체 어떻게 된 일이란 말인가? 그녀의 궁금증은 커져만 갔다.

하지만 빙리는 방금 곁에서 일어난 일을 전혀 알아채지 못한 듯 작별 인사를 하고서 친구와 함께 떠났다.

데니와 위컴은 여인들과 함께 필립스 씨 댁 현관까지 걸어갔다. 리디아가 같이 안으로 들어가자고 간곡히 부탁했지만 그들은 인사를 하곤 그 자리를 떠났다. 필립스 부인도 거실 창을 열고 큰 소리로 들어오라고 했지만 소용이 없었다.

필립스 부인은 언제나 조카딸들을 보는 것을 즐거워했지만, 근자에 들어 자주 보지 못했던 제인과 엘리자베스를 보자 더욱 반가워했다.

부인은 네더필드에 머물던 두 조카가 갑자기 귀가를 해서 무척 놀랐다면서, 만일 거리에서 우연히 존스 상점의 점원을 만나서 베넷 댁 따님들이 귀가했으므로 이제는 네더필드까지 물약을 보내지 않아도 된다는 말을 듣지 못했다면 자신은 전혀 모르고 있었을 것이라고 했다. 그때 제인이 콜린스를 소개했고, 그녀는 그와 인사를 나누지 않을 수 없었다. 필립스 부인은 그를 대단히 정중하게 맞았으며, 콜린스 역시 부인 못지않게 예의를 갖췄다.

초면임에도 불구하고 실례를 무릅쓰게 되었다는 사과를 한 그는 자기를 소개해 준 젊은 여성들과는 천척관계이기 때문에 용납될 수 있을 것으로 생각한다고 말했다. 필립스 부인은 그의 깍듯한 태도에 약간의 부담을 느끼는 것 같았다.

그러나 부인이 새롭게 소개받은 청년에 대해 깊이 생각할 수 없었다. 역시 그녀의 집을 처음 방문한 또 다른 청년을 소개받아야 했기 때문이었다.

데니는 자신이 그를 런던에서 데리고 왔으며, 곧 중위로 임관할 것이라고 했고, 필립스 부인은 그가 거리를 걷는 것을 보고 있었다고 했다.

이미 이야기를 들은 키티와 리디아는 밖을 내다보고 있었다. 공교롭게도 몇 사람의 장교가 길을 지나고 있었는데, 그들은 새로운 인물인 위컴으로 인해 졸지에 멍청하고 불유쾌한 족속들로 전락하고 말았다.

그 중 몇 사람은 다음날 필립스 씨댁에 식사하러 올 예정이었는데, 부인은 만일 롱본의 베넷 씨 가족들이 온다면 꼭 위컴을 초대하겠다고 약속했다.

조카들은 이모의 제안에 이의를 달 이유가 없었다. 그러자 부인은 다음날 흥겹게 카드놀이라도 한 판 하고서 따끈한 저녁 식사(당시에는 정찬이 대개 오후 네다섯 시였기 때문에 이 경우는 가벼운 저녁을 말함)를 하자고 제안했다.

곧 있을 즐거운 저녁을 상상하면서 모두가 들뜬 마음으로 기분 좋은 작별 인사를 나누었다.

콜린스는 현관을 나서며 줄곧 사과를 했지만, 부인은 정중하게 그럴 필요 없다며 그를 위로했다.

돌아오는 길에 엘리자베스는 제인에게 다아시와 위컴 사이에서 벌어졌던 일을 자기가 본 대로 이야기했다.

만약 두 사람 가운데 누구 하나라도 잘못된 점이라도 있었더라면 제인은 어느 한쪽이나 또는 두 사람 모두를 변호했겠지만, 동생이 그랬듯이 자기도 뭐라고 설명할 수가 없었다.

집으로 돌아온 콜린스는 필립스 부인이 예의 바르고 공손하다면서, 캐서린 부인과 그녀의 딸을 제외하고는 그토록 우아한 여성을 만난 적이 없다고 말을 함으로써 베넷 부인을 기쁘게 했다. 필립스 부인이 자신을 정중하게 맞았을 뿐 아니라 초면임에도 다음날 저녁 식사에 초대해 주었다는 사실에 고마움을 느낀다고 했다. 물론 따지자면 인척 관계이기에 그럴 수도 있겠으나, 자신은 평생 그처럼 따뜻한 배려를 받아 본 일이 없기에 더욱 고맙게 느끼는 것이라고 했다.

16

콜린스는 자신이 손님으로 머물고 있는 동안 하루 저녁이라도 베넷 부부를 남겨 두고 외출하는 것이 내키지 않는다고 했지만, 강한 반대와 함께 이모와 한 약속을 지켜야 한다는 이유 때문에 다섯 명의 여인과 함께 마차를 타고 메리튼으로 갔다.

이모의 집에 들어서면서 위컴이 초대에 응해 벌써 도착해 있다는 말을 들은 여인들은 환호성을 터뜨렸다.

잠시 들떴던 분위기가 진정되어 모두 자리에 앉자 주위를 한 번 둘러본 콜린스는 비로소 무언가를 칭찬할 여유를 가지게 되었다. 그는 널따란 방과 고풍스런 가구를 보고 무척 감동한 듯 연신 로징스의 아담한 하절기 조찬실에 있는 것 같은 느낌이 든다고 했다. 그 같은 비유를 즉각 이해하는 사람은 없었지만, 필립스 부인은 그의 이야기를 듣고서 로징스가 어떤 곳이며 소유자가 누구인가를 알게 되었다.

캐서린 부인 집의 응접실이 있는 벽난로를 만드는 데만 해도 8백 파운드나 들었다는 이야기를 듣고는 어찌나 감동했는지, 자신의 집이 그 집 가정부의 방과 비교된다 해도 그다지 불쾌하게 여기지 않을 것이었다.

콜린스는 캐서린 부인의 웅장한 저택에 대해 자세하게 설명하면서 간간이 자신이 살고 있는 평범한 집과 개축공사에 대한 이야기도 자랑스럽게 들려주었다.

그는 필립스 부인이 자신의 이야기에 열심히 귀를 기울이고 있음을 알아차렸으며, 부인은 콜린스를 무척이나 뛰어난 사람으로 여기기에 이르렀다. 그리고 자신이 들은 이야기를 한시라도 빨리 이웃 사람들에게 전할 마음을 갖게 되었다.

하지만 베넷 집안의 딸들은 친척인 콜린스의 이야기에 싫증을 느낀 터라 악기가 있었으면 좋겠다는 둥 푸념을 하면서, 자신들이 만든 도자기의 모조품이 놓여 있는 선반을 쳐다보고만 있었다.

드디어 지루하기 짝이 없는 시간이 마침내 끝났다. 초대받은 남자들이 도착했기 때문이었다.

엘리자베스는 방안으로 들어서는 위컴을 보고서는, 지금도 그를 처음 보았을 때처럼 멋진 사람이라고 여기지 말아야 할 이유가 없다고 생각했다. 부대의 장교들은 대개가 신뢰할 수 있는 신사들이며, 그 중에서도 이 모임에 나온 이들은 특출한 사람들이었다.

특히 위컴은 체격과 용모 그리고 행동거지가 누구보다도 뛰어나다고 느끼기에 충분했다. 얼굴이 넓적하고 풀풀 술 냄새나 풍기는 이모부 필립스 씨와 비교해 보면 당장이라도 알 수 있는 일이었다. 이모부는 그들의 뒤를 따라 들어왔기에 더더욱 그랬다.

위컴은 거의 모든 여성의 시선을 받게 된 행운아였고, 엘리자베스는 그의 옆에 앉게 되는 기쁨을 누리게 되었다.

그는 정중하면서도 상냥한 태도로 곧 친근하게 말을 걸어 왔다. 그것은 오늘 저녁에 비가 내릴 것이고 머지않아 장마로 변할 것이라는 평범한 이야기였지만, 그녀로 하여금 말하는 사람의 기교에 따라 제아무리 평범하고 진부한 내용이라도 사람의 마음을 끌 수 있는 힘을 가질 수 있다고 믿도록 하기에 충분했다.

여성들의 시선을 한 몸에 받는 위컴과 장교들과 같은 적수가 나타나자 콜린스는 미미한 존재가 되어 버린 듯했다. 특히 젊은 여성은 아무도 그를 거들떠보지 않았지만, 필립스 부인만이 친절하게 말상대가 되어 주었고, 그 덕에 커피와 머핀을 얻어먹을 수 있다는 것이 그나마 다행이었다.

얼마 지나지 않아 테이블에서 휘스트(네 사람이 하는 카드놀이)가 시작되었고, 그는 부인에게 보답할 기회를 갖고자 함께 어울리기로 했다.

"이 게임을 처음 해봅니다만 금방 익숙해질 겁니다."

하지만 필립스 부인은 그가 어울렸다는 사실에 그다지 고마워하는 눈치는 아니었다.

위컴은 휘스트에 어울리지 않았기 때문에 엘리자베스와 리디아는 다른 테이블에서 게임을 하기로 하고 그를 불러 어울리도록 했다. 리디아는 워낙 말이 많았으므로 초반에는 그를 독점할 것 같았다. 하지만 그녀는 카드놀이 또한 무척 즐겼고 호승심도 강해 돈을 걸고 딸 때마다 고함을 지르며 흥분했기에, 특정한 사람에게만 주의를 기울일 수 없었다.

때문에 위컴은 게임을 하면서도 여유를 가지고 엘리자베스에게 말을 건넬 수 있었다. 그래서 엘리자베스는 궁금했던 다아시와의 관계에 대한 이야기를 들을 수 있는 기회를 얻게 되었지만, 그녀가 먼저 묻기란 쉽지 않았다.

하지만 그녀의 호기심은 뜻밖에도 쉽게 충족되었다. 위컴 스스로가 그 이야기를 꺼냈기 때문이었다. 그는 네더필드가 메리튼에서 얼마나 떨어졌는가를 물었고, 그 대답을 듣자 다소 망설이면서 다아시가 언제부터 그곳에 머물렀느냐고 다시 물었다.

"아마 한 달쯤 될 거예요." 엘리자베스는 대답을 하고는 덧붙여 말했다. "그분은 더비셔에 상당한 재산을 가지고 있다고 들었는데요."

위컴이 답했다.

"맞습니다. 그곳에 있는 다아시 씨의 토지는 아주 훌륭하지요. 1년에 1만 파운드의 수입을 올리니까요. 그에 관해서는 저처럼 정확하게 알고 있는 사람도 없을 겁니다. 저는 아주 어릴 때부터 그 집안과 각별한 사이였으니까요."

엘리자베스는 놀라지 않을 수 없었다.

"어제 우리 두 사람이 만났을 때 서로의 태도를 보셨을 테니 이런 말씀을 듣고는 당연히 놀라시겠죠. 그런데 다아시 씨와는 잘 아는 사이인가요?"

엘리자베스는 고개를 똑바로 세우고 말했다.

"그 사람 하고 한 집에서 나흘이나 지냈어요. 아주 불쾌한 사람이었죠."

"그의 인품이 좋든 말든 저는 제 의견을 말씀드릴 권한이 없습니다. 판단을 내릴 자격이 없다고 해야겠죠. 무척 오래 사귀어 왔기 때문에 공정할 수가 없을 테니까요. 그 친구에 대해서 당신 같은 의견을 가진 사람을 만난다면 누구나 놀랄 겁니다. 물론 여기야 가족 같은 사람들뿐이고⋯⋯ 다른 사람한테는 이처럼 과격하게 말씀하시진 않겠지만 말입니다." 위컴이 말했다. "한마디로 말씀드리지만, 네더필드를 빼놓고 저는 이곳은 물론 어떤 집에서나 똑같은 말을 할 거예요. 그 사람은 허트퍼드셔에선 전혀 환영을 받지 못하고 있어요. 지나치게 자존심이 센 탓에 누구나 진저리를 치죠. 저처럼 완곡하게 말하는 사람도 없을 거예요."

"저로선 뭐라고 할 말이 없군요. 다아시 군이건 누구건 간에 자신의 가치만큼 평가받지 못한다고 해도 말이죠." 그는 잠시 말을 끊었다가 계속 이야기했다. "하지만 그 친구의 경우만은 예외라고 할 수 있겠죠. 세상 사람들이 그가 가진 재산이나 지위에 눈이 먼 때문인지 아니면 그의 거만하고 도도한 태도를 두려워해서인지 그가 원하는 대로 그를 보게 되는군요."

"저는 그 사람을 만난 건 얼마 안 되지만 상당히 심술이 많은 사람이라고 느끼는걸요." 그녀의 말을 들은 위컴은 고개를 흔들었다.

"혹시 그 친구가 이곳에 머물게 될까요?."

"전 알 수가 없어요. 하지만 제가 네더필드에 있는 동안 그 사람이 어디

가실 거라는 얘긴 듣지 못했어요. 그분이 이곳에 있다고 해서 위컴 씨나 부대에서 세운 계획이 틀어지는 일이 없었으면 해요."

"무슨 말씀을! 저는 적어도 다아시 군에게 쫓겨갈 사람은 아닙니다. 만일 그 친구가 나를 만나기를 꺼린다면 그가 떠나야지 내가 떠나는 일은 없을 겁니다. 솔직히 우리는 좋은 사이가 아니라서 서로 만나면 힘들지요. 특히 제게는 말입니다. 하지만 내가 그를 피해야 할 이유는 온 세상이 다 알고 있는 것이죠. 그에게 심하게 냉대를 받았던 생각이 나고, 현재도 변함없는 그의 인간성이 유감스러울 따름이죠. 베넷 양, 돌아가신 그 친구의 선친은 그 누구보다도 훌륭한 인격을 가지신 분이었고, 언제나 제 편이 되어 주셨죠. 그래서 저는 다아시라는 친구와 함께 있을 때면 지난 시절의 추억이 떠올라 슬퍼지곤 하지요. 정말이지, 그 친구 내게는 몹쓸 짓을 많이 했어요. 그래도 나는 그 친구 선친을 생각하면 모든 것을 용서할 수 있다고 생각합니다."

엘리자베스는 점점 흥미가 생겼지만 워낙 예민한 사항이었기에 더 이상 묻지 않기로 했다.

위컴은 보다 일반적인 화제, 그러니까 메리튼에 관한 얘기라든가 인근에서 생긴 일 그리고 사교계에 대한 것에 대해 이야기하기 시작했는데, 지금까지 겪은 모든 일이 마음에 들어 하는 것 같았다.

"제가 이곳의 부대에 온 것은 훌륭한 교제를 할 것이라는 기대 때문이죠."

그리고 그는 이렇게 덧붙였다.

"이곳 부대는 참 좋지요. 게다가 친구도 있으니 이곳의 사정에 대해 자세한 이야기를 들을 수 있겠죠. 아마도 메리튼에서는 좋은 사람들을 사귈 수 있기에 저를 끌어들인 것일 겁니다. 저는 무척이나 외로움을 타기 때문에 많은 사람과 교제를 하고 싶거든요. 본래 저는 군인이 되고자 한 것

은 아니었지요. 하지만 지금으로서는 군인도 그런 대로 어울린다고 여겨
집니다."

"어쩌면!"

"저는 성직자가 되어야 했지요. 신학 공부를 했고 그분도 그러기를 원
하셨으니까요. 다아시 군의 선친께서는 자신이 증여할 수 있는 가장 훌륭
한 성직을 주실 것을 약속하셨죠. 그분은 제 교부이셨고 무척이나 저를
사랑해 주셨지요. 말로 표현하기 힘들 만큼 애정을 쏟으셨어요. 그런데
그 목사직은 다른 사람에게 주어지고 말았죠."

"어떻게 그런 일이? 대체 왜 그렇게 되었을까요? 왜 그분의 유언을 저
버리셨어요? 그리고 어째서 법률적인 보상을 청구하지 않으셨나요?" 엘
리자베스가 큰 목소리로 물었다.

"유언장에 미비한 점이 있어서 법에 호소해도 승산이 없었지요. 명예
를 소중히 여기는 사람이라면 고인의 유지를 의심하지 않겠지만, 다아시
군은 의심했지요. 그뿐이 아네요. 유언장을 단순한 추천서 정도로만 여겼
고, 제가 그것을 요구할 만한 권리를 상실했다고 우기기까지 했습니다.
정확히 2년 전에 그 자리가 공석이 되었고, 저는 그 자리를 이을 수 있는
나이였지요. 그럼에도 다른 사람에게 넘어가고 말았습니다. 하지만 아무
리 생각해 보아도 저는 그 자리를 놓칠 만한 일을 하지 않았지요. 저는 약
간 욱하는 성미가 있어서 때로는 앞뒤 재지 않고 제 마음을 남에게 드러
내 보인 적도 있지만 그 외에는 별로 잘못한 일을 한 것 같지가 않거든요.
결국 성격이 너무 달라서 그 친구가 나를 미워하는 거지요."

"정말 말도 안 되는 일이군요! 그런 사람은 당연히 여러 사람 앞에서
험한 꼴을 당해 봐야 해요."

"언젠가는 그렇게 되겠죠. 하지만 저에 의해서 그렇게 되지는 않겠죠.
그 친구의 선친이 베풀어준 은혜를 생각한다면, 절대 그와 맞서거나 그의

못된 점을 폭로할 수는 없으니까요."

엘리자베스는 그러한 감정을 지닌 그에 대해 존경심을 가지게 되었고, 무척이나 섬세한 감정을 가졌다는 생각이 들었다.

"그런데 그 이유가 뭘까요? 다아시 씨가 왜 그런 못된 행동을 한 것이죠?"

엘리자베스의 물음에 그는 잠시 생각하는 듯 하다가 이렇게 답했다.

"아마도 하나부터 열까지 제가 미워서 그랬겠죠. 저를 그토록 미워한 건 질투 때문일 거구요. 만약 돌아가신 그 친구 선친께서 저를 그처럼 아껴 주지 않으셨더라면 저를 대하는 게 조금은 나았겠지요. 하지만 자기 아버지가 나를 귀여워하는 것을 보고는 심술이 난 거겠죠. 그 친구는 우리들처럼 경쟁 상대를 포용하거나, 남이 사랑받는 것을 견디지 못하는 성격이었거든요."

"다아시 씨가 그런 사람인 줄은 전혀 몰랐어요. 좋아하지도 않았지만, 그처럼 못된 줄은 몰랐거든요. 그냥 잘난 탓에 사람들을 경멸하는 듯 행동한다고 여겼지만, 그처럼 악의를 가지고 보복을 하거나 서슴없이 잔인한 행동을 하는 이로 보이지는 않았거든요."

그녀는 뭔가 생각이 난 듯 다시 말을 이었다.

"그래요. 언젠가 네더필드에서 자기는 절대 원한을 잊지 못하고 반드시 복수를 한다든가 사람을 좀처럼 용서할 줄 모르는 성격이라고 떠벌린 적이 있었어요. 상당히 무서운 성격을 지녔음이 틀림없어요."

"저는 감히 판단할 수 없습니다. 그 친구에 대해서는 제 자신이 공정할 수 없기 때문이죠."

위컴의 대답을 들은 엘리자베스는 다시 한 번 깊은 생각에 잠기더니 한참이 지나 입을 열었다.

"자기 아버지가 아들처럼 여기고 사랑한 친구를 그 따위로 대접하다니…… 정말 못됐어요."

아마 그녀는 이렇게 덧붙일 수도 있었을 것이다.

"더욱이 위컴 씨처럼 한눈으로 보아서 사람의 마음을 사로잡는 분을 말예요."

하지만 그녀는 간신히 이런 말을 했다.

"선생님 말씀대로라면, 죽마고우에게 말예요."

"우리는 같은 교구, 같은 집에서 태어났고 어린 시절을 거의 함께 보냈지요. 한집에 살면서 같이 놀았고, 똑같이 부모님의 사랑을 받았습니다. 엘리자베스 양의 이모부인 필립스 씨와 같은 일을 하시던 제 아버지는 모든 것을 포기하고 펨벌리 소유지의 관리를 맡아 보시게 되었죠. 착실하고 능력이 있는 아버지는 다아시의 부친께 좋은 평가를 받았고, 두 분은 깊은 우정을 가졌고 서로 신뢰하는 사이였지요. 다아시 부친은 저희 선친께서 세상을 떠나시기 전에 자진해서 저를 부양하겠다고 약속하셨지요. 그건 저에 대한 애정인 동시에 선친에 대한 감사의 뜻을 표시한 것이라고 저는 확신합니다."

"정말 못됐군요. 다아시 씨는 자존심을 지키기 위해서라도 위컴 씨한테 더욱 잘 해야 할 텐데! 그건 참 올바른 태도라고 할 수가 없거든요."

"참으로 묘한 일이죠. 그 친구의 모든 행위는 자존심과 결부된다고 할 수 있죠. 자존심은 그가 가진 유일한 미덕이랄 수 있으니까요. 설령 그가 적선을 한다고 해도 결국은 자존심을 바탕에 깔고 하는 것일 테니까요. 하지만 저를 대하는 그의 태도에는 자존심보다 더욱 강한 무엇이 있어요. 그건 모순이지만 말입니다."

"그런 끔찍한 자존심이 도대체 본인 자신에게 무슨 도움이 될까요?"

"가끔씩은 도움이 되지요. 그 친구는 자존심 때문에 돈을 물 쓰듯 하며 사람들의 관심을 끌고, 소작인을 돕거나 가난한 사람에게 돈을 주기도 하죠. 가문의 자존심, 그러니까 명문가의 자식이라는 묘한 자존심 때문에 그렇게 하는 거죠. 그 친구는 자기 아버지에 대해서 그리고 자기 아버지가 그런 일을 한 것을 무척이나 자랑스럽게 여기고 있으니까요. 가문의 명예나 좋은 평판을 떨어뜨리지 않고자 그리고 펨벌리 가문의 세력을 잃지 않고자 애쓴다고 보는 게 옳겠지요. 또한 그 친구는 오빠로서의 자존심도 가지고 있지요. 거기에 애정까지 곁들여져 후견인으로서 자기 사촌 여동생을 끔찍하게 생각하며 돌보고 있는 거죠. 두고 보세요. 사람들은 그 친구가 동기간의 사랑이 극진하고 세상에 둘도 없는 훌륭한 오빠라고 칭찬하게 될 테니까요."

"그분의 여동생은 어떤 분인가요?"

그는 머리를 흔들었다.

"예쁘다고 말하면 좋겠지만…… 다아시 집안사람들에 대한 좋지 않은 말을 하는 건 제게는 고통이라 할 수 있어요. 다만 그 사람은 오빠하고 너무나 닮았다고 할 수 있어요. 자존심이 오빠 못지않게 강하죠. 어렸을 때는 귀여웠고 누구나 잘 따랐지요. 저를 얼마나 좋아했는데요. 전 그녀와 함께 몇 시간이고 놀아 주었거든요. 하지만 지금에 와서는 아무런 소용도 없게 되고 말았어요. 아마 열대여섯 살 정도 되었을 거고, 미인이며 교양도 꽤 갖춘 아가씨라 볼 수 있죠. 부친께서 돌아가시고 난 후부터는 대부분을 런던에서 지냈고, 부인 한 분이 그녀에게 공부도 가르치고 살림을 돕고 있지요."

그는 몇 번이나 말을 끊고 화제를 바꿔 보려 했지만 엘리자베스는 결코 본래의 화제에서 벗어나길 원치 않았기에 결국 처음으로 돌아갈 수밖에 없었다.

"다아시 씨가 빙리 씨와 친하게 지내는 건 전 정말 이상한 일이에요. 무척 상냥하고 쾌활한 분인데 어떻게 그런 사람과 친하게 지낼 수 있을까요? 서로 맞는 구석이 없을 텐데…… 참 이상해요. 참, 위컴 씨는 빙리 씨를 아시나요?"

"전혀요."

"온화하고 상냥하며 매력이 넘치는 분이죠. 아마도 빙리 씨는 다아시 씨가 어떤 사람인지 잘 모르고 있을 거예요."

"아마 모르겠죠. 하지만 다아시 그 친구는 남의 마음에 들고자 하면 얼마든지 그렇게 할 수가 있는 사람이지요. 재주가 무척 많거든요. 그렇게 할 필요가 있다고 생각하면 무척 재미있는 사람이 될 수도 있는 사람입니다. 자신과 비슷한 부류의 사람들과 있을 때는 자기보다 못한 사람들을 대할 때와는 완연히 다른 사람이 되니까요. 그러나 부유한 사람들 사이에 있을 때는 바르고 진실하며 품위와 교양을 갖췄고 화끈하기까지 하죠. 그가 가진 재산과 괜찮은 풍모를 최대한 이용하는 것이죠."

휘스트 게임이 끝나자 사람들은 모두가 다른 테이블 주위로 모여들었고, 콜린스 씨는 엘리자베스와 필립스 부인 사이에 앉았다. 부인은 게임 결과가 어땠는지를 물었고, 그는 1점도 내지 못했다고 했다.

필립스 부인이 걱정스런 표정을 짓자 콜린스 씨는 그런 건 아무것도 아니라며, 잃은 돈에 별로 신경을 쓰지 않는다고 했다.

"카드 게임을 하는 사람이라면 누구나 돈을 따야 하지요. 하지만 다행스럽게도 나는 5실링쯤은 그렇게 크다고 여기지 않아도 될 정도는 살지요. 물론 반드시 그렇게 생각할 수 없는 사람들도 있다는 것은 부정할 수 없는 사실이겠지만, 캐서린 드 버그 부인 덕분에 저는 크게 신경 쓸 필요가 없지요."

위컴은 잠시 동안 콜린스 씨를 바라보더니 엘리자베스에게 낮은 음성으로 물었다.

"콜린스 씨가 드 버그 일가와 가까운 사이인가요?"

"최근에 캐서린 드 버그 부인께서 그분이 목사가 되도록 도움을 주셨어요. 콜린스 씨가 어떻게 부인을 알게 되었는지는 모르겠지만, 그다지 오래된 사이는 아닌 것 같아요."

"아시겠지만, 캐서린 드 버그 부인과 앤 다아시 부인은 자매거든요. 그러니까 그분은 바로 다아시 군의 이모죠."

"어머, 저는 전혀 몰랐어요. 캐서린 부인의 가족 관계에 대해선 아는 바가 없거든요. 부인에 대한 이야기도 그저께 처음 들었는 걸요."

"따님인 드 버그 양은 적잖은 재산을 물려받겠지만, 사촌 다아시의 재산과 합칠 확률이 높지요. 벌써 소문이 파다하거든요."

이런 얘기를 들은 엘리자베스는 빙리 양에게는 안 된 일이라 생각하면서 미소를 지었다. 그가 만일 다른 사람과 결혼한다면, 빙리 양의 관심이 수포로 돌아갈 것이다. 또 그녀가 다아시의 누이에게 보인 애정이나 다아시 본인을 칭찬하는 말도 모두 소용이 없게 될 터였다.

"콜린스 씨는 캐서린 부인과 그분의 따님을 입에 침이 마르도록 칭찬하지만, 그 분이 부인에 대해 말하는 걸 보고 제가 느낀 점은 지나치게 감사한 나머지 오히려 일을 그르치는 것 같고 후원자인 부인은 오만하기 그지없고 잘난 척하는 것 같아요."

"무척이나 상반된 측면을 함께 지니고 있지요." 위컴이 대답했다. "벌써 만나 보지 못한 지 여러 해가 되었네요. 하지만 저는 부인을 그렇게 탐탁하게 생각하지 않았지요. 독선적이고 거만하다는 느낌을 가지고 있거든요. 현명하고 바른 판단을 하는 사람이라는 평판은 있지만 말입니다. 그분의 그런 태도는 한편으로는 높은 지위와 많은 재산 때문에, 다른 한편으로는 권위에서 그리고 나머지는 조카인 다아시를 자랑스럽게 여기기 때문으로 생각되는데, 당사자는 자신과 인척 관계가 있는 사람은 모두 이해력이 뛰어나다고 멋대로 생각하는 위인이거든요."

엘리자베스는 위컴의 설명이 매우 합리적이라고 느꼈다. 두 사람은 서로가 흡족한 마음으로 대화를 계속했고, 저녁 식사 때가 되어 카드놀이를 마치고 모인 다른 여인들에게도 위컴은 상냥한 태도로 대했다.

저녁 식사는 다소 번잡했기에 대화를 나눌 수는 없었지만 그의 훌륭한 매너는 모두가 칭찬했다. 그의 말에는 모두가 동감을 표했고, 그가 하는 일은 전부 당연하게 여겨졌다.

엘리자베스는 위컴에 대한 생각을 하며 이모의 집을 나섰다. 집으로 오는 동안 내내 위컴의 상황과 그가 자신에게 한 이야기가 떠올랐지만, 그의 이름조차 입 밖으로 내어 말할 여유가 없었다. 리디아와 콜린스 씨가 잠시도 쉬지 않고 떠들어댄 때문이었다.

리디아는 끊임없이 다 이긴 게임을 놓쳐 아쉽다는 이야기를 했고, 콜린스 씨는 휘스트 게임에 진 것은 아무렇지도 않다면서 필립스 부부가 잘 대접해 주어 고맙다고 했고 저녁 식사 때 사용된 접시 수를 헤아리기도 했다. 또한 몇 번씩이나 마차가 비좁지 않은가를 걱정했다.

아무튼 사람들의 이야기는 마차가 롱본에 도착할 때까지도 멈추지 않았다.

17

다음날 엘리자베스는 제인에게 위컴과 자신이 나눈 이야기를 들려주었다. 제인은 근심어린 표정으로 그녀의 이야기에 귀를 기울였다. 다아시라는 인물이 빙리와 우정을 나눌 만한 자격이 없는지는 믿기 힘들었지만, 그렇다고 해서 위컴처럼 잘생기고 매너 좋은 청년의 말을 의심한다는 것은 있을 수 없는 일이었다.

더욱이 위컴이 그런 수모를 용케 견디어냈을지도 모른다는 사실은 여리기 그지없는 그녀에게 크나큰 관심거리가 아닐 수 없었다.

결국 두 여인은 똑같이 위컴의 편에 서기로 했고, 그 외에 설명할 수 없는 일은 우연이나 오해라고 여기는 수밖에 없었다.

제인이 말했다.

"두 사람 모두가 커다란 오해를 하고 있는 게 틀림없어. 자세한 이유는 알 수 없지만, 누군가 자신의 이익을 챙기려고 두 사람 사이를 이간질한 게 틀림없어. 어느 누가 크게 양보해서 툭 터놓고 이야기를 하기 전에는 둘의 사이가 벌어지게 된 이유나 사정을 밝히기는 힘들겠지."

"맞아, 언니. 그런데 혹시 이 일에 관련되어 뭔가 이익을 얻을 만한 사람이 떠오르지는 않아? 있다면 반드시 찾아내어 흑백을 가려야지. 그렇지 않으면 누군가를 거짓말쟁이로 여겨야 할 테니 말이야."

"비웃을 테면 비웃어도 좋아. 하지만 네가 뭐라고 하든지 간에 내 생각은 변함없으니까. 생각해 봐, 리지. 그 얘기가 다아시 씨를 얼마나 깎아내리는 것인지 말이야. 자기 아버지가 아끼던 사람에게 어떻게 그런 몰상식한 행동을 할 수 있겠니…… 자기 아버지가 꼭 부양하겠노라는 약속까지 했는데, 그렇게 행동한다는 것은 납득할 수 없어. 인정이 있고, 명예를 소중하게 여기는 사람이라면 더더욱 그렇지. 그 사람과 아주 가까운 친구들이 그런 식으로 속인다는 건 있을 수 없는 일이야. 그럴 수는 없어."

"간밤에 위컴 씨가 내게 집안 내력이나 이름을 소상하게 말하는 것으로 보건데 이야기를 꾸며냈다기보다는 빙리 씨가 속았다고 생각하는 편이 옳을 거야. 그 사람은 진실하게 보였거든. 만일 아니라면 다아시 씨더

120

러 그렇지 않다는 사실을 증명해 보이라고 하면 되겠지."

"정말 곤란한 일이야. 도무지 어떻게 해야 할지 모르겠어."

"미안한 얘기지만…… 사람 생각이란 뻔하지."

그러나 제인은 한 가지는 확실하게 생각할 수가 있었다. 만약 빙리가 다아시에게 철저하게 속고 있다면 진상이 드러날 경우 몹시 곤혹스러울 것이라는 사실을.

이런 이야기를 주고받던 두 자매는 그들의 이야기 대상이었던 당사자들이 도착했다는 말을 듣게 되었다.

빙리와 그의 여동생들이 그토록 오랫동안 갈망하던 네더필드의 무도회에 초청하고자 직접 온 것이었다. 무도회의 날짜는 다음 화요일로 정해졌고, 두 자매는 친한 벗인 제인을 다시 만나자 무척 기뻐했다.

며칠이 지나지 않았지만 본 지 오래된 것 같다며, 그 후로 어떻게 지냈느냐고 몇 번이고 물었다.

그들은 다른 사람들에게는 거의 신경을 쓰지 않았다. 되도록 베넷 부인을 피하려 했고, 엘리자베스에게도 거의 말을 건네지 않았으며, 다른 사람들에게는 한마디도 하지 않았다.

그리고는 빙리가 놀랄 정도로 재빠르게 자리에서 일어나더니 마치 베넷 부인의 정중하기 그지없는 작별 인사를 받지 않으려는 듯 황급히 자리를 뜨고 말았다.

네더필드의 무도회를 상상하는 것은 가족 누구에게나 기쁜 일이었다. 베넷 부인은 그 무도회가 맏딸에 대한 인사로 열리는 것이라 여겨, 형식적인 초대장을 보낸 것이 아니라 빙리가 직접 찾아와 말을 전한 것이라고 생각하며 더할 나위 없이 흐뭇해하고 있었다.

제인은 두 친구들과 그들의 오빠 빙리로부터 극진한 대접을 받게 될 무도회의 밤을 머릿속에 그려 보았고, 엘리자베스는 위컴 씨와 춤을 추면서 다아시의 표정이나 행동을 살펴보면 뭔가 확실한 사실을 알아낼 수 있을 것이라면 기뻐했다.

캐서린과 리디아가 생각하는 행복이란 어떤 한 가지 일이지만 누구라고 정해진 특정한 사람에 의한 것이 아니었다. 왜냐하면 그들 역시 엘리자베스와 마찬가지로 무도회에서 위컴과 춤을 출 생각이었기 때문이다. 하지만 자기들을 만족시켜 줄 상대는 그 한 사람만이 아니라고 여기는 듯했다. 심지어는 메리까지도 무도회에 가는 것이 싫지 않다고 얘기했던 것이다.

"오전에만 내 마음대로 할 수 있으면 좋겠어요. 그러면 돼요. 가끔씩 저녁 모임에 어울리는 것도 크게 불편하지는 않고요. 누구나 의무가 있는 법이니까요. 나는 휴식과 오락은 누구에게나 좋은 것이라고 여기는 사람 중의 하나예요."

때마침 엘리자베스는 기분이 좋았기 때문에 다른 때라면 쓸데없이 콜린스에게 말을 건네지는 않았겠지만, 빙리 씨의 초대에 응할 것인지 그리고 만약 응한다면 흥겹게 놀고 법석을 떠는 것이 괜찮다고 여기는지를 묻지 않을 수가 없었다.

하지만 놀란 것은 오히려 엘리자베스였다. 그런 문제에 대해서 콜린스는 조금도 망설이는 빛이 없었고, 춤을 추며 즐긴다고 해서 대주교나 캐서린 드 버그 부인의 책망을 들을지도 모른다는 걱정도 하지 않았다.

콜린스가 입을 열었다.

"내 생각으로는…… 인격을 갖춘 청년이 경의를 표할만한 사람들을 위해 개최하는 무도회는 조금도 나쁠 게 없다고 보아요. 나 역시 춤추는 데전혀 이의가 없고 그날 밤에는 친척 여러분의 손을 잡아 보고 싶군요. 이자리를 빌어서 말씀드리지만, 엘리자베스 양은 처음에 저와 두 번 정도는춤을 추셔야 합니다. 이 같은 저의 선택이 정당하다는 사실을 제인 양은 잘 아실 테고, 저 역시 그분께 실례가 된다고는 여기지는 않습니다."

엘리자베스는 자신이 꼼짝없이 당했다는 생각이 들었다. 무도회에서 틀림없이 위컴에게 춤을 추자는 청을 받을 것 같기 때문이었다. 그런데 콜린스가 먼저 청을 하다니! 모두가 스스로의 발랄함이 빚은 결과였다. 하지만 후회해도 이미 때는 늦고 말았다.

하는 수 없이 위컴과 함께 즐기는 것은 조금 뒤로 미루기로 생각하고, 콜린스의 청을 되도록 기분 좋게 받아들이기로 마음먹었다. 그녀는 그토록 대담한 콜린스의 행동에 그 이상의 무언가가 있다는 낌새는 알아차렸지만, 그것이 썩 즐겁게 여겨지지는 않았다.

그제야 비로소 짐작하게 된 것이지만, 헌스퍼드 목사관의 안주인이 되어 로징스 부인 댁에 마땅한 손님이 없을 경우 카드릴을 함께 즐기기엔 더할 나위 없이 적당한 여성으로, 자매들 가운데 자기가 선택되었던 것이다.

게다가 점점 느끼함을 더해 가는 그의 은근한 태도라든지 자신의 위트나 발랄함에 공연한 찬사를 던지는 것을 보고, 그녀의 생각은 곧 확신으로 변했다.

자신이 지닌 매력이 일궈낸 뜻밖의 효과에 대해 만족했다기보다는 경악을 했다고 해야 옳겠지만, 두 사람이 결혼을 하는 것이 어머니에게는 반갑고 축복할 일이 되리라는 사실을 알게 된 것이다.

그러나 엘리자베스는 어떤 대답이라도 하게 되면 그것이 심각한 논쟁거리가 될 것이라는 사실을 잘 알고 있었기에 그의 은근한 암시를 무시해 버리고 말았다.

콜린스가 어떤 제안도 하지 않을지도 모르는 일이었다. 그러니까 사전에 그 사람의 행동에 대해 옳고 그름을 따진다는 자체가 소용없는 일이 될 터였다.

네더필드의 무도회에 참석하기 위해 준비를 하고, 그에 대한 이야기라도 하지 않았다면 베넷 집안의 어린 딸들은 깊은 슬픔에 젖어 있었을는지도 몰랐다. 왜냐하면 초대받은 날부터 무도회가 열리는 날까지 쉬지 않고 비가 내려서, 메리튼에 가볼 엄두조차 낼 수 없었기 때문이었다. 이모와 장교들도 보지 못하고 새로운 소식을 듣지도 못하게 된 것이다.

무도회에서 신을 구두에 붙일 장식도 하인을 시켜 사 와야 했다.

엘리자베스 역시 위컴과의 만남을 시샘하는 날씨로 인해 스스로 인내의 한계를 시험하고 있는지도 몰랐다. 화요일에 무도회가 열리지 않는다면, 키티나 리디아도 이처럼 심심한 금요일, 토요일, 일요일 그리고 월요일을 견딜 수 없을 것이었다.

18

네더필드의 응접실로 들어선 엘리자베스는 그곳에 모여 있는 붉은 제복의 사내들 틈에서 위컴을 찾아보려 했으나, 보이지 않자 아직 그가 도착하지 않았을지도 모른다는 생각을 했다.

그녀를 놀라게 할 수 있는 좋지 않은 기억조차 그를 만날 수 있다는 신념을 약하게 만들 수는 없었다.

그녀는 평상시보다 더욱 공들여 화장을 했고, 위컴의 모든 것을 손아귀에 넣으리라 다짐하면서, 그날 밤 안으로 모든 일을 끝낼 수 있으리라고 믿으면서 만반의 준비를 갖추고 있었다.

그러다가 갑자기 빙리가 장교들을 초대함에 있어 다아시의 신경을 건

드리지 않기 위해 일부러 위컴을 제외했을지도 모른다는 생각이 들었다. 이유는 정확하지 않았지만 그의 친구 데니가 위컴이 오지 않았다는 사실을 알려 주었다.

리디아가 끈덕지게 묻자 그는 위컴이 어제 급한 볼일이 있어서 런던으로 갔는데 아직까지 돌아오지 않았다면서 의미 있는 미소를 짓고는 덧붙여 말했다.

"무도회에 참석한 다른 사람들을 피할 생각이 없었다면 굳이 이런 때에 런던으로 갈 필요는 없었겠지요."

리디아는 듣지를 못했지만, 엘리자베스는 그 이야기를 확실히 들을 수 있었다. 위컴이 참석하지 않은 이유가 짐작과는 다를지라도 어쨌든 다아시 때문이라는 확신이 들었다. 구름처럼 피어오르는 실망감은 다아시에게 느꼈던 불쾌한 감정을 더욱 격하게 만들었다. 때문에 그녀는 다아시가 자기와 정중하게 인사를 했음에도 예의를 갖춰 답할 수 없었다.

다아시에게 신경을 쓰고 관대하게 대하는 것은 곧 위컴의 마음을 아프게 하는 것이라는 생각이 들었던 것이다.

그녀는 다아시와 한마디 말도 나누지 않기로 마음먹고 그를 외면했다. 그리고 이러한 태도는 빙리를 대할 때도 마찬가지였다. 빙리의 맹목적인 관심이 그녀의 화를 돋웠던 때문이었다.

하지만 엘리자베스는 그대로 침울하게 앉아 있을 만한 성격은 못되었다. 물론 엘리자베스가 품었던 기대는 물거품이 되고 말았지만, 결코 그 때문에 의기소침할 그녀는 아니었던 것이다.

그녀는 일주일 동안 만나지 못했던 샬롯 루커스에게 자기 생각을 다 털어놓은 다음, 까다롭기 그지없는 콜린스의 성격에 대한 이야기를 함으로써 그녀의 주의를 돌리는 여유를 보이기도 했다.

그러나 콜린스와 춘 두 번의 춤은 고통 그 자체였다. 콜린스는 춤이 서툰 것은 물론 형식적인 것에 얽매여 두서없이 변명만 늘어놓는가 하면, 자신의 스텝이 틀린 것도 모르고 제멋대로 움직여 파트너인 그녀를 창피스럽게 만들었다. 때문에 그로부터 벗어난 엘리자베스는 날아오를 듯한 기분마저 느낄 수 있었다.

그녀의 다음 번 파트너는 어떤 장교였다. 그로부터 위컴이 누구에게나 호감을 갖도록 하는 사람이라는 말을 들은 그녀는 한껏 기분이 좋아졌다.

춤을 추고 나서 엘리자베스는 다시 샬롯 루커스와 이야기를 나누었다. 그런데 그때 다아시가 다가와 파트너가 되어 주기를 청했다. 너무도 갑작스런 일이라 그녀는 얼떨결에 청을 받아들이고 말았다.

그가 인사를 하고 떠나자 그녀는 순간적으로 방심했던 스스로가 한심하게 느껴졌고 괜스레 부아가 치밀었다. 샬롯은 그러한 그녀를 위로하느라 애썼다.

"지금 다시 보니 다아시 씨는 정말 매력적인 남자야."

"천만의 말씀! 그게 바로 불행으로 가는 지름길이라구. 미워하려는 사내에게 호감이 간다고 하다니! 날 위한다면 그런 말은 피해 주었으면 해."

그러나 다시 춤이 시작되어 다아시가 그녀에게 가까이 다가오자, 샬롯은 엘리자베스에게 이렇게 충고했다. 위컴이 마음에 들었다고 해서 그보다 열 배는 조건이 좋은 남자의 심기를 불편하게 만드는 어리석음을 범하지 말라고.

엘리자베스는 그녀의 충고에 대꾸도 하지 않고 춤을 추기 시작했다. 하지만 적대시하는 상대와 마주 서서 춤을 춰야 하는 그녀의 모습이 정상일 리가 없었다. 주위 사람들도 그녀의 부자연스런 표정과 모습을 보고 놀라는 것이 당연했다.

두 사람은 한동안 말 한마디 없이 그냥 춤만 추었다. 그러한 두 사람의 침묵은 춤을 추는 동안에도 계속될 것 같았다. 문득 이 점에 생각이 미친 그녀는 절대 자신이 먼저 어색한 침묵을 깨뜨리지는 않겠다고 다짐했다. 하지만 다아시로 하여금 먼저 말을 하도록 만드는 편이 보다 교묘하게 상대를 괴롭힐 수 있으리라는 생각이 들자, 가볍게 춤에 대한 자신의 이야기를 했다.

다아시가 대답을 하긴 했지만, 두 사람의 대화는 지속되지 못했고 다시 어색한 침묵이 흘렀다. 엘리자베스는 잠시 후에 다시 그에게 말을 걸었다.

"다아시 씨, 이번에는 당신이 말씀하실 차례예요. 저는 춤에 대한 이야기를 했으니까, 선생님은 무도회장의 크기라든가 몇 사람이나 왔는가에 대한 이야기를 하셔야죠."

그는 미소를 지으면서 뭐든지 듣고 싶은 이야기를 알려 주면 기꺼이 하겠다는 의사를 표시했다.

"좋아요. 지금은 그 정도로 됐어요. 어쩌면 곧 이런 사적인 무도회가 공식적인 것보다 훨씬 즐겁다고 할지는 모르지만, 지금은 그저 조용히 있는 편이 나을 거예요."

"그렇다면 춤출 때만 이야기를 하라는 겁니까?"

"일단은 그렇게 하죠. 대신 이야기를 조금만 하는 거예요. 30분 동안이나 입을 다물고 있다면 우스울 테니까요. 하지만 꼭 뭔가 얘기를 해야 하는 부담을 갖지 않는 편이 좋을 수도 있지요."

"지금 현재 본인의 감정을 따르는 겁니까, 아니면 제 감정을 헤아리시기에 그러는 겁니까?"

"양쪽 다라고 할 수 있죠." 엘리자베스가 장난기 어린 표정으로 대답했다. "다아시 씨와 저는 닮은 구석이 많은 것 같아요. 둘 다 사교적이지 못하고 말수도 없는 편으로, 이곳에 있는 사람 모두를 깜짝 놀라게 하는 것은 물론 후세에까지도 전해질 만한 이야기가 아니면 말을 꺼낼 생각조차 하지 않으니까요."

"제가 보기에는 당신의 성격에 대해서 적확하게 묘사한 것 같군요." 그가 말했다. "제 성격에 얼마나 가까운지는, 글쎄요, 뭐라고 말하기 어렵군요."

"자기 작품의 성공을 스스로 판단할 수는 없겠죠."

다아시가 대답을 하지 않아 두 사람은 다시 침묵을 지키다가 춤을 추러 나갔다. 그러자 비로소 다아시는 그녀와 동생들이 자주 메리튼에 가지 않느냐고 물었다.

그녀는 자주 간다고 답하고는 말을 계속했다.

"지난 번 그곳에서 뵈었을 때 저희는 어떤 분을 소개받던 참이었지요."

그 즉시 효과가 나타났다. 다아시는 굳은 표정이 되어 입을 꾹 다물었다. 엘리자베스는 자신이 너무 심했나 싶어 말을 할 수가 없었다. 어느 정도 시간이 지나자 다아시가 다소 거북한 표정으로 입을 열었다.

"위컴 군은 천성적으로 명랑한 성격이라 친구를 잘 사귀지요. 물론 그것이 얼마나 오랫동안 지속될지는 모르겠지만……."

"어쩌다가 그분이 선생님과 사이가 틀어졌나요. 더구나 평생을 두고 힘들어 할 정도로 말예요."

그녀의 음성에는 자기도 모르게 힘이 실려 있었고, 다아시는 아무런 대답도 하지 않았다. 그는 화제를 바꾸고 싶은 것 같았다.

바로 그 때 옆을 지나가던 윌리엄 루커스 경이 걸음을 멈추고, 다아시에게 정중하게 인사를 했다. 그리고는 그의 춤 솜씨와 파트너인 엘리자베스를 칭찬했다.

"정말 너무나 보기가 좋습니다. 그토록 훌륭한 춤은 좀처럼 보기 힘들죠. 선생께서 품위 있는 사교계의 일원이라는 사실을 한눈에 알 수가 있습니다. 감히 말씀드리자면, 선생님의 아름다운 파트너는 너무도 잘 어울립니다. 이런 모임은 자주 열리는 게 좋죠."

그는 힐끗 제인과 빙리가 있는 쪽을 바라보고는 말을 계속했다.

"특히 엘리자 양! 좋은 일이 생기길 바랍니다. 모두가 축하할 일 아니겠습니까? 아, 더 이상 방해하지 않겠습니다. 멋진 숙녀와 가지는 즐거운 시간을 빼앗으면 곤란하니까요. 파트너 분이 아름다운 눈으로 저를 흘겨보는 것 같군요."

다아시는 윌리엄 루커스 경이 한 이야기를 제대로 듣지는 못했지만, 그가 빙리 커플을 지목하며 은연중에 암시를 준 것을 느꼈는지, 진지한 표정이 되어 그들이 춤추는 모습을 바라보았다. 그리고는 다시 엘리자베스를 보며 말했다.

"윌리엄 경의 말씀을 듣느라 우리가 하던 이야기를 깜빡했습니다."

"우린 아무런 이야기도 하지 않았어요. 윌리엄 경께서도 여기 모인 사람 가운데 할 말이 가장 없는 우리들을 방해하려던 건 아니셨을 테고요. 우리는 이미 새로운 화제를 끌어내려고 두세 차례 애써 봤지만 성공을 거두지 못했으니…… 이제 무슨 이야기를 해야 할지 모르겠네요."

"책에 대한 이야기를 나누면 어떨까요?"

그가 웃으면서 말했다.

"책이라고요? 그건 안돼요. 우리 두 사람은 같은 책을 읽었을 리도 없고, 설사 읽었다고 해도 같은 기분으로 읽지는 않았을 테니까요."

"그렇게까지 생각하신다니 유감이군요. 하지만 그렇다면 적어도 화제가 부족하진 않겠죠. 서로 다른 의견을 비교할 수가 있을 테니 말입니다."

"차라리 하지 않는 편이 낫겠어요. 춤을 추다가 갑자기 책 이야기라니……. 게다가 지금 제 머릿속은 다른 생각이 가득 차 있거든요."

"이런 곳에서는 목전의 일만 가슴에 담아 둔다는 말인가요?"

그는 의아스런 어조로 말했다.

"전 늘 그렇거든요."

그녀는 아무런 생각 없이 그저 나오는 대로 대답했다. 이미 그녀의 생각은 대화에서 벗어나 있었고, 그것은 곧 그녀가 갑작스럽게 이런 말을 한 것으로 미루어 짐작할 수가 있었다.

"다아시 씨! 저는 언젠가 당신께서 하신 말씀을 지금도 기억하고 있거든요. 그때 말씀하시길 본인은 사람을 용서하지 못하는 성격이고, 한 번 화가 나면 좀처럼 삭이기 힘들다고 하셨죠. 그러면 당신은 화를 내지 않으려고 매우 애를 쓰지 않나요?"

"물론입니다." 그는 단호한 어조로 말했다.

"편견 때문에 사태를 정확히 판단할 수 없기 때문이겠죠?"

"저도 그렇기를 바랍니다."

"좀처럼 자기 의견을 굽히지 않으려 드는 사람은 무엇보다 판단을 내릴 때 신중해야 하겠죠."

"실례입니다만, 무슨 생각으로 그런 질문을 하시는지요?"

"그냥 당신의 성격을 파악하기 위해서죠. 전 꼭 알아야 하겠거든요." 그녀는 고개를 흔들며 덧붙였다.

"그래서 뭔가 알아낸 게 있나요?"

"아니오. 전혀 알 수가 없었어요. 모두가 다르게 말하니 도무지 알 수가 있어야죠."

"아, 그렇군요." 그는 자못 엄숙하게 말했다. "저에 대한 평가가 다양한가 보군요. 하지만 베넷 양, 제 성격에 대해 섣부른 결론을 내리지 말아 주셨으면 합니다. 하등 도움 될 게 없거든요."

"하지만 지금 알아내지 않으면 앞으로는 영영 기회가 없을지도 모르니까 말예요."

"무척 즐거우신 모양입니다. 그런 즐거움을 막고 싶지는 않군요."

그의 차가운 음성에 그녀는 더 이상 입을 열지 않았다. 그래서 두 사람은 다시 한 번 춤을 추고 나서는 헤어지고 말았다. 불만스럽기는 둘 다 마찬가지였지만, 정도의 차이는 있었다.

그녀에게 호감을 가지고 있던 다아시는 베넷 양을 금방 용서하고, 분노의 화살을 다른 이에게 돌리기로 했던 것이다.

두 사람이 헤어진 지 얼마 지나지 않아 그녀에게로 다가온 빙리 양이 슬쩍 경멸의 빛을 보이며 이렇게 말을 건네 왔다.

"엘리자 양, 내가 듣기로는 조지 위컴 씨를 무척 좋아하신다면서요? 언니께서 그분에 관해 여러 가지를 묻더군요. 그래서 알게 되었지만, 그 사람은 자기 신상에 관한 얘기 중에서 자신이 다아시 씨 집안의 집사를 지낸 이의 아들이란 사실은 쏙 빼먹었더군요. 제가 친척으로서 말씀드리는 것인데, 절대 그 사람의 말을 사실대로 믿지 마세요. 왜냐하면 다아시 씨가 그 사람을 홀대했다는 것은 새빨간 거짓말이에요. 오히려 반대로 그가 못되게 굴었는데도 다아시 씨는 늘 친절하게 대해 준 것이죠. 자세한 일은 모르지만, 다아시 씨는 바른 사람이며, 그분은 조지 위컴이란 이름조차 듣기를 역겹게 여기죠. 그래서 저의 오빠가 장교들을 초대하는 데 그 사람만 빼놓을 수 없음을 알고 양보를 한 거죠. 위컴이란 사람이 이곳에 나타나는 것은 정말 뻔뻔스런 일이죠. 어떻게 감히 그런 일을 할 수 있겠어요? 엘리자 양, 정말 죄송해요. 호감을 가진 분의 죄상을 낱낱이 밝히다니 말예요. 하기야 본바탕을 생각한다면 그 이상을 기대하기란 힘들겠지요."

"설명을 듣고 보니 그분의 죄상과 본바탕을 동일시하시는 것 같군요." 엘리자베스가 화를 냈다. "그분이 다아시 가문의 집사였었다는 사실을 헐뜯는 듯한데, 그 이야기는 그분께 직접 들어서 알고 있어요."

"그렇다면 죄송하게 되었군요." 빙리 양은 조소를 떠올리며 말했다. "심기를 불편하게 만들어 죄송해요. 저는 어디까지나 엘리자 양을 생각해서 드린 말씀이거든요."

"건방진 것 같으니!" 엘리자베스는 혼잣말을 했다. "그 따위 비열한 수단으로 내 마음을 움직일 수 있으리라 여긴다면 큰 오산이지. 모든 게 자신의 무지와 다아시의 악의에서 비롯되었다는 것을 부정하려는 것이지."

그녀는 그 문제에 대해 빙리에게 물어보기로 했던 언니를 찾았다. 제인은 행복한 미소를 띠면서 즐거운 표정으로 동생을 만났는데, 그녀의 표정으로 보아 그날 무도회에 참석한 것을 무척이나 만족스러워하고 있다는 것을 알 수 있었다.

언니의 기분을 즉각 알게 된 엘리자베스는 위컴에 대한 생각과 그를 해치려는 무리에 대한 분노 등을 씻은 듯 떨쳐 버리고 그저 언니 제인의 일이 잘 풀려 나가기만을 빌기로 했다.

엘리자베스는 언니처럼 얼굴에 미소를 띠고 말했다.

"언니, 위컴 씨에 대해서 들은 이야기를 좀 해줘요. 그런데 언니는 너무 재미있어서 다른 생각은 전혀 하지 못한 것 같네요. 뭐 그렇다면 용서할 수도 있지만……."

"내가 왜 그 일을 잊었겠니? 똑똑히 기억하고 있어. 하지만 그다지 들려줄 얘기가 없구나. 빙리 씨는 그분의 전력을 자세히 알고 있지 않고, 특히 다아시 씨와 관계된 일은 전혀 모르고 있는 것 같아. 그렇지만 친구인 다아시 씨의 정의감이나 청렴결백하고 명예를 중시 한다는 점은 절대 보증할 수 있다고 하셨어. 그리고 아마도 위컴 씨는 다아시 씨에게 분에 넘치는 대우를 받았을 것이라는 말도 덧붙였지. 이런 이야기를 해서 미안하지만, 빙리 씨나 그 여동생들의 이야기로 미루어볼 때 위컴 씨는 결코 존경할 만한 사람은 아닌 것 같아. 진중하지 못한 행동으로 인해 다아시 씨의 눈 밖에 난 거겠지."

제인이 대답했다.

"빙리 씨는 위컴 씨를 모르지 않나요?"

"그건 그래. 전날 아침 메리튼에서 처음 만났으니까 말이야."

"그렇다면 언니가 한 얘긴 다아시 씨한테서 들으신 거겠죠. 잘 알았어요. 그런데 목사직에 대해선 뭐라고 얘기해요?"

"다아시 씨로부터 얘긴 듣긴 했는데, 그분도 상황을 잘 기억하지 못한다고 했어. 어쨌거나 조건부였다고 알고 있던데."

"빙리 씨의 말을 의심하는 건 아니야. 하지만 그분이 보증한다고 해도 모든 것을 곧이들을 수는 없는 일이지. 친구를 감싸려는 마음은 가상하지만 그분은 모르는 것도 많고, 그나마 얘기의 대부분을 자기 친구에게서 들은 것일 테니까 말이야. 그러니 나는 위컴 씨와 다아시 씨에 대한 생각을 바꾸지는 않겠어요."

위컴에 대한 이야기를 마친 두 사람은, 의견 충돌이 없고 서로가 즐거울 수 있는 이야기로 화제를 바꿨다.

빙리에 대해 품고 있는 감정과 조심스러우면서도 즐거운 제인의 희망을 엘리자베스는 귀담아들었고, 자기도 언니가 생각을 굳히는 데 도움을 줄 수 있는 이야기를 들려주었다.

바로 그때 당사자인 빙리가 대화에 끼어들었기에, 엘리자베스는 그를 피해 루커스 양에게로 갔다. 조금 전 파트너와 즐겁게 춤을 췄느냐고 묻는 루커스 양에게 미처 대답을 하기 전에 콜린스 씨가 다가와서는 운 좋게도 자신은 아주 중대한 발견을 했다며 기쁜 어조로 말했다.

"정말 우연히 알게 된 사실입니다만 바로 이 안에 저의 후원자와 가까운 친척 한 분이 계시다고 하더군요. 그 신사분께서 직접 이 댁의 안주인 역할을 하고 계시는 젊은 아가씨들께 자기 누이동생 드 버그 양과 그녀의 모친인 캐서린 부인의 이야기를 하는 것을 들었거든요. 정말 신기한 일 아닙니까? 상상조차 하기 힘든 일이죠. 이런 모임에서 캐서린 드 버그 부인의 조카분과 만날 수 있다니 말예요. 그분께 감사드릴 수 있는 기회를 얻게 되다니 진심으로 기쁜 일입니다. 제가 좀 더 빨리 인사를 드리지 못한 것은 잘못이지만, 그건 인척 관계를 전혀 모르고 있었기 때문이라는 사실로 덮어질 수 있겠죠."

"다아시 씨께 직접 인사를 드리려고요?"

"그럼요. 더 빨리 인사드리지 못한 점을 사과해야죠. 캐서린 부인의 조카분이니까요. 일주일 전까지만 해도 부인께서 무척 건강한 모습을 보이셨다는 점을 말씀드리면 되겠죠."

엘리자베스는 이 같은 콜린스를 단념시키기 위해 많은 애를 써야만 했다. 다아시 씨는 약속도 없이 불쑥 스스로를 소개하는 것은 자신의 숙모에 대한 예의로 여기기보다는 오히려 무례하다고 생각할 수 있으리라는 점과 반드시 서로 알고 지내야 하는 것은 아니며, 설령 그럴 필요가 있다면 인사를 청하는 것은 지체가 높은 다아시가 먼저라야 한다고 일러 주었다. 콜린스는 엘리자베스의 말을 귀담아 듣지 않고, 자기의 생각대로 해야 한다고 고집을 부렸고 그녀가 말을 마치자 이렇게 이야기했다.

"엘리자베스 양, 저는 당신이 뛰어난 판단력을 지닌 것으로 알고 있습니다. 하지만 세속적인 예의와 성직자에게 허용된 것 사이에는 많은 차이가 있다는 점을 알려 드려야 할 것 같군요. 왜냐하면 성직의 위엄이란 왕국의 권위와도 대등한 것이라 여기기 때문이죠. 물론 그에 어울릴 만한 겸손한 행동이 뒷받침되어야 하겠습니다만. 따라서 이런 경우에는 제 양심이 허락하는 대로 행동할 수밖에 없음을 양해하시기 바랍니다. 그렇게 하여 저 스스로 의무라고 여기는 일을 행동에 옮길 수 있는 것이니까요. 당신의 충고에 따르지 못하는 것을 죄송스럽게 생각합니다. 다른 일이라면 기꺼이 충고를 받아들이겠지만, 적어도 이 문제에 있어서는 당신처럼 젊은 여성보다는 그래도 교육의 정도와 경험이 많은 저의 판단이 옳을 것 같군요."

이야기를 마친 콜린스는 엘리자베스에게 허리를 굽혀 절을 하고는 다아시와 이야기를 나누기 위해 다가갔다.

과연 불쑥 나타나 자기소개를 하는 그의 행동을 다아시가 어떻게 생각할 것인가를 열심히 지켜본 그녀는, 그가 눈에 띄게 놀라는 모습을 보이고 있음을 알 수 있었다.

그녀의 친척은 정중한 태도로 절을 하고 나서 이야기를 시작했는데, 비록 들리지는 않았지만 모든 것을 알 수 있었다. 그의 입술 모양으로 보아 '사과'니 '헌스퍼드'니 또는 '캐서린 드 버그 부인' 같은 말을 하는 것을 알 수 있기 때문이었다. 그녀는 정말 콜린스가 다아시 같은 사람에게 그런 행동을 하는 것이 이해가 되지 않았다.

다아시는 의아한 눈으로 그를 쳐다보고 있었다. 이윽고 그는 콜린스가 그에게 말할 기회를 주자 차가운 태도로 응수했다. 그러나 콜린스는 그런 것에 개의치 않고 다시 이야기를 계속했고, 그의 이야기가 길어짐에 따라 다아시의 얼굴에는 경멸의 빛이 점점 거세지는 듯 보였다.

이야기가 끝나자 그는 가볍게 고개를 숙여 보이고는 다른 곳을 향해 걸어갔고, 콜린스는 엘리자베스에게로 되돌아왔다.

"인사를 하는 데 불만을 가질 이유는 없지요. 다아시 씨는 내가 인사를 하고 감사를 표한 것을 무척 흡족해 하시는 것 같았어요. 아주 정중하게 대답을 하시던 걸요. 캐서린 부인께선 사람 보는 눈이 있으시다는 사실을 잘 알고 있으며 그럴 만한 가치가 없는 사람에게는 호의를 베풀지 않는다는 것까지 말씀해 주셨어요. 정말 관대한 분이더군요. 그러니 그분을 만난 건 정말 잘한 일 같아요."

엘리자베스에게는 더 이상 관심을 가질 만한 사항이 아니었기에, 그녀는 언니와 빙리 씨에게로 주의를 기울였다. 그러자 그들의 모습과 연관된 즐거운 생각들이 그녀에게 제인과 다름없는 행복을 느끼도록 해주었다.

그녀는 참다운 애정이 깃든 결혼만이 줄 수 있는 수많은 행복감을 느끼며 바로 이 저택에서 살게 될 제인을 머릿속에 그려보았다. 그런 상황에서라면 빙리의 두 여동생들까지도 좋아질 수 있도록 노력하리라는 생각도 들었다.

어머니도 그와 같은 생각을 하고 있을 것이 확실했지만, 너무나 많은 말을 들을 것이 뻔했으므로 그녀는 가까이하지 않으려고 생각했다.

하지만 그녀가 저녁 식탁에 앉았을 때 불행은 현실이 되어 나타났다. 식탁에는 그녀와 어머니 그리고 루커스 부인 세 사람만 있었기 때문이다. 어머니는 루커스 부인에게 공공연하게 머지않아 제인이 빙리 씨와 결혼할 것이라고 이야기하는 것에 엘리자베스는 몹시 화가 났다.

그것은 베넷 부인에게는 다시없는 이야깃거리였고, 그녀는 결혼의 장점만을 줄줄이 늘어놓으며 지칠 줄 모르고 이야기를 했다.

상대는 정말 매력적인 청년이며, 재산가인데다가 불과 3마일 밖에 떨어지지 않은 곳에 살고 있다는 것이 이야기의 핵심이었다. 그리고 상대의 두 여동생이 제인과 무척 친하며, 그들 역시 자신처럼 두 사람이 맺어지기를 바라고 있을 것이라고 확신했다. 더욱이 제인이 그와 결혼을 하게 되면, 그녀의 동생들도 또 다른 재산가와 만날 수 있을 확률이 높아지는 만큼 모두에게 좋은 일이라는 것이었다. 그리고 끝으로 만딸에게 동생들을 맡겨 버릴 수 있는 만큼, 자기는 마음에 내키지 않는 파티에 참석하거나 어울리고 싶지 않은 사람들과 함께 하지 않아도 되니 좋을 것이라고 했다. 하긴 그럴 수만 있다면 그렇게 하는 것이 관례였지만, 베넷 부인은 아무리 나이가 많아도 집에 가만히 있는 것을 좋아할 사람은 아니었다.

그녀는 루커스 부인에게도 똑같은 행운이 있기를 바란다며 되풀이해서 말했지만, 속으로는 절대 그럴 만한 좋은 기회는 가지지 못할 것이라고 생각하고 있음에 틀림없었다.

엘리자베스는 혹시라도 어머니가 하는 이야기가 그들의 맞은편에 앉아 있는 다아시씨의 귀에까지 들리지나 않을까 염려되어 어머니의 말을 막아 보려 했지만 아무런 소용이 없었다. 어머니는 오히려 무슨 그런 소리냐며 그녀를 꾸짖기까지 했던 것이다.

"다아시 씨가 뭐 대단한 사람이라고 내가 조심해야 하니? 그 사람이 듣고 싶어 하지 않는다고 해서 우리가 말을 하지 않을 정도로 예의를 차릴 것은 없지 않니?"

"엄마, 제발 좀 작은 소리로 말씀하세요. 다아시 씨를 불편하게 해서 우리가 무슨 덕을 보겠어요? 다아시 씨는 그분 친구인 만큼 좋은 인상을 주지 않으면 손해라는 거죠."

하지만 그녀의 어떤 말도 효과가 없었다. 어머니는 여전히 큰 소리로 하고 싶은 이야기를 하고 있었다.

엘리자베스는 창피하기도 하고 화가 나기도 했다. 그녀는 얼굴을 붉히며 다아시를 살펴보았고, 그때마다 그녀의 염려는 현실로 나타나는 듯했다.

왜냐하면 다아시는 그들 쪽만 바라보고 있지는 않았지만, 그녀 어머니가 하는 말에 귀를 기울이고 있음이 분명한 때문이었다. 그의 얼굴에 떠올랐던 분노와 경멸의 빛은 사라지고 점차 차분한 상태로 변해 가고 있었다.

마침내 베넷 부인이 더 이상 할 말이 없어지자, 잘난 체하고 되풀이되는 그녀의 이야기를 하품을 하면서 듣고 있던 루커스 부인이 햄과 닭고기를 맛보고 칭찬을 할 기회를 얻게 되었다. 그제야 겨우 엘리자베스는 기분을 되돌릴 수 있었다.

하지만 평온의 시간은 결코 오래 지속되지 않았다. 식사를 마치고 음악을 즐길 시간이 되자, 아무도 청하지 않았음에도 메리가 나서서 노래를 부르겠다고 한 때문이었다. 엘리자베스는 몇 번이나 눈짓으로 신호를 보내 메리가 나서지 않도록 막아 보려 했지만, 아무런 효과도 없었다. 메리는 그녀의 뜻을 전혀 받아들이려 하지 않으려 했던 것이다.

그녀는 자신의 솜씨를 뽐낼 요량으로 한껏 들뜬 기분이 되어 노래를 부르기 시작했고, 엘리자베스는 고통의 빛이 가득한 눈으로 메리를 쳐다보고만 있어야 했다.

그녀는 동생의 노래가 어서 끝나기만 바라는 초조한 심정으로 기다렸지만, 메리의 노래가 끝난 뒤에도 결코 마음이 편할 수가 없었다. 왜냐하면 사람들이 노래를 불러준 그녀에게 감사의 뜻을 전하는 가운데 누군가 언뜻 앙코르를 청하는 것 같자, 메리는 30초 정도 쉬고서는 다시 노래를 부르기 시작했기 때문이다. 메리의 가창력은 결코 내세울 만한 것은 아니었다. 그녀의 목소리에는 힘이 없었고, 태도는 가식적이었다.

이른바 고통의 늪에 빠진 엘리자베스는 제인은 어떻게 견디고 있는가를 알아보고자 눈길을 돌렸다. 제인은 무척이나 침착한 태도로 빙리와 대화를 나누고 있었다. 이어서 빙리의 두 여동생에게로 눈길을 돌렸는데, 그들의 표정에서 경멸의 감정을 읽을 수 있었다. 하지만 다아시는 전혀 동요하지 않고 조용한 표정을 짓고 있었다.

그녀는 메리가 밤새 노래를 부르지 않도록 어떻게 해달라는 신호를 아버지에게 보냈다. 눈치 빠른 베넷 씨는 그것을 알아차리고, 메리의 두 번째 노래가 끝내자 큰 소리로 외쳤다.

"됐다, 메리. 아주 잘 불렀어. 모든 사람을 즐겁게 해주었구나. 이제 다른 사람도 노래를 부를 기회를 주어야 하지 않겠니?"

메리는 애써 못 들은 체하면서도 어딘가 당황한 표정이었다. 엘리자베스는 갑자기 동생이 안쓰럽게 여겨졌고, 아버지를 통해 그런 말을 한 것이 미안하기도 했지만, 그런 모든 것이 수포로 돌아갈지도 모른다는 생각을 하게 되었다.

　방 안에 있는 사람 모두가 이제는 다른 사람에게 노래를 청하고 있었던 때문이었다.

　"제가 만일 노래를 잘 불러서 여러분을 즐겁게 해드릴 수 있다면 얼마나 좋겠습니까? 저는 음악을 순수한 여흥이라고 보며 목사직과도 상치되지 않는다고 여기고 있습니다. 하지만 음악에 너무 많은 시간을 할애하는 것은 옳다고는 생각하지 않습니다. 왜냐하면 정말 마음을 기울여야 할 일들이 너무 많기 때문이지요. 교구 목사는 정말 할 일이 많거든요. 우선 자신에게 유리한 동시에 후원자들에게도 도움이 될 수 있도록 십일조를 걷어야 하고요, 설교문을 쓰고 문장을 다듬어야 하며, 남는 시간에는 교구의 여러 가지 사항을 처리해야 하거든요. 하지만 결코 충분한 시간은 못 되지요. 게다가 목사관을 살펴보고 수리도 하여 가능한 한 쾌적한 환경을 유지해야 하기도 하죠. 그리고 저는 특별한 분, 그러니까 저를 추천해 주신 분께 세심한 주의를 기울여 그분들에게 도움이 될 수 있도록 행동하는 것이 중요하다고 봅니다. 목사라고 해서 그런 의무에서 벗어날 수는 없으니까요. 나아가 그런 분과 관계가 있는 인척에게도 경의를 표하지 않는 무례한 사람에게는 결코 호의를 가질 수가 없습니다."

　콜린스는 좌중이 놀랄 정도로 큰 음성으로 이렇게 말하며 다아시에게 고개를 숙여 보였다.

　많은 사람들이 콜린스를 쳐다보며 얼굴에 미소를 떠올렸는데, 그 가운데 베넷 씨만큼 재미있어 하는 사람은 없었을 것이었다.

　베넷 부인은 정말 세심하고 예의 바른 말 아니냐며 입에 침이 마르도록 칭찬했고, 루커스 부인에게 콜린스가 드물게 총명하고 예의 바른 청년이라고 속삭였다.

엘리자베스는 오늘 저녁 자신의 가족들이 있는 능력을 모두 동원해서 망신당할 짓을 하기로 약속을 했다고 하더라도, 정말 이처럼 활기차고 극적인 효과를 거둘 만큼 서로의 역할을 충실하게 해낼 줄은 상상도 하지 못하고 있었다.

이토록 어리석은 일들을 다행히 빙리가 제대로 보지 못했으며, 일부 목격했던 일로 인해 그의 기분이 크게 상하지는 않았다는 사실은 그에게나 제인에게는 정말 다행스런 일이었다.

그러나 빙리 자매와 다아시가 그녀의 부모와 가족들을 비웃을 만한 기회를 제공한 것은 도저히 견딜 수가 없는 일이었다. 게다가 다아시의 무언의 경멸과 빙리 자매들의 비웃는 듯한 미소, 가운데 어느 것이 더 견디기 힘든가를 알아내기란 더더욱 힘든 일이었다.

그날 밤은 악몽과도 같았다. 엘리자베스는 계속 곁을 따라다니며 수작을 거는 콜린스 때문에 화가 났다. 그는 다시 한 번 춤 상대가 되어 달라고 했다가 거절당하기는 했지만, 그녀가 다른 사람을 상대하지 못하도록 끝까지 방해했다.

그녀가 다른 여자를 소개시켜 줄 테니 춤을 추라고 부탁해도 전혀 소용이 없었다. 그의 말에 의하면, 자신은 춤에는 전혀 관심이 없으며, 그저 그녀와 사귀기를 원하고 잘 보였으면 하는 것이 목적이므로 밤새도록 옆에 같이 있고 싶다는 것이었다. 그처럼 무모한 사람과 다퉈 봤자 소용없는 일이었다.

하지만 그녀는 운 좋게도 친구인 루커스 양의 도움을 받게 되었다. 그녀는 때때로 콜린스의 이야기 상대를 해주었던 것이다.

이로써 그녀는 최소한 다아시 씨의 주목을 받는 것은 피할 수가 있었다. 그는 이따금씩 그녀 근처에 있기도 했지만, 말을 건넬 만큼 가까이 오지는 않았다. 그녀는 그러한 다아시의 행동이 위컴에 대한 이야기를 한 때문이라고 생각하고는 무척이나 즐거웠다.

롱본의 가족은 가장 늦게 그곳을 빠져 나왔는데, 베넷 부인이 교묘한 술수를 부리는 바람에 다른 사람들이 모두 떠난 다음에도 15분이나 마차를 기다려야 했다. 그로 인해 네더필드 집안의 사람들이 그들의 출발을 얼마나 학수고대하고 있는지를 알게 되었다.

허스트 부인과 빙리 자매는 너무 지쳤다는 말 외에는 하지 않았고, 곁에서 보더라도 자기들끼리만 있고 싶어 한다는 사실을 명백히 알 수 있을 정도였다.

그들은 베넷 부인이 뭐라고 말을 하려고 하면 거부했고, 그런 행동은 모두에게 참담한 기분을 가지게끔 만들었다. 콜린스는 빙리 씨와 그의 여동생들에게 지극한 환대에 감사하며 손님 모두가 예의 바르고 따뜻한 마음을 지녔다면서 장황한 칭찬을 해댔지만, 결코 그들의 생각을 바꿀 수는 없었다. 그동안 다아시는 아무런 말도 하지 않았다.

베넷 씨 역시 침묵을 지키며 그 광경을 흥미롭게 지켜보고 있었다. 빙리와 제인은 일행과 약간 떨어진 곳에서 단 둘이서만 이야기하고 있었고, 엘리자베스는 허스트 부인이나 빙리 양과 마찬가지로 입을 굳게 다물고 있었다.

리디아조차 너무나 지친 탓에 가끔씩 '아, 너무 피곤해!'라고 소리치며 크게 하품을 하는 것 외에는 별다른 말을 하지 않았다.

마침내 일행이 작별을 위해 일어섰을 때 베넷 부인은 가까운 시일 내에 롱본에서 다시 만나기를 바란다고 특히 빙리에게 인사를 하면서 번거로운 격식은 생략하고 언제라도 부담 없는 식사 초대에 응해 준다면 기쁘겠다고 전했다.

빙리는 감사의 말을 하면서 내일 런던에 가서 잠시 머물 예정이지만 돌아오는 대로 틈을 내서 방문하겠다는 약속을 했다.

베넷 부인은 매우 만족한 표정으로, 결혼을 위한 지참금이나 혼수 준비에 필요한 기간을 감안하더라도 서너 달이 지나면 제인이 틀림없이 네더필드의 안주인이 될 것이라는 확신을 가지고 물러났다. 그녀는 또한 둘째 딸을 콜린스와 결혼시키는 데 대해서도 확신을 가지고 있었다. 비록 제인 만큼은 아니었지만 그 사실 역시 그녀를 기쁘게 하기에 충분했다.

엘리자베스는 딸 가운데 가장 아끼는 아이였으므로, 상대방 남자나 여러 면을 고려한다면 나쁜 편은 아니었지만, 빙리나 네더필드에 비교할 때 부족한 점이 많았다.

19

이튿날 롱본에서는 새로운 사건이 일어났다. 콜린스가 정식으로 청혼을 한 것이다. 그의 휴가는 다음 토요일까지였으므로, 콜린스는 한 시도 낭비하지 않으리라 결심하여 그것이 자기에게 어떤 슬픈 결과를 가지고 오리라고는 조금도 생각하지 않고, 한 치의 망설임도 없이 당당한 태도로 정식 절차에 따라 수순을 밟은 것이었다.

아침 식사를 마치고, 그는 베넷 부인과 엘리자베스의 동생 한 사람이 같이 있는 것을 보고서 이렇게 말을 꺼냈다.

"오늘 오전 동안 아름다운 엘리자베스 양과 단 둘이서만 이야기를 나누고 싶습니다. 부인께서 허락해 주시기를 진심으로 청합니다."

깜짝 놀란 엘리자베스가 얼굴을 붉히며 어쩔 줄 몰라 하고 있을 때 부인은 즉시 대답했다.

"좋고말고요. 리지도 틀림없이 좋아할 테니까요. 그 아이도 당연하게 받아들이겠죠. 키티, 넌 2층으로 올라가 있어라."

급히 뜨개질거리를 모아서 자리를 뜨려는 어머니를 엘리자베스가 불렀다.

"어머니, 가지 마세요. 제발요. 콜린스 씨도 양해하실 거예요. 다른 사람이 들어서 곤란한 얘기를 하실 리는 없으니까요. 아니면 제가 나가겠어요."

"리지, 그건 안 될 말이다. 너는 그 자리에 앉아 있도록 해라."

엘리자베스가 난처한 표정을 지으며 정말 일어서려는 모습을 본 베넷 부인은 이렇게 덧붙였다.

"리지, 이 어미는 네가 이 자리에 앉아 있다가 콜린스 씨의 이야기를 들어 주었으면 한다."

그 말을 듣자 엘리자베스는 크게 거스를 생각이 없어졌다. 게다가 어쨌든 골치 아픈 문제를 되도록 빠르게 그리고 조용히 문제를 해결하는 것이 좋으리라는 생각이 들었다.

그녀는 다시 자리에 앉아 당황스럽고 우스꽝스런 자신의 감정을 감추고자 계속 뜨개질을 하기 시작했다. 베넷 부인과 키티가 방을 나가자, 콜린스는 이야기를 시작했다.

"친애하는 엘리자베스 양, 그토록 겸손한 모습은 당신의 아름다움을 감추도록 하는 것이 아니라 더욱 돋보이게 만드는군요. 제 마음을 받아 주시기 바랍니다. 만약 당신이 이처럼 약간 수줍음을 타지 않았다면 저는 당신을 이토록 아름답게 여기지는 않았을 겁니다. 하지만 존경해 마지않는 당신 어머니께 허락을 받아 이렇게 청혼을 하고 있음을 명백히 밝힙니다. 너무도 고상한 당신이기에 비록 모르는 척하고 계시지만, 제 뜻을 곡해하지는 못할 것입니다. 제 생각은 너무도 확고하기 때문에 다른 오해의 소지가 있을 리 만무하지요. 저는 이집에 들어서서 당신을 보는 순간, 저와 미래를 함께 할 사람으로 결정했습니다. 그러나 스스로의 감정에 빠져 헤어 나오기 힘들 정도가 되기 전에 제가 결혼을 해야 하는 이유를 설명하는 것이 보다 바람직하다고 생각합니다."

엄숙함이 느껴질 정도로 진지하게 말하는 것을 들은 엘리자베스는 하마터면 웃음을 터뜨릴 뻔했기에, 그가 잠시 말을 끊었음에도 이야기를 그만 하라고 말 할 기회를 놓쳤고, 콜린스는 다시 말을 이었다.

"제가 결혼을 하고자 하는 이유는 첫째로 안락한 생활을 누리는 목사라면 제가 담당하고 있는 구역 안에서 건실한 결혼생활을 보여 주는 것이 옳다고 여기기 때문입니다. 그리고 둘째로는 결혼을 함으로써 더 큰 행복을 누릴 수 있기 때문이라고 할 수 있지요. 셋째는, 이 이야기는 미리 해두어야 했을 테지만, 저를 후원해 주시는 캐서린 부인의 각별한 권유가 있었기 때문입니다. 제 결혼 문제에 부인은 황송하게도 두 번씩이나 본인의 의견을 말씀해 주셨지요. 제가 부탁드리지 않았는데도 말입니다. 제가 헌스퍼드를 떠나기 전날인 토요일 밤으로 기억합니다. 쿼드릴 게임 한 판이 끝나 점수 계산을 하고 있는 동안 젠킨슨 부인이 드 버그 양의 발판을 놓아줄 때, 부인은 이렇게 말씀하셨지요. '콜린스 씨는 꼭 결혼을 해야 돼. 자네 같은 목사는 반드시 그래야 하니까. 그러니 알맞은 배필을 찾아 보도록 해요. 나를 위해서는 품위 있는 여성을, 그리고 자신을 위해서는 일 잘하고 능력 있는 여성으로 말일세. 고등교육을 받지는 않았더라도 얼마 되지 않는 수입을 잘 관리해서 알차게 살림을 꾸려갈 수 있는 사람을 선택해서 빨리 헌스퍼드로 데려 오게' 라고 말입니다. 기왕 이야기가 나온 김이니 굳이 밝히자면, 캐서린 드 버그 부인의 배려와 관심은 제가 가진 배경 가운데 결코 작은 것이라 할 수는 없지요. 제가 말로는 다 표현할 수 없는 부인의 품위 있고 훌륭한 태도와 예절은 당신이 감탄하도록 만들기에 전혀 부족함이 없을 겁니다. 그리고 내가 생각하기에 당신의 재치와 명랑한 성격을 부인께서도 좋게 여기실 겁니다. 당신도 부인처럼 지체가 높은 분 앞에서는 당연히 말수가 줄어들 것이고 예의를 갖추려 할 테니까 말입니다. 이제 제가 결혼할 생각을 하게 된 이유는 이 정도면 충분히 설명 드린 것 같군요. 그리고 지금부터 말하고자 하는 것은 대체 왜 제가 주위에 젊은 여성들이 많음에도 불구하고 롱본으로 왔는가 하는 점입니다. 대략 다음과 같은 이유 때문이라고 할 수 있는데, 저로 말할 것 같으면 당신이 아버지께서 세상을 떠나신 후에 이곳의 토지를 상속받게 되어 있으므로, 그분의 따님들 중에서 아내를 선택하지 않으면 안 될 것 같아서였습니다. 만약 그렇게 된다면 불행한 일이 일어날 경우, 물론 지금 당장 그런 일이 일어나진 않겠지만, 따님과 가족이 비교적 큰 손해를 입지 않아도 될 테니까요. 물론 이러한 이유 때문에 저에 대한 관심이나 제 인격에 대한 평가가 나빠지리라고는 생각하지 않습니다. 그러니까 이제 남은 일은 가장 멋진 언어로 저의 열렬한 마음을 전하는 것뿐이죠. 저는 재산 따위는 전혀 바라지도 않으며, 아버님께 그러한 요구도 하지 않을 생각입니다. 그러한 요구에 응할 수 있는 여력이 없다는 사실도 그리고 어머님께서 세상을 떠나신 뒤라야 얻을 수 있는 이율 4퍼센트인 1천 파운드 공채가 당신의 권리라는 사실을 잘 알고 있기 때문입니다. 그러니까 이러한 문제에 대해서는 다시 거론하지 않겠습니다. 물론 결혼하고 나서도 마찬가지로 다시는 이야기를 꺼내지 않을 것을 약속드리겠습니다."

이제 더 이상 이야기를 진전시키면 안 될 시간이 되고 말았다.

"콜린스 씨는 너무 성급하시군요." 그녀가 큰 소리로 말했다. "제가 아직 대답을 하지 않고 있다는 것을 잊으신 모양이네요. 더 이상 시간 낭비를 하지 않으려면 제 대답을 먼저 들어 주세요. 저를 칭찬해 주신 것은 고맙고 또한 청혼을 받은 영광을 누리게 된 것도 잘 알겠습니다만 저는 거절할 수밖에 없군요."

이에 그는 의젓하게 손을 내저으며 답했다.

"여성이 처음으로 남성에게서 청을 받으면 속으로는 응하고 싶어도 우선은 거절 의사를 표시하는 것이 일반적이죠. 때로는 그 같은 거절이 두세 번 정도 되풀이되기도 하지요. 그런 만큼 저는 당신의 대답에는 조금도 실망하지 않았다는 사실을 알려 드리고, 또한 언젠가 반드시 당신을 식장으로 모시고 갈 것입니다."

"다시 한 번 말씀드리죠." 엘리자베스는 목소리를 높였다. "제 의사를 명확히 표현했음에도 계속 다른 말씀을 하시니 참 이상한 분이군요. 분명히 말씀드리는데, 저는 다시금 청혼을 받는다고 해서 행복을 느끼는 여자가 못 됩니다. 저는 지금 진심이거든요. 저는 분명 당신의 청혼을 받아들이지 않겠습니다. 당신이 저를 행복하게 해주실 수 있는지도 모를 뿐 아니라 저 역시 당신을 행복하게 해줄 수 있는 여자라고 생각하진 않거든요. 만약 후원자이신 캐서린 부인께서 아신다면 어느모로 보나 제가 당신이라는 사람과 어울리지 않을 것이라고 여기실 게 틀림없겠죠."

그녀의 말에 콜린스는 심각한 표정으로 말했다.

"캐서린 부인께서 그런 생각을 하신다 하더라도…… 하지만 부인께서 전혀 당신을 좋아하지 않으시리라는 생각이 들지는 않는군요. 그리고 차후에 제가 부인을 뵙게 된다면 당신이 겸손하고 알뜰하며 다른 장점도 많이 가졌다고 충분히 설명 드릴 테니 염려하지 않으셔도 됩니다."

"콜린스 씨, 저를 칭찬해 주실 필요는 없어요. 저로 하여금 스스로 결정하게 내버려 두시고, 부디 제가 말씀드리는 것을 믿어 주세요. 저는 콜린스 씨가 더없이 행복하고 부자로 살기를 바라고 있어요. 그리고 그런 일을 이룰 수 있도록 이렇게 청혼을 거절하고 있고요. 저에게 청혼을 한 것으로 저의 가족에 대한 죄스런 마음을 가질 필요도 없고요. 훗날 롱본의 토지가 선생님께 상속되더라도 전혀 부담 가지지 마세요. 그러니까 이 문제는 끝난 것으로 보아도 되겠죠."

말을 마친 그녀가 방에서 나가려 하자, 콜린스는 이렇게 이야기했다.

"제가 다시 한 번 당신께 청혼을 드리는 영광을 가질 때는 지금보다 훨씬 건설적인 답변을 듣기를 바랍니다. 지금 당장 저는 당신이 가혹하다고 여기지는 않겠습니다. 처음 청혼을 받으면 거절하는 것이 여성들의 습관이라는 사실을 잘 알고 있기 때문이죠. 이번만 하더라도 당신은 여성적인 섬세한 마음을 지키면서도 제 구혼에 대한 격려를 해주셨으니까요."

이에 엘리자베스는 흥분된 어조로 말했다.

"어머나, 콜린스 씨! 정말 저를 어리둥절하게 만드시는군요. 지금까지 제가 말씀드린 것이 격려 정도로밖에 보이지 않는다면 대체 어떻게 표현을 해야 거절의 뜻이 제대로 전달될지 모르겠군요."

"엘리자베스 양, 당신이 나의 청혼을 거절하신 것은 단지 수순이라고 믿도록 하는 영광을 갖게 해주십시오. 그렇게 믿는 이유는 간단히 말하자면 이렇습니다. 내 청혼을 당신이 받아들일 만한 가치가 없다고는 생각하지 않고, 내가 가진 재산이나 직업 역시 행복한 결혼생활을 누릴 수 있는 조건이 될 수 있다고 봐요. 내 지위와 드 버그 집안과의 관계라든가 우리는 인척이라는 사실 등은 모두가 제게 매우 유리한 것이지요. 그리고 아무리 당신 매력적이라고 해도 다른 청혼을 받지 못할 수도 있다는 점을 재고해야겠죠. 게다가 당신이 물려받을 수 있는 재산은 불행히도 너무나 적기에 스스로의 장점을 깎아내릴 수도 있다는 사실도 알아야 합니다. 따라서 저는 당신의 거절이 진심이 아니라고 판단합니다. 또 이처럼 우아하고 품위 있는 여성이 정해진 수순처럼 저의 애정 공세에 잠시 제동을 걸어 더욱 입지를 공고히 하려는 마음 때문이라고 여길 수 밖에 없다는 말입니다."

"확실히 말씀드릴 수 있는 것은 저는 당신처럼 훌륭한 분의 마음을 흔들 정도의 우아함이나 품위를 지니지 못했다는 거죠. 그보다는 제가 절대 거짓말을 하지 않는다고나 믿어 주시면 좋겠군요. 영광스럽게도 청혼을 해주신 데 대해서는 크나큰 감사를 드리지만, 그것을 받아들인다는 건 절대로 불가능하니까요. 제 마음이 허락하지 않으니까요. 보다 쉽게 말하면, 저를 선생님을 심난하게 만드는 우아한 여성이 아니라, 가슴에서 우러나오는 진실을 말하는 이성적인 사람으로 생각해 주셨으면 해요."

그 딴에는 한껏 무게를 잡았지만 어색하게 들리는 음성으로 말했다.

"어떤 말씀을 해도 한결같이 매력적이시군요. 저는 믿습니다. 제 청혼이 당신의 훌륭한 부모님의 권위에 의해 수락된다면 그때 가서는 받아들이지 않을 수 없게 되리라는 것을 말입니다."

그가 터무니없는 고집만을 부리자 엘리자베스는 더 이상 상대하고 싶은 마음이 들지 않아 그 길로 말없이 방을 나왔다. 수차례나 되풀이해서 거절한 것을 그가 기분 좋은 격려로만 느끼고 착각하는 만큼, 이제는 아버지에게 부탁하는 길 외에는 다른 방법이 없었다.

아버지가 단호한 태도로 거절한다면 그것을 우아한 여성의 가식적 행동이나 애교로 오해하지는 않을 것이기 때문이었다.

20

❧

콜린스는 방에 홀로 남게 되자, 자신이 이룬 사랑에 대해서 오랫동안 생각에 잠겨 있을 수가 없었다. 왜냐하면 현관 근처를 왔다 갔다 하면서 이야기가 끝나기를 기다리던 베넷 부인이 엘리자베스가 문을 열고서 잰걸음으로 자기 앞을 지나 계단으로 향하는 것을 보자마자 달려 들어와 두 사람 사이가 한층 가까워진 것이 느껴진다면서 콜린스와 자신에게 연신 축하의 말을 했기 때문이다.

콜린스는 이 같은 말을 기쁘게 받아들이고, 역시 똑같은 축하의 인사를 건넸다. 그리고 나서 그는 엘리자베스 양과 나눈 이야기를 자세하게 옮겼다. 그리고 만족스런 결과를 얻은 것으로 여긴다며, 엘리자베스가 거절한 것은 수줍어하면서도 신중하고 섬세한 성격 때문에 그런 것이 틀림없다고 말했다.

하지만 이야기를 들은 베넷 부인은 크게 놀랐다. 그의 생각처럼 자기 딸이 그의 구혼을 거절한 것이 어디까지나 그를 격려하려는 것이라고 똑같이 믿을 만큼 멍청하지는 않았기 때문에 이렇게 말을 할 수밖에 없었다.

"괜찮아요, 제가 리지를 잘 타일러 볼 테니까요. 그 애는 원래 고집이 센데다가 조금 모자란 데가 있어서 자기에게 무엇이 이로운지 모르고 있는 것이죠. 제가 잘 알도록 이야기를 할게요."

"부인! 말씀 중에 죄송합니다만 따님이 정말 고집이 세고 모자란다면 행복한 결혼을 갈망하는 저 같은 지위를 가진 남성에게 과연 이상적인 아내가 될 수 있을까 하는 의문이 드는군요. 그러니까 따님께서 정말로 강력하게 제 구혼을 거절한다면 너무 무리를 할 필요는 없지 않겠습니까? 강요로 이루어질 일이 아니니까요. 정말 그런 결점들을 가지고 있다면 저를 행복하게 하기보다는 악영향을 미칠 수도 있기 때문입니다."

"콜린스 씨는 내 말을 전혀 알아듣지 못하고 있군요." 베넷 부인은 허둥대며 말했다. "리지라는 아이는 이런 문제에만 고집불통이라는 말예요. 다른 일에는 그렇게 온화하고 상냥할 수가 없지요. 내가 당장 본인과 결판을 짓도록 하겠어요."

베넷 부인은 그에게 답할 여유도 주지 않으려는 듯이 그 길로 남편이 있는 서재로 달려가 큰 소리로 말했다.

"여보, 큰일이 생겼어요. 당신 도움이 필요해요. 어서 리지에게 가서서 콜린스 씨와 결혼하라고 말씀하세요. 아, 글쎄 그 애가 청혼을 거절했대요. 지금 당장 가시지 않으면 콜린스 씨는 생각이 바뀌어서 그 애와 결혼하지 않을지도 몰라요."

"대체 내가 어떻게 하면 좋을까? 아무래도 희망이 없어 보이는데 말이야."

"그러니까 당신이 직접 리지에게 애기를 하셔야 한다는 거죠. 리지를 반드시 그 사람과 결혼시키겠다고 말씀하세요."

"그럼 그 애더러 이리로 오라고 해요. 내 생각을 말할 테니까."

베넷 부인은 벨을 울려서 엘리자베스를 서재로 불렀다.

딸이 나타나자 베넷 씨가 말을 건넸다.

"어서 오려무나. 중요한 일로 너를 불렀다. 콜린스 군이 네게 구혼을 했다는 것이 사실이냐?"

엘리자베스는 그렇다고 대답했다.

"좋아. 그런데 네가 거절했다구?"

"네."

"그럼 이제 중요한 이야기를 해야겠구나. 네 엄마는 어떻게 해서든지 너의 승낙을 받겠다는 거다. 여보, 안 그래?"

"물론이죠. 내 말을 듣지 않으면 두 번 다시 얼굴도 보지 않을 거예요."

"이제 너는 참으로 불행한 선택을 해야만 하겠구나, 엘리자베스. 넌 오늘부터 너를 낳아 준 부모 중 한 사람과 인연을 끊어야 할지도 모르겠으니. 네가 콜린스 씨와 결혼을 하지 않는다면, 네 엄마는 두 번 다시 널 보지 않을 것이고, 만약 네가 그 사람하고 결혼한다면 내가 너를 보지 않게 될 테니 말이다."

엘리자베스는 이야기가 시작과는 판이하게 진행되는 것을 알고는 미소를 짓지 않을 수 없었다.

하지만 베넷 부인은 이 문제에 대해 남편도 자기와 마찬가지의 생각을 가지고 있으리라 여겼기 때문에 크게 실망하고 말았다.

"여보! 대체 어떻게 하시려고 그런 말씀을 하시는 거예요? 그 사람과 결혼을 시키겠다는 얘기를 하기로 하셨잖아요."

"내가 당신에게 부탁하고 싶은 것은 두 가지야. 하나는 내가 자유롭게 사고할 수 있도록 해달라는 것이고, 다른 하나는 이 방도 역시 자유롭게 해주었으면 한다는 것이지. 되도록 빨리 서재에서 나가 주었으면 고맙겠군."

베넷 부인은 남편에게는 적지 않게 실망했지만 아직 단념을 하지는 않았다. 그녀는 몇 번이고 엘리자베스에게 말을 건네면서, 달래 보는 한편 위협을 하기도 했다. 급기야 제인을 자기편으로 끌어들이려 했으나 그녀는 이 문제에 끼어들기를 원치 않았다. 그래서 엘리자베스는 슬쩍 본심을 보이는 한편 장난기 섞인 명랑함으로 어머니의 공세를 막아냈다. 이처럼 그녀의 태도는 변할 수 있었지만, 굳은 결심은 절대 변할 줄 몰랐다.

한편 콜린스는 지금까지 일어났던 일에 대해 생각하고 있었다. 그는 스스로를 과대평가하고 있었기에 대체 무엇 때문에 엘리자베스가 자신의 청혼을 거절했는지 도무지 이유를 알 수가 없었다. 자존심에 약간의 상처는 입었지만 크게 고통을 받지는 않았다.

엘리자베스에 대한 그의 생각은 제멋대로 상상해내기에 이르렀다. 그래서 그녀의 어머니가 비난하는 것처럼 모자라고 고집 센 여자려니 생각하니 조금의 후회스런 마음도 들지 않았던 것이다.

이렇게 집안이 혼란스러워진 동안 샬롯 루커스가 찾아왔다. 리디아가 현관으로 달려가 그녀를 맞으며 이렇게 속삭였다.

"마침 잘 오셨어요. 집안이 떠들썩하거든요. 오늘 아침에 어떤 일이 일어났는지 아세요? 콜린스 씨가 리지 언니에게 결혼 신청을 했다가 퇴짜를 맞았대요."

샬롯이 채 대답을 하기도 전에 이번에는 키티가 같은 이야기를 들려주고자 옆으로 다가섰다. 그녀가 식당으로 들어가자 혼자 있던 베넷 부인도 루커스 양에게 동정을 구하는 투로 같은 이야기를 하면서 리지가 가족 모두의 희망에 따르도록 잘 타일러 달라고 부탁을 했다.

"제발 부탁이다." 그녀는 짐짓 슬픈 투로 덧붙였다. "집안에서는 아무도 내 편을 들어 주는 사람이 없어. 아무도 내 신경이 예민하다는 것을 알아주지 않거든."

때마침 샬롯이 막 대답을 하려는 순간, 제인과 엘리자베스가 들어왔다.

"마침 당사자가 오는군." 베넷 부인이 말을 계속했다. "자기는 시치미를 뚝 떼고 마음대로 하면서 우리는 어떻게 되더라도 상관할 바가 없다는 식이거든. 하지만 리지, 내 말 좀 들어 봐라. 만일 네가 이런 식으로 청혼을 거절한다면 결국 아무 데도 시집을 가지 못하게 될 수도 있어. 아버지께서 돌아가시기라도 해봐라. 누가 너를 보살펴 주겠니? 나는 오늘로써 너와의 인연을 끊겠다. 서재에서도 말했잖니. 너하고는 두 번 다시 이야기도 하지 않겠다고 말이다. 나도 부모 말을 듣지 않는 아이와는 상대하고 싶지 않으니 알아서 행동해라. 내가 남과 이야기하는 것을 좋아하는 것도 아니지만, 너도 나처럼 신경이 예민한 사람과 얘기하는 게 좋을 게 뭐가 있겠니? 말을 하긴 싫지만 내가 얼마나 고생하는지는 아무도 모를 거다. 불평을 하지 않으면 아무도 동정해 주지 않으니까."

딸들은 엄마와 이치를 따지거나 달래려 하면 할수록 도리어 그녀를 화나게 만든다는 것을 익히 알고 있었기에 그저 잠자코 이야기를 듣고만 있었다. 때문에 베넷 부인은 누구의 방해도 받지 않고 이야기를 계속할 수 있었다. 하지만 콜린스가 다른 때보다 훨씬 엄숙한 얼굴을 하고 들어왔다.

그를 본 베넷 부인은 딸들에게 말했다.

"이제 너희들은 입 다물고 있거라. 내가 콜린스 씨와 잠깐 얘기를 할 테니까 말이다."

엘리자베스가 살짝 밖으로 나갔다. 제인과 키티는 그녀를 따라 나갔지만 리디아는 어머니가 무슨 얘기를 하는가를 들어볼 요량으로 그곳을 떠나지 않고 있었다. 샬롯은 처음에는 그녀 자신과 가족들의 안부를 묻는 콜린스의 정중한 태도에 끌려 잠시 서 있다가, 나중에는 호기심이 생겨서 신경 쓰지 않는 척하면서 두 사람의 이야기에 귀를 기울였다.

베넷 부인은 미리 생각해둔 이야기를 근심 가득한 음성으로 꺼냈다.

"콜린스 씨!"

하지만 콜린스는 불쾌함이 가득한 음성으로 그녀의 말을 가로막았다.

"예, 부인. 이 문제에 대해서는 더 이상 이야기하지 않았으면 합니다. 제가 따님 때문에 불쾌해진 것은 절대 아닙니다. 피할 수 없는 재앙이라면 애초에 단념하는 것이 우리의 의무이니까요. 저처럼 운 좋게 일찍 출세한 사람이라면 더욱 그래야겠죠. 저는 이미 따님을 완전히 단념했습니다. 설사 엘리자베스 양이 제 청혼을 받아들인다고 해도 과연 제가 행복할 것인지 의심을 품게 된 것은 제가 깨끗하게 단념을 했기 때문이라 할 수 있지요. 제가 지금까지 관찰하면서 느낀 바로는, 거절당한 행복이 별다른 가치가 없는 것으로 여겨질 때 비로소 단념이 승화될 수 있다는 것입니다. 부인이나 베넷 씨께 양해를 구하지도 않고 따님에게 했던 저의 청혼을 취소한다고 해도 부인에게나 가족 분께 결례를 범했다고 생각하진 말아 주시기 바랍니다. 부인이 아닌 따님의 말을 듣고 제가 거절을 받아들였다는 사실은 다소 못마땅할 수도 있겠습니다만 사람이란 늘 실수를 범하는 존재인 만큼, 저는 처음부터 이 문제에 대해서 좋은 의도를 가지고 추진해 왔다는 점을 헤아려 주시기 바랍니다. 제 목적은 이곳에 계시는 가족 모두의 이익을 충분히 고려하면서 더없이 훌륭한 배우자를 얻으려는 것이었습니다. 하지만 혹시라도 제 행동에 비난받을 점이 있었다면 이 자리를 빌려 사과드립니다."

21

　콜린스의 청혼에 대한 문제는 거의 끝난 것과 다름없었다. 엘리자베스는 그러한 일에 따르기 마련인 찜찜한 감정과 가끔씩 어머니가 하는 독설만 견디면 될 것이었다. 문제를 일으킨 장본인인 콜린스의 감정은 당황스러움이나 실망 또는 그녀를 피하려는 양태로 나타나지 않고 지나치게 딱딱한 태도나 일관된 침묵 등으로 표현되었다.

그는 엘리자베스에게는 거의 말도 건네지 않았으며, 자의식 가득한 집요한 관심은 그날 온종일 루커스 양에게로 향하게 되었다. 그녀가 예의상 그의 이야기를 들어준 것은 모두에게 무척이나 시기적절한 구원이었으며, 특히 그녀의 친구에게는 더없는 축복이었다.

이튿날에도 베넷 부인은 기분이 전혀 나아지지 않았고 불평을 계속했다. 자존심이 상한 콜린스도 어제와 마찬가지였다.

엘리자베스는 이로 인해 콜린스가 머무는 기간이 줄어들 것을 바라고 있었지만, 그의 일정은 아무런 영향도 받지 않는 듯 보였다.

원래 그는 토요일에 떠날 예정이었으며, 변함없이 토요일까지 체류할 생각이었다.

아침 식사를 마친 후, 베넷 집안의 딸들은 메리튼까지 걸어가서 위컴이 귀대했는지 물어 보고, 그가 네더필드에서 열린 무도회에 참석하지 않아 무척 섭섭했다는 이야기를 전하려 하고 있었다.

시내로 들어선 그들은 마침 위컴과 마주칠 수 있었다. 그는 그녀들을 이모의 집까지 데려다 주는 동안 무도회에 참석하지 않아 심히 유감스럽고 속상했다는 이야기를 실컷 듣게 되었다.

그는 엘리자베스에게 무도회에 참석하기가 싫어서 일부러 없는 일을 만들어 런던으로 간 것이라는 사실을 털어놓았다.

"나는 이렇게 생각했습니다. 다아시와 다시 만나지 않는 것이 좋겠다고 말이죠. 그 친구와 한 장소에서 몇 시간이나 같이 있어야 한다는 것은 저로서는 도저히 견딜 수가 없거든요. 저뿐만 아니라 다른 사람들까지 불쾌한 감정을 느끼게 할 것이니까요. 그래서 알아서 피한 것이죠."

이에 엘리자베스는 그의 절제력을 치하했다.

위컴과 또 한 사람의 장교가 그들과 롱본까지 동행하기로 했기에, 그는 줄곧 그녀의 곁에 있을 수 있었고 그가 발휘한 인내심에 대해 오랫동안

이야기를 나누고 서로를 칭찬해 줄 수 있는 여유를 가질 수가 있었던 것이다.

그와 함께 갈 수 있었던 것은 두 가지 좋은 점이 있었다. 에스코트를 받는 그녀로서는 그가 자신에게 품은 호의를 듬뿍 느낄 수 있었으며, 또한 그를 자연스럽게 부모님께 소개할 수 있는 기회를 얻었기 때문이었다.

그들이 집으로 돌아오자 바로 편지 한 통이 제인에게 배달되었다. 발신지는 네더필드였다. 그녀는 그 자리에서 편지를 개봉했다. 봉투 속에는 작고 멋진 광택지가 들어 있었는데, 거기에는 깨끗한 글씨가 쓰여 있었다.

엘리자베스는 언니가 편지를 읽으면서 안색이 변하고 특정한 문구에 시선이 머물러 있음을 알았다. 하지만 곧 제정신을 차린 제인은 여느 때와 다름없이 명랑하게 사람들과 어울려 이야기를 하고자 노력했다. 그러나 엘리자베스는 그 일이 마음에 걸리는 터라 위컴에게조차 집중할 수 없었다.

위컴과 그의 동료가 떠나가고서 제인은 엘리자베스를 눈짓으로 불렀다. 2층의 방에 들어서자 제인은 편지를 꺼내 들고 말했다.

"이 편지는 캐롤라인 빙리가 보내온 거야. 그런데 너무도 놀라운 내용이었어. 아마 지금이면 모두 런던으로 가고 있을 거야. 게다가 그들은 두 번 다시 네더필드로 돌아올 마음이 없는 것 같아. 내가 편지를 읽어 줄게."

그녀는 편지의 첫 부분을 소리 높여 읽었는데, 자신은 오빠를 따라 런던으로 가기로 했으며 오늘은 그로스브너에 있는 허스트 씨 댁에서 저녁 식사를 하기로 되어 있다는 내용이었다.

그리고 그 다음에는 이렇게 씌어 있었다.

친애하는 벗이여, 솔직하게 말해서 친해진 당신과 사귄 일을 제외하고는 허트퍼드셔를 떠난다고 해도 후회할 만한 일은 없어요.

하지만 언젠가는 우리들이 가졌던 즐거운 만남을 다시 가졌으면 하는 바람입니다. 그날이 돌아올 때까지는 서로 진심을 담은 편지를 통해 이별의 아픔을 줄일 수 있겠죠. 당신도 꼭 그렇게 해주실 것으로 믿어요.

그렇지만 엘리자베스는 불신에 가득 차서 언니의 편지 낭송을 듣고 있었다. 그들이 갑작스럽게 떠나게 되었다는 사실에는 놀랐으나 그것이 슬퍼할 일은 아니라고 여긴 것이다. 그들이 네더필드를 떠났다고 해도 빙리 씨가 반드시 돌아오지 않는다는 보장은 없었다.

설혹 그들과 자주 만나지 못한다고 해도, 빙리만 볼 수 있다면 제인은 그런 일을 마음에 두지 않을 것이 너무도 당연한 일이라고 여긴 것이다.

"그들이 이곳을 떠나기 전에," 그녀는 잠시 사이를 두고 말했다.

"언니가 만나 보지 못한 것은 서운한 일이야. 그렇지만 빙리 양이 고대하고 있다는 장래의 행복은 그녀가 생각하는 것보다 훨씬 빨리 이뤄질 수도 있어. 서로 친구로서 교제하다가 이젠 시누이와 올케라는 관계로 새롭게 될 수도 있지 않겠어? 빙리 씨는 다른 사람들이 잡는다고 해서 런던에 있어야 하는 건 아니잖아."

"캐롤라인이 쓰기로는 올 겨울에는 아무도 허트퍼드셔로 돌아오지 않을 것이라고 했어. 읽어볼까?"

어제 떠날 때 오빠가 얘기하기로는 런던에서의 일은 사나흘이면 끝날 것이라고 했지만, 절대 그럴 리 없으리라는 것을 모두 잘 알고 있어요. 그리고 오빠가 서둘러서 돌아와야 할 이유도 없기 때문에 텅 빈 호텔 방에서 혼자 쓸쓸한 시간을 보내지 않도록 모두가 함께 가기로 한 거예요. 벌써 제가 아는 많은 분들이 겨울을 지내려고 그곳에 와 있거든요. 제 친한 친구인 당신도 함께 어울리고 싶다는 생각이 있다는 편지를 보내 주면 정말 기쁘겠지만, 그럴 가능성은 없겠죠? 허트퍼드셔의 크리스마스가 여느 때와 마찬가지로 기쁨이 충만하기를, 그리고 당신을 숭배하는 이가 너무 많아서 우리가 데려 가는 세 사람 때문에 섭섭함을 느끼지 않기를 진심으로 기원해요.

"이 내용으로 보아 그 사람은 올 겨울에는 오지 않을 것이라는 게 거의 확실해."

"확실한 것은, 빙리 양이 그분이 돌아와서는 안 된다고 생각하는 것뿐이야."

"어째서 그렇게 생각하지? 그건 어디까지나 그분이 알아서 할 일일 텐데… 자기 마음 아닌가? 그리고 너는 전부를 알고 있는 게 아냐. 특히 내 기분을 상하게 하는 대목을 읽어 줄게. 너한테는 감추고 싶은 마음이 조금도 없으니까."

다아시 씨는 동생을 무척이나 보고 싶어 한답니다. 사실대로 말하면 우리도 오빠 못지않게 만나고 싶어요. 아름답고 우아하며 재능을 두루 갖춘 조지아나 다아시 양에 비할 만한 여성은 드물 거예요. 그 아가씨가 루이저 언니와 제게 쏟는 애정은 머지않아 우리의 올케가 될 가능성이 높기 때문에 더욱 각별하게 느껴지지요. 내가 전에 이런 문제에 대해서 느끼고 있는 감정을 말씀드렸는지 모르지만 이렇게 떠나게 된 만큼 솔직히 이야기해야겠지요. 오빠는 그분을 무척 칭찬하고 있으며 앞으로도 더욱 친밀한 형태로 자주 만날 거예요. 그분의 집안에서도 우리와 마찬가지로 두 사람이 행복한 미래를 함께 하길 바라고 있어요. 그리고 친애하는 제인 양, 제가 동생이라 그런 것이 아니라 찰스 오빠는 어떠한 여성이라도 반할 만큼 멋지지요. 이와 같이 모든 조건이 너무나 좋고 거리낄 것도 없는데, 모두가 기뻐할 일을 바란다는 것이 어찌 나만의 잘못만이겠어요?

"이 내용 어떻게 생각해?" 제인이 편지를 다 읽고 나서 말했다. "이만하면 명확하지 않니? 캐롤라인은 내가 그녀의 올케가 된다는 건 생각도 하지 않고, 바라지도 않는다는 것. 자기 오빠도 무관심하다고 완전히 믿고 있으며, 내가 혹시라도 호감을 품고 있다면 빨리 감정을 추스르라고 얘기하는 것 아니겠어? 달리 해석할 수 있겠어?"

"당연히 그럴 수 있지. 내 생각은 언니와는 전혀 달라. 들어보려우?"

"물론이야."

"두세 마디면 충분하지. 빙리 양은 자기 오빠가 언니를 좋아하는 것을 알면서도 다아시 양과 맺어지길 바라고 있는 거예요. 오빠를 런던에 머물러 있도록 하고 그의 곁에서 설득하려는 거죠."

제인은 고개를 저었다.

"정말이야, 언니. 내 말을 믿어야 돼. 언니하고 그분이 함께 있는 것을 본 사람이면 그분의 감정을 모를 사람은 없어. 설사 빙리 양이라 해도 부정하진 못할 거야. 그렇게 멍청하지는 않으니까. 만일 그녀가 다아시 씨에게서 그 반만큼이라도 애정 공세를 받았다면 웨딩드레스를 주문했을 거라구. 결론은 이렇게 내릴 수 있어. 우리는 그런 사람들과 교류를 가질 만큼 부자도 아니고 집안도 내세울 만하지 않잖아. 그러니 자기 오빠와 다아시 양이 결혼하기를 바라고 있겠지. 게다가 두 집안이 혼인으로 맺어지면 두 번째도 훨씬 쉬워질 것이라 생각하는 거야. 그것까지 생각했다니 제법 영리해. 드 버그 양만 방해하지 않는다면 가능할 테니까. 하지만 언니 내 말 좀 들어 봐. 빙리 양이 자신의 오빠가 다아시 양에게 기울어져 있다고 말한다고 해서, 그분이 지난 화요일에 언니와 헤어졌을 때 보인 감정을 희석시키긴 힘들 거야. 그렇다고 빙리 씨가 언니보다 다아시 양을 훨씬 더 사랑하고 있다고 설득할 능력은 없을 테고 말이야."

"만일 빙리 양에 대한 우리 생각이 같다면 말이지." 제인이 답했다. "네 설명으로 상당히 안심이 되긴 하지만, 네 말이 모두가 옳다고 보긴 힘들어. 무엇보다 캐롤라인이란 여자는 계획을 가지고 사람을 속일만한 사람은 아냐. 그러니 이번에 내가 가질 수 있는 희망은 그녀가 스스로를 속이고 있다고 생각하는 거야."

"언니 말이 맞아. 그 이상 좋은 생각을 떠올릴 순 없으니까. 정말 그녀가 자신을 속이고 있다고 생각해. 이젠 그녀를 다시 생각할 필요도 없으니까 속상할 일도 없을 거야."

"하지만 말이야. 가장 좋은 경우를 생각해 본다고 해도 동생들과 친구 모두가 딴 사람과 결혼시키려고 하는데, 내가 그 사람에게 시집을 간다고 해서 과연 행복할 수 있겠어?"

"그건 언니가 스스로 알아서 해야지." 엘리자베스가 말했다. 깊이 생각해 봐. 그분 여동생과 맞서서 생길 수 있는 불행이 그분의 아내가 되어 얻을 수 있는 행복보다 클 것이라 여긴다면 절대 시작도 하지 말아야 해. 거절해 버리란 말이야."

"너는 어떻게 그런 말을 할 수 있니?" 제인이 얼굴에 희미한 미소를 떠올리며 말했다. "그분의 여동생들이 반대한다는 건 무척 서운한 일이지만, 그렇다고 내가 주눅이 들 필요는 없다고 생각해."

"언니가 주눅들 필요는 없어요. 그러지도 않을 거구요. 그래서 나는 결코 언니가 가엾게 여겨지진 않아."

"하지만 만약 그분이 이번 겨울에 돌아오지 않는다면 내 결심은 아무런 소용도 없게 되겠지. 6개월이 지나면 별의별 일이 다 일어날 테니 말이야!"

그가 돌아오지 않는다는 사실을 엘리자베스는 심각하게 여기지 않았다. 그것은 어디까지나 캐롤라인이 자기 멋대로 그러기를 희망한다는 것을 알린 데 불과한 것으로 보였다. 그리고 그런 희망은 공개적으로 표현되건 교묘하게 위장되어 표현되건 간에 누구의 구속도 받지 않는 청년에게 어떤 영향을 줄 수 있으리라고는 꿈에도 생각하지 않았다.

엘리자베스는 그 문제에 대한 자기 생각을 강한 어조로 설명했지만, 그 효과가 금방 나타나는 것을 보고는 매우 기뻐했다.

제인은 침울한 기분에서 벗어나 점차 희망적이 되어 갔다. 물론 애정 문제에 대한 일말의 불안이 없는 것은 아니었지만, 곧 빙리가 네더필드로 돌아와서 자기의 마음을 알아줄 것이라는 생각을 하게 되었던 것이다.

두 사람은 어머니에게 빙리의 가족들이 런던에 갔다는 말만 하기로 했다. 모든 일을 이야기함으로써 쓸데없는 걱정을 하도록 만들면 더욱 문제가 커질 수 있다는 생각에서였다. 하지만 단지 몇 마디를 들었을 뿐임에도 베넷 부인은 무척이나 걱정을 하면서 이야기가 잘 진행되던 차에 모두가 떠나 버렸으니 이처럼 마음 상하는 일이 어디 있겠냐며 한숨을 내쉬었다.

한참이나 슬픔에 잠겨 있던 어머니는 곧 빙리 씨가 되돌아올 것이고, 그러면 롱본에서 식사를 함께 할 수 있으리라고 생각하며 마음을 달랬다. 그리고는 특별한 교제가 아닌 식사 초대일지라도 먹음직한 요리를 푸짐하게 내놓을 테니 즐기면 되지 않겠냐며 스스로를 달래는 듯 보였다.

22

베넷 씨 가족은 루커스 일가와 함께 식사를 하기로 약속이 되어 있었다. 그러나 그날 역시 루커스 양은 친절하게도 콜린스 씨의 이야기를 들으며 대부분의 시간을 보내야만 했다. 엘리자베스는 적당한 때를 잡아 그녀에게 고마움을 표했다.

"덕분에 그분이 무척 기뻐하셨어. 정말 너무 고마워."

샬롯은 그녀의 말에 흡족해 하면서 더없이 상냥스럽게 말했다. 잠깐 시간을 낸 것으로 친구를 도왔으면 기쁜 일이라고.

하지만 그녀의 상냥한 대답이나 친구를 위하는 듯한 행동의 목적은 전혀 다른 곳에 있었다. 그녀는 콜린스가 엘리자베스가 아닌 자신에게 청혼하도록 은근히 유도하고 있었다. 바로 그것이 루커스 양의 속셈이었고, 그런 대로 잘 이뤄지는 것처럼 보였다.

그날 밤 그들이 헤어질 때, 만약 그가 그토록 서둘러 허트퍼드셔를 떠나지 않았더라면 샬롯으로서는 거의 성공을 확신했을지도 모른다. 그러나 그녀는 콜린스의 열정과 굳은 의지를 과소평가했다고 봐야 한다.

놀랍게도 콜린스는 다음날 아침 일찍 루커스 가로 와서는 그녀에게 무릎을 꿇고 청혼을 한 것이다. 그는 롱본의 집에서 나오면서 누구의 눈에도 띄지 않게 조심했는데, 그 이유는 다른 사람들이 자신의 의도를 알아채지 못하도록 하기 위함이었다.

물론 또 다른 목적도 있었다. 그것은 자신의 청혼이 이뤄지기 전에는 누구에게도 알리고 싶지 않았던 것이다. 비록 샬롯이 자신에게 상당한 관심을 보이고 있는 만큼 모든 것이 순조롭게 이뤄지리라는 생각은 하고 있었지만, 지난 수요일에 미역국을 먹은 것 때문에 자신감을 잃었다는 이유도 한몫을 했던 것이다.

이러한 우려와는 달리 그는 더없는 환대를 받았다. 루커스 양은 2층 창문을 통해 자기 집으로 오고 있는 그를 발견하곤, 즉시 바깥으로 나가서 마치 우연히 만난 것처럼 가장하기로 했다. 도저히 감당할 수 없을 정도의 열정적인 구애의 말을 듣게 될 줄은 꿈에도 생각지 못하고서.

길고 지루한 콜린스의 이야기가 끝나기 무섭게 두 사람 모두가 흡족해할 결론을 얻었다. 집안으로 들어서자 그는 자신이 세상에서 가장 행복한 남자가 되는 날을 정해 달라며 졸랐다. 일의 진척이 너무 빠른 감은 없지 않았지만, 샬롯 양이 자기에게 굴러온 행운을 걷어찰 만한 위인도 아니었다.

어리석기 그지없는 콜린스의 청혼은 전혀 여자들이 바라는 매력적인 것이 아니었지만, 그렇다고 해서 여자 쪽에서 미룰 만한 이유는 없었다. 루커스 양은 빨리 가정을 이루고 싶다는 순수한 욕망으로 그의 직업과 재산만 보고 결혼을 승낙한 것이기에, 시기는 어찌 되더라도 별다른 문제가 될 것은 없었다.

딸에 대한 콜린스의 청혼 사실을 알게 된 윌리엄 루커스 경 부부는 이를 기꺼이 받아들였다. 콜린스가 가진 조건은 별로 물려받을 재산이 없는 그들의 딸에겐 현재로선 썩 훌륭한 것이라 할 수 있었고, 앞으로 부유해질 소지가 있으니 더욱 좋을 것이라는 생각이 든 때문이었다.

갑자기 루커스 부인은 지금까지 전혀 생각해 보지 않았던 문제를 머릿속에 그려 보았다. 그것은 베넷 씨가 앞으로 얼마나 더 살 수 있을까 하는 문제였다.

윌리엄 경은 콜린스가 롱본의 토지를 상속받는 즉시 딸 부부가 세인트 제임스 궁전으로 가서 국왕을 알현하는 것이 좋을 것이라며 자신의 의견을 피력했다. 한마디로 집안은 온통 축제 분위기였다.

그렇게만 된다면 딸들이 사교계로 진출할 수 있는 날이 한두 해는 빨라질 것은 물론, 아들들은 샬롯이 시집도 가지 못한 노처녀로 남을 것이라는 걱정에서 벗어날 것이었다. 반면에 샬롯 본인은 비교적 침착함을 유지하고 있었다.

이미 목적을 이루었기에 찬찬히 그 일을 되짚어볼 여유를 얻은 것이다. 결과는 대체적으로 흡족했다. 제대로 평가하자면 콜린스는 똑똑하지도 못했고 남을 즐겁게 해주는 사람도 못되었다. 함께 있으면 금방 지겨워지고, 자신에게 보이는 그의 애정도 제멋대로 상상해낸 것일 터였다. 그럼에도 불구하고 자기 남편이 될 사람이었다.

멋진 남성이라든가 행복한 부부관계보다는 오직 결혼이 목표였던 그녀였다. 고등교육을 받았지만 가난한 젊은 여성에게 결혼은 유일하게 명예로운 생계 수단이었고, 비록 그로 인해 행복을 얻을 수 있으리라는 보장은 없더라도 지긋지긋한 가난에서 벗어날 수 있는 가장 바람직한 길이 아닌가. 그토록 고대하던 일을 그녀는 이뤄낸 것이다.

스물일곱이라는 나이에 그리고 결코 미인이라고는 할 수 없는 그녀로서는 오히려 과분하기까지 한 행운이라 할 수 있었다. 다만 누구보다도 돈독한 우정을 나누었던 엘리자베스 베넷을 놀라게 할 것이라는 사실이 마음에 걸렸다. 엘리자베스는 크게 놀랄 것이고, 아마도 자기를 꾸짖을 것이었다.

자신의 결정을 번복할 수는 없지만 친구에게 비난을 받는다는 것은 결코 기분 좋은 일은 못 될 것이었다. 마침내 그녀는 자신이 먼저 그 사실을 알리기로 마음먹고 콜린스 씨에게 식사 시간에 맞춰 롱본으로 돌아가더라도 절대 자기 집에서 일어난 일에 대한 이야기를 하면 안 된다고 단단히 타일렀다.

그는 절대 함구할 것을 맹세했지만 자신의 말을 지키기란 그리 쉬운 일이 아니었다. 롱본으로 돌아오자 식구들은 앞을 다퉈 그가 꽤 오랫동안 모습을 보이지 않은 연유를 물어 왔다. 사실을 밝힐 수 없는 콜린스로서는 은근히 대답을 피하기 위해 무척이나 힘든 기교를 발휘해야 했는데, 그와 함께 너무도 멋진 자신의 구애 성공담을 알리고 싶은 욕망을 억제하기란 너무도 힘든 일이라 할 수 있었다.

다음날 그는 가족 중의 누구와도 인사를 나눌 수 없을 이른 시간에 떠날 예정이었기 때문에, 여인들이 잠자리에 들기 전에 일일이 작별 인사를 했다.

베넷 부인은 무척 정중하게 혹시라도 다음에 롱본에 온다면 언제라도 반갑게 그를 맞겠다고 했다.

"그런 말씀을 들으니 너무 고맙습니다. 사실 저도 속으로는 그런 말씀을 해주시기를 은근히 기대하고 있었으니까요. 되도록 빠른 시일 안에 그런 기회를 가질 수 있게 된다면 더할 나위 없겠지요."

콜린스의 대답에 가족 모두는 놀라지 않을 수 없었다. 그토록 빠르게 다시 방문을 한다는 것은 누구도 바라지 않는 일이 때문이었다.

베넷 씨가 급히 물었다.

"물론 그렇긴 하지만, 혹시 캐서린 부인의 허락을 받기가 쉽지 않을 텐데… 후원자의 심기를 불편하게 하는 모험을 하기보다는 친척과 조금 멀어지는 편이 낫지 않을까?"

"친절하고 자상하신 말씀에 감사드립니다. 그리고 저는 중대사에 관한 한 캐서린 부인의 동의를 얻지 않고서 처리하는 경우는 없다는 것을 믿어주십시오."

콜린스가 대답했다.

"신중을 기해야 할 거요. 후원자인 부인의 노여움을 사면 안 되니까. 만약 또 다시 우리 집을 방문했다가 캐서린 부인이 화를 내기라도 하면…
물론 그럴 가능성이 클 테니 그냥 그곳에 가만히 있는 편이 낫지 않겠나?
우리야 사정을 다 아는 만큼 서운해 하지 않을 테니 말일세."

"정말이지 이처럼 자상하게 배려해 주심에 뭐라 감사드려야 할지 모르
겠군요. 허트퍼드셔에서 머무는 동안 제게 베풀어 주신 감당하기 힘들 정
도의 호의와 지금 주신 말씀에 대한 감사를 담은 편지를 곧 올리도록 하
겠습니다. 물론 금방 돌아올 예정이니 꼭 그럴 필요까지는 없겠지만, 아
름답고 명랑한 저의 사촌들께 이 자리를 빌려 건강과 행복을 빈다는 말을
전하겠습니다. 물론 엘리자베스 양도 말입니다."

여자들은 각자 인사를 하고 방으로 돌아갔지만, 곧 그가 다시 돌아올
것이라고 생각한다는 사실에 모두 놀라고 있었다.

베넷 부인은 그가 돌아오는 것을 자신의 딸 가운데 누구에겐가 청혼하
기 위한 것이라고 생각하고 싶었다. 메리라면 잘 타일러서 그의 청혼을
받아들이게 할 수 있을지도 모르니.

실제로 그녀는 메리의 재능을 딸 가운데 가장 높이 평가하고 있었다.
메리는 종종 그녀도 감탄할 만한 의견을 내놓았기 때문이다. 만약 메리가
자기보다 모자라는 콜린스와 결혼을 한다면, 독서를 통해서나 또는 모범
을 보임으로써 그로 하여금 발전을 이루도록 한다면 나름대로 어울리는
한 쌍이 될 수도 있다는 생각이 들었다.

그러나 그녀의 실낱같은 희망은 다음날 아침에 산산이 부서지고 말았
다. 아침 식사 후 루커스 양이 찾아와 엘리자베스에게 어제 일어난 일에
대해 이야기를 한 것이다.

콜린스가 자기 친구인 샬롯에게 구혼할지도 모른다는 생각이 얼핏 스
치긴 했지만, 샬롯이 그것을 받아들이기란 그렇게 쉽지는 않을 것이라고
여겼기에 그냥 넘어갔는데……

너무도 놀란 엘리자베스는 숙녀로서의 품위를 지킬 생각도 하지 못하고 이렇게 외치지 않을 수가 없었다.

"뭐라구, 콜린스 씨와 약혼을 했다구? 오, 샬롯! 절대 있을 수 없는 일이야."

어제 일을 이야기 하는 동안 줄곧 침착함을 유지했던 루커스 양은 대놓고 하는 친구의 비난에 당황하지 않을 수 없었다. 하지만 전혀 예상하지 못했던 것은 아니었기에, 금세 냉정을 회복하고 담담한 어조로 대답했다.

"왜 그렇게 놀라니? 콜린스 씨가 네게 딱지를 맞았다고 해서 다른 여자한테도 그렇게 되어야 한다는 법이라도 있다고 생각해?"

엘리자베스는 마음의 평온을 되찾고자 애쓴 끝에, 간신히 목소리를 다듬어 두 사람의 결혼을 진심으로 축복하며 앞날에 행복만이 함께 하길 빈다는 말을 할 수 있었다.

"네가 어떻게 생각하는지 대충은 알 것 같아." 샬롯이 대답했다. "무척 놀랐겠지. 나라도 그랬을 거야. 불과 며칠 전만 해도 콜린스 씨는 너와 결혼하길 바랐으니까. 하지만 여유를 가지고 차근차근 생각해 보면 너도 나를 이해할 수 있을 거야. 어쩌면 칭찬할지도 모르지. 너도 잘 알고 있듯이 나는 낭만을 즐기는 타입은 아니거든. 여태까지 한 번도 그래 본 적이 없으니까 말이야. 다만 내겐 안락한 가정이 필요했을 뿐이야. 그리고 콜린스 씨의 성격이나 사회적 배경 등을 따져 보면, 우리도 꽤 괜찮은 부부가 될 수 있을 거라는 생각이 들었거든."

그녀의 말을 들은 엘리자베스가 조용히 대답했다.

"하긴 그래. 나도 그렇게 생각하니까."

한동안 어색한 침묵을 지키던 두 사람은 곧 다른 가족들과 어울렸는데, 샬롯은 오래 머물지 않고 집으로 돌아갔다.

혼자가 된 엘리자베스는 그녀에게 들은 이야기를 다시 생각해 보았다.

콜린스의 갑작스런 결혼 결정이 도무지 믿기지 않았던 것이다. 그가 사흘 동안 두 여자에게 번갈아 구혼을 했다는 것도 황당했지만, 친구인 샬롯이 청혼을 받아들였다는 사실은 더욱 충격적이었다.

물론 샬롯이 가진 결혼에 대한 생각이 자기와는 다르다는 것을 평소에도 느꼈지만, 세속적인 이익을 얻고자 다른 중요한 것들을 모두 포기하면서까지 행동에 옮기리라고는 상상조차 못했던 때문이었다. 샬롯이 콜린스 씨의 아내가 된 모습은 상상조차 하기 싫었다. 게다가 친구 스스로가 저지른 수치스런 일로 자기를 실망시켰다는 것도 슬퍼졌다. 하지만 더욱 그녀를 슬프게 만든 것은 샬롯이 택한 운명의 굴레 속에서는 절대 행복해질 수 없으리라는 확신이었다.

23

어머니와 여동생과 함께 있던 엘리자베스가 자신이 샬롯에게 들은 말을 생각하면서 그 이야기를 해야 하나 말아야 하나 하고 망설이고 있을 즈음, 딸의 부탁을 받은 윌리엄 루커스 경이 결혼 소식을 알리기 위해 찾아왔다.

그는 베넷 씨 가족 모두와 차례로 인사를 나누면서 양가가 머지않아 사돈 관계가 되리라는 사실에 만족스러워 하면서 콜린스가 자신의 딸에게 청혼했음을 알렸다.

그 말은 들은 가족 모두가 놀랐고 도무지 믿을 수 없다는 반응을 보였다. 베넷 부인은 예의는 일찌감치 던져 버린 듯 줄곧 뭔가 커다란 오해가 있음이 틀림없다고 주장했으며, 언제나 촐랑대고 버릇없는 리디아는 큰 음성으로 외쳤다.

"어머나! 윌리엄 아저씨. 대체 무슨 말씀을 하시는 거예요? 콜린스 씨가 리지 언니에게 청혼했다는 것 모르시는 모양이군요."

만약 그에게 궁정 생활에서 비롯된 정중함이 없었다면 이 같은 험한 대접에 화를 내지 않을 수는 없을 것이었다. 하지만 윌리엄 경 워낙 교양과 덕망을 갖춘 인물이라는 사실은 무척이나 다행스런 일이었다. 그는 자신이 한 말이 사실인 만큼 제발 믿어 달라고 애원하며, 가족들의 무차별 공세를 견뎌내고 있었던 것이다.

엘리자베스는 그 같은 난처한 지경에 빠진 그를 구해 내야 한다는 책임감을 깊이 느끼고 샬롯에게 이미 이야기를 들었다면서 모두에게 윌리엄 루커스 경의 말이 사실임을 확인시켜 주었다. 그리고는 어머니나 동생들이 더 이상 아우성대지 못하도록 윌리엄 경에게 열렬한 축하를 말을 전했고, 제인도 이에 합세했다.

그들은 두 사람의 결혼은 행복하기 그지없을 것이며, 콜린스의 훌륭한 인격과 헌스퍼드가 런던에서 멀지 않다는 이야기들을 늘어놓았다.

베넷 부인은 너무도 큰 충격을 받았기에 윌리엄 경이 다른 사람과 이야기를 나누는 동안 제대로 말도 할 수 없었지만, 그가 집을 나가자 감정이 폭발하고 말았다. 우선 그녀 자신은 윌리엄 경의 말을 절대 믿을 수가 없다고 계속해서 주장했다. 그리고 순진한 콜린스가 속은 것 같다는 얘기도 했다. 또한 마지막으로 설령 두 사람이 결혼을 한다고 해도 결코 행복해질 수 없을 것이라면서 아예 혼담이 깨어질 수도 있다고 했다. 결국 모든 것은 두 가지로 집약될 수 있는데, 하나는 엘리자베스가 화근을 만들었다는 것이고, 다른 하나는 모두가 자기를 허투루 취급한다는 것이었다. 그날 온종일 그녀는 그 말만을 되뇌고 있었다. 아무 것도 그녀에게 위안이 될 수 없었고, 하루 종일 그녀는 씩씩거리고 있었다.

그녀는 일주일 동안 엘리자베스가 눈에 띨 때마다 야단을 쳤고 윌리엄 경과 루커스 부인과의 사이가 비교적 정상적으로 되기까지는 한 달이 걸렸다. 하지만 샬롯을 이해하고 용서한 것은 여러 달이 지나서였다.

그렇지만 베넷 씨는 더없는 평정을 유지하며 다시없이 유쾌한 일이라고도 표현했다. 왜냐하면 제법 분별력을 가진 것으로 여기던 샬롯 루커스가 자기 아내만큼이나 멍청하고 자기 딸보다도 훨씬 모자라다는 사실을 알았으니 어찌 재미있지 않겠느냐는 것이었다.

제인도 샬롯이 콜린스와 결혼한다는 사실을 알고 처음에는 무척 놀랐지만, 이제는 진심으로 두 사람의 행복을 빈다는 말을 할 정도가 되었다. 엘리자베스가 그럴 가능성은 무척 희박하다고 말해도 전혀 소용이 없었다. 반면에 키티와 리디아는 루커스 양을 전혀 시샘하지 않았다. 콜린스가 기껏해야 목사라는 사실 때문이었다. 결국 그들에게 있어 이 사건은 메리튼에 퍼뜨릴 소문 거리에 불과했다.

루커스 부인은 딸이 좋은 상대를 만나 시집을 가게 되어 갖게 된 기쁜 감정을 자랑이라도 하듯 베넷 부인에게 보임으로써 전에 당한 수모를 앙갚음이라도 하려는 듯, 평소보다 훨씬 자주 롱본을 방문하여 자신이 지금 이루 말할 수 없을 만큼 행복하다고 자랑했다. 베넷 부인의 뾰로통한 표정과 심술궂은 대꾸조차 그녀의 기쁨을 앗아가지는 못했다.

엘리자베스와 샬롯은 서로 그 문제를 거론하지 않기로 묵계가 형성된 듯 누구도 이야기를 꺼내지 않고 있었다. 그리고 엘리자베스는 다시는 예전과 같은 신뢰를 회복하지 못할 것임을 느꼈다. 반면 샬롯에 대한 실망은 언니 제인에게 한층 깊은 애정과 존경을 갖게끔 하는 결과를 가져 왔다. 정직하고 우아한 언니는 자기가 신뢰하기에 충분한 사람이라는 믿게 된 것이다.

그런데 빙리가 떠난 지 일주일이 지났음에도 돌아왔다는 소식이 전혀 없자 언니에게 신경이 쓰이기 시작했다. 제인은 즉시 캐롤라인에게 답장을 보냈고, 다시 소식이 오기를 애타게 기다리고 있었다.

콜린스가 아버지에게 보내겠다고 했던 감사의 편지는 화요일에 도착했는데 마치 1년 정도나 머문 것처럼 정중하기 그지없는 감사의 말을 빽빽하게 적고 있었다. 그렇게 함으로써 스스로를 만족시킨 다음, 그는 더없이 열렬한 표현으로 베넷 집안과 가까운 이웃인 루커스 양의 사랑을 얻게 된 바를 알렸다.

이어서 자신이 꼭 롱본을 찾아 달라는 베넷 집안의 청에 기꺼이 응한 까닭은 루커스 양과 재회하는 기쁨을 누릴 것을 기대한 때문이며, 2주일 후인 월요일에는 다시 방문할 수 있으리라는 말을 전하고 있었다.

그리고 캐서린 부인도 자신이 빨리 결혼하기를 바라기 때문에 기꺼이 허락을 했으며, 그것은 하루 빨리 자기가 세상에서 가장 행복한 남자가 되는 일인 만큼 어여쁜 샬롯 양도 충분히 수긍할 만한 이유가 될 것이라고 덧붙였다.

베넷 부인에게는 콜린스가 다시 허트퍼드셔를 방문하게 된다는 사실이 결코 즐겁지 않았는지 오히려 남편보다 한술 더 떠서 불평을 늘어놓았다. 그가 루커스 씨 댁으로 가지 않고 롱본으로 오는 것 자체가 이상하다는 것이었다. 그것은 서로 불편할 것은 당연하고 무척 성가신 일이기도 했다. 게다가 이렇게 건강이 좋지 못한 때 손님을 맞아야 한다는 사실은 너무 힘든 일이라며, 연애질이나 하는 남녀를 보는 것은 비위가 상한다고까지 했다.

대략 이런 것들이 베넷 부인이 불만스럽게 느끼는 일들이었는데, 그것은 빙리가 여전히 돌아오지 않고 있다는 사실에 비하면 별것 아니었다.

제인과 엘리자베스 역시 같은 문제를 걱정하고 있었다. 얼마 지나지 않아 빙리 씨가 올 겨울에는 네더필드로 돌아오지 않을 것이라는 소문이 메리튼 전역에 나돌 뿐 다른 이야기는 전혀 들을 수가 없었다. 이 소문을 들은 베넷 부인은 그토록 터무니없는 거짓말이 또 어디 있느냐면서 버럭 화를 내기도 했다.

엘리자베스의 걱정은 이만저만이 아니었다. 제인에 대한 빙리의 사랑이 식지는 않았는지를 걱정하는 것이 아니라 그의 누이들이 바라는 대로 두 사람 사이를 벌려 놓은 것에 성공했을지도 모른다는 생각 때문이었다. 그로 인해 언니 제인의 행복이 사라지고, 연인의 명예를 손상시킬 만한 추측을 하고 싶지는 않았지만, 자주 그런 생각이 떠오르는 것을 막을 방도는 없었다. 무정한 두 여동생과 지대한 영향력을 가진 친구 다아시가 합세하고, 거기에 매력적인 다아시 양과 런던의 안락한 생활까지 곁들인다면 제인에 대한 사랑이 아무리 뜨겁다고 해도 어쩔 수 없을지 모른다는 생각에 한없이 초조해졌다.

이처럼 불안한 상태에 놓인 제인의 고뇌는 엘리자베스와는 비교조차 할 수 없을 만큼 큰 것이 당연한 일이었다. 하지만 제인은 무슨 일이건 드러내지 않고 감추는 성격이었기에 엘리자베스와 이야기를 나눌 때도 이 문제를 거론하기를 피했다. 하지만 어머니는 그렇지 않았기에 시도 때도 없이 빙리 이야기를 꺼내며, 그가 돌아오지 않아 무척 걱정스럽다고 했다. 뿐만 아니라 그 사람이 돌아오지 않는 걸보면 자기 딸을 농락한 것일지도 모른다고 제인을 윽박지르기까지 했다. 만약 제인이 온순한 성격에 인내심이 없었더라면 견뎌내기 힘들 정도였다.

콜린스는 정확하게 2주일이 지난 월요일에 돌아왔다. 그러나 롱본에서의 접대는 처음만큼 우호적이지 않았다. 그래도 그는 행복에 겨워 있었기에 큰 문제가 될 것은 없었다. 한참 청춘사업에 몰두하고 있기 때문에 그가 주위 사람들과 어울릴 필요가 없었던 것은 오히려 다행이었다.

콜린스는 날마다 루커스 씨 댁을 찾아가 시간을 보냈고, 때로는 가족들이 잠자리에 들기 전에 롱본으로 돌아와 오랫동안 자리를 비워 죄송하다는 말을 전하기도 했다.

베넷 부인의 상태는 최악이었다. 그 결혼에 대한 이야기라도 나오면 기분이 극도로 나빠졌고 고통스러워했는데, 가는 곳마다 어김없이 그 말을 들으니 정말 미치기 일보 직전이었다.

이제는 루커스 양과 얼굴을 마주 하는 것조차 싫어했다. 자신을 이어 이 집의 안주인이 된다는 생각만 하면 질투와 혐오감이 뒤범벅된 시선을 던지지 않을 수 없게 된 것이었다.

어쩌다가 샬롯이 놀러오기라도 하면 그녀가 이 집을 소유하게 될 날을 손꼽아 기다리고 있다고 여기고 있었다.

그녀가 조용한 음성으로 콜린스와 대화를 할 때면, 두 사람은 롱본의 토지에 관한 이야기를 하고 있으며 남편이 세상을 떠나는 즉시 자기와 딸들을 내쫓을 것이라 확신하고 있었다.

그녀는 이런 불만 모두를 남편에게 털어놓았다.

"여보, 정말." 그녀가 말했다. "샬롯 루커스인가 하는 계집애가 이 집 안주인이 된다니요. 내가 그 애에게 이 자리를 물려주고 이 집에서 나가야 한다니 그게 말이나 된다고 생각해요? 정말 기가 막혀서 말이 안 나오네요."

"너무 비관적으로 생각하는 것도 좋지는 않아. 보다 건설적인 방향으로 생각해 보면 어때? 어쩌면 내가 당신보다 오래 살지도 모르잖소?"

하지만 이 말도 베넷 부인을 달래기에는 부족했는지, 그녀는 대꾸도 하지 않고 불평을 쏟아냈다.

"이 집이, 우리 재산 모두가 그들에게 넘어간다니… 생각만 해도 너무 끔찍해요. 그 한정 상속인가 뭔가 하는 것만 아니라면 괜찮을 텐데."

"그럼, 무엇이면 좋겠소?"

"그것만 아니라면 뭐라도 괜찮아요."

"당신이 그렇게 무감각해지지 않은 것만 해도 다행이군."

"여보, 그렇지만 저는 한정 상속에 관계된 것이라면 무엇이건 좋게 생
각할 수가 없어요. 남의 딸들에게서 재산을 빼앗아 가도록 하다니… 양심
이 있다면 그렇게 할 수 없을 거예요. 전 도저히 이해할 수 없어요. 그것
도 콜린스 씨 같은 사람이 왜 우리 재산을 가져야 한다는 거죠?"

"결론은 당신 스스로 내리도록 하구려."

베넷 씨가 말했다.

Pride and
Prejudice

2

1

❦

빙리 양의 편지가 도착함으로써 모든 일이 확실해졌다. 편지의 첫 구절에서 그들이 올 겨울을 런던에서 보낸다는 사실을 확인할 수 있었고, 맺음말에서는 오빠가 떠나오기 전에 허트퍼드셔의 친지들과 인사를 나누지 못한 것을 무척 아쉬워한다고 밝히고 있었다.

모든 희망은 사라지고 말았다. 제인은 가까스로 나머지 부분도 읽어 보았지만, 편지를 쓴 당사자의 의례적인 인사 외에는 위로를 받을 만한 어떤 것도 발견할 수 없었다. 게다가 대부분은 다아시 양을 칭찬하는 내용으로 그녀의 매력이 상세히 소개되어 있었다.

캐롤라인은 그녀와 더욱 가까워진 것을 은근히 자랑했고, 지난번에 보낸 편지에 언급했던 바람이 이루어질 것 같다는 예상도 적었다. 그녀는 또한 오빠가 다아시 씨 집에 머물고 있다는 사실을 기뻐하고 있으며, 다아시 씨가 가구를 새로 들여 놓을 계획을 세우고 있다는 말도 적혀 있었다.

제인이 엘리자베스에게 이같은 이야기를 들려주자, 그녀는 입을 꾹 다물고 속으로 화를 삭이는 듯 보였다. 그녀의 마음은 언니를 걱정하는 마음과 다른 모든 사람에 대한 분노로 양분되었다. 오빠의 마음이 다아시 양에게 기울어졌다는 캐롤라인의 말을 처음부터 믿지 않았다. 빙리가 제인을 사랑하고 있다는 사실은 예전과 마찬가지로 조금도 의심하지 않았다. 하지만 지금까지 빙리 씨에게 품고 있던 호감은, 우유부단한 기질과 바른 판단력의 부재로 주위 사람들의 농간에 넘어가 스스로의 행복을 거부한 어리석음에 대한 분노로 바뀌고 말았다.

그저 자신의 행복만 거부한 것이라면 어떻게 되거나 상관이 없었다. 하지만 자기 언니의 행복과도 연관이 있으며 빙리 역시 그 사실을 알고 있지 않은가? 결국 이 문제는 아무리 생각해도 뾰족한 해결책을 찾을 수 없는 것이었다.

　과연 빙리의 사랑이 식었는지 아니면 주위 사람들의 지나친 간섭으로 억눌린 것인지 또는 제인이 그에게 보인 관심을 알아차리지 못했는지, 어떤 경우에 해당하는가에 따라 제인의 생각은 크게 달라질 것이었다. 그렇지만 그 어느 것이라 해도 언니의 상황은 여전히 변함이 없을 것이며, 치유하기 힘든 마음의 상처를 입을 것이었다.

　제인이 용기를 내서 엘리자베스에게 자기 느낌을 말한 것은 이틀이 지나서였다. 베넷 부인이 네더필드와 그곳의 주인 문제로 평소보다 더욱 심한 투정을 부린 다음 두 사람만 남기고 나가 버리자 그녀는 결국 이야기를 하지 않을 수 없었다.

　"엄마는 조금만 더 절제를 했으면 좋겠어. 내 생각은 조금도 하지 않고 쉴 새 없이 그 사람 얘기만 하니… 그렇다고 불평을 할 수도 없고 말이야. 물론 오래 가지는 않겠지만 그동안은 힘들 거야. 곧 그 일은 잊으실 테고 모든 것이 원래대로 돌아가겠지."

　엘리자베스는 그 말을 믿을 수가 없었기에 아무런 말도 없이 걱정스런 표정으로 언니를 쳐다보았다.

　"넌 나를 믿지 못하니?" 제인이 얼굴을 붉히면서 말했다. "정말이야. 그분은 내가 여태까지 알고 지낸 사람 가운데 가장 좋은 사람으로 기억될 거야. 그 이상도 그 이하도 아니야. 나로선 바라는 것도 없고 겁낼 것도 없고 또 그분을 책망할 것도 없어. 그러니 고통도 없다구. 조금만 시간이 지나면 모든 것을 회복할 수 있을 거야."

　그리고 그녀는 큰 목소리로 이렇게 덧붙였다.

"어쩌면 다행이라는 생각도 들어. 모두가 내 착각에서 비롯된 것이고, 나 외의 누구도 피해를 입지 않았으니까."

"어머, 언니! 언니는 너무 착해서 탈이야. 정말이지. 천사처럼 고운 마음씨를 가졌다고 해도 되겠어. 대체 언니한테 무슨 말을 해야 좋을까? 나는 언니가 이처럼 훌륭한 줄 모르고 있었어. 제대로 언니를 위해준 적도 없고 말이야."

이 말을 들은 제인은 그런 찬사는 자신에겐 너무 과하다며 오히려 동생의 애틋한 마음을 칭찬했다.

"언니는 사람들이 모두 자기처럼 착하다고만 여기고 있기 때문에 내가 어떤 사람의 흠을 잡으면 금세 기분이 상하지. 정말이지 언니는 완벽한 사람이라고 생각하고 싶어. 물론 언니는 아니라고 하겠지만. 내가 극단적인 표현을 쓴다고 해서 또 모든 사람을 한결같이 착하게만 여기는 언니의 태도를 꼬집는다고 해서 내게 뭐라고 하진 마. 내가 진정 좋아하는 사람은 그리 많지 않고, 훌륭하다고 여기는 사람은 더더욱 드물어. 세상을 알면 알수록 끔찍하거든. 게다가 사람들의 성격은 모순투성이이고 미덕이나 현명함 같은 외면적인 것을 신뢰하기는 힘든 법이라는 내 신념은 날로 확고해지거든. 최근에 나는 두 가지 사건과 맞닥뜨렸어. 하나는 별로 이야기하고 싶지 않고, 다른 하나는 바로 샬롯의 결혼 문제인데… 정말이지 이해할 수가 없어. 아무리 생각해도 도무지 이해가 가질 않는단 말이야."

"리지, 그런 감정에 빠져들면 안 돼! 그건 불행을 자초하는 거야. 너는 지금 상황이라든가 성격적인 면의 차이 같은 것을 충분히 고려하지 않고 있는 거야. 콜린스 씨가 목사라는 사실과 샬롯의 진중하고 넉넉한 성격을 생각해 봐. 무엇보다 그녀는 대가족의 일원이고, 경제적인 면을 따져 보더라도 그만하면 좋은 결혼이라는 사실을 인정해야 해. 그러니 그녀가 우리 친척인 콜린스 씨를 좋게 평가하고 애정을 느낄 수도 있다고 생각하도록 해. 그게 우리 모두를 위한 길이야."

"언니를 위해서라면 그렇게 하고 싶지만, 그렇다고 해서 모두에게 도움이 되지는 않아. 왜냐하면 샬롯이 그 사람을 좋게 평가하고 있다고 믿어야 한다면, 지금 내가 그녀의 애정을 의심하고 있는 이상으로 그녀의 지성을 의심하게 될 테니까. 콜린스 씨는 자만심이 강하고 멍청한데다가 꽁생원에 잘난 척하기까지 하는 사람이라구요. 언니도 모두 알잖아. 언니도 같은 생각이겠지만 그런 남자와 결혼을 하겠다는 것은 결코 올바른 판단이라고 볼 수는 없어. 그 사람이 내 친한 친구고, 바로 샬롯 루커스라고 해도 그냥 넘어갈 수는 없다구. 특정한 사람 때문에 원리원칙과 도덕성의 의미를 바꿀 수는 없는 일이고, 이기주의를 신중함이라고, 위험을 무릅쓴 우매한 짓이 행복을 보장받는 길이라고 억지를 부린다는 것은 자기만이 아니라 나까지도 속이는 일이란 말이야."

"너는 지금 그 두 사람에 대해서 너무 심한 말을 하는 것 같아." 제인이 대답했다. "두 사람이 행복하게 되는 것을 보고서 내 말이 맞다는 것을 알았으면 좋겠어. 이젠 그만하도록 해. 그런데 아까 네가 두 가지 사건이라고 했지? 대충 무슨 얘긴지 알겠는데… 제발 부탁이니까 그 사람 나쁘게 생각하지 말아 줘. 네가 실망스럽다고 해서 나까지 괴롭히면 너무 힘들거든. 우리가 상처를 받은 것이 그 사람의 고의 때문이라고 단정 지어서는 안 되는 거야. 젊고 건장한 청년이 늘 조심스럽고 신중하게 행동하기를 바랄 수만은 없어. 사람들은 자기가 가진 허영심 때문에 속는 경우가 많아. 특히 여자란 과대평가를 받게 되면 그 이상의 의미가 있는 것으로 생각하기 쉽거든."

"남자들이 여자로 하여금 그런 생각이 들도록 부추기는 거겠지."

"그것이 계획적이라면 정당한 일이 아니지. 하지만 계획을 세웠다고 해서 그것이 반드시 이뤄지리란 법은 없어. 오히려 그르치는 경우가 훨씬 많지."

"나도 빙리 씨의 행동이 계획적인 것이라고 생각하진 않아." 엘리자베스가 말했다. "하지만 설사 남에게 해를 끼치려거나 불행하게 만들려는 의도가 없었다고 해도 일이 잘못될 수도 있고 그로 인해 슬픔을 느끼는 사람이 생길 수도 있는 거야. 생각이 깊지 못하고 남을 배려하는 마음이나 판단력이 모자란다면 말이지."

"그러니까 지금 네 말은 그 두 가지 중 어떤 것이라는 거니?"

"나중에 말한 거라고 생각해. 하지만. 내가 계속 이야기한다면 언니가 좋아하는 사람들을 내가 어떻게 생각하고 있는가를 명확히 밝히게 될 것이고, 그러면 언니는 마음이 아플 거예요. 그러니까 지금이라도 그만두라면 그만둘게."

"너는 지금도 빙리 자매가 그분을 조종하고 있다고 여기는 거니?"

"당연하죠. 게다가 그분의 친구까지 합세해서 말예요."

"난 도무지 믿을 수가 없어. 대체 무엇 때문에 그들이 그이를 조종하는 걸까? 그들 모두가 그이가 행복해지기를 바라고 있을 텐데. 만약에 그이가 나를 사랑하고 있다면, 설령 다른 여자를 만난다고 해도 행복하지 않을 거 아냐?"

"언니의 생각은 옳지 않아. 그 사람들은 그분의 행복 외에 또 다른 것을 바라고 있는지도 몰라. 더욱 많은 재산, 더 높은 지위 같은 것을 말이지. 그 사람이 재력과 함께 든든한 배경을 가진 여자와 결혼하기를 바랄 수도 있지 않을까?"

"물론 그 사람들은 다아시 양을 선택하길 원하겠지." 제인이 대답했다. "하지만 그건 네가 생각하는 것과는 달리 좋은 의도였을 수도 있어. 그 사람들은 나를 만나기 훨씬 전부터 다아시 양을 알고 있었으니까 그녀를 더 좋아한다고 해도 이상한 일은 아니겠지. 그들이 무엇을 바라는지는 알 수 없지만 빙리 씨의 행복을 막을 사람들은 아니야. 정말 모두가 나서서 막을 정도로 상대 여자에게 큰 결점이 있다면 몰라도, 그렇지 않은 다음에야 여동생들 입장에서 왜 오빠의 생각을 무시하고 멋대로 하려 들겠어? 정말로 그이가 나를 사랑한다는 사실을 안다면 그들도 우리 사이를 갈라놓으려 들지 않겠지. 절대 성공할 수 없을 테니까. 그런데 너는 그들 모두가 몰지각한 행동을 하고 있다고 단정하니까 내가 졸지에 상처 받은 여자가 되고 만 거야. 그러니까 제발 나를 괴롭히지 마. 내가 그분을 제대로 보지 못했다고 해도 절대 부끄럽지는 않아. 적어도 그이나 여동생들을 나쁘다고 생각하는 것보다는 훨씬 낫지. 이제 이 문제를 나 스스로가 납득할 수 있게끔 가만 두었으면 좋겠어."

엘리자베스는 언니의 간절한 청을 거절할 수 없었다. 그래서 그 후로 다시는 빙리라는 이름조차 꺼내지 않았다.

그러나 베넷 부인은 여전히 빙리가 돌아오지 않았다는 사실에 끊임없이 불평을 했으며, 엘리자베스가 매일 그 이유를 차근차근 설명했음에도 변함이 없었다.

엘리자베스는 빙리가 단순한 호기심으로 언니에게 접근했으며, 자주 보지 않으면 마음도 멀어진다는 말처럼 이제 관심마저 사라진 것이라는 꾸며낸 이야기로 어머니를 납득시키려 노력했다.

베넷 부인은 딸의 이야기를 듣고 그럴 수 있을 것이라고 고개를 끄덕였지만, 돌아서면 다시 예전과 똑같은 이야기를 하곤 했다. 그녀를 위안할 수 있는 유일한 이야기는 여름이 되면 빙리가 돌아온다는 것뿐이었다.

하지만 베넷 씨는 달랐다.

"리지!" 어느 날 베넷 씨가 딸에게 말했다. "네 언니는 차인 거야. 나는 차라리 잘된 일이라고 생각한다. 여자가 한 번쯤은 실연의 아픔을 겪어 보는 것도 혼전에 괜찮은 경험이 될 수 있으니 말이다. 가끔은 추억할 거리가 생기기도 하고, 친구들 사이에서 약간 뛸 수도 있겠지. 그런데 대체 네 차례는 언제냐? 항상 언니 뒤만 졸졸 따라다닐 거냐? 그래서는 곤란하지. 이젠 네 차례다. 메리튼에는 이 지역의 아가씨들에게 실연의 상처를 안겨 줄 수많은 장교가 있지 않니? 가능하면 위컴과 사귀어 보렴. 그 사람 명랑하니 네겐 잘 어울릴 거라 본다만."

"고마워요, 아빠! 저는 그 사람처럼 명랑한 성격이 아니더라도 괜찮아요. 언니만큼의 행운을 기대하기란 힘드니까요."

"틀린 말은 아니다." 베넷 씨가 말했다. "어떤 남자에게 실연을 당하더라도 네겐 있는 대로 소란을 피우고 떠들어댈 든든한 엄마가 있으니 적이 안심이 되는구나."

위컴과 엘리자베스의 교제는 최근 불미스런 사건으로 인해 분위기가 가라앉은 롱본의 식구들의 기분을 바꿔 주는 결정적 계기가 되었다.

그녀는 위컴을 자주 만났다. 그는 많은 장점을 가졌지만 그 외에 누구에게나 솔직하다는 장점마저 있었다. 엘리자베스도 익히 알고 있는 사실이었지만 다아시에게 홀대를 받은 것이나 그로 인한 고통 등이 이제는 공공연한 것이 되어 공개적으로 논의되곤 했다. 가족 모두가 이런 사정을 알기 전부터도 다아시를 그다지 탐탁하게 여기지 않았다는 것은 오랜만에 가지는 연대감이었다.

단지 제인만은 이 이야기 중에는 허트퍼드셔 사교계의 사람들이 모르는 무언가가 있을지도 모른다고 생각하고 있었다. 그녀는 온순하지만 무척이나 신중한 성격이었기에 그 나름의 사정이 있을지도 모르니 섣부른 판단은 금물이라고 했지만 다른 가족들은 모두가 입을 모아 다아시처럼 못된 사람은 없을 것이라고 했다.

2

❦

토요일이 되었다. 애정을 고백하고 행복한 미래를 설계하며 일주일을 보낸 콜린스 씨는 사랑스런 샬롯과 작별하지 않을 수 없었다. 그러나 이별의 고통은 잠시, 그는 신부를 맞을 준비를 하는 것으로 슬픔을 달랬다. 다시 허트퍼드셔에 오게 되면 자신을 세상에서 가장 행복한 남자로 만들어 줄 날짜를 정하기로 했기 때문이다.

그는 예전처럼 근엄한 표정으로 롱본의 친척들과 작별 인사를 나누며 예쁜 딸들의 건강과 행복을 기원했고, 베넷 씨께는 다시 감사 편지를 쓰겠다고 했다.

다음 월요일 베넷 부인의 남동생 부부가 찾아왔다. 지난번처럼 롱본에서 크리스마스를 보내기 위해 온 것이었다. 가드너 씨는 교양 있는 신사로 교육 정도는 물론 타고난 성품도 부인보다 훨씬 나은 사람이었다. 네더필드에 살고 있는 여성들로서는 장사를 하며 가게나 오가는 사람이 어쩌면 그렇게 상냥하고 교양을 갖추었는지 믿기 힘들 정도였다. 가드너 부인은 베넷 부인이나 필립스 부인보다 몇 살 아래로 영리하고 고상하며 붙임성도 있어서 롱본의 조카들도 무척 따랐다.

그녀는 특히 맨 위의 두 딸과 각별한 사이였다. 두 사람은 자주 런던에 있는 그녀의 집에서 머물곤 했다.

가드너 부인이 도착해서 가장 먼저 한 일은 선물을 나누어 주고 최근 유행에 대해 알려 주는 것이었다. 하지만 그 일이 끝나고서는 미미한 입장이 되어 버렸다. 이번에는 그녀가 이야기를 듣는 쪽이 된 것이다. 베넷 부인은 슬픔에 잠긴 음성으로 수많은 불평을 털어놓았다. 지난번에 올케를 만난 후로는 가족들에게 무시를 당해 온 만큼 쌓인 것도 많았다. 그녀는 딸 둘이 결혼 직전까지 갔는데, 모두가 수포로 돌아갔다고 했다.

"그렇다고 제인을 나무랄 생각은 없어. 왜냐하면 그 아인 할 수만 있었다면 빙리 씨하고 결혼했을 테니까. 그런데 리지는 아니야. 만일 그 애가 쓸데없는 고집을 부리지만 않았더라면 지금쯤 콜린스 씨와 혼인을 하고도 남았을 것이라 생각하니 정말 분통이 터져. 바로 이 방에서 청혼을 받았는데 그 애가 거절했다니까. 그 때문에 루커스 부인이 우리보다 빨리 딸을 혼인시키게 되었고, 롱본의 토지는 전과 다름없이 한정 상속 상태로 되어 버렸어. 루커스 집안의 사람들은 정말 무서워. 챙길 수 있는 것은 모조리 갖겠다는 심보를 가졌거든. 심하긴 하지만 그래도 사실인 걸 어떡해. 이렇게 딸들은 내 뒤통수를 치고, 이웃은 욕심만 차리니 내가 어떻겠어? 도저히 버틸 수가 없다구. 그래도 올케가 때맞춰 와 줬으니 한결 든든해. 그 긴 소매 이야긴 정말 좋았어. 역시 런던의 유행은 달라."

가드너 부인은 제인과 엘리자베스가 보낸 편지를 통해 대충의 이야기를 알고 있었기에 베넷 부인의 말에 건성으로 대답을 하고는 조카들을 위해 화제를 바꾸었다. 그렇지만 나중에 엘리자베스와 단 둘만 남자 그녀는 이 문제를 다시 꺼냈다.

"제인에겐 정말 괜찮은 상대 같던데 일이 잘 풀리지 않아서 안 됐어. 하지만 이런 일은 자주 있는 법이거든. 네 얘길 들어보면, 빙리 씨처럼 그저 2, 3주 동안 예쁜 아가씨와 사귀다가 헤어지면, 금방 잊어버릴 수 있어. 그런 사람은 쌔고 쌨으니까 말이야."

"위로해 주셔서 고마워요." 엘리자베스가 말했다. "하지만 우리에게는 별로 도움이 못 되요. 결코 스쳐 지나가는 일로 가슴 아파하는 게 아니니까요. 남에게 손 벌릴 필요가 없을 정도의 재산을 가진 청년이 주위 사람들의 방해로 며칠 전까지만 해도 그렇게 뜨겁게 사랑했던 여자를 잊어버리는 일은 흔히 일어나는 일은 아니죠."

"그렇지만 뜨겁게 사랑했다라고 하는 표현은 무척 진부하고 모호한 말이라 나로선 그 뜻을 정확히 알 수 없을 것 같구나. 불과 30분 정도의 짧은 만남에서도 그런 말을 쓰곤 하니까. 그래, 빙리 씨의 사랑이 얼마나 뜨거웠는지 얘기해 보렴."

외숙모의 말에 엘리자베스가 대답했다.

"그분은 다른 사람에게는 전혀 관심을 보이지도 않고 그저 언니에게만 푹 빠져 버렸어요. 그건 두 사람이 만날 때마다 확인할 수 있었어요. 자기 집에서 열린 무도회에서 다른 아가씨들에게 춤을 청하지 않아 원성을 듣기도 했죠. 저도 두어 번 말을 걸어 보았는데 대답도 하지 않더군요. 이만하면 충분하지 않아요? 주위 사람들에게 관심을 보이지 않는다는 것은 바로 사랑이라는 감정에 빠져 있기 때문 아닌가요?"

"맞다. 그런 것으로 보면 그 사람이 제인에게 사랑을 품었다고 할 수 있겠지. 네가 상상하는 사랑은 그럴 테니까. 제인, 그 애 성격으론 무척 충격을 받았을 텐데… 쉽게 회복하긴 힘들 것 같구나. 차라리 너라면 더 나을 뻔 했어. 그냥 웃어넘길 수 있을 테니까 말이야. 리지, 그런데 네 언니더러 우리와 함께 런던으로 가자고 하면 따라올 것 같니? 장소를 바꾸면 조금이라도 도움이 될 것 같아서 그래. 또 이런 때는 잠시 집을 떠나 있는 것도 좋으니 말이야."

엘리자베스는 외숙모의 제안에 적극 찬성하며, 언니도 기뻐할 것이라고 여겼다.

"난 말이다." 가드너 부인이 말했다. "그 청년 생각 때문에 그 애가 떠나기를 망설이지 않았으면 좋겠구나. 런던이라도 우리는 전혀 다른 구역에 살고 아는 사람도 다르지. 게다가 너도 알다시피 우리 부부는 외출도 하지 않으니 혹시라도 그 사람 쪽에서 찾아오지 않는다면 다시 만날 일은 없을 것 아니냐?"

"혹시라도 찾아온다구요? 그건 불가능한 일이에요. 왜냐하면 그 사람은 지금 연금 상태나 다름없으니까요. 그리고 다아시 씨라는 사람이 제인을 만나기 위해 런던의 그런 후미진 곳까지 가도록 그냥 두지도 않을 거구요. 외숙모는 어떻게 생각하세요? 다아시 씨 자신도 그레이스처치(런던 시내의 상업지구)라는 지명을 알기는 하겠지만, 만약 한 번이라도 다녀갔다면 불결하다고 느껴 아마 한 달 동안 몸을 씻고 있을 거예요. 그리고 아마도 빙리 씨는 다아시 씨와 함께가 아니라면 좀처럼 움직이려 들지 않을 거구요."

"아주 잘됐구나. 나는 두 사람이 절대 만나지 말았으면 좋겠어. 하지만 제인은 그 사람의 여동생 하고 편지를 주고받지 않니? 그러니 그들이라도 만날 수 있지 않겠니?"

"언니는 그 사람과의 관계를 딱 끊을 거예요."

엘리자베스는 빙리가 주위의 방해로 제인을 만나지 못한다는 것, 그리고 두 사람의 관계가 끊어질 것이라고 확신하는 듯했지만, 자신이 틀릴 수도 있는 일이고 나아가 그 반대 상황이 벌어질지도 모른다는 생각이 들었다.

만약 그의 애정이 되살아나고 또 주위의 방해도 제인에 대한 뜨거운 사랑에 의해 소용없게 된다면 두 사람이 다시 만난다는 것도 불가능한 일만은 아닌 때문이었다.

어쨌거나 베넷 양은 외숙모의 초대를 기꺼이 받아 들였다. 빙리 가의 사람에 대한 염려는 조금도 하지 않았다. 여동생 캐롤라인이 오빠와 함께 다아시의 집에 머무는 것이 아닌 만큼, 어쩌다가 그녀를 만난다고 해도 빙리와 얼굴을 마주칠 일은 없을 것이라는 생각에서였다.

가드너 부부가 롱본에서 머무는 일주일 동안 필립스 부부라든가 루커스 가의 사람들 그리고 장교들로부터 초대를 받지 않은 날은 거의 없었다. 베넷 부인은 동생 부부를 접대하느라 너무 많은 신경을 썼기 때문에 그들은 가족끼리 만의 식사는 한 번도 하지 못했다. 집에서 연회를 열 때면 늘 몇 사람의 장교가 초청되었는데, 위컴은 고정 멤버로 반드시 끼어 있었다.

가드너 부인은 엘리자베스가 입에 침이 마르도록 그를 칭찬하는 것을 들었기에 기회가 올 때마다 두 사람을 세심하게 살폈다. 표면적으로는 그렇게 진지한 사랑을 하고 있다고 여겨지지는 않았지만, 서로 좋아하고 있다는 것만큼은 확실했기에 얼마간의 걱정마저 들었다.

그래서 그녀는 허트퍼드셔를 떠나기 전에 그 문제에 대해서 엘리자베스와 이야기를 나누고, 그런 식의 연애는 삶에 있어 별다른 도움이 되지 못할 것임을 일깨워 주려고 마음먹었다.

매력적인 위컴은 특히 가드너 부인의 환심을 살 만한 거리를 하나 가지고 있었다. 그녀는 결혼하기 10여 년 전쯤에 더비셔에서 제법 오랫동안 살았는데, 위컴 역시 그 근처에 살았던 것이다. 따라서 두 사람은 서로 아는 친한 사람이 많았다. 위컴은 5년 전에 다아시의 부친이 작고한 뒤로 그곳에 다시 가지는 않았지만, 그녀를 통해 옛 친구들에 대한 새로운 소식을 들을 수 있었다.

가드너 부인은 펨벌리를 가본 적도 있고, 작고한 다아시 부친에 대한 평판도 익히 알고 있었다. 때문에 두 사람의 이야기는 그칠 줄 모르고 이어졌다. 펨벌리에 관한 기억을 위컴의 이야기와 비교해 보기도 하고, 이제는 고인이 된 다아시의 부친이 얼마나 훌륭한 분이었는가 하는 이야기를 하며 그녀는 위컴을 즐겁게 만들고 스스로도 기뻐했다.

그리고 위컴이 다아시가 자신을 박대한 이야기를 꺼내자, 그가 소년일 때 그런 소문이 났던가를 떠올리려 애쓴 끝에 마침내 피츠윌리엄 다아시가 어릴 때는 무척이나 거만하고 짓궂은 소년이라는 말을 들었다고 했다.

3

❧

가드너 부인은 엘리자베스와 둘만 있을 때, 그녀가 알아들을 수 있도록 세심한 주의를 주었다. 그녀는 자기가 생각하는 바를 꾸밈없이 전하고 다시 덧붙였다.

"리지, 너는 똑똑한 애니까, 그저 경고를 받았다는 이유만으로 불장난을 하지는 않겠지? 그러니까 솔직히 말하마. 심각하게 하는 말인데 그 청년을 조심하거라. 그 사람 가진 재산도 없으니 결국 맹목적이라고 밖에는 할 수 없는 애정에 너나 그 사람이나 휘말려서는 안 될 거야. 위컴이라는 청년사람만 본다면 내가 마다 할 이유는 없다. 정말 매력이 넘치는 사람이더구나. 만약 그가 적당한 수입만 있다면 더없이 좋은 상대라고 하겠지만, 그렇지는 않으니 네가 헛된 꿈만 꾸어서는 안 된다. 너는 똑똑하고 이성적인 애니까 우리 모두의 기대를 저버리지 않을 것으로 믿는다. 네 아버지께서도 네가 흠 잡힐 만한 행동은 하지 않을 것이라 믿고 계신단다. 절대 아버지를 실망시켜서는 안 된다."

"외숙모! 정말 심각한 말씀이네요."

"그래, 너도 나같이 심각해야 한다."

"안심하셔도 돼요. 저도 조심하겠지만 위컴 씨에 대해서도 그렇게 하겠어요. 그 사람이 감정에 휘둘리지 않도록 할 게요. 하지만 제게 그걸 막을 만한 능력이 있을지 모르겠네요."

"엘리자베스! 지금 날 놀리는 거니?"

"죄송해요. 하지만 다시 말씀드릴 게요. 저는 현재 위컴 씨와 사귀고 있는 게 아니에요. 틀림없어요. 하지만 아무리 생각해 봐도 내가 만난 사람 중에 그만큼 괜찮다고 여겨지는 사람은 없어요. 만약 그 사람이 저를 사랑하게 된다면, 물론 그 사람이 그런 생각을 가지지 않는 게 좋겠지만, 저는 순간적인 감정인지 아니면 영원할 것인지를 알아낼 수 있을 테니까요. 하지만 다아시 씨는 정말 끔찍해요. 아버지가 저를 믿어 주신다는 것은 정말 고마운 일인 만큼 절대 실망시켜 드려서는 안 되겠죠. 하지만 아버지는 위컴 씨를 무척 좋게 보고 계시거든요. 외숙모! 저는 누구도 슬프게 만들고 싶지는 않아요. 하지만 서로 사랑을 하면 경제적인 곤란이 있다고 해도 결혼을 망설이지 않는 젊은이들을 거의 매일 보는 제가 어떻게 애정 공세를 받고도 또래의 다른 사람보다 현명한 처신을 하겠다는 약속을 할 수 있겠어요? 하물며 거절하는 것이 오히려 낫다는 것까지 알기란 거의 불가능하겠죠. 지금 제가 약속할 수 있는 것은 급하게 서둘지 않겠다는 것뿐이에요. 함부로 제가 그 사람 마음속의 사람이라는 단정을 짓지 않을 게요. 설령 그 분과 같이 있을 때라도 조심할 거구요. 이것이 최선이에요."

"그 사람 너무 자주 여기에 오도록 하지 않는 게 좋을 거다. 적어도 엄마한테 그 사람을 초청하라고 조르지는 말아야 한다."

"그건 전부터 생각하고 있던 일이에요." 엘리자베스는 뭔가를 안다는 듯한 미소를 띠면서 말했다. "정말이지. 그렇게 하지 않는 게 오히려 나을 거예요. 그렇지만 그분이 우리 집에 그렇게 자주 오는 건 아니에요. 이번 주에 계속 초대한 건 외숙모 때문이죠. 친지가 오면 언제나 그분께 걸맞은 상대가 있어야 한다고 엄마는 늘 생각하시잖아요. 이젠 제 이름을 걸고 가장 현명하게 행동할 게요. 이만하면 됐죠?"

외숙모는 고개를 끄덕였고, 엘리자베스는 그녀의 자상한 충고에 감사를 하고 헤어졌다. 예민한 문제에 대한 충고를 하고서도 서로 감정을 해치지 않은 것은 무척이나 좋은 일이었다.

콜린스는 가드너 부부와 제인이 떠나자마자 다시 허트퍼드셔에 나타났지만 루커스 씨 댁에 머물기로 했기 때문에, 베넷 부인은 크게 신경을 쓰지 않아도 되었다. 이제 곧 그는 결혼을 할 것이고, 그녀 역시 이미 포기한 터라 그저 약간 빈정대는 듯 이렇게 말하는 것이 베넷 부인으로서는 최대한의 공격이라 할 수 있었다.

"두 사람이 행복해지기를 빌어요."

결혼식은 목요일로 예정되어 있었기에, 수요일이 되자 루커스 양이 작별인사를 하기 위해 롱본으로 왔다. 그녀가 인사를 마치고 자리에서 일어났을 때, 엘리자베스는 어쩔 수 없이 답하는 엄마의 투박한 태도가 마음에 걸려 샬롯을 따라 방을 나섰다. 함께 계단을 내려오며 샬롯이 말했다.

"엘리자, 잊지 말고 종종 소식 전해 줘."

"염려 말아. 그렇게 할 게."

"또 한 가지 부탁이 있는데… 우리 집으로 놀러와 줄 수 있겠어?"

"허트퍼드셔에서 자주 볼 수 있을 거야."

"난 얼마 동안은 켄트를 벗어날 수가 없을 거야. 그러니 꼭 헌스퍼드에 오겠다고 약속해 줘."

그녀의 집을 방문한다고 해도 그다지 기쁠 것은 없으리라는 사실은 이미 알고 있음에도 엘리자베스는 차마 거절할 수가 없었다.

"오는 3월에 아버지와 마리아가 오기로 되어 있거든." 샬롯이 덧붙여 말했다. "그 때 함께 온다고 약속해. 엘리자, 우리 가족처럼 환대해줄 테니 말이야."

결혼식이 시작되었고, 신랑과 신부는 교회 문 앞에서 켄트를 향해 출발했다. 언제나 그렇듯이 그들의 결혼에 대해서는 이런저런 이야기가 풍성했다. 얼마 지나지 않아 엘리자베스는 샬롯에게서 편지를 받았고, 두 사람은 전례가 없을 만큼 규칙적이 되었다. 하지만 예전처럼 서로 비밀이 없이 지내는 것은 가능한 일이 아니었다. 엘리자베스는 그녀에게 편지를 쓸 때마다 과거의 친밀함이 사라졌다는 생각이 들곤 했다. 그녀는 편지 쓰기를 게을리 하지 않겠다고 했지만, 그것은 현재보다는 과거의 친분을 되새기는 일이 되고 말았다.

물론 샬롯이 처음 보낸 편지는 많은 기대감을 가지고 기다렸다. 과연 어떻게 가정을 꾸려가며 얼마나 행복을 느끼는가, 또한 캐서린 부인과의 관계는 어떤지 등에 대한 호기심 때문이었다. 하지만 편지를 읽고 나자 실망감이 들었다. 모두가 그녀가 예상하던 이야기였기 때문이다. 그녀가 쓴 편지의 문투는 발랄함이 넘쳤고 모든 것이 만족스럽다고 했다. 자신이 사는 집은 물론 가구나 이웃 심지어는 도로까지 마음에 들며, 캐서린 부인은 자신을 무척 귀여워한다고 했다. 그것은 콜린스 씨가 설명한 헌스퍼드와 로징스의 좋은 모습만을 모아 합친 것이라고 할 수 있었다. 결국 엘리자베스는 진실을 알기 위해서는 자신이 직접 그곳을 방문하는 수 밖에 없다는 사실을 깨달았다.

제인은 동생에게 자신이 무사히 런던에 도착했음을 알리는 편지를 보내 왔는데, 엘리자베스는 언니의 다음 편지에는 빙리 집안의 사람들에 대한 소식이 있기를 바랐다.

기대하던 두 번째 편지가 왔지만 내용은 기대에 미치지 못한 신변잡기였다. 런던에 도착해서 일주일이 지났지만, 캐롤라인을 만나지도 않았고 소식을 듣지도 못했다는 것이었다.

그녀는 자기가 롱본을 떠나기 전에 보낸 편지가 도착하지 않아서 그럴 수도 있다며 스스로를 위로하는 듯했고, 말미에는 이렇게 적고 있었다.

'외숙모께서 내일 그 부근으로 가실 예정이라니 나도 함께 그로스브너 거리로 가볼까 해.'

그곳을 다녀온 후 제인은 빙리 양을 만났다는 것을 알리는 편지를 보내

왔다.

'캐롤라인은 왠지 힘이 없어 보였어. 그렇지만 나를 보고는 무척 반가워했고, 왜 런던에 온다는 사실을 알리지 않았냐며 책망했어. 그러니 내 생각이 옳았던 거야. 내가 롱본에서 마지막으로 보낸 편지를 받지 못한 것이지. 내가 오빠도 잘 계시냐고 물었는데, 그런 것 같긴 하지만 다아시 씨 하고만 어울리기 때문에 자기들과는 만나기도 힘들다고 하더군. 그 날 저녁에 다아시 양이 식사를 하러 온다고 하던데, 나도 그녀를 한 번 만나봤으면 해. 캐롤라인과 허스트 부인이 외출할 예정이어서 오랜 시간을 같이 있진 못 했어. 곧 그들이 내가 있는 곳을 찾아올 거야.'

엘리자베스는 언니의 편지를 읽고는 고개를 흔들었다. 캐롤라인의 태도로 미루어 짐작하건데, 특별한 계기가 없는 한 빙리 씨는 제인 언니가 런던에 와 있다는 사실을 알기 힘들 것 같았다.

한 달 가까운 시일이 지나도록 제인은 빙리를 만나지 못한 슬픔을 느끼지 않기 위해 스스로를 달랬다. 하지만 빙리 양의 냉대에는 더 이상 수동적인 태도만을 취하고 있을 수는 없다는 생각이 들었다.

2주일 동안이나 집에서 그녀를 기다리다가, 밤이 되면 못 올 만한 사정이 있을 것이라며 오히려 캐롤라인의 입장을 헤아리던 인내심을 발휘한 끝에 드디어 기다리던 장본인이 그녀를 찾았다. 그렇지만 캐롤라인은 금방 돌아갔고, 태도도 쉽게 알아볼 만큼 바뀌어 있었다. 이제 제인도 더 이상 자기 자신을 속이고 있을 필요가 없게 된 것이다. 그 즈음 그녀가 동생에게 보낸 편지에는 착잡한 심경이 잘 나타나 있다.

사랑하는 동생 리지.

빙리 양이 내게 품은 감정을 잘못 알고 있었다고 말한다고 해서 네 말이 맞았다며 우쭐대지는 않겠지. 이번 일로 인해 나는 네 생각이 옳았다는 사실을 깨달았어. 하지만 여태까지 보여준 빙리 양의 태도는 네 의심을 사기에 충분했던 것과 마찬가지로 내게는 믿음을 주었다고 할 수 있어. 그렇다고 해서 내가 지나친 고집을 부린다고 생각하지 말았으면 좋겠구나.

나는 그녀가 왜 나와 친하게 지내려 했는지 도무지 알 수가 없어. 앞으로 똑같은 일이 생기더라도 나는 결국 속게 되겠지만.

어제 캐롤라인이 날 찾아 왔어. 내 방문에 대한 답례겠지만, 그동안 내게 편지 한 통 아니 편지 한 줄도 보내지 않았지. 내게 인사를 왔지만 못마땅한 기색이 역력했어. 좀 더 일찍 찾아왔어야 했다고 사과를 했지만 그건 의례적인 것이었고, 다시 만나자는 말도 하지 않았어.

게다가 생판 모르는 사람처럼 행동해서 나는 더 이상 그녀와 가까워질 수 없음을 알고 더 이상 만나지 않기로 했어. 기분이 상한 건 사실이지만 한편으로는 그녀가 불쌍하다고 여겨지기도 해. 그녀가 날 각별히 대한 것이 잘못된 거겠지. 나와 가까워지려고 애쓴 건 그녀였던 만큼 비난 받아 마땅하지만 그래도 나는 가엾다는 생각이 들어. 그녀도 스스로가 잘못했다고 여기고 있는 게 분명하고, 그건 자기 오빠를 걱정하기 때문임이 확실할 거야.

우리가 걱정할 문제는 아니지만 여전히 그녀가 걱정을 하는 것은 당연하다고 할 수도 있겠지. 여동생에게 오빠란 무척이나 중요한 존재니까 말이야. 하지만 지금도 그녀가 오빠 걱정을 한다면 이상하다고 할 수 있겠지.

만약 빙리 씨가 날 조금이라도 좋아했더라면 우리는 훨씬 빨리 만났어야 했을 거야. 그녀의 말을 들어 보면, 그 사람도 내가 런던에 있다는 사실을 알고 있는 것 같거든. 그런데도 그녀는 자기 오빠가 진정으로 다아시 양을 사랑하고 있다고 스스로를 납득시키려 하는 것처럼 보인단 말이야. 왜 그런지 도무지 이유를 모르겠어. 너무 앞서 가는 것 같지만 자꾸만 내가 속았다는 생각이 들어. 그래도 되도록 나쁜 생각은 떨쳐 버리고 좋은 생각만 하려고 해. 네가 보내는 격려와 외삼촌 부부의 따뜻한 마음씨만 생각할 거야. 네 답장을 빨리 볼 수 있었으면 해.

빙리 양 말로 그 분은 네더필드로 돌아가지 않을 것이고, 계약도 취소한다고 했지만 아주 확실한 것은 아니니 더 이상 말하지 않는 게 좋겠지.

네가 헌스퍼드에 있는 샬롯에게 편지를 받았다니 나도 기뻐. 윌리엄 경이나 마리아가 그곳을 방문할 때 꼭 함께 가렴. 친구를 만나면 너도 무척 기쁠 테니까.

언니가 보낸다.

언니의 편지를 읽은 엘리자베스는 마음이 아팠다. 하지만 이제 앞으로는 언니가 더 이상 빙리에게 속지 않을 것이라 생각하니 조금은 편해질 수 있었다. 그리고 빙리에 대한 희망은 아예 접기로 했다. 그의 애정이 되살아날 리는 만무하고, 그의 사람됨을 생각해볼 때 도무지 믿을 만한 사람이 아니라는 결론을 내린 것이었다.

그리고 제인에게 못되게 군 벌로 다아시의 여동생과 빨리 결혼해 버렸으면 좋겠다고 생각했다. 그것이 언니에게도 도움이 될 테니까.

위컴의 말에 의하면, 빙리가 다아시 양과 결혼하고 나면 나중에 제인과의 관계를 끊은 것을 무척이나 후회할 것이라고 했다.

그 즈음 가드너 부인은 엘리자베스와 위컴에 대한 이야기를 나누며 한 약속을 잊지 말라면서 소식을 물어 왔다. 그래서 엘리자베스는 외숙모를 만족시키는 편지를 보낼 수밖에 없었다.

현재 그녀에 대한 위컴의 애정은 식어 버렸고, 그는 다른 아가씨와 열애 중인 것 같았다. 충분한 시간을 가지고 살펴보았기 때문에 모든 과정을 알 수 있었으며, 그런 모습을 보거나 또는 편지에 옮길 때도 별로 슬픈 생각이 들지는 않았다. 만약 경제적인 뒷받침만 따라 주었다면 그가 선택할 사람은 바로 자기였을 것이라고 생각하니 어느 정도 자존심을 찾을 수 있었다. 그가 사귀는 아가씨는 갑자기 1만 파운드라는 거액을 얻게 된 여성이었다. 이런 문제에 관해서는 샬롯보다도 훨씬 실질적이지 못한 엘리자베스로서는, 안정된 생활을 누리고 싶어 하는 위컴을 굳이 비난할 이유는 없다고 생각했다. 그리고 위컴이 자기와의 관계를 정리하면서 어느 정도 심적 고통을 받았을 것이라 생각하니 어느 정도 위안이 되었다. 그리고 그의 선택이야말로 모두를 위해 바람직한 것이었으며, 또한 그의 앞날이 행복하기만을 빌었다.

엘리자베스는 이 모든 사항을 가드너 부인에게 전하며 이렇게 적었다.

친애하는 외숙모님.

그러고 보니 제가 진정한 사랑을 한 것 같지는 않다는 생각이 듭니다. 만일 제 감정이 진실하고 순수한 것이었다면, 지금쯤 그 사람의 이름을 듣는 것조차 끔찍할 것이고, 알고 있는 저주의 말은 몽땅 퍼부었을 테니까요.

하지만 지금 제 마음은 평온하고, 그 사람뿐이 아니라 요즘 그가 사귀는 킹 양에 대해서도 좋지 않은 감정을 느끼지 않으니까요. 그 여자를 미워하지도 않고, 또 괜찮은 사람이라고 느끼지도 않아요. 그러니 제가 사랑을 했다는 건 거짓말이겠죠. 외숙모님의 충고대로 마음을 다스리려고 노력한 것이 효과가 있었나 봐요. 제가 사랑의 열병을 앓았더라면 그럴 듯한 소문이나 만들었겠죠.

그러나 지금처럼 누구의 주목도 받지 않게 되었어도 전혀 나쁘다는 생각이 들지는 않네요. 하긴 중요한 인물이 되자면 값비싼 대가를 치러야 할 테니까요.

그 사람의 배신에 키티와 리디아가 오히려 저 이상으로 분개하고 있답니다. 아직 세상일을 잘 모르기에 잘난 남자건 못난 남자건 모두가 먹고 살 걱정을 해야 한다는 슬픈 사실을 모르는 거겠죠.

4

롱본의 가족에겐 더 이상 별다른 사건이 없었다. 길이 나쁘거나 날씨가 추운데도 메리튼까지 걸어가야 하는 것 말고는 특별한 변화가 없이 1월과 2월이 지나가고 말았다. 3월이 되면 엘리자베스는 헌스퍼드로 갈 예정이었다. 처음에는 심각하게 갈 생각을 하지 않고 있었지만, 샬롯이 자신이 오기를 무척 고대하고 있음을 알게 되자 그녀의 마음도 바뀌어 그곳으로 가는 일을 긍정적으로 여기게 되었다. 그렇게 생각하니 더욱 샬롯을 만나고 싶어졌고, 콜린스에 대한 악감정도 희석되었다.

여행을 떠난다는 것이 새로웠고, 집에 있어 봤자 말이 통하지도 않는 어머니와 동생들에게 시달릴 것이 뻔했기에, 약간의 흠이 있긴 하더라도 장소를 바꿔 보면 어떨까 하는 생각이 작용했던 것이다. 게다가 언니 제인도 잠깐이나마 볼 수 있을 것인 만큼 점점 기대감은 커져만 갔다.

일은 순조롭게 진행되어 마침내 샬롯의 처음 계획이 실행되기에 이르렀다. 윌리엄 경과 그의 작은 딸이 떠날 때 엘리자베스가 동행하기로 했는데 런던에서 하루 묵는다는 새로운 계획이 추가되었을 뿐이었다.

다만 아버지와 헤어진다는 것은 섭섭했다. 그녀마저 없으면 아버지가 쓸쓸해 할 것은 너무도 당연한 사실이었다. 그녀가 떠날 날이 가까워지자 아버지는 꼭 편지를 보내라고 당부했고, 자신 역시 답장을 하겠다는 약속을 했다.

위컴과의 작별은 무척이나 편하고 깨끗하게 이뤄졌다. 엘리자베스보다는 그가 더욱 그런 것처럼 보였다. 비록 현재는 다른 아가씨와 열애 중이지만, 엘리자베스는 여전히 매력적이며 자신의 사랑을 불태울 만한 여성이며, 자기 이야기를 진지하게 들어 주고 또한 그가 그리던 이상형의 여인이었다는 사실을 강조했다.

그는 작별 인사를 하면서 즐거운 여행이 되기를 빈다는 말과 함께 캐서린 드 버그 부인에 대한 두 사람의 생각이, 아니 모든 사람에 대한 두 사람의 생각이 같을 것으로 믿는다며 따뜻하고 사려 깊은 태도를 보였다.

이 같은 관심을 보여준 때문에 엘리자베스는 그를 앞으로도 변함없이 좋아할 수 있을 것 같았다. 그래서 자신이 결혼을 하건 또는 독신으로 지내건 언제나 다정하고 기분 좋게 상대할 수 있는 남성의 귀감이라는 생각을 갖게 되었다.

이튿날 여행을 떠나는 그녀의 동반자들은 위컴에 비하면 무척이나 재미없는 사람이라고 할 수 있었다. 윌리엄 루커스 경과 착하고 순하지만 아버지와 마찬가지로 머리는 텅 빈 딸 마리아가 하는 말을 듣는 것보다는 차라리 마차 바퀴가 구르는 소리에 귀를 기울이는 것이 나았으니까. 하지만 나이 든 윌리엄 경의 이야기보다는 차라리 마리아의 말도 안 되는 이야기가 나았다. 그는 작위를 받을 때의 케케묵은 이야기를 역시 케케묵은 형식으로 지루하게 되풀이하여 이야기했다.

목적지인 그레이스처치까지는 불과 24마일이었고, 그나마 아침 일찍 출발했기 때문에 정오 무렵에는 도착할 수 있었다. 가드너 씨 댁 문 앞에 마차가 서자, 응접실 창을 통해 그들의 모습을 보고 있던 제인이 나와 반갑게 맞았다.

언니의 얼굴을 세심하게 살펴본 엘리자베스는 그녀가 전과 다름없이 아름답고 건강하다는 사실을 확인하고 무척 기뻤다.

계단 위에는 마리아의 어린 조카들이 서 있었는데, 그들은 친척을 만난다는 기대감에 들떠 몰려 나왔지만, 1년 만에 만나는 터라 수줍어서 더 이상 가까이 오질 못하고 있었다.

모두가 친절하여 기쁨은 배가 되어 즐거운 하루를 보냈다. 다음날 낮에는 부산을 떨며 쇼핑을 다녔고, 저녁에는 극장에 갔다. 엘리자베스는 외숙모 옆에 앉았다. 대화의 첫 번째 화제는 제인에 관한 일이었는데, 그녀는 요모조모 자세히 질문을 했으며 외숙모의 대답을 듣고는 놀라움보다 슬픔이 앞섰다. 제인이 언제나 밝은 기분을 유지하려고 애쓰지만 가끔씩 우울한 기색을 보인다는 것이었다. 하지만 그다지 오래갈 것 같지는 않으니 크게 염려할 것은 없다고 했다. 이어서 가드너 부인은 빙리 양이 방문했던 사실을 알려 주며, 제인이 빙리 양과 더 이상 사귀기를 원치 않는 것 같다며 두 사람이 나눈 대화를 전했다.

그리고 나서 가드너 부인은 엘리자베스가 위컴에게 딱지를 맞았다고 놀렸고, 그럼에도 꿋꿋이 견디고 있음을 칭찬해 주었다.

"엘리자베스, 그런데 위컴이 새로 사귄다는 킹 양은 대체 어떤 여자냐? 우리가 괜찮게 생각하는 친구가 돈만 밝히는 사람이라고 생각하긴 싫어서 묻는 거다."

"외숙모! 혼인 문제에 있어서 돈을 밝히는 것과 신중한 것은 어떻게 다른 거죠? 신중함은 어디까지가 한계이고, 욕심은 무엇에서 비롯되는 건가요? 작년 크리스마스에는 제가 그 사람과 결혼하는 것을 반대하셨잖아요. 그런데 지금에 와서는 그 사람이 1만 파운드를 가진 아가씨와 사귄다는 얘기를 듣고는 돈만 밝힌다고 하시니……."

"킹 양이 어떤 사람인지 알려 주기만 하면 내가 판단해 주마."

"좋은 여자라고 생각해요. 나쁜 소문은 듣지 못했거든요."

"하지만 그 사람은 그 여자의 할아버지가 세상을 떠나서 그 여자가 유산을 상속받기 전까지는 눈여겨보지도 않았잖니."

"그 말씀도 맞아요. 하지만 눈여겨볼 만한 이유도 없잖아요. 가난하다고 해서 구애조차 하지 않는 것이라면, 그이가 가난한 제게 관심을 가지고 열을 올렸던 까닭은 무엇일까요?"

"그렇지만 유산을 상속받자마자 그 여자에게 관심을 보였다는 것은 그다지 바람직하다고 볼 수는 없어."

"가난한 사람은 다른 사람들이 지키는 점잖은 예의 따위를 지킬 만한 여유가 없는 법이죠. 그 여자가 좋다는데 우리가 뭐랄 건 없죠."

"설혹 그 여자가 좋다고 해도 그의 행동이 올바르다고 볼 수는 없어. 결국 그건 그 여자에게 상식이나 사려 깊음이 없다는 얘기지."

"외숙모 좋을 대로 생각하세요." 엘리자베스가 목소리를 높였다. "위컴은 돈에 눈이 멀었고, 그 여자는 바보 같다고 생각하세요."

"아니다. 나는 그렇게 생각하지는 않아. 오랫동안 더비셔에 살았던 청년을 나쁘게 평가할 순 없으니까 말이다."

"그런 이유라면 저도 더비셔에 살고 있는 청년들에게는 좋은 감정을 가질 수가 없어요. 그리고 허트퍼드셔에 살고 있는 그들의 친구들에게도 마찬가지구요. 이젠 그 사람들을 보는 것만으로도 지겨우니까요. 게다가 내일은 장점이라고는 하나도 없는, 몰지각하고 멍청한 사내를 만나게 되어 있어요. 정말 저는 온통 결점 투성이인 남자들에게 둘러싸여 있는 셈이로군요."

"말조심해라, 리지! 네 말은 자학하는 듯 들리는구나."

연극이 끝나고 헤어지기 전에 외삼촌 내외는 그녀에게 오는 여름에 떠나기로 예정된 유람 여행에 동행하지 않겠느냐는 뜻밖의 제의를 했다.

"얼마나 멀리까지 갈지 아직 결정하진 않았지만," 가드너 부인이 말했다. "아마 호수 지방(영국 북서부의 관광지)까지는 갈 것 같구나."

엘리자베스에게는 너무도 기쁜 일이었기에 그녀는 즉석에서 감사하는 마음으로 그 제의를 수락했다.

"외숙모! 너무 기뻐요. 이런 행운이 또 있을까요?" 그녀는 기쁨이 넘치는 목소리로 외쳤다. "외숙모는 제게 새로운 생명과 활력을 불어넣어 주시는 거예요. 이제 상심이나 우울이란 단어와는 작별해야겠네요. 바위나 산에 비하면 남자란 얼마나 보잘것없는 존재이겠어요? 아, 얼마나 좋을까? 이제 우리는 화려한 여행을 하게 되었으니… 우리가 여행을 마치고 돌아올 때는 다른 사람들처럼 자기가 뭘 구경했는지도 모르지는 않을 거예요. 우리가 가본 곳은 물론 무엇을 보았는지도 정확히 기억하기로 해요. 호수와 산 그리고 강이 우리의 머릿속에서 뒤섞이지 않도록 하고, 또 어떤 풍경에 대해 이야기를 할 때도 무엇이 어디 있었는지 다툴 필요가 없도록 말예요. 우리들이 목적지에 도착해서 지를 탄성도 다른 여행자들처럼 진부한 것이 되진 말아야 할 거예요."

5

❧

엘리자베스는 이튿날의 여행에서 눈에 띄는 모든 것들이 새롭고 흥미로웠다. 그리고 마음도 무척 즐거웠다. 걱정과는 달리 언니는 건강을 염려하지 않아도 좋을 만큼 활기에 차 있었고, 외숙모 부부와 함께 할 북부 지방으로의 여행에 대한 기대가 그녀에게 끊임없는 기쁨을 제공하는 원천이 되어 주기 때문이었다.

마차가 대로를 벗어나서 헌스퍼드로 통하는 소로에 들어서자 모두가 목사관을 찾기 위해 좌우를 살폈고, 커브를 돌 때마다 목사관이 보이기를 기대하고 있었다. 길 한편으로는 길게 이어진 로징스 저택의 울타리가 보였고, 엘리자베스는 그곳 식구에 대해 들었던 일을 떠올리며 미소를 지었다.

마침내 그들의 시야에 목사관이 들어왔다. 도로 쪽으로 비탈진 정원, 그 안에 서 있는 집, 녹색의 울타리와 월계수가 이룬 담 등 모든 것이 그들의 목적지에 이르렀음을 확인시켜 주었다.

곧 문전에 콜린스와 샬롯의 모습이 나타났고, 모두가 고개를 끄덕이며 가볍게 미소를 짓는 동안 마차는 짧은 자갈길을 지나 집으로 통하는 작은 문 있는 곳에 도착했다. 마차에서 내린 그들은 서로의 재회를 기뻐했다. 콜린스 부인은 친구를 만난 기쁨에 생기가 넘치는 듯했고, 엘리자베스는 자기를 이토록 반기는 것을 보고 이렇게 오길 잘했다고 속으로 생각했다. 그리고 사촌의 행동이 혼전과 다를 것이 없음을 확인할 수 있었다. 사람들을 세워 놓고 온 식구의 안부를 묻고 대답을 듣는 지나친 격식을 차리느라 몇 분을 보낸 데 이어 입구가 정갈하지 않느냐며 너스레를 떨어 시간이 지체됐다.

응접실에 들어서자마자 그는 이렇게 누추한 곳까지 왕림해 주시니 감사하다고 또 한 번 격식을 차리며 부인에게 다과를 내오라고 했다.

엘리자베스는 그가 기고만장한 모습을 보이리라는 사실을 익히 알고 있었다. 균형이 잘 잡힌 방이라든가 구조와 가구의 배치 등을 자랑스러워하고 있는 모습을 볼 때, 마치 그녀가 자신의 청혼을 거부해서 얼마나 손해를 보았는지를 느끼도록 만들려는 의도가 깔린 듯했다. 과연 그의 말대로 모두가 정결하고 편안하게 보이긴 했지만, 그렇다고 해서 한숨을 쉬며 후회의 빛을 떠올림으로써 그를 만족시킬 수는 없었다.

오히려 그처럼 모자란 남편을 얻고서도 즐거운 모습을 보이는 자기 친구가 이상하게만 느껴졌다. 콜린스는 자신의 아내가 응당 부끄러워할 만한 얘기를 꺼낸 것이 한두 번이 아니었고, 그때마다 엘리자베스는 자기도 모르게 샬롯을 쳐다보았다. 그녀는 살짝 얼굴을 붉히기는 했지만 대부분 듣지 못한 척 넘어가는 기지를 발휘했다.

손님들이 찬장에서부터 벽난로 앞에 두른 철망에 이르기까지 가구 하나하나를 칭찬하고, 여행에서의 일이며 런던에서 겪은 일 등을 이야기하는 제법 긴 시간 동안 내내 앉아 있던 콜린스는 정원을 산책하자고 권했다. 널찍하고 정리가 잘된 정원은 그 자신이 직접 손질하고 있노라고 했다. 정원을 가꾸는 것은 그가 가진 가장 고상한 취미라고 할 수 있었다.

샬롯도 정원 가꾸기가 운동도 되고 건강에도 도움이 되는 터라 자신도 적극 권한다고 했는데, 전혀 아무렇지도 않은 듯한 그녀의 표정을 본 엘리자베스는 감탄할 수밖에 없었다. 콜린스는 정원의 모든 산책로와 갈림길을 안내하면서 자기가 바란 칭찬을 할 만한 여유도 주지 않고 모든 부분을 자세히 설명하는 데 바빠 정작 아름다움을 감상하는 일은 불가능할 지경이었다.

그는 밭이 어디에 있었는지는 물론 제일 먼 숲에 나무가 몇 그루가 있는지도 알고 있었다. 하지만 그의 정원이나 이 지역의 또는 온 나라에서 멋지다고 소문난 전망도 그의 집 정면과 거의 마주보고 있는 장원을 둘러싼 나무숲 사이로 보이는 로징스와는 비교조차 할 수 없다고 했다. 로징스 저택은 높은 지대에 세워진 훌륭한 근대식 건물이었다.

정원을 구경한 뒤, 콜린스는 남은 두 군데 목초지까지 일행을 데리고 가고 싶어 했지만, 여자들이 아직 녹지 않은 길을 걸어갈 만한 신발을 준비하지 않은 탓에 되돌아와야만 했다.

윌리엄 경만이 콜린스를 따라 목초지를 구경하러 갔고, 그 동안 샬롯은 동생과 친구에게 집안 구경을 시켜 주었다. 아마도 남편의 성가신 도움 없이 안내할 기회를 얻어서인지 무척 기뻐하는 듯 보였다. 집은 규모는 작아도 잘 지어졌고 편리한 구조였다. 모든 것이 깨끗이 잘 정돈되어 있음은 샬롯의 알뜰한 솜씨일 것이라고 엘리자베스는 생각했다. 콜린스만 염두에 두지 않는다면 아주 편안한 분위기였는데, 샬롯이 그것을 즐기는 것으로 볼 때 그녀는 실제로도 콜린스를 생각하지 않는 경우가 많을 것이라고 짐작할 수 있었다.

엘리자베스 역시 캐서린 부인이 아직 이곳에 있다는 사실을 알고 있었다. 식사 도중에 그 이야기가 나오자 콜린스는 이렇게 말했다.

"맞습니다, 엘리자베스 양! 이번 일요일에 캐서린 드 버그 부인을 만나 뵐 수 있을 것입니다. 굳이 내가 말씀드릴 건 아니지만 부인을 만나면 당신도 무척 좋아할 것입니다. 워낙 정이 많고 겸손하신 분이므로 예배가 끝나면 어떤 식으로든 인사를 할 기회를 주실 겁니다. 당신과 우리 가족이 이곳에 머무는 동안, 부인께서 우리를 초대해 주신다면 당신과 내 처제인 마리아도 분명 함께 부르실 겁니다. 부인은 제 아내를 너무도 잘 대해 주시지요. 우리들은 매주 두 번 로징스에서 함께 식사를 하는데 절대

204

그냥 걸어오도록 두시지 않아요. 늘 우리를 위해 따로 마차를 준비해 두시니까요. 부인께서는 마차를 여러 대 가지고 계시거든요."

"캐서린 부인은 정말 점잖고 존경할 만한 분이시죠." 샬롯이 덧붙여 말했다. "그리고 이웃에 대해 많은 관심을 가지시기도 했고요."

"당신 말이 맞아. 바로 내가 하고 싶었던 말이지. 정말 존경스러운 분이라 할 수 있지."

저녁 식사를 하면서 그들은 이미 편지로 전했던 허트퍼드셔의 소식에 대한 이야기를 나눴다. 밤이 되어 자기 방에서 혼자 있게 된 엘리자베스는 과연 샬롯이 얼마나 이 생활에 만족하는가를 생각해 보았다. 집안 구경을 시켜 주면서 그녀가 한 말이나 남편을 대하는 태도 등을 되새겨 보니 모든 것이 순조롭게 이루어지고 있음을 인정하지 않을 수 없었다.

그녀는 또한 이곳에 머무는 동안을 어떻게 보낼지 생각해 보았다. 일상은 조용하겠지만, 콜린스는 틀림없이 불쑥 끼어들어 쓸데없는 소리를 늘어놓을 테고, 로징스 저택의 사람들과의 만남은 다소 번잡스러울 것이라 여겨졌다. 그녀가 가진 놀라운 상상력은 모든 것을 즉시에 그려낼 수 있도록 만들었던 것이다.

이튿날 정오 무렵, 엘리자베스가 산책 준비를 하고 있는데, 갑자기 아래층에서 요란한 소리가 들려 왔고 무슨 소동이 벌어진 것 같았다. 잠시 귀를 기울이고 있으려니, 누군가가 다급하게 2층으로 뛰어올라 오면서 큰 소리로 자기 이름을 부르는 게 아닌가. 그녀가 문을 열자 층계참에 선 마리아가 흥분해서 외쳤다.

"엘리자! 빨리 식당으로 와봐요. 정말 재미있는 일이 벌어졌거든. 뭔지는 말하지 않을 테니, 빨리 내려와 봐."

엘리자베스는 대체 무슨 일이냐고 물어 보았으나 그것은 헛수고였다. 마리아는 더 이상 아무것도 말하지 않으려 했기에, 그녀는 마리아와 함께 아래층으로 내려가 오솔길이 내다보이는 식당으로 들어갔다.

정원의 문 옆으로 낮은 쌍두마차가 들어서는 광경이 눈에 들어왔다. 마차에는 두 사람의 여인이 타고 있었다.

"겨우 이걸 가지고 그렇게 호들갑을 떨었어?" 엘리자베스가 소리쳤다. "난 돼지 떼라도 정원으로 들어온 줄 알았는데… 캐서린 부인과 딸이잖아!"

"아니야." 엘리자베스가 잘못 알고 있는 것에 놀라며 그녀가 말했다. "그분은 캐서린 부인이 아니라구. 나이 많은 분은 그분과 함께 사는 젠킨슨 부인이고 또 한 사람은 드 버그 양이래. 저것 좀 봐. 정말 작네. 저렇게 마르고 작을 것이라고 누가 생각이나 했담!"

"이렇게 바람이 센데 샬롯을 그냥 밖에 서 있도록 하다니, 예의가 없는 사람이군. 왜 안으로 들어오지 않을까?"

"언니가 그러는데, 좀처럼 들어오지 않는다는군. 드 버그 양이 들어온다는 것은 굉장한 호의를 보이는 거라나."

"얼굴이 마음에 드는군." 마침 다른 생각이 떠오른 엘리자베스가 말했다. "몹시 허약한데다가 신경이 예민해 보여. 그 사람하고는 무척이나 잘 어울리겠는 걸. 두 사람은 정말 천생연분이라고 할 수 있겠어."

콜린스와 샬롯은 정원 입구에서 그들과 이야기를 나누고 있었다. 그리고 윌리엄 경은 현관에 서서 눈앞에 있는 높으신 분을 바라보며 드 버그 양과 눈이 마주칠 때마다 연신 머리를 조아리는 모습이 엘리자베스의 시선을 끌었다.

이야기가 끝나자 두 여인은 마차를 타고 떠났고, 다른 사람들은 집 안으로 들어왔다. 콜린스는 엘리자베스와 마리아를 보자 두 사람은 운이 좋다며 축하해 마지않았다. 샬롯의 설명에 의하면 다음날 모두 로징스로 식사 초대를 받았다는 것이었다.

6

❧

콜린스의 기고만장은 그 초대로 인해 극에 다다랐다. 손님들에게 자기 후원자의 고귀한 신분을 들먹임으로써 탄성을 자아내고, 자신과 아내에 대한 그들의 정중한 태도를 보도록 하여 자신의 든든한 배경을 과시하는 다시없는 기회였던 것이다.

이 같은 기회를 이토록 빨리 얻게 된 것도 캐서린 부인이 수수한 성격을 지녔다는 증거이며, 고귀한 신분을 가진 분으로써 어찌 그리 자상할 수 있는가를 입에 침이 마르도록 칭찬했다.

"솔직히 말씀드리면," 그가 말했다. "부인께서 일요일에 로징스에서 저녁 초대를 하셨다고 해서 전혀 놀라지 않았습니다. 그분의 제게 대한 배려가 워낙 각별하시기에 당연히 그러실 것으로 여겼죠. 하지만 이처럼 친절을 베풀어 주시니 너무도 감사한 일이라 아니할 수 없군요. 여러분께서 도착하고서 바로 이런 초대를 해주실 줄이야. 게다가 한 사람도 빼놓지 않고 말입니다."

"크게 놀랄 것 없네." 윌리엄 경이 대답했다. "내가 이래 뵈도 제법 괜찮은 신분을 지닌 터라 귀족들의 예법을 어느 정도 알고 있거든. 궁정 주변에서는 이처럼 품위와 교양을 갖춘 행동을 하는 것을 심심찮게 볼 수 있지."

그날 온종일 아니 다음날 아침까지 그들의 화제는 로징스를 방문한다는 것뿐이었다. 콜린스는 저택의 모습이라든가 수많은 하인, 보기 드문 진수성찬 등으로 다른 사람들이 너무 놀라지 않도록 세세한 설명을 하느라 노력했다.

여자들이 옷을 갈아입기 위해 각자의 방으로 돌아가려 할 때 그가 엘리자베스에게 말했다.

"의상에 대해서 크게 신경 쓰지 않아도 되요. 캐서린 부인은 우리가 반드시 자신이나 따님에게 어울릴 만한 우아한 의상을 입기를 바라는 분은 아니니까요. 다만 내가 권하고 싶은 것은 당신이 가진 옷 가운데 그저 괜찮다고 여겨지는 것을 입으면 된다는 것이죠. 너무 신경 쓰지 말아요. 캐서린 부인께서는 신분에 맞게끔 행동하는 것을 좋아하시니까요."

여자들이 옷을 갈아입고 있는 동안에도 그는 두세 번이나 방을 찾아와 캐서린 부인은 약속 시간에 늦는 것을 무척 싫어하시니 빨리 서두르라고 채근했다. 귀부인과 그녀의 생활양식에 대한 엄청나기까지 한 설명은, 사람들과의 교제 경험이 적은 마리아 루커스를 두려움에 떨도록 하기에 충분했다. 따라서 로징스 저택에서 자기가 소개되는 순간을 기다리는 그녀의 심정은 아버지가 세인트 제임스 궁전에서 왕을 알현할 때처럼 불안한 상태에 놓여 있었다.

무척 좋은 날씨였기에 그들은 장원을 가로질러 반 마일 정도를 걷는 유쾌한 산책을 했다. 장원은 원래 독특한 아름다움이 있고 풍경 또한 좋았기에 엘리자베스도 마음껏 즐길 수가 있었다.

그러나 콜린스 씨가 바라는 만큼의 기쁨을 누린 것은 아니었다. 그는 저택의 창문을 일일이 헤아리며, 유리창 끼우는 데만 해도 루이스 드 버그 경이 얼마나 많은 돈을 썼는지를 설명했지만, 엘리자베스는 별로 감탄하지 않았던 것이다.

현관 계단을 올라갈 때마다 마리아는 가슴이 심하게 두근거렸고, 윌리엄 경 역시 평온함을 유지하지 못하는 듯 보였다. 하지만 엘리자베스는 조금도 위축될 것이 없었다. 캐서린 부인이 무엇인가 남다른 재능이나 그지없는 미덕을 지녔다면 몰라도 그저 재력과 지위에 근거한 위세만 지닌 인물이라면 그냥 그대로 대하면 될 것이라는 생각에서였다.

콜린스가 감탄사를 터뜨리며 칭찬해 마지않은 훌륭한 구조와 멋진 장식을 한 현관에서 그들은 하인들의 안내를 받아 대기실을 지나 캐서린 부인과 딸 그리고 젠킨슨 부인이 기다리는 방으로 갔다. 부인은 자리에서 일어나 정중하게 그들을 맞았다. 콜린스 부인은 남편과 의논 끝에 사람들을 소개하기로 했기에, 콜린스라면 응당 필요하다고 생각했을 의례적인 인사나 감사의 말을 생략한 채 맡은 바를 적절히 수행했다.

세인트 제임스 궁전에서 국왕을 알현한 경험이 있는 윌리엄 경조차 자신을 둘러싼 장엄함에 주눅이 들어 말없이 절을 하고 자리에 앉았고, 그의 딸은 떨리는 마음에 거의 넋이 나간 듯 눈을 어디에 두어야 할지 쩔쩔매면서 의자 끝에 엉덩이를 걸치고 있었다.

반면에 엘리자베스는 아무런 문제가 없었기에 눈앞에 있는 세 여인을 담담한 눈으로 살펴볼 수 있었다. 캐서린 부인은 키가 크고 장대한 체격을 가졌으며 젊었을 때는 미모였을 것으로 짐작되는 윤곽이 뚜렷한 얼굴이었다. 온화한 분위기를 가졌다고 하기는 힘들었고, 손님을 맞는 태도 또한 자신들의 신분을 잊지 않도록 하려는 듯 다소 고압적이었다. 즉 조용히 있더라도 자연스럽게 위엄이 느껴지는 사람은 아니었고, 한 마디 말에도 높은 신분을 보이려는 허세가 담겨 있었다. 엘리자베스는 언젠가 위컴이 자신에게 들려준 부인에 대한 묘사를 떠올리고는 그의 말이 틀리지 않았음을 알 수 있었다.

캐서린 부인을 보며 외모나 태도가 어딘지 모르게 다아시와 닮은 데가 있다는 사실을 발견한 엘리자베스는 이번에는 그녀의 딸에게로 눈길을 돌렸다. 그녀가 너무 마른데다가 체격 또한 작은 것을 보고는 마리아만큼이나 놀라지 않을 수 없었다. 두 모녀는 얼굴이나 체격이 닮은 곳이라곤 없었다. 드 버그 양은 창백하고 신경질적으로 보였다. 추녀라고까지 할

209

수는 없어도 평범하기 짝이 없는 얼굴이었다.

그녀는 젠킨슨 부인에게 낮은 목소리로 소곤대는 외에는 거의 말을 하지 않았다. 젠킨스 부인에게는 특별히 시선을 끌 만한 점이 없었는데, 드 버그 양이 하는 말에 귀를 기울여 그녀 앞에 드리워진 휘장을 적당한 방향으로 바꾸는 데 열중하고 있었다.

잠시 앉아 있던 손님들은 모두 멋진 전망을 보도록 권유를 받고 창가로 갔다. 콜린스가 내다보이는 아름다운 풍광을 설명했고, 캐서린 부인은 친절하게도 여름에는 더 좋은 광경을 볼 수 있다는 말을 덧붙였다.

만찬은 더없이 훌륭했다. 콜린스가 말한 것처럼 하인도 많았고 요리 가짓수도 많았다. 콜린스는 그가 미리 이야기한 것처럼 부인의 청에 의해 식탁의 맨 끝 자리에 앉아 있었는데, 인생에서 더 없이 행복한 일은 없다는 표정이었다. 재빠르게 고기를 썰어 입에 넣으면서도 칭찬과 감사의 말을 쉬지 않았다. 그는 새로운 요리가 나올 때마다 찬사를 쏟아냈고, 윌리엄 경이 뒤를 이었다.

윌리엄 경은 그제야 마음이 조금 가라앉았는지 사위가 하는 말을 놓치지 않고 따라했는데, 엘리자베스는 캐서린 부인이 대체 그런 일을 어떻게 견뎌낼 수 있는지 의아스러울 지경이었다.

하지만 캐서린 부인은 그들의 과장된 칭찬을 즐기는 것처럼 보였고, 특히 식탁 위에 놓인 요리가 그들이 처음 보는 것이라고 할 때면 사람 좋은 미소를 떠올렸다.

식탁에 앉고 나서부터는 대화는 거의 없었다. 엘리자베스는 기회만 되면 언제나 함께 이야기를 할 생각이 있었지만, 샬롯과 드 버그 양 사이에 앉아 있었기에 그것은 거의 불가능했다.

캐서린 부인의 이야기를 들어야 하는 샬롯은 여유가 없었고, 드 버그 양은 식사를 하는 내내 한마디도 하지 않았다. 젠킨슨 부인은 주로 드 버그 양이 얼마나 식사를 하는가에만 신경을 썼고, 이런저런 요리를 권하면서 그녀의 식욕이 없음을 걱정했다. 마리아가 이야기를 하는 것은 꿈도 꾸지 못할 일이었고, 남자들은 음식을 먹고 찬사를 늘어놓기에 바빴다.

식사가 끝나고 응접실에 돌아오자 캐서린 부인의 이야기를 듣는 것 외에는 별로 할 일이 없었다. 그녀는 커피가 나올 때까지 계속 쉬지 않고 모든 문제에 대해 자기 의견을 말했는데, 다른 이에게 반론을 제기 당한 적이 없다는 것을 증명이라도 하듯 모두 단정 지어 말했다.

그녀는 샬롯에게 집안 살림을 꾸려 나가는 것을 무척이나 자상하게 물었으며, 그에 대해 수많은 충고를 했다. 그리고 그처럼 작은 집을 관리하는 방식에 대해서 일일이 설명을 달았고, 소나 닭 같은 가축을 돌보는 일까지도 조언을 했다. 엘리자베스는 그 지체 높은 부인이 남에게 지시를 할 때는 별 시시콜콜한 것까지 빼먹지 않는다는 사실을 알게 되었다.

콜린스 부인과 이야기를 하는 간간이 그녀는 마리아와 엘리자베스에게 여러 가지 질문을 했다. 특히 부인은 그녀의 집안은 잘 모르지만, 무척 예쁘고 예의 바른 아가씨라며 관심을 내비쳤다.

그녀는 엘리자베스에게 형제는 몇 사람인가, 언니인가 동생인가 그리고 그 중 누구의 혼담이 오가고 있는지, 또 그들이 예쁜지, 교육 정도는 어떤지, 아버지의 마차는 어떤 것이며, 어머니의 처녀 적의 성은 무엇이냐 하는 질문을 했다.

엘리자베스는 그런 질문들이 자기에게 묻기에는 지나친 것도 있다고 여기면서도 침착하게 대답했다. 그러자 캐서린 부인이 말했다.

"아가씨의 아버지 재산이 콜린스 씨에게 한정 상속되는 것으로 알고 있는데," 그러고는 샬롯에게 고개를 돌리며 말했다. "잘된 일이긴 하지만, 나로서는 여자가 재산을 상속하지 못할 근거는 하나도 없다고 생각하지. 루이스 드 버그 가에서는 전혀 그렇게 할 필요가 없다고 생각하고 있거든. 그런데 베넷 양, 악기도 다루고 노래도 할 줄 아나요?"

"약간은요."

"오라! 그렇다면 조만간에 한 번 들리도록 해요. 우리 집 피아노는 썩 훌륭하다고 할 수 있으니까. 형제들도 모두 연주를 하고 노래를 잘 부르나?"

"한 사람만 할 줄 압니다."

"왜 모두가 배우지 않았지? 함께 배웠더라면 좋았을 것을. 웨브 씨 딸들은 모두 연주를 할 줄 알거든. 아버지의 수입은 아가씨 아버지보다 못한데도 말이야. 그림도 그리는가?"

"아뇨, 못합니다."

"다른 사람은?"

"그림을 배운 사람이 없습니다."

"참 이상한 일이네요. 그럴 기회가 없었나 보군. 어머니가 매년 봄이 되면 자식들을 데리고 런던으로 가서 훌륭한 선생의 지도를 받도록 해야 하는 건데."

"어머님은 이의가 없으셨겠지만, 아버지께서는 런던을 그다지 좋아하지 않으시거든요."

"이제 가정교사는 더 있지 않겠군."

"저희 집엔 가정교사를 둬 본 일이 없었습니다."

"가정교사를 둔 적이 없다고? 어떻게 그럴 수 있지? 가정교사도 없이 딸 다섯을 키우다니 말이야. 난생 처음 듣는 얘기로군. 어머니가 자식들 가르치느라 다른 일은 하나도 하지 못했겠군, 그래."

엘리자베스는 그런 일이 없었다고 하면서도 웃음을 참기가 힘들었다.

"그러면 누가 자식들을 가르쳤나? 가정교사가 없었다면 제대로 할 사람이 없었을 텐데."

"어떤 가정에 비하면 그랬을지도 모르죠. 그렇지만 저희 나름의 방법이 있었답니다. 부모님은 저희들에게 늘 독서를 하라고 하셨고, 필요할 경우 선생님도 있었죠. 물론 게을러서 하기 싫으면 하지 않아도 되었구요."

"그럼, 당연히 그랬겠지. 하지만 가정교사가 있었으면 게으름을 피우지 못하게 했을 거야. 내가 만일 아가씨의 어머님을 알았다면 가정교사를 두도록 일렀겠지. 항상 말하지만 꾸준하고 착실한 가르침 없이 교육이 이뤄질 수는 없고, 그런 일을 하는 것이 바로 가정교사지. 내가 얼마나 많은 집에 가정교사를 소개해 줬는지, 아마 들으면 놀랄 거야. 난 젊은 사람에게 좋은 일자리를 구해 주기를 즐기거든. 젠킨슨 부인의 네 명의 조카들도 내가 소개해서 아주 좋은 자리를 구했지. 얼마 전만 해도 우연히 얘기를 들은 포프 양을 메트커프 씨 집에 소개했는데, 그 집에서는 대만족이라고 하더군. 콜린스 부인! 어제 메트커프 부인이 찾아 왔더라는 얘길 했나? 부인이 너무 착실하고 뛰어난 사람을 소개해 줘서 고맙다고 하더군. 그런데 동생들 중에서 사교계에 나간 사람이 있나요, 베넷 양?"

"예, 모두가 나가 보았습니다."

"모두라니? 다섯 사람이 전부 한꺼번에 나갔다고? 참 별난 일이군. 아가씨가 둘째인데 말이야. 언니가 시집도 가기 전에 동생들이 사교계에 나가다니! 동생들은 아직 어리지 않나?"

"예, 막내가 아직 열여섯이 안 되었지요. 물론 그 애의 경우에는 사교계에 나가기에 어린 것은 사실이지만 사실 언니가 일찍 결혼할 만한 능력이나 아니면 그럴 의사가 없다면 동생들의 즐거움을 막는 것이 도리가 아닌 것 같아서요. 막내이건 맏이건 누구나 청춘을 즐길 권리는 있는 법이겠지요. 단지 늦게 세상에 나왔다는 이유로 그런 즐거움을 미룰 이유는 없지 않겠어요? 만약 그렇게 된다면 자매간의 애정이나 서로를 아끼는 마음도 갖지 못할 수 있겠죠."

"허어, 아가씨는 젊은 사람치고 당돌한 면이 있군. 그렇게 자기 의견을 확실히 밝히다니." 캐서린 부인이 말했다. "올해 몇 살이나 되었지?"

"다 자란 동생이 셋이나 있는 제게 나이를 말하라고 하시다니… 설마 대답을 기대하고 계시진 않겠죠?"

엘리자베스가 미소를 지으며 대답했다.

캐서린 부인은 원하는 대답을 듣지 못하자 적잖게 놀란 듯했다. 엘리자베스는 그토록 거만한 부인을 비꼬듯 농담으로 받아넘긴 사람은 아마도 자기가 처음일 것이라 생각했다.

"스물이 넘지는 않았겠지. 틀림없어. 그런 만큼 굳이 나이를 감출 필요는 없을 텐데……."

"아직 스물한 살은 안 되었어요."

이윽고 남자들이 자리를 함께 하여 차를 마시고는 카드놀이 테이블이 준비되었다. 캐서린 부인과 윌리엄 경과 그리고 콜린스 부부가 쿼드릴(4명이 40장의 패를 가지고 하는 카드놀이) 게임을 하고자 자리에 앉았다. 그러자 드 버그 양이 카지노(카드놀이의 일종) 게임이 좋겠다고 했고, 두 아가씨는 젠킨슨 부인과 함께 게임 상대가 되는 영광을 누리게 되었다. 하지만 그들의 게임은 지루하기 짝이 없었다. 카드놀이와 관계된 말 이외에는 한마디도 오가지 않았고, 젠킨슨 부인은 드 버그 양에게 너무 덥지 않은지 혹은 춥지 않은지, 그리고 너무 밝지 않은지, 혹은 어둡지 않은지 하는 염려의 말만을 계속하고 있었다.

반면에 남자들이 어울린 테이블에서는 많은 대화가 오갔다. 캐서린 부인이 주로 이야기를 했는데, 다른 세 사람의 실수를 지적하거나 또는 자기가 경험한 바를 알려 주기도 했다. 콜린스는 부인 말마다 동의를 표하며, 자기가 피시(점수 계산을 위해 상아로 만든 놀이용 산가지)를 따게 되면 부인에게 사의를 표하고 많이 땄다고 생각되면 사과하느라 여념이 없었다. 윌리엄 경은 거의 말을 하지 않고 귀족의 이름이나 일화 등을 외우는 데 신경을 쓰고 있었다.

캐서린 부인과 드 버그 양이 만족할 만큼 게임을 하고 나자 카드놀이 테이블이 치워졌다. 캐서린 부인이 콜린스 부인에게 마차를 내주겠다고 했고, 그녀가 사의를 표하자 마차를 준비하라는 지시가 내렸다. 그리고 모두가 벽난로 주위에 모여 앉아 캐서린 부인이 내일 날씨를 예견하는 것을 들었다.

이러한 가르침을 받고 있는 중에, 마차가 준비되었다는 전갈이 왔다. 콜린스 씨는 수없이 고맙다는 인사말을 했고 윌리엄 경은 그에 뒤지지 않을 만큼 수없이 허리를 굽히며 작별을 했다. 마차가 출발하자, 콜린스는 엘리자베스에게 로징스 저택을 방문한 소감을 들려 달라고 부탁했다. 엘리자베스는 샬롯를 위해 실제보다 더욱 좋게 말했다. 그녀로서는 무척이나 애를 쓴 것이었음에도 불구하고, 콜린스는 만족스럽지 않았는지 자신이 직접 캐서린 부인에 대한 칭찬을 늘어놓았다.

7

윌리엄 경이 헌스퍼드에 체류한 것은 불과 일주일밖에 되지 않았지만, 딸이 안정되게 편한 삶을 누리고 있으며, 남편과 이웃 또한 보기 드물게 훌륭하다는 사실을 충분히 확인할 수 있었다. 윌리엄 경이 체류하는 동안 콜린스는 그를 자신의 이륜마차에 태우고 오전 내내 전원 풍경을 구경시켜 주었다. 그러나 그가 떠나자 모두가 일상으로 되돌아왔는데, 그로 인해 엘리자베스는 자기 사촌과 더 많은 시간 동안 얼굴을 마주해야 하는가 걱정했지만 다행스럽게도 그런 일은 일어나지 않았다.

왜냐하면 그는 아침 식사를 마치고 저녁 전까지 정원을 손질하거나 독서를 하고 편지를 쓰고 또는 서재에서 창밖을 내다보고 있었기 때문이었다.

여자들의 방은 뒤쪽에 있었다. 엘리자베스는 처음에 왜 샬롯이 평소에 식당에서 지내지 않는가를 의아하게 여겼다. 그곳은 훨씬 넓은데다가 조망도 더 좋았다. 그러나 얼마 지나지 않아 그녀는 왜 자기 친구가 그러는지를 알 수 있었다. 왜냐하면 그들이 콜린스의 방처럼 전망이 좋은 곳에 있다고 하면, 그가 자기 방에 있는 시간이 훨씬 줄어들었을 것은 당연했기 때문이었다. 샬롯이 나름대로 현명하게 처신한 것이었다.

응접실에서는 집 앞의 골목길을 잘 볼 수 없었지만, 콜린스 씨 덕분에 어떤 마차가 지나갔다거나 특히 드 버그 양이 사륜마차를 타고 몇 번을 왕래했는지 등을 알게 되었다. 드 버그 양은 거의 매일 그 앞을 지나다녔지만 콜린스 씨는 그때마다 와서 알리는 것이었다.

드 버그 양이 목사관 앞에서 마차를 멈추고 샬롯과 짧은 시간 이야기를 나누는 일은 자주 있었지만 잠깐 들어오라는 권유를 받아들인 적은 없었다.

콜린스는 거의 날마다 로징스 저택을 방문했으며, 그의 부인 역시 남편이 그곳에 가지 않아도 좋다고 여기는 날이 드물었다. 드 버그 가에서 성직록을 더 올려 줄 수도 있다는 것을 생각하기 전까지 엘리자베스는 콜린스 부부가 그토록 많은 시간을 희생하는 것을 이해할 수 없었다.

영광스럽게도 이따금 영부인의 방문을 받는 날도 있었다. 그녀가 방문하는 동안 방안에 있는 것은 무엇이든지 그녀의 눈을 벗어나지 못했다. 그들이 어떤 일을 하든 일일이 참견하고 다른 방법을 시도해 보도록 조언을 아끼지 않았다. 가구의 배치가 잘못되었다고 하는가 하면, 가정부가 게으름을 피운다며 꾸짖기도 했다. 어쩌다가 간식이라도 대접받게 되면 콜린스 부인이 식구가 단출함에도 커다란 고기를 너무 크게 자른다는 사실을 꼬집기 위한 것 같았다.

엘리자베스는 곧 그 귀부인이 이 지역의 치안권을 위임받은 것은 아니더라도 교구 내에서는 대단히 활발한 활동을 펼치는 치안판사나 다름없다는 사실을 알게 되었다. 교구 내에서 벌어진 사건은 아무리 사소한 것일지라도 콜린스를 통해 그녀에게 알려졌고, 어떤 소작인이 싸움을 했다거나 또는 불만을 품고 있는지 또는 너무 가난하다는 소식을 들으며, 그녀는 즉시 달려가서 이견을 조정해 주고 불평을 달래거나 꾸짖어 서로 화해하도록 했다.

로징스 저택에서는 한 주에 두 번 꼴로 만찬이 열렸다. 윌리엄 경이 없어서 카드놀이 테이블이 하나만 마련된다는 것 말고는 모든 것이 첫 번째 초대받았을 때와 다르지 않았다. 다른 집에 초대되는 일은 거의 없었는데, 그것은 이웃 주민들의 생활 수준이 콜린스 부부와는 너무도 큰 차이가 나는 때문이었다.

그러나 엘리자베스에게는 못 견딜 만한 일도 아니었기에, 그녀는 전반적으로 아주 안락한 날을 보낼 수 있었다. 때때로 샬롯과 30분 정도 즐거운 대화를 나눴고, 그만하면 날씨도 좋은 편이라 할 수 있었기에 그녀는 자주 집 바깥에서 즐거운 시간을 가졌다.

다른 사람들이 캐서린 부인을 방문하고 있는 동안에 그녀는 자신이 좋아하는 산책로를 걸었다. 그 길은 저택 가장자리에 있는 관목에 둘러싸인 숲을 따라 나 있었는데, 상쾌한 느낌을 주는 조용한 오솔길로 그녀 말고는 아무도 다니지 않는 것 같았으며, 캐서린 부인의 왕성한 호기심조차 그곳까지는 미치지 않는 듯했다.

이처럼 평온한 가운데 2주일이 흘렀다. 부활절이 다가오고 있었고, 지난 주일에는 로징스 저택의 가족 한 사람이 올 예정이라고 했다. 그것은 별다른 사건이 없는 그 지역에서는 무척이나 커다란 일이었다. 그곳에 도착한 직후 엘리자베스는 다아시가 수주일 내에 그곳을 방문할 것이라는 이야기를 들었다.

그녀가 잘 아는 사람 중에서 다아시만큼 싫은 사람도 드물었지만, 그가 오게 되면 로징스 저택의 파티에 새로운 인물 한 명이 늘어나는 만큼 색다른 일이 벌어질 것이며, 사촌 여동생이 그를 대하는 태도로 보아 빙리 양이 이루고자 하는 계획이 얼마나 가망 없는 것인가를 직접 확인하는 재미도 누릴 수 있을 것 같았다.

캐서린 부인은 장차 사위가 될 그의 방문을 알리며 흡족해 했고 온갖 찬사를 동원해서 그를 자랑했지만, 엘리자베스가 이미 그를 만나 보았다는 사실을 알게 되자 거의 화가 난 듯 보였다.

그가 도착한 사실은 목사관에도 금방 알려졌다. 콜린스가 그의 도착을 누구보다 먼저 확인하려고 헌스퍼드를 향한 길목에 있는 경비실이 보이는 곳에서 아침부터 서성이고 있었기 때문이었다. 그는 마차가 저택 안으로 들어서는 순간, 절을 꾸벅하고는 곧바로 그 소식을 알리기 위해 집으로 달려왔다.

그리고 이튿날 아침이 되자 그는 문안 인사를 드리기 위해 로징스 저택으로 갔다. 그의 인사를 받아야 할 캐서린 부인의 조카는 두 사람이었다. 왜냐하면 다아시는 백부의 작은아들인 피츠윌리엄 대령과 함께 왔기 때문이다.

콜린스가 집으로 돌아올 때 그의 뒤를 두 사람이 따라오고 있기에 모두가 놀라고 말았다. 샬롯은 남편의 방에서 그들이 길을 건너는 것을 본후 곧바로 엘리자베스와 마리아가 있는 방으로 뛰어 들어와 얼마나 영광스런 일이냐면서 이렇게 덧붙였다.

"엘리자, 정말 고마워. 만약 다아시 씨가 나를 보고자 한 것이라면 이렇게 빨리 오시지는 않았을 거야."

엘리자베스가 자신이 그런 감사의 말을 들을 자격이 없다고 말하는 순간 현관의 벨이 울려 그들이 도착했음을 알렸고, 세 명의 신사가 안으로 들어왔다.

맨 앞에 선 피츠윌리엄 대령은 서른 살 정도로 미남은 아니었지만 태도와 언변으로 보아 정말 신사라는 느낌을 주었다. 다아시는 허트퍼드셔에서 보았을 때와 변함이 없었고, 여느 때처럼 짧은 몇 마디 말로 콜린스 부인에게 인사를 했다. 그리고 콜린스 부인의 친구를 대할 때는 자신의 감정을 드러내지 않고 침착하게 행동했다. 엘리자베스도 한마디도 하지 않고 그저 인사만 했다.

피츠윌리엄 대령은 교양을 갖춘 신사답게 자연스럽고 평온한 태도로 말을 붙여 왔는데 분위기를 무척 유쾌하게 만들었다. 하지만 그의 사촌은 콜린스 부인에게 집과 정원에 대한 몇 마디만 하고는 한동안 침묵을 지키고 있다가, 예의를 지켜야겠다고 생각했는지 결국 엘리자베스에게 가족들의 안부를 물었다. 그녀는 담담하게 대답했고, 잠시 후에 이렇게 덧붙였다.

"언니는 런던에 갔어요. 벌써 3개월째 그곳에 머물고 있지요. 혹시 그곳에서 만나지 않으셨나요?"

다아시가 제인을 만나지 못했으리라는 사실을 익히 잘 알고 있음에도 엘리자베스는 그가 빙리 남매와 제인 사이에서 벌어진 일에 대해 알고 있다는 것을 무심코 드러내지 않을까 하는 생각에서였다. 제인을 만나지 못했다는 대답을 할 때 그의 표정이 흔들리는 것 같았다. 그리고 더 이상의 대화는 없었고, 신사들은 곧 콜린스의 집을 떠났다.

8

🍀

목사관에 있던 사람들은 절도와 예의를 갖춘 피츠윌리엄 대령을 칭찬했으며, 여인들은 그가 함께 하는 로징스의 만찬이 기대된다며 입을 모았다.

하지만 애석하게도 목사관의 식구들이 그곳으로 초대받은 것은 며칠이 지난 뒤였다. 왜냐하면 저택에 손님이 있는 동안은 그들이 별로 필요하지 않았기 때문이다.

그들이 초대를 받은 것은 신사들이 도착한 일주일 후 부활절이 되어서였는데 그것도 예배를 마치고 교회를 나올 때였다. 드디어 로징스 저택에서 저녁 시간을 함께 보내자는 초청을 받은 것이다. 그들은 지난주에는 캐서린 부인과 그 딸을 거의 만날 수 없었다. 그동안 피츠윌리엄 대령은 여러 차례 목사관을 찾아왔지만 다아시와는 교회에서만 만났을 뿐이었다.

그 초대에 응해서 일동은 알맞은 시각에 캐서린 부인을 방문했다. 부인은 그들을 정중하게 맞아들이긴 했지만, 누군가 다른 상대가 없을 때처럼 반가워하는 것 같지는 않았다. 사실 그녀는 조카들에게만 신경을 썼고, 그곳에 모인 사람 가운데 누구보다 다아시에게 말을 많이 건넸다.

피츠윌리엄 대령은 사람들을 만나게 된 것을 무척 기뻐하는 것 같았다. 로징스 저택에 머무는 동안 그는 모든 일이 즐거웠고 더욱이 콜린스 부인의 예쁜 친구에게 마음이 끌린 것 같았다.

이제 그는 아예 그녀 옆에 앉아서 켄트나 허트퍼드셔에 대한 이야기나 여행을 할 때와 집에서의 생활, 새로 나온 책이나 음악에 관한 이야기를 너무도 재미있게 했기 때문에 엘리자베스는 지금까지 이 저택에 초대되어서는 그 반만큼의 즐거움도 느끼지 못한 것 같다고 생각했다.

두 사람은 대화를 하며 너무도 다정한 모습을 보였기에 다아시는 물론 캐서린 부인의 주의까지 끌게 되었다. 다아시는 벌써 여러 차례 그들에게 호기심 어린 시선을 보냈으며, 곧 캐서린 부인도 같은 생각을 가지게 되었다. 왜냐하면 그녀는 망설이지 않고 큰 소리로 이렇게 말한 때문이었다.

"피츠윌리엄, 무척 다정해 보이는구나. 대체 베넷 양과 무슨 얘기를 하고 있는 거냐? 우리도 좀 들어 보자꾸나."

"아, 이모! 음악에 관한 얘기를 하고 있었어요."

대답을 하지 않을 수 없게 된 그가 말했다.

"음악에 관한 것이라고? 그러면 좀 더 크게 이야기하도록 해라. 나도 음악을 무척 좋아하니 대화에 좀 끼어들자꾸나. 나처럼 진심으로 음악을 사랑하고 타고난 소질을 가진 사람은 아마 영국에선 찾기 힘들걸. 만약 내가 제대로 배웠더라면 뛰어난 음악가가 되었을 거야. 틀림없어. 앤도 마찬가지일 테고. 그 아이 건강만 조금 더 좋았더라면 말이다. 조지아는 어떠냐, 다아시?"

다아시는 동생의 솜씨가 무척 뛰어나다면서 애정 어린 칭찬을 했다.

"그 애가 그렇게 발전했다니 기쁘구나." 캐서린 부인이 말했다. "더 열심히 연습을 하지 않으면 뛰어나기 힘들 것이라고 꼭 얘길 전해 주렴."

"송구스럽지만," 그가 대답했다. "동생에겐 그런 충고는 필요하지 않을 겁니다. 언제나 연습을 게을리 하지 않으니까요."

"그러면 좋지. 연습은 많이 할수록 좋은 거니까. 다음 편지에는 꼭 무슨 일이 있더라도 게으름 피지 말라는 얘길 적어야겠다. 내가 젊은 아가씨들에게 늘 하는 얘기지만, 꾸준히 연습하지 않고 뛰어난 솜씨를 갖추기란 힘든 법이거든. 베넷 양에게도 몇 차례 얘기했지. 콜린스 부인 집에는 악기가 없지만, 내가 늘 말하는 것처럼 날마다 이곳에 와서 젠킨슨 부인 방에 있는 피아노를 쳐도 좋아. 귀퉁이 방인 만큼 다른 사람에게 방해도 되지 않을 거고."

다아시는 이모의 무례한 태도를 다소 부끄러워하는 듯 아무런 대답도 하지 않았다.

커피 타임이 끝나자 피츠윌리엄 대령은 엘리자베스에게 연주를 들려주겠다고 한 약속을 지키도록 종용했다. 그녀는 피아노로 다가갔고, 피츠윌리엄이 의자를 앞으로 밀어 주었다. 캐서린 부인은 그녀의 연주를 반쯤 듣더니 방금 전처럼 또 조카에게 말을 건넸다. 잠시 후 다아시는 조심스럽게 자리를 아름다운 피아노 연주자가 정면으로 바라보이는 곳으로 옮겼다. 그의 행동을 지켜보던 엘리자베스는 연주 중간의 휴지부에 이르자 그를 보고는 장난스런 미소를 띠며 물었다.

"저를 놀라게 할 참이죠, 다아시 씨? 제 연주를 듣기 위해 이렇게 가까이 오시다니 말예요. 동생분이 무척 피아노를 잘 친다고 하던데 그렇다고 해서 저는 조금도 주눅이 들지는 않아요. 저는 고집이 센 터라 누가 겁을 주려고 하는 건 못 견디거든요. 그럴 때면 오히려 더욱 힘이 솟는답니다."

"당신이 오해를 한다고 말하진 않겠습니다." 그가 말했다. "설마 내가 당신을 위협하려 한다고 여기지는 않으실 테니까요. 우리는 그래도 알고 지낸 지 제법 오래 되었기에 나는 당신이 종종 마음에도 없는 말을 하기를 즐긴다는 사실을 알게 되었으니까요."

엘리자베스는 다아시가 한 표현이 너무도 재미있어서 한껏 웃고 나서는 피츠윌리엄 대령에게 말했다.

"사촌 되시는 분이 저에 대해 적나라한 말씀을 하셨네요. 제 말은 단 한마디도 믿지 말라고 가르쳐 주신 것이니까요. 제 운이 나쁘다고 밖에 할 수 없네요. 모처럼 이곳에 와서 제법 괜찮은 사람으로 보이려 노력했는데 제 본모습을 누구보다 잘 알고 있는 분을 만나다니요. 다아시 씨. 제 약점을 이렇게 낱낱이 파헤치시다니 너무하세요. 하지만 실례의 말씀 같지만 그건 스스로 화를 자초하신 격이에요. 그런 일을 당하고도 제가 가만히 있을 리 만무하니까요. 어쩌면 제 입에서 친척분들의 간담이 서늘해질 만한 이야기가 나오게 될지도 모르니까요."

"난 전혀 무섭지 않은데요." 그가 미소를 띠며 말했다.

"그 친구가 어떤 못된 짓을 했나 들어 봅시다."

피츠윌리엄이 큰 음성으로 말했다. "다아시 형이 처음 만나는 사람들에게는 어떤 모습으로 비춰질지 궁금한걸요?"

"그럼 알려 드릴게요. 하지만 너무 심한 얘기라서요, 어쨌거나 마음 단단히 먹으셔야 할 거에요. 그러니까 허트퍼드셔에서 다아시 씨와 처음 만난 건 무도회 때였죠. 거기서 어떻게 행동했는지 아세요? 단 네 번만 춤을 췄을 뿐이에요! 조금 듣기 거북하시겠지만 사실이에요. 남자가 부족했음에도 춤을 네 번만 추셨어요. 지금도 확실한 기억이 나는데 수많은 아가씨들이 파트너가 없어서 그냥 앉아 있어야만 했지요. 다아시 씨, 설마 그런 일이 없다고 말씀하시진 않겠죠?"

"그건 제가 주최한 파티였지만, 저는 함께 간 일행 말고는 아는 여자분이 없었어요. 소개받는 영광을 누린 적도 없고요."

"그건 맞는 말이에요. 하지만 무도회에서 새로운 사람을 소개받는다는 것도 어불성설이죠. 피츠윌리엄 대령님, 이번엔 어떤 곡을 연주할까요? 제 손가락이 당신의 명령만을 기다리고 있네요."

"하긴 그래요." 다아시가 말했다. "그런 경우 제가 다른 분을 소개받는 편이 좋았겠지요. 하지만 저는 처음 보는 사람과 친해지기가 힘들거든요."

"왜 그런지, 댁의 사촌께 그 이유를 알아볼까요?" 엘리자베스는 다시 피츠윌리엄에게 말을 건넸다. "양식도 있고 훌륭한 교육도 받았으며 세상 경험도 적지 않은 분이 왜 사람들과 사귀는 데는 서투신지를."

"그건 내가 대신 대답 해 드리죠." 피츠윌리엄이 거들었다. "물을 필요도 없어요. 그는 그 사람에게 묻지 않더라도 알 수 있지요. 성가신 일을 하기 싫었겠죠."

"확실히 저는 그런 재주를 가지지 못한 것 같아요." 다아시가 말했다. "처음 만나는 사람하고도 쉽게 이야기를 할 수 있는 능력 말예요. 보셔서 아시겠지만 대화를 나눌 분위기도 만들지 못하고, 남들이 관심을 가지고 있는 문제에 대해 흥미를 느낀 척하지도 못 하니까요."

"제 손가락도 마찬가지라고 할 수 있죠." 엘리자베스가 말했다. "저는 다른 여자들처럼 훌륭한 연주를 하진 못해요. 손가락 힘이 약한데다가 움직임도 둔하고 표현에도 서툴거든요. 하지만 그건 제 잘못이라고 생각해요. 다른 사람처럼 열심히 연습하지 않았으니 당연한 일이죠. 하지만 그런 이유이지 제 손가락이 다른 여자들처럼 훌륭한 연주를 하지 못할 정도로 잘못되었다고 여기진 않아요."

"엘리자베스 양의 말은 전적으로 옳아요." 다아시가 얼굴에 미소를 띠며 말했다. "당신이 훨씬 지혜롭게 시간을 활용해 왔다고 할 수 있지요. 당신의 연주를 듣는 영광을 누린 사람치고 솜씨가 부족하다고 생각할 사람은 없을 겁니다. 당신은 모르는 사람들 앞에서 연주를 하지는 않을 테니까요. 그 점은 저도 마찬가지라 할 수 있겠죠."

그 순간 캐서린 부인이 큰 소리로 말을 걸어 왔기 때문에 두 사람의 이야기는 중단되었고, 엘리자베스는 다시 연주를 하기 시작했다. 캐서린 부인은 가까이 다가와서 얼마 간 연주를 귀 기울여 듣더니 다아시에게 말했다.

"베넷 양은 연습을 더 열심히 하고 런던의 훌륭한 선생에게 약간만 지도를 받는다면 아주 훌륭한 연주를 할 수 있을 거야. 손가락 사용법을 잘 알고 있거든. 그렇지만 앤만큼 되려면 어렵겠어. 만약 앤이 건강해서 피아노를 배웠더라면 정말 훌륭하게 연주할 수 있었을 거야."

엘리자베스는 다아시가 사촌 누이에 대한 캐서린 부인의 칭찬에 동의하는지 알아보고자 그의 얼굴을 유심히 살폈다. 하지만 그 순간에는 물론 다른 때도 애정의 전조는 찾아볼 수 없었다. 드 버그 양에게 다아시가 보인 태도로 보아 빙리 양과 결혼할 가능성이 드 버그 양과 결혼할 가능성 못지 않을 것이라는 결론에 도달했다.

캐서린 부인은 엘리자베스의 연주에 대해서 계속해서 이런저런 의견을 내놓았고, 테크닉과 표현에 대한 교훈도 주었다. 엘리자베스는 예의를 지키느라 인내심을 발휘하여 모든 것을 받아들였고, 그들을 태우고 집으로 돌아갈 캐서린 부인의 마차가 준비가 될 때까지 신사들의 요청으로 피아노 옆을 떠나지 못했다.

9

❧

이튿날 아침, 콜린스 부인과 마리아는 동네에 놀러 나가고 혼자 남은 엘리자베스가 제인에게 편지를 쓰고 있을 때였다. 손님이 왔는지 벨이 울렸다.

마차 소리를 듣지 못했기 때문에 혹시 캐서린 부인일지도 모른다는 생각이 든 그녀는, 거침없는 질문에 시달리기 싫어서 반쯤 쓴 편지를 치우려는데 문이 열리더니 다아시가 안으로 들어섰다.

그녀는 너무나도 놀랐다. 그 역시 엘리자베스 혼자 있는 것을 알고는 사과를 했다. 그리고 두 사람은 자리에 앉았는데 그녀가 로징스 저택 사람들의 안부를 묻고 나자 대화는 더 이상 이루어지지 않을 듯했다. 때문에 억지로라도 무언가 이야기 거리를 생각해 내지 않을 수가 없었다.

이 같은 위급상황에서 허트퍼드셔에서 마지막 만났을 때 일을 떠올리고는 그들이 화급히 떠나간 일에 대해 그가 어떻게 말을 할지 궁금해져서 말했다.

"작년 11월에 왜 그렇게 갑자기 네더필드를 떠나게 된 것인가요, 다아시 씨? 빙리 씨야 금방 여러분들을 다시 만났을 테니 기쁘셨겠지만… 제가 기억하기로는, 여러분들은 빙리 씨께서 떠나신 바로 다음날 출발하셨으니까요. 런던에 계시는 동안 그분과 동생분들도 잘 지내는 걸 보고 오신 거겠죠?"

"다들 잘 지내고 있습니다."

더 이상 다른 대답이 없자 그녀는 잠시 후에 다시 물었다.

"빙리 씨께선 네더필드로 다시 돌아오실 마음이 없나 보죠?"

"그 친구가 그런 말을 하는 건 듣지 못했지만, 장차 거기에서는 그다지 오랜 시간을 보내지 않을 것 같군요. 지금도 지인이 많고, 사교 모임에 초대 받는 일도 계속 늘어날 테니까요."

"네더필드에 자주 오시지 않으시려면 그 저택을 완전히 포기하시도록 하면 어떨까요? 그러면 다른 사람들이 살 수 있게 되지 않겠어요? 물론 빙리 씨는 이웃 사람들을 위해서가 아니라 스스로를 위해 그 집에 세를 드신 것이겠지만… 결국 그곳에 살지 떠날지는 본인이 결정해야 하겠죠."

"적당한 사람이 나타난다면," 다아시가 말했다. "그 친구가 그 집을 내놓는다고 해도 놀랄 일은 아니겠죠."

엘리자베스는 대답을 하지 않았다. 그의 친구에 대해서 더 이상 이야기하는 게 두려워진데다가 딱히 더 할 말도 없기에, 새로운 화제를 찾는 일을 그에게 떠맡기기로 결심한 것이다. 그녀의 생각을 짐작한 그가 이야기를 시작했다.

"이 집은 아주 편한 느낌이 듭니다. 콜린스 씨가 헌스퍼드에 처음 왔을 때 캐서린 부인께서 신경을 많이 쓰신 것 같네요."

"당연히 그러셨겠죠. 캐서린 부인의 도움을 콜린스 씨처럼 감사하게 여기는 사람도 없을 거구요."

"콜린스 씨는 정말 결혼을 잘 한 것 같아요."

"맞아요. 정상적인 여성 중에 그분의 구애를 허락할 사람도 얼마 없을 것이고, 설령 그렇다 하더라도 그토록 행복하게 만들어 줄 사람은 흔치 않을 테니 친구분들이 기쁘게 여기는 것도 당연하겠죠. 제 친구 샬롯은 생각이 깊은 애거든요. 콜린스 씨와 결혼한 것이 과연 잘한 일인지 저로선 확실히 모르겠지만 행복해 보이니까요. 여러 모로 생각해 보면 아주 결혼을 잘 한 것 같다는 생각이 들어요."

"친정이나 친구들과 가까운 곳에 살게 되었으니 만족스러워 하겠죠."

"가깝다니요? 50마일이나 되는데."

"길이 좋은데 50마일이 무슨 문제가 되겠습니까? 반나절이면 올 수 있는데요. 저는 가까운 거리라고 생각되는걸요."

"저로서는 말씀하신 거리가 이번 결혼의 장점 가운데 한 가지라고 생각되진 않아요." 엘리자베스가 말했다. "저라면 콜린스 부인이 자기 친정 가까이 살게 되었다는 말은 하지 않을 거예요."

"그건 당신 자신이 허트퍼드셔에 애착을 갖고 있기 때문이겠죠. 롱본 근처가 아니면 모두 멀다고 생각하시지 않나요?"

이 말을 하면서 다아시는 보일 듯 말 듯한 미소를 지었는데, 엘리자베스는 그 의미를 알 수 있었다. 틀림없이 그가 제인과 네더필드에 대한 생각을 하고 있다고 추측한 엘리자베스는 얼굴을 붉히면서 대답했다.

"시집간 여자가 친정에서 가깝게 살수록 좋다고 생각해서 한 말은 아녜요. 멀고 가까운 것은 상대적인 것이고, 여러 가지 사정에 따라 달라질 수 있지요. 돈이 많아서 여행 경비 따위가 문제가 되지 않는다면 멀어도 상관없겠죠. 하지만 이번 경우는 조금 달라요. 콜린스 부부는 안정된 수입이 있긴 해도 자주 여행할 정도는 못되니까요. 그리고 샬롯은 지금의 반만큼 되는 거리에 떨어져 살더라도 친정과 가깝다고 하지는 않을 거예요."

다아시는 그녀 쪽으로 의자를 조금 당겨 앉으며 말했다.

"당신은 롱본에 집착해서는 안 돼요. 언제까지나 그곳에 있을 수는 없을 테니까."

엘리자베스의 얼굴이 경악으로 물들었고, 다아시는 그러한 변화를 알았는지 의자를 뒤로 끌고는 탁자에 놓인 신문을 들고 훑어보면서 차가운 음성으로 말했다.

"켄트는 마음에 드십니까?"

잠시 그 지역을 화제로 한 짧은 대화가 이어졌지만, 막 샬롯과 여동생이 들어왔기 때문에 이야기는 끝이 나고 말았다.

샬롯과 마리아는 두 사람이 마주 앉아 이야기하고 있는 모습을 보고는 무척이나 놀란 듯했다. 다아시는 자기 실수로 베넷 양 혼자만 있는데 방문하게 되었다는 설명을 하고서는 누구와도 이야기를 하지 않고 잠시 있다가 자리를 떴다.

"이게 대체 무슨 일이니?" 그가 모습을 감추자 샬롯이 말했다. "엘리자, 다아시 씨가 너를 좋아하는 게 틀림없어. 그렇지 않다면 이런 식으로 우리를 찾아올 일이 없거든."

엘리자베스가 그는 침묵만 지키고 있었다고 말했고, 샬롯의 희망과는 달리 두 사람이 그렇게 될 가능성은 희박해 보였다. 이것저것 생각을 나눈 끝에 그들은 다아시가 특별한 목적을 가지고 찾아온 것은 아니라는 결론을 내렸다. 계절로 보아도 충분히 가능한 일이었다.

야외 스포츠를 즐길 때는 아니었고, 저택에는 캐서린 부인과 수많은 책, 그리고 당구대도 있지만 남자들이 늘 집안에만 있기란 힘들 것이었다.

목사관은 가까운 데다가 그곳으로 오는 산책로가 쾌적한 때문인지 아니면 그곳에 살고 있는 사람들이 좋아서인지 로징스 저택에 머무는 두 사촌형제는 날마다 그 산책로를 걷고 싶은 유혹을 느끼고 있는 모양이었다.

그들은 함께 또는 따로따로 드물게는 이모를 동반하고 목사관을 찾아오는 일도 있었다.

피츠윌리엄 대령이 찾아오는 것은 자신들과 만나는 것이 즐겁기 때문이라는 것은 누구나 다 알고 있는 사실이었기에 모두 그를 좋아했다. 엘리자베스는 그가 자기에게 관심이 있음이 명백하고, 그와 함께 있을 때 자기도 즐거웠기에 한때 좋아했던 조지 위컴을 생각했다. 두 사람을 비교해 보면, 피츠윌리엄 대령은 위컴처럼 사근사근한 태도를 지니지는 않았지만 모르는 것이 없는 만물박사임을 알 수 있었다.

하지만 다아시가 왜 자주 목사관에 찾아오는지를 이해하기란 힘들었다. 10분이 넘도록 말 한마디 하지 않고 앉아 있는 것을 보면 그가 결코 교제하기를 바라고 있다고 생각할 수는 없었다.

간혹 입을 열더라도 하고 싶어서가 아니라 마지못해 그렇게 하는 것으로 보였다. 다시 말해서 즐기는 것이 아니라 예의를 갖추기 위해서 스스로를 희생하고 있다고 해야 옳았다. 그가 즐거워하는 모습은 도무지 볼 수가 없었던 것이다.

따라서 콜린스 부인은 도대체 그를 어떻게 생각해야 좋을지 알 수가 없었다. 피츠윌리엄 대령이 가끔씩 그더러 왜 그렇게 얼이 빠진 것처럼 가만히 앉아 있느냐고 놀리는 것을 보면 평상시에는 그렇지 않다는 것을 알 수 있을 뿐이었다. 샬롯은 다아시가 그런 행동을 보이는 까닭은 누군가를 사랑하기 때문이며, 그 대상이 자기 친구인 엘리자베스라 생각했기에 확실한 증거를 찾고자 노력했다. 로징스 저택에 갔을 때나 그가 헌스퍼드에 올 때면 유심히 그를 관찰했지만 별다른 소득은 없었다.

다아시는 샬롯의 친구를 자주 쳐다보았고, 그의 눈빛에는 진지함이 서려 있었다. 하지만 그것이 동경인지는 확실하지 않았고, 어쩌면 그냥 멍하니 있는 것일지도 몰랐다.

샬롯은 한두 번 엘리자베스에게 그 사람이 너를 좋아하는 것 같다는 말을 했지만 그녀는 그 이야기를 웃어넘길 뿐이었다. 샬롯은 혹시나 하는 기대를 걸었다가 역시나 하고 실망할까 두려워 더 이상 그 문제를 거론하지 않기로 했다. 샬롯은 그가 진정 엘리자베스를 사랑하고 있다면 그녀가 가진 그에 대한 혐오스런 감정도 일시에 사라질 것이라고 생각했다.

엘리자베스의 사랑이 잘 이루어지기를 바라며 이런저런 상상의 나래를 펼치던 샬롯은 문득 그녀와 피츠윌리엄 대령이 잘 어울릴 것이라는 생각이 들었다. 함께 있으면 즐거운 사람이라는 것은 재론의 여지가 없었고, 그가 엘리자베스에게 호감을 가진 것도 확실했으며, 조건도 제대로 갖추고 있었다. 물론 다아시는 그의 모든 장점을 단번에 상쇄할 만한 것을 가지고 있었다. 그것은 피츠윌리엄에게는 없는 목사 임명권이었다.

10

엘리자베스가 장원을 거닐다가 뜻하지 않게 다아시를 만난 적은 한두 번이 아니었다. 그녀는 아무도 찾지 않던 이곳에서 하필이면 그와 마주치게 된 것을 불운이라고 느끼고는, 다시는 같은 일이 되풀이되지 않게끔 이 길은 자기가 좋아하는 산책로라는 사실을 알렸다.

그런 만큼 다시 똑같은 일이 발생했다는 것은 기묘하다고 밖에 할 수 없었다. 하지만 같은 일이 또 다시 일어났고, 심지어는 세 번째나 되풀이되었다. 그가 일부러 심술궂게 행동하는 것이거나 아니면 스스로 고행에 빠지고자 애쓰는 것일지도 몰랐다.

왜냐하면 그런 일이 생기면, 그는 간단히 의례적인 인사를 건네고 잠시 어색하게 멈추었다가 가 버리는 것이 아니라, 굳이 가던 발길을 돌려 그녀와 함께 산책을 했기 때문이었다. 그는 여전히 말수가 적었으며, 그녀 역시 애써 말을 하려거나 또는 그의 이야기를 들으려 하지 않았다.

그러나 두 사람이 세 번째 만났을 때, 그가 이상하게도 전혀 연관이 없는 질문을 한다는 생각이 들었다. 예를 들면, 헌스퍼드에 온 것이 즐거운지, 혼자서 산책하는 것을 좋아하는지, 콜린스 부부의 결혼 생활을 어떻게 생각하는지 등을 묻고 나서는 로징스 저택에서 일어난 일이며, 그녀가 캐서린 부인의 생활을 이해하지 못하고 있다고 했는데, 마치 그녀가 다시 켄트를 방문하게 되면 그곳에서 체류하기를 바라는 듯했다.

그런 말을 하는 그를 보며 엘리자베스는, 혹시 자신과 피츠윌리엄의 사이가 발전되기를 바라는 것일 수도 있다는 생각을 했다. 갑자기 머리가 복잡해진 그녀는 목사관 맞은 편 울타리가 보이자 속으로 다행이라는 생각이 들었다.

어느 날 그녀는 산책을 하면서 최근에 제인 언니가 보내 온 편지를 다시 읽고 있었다. 편지의 내용 가운데 그녀가 절망하는 듯한 부분의 내용이 마음에 걸리는 터라 이런저런 생각을 하며 걷다가 누군가 다가오는 것을 보고는 깜짝 놀랐다. 그는 다아시가 아닌 피츠윌리엄 대령이었던 때문이었다. 그녀는 편지를 숨기면서 일부러 미소를 지으며 말했다.

"어머 이쪽으로 산책 오실 줄은 몰랐어요."

"해마다 하는 일이죠." 그가 대답했다. "장원을 둘러보는 중이었습니다. 다 둘러보고 나서 목사관에 들릴 생각이었죠. 그런데 산책을 더 하실 건가요?"

"아녜요, 그렇지 않아도 돌아가려고 생각한 참이었어요."

그녀는 발걸음을 돌렸고, 두 사람은 함께 목사관 쪽으로 걸어갔다.

"이번 토요일에 정말 켄트를 떠나신다고요?" 그녀가 물었다.

"그렇습니다. 혹시 다아시 형이 연기를 한다면 몰라도… 전 그대로 따를 생각이니까요. 형은 자기 마음 내키는 대로 정하거든요."

"그렇게 하면 설사 일이 원하는 대로 이뤄지진 않더라도 최소한 선택의 기쁨은 누릴 수 있겠죠. 다아시 씨처럼 자기 권리를 만끽하는 분은 본 적이 없어요."

"확실히 그런 경향은 있지요." 피츠윌리엄 대령이 대답했다. "하지만 사람들은 모두 그렇다고 볼 수 있지요. 다만 형이 다른 사람에 비해 그렇게 할 수 있는 수단이 더 많다는 것뿐이죠. 자기는 부자이고, 다른 사람은 가난하니까요. 나는 지금 솔직하게 내 생각을 밝히는 겁니다. 차남인 만큼 자제를 하고, 남에게 의지하도록 교육받았으니까요."

"제가 생각하기에는 백작의 차남이라면 어느 쪽도 제대로 알기는 힘들 것으로 여겨지네요. 보다 솔직하게 말씀해 보세요. 절제하고 의존하는 어떤 경험을 하셨죠? 돈이 없어서 가고 싶은 데 못 간 적이 있나요?"

"이거 제대로 한 방 먹었군요. 물론 제가 그런 고통을 많이 겪었다고 할 수는 없겠죠. 그러나 보다 중요한 문제는 돈 때문에 고민할 수도 있죠. 차남은 결혼도 마음대로 하기가 힘들거든요."

"상대가 돈 많은 여성이 아니라면 그렇겠지요. 하지만 그런 일은 자주 있는 일이 아니죠."

"아무래도 소비가 많은 만큼 의존하기가 쉽지요. 그래서 저 같은 처지로서 경제적인 면을 고려하지 않고 결혼할 수 있는 사람도 많지는 않아요."

'혹시 나를 두고 하는 말은 아닐까?' 문득 엘리자베스는 이런 생각이 떠올라, 얼굴이 붉어졌다. 하지만 다시 마음을 추스르고 활기차게 말했다.

"실례지만 백작님 차남의 몸값을 매기다면 얼마나 되나요? 장남이 아주 허약하지만 않다면 대략 5만 파운드 이상은 되지 않을 것이라 생각합니다만."

그 역시 엘리자베스처럼 희화한 답변을 했고, 이야기가 끝났다.

계속 입을 다물고 있으면 혹시라도 지금 주고받은 이야기로 인해 마음이 상했다고 여길지도 몰라 그녀는 입을 열었다.

"다아시 씨가 대령님을 이리로 데려 온 것은 자기 마음대로 할 수 있는 사람이 필요한 때문이라고 볼 수 있겠군요. 그런 편리함을 추구한다면 평생 동안 그렇게 할 수 있는 사람을 곁에 두는 결혼을 왜 하지 않을까요? 당장은 여동생들만으로도 충분하겠죠. 후견인으로서 뭐든지 자기 마음대로 할 수 있을 테니까요."

"그런 건 아닙니다." 피츠윌리엄 대령이 말했다. "저도 형과 함께 여동생들의 후견인이거든요."

"어머, 그러세요? 그렇다면 후견인으로서 어떤 일을 하시는데요? 후견인의 일은 여러 가지로 힘드실 거예요. 그 또래의 여자라면 다루기가 쉽지 않거든요. 다아시 집안의 핏줄인 만큼 뭐든 자기 마음대로 하고 싶어 할 거구요."

얘기를 하는 중에 엘리자베스는 그가 자기를 주의 깊게 쳐다본다는 사실을 알게 되었다. 그리고 어째서 여동생들이 우리에게 걱정을 끼친다고 생각하느냐고 묻는 것으로 보아, 자신의 생각이 어느 정도 진실에 가까운 것이리라는 확신을 얻었다. 그녀는 즉각 대답했다.

"놀라실 것은 없어요. 그 아가씨들에 대해 어떤 나쁜 얘기를 들은 적은 없으니까요. 실제로는 세상에 둘도 없이 착한 아가씨들이겠죠. 제가 알고 있는 숙녀분들은, 그러니까 허스트 부인께서나 빙리 양 같은 분들이죠, 아가씨들을 무척이나 아끼시던 데요. 대령님도 그분들을 잘 아시죠?"

"그저 아는 사이죠. 그분들의 오빠 되는 분은 괜찮은 사람으로 다아시 형의 친한 친구지요."

"그래요!" 엘리자베스는 담담하게 말했다. "다아시 씨는 빙리 씨를 무척 잘 대해 주시고, 뒤를 많이 살펴 주시는 걸로 알아요."

"뒤를 봐준다고요? 맞아요. 확실히 형은 친구의 뒤치다꺼리를 꽤 잘해 주는 사람이죠. 이곳으로 오는 도중에 내게 들려준 얘기로는 빙리 씨가 형한테 큰 도움을 받은 적이 있는 것 같았어요. 뭐 꼭 그 사람이었다고 단정 지을 수는 없지만 말예요."

"그게 무슨 일인데요?"

"다아시 형의 입장에서는 남에게 알려지기를 꺼리는 일이죠. 만약에 그 아가씨 가족들이 알게 되면 일이 커질 수 있으니까요."

"걱정 마세요. 절대 다른 사람에게 옮기지 않을 테니까요."

"다시 말씀드리지만, 그 친구가 반드시 빙리 씨라고 확신할 순 없어요. 다아시 형은 이런 말을 했을 뿐이니까요. 최근에 어떤 친구 하나가 신중하게 생각하지 않고 결혼을 하려 해서 불행하게 될 뻔했는데, 자신이 그걸 막게 되어 기쁘다는 내용이었어요. 상대방 이름이나 그리고 그 밖의 자세한 내용은 밝히지 않았지요. 그저 내 생각으로 그 이야기의 주인공이 빙리 씨가 아닌가 추측해 본 것이죠. 그 사람은 쉽게 생각하는 타입인데다가 두 사람은 작년 여름 내내 함께 지냈거든요."

"다아시 씨는 왜 그 일에 끼어들게 되었는지 이유를 말씀하시던가요?"

"그 아가씨 쪽에 좀 문제가 있는 때문으로 알고 있습니다."

"그래서 두 사람 사이를 벌려 놓기 위해 어떤 방법을 썼다고 하던가요?"

"그건 얘기하지 않더군요." 피츠윌리엄이 미소를 지으며 말했다. "그저 방금 들려 드린 얘기를 했을 뿐이지요."

엘리자베스는 아무런 말도 하지 않고 걸어갔다. 그녀의 가슴은 노여움으로 인해 터질 것만 같았다.

잠시 동안 그녀를 지켜보던 피츠윌리엄이 무슨 생각을 그렇게 하느냐고 물었다.

"방금 하신 말씀에 대해 생각하고 있어요." 그녀가 말했다. "대령님의 사촌형 되시는 분이 한 일이 마음에 들지가 않아서요. 그 사람이 뭐라고 남의 일에 멋대로 간섭을 하는 거죠?"

"당신은 그의 개입이 월권이라고 여기시는 모양이군요."

"다아시 씨에게 과연 친구의 애정이 옳고 그른가를 판단할 권리가 있는지, 그리고 자기만의 생각으로 친구의 행불행을 따져 이렇게 하라고 결정할 수 있는지… 저는 도저히 이해하지 못하겠어요." 그녀는 정신을 가다듬고 이야기를 계속했다. "하지만 확실한 상황도 잘 알지 못하면서 그분을 비난하는 것도 옳지 못한 일이겠죠. 이번 경우는 당사자들 사이의 애정이 깊지 못했던 것이라 보아야 할 거예요."

"그 말도 맞는군요." 피츠윌리엄이 말했다. "만약 엘리자베스 양의 말이 맞는다면 사촌형이 그다지 내세울 만한 일을 했다고 할 순 없네요."

그가 농담 비슷하게 한 말이었지만, 그녀는 다아시의 행동을 정확히 판단한 것이라 여겼기에 달리 응수할 말이 없었다. 그래서 그녀는 별안간 화제를 바꾸고 목사관에 다다를 때까지 전혀 관계없는 말만 지껄였다.

피츠윌리엄 대령이 떠나고, 자신이 머무는 방으로 돌아간 엘리자베스는 아무런 방해도 받지 않고 아까 들었던 얘기를 깊이 생각해 볼 수가 있었다. 이야기의 주인공은 절대 자신과 무관한 사람이라고 여길 수 없었다. 다아시의 영향력이 그토록 크게 미칠 수 있는 사람이 세상에 둘씩이나 존재할 리는 없었다. 빙리와 제인 사이를 갈라놓으려는 사람 가운데 그가 끼어 있다고 생각한 적은 없었다. 그 일을 계획하고 진행한 것은 빙리 양이라고 생각해 왔던 것이다. 그러나 피츠윌리엄의 말로 미루어 볼때, 다아시가 자신이 한 일을 이야기함에 있어 과장을 섞은 것이 아니라면 바로 그가 제인의 마음을 아프게 한 장본인이며, 그의 거만함과 안하무인격의 행동이 원인이라고 할 수 있을 것이다. 그의 그릇된 심보가 세상에서 가장 다정하고 너그러운 마음씨를 지닌 제인의 행복을 앗아간 것이다. 그로 인해 비롯된 후유증이 얼마나 오래 지속될 것인지는 누구도 알 수 없는 일이었다.

게다가 '그 아가씨 쪽에 좀 문제가 있었다' 는 말을 떠올리자 생각은 이어졌다. 아마도 그 문제란 삼촌 때문일 것이었다. 한 분은 시골 변호사요, 다른 한 분은 런던에서 장사를 하고 있지 않은가.

"언니 본인에게는" 그녀가 외쳤다. "별다른 문제가 있을 리 없어. 사랑스럽고 선량하기만 하니까. 총명하고 교양도 갖추었으며 예의도 바르고 매력적이잖아. 아버지도 다소 괴팍스럽기는 하지만 다아시 씨는 명함도 내밀지 못할 고매한 인격자이시니 반대할 이유가 못 되고."

이번에는 어머니에게로 생각이 미쳤다. 다소 자신감이 줄어들긴 했지만, 어머니의 단점이 다아시가 친구의 결혼을 결사적으로 반대할 만큼 큰 것이라 여겨지진 않았다. 그의 자존심을 상하게 만드는 것은 친구의 처가 사람들이 지성적이지 못하다는 사실이 아니라 신분이 낮다는 이유일 것이라는 생각이 들었다.

결국 그녀는 다아시가 제인과 빙리 씨의 결혼을 반대한 것은, 돼먹지 못한 자만심과 한편으로는 빙리와 자신의 동생을 맺어 주기 위한 것이라고 결론지었다.

복잡한 생각을 하다 보니 흥분되기도 하고 슬퍼지기도 하여 머리가 아파졌다. 저녁 무렵에는 두통이 더욱 심해진데다가 다아시와 얼굴을 마주한다는 사실이 끔찍하게 여겨져 그녀는 로징스 저택에서 차를 마시기 위해 가려던 약속을 취소했다. 콜린스 부인은 그녀의 두통이 정말 심하다고 여겨 권하지 않았지만, 그녀의 남편은 엘리자베스가 가지 않으면 캐서린 부인이 기분 나빠할지도 모른다며 걱정을 했다.

11

❦

콜린스 부부가 로징스로 떠나자, 엘리자베스는 마치 다아시에게 품은 분노를 분출하려는 듯 자신이 켄트에 온 후로 제인으로부터 받은 편지를 샅샅이 살펴보기 시작했다.

편지에는 확언할 수 있는 불평 같은 것은 씌어 있지 않았으며 지나간 일에 대한 추억이나 현재를 슬퍼하는 내용도 없었다. 그러나 모든 편지에는 그녀 특유의 쾌활함이 결여되어 있었다. 자신의 처지에 대한 어떤 불평도 하지 않고, 마음에서 우러나온 친절로 모든 이를 대하던, 퇴색하지 않는 쾌활함이 없었다.

처음 읽었을 때는 그다지 신경 쓰지 않았지만 주의 깊게 읽을수록 단어마다 구절마다 근심이 담겨 있음을 알 수 있었다. 더구나 피츠윌리엄에게서 들은 이야기 - 다아시가 스스로 다른 이에게 고통을 느끼도록 하는 데 성공했다고 자랑한 - 를 떠올리자 언니의 슬픔이 더욱 크게만 느껴졌다.

이틀이 지나면 그가 로징스 저택을 떠날 것이라 생각하니 약간이나마 위로도 되었고, 자신도 2주일 후에는 제인 언니와 다시 만날 예정이니 언니가 기분을 회복할 수 있도록 동생으로서 할 바를 다 하겠다고 생각하자 마음도 가벼워졌다.

하지만 다아시가 켄트를 떠나면, 그의 사촌인 피츠윌리엄도 함께 떠나리라는 데 생각이 미치자 조금은 서운한 감이 들었다. 그러나 피츠윌리엄 대령은 그녀에게 구혼할 생각이 없다는 것을 밝힌 터라, 비록 그가 괜찮은 사람이긴 해도 그와 헤어지는 것을 슬퍼할 까닭은 없었다.

그녀가 이런저런 생각을 정리하고 있는데, 돌연 현관의 벨이 울렸다.

혹시 피츠윌리엄이 찾아온 것은 아닐까 생각하자 약간 마음이 움직였다. 전에도 그는 밤늦게 자기를 찾아온 적이 있었고, 오늘 로징스 저택에서 열리는 다과회에 참석하지 않았기에 안부를 묻고자 찾아왔을 수도 있지 않은가.

그러나 집에 들어선 사람은 다름 아닌 다아시였다. 그녀는 너무도 깜짝 놀라 조금 전 떠올렸던 모든 생각을 일순간에 지워 버렸고 기분도 백팔십 도로 바뀌었다.

그는 들어오자마자 급하게 몸 상태가 어떠냐고 물었고, 이렇게 방문한 것은 조금이라도 나아졌다는 소식을 듣기 위한 것이라고 했다. 그녀는 마지못해 대답했지만, 목소리에는 냉기가 서려 있었다.

그는 잠시 앉아 있다가는 금방 일어나서 방 안을 돌아다녔다. 엘리자베스는 놀랐으나 한마디 말도 하지 않았다. 잠시 침묵이 흐른 후, 그는 흥분한 듯한 태도로 그녀에게 다가와 이야기를 시작했다.

"노력해 보았지만 소용이 없었습니다. 어쩔 줄을 모르겠어요. 저도 제 마음을 억제할 수 없으니까요. 내가 당신을 얼마나 생각하고 사랑하는지 얘기하지 않을 수가 없군요."

엘리자베스는 너무 놀라 어떤 말도 할 수가 없었다. 그녀는 눈을 둥그렇게 뜨고 그를 바라보다가 얼굴을 붉혔고, 자신이 들었던 얘기를 의심했고, 결국 입을 다물어 버렸다. 다아시는 이러한 그녀의 태도를 보고 긍정의 표현으로 생각했는지, 그동안 자기가 가슴에 담아 두었던 사랑의 말들을 쏟아내기 시작했다.

그는 말은 잘했지만, 애정 외의 자세히 설명해야 할 복합적인 감정들이 있어서 이야기가 복잡했다. 게다가 애정보다는 자존심 문제를 거론할 때 더욱 열변을 토했다. 그녀의 집안이 귀족이 아니라는 점과 그런 집안과 혼인을 하면 가문의 수치가 될 수 있다는 점 등이 자신의 감정을 막았다는 사실을 열띤 어조로 상세히 설명했지만, 청혼에는 그다지 도움이 될 것 같지는 않은 말들이었다. 게다가 스스로 신분을 격하시킨다는 생각이 자꾸 방해를 하는 듯했다.

다아시에 대한 혐오스런 감정은 오랜 것이었지만, 그녀 역시 사랑이라는 영예를 쉽게 뿌리칠 수는 없었다. 더구나 이처럼 뜨거운 고백을 듣지 않았던가.

물론 그렇다고 해서 그의 청혼을 거절하려는 마음에는 흔들림이 없었지만, 그가 받게 될 고통을 떠올리고는 미안한 생각이 들었다.

하지만 이 같은 생각은 이어진 그의 말로 인해, 눈 녹듯 사라지고 다시 분노가 치밀었다. 그러나 그녀는 그가 말을 다 마친 다음 대답을 하기 위해 스스로를 진정시켰다. 그는 마지막으로, 아무리 애를 써도 사랑의 감정을 누르지 못했으니, 그 감정은 정말로 강하기 그지없는 것이라며 자신의 청혼을 받아들여 보답해주기 바란다는 뜻을 전했다.

말을 마친 그는 당연히 호의적인 대답을 들을 것으로 여기고 있음에 틀림없었다. 말로는 불안과 근심을 표현했지만, 자신의 뜻대로 되리라는 표정이 나타나 있었다. 그런 모습은 더욱 그녀의 화를 불러일으켰으므로, 그의 말이 끝나자 엘리자베스는 얼굴을 붉히면서 이렇게 말했다.

"이런 경우 당신이 고백한 감정에 대해 의무를 다 해야 하는 것이 관례라고 생각해요. 비록 제 답변이 그런 감정과는 무관한 것이라도 말이죠. 만일 제가 감사하다는 생각이 든다면 지금이라도 당장 답례를 하겠지만 그건 불가능하군요. 저는 당신이 제게 호감을 가져 주길 바란 적이 없어요. 당신도 어쩔 수 없이 제게 호감을 가진 거구요. 제가 누구라도 고통스럽게 만든다는 것은 좋지 않은 일이지만, 그 고통은 제가 전혀 알지 못하는 중에 생긴 결과인 만큼, 그것을 하루빨리 이겨 내시길 빌어요. 말씀하신 대로 제게 품은 감정을 인정하지 못하도록 한 다른 감정도 있으시다니

아픔도 쉽게 벗어날 수 있으리라 믿어요."

그녀의 얼굴에 시선을 고정시킨 채로 벽난로 선반에 기대 있던 다아시는 놀라는 동시에 그에 못지않은 분노를 느끼는 것 같았다. 그의 얼굴은 창백해졌고, 표정에 나타난 당혹감을 감출 수가 없었다. 그는 마음을 안정시키려 노력을 거듭했고, 그렇게 되었다는 생각이 들기 전에는 말을 하지 않으려는 것 같았다. 길지 않은 침묵의 시간이 엘리자베스에게는 지옥처럼 끔찍하고 영겁처럼 길게 느껴졌다. 드디어 그가 차분한 음성으로 이야기를 시작했다.

"이것이 내가 바라던 영광스런 회답이란 말입니까? 예의를 갖추겠다는 일말의 노력도 없이 손쉽게 거절하는 이유를 알고 싶습니다. 뭐 그다지 중요한 것은 아니지만 말입니다."

"저도 묻고 싶은 게 있어요." 그녀가 대답했다. "당신은 무엇 때문에 저를 화나게 만들고 저를 모욕하시는 건가요? 자신의 의지와 이성, 그리고 인격까지 거스르면서 왜 저를 사랑한다고 말씀하시냐 말입니다. 제가 예의를 갖추지 못했다면 그 역시 무례한 것이 아닌가요? 그리고 제가 화를 낼만한 또 다른 이유가 있어요. 당신도 아실 거예요. 만약 제가 당신을 싫어하지 않는다고 해도, 아니 그저 덤덤하거나 또는 설사 호의를 품고 있다고 하더라도, 진정으로 사랑하는 언니의 행복을 깨뜨리는 데 주된 역할을 한 사람을 어떻게 받아들일 수 있겠어요? 아무리 마음을 고쳐먹는다고 하더라도 말예요."

그녀의 말을 듣는 다아시는 안색이 변했다. 하지만 그것은 잠시, 그녀가 말을 계속하자 방해하지 않으려는 듯 조용히 듣고만 있었다.

"당신을 좋지 않게 생각할 만한 이유는 너무도 많아요. 제인 언니와 빙리 씨 사이의 일에 있어 당신이 맡은 부당하고 편협한 역할은 그 동기가 어떠한 것일지라도 용서가 안돼요. 당신은 두 사람을 갈라놓고, 한쪽은 변덕스럽고 지조 없다는 비난을 받게 만들었고, 다른 쪽은 실연당했다는 이유로 조소를 받게 했어요. 두 사람 모두를 참아 내기 힘든 절망의 늪에 빠뜨린 거죠. 비록 그것을 혼자서만 한 것이 아니더라도 그 일을 주도했다는 것은 인정해야만 할 거예요."

말을 멈춘 그녀는, 다아시가 조금도 후회하는 빛을 보이지 않고 너무도 태연히 자신의 이야기를 듣고 있는 것을 보고는 불 같이 화가 치밀었다. 하지만 그는 도저히 믿어지지 않는다는 듯 미소까지 띠고 그녀를 바라보고 있었다.

"그런 일은 하지 않았다고 말할 수 있으신가요?"

그녀가 다시 묻자, 그는 조용히 대답했다.

"내 친구를 당신 언니로부터 떼어놓고자 제가 할 바는 다 했고, 애를 쓴 끝에 거둔 성공을 기쁘게 여기고 있다는 사실을 기꺼이 인정하지요. 저는 저 자신보다도 그 친구에게 더 신경을 썼으니까요."

엘리자베스는 자못 의연하기까지 한 그의 말을 알아들은 척하기도 싫었지만, 어쨌거나 실상을 알게 되었다. 물론 그렇다고 해서 화가 식을 리는 없었다.

"이것뿐이 아니에요." 그녀가 말을 이었다. "당신을 싫어하는 이유는 또 있지요. 그 일이 있기 훨씬 전부터 제 생각은 정해져 있었어요. 몇 달 전 위컴 씨한테 자세한 이야기를 들었기에 당신이 어떤 사람인지 확실히 파악할 수 있었죠. 이 문제에 대해서는 또 무슨 말을 하실 건가요? 우정 운운하면서 스스로를 변호할 건가요? 아니면 또 다른 거짓말을 하실 건가요?"

"그 사람에게 대단한 관심을 가지고 있나 보군요." 평정을 잃었는지 다소 상기된 얼굴을 한 다아시가 말했다.

"그분이 겪은 불행이 어떤 것인가를 아는 사람이라면 관심을 가지지 않을 수 없겠죠."

"그가 겪은 불행이라고요?" 다아시의 음성에는 경멸이 섞여 있었다.

"그래요. 그 사람은 정말 불행했다고 할 수 있겠죠."

"바로 당신이 그렇게 만들었죠." 엘리자베스의 목소리가 높아졌다. "당신이 그분을 지금처럼 빈곤하게 만들었지요. 상대적이지만 말예요. 그분이 마땅히 받아야 할 재산을 빼앗은 거지요. 그분이 갖도록 되어 있는데도. 그분 인생의 절정기에, 마땅히 받아야 하고 또 당연히 받을 권리가 있는 경제적 독립을 박탈한 것이죠. 바로 당신이! 그럼에도 지금 그분을 비웃고 있다니!"

"그러니까 바로 그게," 그는 방 안을 빠른 걸음으로 왔다 갔다 하면서 외쳤다. "나에 대한 당신의 생각이란 말입니까? 나를 그렇게 평가한 거로군요. 자세한 설명을 해주시니 무척 고맙군요. 참으로 내 잘못이 크군요. 하지만 말입니다." 그는 걸음을 멈추고 그녀에게 돌아서며 말했다. "내가 스스로를 오랫동안 괴롭혔던 여러 가지 감정을 무릅쓰고 당신께 솔직한 고백과 함께 청혼을 하여 당신의 자존심을 상하게 만들지 않았더라면 그런 중대한 잘못을 하마터면 모르고 지나칠 뻔했겠네요. 만일 내가 보다 교활하게 스스로의 갈등을 감추고 얘기하지 않았다면, 그로 인해 내가 순수한 애정으로써 당신께 청혼한 것이라 믿게끔 유도했다면 이토록 가혹한 비난을 받지 않았을 수도 있겠죠. 그러나 나는 죽으면 죽었지 남을 속이지는 못합니다. 그리고 내가 밝힌 내 감정도 순수한 것인 만큼 추호의 부끄러움도 없습니다. 과연 내가 당신이 귀족 출신이 아니라는 사실을 기뻐할까요? 자기보다 신분이 낮은 사람들하고 친척이 된다는 이유로 남들의 축하를 받으려 할까요? 어떻습니까?"

엘리자베스는 그의 말 한마디를 들을 때마다 분노가 치밀었지만 침착을 유지하고자 애쓰면서 말했다.

"다아시 씨! 보다 신사답게 행동하셨다면 제가 거절하면서 미안하다는 감정을 가졌을 수는 있겠죠. 당신의 태도나 어떤 다른 이유로 제 마음이 바뀌었다고 생각하신다면 큰 오해예요."

그녀는 그 말을 듣고 그가 깜짝 놀라는 것을 알았지만, 아무런 대꾸가 없자 말을 계속해 나갔다.

"당신이 어떤 식의 청혼을 했다 하더라도 나는 절대 받아들이지 않았을 거예요."

그는 다시 한 번 놀란 모양이었다. 그리고 불신과 굴욕이 뒤섞인 표정으로 그녀를 바라다보았다. 하지만 그녀는 말을 계속했다.

"당신을 만났을 때부터 그러니까 처음 본 순간부터라고 할 수 있겠죠. 거만한 태도를 보고 자기 생각만 하고 남을 철저히 무시하는 사람이라고 생각했어요. 그리고 그 후로도 몇몇 사건을 겪으면서 그런 감정이 굳어지고 혐오감이 형성된 것이죠. 그래서 당신을 안지 한 달이 채 못 되어 제가 도저히 결혼할 수 없는 사람이라고 느꼈지요."

"엘리자베스 양, 그만하면 충분합니다. 당신을 완전히 이해했으니까요. 이제 남은 것은 지금까지 내가 품어 온 감정을 부끄럽게 여기는 일뿐이로군요. 당신의 시간을 낭비하도록 해서 미안합니다. 늘 건강하시고 행복하시기를 빕니다."

말을 마친 후, 그는 서둘러 밖으로 나갔다. 엘리자베스의 귀에 현관문이 열리고 그가 나가는 소리가 들렸다.

그때부터 그녀의 마음은 급격히 흔들리기 시작했다. 도무지 몸을 지탱할 수 없었고, 기운도 없었기에 그냥 앉은 채로 30분 동안 눈물을 흘렸다. 방금 전에 일어났던 일을 돌이켜보면 볼수록 충격은 심해져 갔다.

다아시한테 청혼을 받다니! 게다가 몇 달 동안이나 나를 사랑하고 있었다니! 자기 친구와 그녀의 언니가 결혼하는 것을 막을 정도로, 친구는 물론 스스로도 부정적이라고 여길 만한 수많은 이유에도 불구하고, 자신과 결혼하고 싶을 정도로 열렬히 사랑하고 있다니! 도무지 믿을 수 없는 일이었다.

자신도 모르는 사이에 그토록 뜨겁고 깊은 애정을 품도록 한 것은 기쁜 일이었다. 하지만 그 같은 애정을 생각하며 얼마 간 생긴 동정심은 그가 가진 얄미울 만큼 강한 자존심, 자기가 제인에게 저질렀던 일을 인정하는 뻔뻔스러움, 정당성을 주장하지 못하면서도 사실을 인정하는 가증스런 자신감, 위컴 씨에 대한 이야기를 할 때 보인 차가운 태도, 그에게 저지른 악행 등에 의해 억눌려 사라져 버리고 말았다.

엘리자베스가 자기 마음조차 잡지 못하고 힘들어하고 있을 때, 로징스 저택의 전용마차 소리가 들려 왔다. 샬롯이 자기 모습을 보면 이상하게 여길 것이라 생각한 엘리자베스는 급히 자기 방으로 갔다.

12

이튿날 아침 엘리자베스는 간밤의 상념을 그대로 간직한 채 눈을 떴다. 그녀는 아직도 어제 겪은 일에 대한 충격에서 벗어나지 못 하고 있었다. 뭔가 다른 일을 생각하려 했지만 그럴 수 없었고, 일도 손에 잡히지 않을 듯하여 아침 식사를 한 후 곧바로 밖으로 나가 산책을 하기로 마음먹었다. 늘 즐겨 다니던 산책로를 걷다가 불현듯 그 길에서 가끔 다아시와 마주친 생각이 떠올랐다. 그녀는 장원으로 들어가지 않고, 오솔길을

따라 큰길에서 보다 멀리 떨어진 곳을 향해 걸어 나갔다. 장원의 울타리
는 한쪽으로 경계를 이루고 있었고, 그녀는 저택으로 통하는 문 하나를
지났다.

그 길을 두세 번 반복해서 걷던 그녀는 상큼한 아침을 머금은 듯한 장
원의 아름다운 모습에 끌려 발길을 멈추고 한참을 쳐다보았다. 켄트에서
5주일을 지내는 동안, 전원의 풍경은 눈에 띄게 달라져 있었고 아직 이르
긴 해도 나무는 푸르름을 더해 가고 있었다.

그녀가 다시 산책을 하려는 찰나, 장원을 둘러싸고 있는 관목 울타리
사이로 한 남자의 모습이 보였다. 그가 자기가 있는 쪽으로 걸어오는 것
을 본 엘리자베스는 혹시 다아시일지도 모른다고 생각하여 몸을 돌렸다.
하지만 그 사내는 빠른 걸음으로 다가오며 그녀의 이름을 불렀다.

그녀는 자기를 부르는 사람이 다름 아닌 다아시임을 알았지만 그대로
걸어갔다. 하지만 그녀가 가려던 길을 가로질러 장원 입구에서 두 사람은
맞닥뜨렸고, 다아시는 그녀에게 한 통의 편지를 내밀었다. 그녀가 엉겁결
에 그것을 받아 들자 그는 의연한 표정으로 말했다.

"혹시라도 당신을 만날 수 있을지도 모른다는 생각으로 숲 속을 걷고
있었지요. 시간을 내서 제 편지를 읽어 주시기 바랍니다."

그리고 그는 가볍게 인사를 하고는 다시 숲 속으로 사라졌다.

기쁨보다는 강한 호기심에 끌려 편지를 개봉한 엘리자베스는 봉투 구
실을 하는 겉장에는 물론 그 속에서 나온 두 장의 편지지가 작은 글씨로
빽빽하게 채워진 것을 보고 놀라지 않을 수 없었다.

그녀는 오솔길을 따라 걸으며 편지를 읽기 시작했다. '오전 8시, 로징
스에서'라고 적힌 편지의 내용은 이러했다.

이 편지를 보시며 지난밤 당신을 그토록 불쾌하게 만든 감정을 다시 느

끼거나 또는 제가 청혼을 다시 할까봐 걱정하지는 마십시오. 우리 두 사람 모두가 행복하기 위해서라도 되도록 빨리 잊어야 할 소원 같은 것을 장황하게 늘어놓아 당신을 괴롭히거나 스스로를 초라하게 만들기 위해 이 글을 쓰는 것은 아니니까요. 내가 이런 내용을 쓰는 괴로움이나 당신이 읽는 노력조차 없었더라면 좋았겠지만, 내 성격으로는 피할 수 없는 일이었습니다. 번거롭더라도 내 편지를 읽는 수고를 하도록 하는 점을 양해해 주시기 바랍니다. 물론 그러한 당신의 마음이 편하지 않으리라는 사실을 잘 알고 있습니다만, 당신의 공명정대함을 감히 요구하는 바입니다.

지난밤 당신은 제가 성격도 다르고 중요성 또한 동일하지 않은 두 가지 잘못을 저질렀다고 질책했습니다. 첫 번째는 내가 두 사람의 감정을 무시한 채, 빙리를 당신의 언니에게 멀어지게 만들었다는 것이고, 두 번째는 내가 마땅한 권리를 무시하고 명예와 신의조차 저버리면서 위컴이 받아야 할 재산을 박탈하여 앞날을 어둡게 만들었다는 것이죠.

어린 시절의 친구이자, 우리 아버지의 사랑을 받았고, 우리 집에서 보살핌을 받아야만 하는, 그래서 그것을 기대하고 성장한 젊은이를 다분히 의도적으로, 그리고 일방적으로 내쳤다는 것은 잔인하기 짝이 없는 일이겠죠. 그에 비한다면 겨우 2, 3주 동안 사랑을 가꿔 온 두 청춘남녀의 사이를 벌려 놓은 일은 사소한 일이라 할 수 있을 거구요.

그러나 그런 행동과 동기에 대한 편지의 설명을 읽으신다면 그 두 가지 일에 대해 어제 저녁 퍼부었던 것과 같은 신랄한 비난을 면할 수 있을 것이라 생각합니다.

또한 저로서는 당연히 해야 할 설명을 하다 보면 당신의 감정을 상하게 할 만한 내용이 있는 점, 미리 양해를 구하는 바입니다. 그러나 어쩔 수가 없는 만큼 더 이상의 사과는 필요 없으리라 생각합니다.

내가 허트퍼드셔에 온 지 얼마 안 되었을 때, 빙리 군이 근처의 엘리자베스 양의 언니인 제인 양에게 관심을 가지고 있다는 사실을 알게 됐지요. 다른 사람들과 마찬가지로 말입니다. 하지만 빙리 군의 애정이 진지한 것일 수도 있다고 느껴 걱정하기 시작한 것은 네더필드에서 열린 무도회의 밤부터였지요.

그 친구가 사랑에 빠진 것은 전에도 자주 보았습니다. 무도회에서 당신과 춤추는 기쁨을 누리는 동안, 저는 루커스 경한테서 언뜻 들은 얘기를 통해 언니에 대한 빙리 군의 관심이 누구나 두 사람의 결혼을 기대할 정도가 되었음을 알게 되었지요. 시기는 정해지지 않았지만 확실히 결혼할 것이라고 루커스 경이 말씀하셨지요.

그때부터 나는 친구의 태도를 유심히 관찰했고, 베넷 양에 대한 그의 사랑은 그 전과는 달리 진지한 것이라는 사실을 알게 되었습니다. 그래서 당신 언니도 지켜보았지요. 표정이나 태도는 여느 때나 다름없이 명랑하고 매력이 넘쳤지만, 내 친구에게 특별한 관심을 가지고 있다는 느낌을 받을 수는 없었습니다. 그래서 그날 밤 제인 양은 빙리가 보이는 관심을 행복하게 느끼고 있지만, 그와 똑같은 감정을 가지고 있지는 않다는 결론을 얻었습니다.

이 점에 있어서 당신이 잘못 본 것이 아니라면, 내가 잘못 본 것이라고 할 수 있겠죠. 언니에 대해서는 당신이 훨씬 잘 알고 있을 테니 후자일 가능성이 높겠지요. 만약 그것이 맞는다면, 저의 잘못된 판단으로 언니에게 고통을 준 것이므로 당신의 분노는 지극히 당연한 것이겠지요. 그러나 확실하게 말씀드릴 수 있는 것은 언니는 워낙 표정과 태도가 침착하기 때문에 예리하게 관찰한다고 해도, 다정하기는 하지만 쉽게 마음을 주는 사람은 아니라는 확신을 주기에 충분했다는 것입니다.

저는 차라리 언니가 제 친구에게 관심이 없기를 바랐습니다. 그러나 감히 말씀드리자면, 저의 조사나 판단이 희망이나 염려 때문에 부정확해지는 경우는 없다고 할 수 있습니다. 언니가 관심이 없다고 믿은 것은 제가 그러기를 바란 때문이 아니라 상당한 근거가 바탕이 된 것이니까요.

제가 그 결혼을 반대한 것은, 어제 저녁 말씀드린 것처럼 너무도 사랑한다면 차라리 잊을 수 있다는 이유와는 다른 것입니다. 상대의 집안이 비록 좋지 않다고 해도 그 친구의 경우는 저보다 문제가 될 것이 없습니다. 그러나 결혼을 반대하는 이유는 또 몇 가지가 있습니다. 그 이유는 아직도 존재하고 있으며 그 친구에게는 물론 제게도 똑같이 존재하고 있습니다. 다만 저는 눈앞에 닥친 문제가 아니었기에 잊어버리고자 노력해 왔던 것입니다.

이제 비록 간단하게나마 그 이유에 대해서 말하려 합니다. 당신 어머니 친정의 신분도 별로 좋은 편이 아니지만, 어머님이나 당신의 세 동생, 그리고 때로는 당신의 아버지조차 그토록 빈번하게 그리고 변함없이 드러내는 무례함에 비하면 아무것도 아니었습니다. 기분이 나빴다면 용서하십시오. 당신의 감정을 상하게 만드는 저 역시 괴롭습니다. 당신은 자기 부모의 결점을 염려하고 그것을 이런 식으로 말하는 것조차 불쾌하게 여기겠지만, 당신과 언니에 대해서는 모든 사람들이 입을 모아 칭찬한다는 사실을 생각하시고 위안을 얻었으면 합니다. 그날 밤에 일어났던 일로 해서 여러분에 대한 나의 생각은 확인되었고, 아무리 생각해 보아도 불행하게 될 것이 뻔한 애정의 늪에서 친구를 구해내려고 진작부터 생각하고 있었지만, 그러한 생각이 커져만 같습니다. 틀림없이 당신은 기억하고 있으리라 믿습니다만 그 친구는 곧 돌아올 생각으로 이튿날 런던으로 떠났습니다.

지금부터 내가 해낸 역할에 대해 설명 드리겠습니다. 그 친구 자매들의 불안 역시 나만큼이나 강한 것이었습니다. 생각이 일치된 것을 확인한 우리는 그를 제인 양으로부터 떼어놓을 필요성을 깨닫고 곧 런던에서 서로 합치기로 결정을 보았던 것입니다. 그래서 우리도 출발한 겁니다. 런던에서 저는 불행한 선택이 가져다 줄 아픔을 친구에게 지적해 주는 일에 맡아 곧 실행에 옮겼죠. 나는 진지하게 그것들을 설명해 주고 강조했습니다.

이 충고가 그의 애정을 어느 정도 의심하게 만들고 결정을 지체시키기는 했지만, 그보다는 내가 강력하게 당신 언니의 무관심을 주장한 것이 주효하여 결혼을 막을 수 있었습니다. 그때까지만 해도 그 친구는 제인 양이 자신과 같은 정도는 아니더라도 성실한 애정으로 대답하리라 철썩같이 믿고 있었던 것입니다. 그러나 빙리 군은 천성적으로 양보심이 많아 자기 판단보다 내 판단을 믿으려 했지요. 그러므로 스스로의 판단이 잘못된 것이라는 사실을 일깨워 주는 것은 별로 어려운 일이 아니었지요. 결국 그에게 모든 사실을 믿게 하여 허트퍼드셔에 돌아가지 말라고 설득하는 것은 어렵지 않았습니다.

이런 일을 했다고 해서 내가 잘못했다고 여기지는 않습니다. 다만 한 가지, 당신 언니가 런던에 와 있다는 사실을 일부러 감춘 것은 마음에 걸립니다. 빙리 양도 알고 있고, 나 역시 알고 있었지만 정작 당사자인 그녀의 오빠는 지금까지도 그 사실을 모르고 있습니다.

물론 두 사람이 만난다고 해서 나쁜 일이 일어나지는 않겠지만, 아직 그 친구의 애정이 언니를 만나도 괜찮을 만큼 식었다고 여기지는 않았기 때문입니다. 이러한 은폐나 기만은 저 자신의 품격을 떨어뜨리는 결과가 되고 말았지요.

이제는 끝난 일이고 더구나 최선의 결과를 도출하기 위한 것이었습니다. 이제 이 일에 대해서는 더 이상 말씀드리거나 달리 사과드릴 여지도 없게 되었군요. 만약 제가 언니 되시는 분의 마음에 상처를 드렸다면 그건 정말 모르고 한 짓이겠지요.

물론 이 같은 일을 행한 제 동기를 당신은 충분치 못하다고 여길 수 있겠죠. 그러나 저는 비난 받을 만큼 잘못된 것이라 생각하지는 않습니다.

그리고 위컴에게 피해를 주었다고 하는 또 하나의 중대한 비난에 대해서는 그 사람과 나의 가족과의 관계를 전부 털어놓아야만 겨우 반박할 수 있을 겁니다. 그 사람이 나의 어떤 행위를 비난하고 있는지는 알 방도가 없지만, 내가 지금부터 밝히려는 내용이 진실인가 아니면 거짓이냐 하는 것에 대해서는 절대 의심할 수 없는 증인을 한 사람 이상 내세울 수 있습니다.

위컴의 부친은 무척 훌륭하고 존경받을 만한 분이었습니다. 그 분은 오랫동안 우리 집안의 소유인 펨벌리의 토지 관리를 맡아 그 일을 성실하게 수행하셨기에 제 부친께서도 무언가 보답을 해야겠다고 생각하시고 자신이 대부이기도 한 조지 위컴 군에게 많은 친절을 베푸신 것입니다.

제 아버지께서는 그를 학교에 보내셨고, 나중에는 케임브리지에서 수학하도록 뒷받침해 주셨습니다. 그의 친아버지는 사치스런 부인 때문에 거의 파산에 이른 상태였기에 자식을 신사로 양성하는 교육을 시킬 여력이 없었으므로 우리 집안의 후원은 그에게 적지 않은 도움이 되었습니다. 제 아버지께서는 언제나 싹싹한 태도를 보이는 위컴을 가까이 하고 싶어 하셨고 더없이 높게 평가하셨기에 그를 목사로 만들어 보겠다고 생각하시고 필요한 준비를 시킬 마음을 가지고 계셨던 겁니다.

제가 위컴을 전혀 다른 시선으로 보기 시작한 것은 여러 해가 경과하고 나서부터였습니다. 그가 제 부친에게 숨기고자 하던 어두운 면인 무절제함은 같은 또래의 젊은이이자 경계가 느슨해진 상태의 그를 관찰할 기회가 많았던 나의 눈을 피할 수는 없었습니다. 여기서 저는 다시 당신께 괴로움을 드릴 수밖에 없겠군요. 그 고통은 당신만이 아시겠지요. 그러나 위컴이 당신에게 어떤 감정을 품도록 만들었는지 몰라도 그것까지 감안해서 그의 속내를 말하지 않을 수는 없겠군요. 또 다른 이유가 있기 때문입니다.

제 부친께서는 약 15년 전에 세상을 떠나셨지만 위컴에 대한 애정은 끝까지 변하지 않아 그가 자신의 직업에서 가능한 한 최고의 지위에 오르도록 돕고, 만약 성직을 선택한다면 연봉이 높은 자리에 임명하라는 유언까지 남기셨습니다. 게다가 따로 1천 파운드의 유산도 남기셨지요.

제 부친이 작고하신 후 얼마 지나지 않아 그의 아버지도 돌아가셨는데, 그 후 반년이 채 못 되어 위컴은 내게 편지를 보내 왔습니다. 성직자가 되지 않기로 결심했으니 성직 수수에 대한 권리를 포기한 대가로서 돈을 더 받을 수 없겠느냐는 내용이었습니다. 그것은 자신의 당연한 권리이며, 법학을 공부하고자 하는데 1천 파운드의 유산은 학자금으로써 턱없이 부족하다는 사실을 저도 잘 알 것이라 했습니다.

저는 그의 말이 진실이라고 믿었다기보다는 그러기를 바랐지만, 어쨌거나 그의 제안에 응할 마음은 있었습니다. 위컴이 목사가 될 사람이 아니라는 것은 익히 알고 있었기에 이 일은 간단하게 해결되었습니다. 다만 그 사람이 성직을 받게 된다 하더라도 그것을 포기하는 조건으로 3천 파운드의 돈을 받은 것입니다. 이제 그와의 관계는 깨끗이 정리된 것 같았습니다. 저는 그의 인간성이 좋지 않다고 생각했기 때문에 펨벌리로 초대하거나 런던의 집에 오도록 하지 않았습니다.

제가 알기로 그는 주로 런던에서 살고 있었지만, 법학을 공부한다는 것은 그저 구실이었을 뿐 모든 굴레에서 벗어나 나태하고 방탕한 삶을 살고 있었다고 합니다. 그 뒤로 3년 정도 그에 관한 소식을 거의 듣지 못했는데, 본래 그가 목사직을 이을 예정이던 교회의 목사님이 돌아가시자 그는 또 다시 편지를 보내서 추천을 의뢰해 왔습니다. 그는 자신이 곤경에 처해 있으며, 법학이 자신에게는 전혀 보탬이 되지 않는다는 사실을 알고 목사가 되기로 결심했다면서 문제의 목사직을 잇도록 추천을 바란다는 것이었습니다.

제가 달리 추천할 사람이 있는 것도 아니고 아버지의 유언을 잊지 않으리라는 사실을 알고 있기에 그는 당연히 추천을 받을 수 있으리라고 여겼던 모양입니다.

이러한 그의 요청을 들어 주지 않았다고 해서, 그가 여러 번 부탁을 했지만 거절했다고 해서 저를 나쁘다고 생각하진 않으시겠죠. 여하튼 이런 일 때문에 저에 대한 그의 원한은 생활이 어려워짐에 따라 더욱 커 가기만 했습니다. 그리고 제게 직접 욕을 했듯이 남에게도 이런저런 악담을 했을 것이 분명합니다.

어쨌거나 그 후로는 형식적인 교제마저 끊어졌고 그가 어떻게 살았는지도 모릅니다. 그러다가 작년 여름에 유감스럽게도 그를 다시 만날 수 있었습니다. 지금부터 어떤 일에 대해 말씀드려야 합니다만, 그 일은 저 자신조차 잊고 싶은 일이기에 지금처럼 부득이한 경우가 아니라면 누구에게도 알리고 싶지 않은 일입니다. 이만큼 말씀드렸으니 당신도 비밀을 지켜 주시리라 믿습니다.

제게는 열 살도 더 어린 여동생이 있으며, 외사촌인 피츠윌리엄 대령과 제가 그녀의 후견인 역할을 맡고 있습니다. 1년 쯤 전에 여동생은 학업을 마쳤고, 우리는 런던에 집을 얻어 그녀가 살도록 했습니다. 그리고 작년 여름에 누이는 가정교사인 영 부인과 램즈게이트에 갔습니다. 위컴도 그곳으로 갔는데 그것은 명백히 계획적인 일이었죠. 그 사람과 영 부인은 전부터 알고 지내던 사이로 드러났으니까요. 불행하게도 우리가 영 부인에게 깜쪽같이 속은 것이죠. 부인의 묵인과 협조를 받아 위컴은 제 여동생인 조지아나에게 교묘히 접근했습니다. 그녀는 더없이 온순한데다가 어렸을 적에 자기를 친절하게 대해 준 그에 대한 기억을 가지고 있었기에 일이 쉽게 이루어질 수 있었던 것입니다. 위컴은 그녀가 사랑에 빠졌다는 착각을 불러 일으켜 멀리 도망가자고 설득을 했지요. 그때 그녀의 나이는 불과 열다섯 살 정도였으니 너무 어린 탓에 앞뒤를 잴 여유도 없었겠지요.

그녀는 경솔한 행동을 했지만, 다행스럽게도 그녀 자신이 직접 이 이야기를 제게 들려주기도 했습니다. 그들이 계획을 실행에 옮기기 하루 이틀 전에 저는 우연히 런던의 동생 집을 방문했습니다. 그때 조지아나는 아버지처럼 여기던 오빠를 슬프고 노엽게 만들 것이라는 생각에 스스로 견디지 못하고 모든 사실을 털어놓았습니다. 제 기분이 어땠고 어떻게 행동했던가는 충분히 상상하실 수 있으시겠죠. 여동생의 명예와 감정을 감안해서 공개하진 않았지만, 위컴에게 편지를 보내 즉시 그곳을 떠나도록 했고, 영 부인도 해고시켜 버렸습니다. 위컴의 목적이 여동생의 재산 3만 파운드였다는 사실은 의심할 여지가 없습니다.

이런 일이 생긴 것은 내게 보복하겠다는 소망 또한 직접적인 동기가 되었을 것이라 생각하지 않을 수 없습니다. 그의 복수는 자칫하면 성공을 거두었을 수도 있었으니까요.

이상이 우리 두 사람에 관련된 모든 사항에 대한 충실한 기록입니다. 만약 당신이 이것을 터무니없는 거짓이라 여기지 않으신다면, 제가 위컴에게 가혹한 행동을 했다는 혐의는 벗겨 주시기 바랍니다. 그가 무슨 거짓말을 하여 당신을 속였는지는 알 수 없지만 그것이 별로 놀랄 만한 일은 아닙니다. 당신은 아무 것도 몰랐던 만큼 거짓을 알 수도 없었을 것이며 의심도 할 수 없었을 테니까요.

왜 간밤에 그런 말을 하지 않았느냐고 의아해 하실지 모르지만, 그때 저는 너무도 흥분한 상태였고 대체 사실을 어디까지 밝혀야 하는지 또 밝혀도 되는지 알 수가 없었습니다. 제가 말한 모든 것이 진실이라는 것은 누구보다도 피츠윌리엄 대령이 보증할 것입니다.

그는 제 외사촌으로 늘 가깝게 지내 왔고, 더구나 저와 함께 작고하신 제 부친의 유언 집행자이므로 여태까지 말씀드린 모든 내용의 상세한 부분까지 알고 있기 때문입니다. 만약 당신이 저를 싫어하는 감정 때문에 제 주장을 받아들이기 힘들더라도 제 사촌동생과는 격의 없는 대화를 나눌 수 있을 것으로 믿습니다. 그리고 그와 이야기를 나눌 수 있도록, 이 편지가 오전 중에 당신께 전해지도록 하겠습니다. 신의 가호가 함께 하길 바라며.

피츠윌리엄 다아시

13

🍃

다아시의 편지를 받았을 때, 엘리자베스는 설마 다시 청혼할 것이라는 생각도 하지 않았지만, 그 내용은 정말이지 그녀의 상상을 넘어선 것이었다.

그러나 너무도 놀라운 내용이었던 만큼, 그녀가 정신을 가다듬고 열심히 편지를 읽었으며, 수없이 모순된 감정을 느꼈으리라는 것은 충분히 짐작할 수 있을 것이다. 편지를 읽어 가는 그녀의 심경은 도저히 한마디로 표현할 수 없는 복합적인 것이었다. 처음에 그녀가 놀란 것은 뻔뻔스럽게도 다아시에게 변명거리가 남아 있다는 것이었다. 올바른 사람 같으면 차마 발설하지 못할 그런 말밖에 할 수 없을 것 같았다. 대체 무슨 말을 하는지 한번 알아나 보자는 마음으로 네더필드에서 일어났던 일에 대해 그가 설명한 내용을 읽기 시작했다. 하지만 그 내용이 상상을 뛰어넘는 것이기에, 그녀는 이해할 겨를도 없이 읽으면서도 다음 문장이 궁금해질 정도였다.

그녀의 언니가 빙리 씨에게 무관심한 걸로 생각했다는 그의 말은 당장 거짓말이라고 단정했으며, 결혼을 막은 가장 직접적인 동기를 알고는 너무도 화가 나서, 그가 옳을 수도 있다는 생각은 아예 접어 버리고 말았다. 그는 자기의 행동에 대해서 그녀가 만족할 만큼의 유감을 표하지도 않았으며, 반성하기는커녕 오만하고 뻔뻔스럽기까지 했다.

그러나 곧바로 위컴에 대한 이야기가 이어졌으므로 보다 집중하여 편지를 읽었지만, 만약 그것이 사실이라면 그녀가 여태까지 가졌던 위컴에 대한 생각을 뒤바꾸기에 충분한 것이었고, 그가 직접 들려 준 말과 부합되었기에 그녀는 심한 고통을 받았고 형용하기 어려운 감정을 느끼게 되었다. 경악과 불안, 심지어는 두려운 생각마저 들었다. 그녀는 모든 것을 거짓이라 여겼고, 계속 소리를 질렀다.

"거짓말이야! 이럴 수는 없어! 새빨간 거짓말이야!"

황급히 편지를 읽고 난 그녀는, 뒤의 한두 장은 무슨 뜻인지 이해도 하지 않은 채로 편지를 접어 두곤 두 번 다시 쳐다보지 않겠다고 다짐했던 것이다.

마음이 극도로 산란해진 그녀는 어쩔 줄을 모르고 서성댔지만, 도저히 가만히 있을 수는 없었다. 채 30초도 지나지 않아 그녀는 다시 편지를 펼쳤다. 그리고는 최대한 마음을 안정시키고 위컴에 관련된 내용을 굴욕적인 심정으로 차근차근 다시 읽으며 문장 하나하나의 의미를 곱씹어 보았다.

그와 펨벌리 가와의 관계에 대한 설명은 스스로 밝힌 그대로였으며, 작고하신 다아시 부친의 배려도 편지를 읽기 전에는 몰랐던 것이었으나, 역시 그의 말과 일치하고 있었다. 여기까지는 두 사람의 이야기가 같아 서로의 말을 확인시켜 주는 셈이 되었다. 하지만 유언 얘기에 이르러서는 커다란 차이가 생겨났다. 목사직에 관해서 위컴이 했던 말을 그녀는 생생하게 기억하고 있었다. 그 말에 비추어보면, 어느 한쪽은 완전하게 거짓말을 하고 있다고 밖에는 달리 생각할 수 없었다. 그래서 잠시 동안 그녀는 자신이 믿었던 바가 옳다고 생각했다. 그러나 주의를 집중해서 다시 읽어 나갔을 때 바로 다음에 이어진 위컴이 목사직을 계승할 권리를 포기한 대신 3천 파운드라는 상당한 액수의 돈을 받기로 했다는 내용을 보고는 다시 한 번 주저하지 않을 수가 없었다.

그녀는 읽던 편지를 내려놓고, 최대한 공평한 태도를 견지하려 애쓰면서 모든 상황을 따져 보고, 쌍방의 진술을 다시 떠올려 보았지만 별다른 성과를 거둘 수 없었다. 양쪽 모두 자기주장만 내세우고 있을 뿐이었다.

그녀는 다시 편지를 읽기 시작했다. 그러나 한 줄 한 줄 읽어내려 갈수록 그녀의 바람과는 달리 어떤 그럴 듯한 말로도 몰염치하다고 밖에는 표현할 수 없다고 생각하던 다아시의 행위가 점점 정당성을 띠어가게 되었고, 전체를 보자면 오히려 그에게는 잘못이 없다고 할 수 있게 되고 말았다.

늘 나태하고 방탕한 생활을 했다며 위컴을 비난한 그의 말은 더더욱 충격이었다. 그리고 그것이 터무니없는 거짓이라는 증거는 도무지 찾을 수 없었다. 그가 의용군에 입대하기 전의 생활에 대해서는 그녀도 들은 바가 없었다. 입대하게 된 것도 런던에서 우연히 어떤 청년을 만나 사귀게 되었고, 그의 권유로 따른 것이라는 말 외에는 들은 것이 없었다. 그 전의 생활에 대해서는 허트퍼드셔에서 자신이 밝힌 내용 외에는 아무것도 알려진 것이 없었다. 정말로 그가 어떤 사람인지 알아볼 기회가 있었다 하더라도 그녀는 그럴 필요조차 느끼지 않았을 것이었다. 그의 얼굴, 음성, 태도 등은 위컴을 모든 미덕을 갖춘 청년으로 믿게끔 했으니까.

그녀는 다아시의 거친 비난으로부터 그를 벗어나게 만들 수 있을 만한 적선이라든가 성실하고 자애로운 일은 하지 않았는가 생각해내려 애썼다.

적어도 그런 일이 있다면 다아시가 여러 해 동안 이어진 나태와 방탕이라고 지적했던 잘못을 흔히 저지를 수 있는 우발적인 과실의 범주에 넣어보고자 애쓴 것이었다. 하지만 그런 일은 전혀 생각나지 않았다. 매력적인 그의 얼굴은 곧바로 눈앞에 떠올릴 수 있었지만, 이웃들이 대략 좋게 여겼거나 사교에 뛰어나 동료 군인들에게 호감을 샀다는 것 외에는 인간미의 실체를 찾을 수가 없었다.

이를 위해 한참 동안 생각을 한 그녀는 다시 편지를 읽기 시작했다. 그러나 그 다음에 쓰인 다아시 양을 계획적으로 유혹하려 했다는 내용은 바로 어제 아침 피츠윌리엄 대령과 나눈 대화만으로도 어느 정도 확인할 수 있었다. 끝으로 다아시는 바로 그 사람에게 자신의 말이 거짓인지 아닌지 물어 보라고 하지 않았던가. 그녀는 피츠윌리엄이 여러 가지 문제에 있어 자기 사촌형과 밀접한 관계가 있다는 말을 이미 들은 바 있고, 그의 인격을 의심할 이유라곤 없었다.

잠깐이나마 그에게 직접 확인해 볼까 하는 생각도 하지 않은 것은 아니나, 실제로 그렇게 하게 된다면 얼마나 우스꽝스러울까를 떠올리고는 그만두기로 했다. 만약 다아시가 자기 사촌동생이 자신의 말을 확실히 증명할 자신이 없다면 그런 제안을 하지 않았을 것이기 때문이었다.

그녀는 필립스 이모댁에서 처음으로 위컴을 만난 날 밤에 그와 나누었던 이야기를 한마디도 빼지 않고 기억해낼 수 있었다. 그가 한 표현들이 생생히 떠올랐다. 그리고 지금 와서 생각해 보면, 첫 대면의 사람에게 하기에는 부적절하다는 생각을 새삼 깨닫게 되자 놀라지 않을 수 없었다. 여태까지 그런 생각은 전혀 하지 못했던 것이다. 스스로를 내세우는 것은 상스러운 행동이었고 언행도 일치하지 않았다. 그는 다아시를 만나는 것이 조금도 두려울 것이 없다고 하면서 오히려 그가 자기를 피해 이곳을 떠날지는 모르지만 자기는 절대 한 발짝도 물러서지 않겠다고 큰소리쳤다. 그러나 그는 바로 다음 주에 열린 네더필드의 무도회에 얼굴을 내밀지 않았다. 그리고 네더필드의 식구들이 런던으로 떠날 때까지는 그녀에게만 자신의 신상 이야기를 했는데, 그들이 떠나자 장소를 가리지 않고 그에 대한 이야기를 하며, 아버지에 대한 존경심 때문에 그 아들의 비행을 차마 폭로하지 못하겠다고 한 말은 잊어버린 듯 조금도 거리끼지 않고 다아시를 향한 인신공격을 퍼부었던 일도 생각났다.

지금에 와서야 그와 관계되는 모든 일이 얼마나 다르게 여겨지는지 놀랄 지경이었다. 결국 그가 킹 양에게 관심을 품었던 것도 오로지 돈을 목표로 한 가증스런 목적 때문임을 알 수 있었다. 그녀의 재산이 그다지 많다고 할 수 없는 정도라는 사실도 욕심이 없어서가 아니라 그의 사정이 그만큼 급박해졌음을 입증하는 예라고 할 수 있었다. 엘리자베스 자신에 대한 그의 태도도 지금 생각하면, 그녀의 재산 규모를 잘못 알고 있었거나 아니면 그녀가 무심결에 드러낸 호의를 부추겨 자신의 허영심을 만족시키려는 것이라 할 수 있었다. 점차 위컴에 대한 호감은 사라지고 그를 변호하려는 의지도 약해져만 갔다. 게다가 다아시의 정당함을 증명하는 예는 곳곳에서 나타났다.

특히 그녀가 인정하지 않을 수 없던 것은, 제인에게서 질문 받았던 빙리가 그 자리에서 위컴과의 일에서 다아시는 전혀 잘못이 없다고 확언하지 않았던가. 그리고 다아시의 태도는 오만불손하기 짝이 없었지만, 그럼에도 불구하고 알고 지내는 동안 부정직하거나 도덕적인 문제를 일으킬 만한 행동을 보인 적은 없었다. 특히 최근에 이르러 그를 가까이서 볼 기회가 많았는데, 친척들 사이에서도 그는 존경받고 높이 평가되고 있음을 알 수 있었다. 또한 위컴조차 그를 훌륭한 오빠라고 말한 적이 있고, 자신 역시 그가 여동생에 대해서는 많은 사랑을 담고 이야기하는 모습을 보고 누구나 사랑을 할 수 있는 능력을 가지고 있다는 생각을 하지 않았던가.

만일 그가 위컴이 말한 대로라면 사람들이 그의 부당하고 뻔뻔스런 행위를 모를 수 없을 것이었다. 또한 그런 사람이 빙리 씨처럼 누가 보더라도 신사라고 할 수 있는 사람과 오랜 우정을 지속하지는 못 할 것이었다.

그녀는 몹시 부끄러운 생각이 들었다. 다아시와 위컴 그 누구를 생각하더라도 자신이 분별없이 불공평한 편견에 지배되었으며 멍청했다고 밖에는 느낄 수가 없었다.

"내가 그것밖에 안 되는 사람이었다니……" 그녀가 외쳤다. "그러면서도 스스로 식견이 높다고 뽐내고 있었다니…… 누구를 가리지 않고 대하는 관대한 언니를 비웃고, 비난받아 마땅한 불신으로 자신의 허욕을 만족시키던 내가, 그 사실을 이제 와서 깨닫다니 너무도 부끄럽구나. 하지만 그것은 내가 판 함정에 내가 빠진 것이나 다름없다 할 수 있으니 누구를 원망할 수 있으랴. 설령 내가 사랑에 빠졌다 하더라도 눈이 멀지는 않았을 텐데……. 하지만 내가 이토록 멍청한 짓을 저지른 건 사랑 때문이 아니라 허영심 때문이야. 비슷한 시기에 알게 된 한 사람에게는 사랑을 받아 기뻐했고, 다른 한 사람에게는 무시당해서 화를 냈으니…… 두 사람과 관련된 일에는 맹목적인 선입관을 가진 나머지 제대로 된 생각을 하지 못하고 만 거야. 내가 이토록 멍청한 줄 모르고 있었다니……."

자기 자신에서 제인에게로, 제인에게서 빙리에게로 꼬리를 문 그녀의 생각은 하나의 거대한 물줄기처럼 변해 갔고, 최소한 그 문제에 대해서는 다아시의 설명이 부족하다는 생각이 들어 다시 한 번 그 대목을 읽어 보았다. 신경을 집중해서 두 번째 읽은 결과 생각은 완전히 바뀌고 말았다. 위컴의 일에 대한 그의 주장을 믿게 된 마당에 이번 일이라고 어찌 그의 말을 부정할 수 있겠는가? 그는 언니가 빙리에게 애정을 가졌다는 사실을 전혀 눈치 챌 수 없었다고 말하고 있었다. 이에 그녀는 샬롯의 의견을 떠올리지 않을 수 없었다. 제인의 애정은 깊었지만 겉으로는 전혀 드러나지 않았고, 평상시 그녀의 태도는 누구에게나 상냥하고 부드러웠던 것이다.

분하기는 했지만 비난받아 마땅한 자신의 가족에 대해 언급한 내용을 읽게 되자 그녀는 쥐구멍이라도 있으면 들어가 숨고 싶은 마음이 들었다. 그녀는 부끄러워 몸 둘 바를 몰랐다. 비난은 신랄했지만 지극히 타당했기에 반박할 여지조차 없었다. 그가 언급한 사건은 네더필드의 무도회에서 일어났던 것으로 애초에 그가 가졌던 탐탁지 않은 생각을 확인시켜 주었다고 했는데 그것은 그녀 자신도 똑같이 느끼고 있었던 문제였다. 자신과 언니에 대한 칭찬에도 전혀 생색을 내기 위한 것은 아니었고, 그로써 다소 위안을 받긴 했지만 나머지 가족 스스로가 초래한 모욕을 돌이켜보면 도저히 마음이 편할 수 없었다. 언니 제인이 실연당한 것도 따지고 보면 그녀의 가족들이 벌인 일 때문이며, 그로 인해 자신과 언니에 대한 평가가 얼마나 절하되었는지를 생각하면 지금까지 느낀 이상으로 마음이 무거워지는 것이었다.

그녀는 2시간가량 오솔길을 걸으며 별의별 생각을 다 떠올리며 하나씩 다시 생각해 보고 수많은 가능성을 따져 보며, 이렇듯 갑작스럽고 중대한 변화에 되도록 자신을 적응하려 애썼다. 그녀는 생각에 치어 지쳤을 뿐 아니라 너무 오랫동안 집을 비운 것 같아서 발길을 돌렸다.

평상시처럼 명랑해 보이려 애쓰면서, 혹시라도 대화를 할 때 스스로를 어색하게 만들 수 있는 생각들을 억누르며 그녀는 집 안으로 들어섰다.

집에 들어가자마자 그녀가 나가고 없는 사이에 로징스의 두 신사가 작별 인사를 하기 위해 찾아 왔었다는 이야기를 들었다. 다아시는 불과 2, 3분 정도 머물렀지만, 피츠윌리엄 대령은 적어도 한 시간은 그들과 함께 그녀가 돌아오기를 기다렸고, 그녀를 찾으러 나가겠다고 말했다고 했다.

엘리자베스는 그와 만나지 못한 것을 아쉬워하는 척했지만 속으로는 다행이라 생각하고 있었다. 그녀에게 피츠윌리엄 대령은 더 이상 관심의 대상일 수 없었다. 그녀의 머릿속에는 온통 편지만이 들어차 있었기 때문이다.

14

두 신사는 이튿날 아침 로징스를 떠났다. 콜린스는 그들에게 작별 인사를 하기 위해 경비실 근처에서 기다리고 있었는데, 두 사람이 활기차 보였으며 쓸쓸한 이별의 장면을 연출한 사람으로서는 그런 대로 좋아 보였다고 했다.

그리고 나서 콜린스는 캐서린 부인과 따님을 위로하고자 급하게 로징스에 들렀다가 돌아와서는 부인이 외로운 나머지 모두를 식사에 초대했다는 말을 자랑스럽게 전했다.

엘리자베스는 캐서린 부인을 보자, 만약 자신이 다아시의 청혼을 받아들였다면 지금쯤은 이 부인의 조카며느리로 소개되었을 것이라는 생각을 떠올렸다. 하지만 만약 그렇게 되었다면 부인이 어떤 표정을 지었을까를 생각하곤 절로 미소가 떠올랐다. '대체 뭐라고 했을까? 나를 어떻게 대했을까?' 하고 그녀는 자문하며 혼자 즐거워했다.

첫 번째 화제는 로징스의 식구 수가 줄어들었다는 것이었다.

"늘 느끼는 감정이지만," 캐서린 부인이 말했다. "누가 왔다가 가면 정말 말할 수 없을 만큼 허전하거든. 게다가 내가 각별히 아끼던 아이들이라 더하지. 물론 그 애들도 나를 무척 잘 따르고 말이야. 게다가 이번에는 너무도 가기를 싫어하더라니까. 뭐 언제나 그랬지만 말이야. 피츠윌리엄은 그래도 괜찮아 보였는데, 다아시는 무척 섭섭해 하는 것 같았지. 작년보다도 더한 것 같아. 그 아이는 이곳에 무척이나 애착이 가나 봐."

콜린스가 재빨리 끼어들어 그들과 작별인사를 나눈 이야기를 했고, 캐서린 모녀는 화사한 미소를 지었다.

식사가 끝난 후, 캐서린 부인은 베넷 양이 기분이 좋아 보이지 않는다면서 아마 곧 집으로 돌아가야 할 것이기에 그런 모양이라며 지레짐작을 하고는 이렇게 덧붙였다.

"정 그렇다면 내가 모친께 편지를 내서 좀 더 머물도록 부탁을 하면 어떨까? 그렇다면 콜린스 부인도 틀림없이 기뻐할 테니 말이야."

"친절한 말씀 감사드립니다." 엘리자베스가 대답했다. "하지만 죄송하게도 부인의 친절을 받아들일 수 없게 되었습니다. 오는 토요일에는 런던으로 가야 하기 때문입니다."

"그럼 겨우 6주일밖에 머물지 못한 게 아닌가? 두 달은 있을 것으로 생각했는데 말이야. 아가씨가 오기 전부터 콜린스 부인에게 그렇게 말했거든. 꼭 그렇게 빨리 가야 하나? 한 2주일 정도라면 베넷 양 어머니도 이해하실 텐데."

"하지만 아버지께서는 좀 다르시거든요. 지난주에 보낸 편지에도 빨리 돌아오라는 말을 전해 오셨으니까요."

"어머니가 괜찮다고 하면 아버지도 허락하시지 못할 이유가 없지. 딸은 아버지에겐 그렇게 중요한 존재가 아니거든. 그리고 만약 한달 후면 내가 두 사람 중의 누군가를 런던까지 데리고 갈 수가 있을 거야. 6월 초에 그곳에서 1주일 정도 머물 예정이니까. 도슨은 마부 석에 앉아서 가도 되니까 한 사람 좌석은 남게 되거든. 만약 날씨만 좋다면 두 사람 다 태워도 되겠지. 별로 체격이 크지 않으니까 말이야."

"정말 여러 모로 감사합니다만 원래 계획대로 해야 할 것 같습니다."

엘리자베스가 뜻을 굽히지 않자 캐서린 부인은 체념한 모양이었다.

"콜린스 부인은 하인을 딸려 보내야 해. 알다시피 난 언제나 생각했던 것을 그대로 말하는 사람이지만, 젊은 여성 두 사람이 마차로 여행하는 것은 안 될 일이야. 아주 천박한 거지. 누군가를 딸려 보내도록 생각해 보도록 해요. 난 그런 일을 아주 끔찍하게도 싫어하니까. 젊은 여성들은 언제나 신분에 걸맞은 대접과 보호를 받아야 되는 법이야. 작년 여름에 조카딸 조지아나가 램즈게이트에 갈 때도 하인 두 사람을 데리고 가라고 했지. 펨벌리의 작고하신 다아시 씨와 앤 부인의 딸 다아시 양도 하인조차 대동하지 않고 외출한다는 것은 격식에 맞지 않는 일이라 할 수 있지. 난 원래 이런 일에 무척 신경을 쓰는 편이지. 이 아가씨들에게 존을 딸려 보내도록 해요. 콜린스 부인! 마침 내가 도울 수 있어 다행이군. 자네들끼리만 보낸다면 내 체면도 서지 않을 테니 말이야."

"외삼촌께서 하인을 보내 주실 겁니다."

"오! 외삼촌이 하인을 데리고 있나 보군. 그렇게까지 하신다니 다행이군. 그런데 말은 어디서 교체할 건가? 그렇지, 물론 브롬리에서 하게 되겠군. 그리고 벨에서 내 얘길 하면 이것저것 편의를 봐줄 거야."

캐서린 부인은 그들에게 여행에 관한 여러 가지 질문을 했는데, 자기가 모든 대답을 하지 않았기 때문에 많은 주의를 기울였다. 그것은 엘리자베스에게는 오히려 다행스럽게 여겨졌다. 그렇지 않았다면 너무 많은 생각이 오가는 터라 자신이 어디 있는지조차 모를 지경이었던 것이다.

깊은 생각에 잠기는 일은 혼자 있을 때 해야만 했다. 혼자라면 감정의 최대치를 느낄 수 있기에 그녀는 늘 혼자만의 산책을 하지 않았던가.

다아시의 편지는 이제 눈 감고도 달달 외울 지경이었다. 그녀는 문장이란 문장은 모두 곱씹어 보았다. 편지를 쓴 이의 자신에 대한 감정은 그 때마다 새로웠다. 하지만 청혼하던 때를 생각하면 불끈 화가 솟기도 했다.

그러나 그를 비난하고 매도한 자신의 행동이 얼마나 부적절한 것이었는가를 생각하면, 자신에게 화가 났고, 황당하고 낙심했을 그를 생각하면 동정심이 우러나왔다.

자신에 대한 그의 애정은 감사의 마음을 불러일으켰고, 그의 인격에 대한 존경심마저 들었다. 하지만 그것을 인정할 수는 있되 마음으로 받아들이기란 어려웠다. 나아가 그의 청혼을 거절했던 것이 조금도 후회감이 들지 않았으며, 다시 그를 만나고 싶은 생각도 없었다.

지난날 그녀가 했던 행동은 가슴속에 영원히 남아 있을 회한의 근원이 되었고, 가족들의 결점은 더욱 무거운 굴레가 되었다. 그것은 결코 고쳐질 수도 없었다. 아버지는 어린 딸들을 보고 그저 차가운 웃음을 흘릴 뿐이었고 딸들의 경박한 언행을 막아 보려는 노력은 전혀 하지 않았다. 어머니는 스스로가 예의라거나 정당함과 동떨어져 있다는 사실조차 몰랐다. 엘리자베스와 제인은 서로 힘을 모아 캐서린이나 리디아의 버릇을 가르치려 했지만 어머니가 무조건 감싸는 데야 도리가 없었다. 원래 줏대가 없는데다 예민하고 성격이 급해 그저 리디아가 하자는 대로만 하는 키티는 언니들의 충고를 모욕으로 여겼고, 늘 제멋대로이며 덜렁대는 리디아에게는 무슨 말을 해도 쇠귀에 대고 경을 읽는 격이었다. 그들은 무지하고 게으른 허영심덩어리였다. 메리튼에 장교가 한 사람이라도 있다면 그들은 함께 노닥거릴 것이었고, 롱본에서 걸어갈 수 있는 거리라면 그녀들은 언제라도 그곳으로 갈 것이 당연했다.

한편 언니 제인에 관한 불안한 마음도 점점 커져만 갔다. 다아시 씨의 설명으로 그녀는 빙리를 다시 예전처럼 높이 평가하게 되었기 때문에 더욱 제인이 큰 손해를 보았다고 여기게 되었다.

빙리의 애정은 성실한 것이었으며, 친구가 팥으로 메주를 쑨다고 해도 믿는다는 점을 제외하고는 그는 나무랄 데 없는 신사였다. 가족들의 천박스럽고 어리석은 행동으로 인해 어느 면을 보아도 바람직하고 조건이 좋고 희망찬 미래를 보장할 수 있는 그를 언니가 놓쳤다고 생각하니 너무도 가슴이 아팠다.

이런 생각에 위컴에게 까맣게 속았던 일까지 더해지자 언제나 명랑한 그녀도 우울해지지 않을 수가 없었다.

마지막 주에 그녀는 처음 도착했을 때만큼이나 자주 초대를 받아 로징스로 갔다. 런던으로 출발하기 전날 저녁도 그곳에서 보냈는데, 캐서린 부인은 또다시 여행의 세세한 부분까지 물었고, 짐을 꾸리는 올바른 방법은 단 한 가지라고 주장함으로써 아침 내내 짐을 꾸렸던 마리아까지 집에 돌아가서는 다시 짐을 꾸려야겠다는 생각을 할 정도였다.

그들과 작별을 할 때 캐서린 부인은 마치 인심을 쓰듯 좋은 여행이 되길 빈다며 내년에 다시 헌스퍼드를 방문하라고 했으며, 드 버그 양도 두 사람에게 인사를 하기 위해 손을 내밀기까지 했다.

❧

토요일 아침 엘리자베스와 콜린스는 다른 사람들이 나타나기 전에 아침 식탁에서 마주치게 되었다. 기회를 잡은 그는, 절대 필요하다고 생각되는 정중한 작별의 인사말을 했다.

"엘리자베스 양. 누추하기 그지없는 저희 집을 방문해 주신 데 대한 감사의 말씀을 집사람이 벌써 드렸는지 모르겠군요. 하지만 그런 인사말을 듣지 않고 떠나실 리는 만무하겠죠. 저 역시 그 점을 대단히 감사하게 생각합니다. 넉넉지 않은 살림에 방도 좁고, 하인도 없어 변변한 대접도 못 했고, 사교에도 능숙하지 못한 터라 당신처럼 매력적인 숙녀에게는 헌스 퍼드가 따분한 곳이라는 인상을 주었을지도 모르겠습니다. 그러나 이 같은 불편함을 무릅쓰시면서 저희를 찾아 주신 것에 다시 한 번 깊은 감사의 말씀을 드리며, 당신이 즐거운 시간을 보낼 수 있도록 저희로서는 최대한의 노력을 아끼지 않았음을 믿어 주시기 바랍니다."

엘리자베스는 그에게 사의를 표하며 무척 즐거웠다고 말했다. 정말 즐거운 6주간이었으며, 샬롯을 만나 너무 기뻤고 자상한 배려를 해주어 뭐라고 감사드려야 할지 모른다고 하자, 콜린스는 흡족한 미소를 지으며 엄숙하게 대답했다.

"지내시는 동안 재미있었다는 말씀을 들으니 더없이 기쁘군요. 분명 저희는 최선을 다했습니다. 그리고 운 좋게도 귀한 분들께 당신을 소개할 수 있었으며, 로징스와의 돈독한 관계에 힘입어 초라한 저희 집이 아닌 그곳에서 많은 시간을 보낼 수 있었기에 헌스퍼드 방문이 그다지 지루하지는 않았을 것이라 사료됩니다. 캐서린 부인 일가와 이토록 가깝게 지낼 수 있다는 것은 정말 예외적인 경우이자 가없는 축복이라고 할 수가 있으며 그런 혜택을 누릴 수 있는 사람은 드물다고 해야겠지요. 저희와 로징스 일가와의 관계가 얼마나 가까운지는 끊임없이 그곳으로 초대된다는 것만 보아도 잘 아실 수 있겠죠. 사실 이 목사관은 보잘것없지만, 이곳에 머물면서 저희와 함께 로징스와 교류할 수 있는 사람은 결코 동정의 대상이 될 수 없으니까요."

점차 감정이 격앙됨에 따라 그 정도로는 부족하다고 여겼는지, 엘리자베스가 예의를 갖추면서 진실을 담은 문장을 만들려고 애쓰는 동안 콜린스는 방 안을 왔다 갔다 하지 않고는 견디지 못 하는 것 같았다.

"허트퍼드셔에 가시면 저희들이 이곳에서 아주 잘 살고 있다는 말씀을 전해도 좋겠죠. 엘리자베스 양! 그렇게 해주시는데 별다른 무리는 없으리라 확신합니다. 캐서린 부인께서 제 아내를 각별하게 여기시는 것은 직접 보았을 테니 잘 아시겠지요. 여러 가지를 감안할 때, 당신의 친구가 잘못된 선택을 한 것은… 아, 이 이야기는 하지 않는 것이 좋겠군요. 친애하는 엘리자베스양, 저는 진심으로 당신도 저희처럼 행복한 결혼을 하시길 빌어마지 않습니다. 사랑하는 아내와 저는 일심동체라 할 수 있죠. 성격도 같고 생각도 일치합니다. 우리는 서로 맺어질 수밖에 없는 천생연분이라 해야겠죠."

엘리자베스는 마음 편하게 두 사람이 잘 어울려 보인다는 말을 할 수 있었고, 앞으로의 생활도 행복할 것이며 자신도 그렇게 믿는다고 덧붙였다. 이에 콜린스는 자신이 얼마나 행복한지 조목조목 예를 들어 설명하려 했지만, 행복을 제공하는 당사자인 샬롯이 들어왔기 때문에 이야기를 중단할 수밖에 없었다.

엘리자베스는 그 이야기를 듣지 못했다고 해서 전혀 섭섭할 것이 없었다. 오히려 절친한 친구였던 샬롯을 이러한 군상들 가운데 두고 가야 한다고 생각하니 한없는 슬픔이 밀려 왔다. 하지만 그것은 그녀가 사랑에 눈이 멀어 선택한 삶이 아니었다. 그리고 자신과 작별을 함에 그녀가 서운해 하는 것은 분명했지만, 적어도 슬퍼 동정을 바라지는 않는다는 것을 알 수 있었다. 그녀의 집과 살림, 교구와 가축 그리고 자질구레한 일상사가 아직 그녀에게 활력을 주는 것 같았다.

이윽고 마차가 도착했고, 여행 가방을 올려 묶고 소화물을 안으로 들여넣어 출발 준비를 마쳤다. 샬롯과의 애정 어린 작별 인사를 마친 엘리자베스는 콜린스의 에스코트를 받으며 마차로 향했다.

두 사람이 정원을 걸어 내려오는 동안, 그는 가족들에게 안부를 전해 달라고 했으며 지난 겨울 롱본에서 잘 지내도록 신경을 써준 데 대한 감사의 말도 잊지 않았으며, 잘 알지도 못하는 가드너 부부에게도 인사를 전해 달라는 말을 덧붙였다. 그리고 나서 그녀와 마리아가 마차에 오르는 것을 도와주었다. 마차 문을 막 닫으려는 찰나, 그는 갑자기 당황한 모습을 보이며 그들이 로징스의 지체 높은 분들께 인사말을 남기는 것을 잊었다고 했다.

"하지만," 그가 덧붙였다. "이곳에 머무시는 동안 로징스 저택에 계신 분들이 베푼 친절에 대해 깊은 감사의 말씀과 안부 인사를 전해 주길 기대하시겠지요?"

엘리자베스는 구태여 거절할 필요가 없었다. 그제야 문을 닫을 수 있었고, 마차가 달리기 시작했다.

"어마나!" 조용히 있던 마리아가 큰 소리로 외쳤다. "여기 온 지 며칠 지나지도 않은 것 같은데… 참 일이 많았네요."

"정말 많은 일이 있었지."

엘리자베스가 한숨을 내쉬며 말했다.

"우린 로징스에서 아홉 번이나 식사를 했지요. 티 파티에는 두 번이나 초대받았고요. 사람들에게 들려줄 이야기가 너무 많을 거예요."

엘리자베스는 속으로 말을 보탰다.

'나는 감출 게 정말 많지.'

가는 동안 두 사람은 별다른 대화를 나누지 않았고, 특별한 일도 일어나지 않았다. 헌스퍼드를 떠난 지 4시간 만에 그들은 가드너 씨 댁에 도착했고, 그곳에서 며칠 머물기로 되어 있었다.

제인은 매우 활기차 보였는데, 친절하게도 외숙모가 아가씨들을 위해 사교 모임에 참석할 수 있도록 만반의 준비를 갖추어 두었기 때문에 엘리자베스가 제인의 기분을 물을 시간은 없었다. 그러나 그녀는 자기와 함께 롱본으로 돌아갈 예정이었고, 집으로 돌아가면 관찰할 시간은 충분할 것이었다.

엘리자베스는 다아시가 자기에게 청혼해 온 사실을 언니에게 알리고 싶었지만, 롱본으로 가기 전까지는 참아야 했기에 적잖게 힘이 들었다.

만약 그 이야기를 제인이 듣는다면 크게 놀랄 것은 물론이거니와 아직 완전히 소멸되지 않은 자신의 허영심을 만족시킬 수 있으리라 여겨지기 때문이었다. 대체 어디까지 이야기를 해야 할지 좀처럼 가늠하기 힘들었고, 막상 이야기를 시작하면 자연히 빙리의 일도 거론할 것이기에 그로 인해 언니를 슬프게 만들 수도 있다는 걱정이 앞선 때문이었다.

16

젊은 여인 세 명이 그레이스처치 가에서 허트퍼드셔를 향해 출발한 것은 5월의 둘째 주였다. 베넷 씨의 마차가 마중을 나오기로 되어 있는 여관이 가까워지자, 키티와 리디아가 2층 식당에서 바깥을 내다보고 있는 모습이 눈에 띄었다. 마차가 때맞춰 도착한 모양이었다.

두 아가씨는 그곳에 온 지 벌써 1시간이 지났는데, 그동안 건너편에 있는 모자 상점을 구경하기도 했고, 근무를 서는 위병을 지켜보거나 오이 샐러드를 만들면서 즐겁게 보냈다.

언니들을 맞이하고서 그들은 여관 식당에서 제공하는 냉육이 놓인 식탁을 보여 주며 자랑스러운 어조로 말했다.

"근사하게 뵈지 않아? 맛이 상당히 좋아."

"우리가 한턱 쏠게." 리디아가 덧붙여 말했다. "하지만 돈을 꿔줘야 해. 왜냐하면 우리가 가진 돈은 다 써버렸거든. 이것들을 사느라 말이야."

그리고 그녀는 사 온 물건들을 내보였다.

"내가 산 모자 좀 봐. 아주 예쁘지는 않지만, 그래도 괜찮아 보여서 샀어. 집에 가면 다시 예쁘게 고칠 거야."

언니들이 별로 예뻐 보이지 않는다고 말해도 그녀는 아무렇지도 않다는 듯 덧붙여 말했다.

"그 가게엔 그것보다 훨씬 못한 것도 두세 개나 있었어. 예쁜 실크 천을 사서 장식을 만들어 달면 그럭저럭 쓸 만할 거야. 올 여름에야 아무거나 쓰고 다니면 어때? 부대가 메리튼을 떠난다는데… 보름 안으로 떠난다지, 아마."

"정말이야?"

엘리자베스가 기쁜 음성으로 물었다.

"브레이튼 근처에서 주둔할 거래. 그러니 이번 여름엔 아버지가 우리 모두를 그곳에 데리고 가면 얼마나 좋을까. 너무너무 좋은 생각 아냐? 돈도 안 드니 엄마도 찬성할 테고. 그렇지 않으면 정말 따분할 거야."

엘리자베스는 생각했다.

'맞아. 정말 근사한 생각이겠지. 맙소사! 브레이튼이라구? 별 볼일 없는 의용군 1개 부대와 함께 지내는 건 우리한테 꼭 맞는 일이겠지. 메리튼에서 매달 열리는 무도회만으로도 기분 좋은 일이지만.'

"그런데 언니들에게 전할 소식이 있어." 모두가 식탁에 앉자 리디아가 입을 열었다. "무슨 얘긴 줄 알아? 정말 멋진 거야, 중요하고… 우리 모두가 좋아하는 사람에 관계된 일이란 말이야."

제인과 엘리자베스는 서로를 쳐다보고는 웨이터에게 이제 그만 가도 좋다고 했다.

그러자 리디아는 웃는 얼굴로 말했다.

"언니들은 너무 조심스럽고 고리타분하단 말이야. 웨이터가 있을 때는 말조심을 해야 한다 이거지? 뭐 그 사람이 엿듣기라도 한 대나? 여기서 일하다 보면 내가 지금부터 하려는 얘기보다 더한 것들도 들었을 텐데 왜 그렇게 신경을 쓴담. 그 사람 참 못생겼던데. 어쨌거나 보이지 않으니 기분이 좋네. 그렇게 턱이 긴 사람은 처음 봤다니깐. 그건 그렇고 얘길 해야지. 바로 위컴 씨 얘기야. 하긴 웨이터가 듣기엔 좀 아깝지. 내 얘긴 위컴 씨가 메리 킹과 결혼할 위험은 없다는 거야. 메리는 리버풀에 있는 삼촌 집으로 갔대. 그러니 위컴 씨는 안전한 거지."

"그렇다면 메리 킹도 안전한 거야!" 엘리자베스가 말했다. "적어도 재산을 잃을 염려는 없어진 거지."

"위컴 씨를 좋아한다면서 그렇게 떠나다니… 바보 같이."

"서로 사랑하지 않기 때문이겠지."

제인이 말했다.

"틀림없이 위컴이 그랬겠지. 그 사람은 그런 여자는 안중에도 없었을 거야. 성격도 나쁘고 주근깨투성이인 쪼끄만 여자를 누가 좋아하겠어?"

엘리자베스는 그 말을 듣고 충격을 받았다. 자기라면 그처럼 비속한 표현을 하진 않겠지만, 감정은 그보다 심하면 심했지 덜 하지는 않을 것이었다. 그런 감정을 가슴속에 품어 왔고, 그것을 자유라고까지 여겼던 자신이 한심하다는 생각이 들었다.

식사를 끝내고 계산을 하고서 그들은 마차를 불렀다. 마차 안을 한참이나 정리한 끝에 모두가 앉을 수 있는 공간이 마련되었고, 소화물과 반짇고리, 그리고 키티와 리디아가 구입한 쓸모없는 물건들까지 실을 수 있었다.

"참 재주도 좋네." 리디아가 소리쳤다. "아무튼 모자를 사서 너무 기분이 좋아. 모자 상자가 하나 더 늘어나는 것뿐이라고 해도 좋아. 우리 집까지 가는 동안 편히 앉아서 웃고 떠드는 거예요. 그럼 먼저 언니가 그곳에 가서 어떤 일이 있었는지 얘기해 봐요. 멋진 남자를 만나기라도 했어 아니면 연애를 했어? 언니들이 돌아오기 전까지 한 사람쯤은 신랑감을 정했으면 하고 바랐거든. 얼마 안 있으면 큰언니는 스물셋이니 노처녀가 될 거 아냐. 맙소사! 내가 스물셋까지도 결혼을 못 한다면 얼마나 창피할까? 이모가 언니들 결혼시키려고 얼마나 애쓰는지 몰라. 리지 언니가 콜린스 씨의 청혼을 받아들였더라면 좋았을 것이라고 하시거든. 나도 이모가 절대 농담하시는 건 아니라는 생각이 들어. 내가 언니들보다 먼저 시집을 가 버릴까? 만약 그렇게 된다면 내가 언니들 보호자가 되어 무도회에 데리고 갈 수 있을 거 아냐? 참, 지난번 포스터 대령 댁에서 재미있는

273

일이 있었어. 낮에 약속한 대로 키티와 내가 거길 갔는데, 포스터 대령 부인이 밤에는 조촐한 무도회를 열겠다고 했어. 내가 그 부인하고 제법 친하거든. 부인은 해링턴 씨네 딸들을 불렀는데, 해리엇이 아파서 펜만 오게 되었지. 그리고 나서 우리가 뭘 했는지 알아? 챔벌린한테 여자 옷을 입혀서 귀부인처럼 만들었어. 정말 재미있었어. 생각해 보라니까. 포스터 대령 부부 하고 키티와 나 말고는 아무도 알아보지 못 했단 말이야. 아냐, 이모도 알았어. 여장을 시키느라 이모한테 가운을 빌려야 했거든. 챔벌린이 얼마나 예뻤는지 언니들은 상상도 못 할 거야. 데니, 위컴, 프랫 그리고 두세 명의 남자가 왔는데 알아본 사람이 없었어. 너무 재미있어서 난 한참 웃었다니까! 포스터 부인도 그랬고. 웃다가 죽을 지경이었다니까. 그래서 결국 남자들이 눈치를 채고 말았지만 말이야."

리디아는 자기가 참석한 파티에서 겪은 이야기나 농담을 하면서 일행을 즐겁게 해주려 했고, 키티는 가끔씩 이야기를 보탰다.

엘리자베스는 될 수 있는 대로 듣지 않으려 했지만 계속 위컴의 이름이 나왔기 때문에 듣지 않을 수가 없었다.

집에서는 따뜻한 환영을 받았다. 베넷 부인은 제인이 여전히 예쁜 것을 보고 기뻐했고, 베넷 씨는 식사 중에 여러 번 엘리자베스에게 먼저 말을 걸었다.

"리지, 잘 돌아왔다."

루커스 씨 가족들이 마리아에게 소식을 듣기 위해 왔기 때문에 식당에는 제법 많은 사람들이 모여 있었다. 그들이 듣고 싶어 하는 얘기는 여러 가지였다.

루커스 부인은 식탁 건너편에 앉은 마리아에게 맏딸의 안부나 가축에 대해 물었고, 베넷 부인은 약간 아래쪽에 자리한 제인에게 최신 유행이 무엇인지 물어 보면서, 그 이야기를 루커스 씨네 막내딸들에게 전하느라 이중으로 바빴다. 리디아는 듣는 사람만 있으면 누구보다도 큰 목소리로 오전 중에 있었던 여러 가지 재미있던 일을 열심히 얘기하고 있었다.

"메리 언니!" 리디아가 말했다. "언니도 우리와 함께 갔더라면 참 좋을 뻔했어. 얼마나 재미있었는데. 가는 도중에 키티 언니 하고 둘이서 차양을 전부 내려서 마차 안엔 아무도 없는 것같이 보이게 했거든. 키티가 멀미만 하지 않았으면 난 그대로 가려고 했지. 조지 여관에 도착해서는 아주 잘했다고 생각해. 다른 사람들한테 세상에서 가장 멋진 냉육 요리를 대접해 주었으니까. 언니도 같이 갔더라면 맛있게 먹을 수 있었을 텐데. 그리고 돌아올 때도 정말 재미있었어! 마차를 타지 않았으면 더 좋았을 거야. 처음에는 마차에 모두 타지 못할 줄 알았어. 어찌어찌해서 타긴 했는데… 우스워서 죽을 뻔했어. 어찌나 큰소리로 웃고 떠들었는지 10마일 밖에서도 들을 수 있었을 거야."

이 말을 들은 메리는 진지한 얼굴로 말했다.

"리디아! 너희들이 충분히 즐거웠다는 건 알아. 평범한 여자들이라면 누구나 좋아할 수 있는 일일 테니까. 하지만 나는 그렇지 않아. 책 읽는 게 훨씬 좋거든."

그러나 리디아는 그녀의 말을 한마디도 듣지 않았다. 원래 그녀는 누구의 말에도 귀를 기울이지 않았으니, 메리의 말이라고 해서 예외는 아니었던 것이다.

오후가 되자 리디아는 함께 메리튼으로 가서 모두 어떻게 지내고 있는지 알아보자고 했지만 엘리자베스는 결사적으로 반대하고 나섰다.

베넷 가문의 규수들이 집에 돌아온 지 반 나절도 지나지 않아 장교들의 꽁무니나 쫓아다닌다는 말을 들을 필요는 없다는 것이었다. 그리고 그녀가 이토록 반대하는 데에는 또 다른 이유가 있었다. 그녀는 위컴과 다시 얼굴을 마주친다는 일이 두려웠기에 가능하면 피하고자 했던 것이다. 부대의 이동 시기가 다가왔다는 것은 그나마 큰 위안을 주는 소식이었다. 2주일 후면 그들은 메리튼을 떠날 것이며 그렇게 되면 위컴으로 인해 괴로움을 당할 것은 없으리라 생각했다.

집에 돌아와서 몇 시간도 안 되어 그녀는 여관에서 리디아가 얘기한 브레이튼 행이 양친 사이에서도 자주 논의되고 있다는 사실을 알게 되었다. 엘리자베스는 아버지가 그 일을 수락할 의사가 전혀 없다는 것을 알았지만, 태도가 워낙 애매했기 때문에 어머니는 실망을 했으면서도 완전히 단념하지는 않은 것 같았다.

17

❦

엘리자베스는 그동안 자신이 겪은 일을 제인에게 말하고 싶어 안달이 날 지경이었다. 다음날 아침 그녀는 제인과 관련된 부분을 제외하고, 언니에게 절대 놀라지 말라고 신신당부하면서 다아시 씨와 자기 사이에 있었던 일을 이야기하기 시작했다.

제인은 너무 놀랐지만 금방 안정을 되찾았다. 언니로서 워낙 동생을 아끼는 만큼, 엘리자베스가 누군가의 구애를 받는 것은 지극히 당연한 일로 여긴 때문이었다. 물론 전혀 예상치 못 한 일이었기에 놀라움도 작지 않았지만 그것은 또 다른 생각에 묻혀 버리고 말았다. 다이시가 자기의 감정을 고백함에 있어, 왜 그렇게 서툰 방법을 썼는지 아쉬워했으며, 동생에게 거절을 당하고 나서 얼마나 실의에 빠졌을까를 생각하니 그에 대한 동정심마저 들었다.

"자기 청혼이 틀림없이 받아들여지리라 생각했던 것부터가 실수였어." 그녀는 이렇게 말했다. "차라리 알리지 않는 것보다 못 한 일이었어. 그러니 실망도 더 컸을 테고."

"맞는 말이야." 엘리자베스가 대답했다. "나도 진심으로 미안하게 생각해. 하지만 그 사람은 나와 관계된 일 외에도 다른 일이 많으니까 금방 잊을 거야. 언니는 설마 내가 큰 잘못을 했다고 여기지는 않겠지?"

"네가 무슨 잘못을 했다고? 천만의 말씀이야."

"그렇지만 그토록 흥분해서 위컴에 대한 이야기를 한 건 잘했다고 보진 않겠지."

"아냐. 네가 잘못한 건 없다고 생각해."

"하지만 바로 다음날 일어났던 얘기를 들려주면 잘못했다고 생각할지도 모르지."

이어서 엘리자베스는 편지 이야기를 했고, 내용 중에 있는 조지 위컴과 관계된 부분을 그대로 옮겼다. 그런데 그것이 제인에게 엄청난 충격을 줄 줄은 전혀 몰랐다. 위컴이 가진 악덕이 한 사람이 아니라 모든 인류를 통틀어도 존재하지 않을 것이라 굳게 믿으며 기쁜 마음으로 세상을 살아갈 제인이었으니 충분히 그럴 만도 했지만.

다아시의 누명이 벗겨진 것은 다행이긴 했지만 그녀의 기분을 바꾸어 줄 수는 없었다. 그녀는 그 일이 어쩌면 오해에서 빚어진 결과일지도 모른다며, 어느 한 사람을 다치지 않으면서 다른 사람의 입장을 옹호해 보려 노력했다.

"쓸데없는 일이야." 엘리자베스가 말했다. "결코 두 사람 모두가 착할 순 없어. 한쪽을 택할 수밖에 없지. 두 사람 사이에는 한 사람 분의 선만 존재하니까. 요즘에는 그것마저 오락가락하고 있으니 답답한 일이지.

나는 다아시 씨가 착한 것으로 믿고 싶지만, 언니는 언니가 좋을 대로 생각해."

한참의 시간이 흐르고 나자, 제인은 미소를 지으며 말했다.

"이렇게 큰 충격을 받긴 처음이야. 위컴이 그렇게 못된 인간이라니! 정말 믿어지지가 않아. 다아시 씨가 너무 불쌍해. 리지, 그분이 얼마나 괴로웠을지 생각해 봐. 크게 실망했을 거야. 게다가 네가 자신을 나쁜 사람으로 생각하고 있다는 사실까지 알게 됐으니 말이야. 여동생이 그런 끔찍한 일을 당했다는 것까지 알려야 했다니… 정말 너무 가슴 아픈 일이야. 너도 그렇게 생각하지 않니?"

"아냐. 언니가 내 몫까지 걱정하고 슬퍼해 줘서 그런지 나는 전혀 그런 기분이 들지 않는걸. 언니가 그분을 올바르게 평가하다니, 난 점점 무덤덤해지고 어떻게 되든 상관없다는 생각이 들거든. 언니가 그렇게 베푸니까 나는 깍쟁이가 될 수밖에. 언니가 그분을 동정하면 할수록 내 마음은 가벼워질 거야."

"따지고 보면 위컴도 불쌍해. 둘도 없이 선량하게 생겼고, 태도도 얼마나 기품 있고 신사 같은데……."

"그 두 사람은 틀림없이 교육상의 커다란 문제가 있었을 거야. 한쪽은 선량함이 속에만 가득하고, 다른 한쪽은 그것이 밖으로만 보일 뿐이니까 말이야."

"난 조금 다른데. 다아시 씨의 외모가 크게 부족하다고 보여지진 않는 걸."

"나는 그 사람을 끔찍이도 싫어하는 것을 딴에는 무척이나 똑똑하다고 생각했던 거야. 어떤 근거도 없는데 말이지. 그 같은 혐오를 품게 되면, 자기 재능을 키울 수 있는 든든한 발판을 얻은 것과 마찬가지고, 또한 순발력을 맘껏 발휘할 수 있는 기회를 얻게 되는 거야. 항상 사람의 단점만

꼬집어 얘기하려 들게 되니, 바른 말은 전혀 할 수가 없게 되지. 그렇게 누군가를 비웃다 보면 종종 재치 있는 표현이 밖으로 튀어나오는 게 당연하거든."

"리지! 아마 그 편지를 처음 읽었을 때는 틀림없이 지금처럼 생각하진 않았을 거야."

"맞아, 그랬어. 무척 혼란스러웠지. 너무나 불편해서, 아니 불행했다고 해야 옳겠지. 더욱이 이야기를 나눌 사람도 없었으니까. 언니처럼 위로하면서 '너는 스스로가 생각하듯 그렇게 약하지도 않고 호락호락하지도 않다'고 말해 줄 사람도 없었단 말이야. 아! 그때 언니가 나와 함께 있었더라면."

"위컴 얘기를 다아시 씨한테 할 때 그렇게 심한 표현을 한 건 정말 잘못한 일이야. 그렇게까지는 얘기하지 않아도 됐을 텐데……."

"맞아. 그렇지만 안타깝게도 그렇게 지독한 말을 한 건, 평소에 내가 품고 있던 생각이 밖으로 드러난 거지. 그나마 옳지도 않은 편견이. 그런데 언니 생각을 묻고 싶은 게 있어. 위컴의 정체를 사람들에게 알려야 할지 말아야 할지… 어떻게 하는 게 좋을까?"

제인이 잠시 사이를 두었다가 답했다.

"구태여 폭로할 것까지는 없다고 생각해. 너는 어떤데?"

"그래. 그런 일을 해선 안 되겠지. 다아시 씨는 자기가 알린 내용을 만천하에 공개해도 된다고 하진 않았으니까. 그리고 여동생에 관한 얘기는 나만 알고 있으라고 신신당부했고. 그 이야기를 쏙 빼고 나머지 이야기만으로는 사람들을 납득시키기도 힘들겠지. 누가 믿기나 하겠어? 많은 사람이 다아시 씨한테 그릇된 편견을 가지고 있기 때문에, 섣불리 그 사람을 감싸 주려다간 메리튼 주민의 반 정도와는 싸워야 할 거야. 난 그럴 자신이 없어. 하긴 다아시 씨가 실제로 어떤 사람이건 간에 이곳 사람들과는 별 관계없는 일이지. 진실은 언젠가는 밝혀질 테니까. 그때 가서 우리는 으스댈 수 있겠지. 그것도 몰랐냐고 하면서 말이야. 어쨌거나 지금으로선 그 일에 대해 아무것도 말하지 않는 게 좋겠어."

"네 말이 맞아. 잘못을 알리게 되면 자칫 그 사람을 영원히 매장시킬 수도 있어. 그 분도 지금쯤은 자기가 한 일에 대해 후회도 하고, 실추된 명예도 회복하고 싶어 하겠지. 그런 사람에게 상처를 줘서는 안 돼!"

언니와 이야기를 하고 나자, 엘리자베스는 혼란스러웠던 마음을 상당히 진정시킬 수 있었다. 2주일 동안 가슴을 답답하게 만들었던 비밀 가운데 두 가지를 털어놓았으니, 이젠 언제라도 다시 이야기를 하고 싶어지면 제인도 쾌히 들어 줄 게 확실했다.

물론 아직도 감추고 있는 일이 있긴 했지만, 그것을 밝히는 일은 보다 신중을 기하기로 했다. 그녀는 다아시가 보낸 편지의 나머지 부분을 이야기를 할 수도 없었고, 빙리 씨가 언니를 얼마나 사랑했는지 설명할 수도 없었다. 그리고 설혹 자기가 그 마지막 비밀을 털어놓는다 하더라도 당사자끼리 서로를 완벽하게 이해해야만 정당화시킬 수 있을 것이었다.

'거의 불가능하겠지만 만약 실제로 그 일이 일어난다면, 빙리 씨 스스로가 더욱 기분 좋게 말할 수 있을 그런 일을 굳이 내가 나설 필요는 없어. 내게 그런 자유가 생긴다면, 그 일은 누구나 다 아는 것일 테니 별다른 가치도 없을 것이고.' 그녀는 이렇게 생각했다.

집에 와 있는 동안 엘리자베스는 언니의 모습을 여유 있게 관찰할 수 있었다. 살펴본 결과, 제인은 그다지 행복한 편이라고 할 수는 없었다. 현재까지도 빙리 씨에게 깊고 애절한 애정을 품고 있는 것 같았다. 그전에는 사랑의 열병을 앓은 적이 없는 그녀이기에, 첫사랑의 정열을 지니고 있음은 물론 나이나 성격 때문에 첫사랑으로 보기는 쉽지 않은 일관된 마음이 있었다. 그에 대한 기억을 소중히 간직하고, 다른 사람은 전혀 눈에 차지도 않는 것이 당연했지만, 자신의 건강을 해치고 주위 사람들을 성가시게 하는 번민에 빠지지 않도록 배려하고 있었다.

"리지! 그렇지만," 어느 날 베넷 부인이 말했다. "네 언니의 문제에 대한 생각은 어떠냐? 나로서는 누구에게도 두 번 다시 이 이야기를 꺼내지 않을 생각이다. 일전에도 네 이모에게도 그렇게 말했어. 그런데 제인은 런던에서 그 사람을 만나 보지 못한 것 같더구나. 정말이지, 상대할 가치도 없는 청년인가 봐. 이제 네 언니가 그 사람과 맺어진다는 것은 불가능해. 알 만한 사람들한테는 모두 물어 보았는데, 여름에 네더필드로 돌아온다는 소리는 없더구나."

"그분은 이제 네더필드에서 살지도 않을 것 같던데요."

"그거야 자기 마음이겠지. 누가 자기한테 꼭 와달라고 부탁을 하기라도 했다든? 그렇지만 너무 심했어. 만약 내가 그 애였다면 그저 참고만 있지는 않을 거야. 하긴 그렇게 해봤자 제인은 상처를 받아 죽어 버릴 테고, 그 사람은 자기가 한 일을 후회하는 정도겠지만."

하지만 그 같은 상상이 전혀 소용될 것이 없기에 엘리자베스는 대답하지 않았다.

"그런데 말이다." 그녀의 어머니는 다시 말을 이었다. "콜린스 부부는 잘 살고 있니? 언제까지나 그렇게 살았으면 좋겠구나. 먹는 것 어떻든? 샬롯은 알뜰한 애니까, 친정 엄마 반만큼이라도 되면 돈 꽤나 모을 거다. 낭비는 절대 하지 않을 테니 말이다."

"네, 정말 그래요."

"그래, 개라면 잘할 거야. 그렇고말고. 절대 자기네 수입보다 많이 쓰는 일은 없을 거다. 그리고 네 아버지가 세상을 떠나시고 나면 롱본을 가지게 될 것이라고 떠들고 있을 거야. 아주 자기들 손에 들어온 것처럼 생각하고 있겠지."

"그런 얘긴 제 앞에선 꺼내지 않았어요."

"당연히 그래야지. 꺼내는 게 오히려 이상한 일이지. 하지만 끼리끼리는 그런 말을 할 거야. 법적으로 자기 소유도 아닌 재산을 가지는 걸 아무렇지도 않게 여긴다면… 뻔한 거야. 나라면 한정 상속으로 재산을 물려받는다면 창피해서 고개도 들지 못할 거다."

18

집에 돌아온 후 첫 주가 눈 깜짝할 사이에 지나가고 둘째 주로 접어들었다. 부대가 메리튼에 주둔하는 마지막 주일이라서, 인근에 사는 젊은 아가씨들은 모두 기분이 어두웠다. 다만 베넷 집안의 두 큰딸들은 평상시와 다름없이 먹고 마시고 잠을 잤다. 키티와 리디아가 언니들의 무신경을 비난했는데, 누구보다도 슬픔이 큰 그들로서는 자기 가족 중에 이처럼 무신경한 사람들이 있다는 사실을 받아들일 수 없었던 것이다.

"우린 어떻게 해야 될까? 도무지 알 수가 없으니." 그들은 가슴을 저미는 듯한 슬픔에 빠져 이렇게 부르짖곤 했다. "리지 언니! 언니는 어떻게 그렇게 싱글벙글하고 있을 수가 있어?"

정이 많은 어머니는 그들과 슬픔을 함께 했다. 25년 전에 자기도 비슷한 슬픔을 겪었기 때문이다.

"그때," 베넷 부인이 말했다. "밀러 대령 부대가 떠나고 나서 이틀 동안 하염없이 울었단다. 가슴이 찢어지는 것만 같았지."

"내 가슴도 찢어질 것 같단 말이야." 리디아가 말했다. "브레이튼으로 갈 수만 있다면 얼마나 좋을까?"

이에 베넷 부인이 맞장구를 쳤다.

"그래. 그렇게 될 수만 있다면 좋겠지. 하지만 아빠가 별로 좋아하는 것 같진 않아서 말이다."

"해수욕만 해도 기분이 좋아질 텐데."

"필립스 이모는 내게 해수욕을 하면 무척 좋을 거라고 했어." 키티가 말했다.

롱본 집에서는 이 같은 불평이 쉴 새 없이 터져 나왔다. 엘리자베스는 그들과 짐짓 어울림으로 해서 기분을 바꿔 볼까도 했지만, 즐겁기는커녕 모멸감만 느낄 뿐이었다.

그녀는 다아시가 옳았다는 것을 다시금 깨닫게 되었으며, 친구의 문제에까지 간섭한 사실마저 용서하고 싶은 마음이 가슴속에서 구름처럼 피어올랐다.

그러나 리디아의 앞길에 드리웠던 어두운 그림자는 금세 걷히게 되었다. 왜냐하면 포스터 대령 부인이 브레이튼으로 함께 가자고 그들을 초대한 때문이다.

더없이 소중한 친구는 아직 젊었고, 결혼한 지 얼마 되지 않았으며 명랑하고 활발한 점이 비슷해서 리디아와 죽이 맞았고, 사귄 지 3개월만에 무척이나 친한 사이가 된 것이다.

이 소식을 듣고 난 리디아의 환성, 포스터 부인에 대한 찬사, 베넷 부인의 만족, 그리고 키티의 원망 등은 도저히 말로는 도저히 표현 못할 정도였다. 언니들의 기분은 안중에도 없는 듯 그녀는 온 집안을 뛰어다니며 축하해 달라고 하면서 어느 때보다도 더 크게 웃고 떠들었다. 반면에 키티는 응접실에 틀어박혀 알아듣기 힘든 억양만큼이나 터무니없는 말로 자기 처지를 비관하고 있었다.

"포스터 부인은 왜 리디아만 초대하고 나는 부르지 않는 거야? 아무리 내가 그렇게 친하지는 않다고 해도 말이야. 나도 권리는 있단 말이야. 아니 더 많지. 두 살이나 위니까."

엘리자베스는 그녀를 설득하려 애쓰고, 제인이 체념시키려 달랬지만 아무런 소용이 없었다. 엘리자베스는 이 같은 초대로 인해 리디아나 어머니처럼 기뻐하기는커녕 그나마 리디아가 지닌 상식마저 앗아 가는 사형 선고라고 여겼다. 그래서 그녀는 나중에라도 알려지면 큰일을 당할지도 모르는 위험을 무릅쓰면서까지. 동생을 보내지 말도록 아버지에게 권고하지 않을 수가 없었다. 리디아는 품행이 그다지 좋다고 할 수는 없으며, 포스터 부인 같은 여자와 가깝게 지낸다고 해서 별로 좋을 것이 없으며, 집과는 달리 모든 것이 자유로운 브레이튼 같은 곳에서 그런 친구와 함께 있으면 훨씬 유혹에 빠지기 쉬울 것이라는 점을 세세히 설명했다.

아버지는 그녀의 이야기를 주의 깊게 듣고서는 말했다.

"리디아는 어디라도 사람들이 북적대는 곳에 있기를 좋아하는 아이라 할 수 있다. 이번 경우는 돈도 들지 않고, 가족들을 불편하게 하지도 않을 테니 괜찮을 성 싶구나."

이에 엘리자베스가 말했다.

"혹시라도 리디아가 멋대로 행동하는 모습이 남의 눈에 띄어 우리 가족이 피해를 입을 수도 있어요. 아니 벌써 입었다고요. 그러니 다시 생각해 주세요."

"이미 피해를 끼쳤다구!" 베넷 씨가 되뇌었다. "그래 네가 관심을 가졌던 남자 몇 명을 놀라게 만들어서 쫓아내기라도 했더냐? 리지, 정말 안됐구나. 하지만 실망하지 마라. 집안에 그런 사람이 있다고 해서 인연을 맺을 수 없다고 여기는 까다로운 사내라면 헤어진 걸 슬퍼할 이유가 없으니까 말이다. 어디 리디아 때문에 도망친 녀석들 명단이라도 가지고 있니?"

"아빠, 그건 저를 잘못 보시고 하시는 말씀이에요. 제가 그런 피해를 입은 게 아녜요. 저는 우리 가족 모두가 입은 피해를 얘기하고 있어요. 제멋대로 행동하고 자기 절제라곤 눈곱만큼도 없는 아이이기 때문에 우리 모두가 손가락질을 받는 거예요. 죄송하지만 저도 이렇게 밖에 말할 수가 없어요. 만약 지금 아버지께서 그 아이에게 거침없는 성격과 남자 뒤를 쫓아다니는 무분별한 행동에 제동을 걸어 주지 않는다면 그 애는 정녕 돌이키기 힘들게 될 것이 너무도 뻔하거든요. 저런 성격이 굳어져 버려 열여섯에 자기 자신과 가족들까지 손가락질을 받게 만드는 엄청난 바람둥이가 되고 말겠죠. 그것도 아주 천박스럽기 그지없는 바람둥이가요. 그저 젊고 몸매가 괜찮다는 것 외에는 아무것도 가지지 않은. 저토록 거침이 없으니 모두가 눈꼴사나워 할 텐데, 아무 생각도 없는 애가 어떻게 하겠어요? 키티도 마찬가지예요. 리디아 닮은꼴이니까요. 무식하고 게으르고, 허영심으로만 똘똘 뭉쳐 있다구요. 그래도 아버지께선 그 애들이 어디 가서 욕을 먹거나 경멸당하지 않고 또 언니인 저희들까지도 덤으로 넘어가지 않으리라고 생각하실 수 있어요?"

베넷 씨는 그녀가 온힘을 모아 이 문제를 해결하려 한다는 사실을 알았다. 그래서 그는 다정스럽게 그녀의 손을 잡고서 대답했다.

"그렇게 걱정할 것까지는 없다. 너나 네 언니는 어디에 가더라도 대접받고 사랑받을 거야. 모자란 동생이 두어 명 있다고 해서 크게 손해 볼 일은 없을 거다. 하지만 리디아가 브레이튼으로 가지 않는다면 이곳 롱본의 평화는 보장할 수 없을 거야. 그러니까 보내자는 거다. 포스터 대령은 그리 막된 사람이 아니니 그 애를 잘 단속할 거야. 게다가 그 앤 가진 것도 없으니 누가 노리지도 않을 테고 말이다. 아마 브레이튼에 가면 바람둥이 축에도 끼지 못 할 거야. 장교들도 좀 더 관심을 가질 만한 여성을 찾으려

들 테고. 그러니까 그 애가 그곳에 가서 자신이 얼마나 부족한가를 느끼고 돌아오길 기대해 보자꾸나. 만약 지금보다 더 나빠진다면, 그 때는 평생 동안 가둬 놓는다고 해도 할 말이 없겠지."

아버지의 대답에 엘리자베스는 만족하는 수밖에 없었다. 그러나 그녀의 생각은 변함이 없었기에 낙심하여 썩 좋지 못한 기분으로 물러섰다.

그러나 그녀는 같은 일로 두고두고 고민하는 성격은 아니었다. 나름대로 할 바는 다 했으니, 피치 못할 재난을 마음속으로 걱정하거나 불안한 마음으로 근심을 공연히 키울 필요는 없다고 여겼다.

혹시라도 리디아와 어머니가, 그녀와 아버지가 나눈 이야기 내용을 알게 된다면, 두 사람의 심한 수다로도 표현하지 못할 정도로 화를 낼 것은 틀림없었다. 리디아의 생각으로는, 브레이튼으로 간다는 것 자체가 이 세상에 있는 모든 행복을 누린다는 것을 의미했으니까.

그녀는 상상의 눈으로 온통 장교들로 가득한 멋진 해수욕장을 보았고, 지금은 알지 못하는 수많은 사내들의 시선을 한 몸에 받고 있는 자신을 보았다. 그리고 부대가 야영하는 모습도 볼 수가 있었다. 멋지고 질서 있게 줄 맞춰 자리한 막사에는 붉은 군복을 입은 젊은 장교들이 있었다. 그리고 그녀 자신은 여섯 명의 장교들에게 둘러싸여 있었다.

만약 언니가 자신의 이 같은 기대와 상상을 빼앗으려 한다는 사실을 알았다면 기분이 어땠을까? 그것을 이해하고 같이 슬퍼할 사람은 어머니밖에 없을 것이었다. 남편이 브레이튼으로 갈 의사가 없다는 것을 확인하고 우울해진 그녀에게는 리디아가 그곳에 가는 일만이 유일한 위안이었다.

하지만 두 사람은 어떤 일이 있었는지 전혀 모르고 있었기에, 리디아가 집을 떠나는 날까지 계속 기분 좋은 상태로 지낼 수 있었다.

엘리자베스는 위컴과 마지막 만남을 가지게 되었다. 롱본에 돌아온 후

몇 번 어울릴 기회가 있었기 때문에 이제 마음도 많이 가라앉았고 과거와 같은 설렘도 모두 사라지고 말았다. 한때는 자기를 황홀하게 했던 싹싹한 태도에서 가식과 단조로움을 발견하자 혐오감마저 들게 되었다. 그뿐 아니라 자기를 대하는 현재의 태도도 새로운 불쾌감을 주고 있었다. 그들이 처음 만났을 때처럼 관심을 끌어 보려는 그의 호의조차, 이미 많은 일을 겪은 그녀에게는 짜증스러운 것이었다. 자기가 이와 같이 하찮은 연애의 대상으로 선택되었다는 사실을 알고 나자 그에 대한 관심은 모두 사라지고 말았다.

관심을 보이지 않은 지 얼마나 오래 되었든 간에 그리고 그 동기가 무엇이든 간에, 새롭게 관심을 보인다면 그녀의 허영심은 충족될 것이며 호의 또한 회복될 것으로 그가 믿고 있다는 사실에는 스스로에게도 일말의 책임이 있다는 것을 엘리자베스도 느끼지 않을 수 없었다.

부대가 브레이튼으로 떠나기 전날, 위컴은 다른 장교 몇 사람과 어울려 롱본에서 식사를 했다. 엘리자베스는 비록 헤어지는 마당이라도 그의 기분을 맞춰 주고 싶지는 않아서, 헌스퍼드에서 어떻게 지냈느냐고 그가 물어 왔을 때 피츠윌리엄 대령과 다아시 씨가 로징스에서 3주 동안 있었다는 이야기를 해주고 혹시 대령하고는 안면이 있는 사이가 아니냐고 물어 보았다.

그는 매우 놀랐고 불쾌하며 낭패스런 표정을 지었다. 그러나 곧 정신을 가다듬고는 미소를 지으며 전에는 그를 자주 만났다고 대답했다. 매우 신사적인 사람이라고 말하고 나서, 그녀에게 그를 어떻게 생각하느냐고 물어 왔다. 그녀가 무척 좋은 분 같았다고 대답하자, 그는 아무렇지도 않은 표정을 짓더니 다시 물었다.

"로징스에는 얼마나 계셨다고 했죠?"

"대략 3주일쯤 되요."

"그 사람을 자주 만나셨나요?"

"예, 거의 매일 보다시피 했어요."

"다아시 하고는 많이 다를 텐데요. 그렇지 않았나요?"

"그랬어요. 많이 달랐죠. 하지만 다아시 씨도 자주 보니까 괜찮은 분 같더군요."

"괜찮다구요?"

그가 대답할 때 엘리자베스는 위컴의 표정을 놓치지 않았다.

"한 가지 여쭤 보겠습니다." 위컴은 짐짓 쾌활한 어조로 덧붙여 말했다. "괜찮다니… 무엇이 그렇다는 말씀인가요? 말솜씨가요? 평소에도 더욱 무게를 잡던가요?" 그리고 그는 진지하게 말을 이었다. "아무리 그래도 본성이 나아질 리는 없겠죠."

"그, 그래요." 엘리자베스가 말했다. "사람의 본성이 변하기란 쉬운 일이 아니니까요."

그녀가 이야기하는 동안 위컴은 그 말을 듣고 기뻐해야 할지 아니면 숨은 뜻이 있는지 도무지 분간을 못하는 듯한 표정이었다. 더구나 그녀의 표정에는 그를 두렵게 만들어 귀를 기울이도록 하는 무언가가 있는 것 같았다. 이어 그녀는 다음과 같이 말했다.

"자주 만나 보니 괜찮아졌다고 해서 그의 생각이나 태도가 좋아졌다는 뜻은 아니에요. 다만 보다 가까워진 만큼 그 사람 자체를 이해할 수 있게 되었다는 말이죠."

위컴의 얼굴은 붉게 물들었고, 눈을 어디에 두어야 할지 모를 정도로 불안해하는 듯했다. 그는 몇 분 동안 잠자코 있다가, 당황한 기색을 떨쳐 버리고 다시 그녀를 향해 한없이 부드러운 어조로 말했다.

"당신은 다아시에 대한 내 감정을 잘 알고 있으시니, 그가 겉모습이나마 나아진 것을 내가 얼마나 기뻐할지도 아시겠지요. 참을 수 없는 오만함도 그렇게만 된다면 자신에게는 몰라도 다른 사람들에게는 도움이 되겠죠. 지금까지 내가 고통 받아 온 것 같은 일은 더 이상 저지르지 못할 테니까 말입니다. 다만 내가 걱정하는 것은 당신의 얘기처럼 그가 상당히 조심스러워졌다는 것도 이모님을 찾아갈 때만 그렇게 보이려 노력하는 것 같다는 거죠. 좋은 모습을 보이려고 말입니다. 예전에 함께 있을 때는 그는 이모님을 무척 무서워했거든요. 뭐, 따지고 보면 드 버그 양과 혼인하려고 그런다는 것을 알 수 있겠죠."

그 말을 들은 엘리자베스는 터져 나오려는 웃음을 참으며 고개를 끄떡임으로써 대답을 대신했다. 언제나 케케묵은 원한으로 그녀의 동정심을 유발하려는 것이 그의 수법이었지만, 엘리자베스는 더 이상 그의 장단에 놀아날 까닭이 없었다.

위컴은 그날 저녁도 평소와 마찬가지로 쾌활하게 웃고 떠들었지만, 엘리자베스에게 특별한 관심을 보이려 하지 않았다. 그리고 마침내 두 사람은 서로 정중하게 작별했는데, 서로 다시는 만나지 않기를 바라는 생각을 품었음에 틀림없었다.

파티가 끝나자 리디아는 포스터 부인과 함께 메리튼으로 돌아갔다. 다음날 아침 일찍 그곳에서 출발하기로 되어 있는 때문이었다. 그녀와 가족 사이의 작별은 슬프기는커녕 시끌벅적하기만 했다. 키티만 울었는데, 그것은 자신은 가지 못한다는 사실에 시샘이 나서였다. 베넷 부인은 딸의 행복을 기원하는 말을 잔뜩 늘어놓으며 기회가 있을 때 마음껏 즐기라고 당부했다. 리디아가 이 충고를 귀담아 들은 것은 당연했고, 한껏 흥이 난 그녀의 귀에 언니들의 인사말이 들릴 리 만무했다.

❧

19

만약 엘리자베스의 생각이 모두 가정생활을 바탕으로 이루어진 것이라면, 그녀는 행복한 결혼이나 안락한 가정이라는 것에 대해 아름다운 모습을 그려 낼 수는 없을 것이었다.

아버지는 젊고 아름다운, 그처럼 젊고 아름답다면 누구나 마음씨도 고우리라고 생각할 수 있는 여성과 결혼했는데, 정작 그녀는 머리도 나쁘고 마음씀씀이도 별로여서 이미 결혼 초기에 그녀에 대한 애정을 접었다고 할 수 있었다. 존경이라든가 배려, 신뢰 등은 영원히 사라져 버렸고, 행복한 가정을 이루겠다는 희망은 산산조각이 나고 말았다.

그러나 베넷 씨는 스스로의 경솔함 때문에 자초한 환멸의 위로를, 흔히 불쌍한 사람들이 자신의 어리석음이나 악덕을 달래기 위해 탐닉하기 쉬운 쾌락 같은 데서 찾는 성격은 아니었다.

그는 전원이나 책을 좋아했고, 이 같은 취미에서 위안을 얻었다. 부인에게 덕을 본 것이라고는 그녀의 무지와 어리석음이 가끔씩 그를 웃음 짓게 만들었다는 사실 외에는 없었다. 이것은 일반적으로 남편이 부인한테서 얻고자 하는 행복은 아니지만, 그 외에 달리 취할 것이 없을 때는 그대로 즐기는 것이 진정으로 현명한 사람일 것이다.

엘리자베스가 남편으로서 아버지의 태도가 정당하다고 느끼는 것은 아니었다. 그녀 역시 늘 아픔을 느끼고 있었다고 할 수 있을 것이었다. 그러나 그녀는 아버지의 능력을 존경했고, 자신에게 사랑을 베풀어준 데 깊이 감사하면서도 결혼의 의무와 예절이 일상적으로 깨지고 있는 현실을 애써 못 본 체하고 잊으려 애썼다. 부인이 자식들에게 경멸을 받더라도 신경 쓰지 않는 것이 못마땅하긴 하지만.

그러나 그녀는 어울리지 않는 결혼이 자식들에게 끼치는 불이익을 지금처럼 절실하게 느껴 본 적이 없었다. 또한 아버지가 자신의 재능을 적절하게 이용했더라면 부인은 몰라도 자식들은 어느 정도 품격을 갖추도록 만들 수 있었을 텐데, 그가 재능을 오용함으로써 불행이 생겨났다는 생각에 엘리자베스는 깊은 한탄을 하였다. 재능을 올바르게만 사용했더라면 아내의 마음을 바로잡아주지는 못했을지라도 딸들만큼은 어디 내놓아도 부끄럽지 않게 키울 수는 있었을 텐데 말이다.

엘리자베스는 위컴이 눈에 보이지 않게 되었다는 것은 기뻤지만, 부대가 떠났다는 사실에까지 기쁜 마음이 든 것은 아니었다. 바깥에서 갖는 파티는 현저히 줄어들었고, 어머니와 동생은 모든 게 지루하다고 투덜거리기만 하여 집안 분위기도 좋을 것이 없었다. 더 이상 마음을 흔들 만한 사람이 없어진 만큼, 키티가 정신을 차릴 수 있는 소지는 있었지만, 타고난 기질로 보아 사고칠 확률이 높은 리디아는 해수욕장과 군 주둔지라는 위험이 중첩된 상황으로 인해 더욱 위험성이 높았다.

전에도 가끔 경험했지만 애를 태우며 간절히 기대하던 일도 정작 일어나게 되면 별다른 만족을 얻을 수 없다는 사실을 깨달은 엘리자베스는 참된 행복을 시작하기 위해서 일단 시기를 미루기로 했다.

자신의 소망이 이루어질 시기를 정하고, 그것을 기대하는 기쁨을 즐기며 스스로를 위로하고 실망에 대비하는 것이 최선이라 생각한 것이다. 따라서 현시점에서 그녀가 이룰 수 있는 가장 즐거운 소망은 외숙모와 함께하는 호수 지방 여행이었다. 특히 어머니나 키티의 불평으로 불유쾌해지게 마련인 시간에는 다시없는 위안거리였다. 만약 제인 언니와 함께 이 계획을 진행한다면 더없이 좋을 것이었다. 그녀는 이렇게 생각했다.

'바라는 것이 있다는 것이 다행스러운 거야. 모든 일이 뜻대로 이루어진다면, 오히려 실망할지도 몰라. 언니가 함께 가지 않는다는 사실을 아쉬워하며 여행한다면 기대하는 만큼의 즐거움을 누릴 수 있을 거야. 부족함 없이 완벽한 즐거움이란 있을 수 없어. 커다란 실망을 느끼지 않으려면 작은 일로 실망하는 것이 나은 법이야.'

리디아는 어머니와 키티에게 자주, 그리고 자세한 내용을 담은 편지를 보내겠다고 약속했지만, 편지는 무척이나 오래 기다려야 했고 내용 또한 무척 짧았다. 어머니에게 보낸 편지에는, 도서관에서 돌아오는 길에 어떤 장교들과 함께 있으면서 넋이 나갈 정도로 아름다운 장식물을 보았다거나, 가운과 파라솔을 샀는데 보다 자세한 설명을 하고 싶지만 포스터 부인이 부르고 있어서 야영지로 떠나야 하기 때문에 그만 펜을 놓는다는 이야기만 쓰여 있을 뿐이었다.

언니 키티에게 보낸 편지는 더욱 가관이었다. 내용이 조금 길긴 했지만, 단어마다 밑줄을 마구 쳐서 알아보기 힘들도록 했기 때문이었다.

리디아가 집을 떠난 지 2, 3주일 정도 지나자, 집안은 다시 활기차고 명랑해졌고, 모두가 훨씬 행복한 것 같았다. 겨울 동안 런던에 갔던 가족들도 돌아왔고, 여름 패션과 파티에 대한 이야기꽃을 피우기도 했다. 베넷 부인은 예전과 같은 안정을 되찾아 수다스러워졌고, 6월에는 키티도 눈물을 흘리지 않고 메리튼에 갈 수 있을 정도가 되었다. 육군성이 또 다른 부대를 메리튼에 주둔시키는 잔인하고 심술궂은 계획을 실행하지 않는 한, 키티도 오는 크리스마스에는 장교의 얘기를 하루에 한 번 이상 거론하지는 않을 만큼 분별력이 생길지도 모른다는 기대를 하기도 했다. 이러한 모든 일이 엘리자베스에게는 다행스럽게 여겨졌다.

북쪽 지방으로의 여행을 시작하기로 약속한 날이 점점 다가와 불과 2주일밖에 남지 않았을 때, 가드너 부인으로부터 출발이 연기되고 일정도 단축됐다는 편지가 왔다. 가드너 씨는 일 때문에 7월 중순 경이나 떠날 수 있게 되었으며, 또 한 달 안에 런던으로 되돌아가야만 한다는 것이었다. 그렇게 되면 처음의 계획처럼 멀리 가서 많은 것들을 볼 수도 없을 것이다. 여유를 가지고 즐겁게 구경할 수도 없을 것이기에 호수 지방의 여행을 단념하고 보다 가까운 곳으로 여행지를 바꾸지 않을 수 없게 되어 결국 더비셔보다 더 북쪽으로 올라가지 않기로 결정을 했다는 것이었다.

그 지방에도 볼거리가 많아 여행이 거의 3주일 정도는 걸릴 것이므로 가드너 부인은 무척 가고 싶어 했다. 과거에 몇 해 동안 그곳에서 지내기도 했고, 이번에 며칠 간 머물 예정인 도시가 그녀에게는 매틀록이나 쳇스워드 아니면 더브데일 계곡이나 산악 지역 같은 명승지 못지않게 좋은 곳으로 생각되었다.

엘리자베스의 실망은 컸다. 호수 지방을 구경하고 싶은 마음이 가득했기 때문이었다. 사정이 그렇다 하더라도 시간은 충분할 것이라 생각하고 있었던 것이다. 그러나 그녀로서는 바뀐 여행 계획에 만족해야 했다. 그렇게 만족해하는 것이 그녀의 성격이기도 했다. 그래서 다시 모든 일이 순조롭게 진행되었다.

더비셔를 떠올리면 생각나는 일들이 많았다. 그녀로서는 그 말을 듣고 펨벌리와 그 소유자에 대한 생각을 하지 않을 수 없었던 것이다. '하지만,' 그녀는 생각했다. '그 사람의 땅에 들어간다고 해서 죄짓는 건 아니고, 몰래 들키지 않고 섬광석 몇 개쯤은 가지고 올 수 있을 거야.'

기다리는 기간이 배로 늘어났다. 외삼촌과 외숙모가 도착하려면 아직 4주가 남았기 때문이다. 지루한 나날이 지나고 마침내 가드너 씨 부부가 아이들을 데리고 모습을 나타냈다. 가드너 씨 부부의 아이들, 여섯 살과 여덟 살짜리 계집아이 둘과 그보다 어린 두 남동생은 롱본에 남아 제인의 각별한 보살핌을 받기로 했다.

아이들은 제인을 무척 따랐다. 그녀는 현명한데다가 마음이 고와서 아이들을 가르치고 함께 놀아 주며 돌보는 데는 적격이었다.

가드너 부부는 롱본에서 하루를 지낸 뒤 이튿날 아침 엘리자베스와 함께 여행을 떠났다. 이번 여행에는 한 가지 분명한 즐거움이 있었다. 마음에 맞는 사람과 함께 한다는 점이었다. 그것은 불편한 타지 생활을 견뎌낼 수 있는 체력과 침착성, 즐거움을 더하는 쾌활한 성격, 그리고 혹시 실망스런 일을 겪더라도 모두를 의기소침하게 만들지 않을 예리한 지성 등을 고루 갖추었음을 뜻했다.

더비셔에 대한 것이나 그곳으로 가는 길에 있는 명승에 대해 설명하는 것이 이 소설의 목적은 아니다. 옥스퍼드, 블레넘, 워릭, 케닐워드, 버밍햄 등은 잘 알려진 곳이고, 현재의 관심사는 더비셔의 한 부분일 뿐이다.

명승지를 두루 구경한 일행은, 가드너 부인이 한때 살았고 아직도 안면 있는 사람들이 남아 있다는 사실을 알게 된 램튼이라는 작은 도시로 발걸음을 돌렸다.

엘리자베스는 램튼에서 5마일도 떨어지지 않은 곳에 펨벌리가 있다는 것을 외숙모에게 들을 수 있었다. 곧바로 가는 길목에 있는 것은 아니지만 그 길에서 1, 2마일도 채 벗어나지는 않는 듯했다. 간밤에 행선지에 대해 상의하면서 가드너 부인은 그곳을 다시 방문하고 싶다는 의사를 보였다. 가드너 씨도 좋다고 했고, 엘리자베스 역시 동의했다.

"너는 그렇게 수도 없이 이야기를 들은 곳을 보고 싶지도 않니? 네가 아는 사람들과도 연관이 있는 곳이잖니? 위컴도 어렸을 땐 그곳에서 지냈단다."

외숙모의 말에 엘리자베스는 곤란해졌다. 펨벌리에서는 아무 일도 없을 것으로 생각했기에 보고 싶어 하지 않는 듯 행동해야 했다. 그녀는 대저택을 구경하는 것도 지겹고, 너무 많이 보았기 때문에 훌륭한 양탄자나 공단 커튼 같은 걸 봐도 전혀 즐겁지 않다고 말할 수밖에 없었다.

가드너 부인은 그녀가 어리석다며 꾸짖었다.

"값비싼 가구가 들어차 있는 대저택이라면 나도 보고 싶지가 않다. 하지만 그곳 정원은 멋지단다. 그 지역에서 제일 아름다운 숲이 여러 군데 있거든."

엘리자베스는 그 말에 동의할 수 없었지만 그 이상 아무 말도 하지 않았다.

그곳을 구경하다가 혹시 다아시와 마주칠지도 모른다는 생각이 순간적으로 떠올랐다. 만약 그렇게 된다면? 생각만 해도 얼굴이 화끈거렸다. 그런 위험을 무릅쓰기보다는 차라리 외숙모에게 솔직하게 말하는 편이 나을 거라는 생각이 들었다. 하지만 그런다고 해도 모든 것이 해결되는 것은 아니었다. 결국 그녀는 주인인 다아시가 있는지 몰래 알아보고, 만약 있다면 최후의 수단으로 외숙모에게 털어놓기로 마음먹었다.

그래서 그녀는 자기 방으로 돌아가자 객실을 담당하는 하녀에게 펨벌리가 좋은 곳인지, 그 소유자가 누군지 등을 묻고 불안한 심정으로 그의 가족들이 지금 그곳에 와 있는지 물어 보았다. 마지막 물음에 대해서는 반갑게도 그렇지 않다는 답을 듣게 되었다. 그로 인해 불안을 씻어내고 여유가 생긴 그녀는 그 저택을 구경하고 싶다는 호기심마저 들었다. 그래서 다음날 아침 가드너씨 부부가 그 문제를 다시 거론하며 의사를 묻자 그녀는 무관심한 척하며 별로 싫지는 않다고 대답했다.

그래서 마침내 일행은 펨벌리로 가기로 결정을 했다.

Pride and
Prejudice

3

1

❦

마차를 타고 가면서 엘리자베스는 다소 착잡한 심정으로 펨벌리의 숲이 보이기를 기다렸지만, 막상 마차가 수위실을 지나 안으로 접어들자 가슴이 설레기 시작했다.

장원은 무척 넓었고 지형도 다양했다. 가장 낮은 지역에 들어선 마차는 넓게 펼쳐진 아름다운 숲 속을 한참 동안 달렸다.

엘리자베스는 너무도 가슴이 벅차 대화를 할 생각도 못 하고, 멋진 곳이나 전망이 좋은 지점을 대할 때마다 감탄사를 터뜨렸다. 반 마일 정도 되는 언덕을 올라가 상당히 높은 곳에 이르렀는데, 숲이 끊어지고 골짜기의 반대편에 자리 잡고 있는 펨벌리 저택이 눈에 들어왔다.

길은 골짜기를 향해 다소 심하게 굽어져 있었다. 저택은 웅장한 석조 건물로 비탈진 곳에 위치하고 있었으며, 뒤쪽으로는 수목이 울창한 언덕이 있었다. 건물 앞에는 다소 손질을 해서 넓혔음에도 아주 자연스럽게 보이는 냇물이 흐르고 있었는데, 양편의 제방은 형식적이지 않으면서도 잘 조화를 이루고 있었다.

엘리자베스는 기분이 상쾌해졌다. 이토록 자연미를 잘 살린 곳을 보지 못했기 때문이었다. 서툰 솜씨로 자연미를 훼손한 곳이 얼마나 많았던가!

모두가 입을 모아 칭찬했다. 그리고 그 순간 그녀는 펨벌리의 안주인이 되는 것도 괜찮은 일일지도 모른다는 생각이 들었다.

그들은 언덕을 내려와 다리를 건너 현관 쪽으로 마차를 몰았다. 가까이서 저택을 살펴보면서, 그녀는 저택의 소유자와 얼굴을 마주치지나 않을

까 하는 걱정이 되살아났다. 혹시 객실 담당 하녀가 잘못 알지나 않았을
지 불안해지기도 했다.

집 구경을 청한 일행은 현관의 홀로 안내되었다. 그들을 안내할 하녀를
기다리는 동안, 엘리자베스는 자신이 이곳에 와 있다는 사실이 마냥 신기
하게만 느껴졌다.

곧 안내를 맡은 하녀가 나타났다. 의젓한 느낌의 중년여인으로 짐작했
던 것과는 다르게 그렇게 세련되지는 않았지만 무척 정중했다. 세 사람은
그녀 뒤를 따라 거실로 들어섰다. 크고 넓었으며 배치도 좋았고, 모든 것
이 갖춰져 있었다.

엘리자베스는 방 안을 둘러보고 나서 바깥을 내다보고자 창가로 갔다.
언덕은 그들이 내려왔던 숲으로 둘러싸여 있었는데, 먼 거리에서 보니 더
욱 가파른 것 같았고 무척 아름다웠다. 그녀는 강과 양쪽 제방 군데군데
서 있는 나무들, 그리고 골짜기의 굴곡 등을 눈길이 닿는 데까지 즐거운
기분으로 바라보았다. 다른 방으로 들어가자 전망은 변했지만, 어느 창을
통해서 보더라도 경치는 모두 아름다웠다.

방은 모두 훌륭했고 고상한 취미가 돋보였다. 가구 또한 소유자의 재산
에 어울리는 것들로 로징스의 가구보다 화려한 편은 못 되었으나, 저속할
만큼 겉만 번지르르하거나 또는 쓸데없이 화려하지도 않은 우아함이 깃
들어 있어 엘리자베스도 감탄할 수밖에 없었다.

'내가' 그녀는 생각했다. '이 집 안주인이 될 뻔했잖아! 그랬더라면 지
금쯤 이 방에 무척 친숙해져 있었을 텐데. 구경하는 입장이 아니라 소유
자로서 즐기고 외삼촌이나 외숙모를 손님으로 접대했을지도 모를 일이었
어.' 하지만 문득 정신이 돌아오자 다른 생각이 들었다. '아니지. 외삼촌
이나 외숙모는 나하고 관계가 끊어졌을 거야. 그들을 초대하도록 허락 받
지도 못했을 테니까.'

이같은 생각이 든 것은 다행스러운 일이었다. 나중에 후회를 하지 않아도 되었으니 말이다.

주인이 정말 안 계신가 하고 가정부에게 묻고 싶어 못 견딜 지경이었으나 차마 그럴 만한 용기가 나지 않았다. 그런데 운 좋게도 외삼촌이 그 질문을 하게 되었다. 혹시나 하는 생각에 겁먹은 엘리자베스가 고개를 돌리고 있자니, 하녀인 레이놀즈 부인은 주인이 계시지 않다면서 덧붙여 말했다.

"아마 내일이면 많은 친구분들과 함께 돌아오실 겁니다."

엘리자베스는 특별한 사정으로 인해 여행이 하루 연기되지 않았다는 사실에 속으로 감사하고 있었다.

바로 그때 외숙모가 그림을 보라고 했다. 가까이 가서 보니 벽난로 위에 놓여 있는 몇 폭의 작은 초상화들 사이에 위컴의 초상화가 걸려 있었다.

외숙모는 싱글벙글하면서 어떻게 생각하느냐고 물었다. 그러자 하녀가 다가와서는 그것은 작고하신 선대 주인의 집사 아들인데, 주인께서 그를 후원해서 공부를 시켰다고 했다. 그리고 이렇게 덧붙였다.

"군대에 있다고 하던데, 아주 방탕한 삶을 사는가 봅니다."

가드너 부인은 미소를 머금으며 조카를 바라보았으나 엘리자베스로서는 되받을 틈이 없었다.

"그리고 저것은," 작은 초상화 가운데 하나를 가리키면서 레이놀즈 부인이 말했다. "저의 주인이세요. 본인과 꼭 닮으셨지요. 아까 것하고 같은 시기에 그려진 것인데, 약 8년 전쯤의 모습이죠."

"주인께서 무척 훌륭한 분이라는 얘기는 많이 들었습니다."

그 그림을 바라보면서 가드너 부인이 말했다.

"단정한 얼굴이네요. 리지, 너는 닮았는지 아닌지를 알 수 있겠구나."

자신의 주인을 알고 있다는 것을 듣게 되자 레이놀즈 부인은 엘리자베스에게 경의를 표하며 물었다.

"아가씨께선 저희 주인을 알고 계시나요?"

엘리자베스는 얼굴을 붉히면서 말했다.

"약간은요."

"정말 잘생겼다고 생각하지 않으세요?"

"예, 정말 잘생긴 분이더군요."

"저는 여태까지 그렇게 잘생긴 분은 보지 못했어요. 2층 화랑에는 이것보다도 더 훌륭하고 큰 초상화가 있습니다. 이 방은 돌아가신 선대 주인께서 좋아하셨던 곳으로 초상화들은 옛날 그대로입니다. 이런 그림을 매우 좋아하셨답니다."

그녀는 위컴의 초상화가 함께 걸려 있는 이유를 그제야 알 수 있었다.

그러고 나서 레이놀즈 부인은 다시 양의 초상화를 가리켰다. 그녀가 여덟 살 때 그려진 것이었다.

"다시 양도 오빠처럼 인물이 좋은가요?" 가드너 씨가 물었다.

"물론이죠. 세상에 그렇게 예쁜 아가씨는 아마 다시없을 거예요. 게다가 재능도 뛰어나지요. 하루 종일 연주하며 노래를 부르시지요. 옆방에는 아가씨를 위해 런던에서 막 부쳐 온 새 악기가 있어요. 주인께서 보내신 선물이지요. 아가씨도 내일 주인 어른과 함께 오실 거예요."

온화하고 명랑한 성품의 가드너 씨는 질문도 많이 하고 자기 의견도 말함으로써 레이놀즈 부인의 수다를 더하게 만들었다. 그녀는 자랑 때문이지 아니면 애정 때문인지 자기 주인과 여동생에 대한 이야기를 하는 것이 매우 즐거워 보였다.

"주인께선 1년 중 펨벌리에 머무시는 일이 많으신가요?"

"제가 원하는 만큼은 아니죠. 그래도 반 정도는 여기서 지내시지요. 그리고 아가씨께선 여름 동안은 언제나 이곳에 계신답니다."

'단지,' 엘리자베스는 생각했다. '램즈게이트에 갈 때는 예외겠지.'

"만일 주인께서 결혼을 하신다면 더 자주 뵐 수가 있겠네요."

"그렇겠지요. 그런데 그게 언제가 될지 모르겠어요. 우리 주인어른과 어울리는 분이 어디 있어야죠."

가드너 부부는 싱긋이 웃었고, 엘리자베스는 이렇게 말하지 않을 수가 없었다.

"부인이 그렇게 생각하시는 걸 보면 훌륭한 분임에 틀림없겠네요."

"저는 원래 사실만 얘기하지요. 그리고 저의 주인어른을 아는 분이면 누구나 하는 그렇게 말하실 테구요."

엘리자베스는 칭찬이 조금 과하다고 생각했는데 레이놀즈 부인이 이렇게 덧붙이자 깜짝 놀라지 않을 수 없었다.

"전 지금까지 주인어른한테 안 좋은 소리를 들어본 적이 없어요. 네 살 때부터 알고 지냈는데 말입니다."

그러한 칭찬은 너무도 뜻밖의 것이었고, 그녀의 생각과는 정반대였다. 그녀는 다아시가 상냥스런 사람이 아니라는 사실만을 굳게 믿고 있었으니까.

그녀에게는 더욱 호기심이 커져서 좀 더 많은 것을 묻고 싶어졌다. 마침 외삼촌이 이렇게 말해 주었다.

"그만한 칭찬을 받는 사람은 무척이나 드물지요. 그런 주인을 모시고 있으니 행복하시겠습니다."

"예, 저도 그렇게 느끼고 있습니다. 어디를 가더라도 그만한 분을 만나기란 어려울 겁니다. 그리고 전 입버릇처럼 말합니다만, 어릴 때 상냥한 분은 사람은 커서도 역시 상냥하다구요. 제 주인어른은 세상에서 제일 마음이 곱고 넓은 분이시랍니다."

엘리자베스는 눈이 휘둥그레질 지경이었다.

'도대체 그 사람이 그럴 수 있을까?' 그녀는 생각했다.

"부친께서도 훌륭하셨던가 봐요."가드너 부인이 말했다.

"예, 그러셨지요. 그러니 부전자전이라 할 수 있죠. 가난한 사람들에게도 한결같이 친절하셨답니다."

엘리자베스는 이야기를 더 듣고 싶어 못 견딜 지경이었다. 레이놀즈 부인이 다른 일에 대해 이야기할 때는 전혀 흥미를 가질 수 없었다. 그녀는 그림이며 방의 크기며 가구의 가격 등에 관한 이야기를 하고 했지만, 도통 귀에 들어오지 않았다.

가드너 씨는 그녀가 주인을 지나치게 칭찬하는 것은 결국 가족적인 편애에서 비롯된 것이라 여겨 흥미를 느끼고는, 다시 화제를 옮겨 갔다. 높은 계단을 올라가면서도 그녀는 여전히 주인에 대한 칭찬을 멈추지 않았다.

"그렇게 훌륭한 지주이자 좋은 주인은 다시없을 거예요. 자기 밖에 모르는 요즘 젊은 주인들하고는 다르지요. 소작인이나 하인들 치고 그분을 좋게 말하지 않은 사람은 하나도 없을 거예요. 어떤 사람은 간혹 그분을 거만하다고도 하지만 전 아무리 생각해 봐도 그런 점을 찾아낼 수가 없어요. 다른 젊은 분들처럼 말수가 많지 않아 그런 말을 듣는 거겠죠."

'어머, 그렇게 되면 대단히 상냥한 분이 되겠네요.' 엘리자베스는 생각했다.

"이렇게 훌륭한 평판은," 외숙모가 걸어가면서 속삭였다. "우리의 가엾은 친구 위컴 씨에 대한 그분의 태도와는 전혀 일치하지가 않는구나."

"아마 우리가 속았는지도 모르죠."

"그럴 리가 있나? 우리의 소식통도 무척 정확한 것이었는데……"

위층의 넓은 복도에 이르자, 그들은 매우 아름다운 거실로 안내되었다.

아래층 방들보다는 훨씬 고급스럽고 채광 또한 좋았다. 다아시 양이 최근에 펨벌리에 왔을 때 이 방이 매우 마음에 든다고 했기에, 그녀를 기쁘게 해주고자 막 손본 곳이라고 했다.

"그분은 정말 좋은 오빠로군요."

창문 쪽으로 걸어가면서 엘리자베스가 말했다.

레이놀즈 부인은 다아시 양이 이 방에 들어설 때 기뻐하는 모습을 상상하고 있었다. 그녀는 덧붙여 말했다.

"주인께서는 늘 이러세요. 아가씨가 좋아하는 일이라면 뭐든지 곧바로 하시지요. 아가씨를 위해선 못할 게 없으실 거예요."

이제 둘러볼 곳은 화랑과 두세 개의 침실 정도가 남았다. 화랑에는 좋은 그림이 많이 있었지만, 엘리자베스는 미술에 대해서는 문외한이었기에 눈길을 돌려서 다아시 양이 크레용으로 그린 그림들을 보았다. 그런 그림이 아래층에서 보았던 유화보다는 훨씬 알기 쉬운 주제를 다루고 있었기 때문이었다.

그밖에도 화랑에는 초상화가 많이 걸려 있었는데, 가족이 아닌 사람들의 시선을 끌 만한 것은 아니었다. 엘리자베스는 자기에게 익숙한 얼굴만 찾아보았다. 마침 목적한 것이 눈에 띄었고, 그녀는 놀랄 정도로 다아시 본인과 닮은 그림 앞에 멈춰 섰다. 그림 속의 다아시는 자기를 볼 때 때때로 보여준 낯익은 미소를 짓고 있었다.

그 그림 앞에 서서 몇 분 동안 천천히 살펴보던 그녀는 일행과 함께 화랑을 나가기 전에 다시 한 번 고개를 돌려 그림을 보았다. 레이놀즈 부인이 그것은 선친 생전에 그리게 한 그림이라고 알려 주었다.

이때 확실히 엘리자베스의 마음에는 그 그림의 장본인에 대해 서로 가장 가깝게 지내던 적보다는 훨씬 좋은 감정이 생겼다. 레이놀즈 부인이 들려 준, 그에 대한 칭찬의 말은 결코 가벼운 것이 아니었다. 총명한 하녀의 칭찬보다 값진 것이 또 어디 있겠는가? 오빠로서, 지주로서 나아가 주인으로서의 그의 보호 속에 얼마나 많은 사람들의 행복이 달려 있는가를 그녀는 생각해 보았다. 그는 얼마나 많은 기쁨이나 고통을 줄 수 있는 힘을 가지고 있는 것인가! 얼마나 많은 선악이 그의 손에 의해 이루어질 수 있을 것인가! 가정부가 한 이야기는 그의 인격을 더욱 높일 뿐이었다.

그의 모습이 담겨 있고, 그의 양 눈이 자신에게 고정되어 있는 캔버스 앞에 서 있으면서 그녀는 지금까지 느껴 보지 못했던 깊은 감사의 마음으로 자기에 대한 그의 호감을 생각해 보았다. 그 감정의 따뜻함을 되새겨 보았으며, 부적절했던 표현마저 부드럽게 이해하고자 했다.

일반에게도 개방하는 곳은 빠짐없이 보고 나서 아래층으로 내려와서 레이놀즈 부인에게 작별인사를 한 일행은 현관에서 기다리던 정원사의 안내를 받았다.

잔디밭을 가로질러 강을 향해 걸어가다가 엘리자베스는 저택을 한 번 더 보려고 고개를 돌리며 걸음을 멈췄고, 외삼촌 부부도 멈춰 섰다.

엘리자베스가 그 건물이 언제쯤 세워졌을까 하고 추측하고 있을 때, 집주인이 건물 뒤쪽에서 마구간으로 통하는 길에서 별안간 나타나 다가오고 있었다.

서로의 거리는 20야드가 채 못 되었고, 그의 출현이 너무나도 뜻밖이었기 때문에 엘리자베스는 그의 시선을 피할 수가 없었다. 시선이 마주친 두 사람의 뺨은 빨갛게 물들었다. 그도 몹시 놀랐는지 몸이 굳은 듯 한참 동안 그대로 있었다.

그러나 곧 정신을 차린 그는 일행에게 다가와서는, 아주 침착하다고 할 수는 없어도 무척 정중하게 엘리자베스에게 말을 걸어 왔다.

그녀는 본능적으로 외면했으나 그가 가까이 오자 걸음을 멈추고 당황한 감정을 억누르지 못한 채 인사를 받았다. 가드너 씨 부부는 그를 처음

306

보았기에, 여태까지 구경한 초상화와 그가 닮았다는 사실만으로는 자기들의 눈앞에 있는 사람이 바로 다아시라고 단정하진 못했지만, 놀라는 정원사의 표정을 보고 비로소 사실을 알게 되었다.

가드너 씨 부부는 조금 떨어져서, 그가 자기네 조카에게 말을 건네는 것을 보았다. 엘리자베스는 놀랍고 혼란스러워 감히 그와 눈을 마주칠 용기를 내지 못하고 있었다. 더욱이 가족의 안부를 묻는 그의 정중한 질문에는 무어라 대답해야 좋을지를 몰랐다.

지난번 헤어지고 난 후로 무척이나 변한 그의 태도에 너무 놀란 그녀는 그가 하는 말 한마디 한마디에 어쩔 줄 모르고 있었다. 아무리 생각해 보아도 이런 곳에서 마주친 것이 너무도 기묘했고, 그를 대하고 있는 몇 분은 그녀의 생애에서 가장 불편한 시간이기도 했다.

다아시 역시 그녀보다 침착한 모습을 보이지는 못했다. 그의 말투에서는 평소 같은 안정감을 찾기란 어려웠다. 언제 롱본을 떠나왔는가, 또 언제까지 더비셔에 머물게 될 것인가 하는 질문을 몇 번이고 성급히 되풀이하는 것을 보더라도 그가 무척이나 혼란스러워 한다는 것을 알 수 있었다.

이윽고 그는 무엇 하나 제대로 생각을 하지 못했는지 입을 다문 채 잠시 서 있다가 돌연 정신을 차려 작별을 고하더니 그 자리를 떠나고 말았다.

외삼촌과 외숙모가 그녀에게로 와서는 그의 준수한 용모를 칭찬했지만, 엘리자베스에게는 한마디도 제대로 귀에 들어오지 않았다. 그녀는 혼자서 여러 가지 생각에 잠긴 채 두 사람의 뒤를 따랐다. 그녀의 창피하기도 했으며 또한 당황스러웠다. 자신이 이곳에 온 것은 정말 재수 없고 어리석은 일이었다. 그에게는 얼마나 이상하게 비쳐졌을까? 그토록 자존심이 강한 사람에게 얼마나 비굴하게 보였을까? 자기가 일부러 다시 그 사람 앞에 나타났다고 생각할지도 모를 일이었다. 대체 왜 이곳에 왔단 말인가? 그리고 그 사람은 왜 예정보다 하루 빨리 왔단 말인가? 20분만 더 빨랐더라면 그의 눈길이 안 닿는 곳에 가 버리고 말았을 것을. 그는 바로 그 순간 도착해서 말이나 마차에서 내린 것이 분명했기 때문이다.

그녀는 이 얄궂은 조우를 생각하면서 여러 차례 얼굴을 붉혔다. 그런데 이상하게 여겨질 만큼 변해 버린 그의 태도는 대체 무엇을 뜻하는 것일까? 그녀에게 말을 걸어 온 것부터가 놀랍지 않은가! 게다가 그토록 정중하게 가족들의 안부를 묻다니! 지금껏 그토록 위엄을 저버린 그의 태도를 본 적이 없었으며, 이처럼 상냥스런 말을 한 적은 없었다. 얼마 전 로징스 저택에서 편지를 전해 주던 때와는 천양지차가 아닌가? 그녀는 이 모든 것을 어떻게 생각하고 뭐라고 설명해야 할지를 알 수가 없었다.

아름다운 강변의 보도로 접어든 일행은 걸음을 옮길 때마다 수려함을 더해 가는 비탈을 내려가 이윽고 울창하고 넓은 숲에 이르렀다. 그러나 한참 동안 엘리자베스는 이를 알아차리지 못했다.

외삼촌과 외숙모의 물음에는 건성으로 대답했고, 두 사람이 가리키는 쪽으로 시선을 돌렸지만 아무것도 보지 않고 있었다. 그녀의 생각은 오로지 다아시 씨가 있는 펨벌리 저택에 집중되어 있었다. 바로 이 순간 그가 무엇을 생각하고 있을까 하는 것이 궁금해졌다. 자기를 어떻게 생각하고 있으며, 또 많은 일들이 있었음에도 불구하고 여전히 자기를 마음에 담고 있을까 하는 것들이 궁금해서 견딜 수가 없었다.

그가 정중했다는 것은 평정을 지킬 수 있었기 때문일지도 모를 일이었다. 다만 그의 목소리는 평정하다고 하기 힘들었다. 자기를 보고 그가 고통을 느꼈는지 아니면 기쁨을 느꼈는지, 그녀로서는 알 길이 없었다. 다만 무척 동요하고 있었다는 사실은 틀림없으리라.

그러나 외삼촌과 외숙모가 왜 그리 넋을 놓고 있느냐고 묻자, 그녀는 정신을 가다듬고 여느 때와 다름없이 보일 필요가 있다고 느꼈다. 강과 작별을 하고 숲 속으로 들어선 그들은 높은 지역을 올라갔다. 군데군데 숲 사이의 공지가 있어서, 여기저기를 둘러볼 수 있었는데, 길게 뻗어 있는 숲으로 잔뜩 뒤덮여 있고 간간이 냇물 줄기가 보이는 건너편 언덕과 매혹적인 골짜기를 마음껏 감상할 수 있었다.

가드너 씨는 장원 전체를 구경하고 싶지만 도저히 걸어갈 수 없을 것이라고 말했다. 의기양양한 웃음을 보이면서 정원사는 둘레가 10마일 정도는 될 것이라고 했다.

결국 그들은 가던 길을 계속 걸어갔다. 한참 동안 경사진 숲 사이를 내려가 다시 강기슭의 폭이 좁아진 곳까지 갔다. 그들은 주위 경관과 어울리는 작은 다리를 건넜는데, 그곳은 지금까지 보아 온 어느 곳보다도 소박한 아름다움을 지니고 있었다.

골짜기는 그곳에서 협곡을 이루고 있어, 냇물과 주변에 있는 억센 잡목 사이로 좁은 산책길만이 나 있을 뿐이었다.

엘리자베스는 시내를 따라 걷고 싶었지만, 다리를 건너면서 저택에서 멀리 떨어진 곳까지 와 있다는 것을 알게 되었고, 다리가 부실한 가드너 부인은 이미 지쳐서 빨리 마차를 세운 곳으로 돌아갈 생각만 하고 있었다. 결국 그들은 지름길을 택해서 강의 건너편 언덕에 있는 저택 쪽으로 향했으나 속도는 무척이나 느렸다.

왜냐하면, 가드너 씨는 비록 낚시를 즐길 만한 시간은 거의 없었지만, 워낙 좋아하는 터라 송어가 수면에 얼굴을 내밀면 그것을 지켜보면서 정원사와 얘기를 하는 데 너무 열중해서 걷는 속도가 자연히 느려졌기 때문이었다.

그 때 일행은 다아시가 그들을 향해, 그것도 그리 멀지 않은 곳까지 다가온 것을 보고 또 다시 놀랐는데, 엘리자베스의 놀라움은 조금 전 그와 마주쳤을 때와 거의 다름없었다.

그들이 걷고 있는 산책로는 맞은편 길보다는 숲이 덜 우거졌기 때문에 그녀의 일행이 그를 먼저 볼 수 있었다. 엘리자베스는 놀라긴 했지만 그래도 대면할 각오가 서 있었기에 그가 진정 자기들을 만나고 싶다면 이번에는 침착한 태도로 이야기하겠다고 마음먹었다.

잠시 동안 그녀는 그가 다른 길로 접어드는 게 아닌가 생각했다. 산책로가 굽어 그의 모습이 보이지 않았기 때문이다. 하지만 막상 그 굽은 모퉁이를 지나자, 그는 이미 그들 앞에 당도해 있었다. 힐끗 보더라도 그가 조금 전에 보여준 정중함이 조금도 줄어들지 않았다는 사실을 알 수 있었다. 그녀도 그와 얼굴을 맞대게 되자 예의를 갖춰 좋은 경치를 칭찬하기 시작했다. 그저 '훌륭해요'라거나 '아름답군요'라는 정도의 말밖에 못하고 있을 때 갑자기 불길한 생각이 떠올랐다. 혹시 자기의 칭찬이 악의로 해석되지나 않을까 하는 생각에 미치자 그녀는 금세 얼굴이 굳어졌고 더 이상 입을 열지 않았다.

엘리자베스가 머뭇거리자 다아시는 그녀의 일행을 소개해 줄 수 없느냐고 물었다. 이것은 그녀로서는 미처 짐작도 못한 예의 표시였다. 자기에게 청혼했을 때만 해도 그의 자존심으로 말미암아 혐오하던 사람들과의 교제를 원하는 것이었다. '사실을 알게 되면,' 그녀는 생각했다. '얼마나 놀랄까? 혹시 상류 사회의 인사로 착각하는 것은 아닐까?'

그러나 소개는 즉석에서 이루어졌다. 엘리자베스가 일행과 자신과의 관계를 말해 주면서 그가 어떻게 받아들일 것인가 확인하려고 힐끔 쳐다보았다. 혹시라도 그가 신분이 낮은 상대를 만났다는 사실을 불쾌하게 느끼고 한시라도 빨리 자리를 뜨려할지도 모른다는 생각과 함께.

그는 무척이나 놀라는 것 같았다. 하지만 자리를 뜨기는커녕 일행과 어울렸고, 가드너 씨와 이야기를 시작했다. 엘리자베스는 너무 기뻤고 의기양양하지 않을 수 없었다. 자기 쪽에도 얼굴을 붉힐 필요가 없는 집안이 있다는 사실을 그가 알아 준 것이다. 그녀는 두 사람이 나누는 대화에 주의 깊게 귀를 기울였으며 외삼촌의 박식함과 고상한 취미, 훌륭한 예절과 정중한 태도 하나하나와 그가 사용하는 단어 하나하나에 자랑스러움을 느꼈다.

이야기는 어느새 낚시로 옮겨갔다. 다아시가 다시없이 은근하게, 외삼촌이 이 근처에 머무는 동안 괜찮다면 언제든지 낚시에 초대하겠다며, 낚시 도구는 얼마든지 있으니 신경 쓸 필요가 없다고 했다. 그는 또한 입질이 좋은 냇가의 명당을 가르쳐 주기도 했다. 가드너 부인은 엘리자베스와 팔짱을 끼고 걷고 있었는데 사뭇 놀랍다는 표정을 짓고 있었다. 엘리자베스는 아무 말도 하지 않았으나 그것이 다시없이 기뻤다.

지금까지 자기에게 보였던 호의는 전부 자기를 위한 것임이 틀림없었다. 그래도 그녀의 놀라움은 컸다. 그녀는 계속해서 속으로 말했다.

'이 사람이 왜 이렇게 변했을까? 무슨 일 때문에 이토록 변했단 말인가? 태도가 이렇게 누그러진 것은 나 때문일 리 만무해. 날 위해서 그런 것은 아닐 거야. 헌스퍼드에서 내가 그를 책망했기 때문에 이런 변화가 일어났다고는 생각지 않아. 더욱이 그가 아직도 날 사랑하고 있을 리는 없어.'

두 여자가 앞장서고 두 남자가 뒤따르면서 한참 동안 걸어가다가, 신기한 수초를 자세히 보려고 강가에 내려갔다가 다시 제자리에 돌아왔을 때쯤 해서 작은 변화가 있었다. 그것은 오전 내내 걸어 다녀서 녹초가 된 가드너 부인이, 엘리자베스는 자신을 부축하기에 어렵겠다면서 남편의 팔짱을 낀 것이었다.

다아시가 엘리자베스 옆쪽으로 옮겨 왔고, 그들은 서로가 어울려서 계속 걸었다. 잠시 침묵이 흐른 후에 여자 쪽에서 먼저 입을 뗐다. 그녀는 이곳에 오기 전에 그가 없다는 사실을 확인했다는 것을 먼저 알리고 싶었기 때문에, 그의 귀가가 전혀 뜻밖의 일이었다고 말문을 연 다음, 이렇게 덧붙였다.

"왜냐하면 댁의 하녀인 레이놀즈 부인이 분명히 내일까지는 돌아오지 않으실 거라고 했거든요. 그래서 정말 우리들이 베이크웰을 떠날 때까지는 당신이 이곳에 나타나리라고는 생각지도 않았어요."

그는 모든 것이 사실이라고 인정했고, 집사에게 용무가 있어서 함께 여행하는 다른 사람들보다 몇 시간 먼저 떠나왔다고 말했다.

"다른 친구들은 내일 아침 일찍 여기로 올 겁니다." 그가 말을 이었다. "내일 우리 집을 방문할 사람 가운데는 당신과 안면이 있는 분들도 있습니다. 빙리 군과 그 자매들이죠."

엘리자베스는 대답 대신 살짝 고개를 숙여 보였을 뿐이었다. 그리고 그녀의 생각은 즉시 둘 사이에 빙리의 이름이 마지막으로 언급되었던 때로 되돌아가 버렸다. 그리고 그의 안색으로 판단하건대, 그의 마음 또한 그녀와 같은 일을 생각하고 있음이 분명한 것 같았다.

"일행 중에는 또 한 분이 끼어 있지요." 잠시 침묵이 흐른 뒤 그가 말했다. "그분은 특히 당신하고 지냈으면 하지요. 당신이 램턴에 머물고 계시는 동안 서로가 알고 지낼 수 있게끔 내 누이동생을 소개하는 것을 허락해 주시겠습니까, 아니 내 요구가 너무 지나쳤나요?"

그와 같은 청을 받게 되자 엘리자베스는 그저 어안이 벙벙해질 따름이었다. 너무나도 엄청난 일이어서 어떻게 대답해야 할지 알 수가 없을 지경이었다.

다아시 양이 어떤 마음에서 자기와 알고 지내려 하는지는 알 수 없어도, 그것은 어디까지나 오빠의 권유에 따른 것이 분명하다고 짐작할 수가 있었다. 생각이 거기에 미친 것만으로도 흡족했다.

312

또한 그가 원망으로 인해 자기를 나쁘게 생각하고 있지 않다는 것을 알게 된 것이 기뻤다.

두 사람은 이제 묵묵히 걸어가고 있었고 저마다 깊은 생각에 잠겨 있었다. 하지만 엘리자베스의 마음은 도무지 안정되지 않았다. 그녀의 마음은 우쭐해지기도 했고 동시에 기쁘기도 했던 것이다.

그가 누이동생을 자기에게 소개하고자 하는 것은, 최고의 인사라 할 수 있었다. 가드너 부부를 앞질러 간 그들이 마차가 세워진 곳에 도착했을 무렵, 가드너 부부는 8분의 1마일만큼이나 뒤처져 있었다.

그는 그녀에게 집 안으로 들어가자고 청했다. 그러나 그녀가 피로하지 않다고 하자 두 사람은 함께 잔디밭에 서 있게 되었다. 그럴 때일수록 뭔가 이야기를 하는 편이 좋고, 입을 다물고 있는 것은 어색하기 그지없는 일이다. 그녀로선 말을 하고 싶었으나 어느 화제도 하나같이 입 밖에 내서는 안 될 것으로 여겨졌다. 이윽고 자기가 여행 중이라는 사실에 생각이 미치자 자연 그들은 매틀록과 더브데일에 관해서 참을성 있게 말을 주고받았다.

그러나 시간이나 외숙모가 걸음걸이는 모두 느린 편이었다. 마주하고 나누는 대화가 채 끝나기도 전에 그녀의 인내심도 새로운 생각도 거의 바닥이 나고 말았다.

가드너 부부가 도착하자 다아시는 다과 대접을 하겠다고 제의했지만 일행은 거절하고 작별 인사를 나누었다. 다아시 씨는 두 숙녀를 마차에 태워 주었다. 마차가 떠나자 엘리자베스는 그가 무거운 발걸음으로 별장을 향해 걸어가는 것을 볼 수가 있었다.

외삼촌과 외숙모는 입을 모아 다아시가 생각했던 것과는 비교가 안 될 만큼 훌륭한 사람이라고 말했다.

"그 사람은 흠잡을 데가 없을 만큼 예의가 바르고 조금도 거만하지 않더구나."

"어딘가 좀 엄격한 데가 있어 보이긴 해요. 그래서인지 거만하다고 말하는 사람을 보았지만, 하녀의 말처럼 너무 순하고 심성이 착해 보이더군요."

"우리를 대하는 태도만 생각해도 놀랄 지경이야. 도가 지나칠 만큼 정중했으니까. 진심이 깃들인 태도였어. 그렇게까지 신경 쓸 필요가 없었을 텐데. 엘리자베스와의 친분도 극히 우연스런 일이었을 테니 말이야."

"리지, 그런데 넌 왜 그 사람이 마음에 들지 않게 됐니? 위컴만 못해서 그러니? 위컴의 용모가 나무랄 데가 없어서 그렇지. 그 사람도 미남이던걸."

엘리자베스는 되도록 잘 변명을 했다. 즉 켄트에서 만났을 때는, 전보다는 조금 좋아지기는 했지만 오늘처럼 기분 좋은 적은 처음이라고 말했다.

"그러나 그 사람이 정중한 것은 약간의 변덕에서 비롯된 것일지도 몰라." 외삼촌이 말했다. "잘난 사람이란 대개 그런 법이거든. 그러니까 난 낚시에 관한 얘기는 곧이듣지 않기로 했어. 나중에 마음이 변해서 날 자기가 낚시하는 곳에 들어오지 못하게 할지도 모르니까."

엘리자베스는 외삼촌 부부가 다아시의 성격을 완전히 오해하고 있다고 생각했지만 아무 말도 하지 않았다.

"우리가 본 바로는," 가드너 부인이 말을 이었다. "그 사람이 우리가 불쌍하다고 여기는 위컴에게 한 것 같은 엄청난 짓을 남에게 하리라고는 믿어지지 않아요. 심술궂은 면이라곤 아예 찾아보기 힘들었어요. 그 반면에 얘기를 할 때엔 입 언저리가 어딘가 모르게 기분 좋기까지 했어요. 얼굴에는 위엄 같은 것이 엿보였고……. 도저히 마음씨가 곱지 못한 사람이란 그런 인상을 남에게 줄 수 없을 거예요. 그러나 우리에게 집 구경을 시켜 주었던 착한 부인은 틀림없이 과장해서 말했을 거예요. 내가 이따금 큰 소리로 웃지 않을 수가 없을 정도였으니까 말예요. 그래도 그 사람은 너그러운 주인이라고 생각해요. 그 사실만으로도 하인 측에서 볼 땐 모든 미덕을 가지고 있는 거죠."

바로 이때 엘리자베스는 위컴에 대한 그의 태도를 변호해서 한마디 하지 않을 수 없다는 느낌이 들었다. 그래서 되도록 조심스럽게 이야기를 시작했다. 자기가 켄트에서 그의 친척들에게서 들은 바로는 그의 행위는 전혀 다른 해석을 내릴 수도 있으며, 허트퍼드셔에서 생각하는 것처럼 그에게 성격적 결함이 있는 것은 절대 아니며 나아가 위컴의 성격은 그다지 좋은 편은 못된다는 점을 이해시키려고 노력했다.

이를 입증하기 위해, 두 사람 사이에 있었던 금전상의 모든 거래에 대해 소상하게 설명해 주었는데, 어떤 루트를 통해 알게 된 것이라고는 밝히지 않고서 그저 신뢰할 수 있다고만 해두었다.

가드너 부인은 놀라는 한편 관심을 갖기 시작했지만, 그때는 이미 그녀가 즐거웠던 옛 시절을 보냈던 장소에 가까이 왔기 때문에 온갖 생각을 버리고 회상에 빠졌다.

그녀는 남편에게 주위의 경치를 하나도 빼놓지 않고 설명하느라 정신이 팔린 나머지, 그 밖의 일은 생각할 겨를이 없었다. 오전 내내 걸었던 탓으로 지쳐 있었지만 식사를 끝내기가 무섭게 그녀는 다시 걷기 시작해서 옛날의 자신을 찾게 되었고, 밤에는 오랜 세월 끊어졌던 옛정을 되살리며 시간을 보냈다.

하지만 엘리자베스는 그날 생긴 일에 몰두해 있었기에, 외숙모를 통해 새롭게 알게 된 누구에게도 주의를 기울일 여유가 없었다. 그녀는 다아시 씨의 정중한 태도와 특히 자신이 그의 누이동생과 사귀기를 바란다는 것을 생각하는 것 외에는 아무것도 할 수 없었다.

2

❧

다아시의 여동생이 펨벌리에 도착하는 바로 다음날, 엘리자베스는 그가 여동생과 함께 자신을 찾아올 거라고 생각했다. 그래서 그날 아침에는 여관에 머물지 않기로 결심했다. 그러나 그녀의 그런 결정은 잘못된 생각이었다. 왜냐하면 다아시와 그의 여동생이 램턴에 도착한 이튿날 아침, 그 손님들이 찾아왔기 때문이다.

그들이 새로 사귄 친구 몇 사람과 함께 시내를 산책한 후, 함께 식사하기 위해 옷을 갈아입으러 여관에 되돌아왔을 때였다. 마차 소리가 들려서 창문을 내다보니 한 남자와 두 명의 여자가 마차를 타고 달려오는 모습이 보였다. 옷차림만으로도 신분을 금방 가려낼 수 있었기 때문에 엘리자베스는 그들이 다아시 일행임을 직감했다.

엘리자베스는 자신이 예상하고 있던 영광스러운 일을 외삼촌 내외에게 알렸다. 그러자 외삼촌 부부는 몹시 놀랐다. 그들은 평소와 다른 엘리자베스의 어색한 태도와 현재의 상황, 그리고 어제의 상황들로 미루어보아 뭔가 새로운 일이 벌어졌다는 것을 짐작했다. 확실치는 않지만 엘리자베스의 말투와 행동을 종합해 볼 때 자신의 조카인 그녀에게 다아시 씨의 가족들이 호감을 품고 있다는 사실을 짐작할 수 있었다.

외삼촌 부부가 그런 생각을 하고 있을 때 엘리자베스는 점점 더 감정이 동요되고 있었다. 그녀는 자신이 불안해하고 있는 것에 스스로 놀랐지만, 그런 와중에도 다아시가 자기를 너무 좋아한 나머지 여동생에게 장점만을 늘어놓지나 않았나 하는 의구심이 생겼다. 그리고 특별히 상대방에게 호감을 주기 위해 애쓰다가 혹시 역효과를 가져온 것은 아닐까하는 생각이 들었다.

엘리자베스는 상대방이 혹시라도 자기를 볼까봐 두려워 창가에서 멀찌 감치 물러났다. 그리고는 침착하려고 애쓰면서 방 안에서 서성거렸다. 더 구나 외삼촌 내외의 얼굴에 호기심과 놀라움이 교차되는 것을 보니, 모든 일이 수포로 돌아갈 것만 같아 불안한 마음도 들었다.

드디어 다아시 양과 그녀의 오빠가 집으로 들어섰고, 장황한 소개가 이 어졌다. 엘리자베스는 의외로 그들 역시 자기 못지않게 당황하고 있다는 것을 눈치 챘다.

랜텀에서는 다아시 양이 몹시 거만스런 아가씨라는 소문이 나 있었다. 그런데 몇 분 동안 가까이서 관찰해본 결과, 그녀는 거만한 것이 아니라 단지 수줍음을 많이 타는 것이란 것을 알게 되었다. 그녀는 상대가 묻는 말에 간단히 대답만 할 뿐이었다.

다아시 양은 키가 컸고, 엘리자베스보다도 체격이 좋았다. 비록 나이는 16살 밖에 안 되었지만 몸은 성숙했고 이미 숙녀임을 말해 주고 있었다. 외모는 오빠처럼 뛰어나지 않았지만 총명하고 상냥해 보였고, 태도 또한 공손하고 성격도 온순해 보였다.

엘리자베스는 지금까지 알아 온 다아시 씨 못지않게 그녀가 예리하고 냉정한 관찰력의 소유자일거라고 생각했다. 그런데 막상 자신의 생각과 는 반대인 그녀를 보니 마음이 놓였다.

잠시 시간이 흐른 후, 다아시는 엘리자베스에게 빙리도 올 거라고 말했 다. 그녀가 기쁜 마음을 전하고 손님을 맞아들일 준비도 하기 전에, 계단 을 빠른 속도로 올라온 빙리가 방 안으로 들어섰다. 그에 대한 엘리자베 스의 분노는 아주 오래 전에 사라지고 없었다. 만약 그러한 기분이 얼마 간 남아 있다고 하더라도 솔직하게 다가오는 그의 앞에서 옛 감정을 지속 시킬 수는 없었다.

빙리는 다정하게 엘리자베스의 가족 한 사람 한 사람의 안부를 물었고, 변함없는 태도로 사람들을 대했다. 가드너 부부에게도 빙리는 흥미 있는 인물이었다. 그들은 오랜 시간 그와 함께 하고 싶어 했다. 그들뿐 아니라 방안의 모든 사람들이 엘리자베스와 빙리에게 관심을 쏟았다. 특히 외삼촌 부부는 다아시와 엘리자베스 사이에 무슨 일이라도 있었던 것은 아닐까하는 눈빛으로 시종일관 두 사람을 관찰했다. 그리고 둘 중 한 사람은 사랑의 감정에 빠져 있다는 것을 확신하게 되었다. 엘리자베스 쪽은 아직 의심스러웠지만, 다아시 쪽은 분명했다.

엘리자베스는 할 일이 많았다. 손님들 각자의 기분을 파악하고 싶었고, 자신의 들뜬 기분을 진정시키고 모든 사람들을 상냥하게 접대하고 싶었다. 그러나 그것은 걱정할 것이 못되었다. 방안에 모인 사람들은 모두 오래 전부터 엘리자베스에게 호감을 가지고 있던 사람들이었기 때문이었다.

빙리를 만나는 순간, 엘리자베스는 언니를 생각했다. 빙리의 생각이 어느 정도인지는 몰라도 그를 지켜볼 때마다 말수가 많이 줄어 든 것도 같고, 자신의 얼굴에서 언니와 닮은 곳을 찾으려고 애쓰는 것 같아 한편으로는 반갑기도 했다. 그것이 상상에 그치더라도 제인의 경쟁 상대인 다아시 양에 대한 빙리의 태도는 의심의 여지가 없었다. 양쪽 모두 특별한 감정을 가지고 있어 보이지는 않았기 때문에 빙리의 여동생이 희망을 가질 만한 일은 없는 듯했다.

엘리자베스는 마음이 놓였다. 그는 헤어지기 전에 제인에 대한 사랑의 추억을 두서너 차례 얘기했고, 그녀에 관한 이야기를 하고 싶다는 마음을 내비쳤다.

빙리는 다른 사람들이 이야기를 나누는 틈을 타서, 엘리자베스에게 유감스럽다는 듯이 말했다.

"오랜만이죠? 11월 26일 네더필드에서 함께 춤을 추었던 이후로는 처음이네요."

그의 기억은 너무 정확했다. 엘리자베스는 그것이 기뻤다. 그는 잠시 후 다른 사람들의 관심이 소홀한 틈을 타서 다시 이렇게 물었다.

"자매 분들이 모두 롱본에 계신가요?"

그 질문과 그보다 먼저 한 말 모두 별다른 뜻은 없었지만 그의 표정과 태도는 다른 의미가 담겨 있는 듯했다.

엘리자베스는 다아시 쪽을 자주 보지는 않았지만 ,어쩌다 시선이 머물 때면 누구에게나 공손하게 대하는 그를 볼 수 있었다. 그는 거만하지 않고, 남을 존중하는 듯한 태도였다. 그의 태도가 비록 일시적이라고 하더라도 적어도 하루쯤은 지속되었다는 것을 알 수 있었다. 그는 몇 달 전까지만 해도 그와 사귀는 일조차 수치스럽게 생각했던 사람들에게 교제를 신청하고, 환심을 끌기 위해 애를 썼다. 엘리자베스는 지난 번 헌스퍼드 목사관에서 있었던 심한 말다툼을 생각해 볼 때, 그의 변화가 너무나 커서 당황스럽기까지 했다.

그는 네더필드에서 친구들과 함께 있을 때에나, 로징스에서 신분이 높은 친척들과 같이 있을 때에도 지금과 같은 태도를 보인 적이 없었다. 만약 그의 변화된 태도가 사람들의 마음을 움직인다고 하더라도 결과는 마찬가지일 터였다. 지금 그가 관심 있어 하는 사람들과 사귀게 된다면 네더필드와 로징스는 조소를 보낼지도 모를 일이었다.

30분 이상을 그들과 함께 있던 손님들이 자리에서 일어섰을 때였다. 다아시는 여동생을 통해 가드너 부부와 베넷 양이 이 곳을 떠나기 전에 펨벌리로 식사하러 와 달라고 말했다. 사람들의 초대에 별로 익숙하지 않은 다아시 양은 수줍어했지만 곧 오빠의 뜻에 따르기로 하였다.

가드너 부인은 그 초대에 가장 밀접한 관계가 있는 조카의 기분을 알아

보기 위해 쳐다보았지만 엘리자베스는 외면해 버리고 말았다. 하지만 부인은 엘리자베스가 순간적으로 당황해서 그러려니 생각하고 다시 남편 쪽을 바라보았다. 그녀의 남편은 매우 사교적인 사람이었다. 그래서 가드너 부인은 주저 없이 이틀 후의 식사 초대에 응했다.

빙리는 엘리자베스에게 할 말이 많이 남았고, 허트퍼드셔의 친구들에 대해서 여러 가지 물어 볼 일도 있다면서 다시 볼 수 있다는 것이 매우 기쁘다고 말했다. 엘리자베스는 그가 언니에 관한 모든 것을 알고 싶어 하기 때문일 거라고 생각했다.

손님들이 모두 떠나고 난 뒤, 엘리자베스는 방금 지나간 30분이라는 시간이 특별히 즐거울 것도 없었지만 그럭저럭 만족했다고 생각했다.

엘리자베스는 혼자 있고 싶었다. 외삼촌 부부가 여러 가지 질문을 하면서 의중을 떠볼까봐 두려워진 그녀는 그들이 빙리의 좋은 점을 말하고 있는 동안에 옷을 갈아입는다는 핑계로 황급히 나와 버렸다. 그녀로서는 가드너 부부의 호기심까지 걱정할 필요는 없었다. 그들이 억지로 엘리자베스의 애기를 듣겠다고 하지는 않을 것이기 때문이었다.

사실상 외삼촌 내외가 알고 있던 것보다 엘리자베스와 다아시가 좋은 관계라는 것은 분명했다. 또한 그가 엘리자베스를 몹시 사랑하고 있다는 것도 확실했다. 그렇다고 짐작대로 모든 것을 결론짓고 물어볼 수는 없는 노릇이었다. 그들이 원하는 것은 다아시를 좋게 평가하는 것이었다.

지금까지 알고 지낸 결과로 볼 때 그에게 특별한 단점은 없었다. 오히려 그의 정중하고 신사다운 태도에 감동할 뿐이었다. 만약 다아시의 성격을 자신들의 관점과 가정부의 애기만을 토대로 그렸다면 허트퍼드셔의 사교계 사람들은 아무도 그를 다아시라고 인정하지 않았을 터였다.

어쨌거나 현재로서는 가정부의 말을 신뢰할 수밖에 없었다. 그리고 그녀가 네 살 때부터 대해 온 다아시가 훌륭한 인격을 가진 사람이라는 증언을 수용해야 한다고 생각했다. 램턴의 친구들이 보내온 정보에서도 가정부의 증언을 부정할 만한 단서라고는 하나도 없었다. 굳이 단점이라고 한다면 자존심이 좀 유별나다는 것이었다. 설사 자존심이 없었더라도 그의 가족과 왕래가 없는 작은 마을에서는 그 같은 평을 받는 것은 당연한 일일지도 모르는 일이었다. 하지만 마음이 관대하여 가난한 이웃들에게 많은 선행을 해 온 그는, 마을 사람들에게 인정을 받고 있었다.

반면에 여행자들은 위컴이 이곳에서는 별로 존경스럽지 못한 인물이라는 사실을 알았다. 알고 보니 후원자의 아들과 위컴과의 관계에 있어 별다른 문제는 없었지만, 위컴이 더비셔를 떠나면서 거액의 빚을 남기고 간 것을 다아시가 훗날 갚아 준 사실이 사람들 사이에 널리 알려졌기 때문이었다.

그날 밤, 엘리자베스는 지난밤보다 펨벌리 생각이 간절했다. 저녁 시간이 너무 길게 느껴졌지만, 그 저택에 살고 있는 한 사람에 대한 자신의 감정을 결정할 만큼 길지는 않았다. 그녀는 그것을 분명히 하려고 노력했다. 그를 미워하는 마음은 사라진 지 이미 오래였다.

오랜 시간 그녀에게 있어 '미움'이라고 불렸던 감정은 그를 수치스럽다고 느꼈던 것에서 비롯된 것이었다. 그의 재능을 확인하면서 우러러 나온 존경심을 처음에는 마지못해 인정했던 것이었다. 그러나 얼마 후부터는 그에 대한 거부감이 느껴지지 않았고, 그런 감정은 사람들이 그를 칭찬하면서부터 더욱 친밀한 감정으로 승화되었다. 그리고 엘리자베스는 그의 모든 것을 사랑스러운 눈으로 바라보게 되었는데, 그런 감정은 어제부터 시작되었다.

하지만 무엇보다 그녀의 마음을 움직이게 했던 것은 다름 아닌 '감사'였다. 전에 자신을 사랑했었다는 단순한 사실 외에, 그를 거절하면서 심하게 퍼부었던 비난이나 태도를 깨끗이 용서해 줄 정도로 자신을 깊이 사랑하고 있다는 것에 대한 감사였다.

엘리자베스는 그가 자신을 최대의 적으로 단정 짓고 피할 것이라고 생각했지만, 우연한 만남을 통해 옛 감정을 그대로 지속시키고 싶어 했다. 야비한 속셈을 내 보이거나 자신을 포장하지 않고 다만 친척들에게 잘 보이려 노력했고 그의 여동생을 소개하려고 신경을 썼던 것이다.

그처럼 거만했던 사람이 갑자기 돌변한 사실이 그저 놀랍고 감사할 뿐이었다. 왜냐하면 그의 행동은 뜨거운 사랑으로 인한 결과가 틀림없었기 때문이었다. 그 같은 변화가 주는 영향에 대해 뭐라고 단정 지을 수는 없지만, 다소 고무적인 현상임에는 분명했다.

그녀는 그의 행복이 어느 정도 자신에게 달려 있는지, 또한 그에게 재청혼을 하도록 할 힘이 얼마나 있는지 생각해 보았다. 그리고 만약에 자신이 그 힘을 발휘하게 된다면 두 사람의 행복에 얼마나 도움이 될지가 궁금했다.

그날 밤 외숙모와 조카는 이렇게 결정을 내렸다. 펨벌리에 도착해서 늦은 아침을 먹고 바로 그날 중으로 자신들을 찾아준 다아시 양의 파격적인 호의를 이쪽 편에서 되갚을 수는 없겠지만 흉내는 내야 하지 않겠느냐는 말이 나왔고, 결국 다음날 아침 그녀를 만나러 펨벌리로 가는 것이 바람직하겠다는 것이었다. 하여간 엘리자베스는 기뻤지만, 그렇다고 그 이유를 스스로에게 물어 봐도 정답은 없었다.

아침 식사가 끝난 뒤, 가드너 씨는 먼저 출발했다. 그는 낚시를 하기 위해 펨벌리에서 몇 사람의 신사들과 정오에 만나기로 약속이 되어 있었기 때문이다.

3

❧

엘리자베스는 빙리 양이 자신을 싫어한다고 확신했다. 그리고 그것은 질투에서 비롯된 것이라고 굳게 믿었다. 그렇기 때문에 자신이 펨벌리에 나타나면 틀림없이 그녀에게 달갑지 않은 일일 것이라고 생각했다. 엘리자베스는 과연 그 쪽에서 얼마나 정중한 태도로 나올지 궁금해졌다.

두 사람은 저택에 도착하자 곧 응접실로 안내되었는데, 북향이어서인지 여름철에는 쾌적한 곳이었다. 정원 쪽 창문을 통해서 저택 뒤편의 무성한 숲과 높은 언덕, 중간에 있는 잔디밭에 펼쳐진 아름다운 참나무와 스페인 밤나무가 그려내는 아름다운 정경이 보였다.

그녀들은 이 방에서 다시 양의 영접을 받았는데, 그녀는 허스트 부인과 빙리 양 그리고 런던에서 함께 사는 부인과 앉아 있었다. 조지아나의 대접은 사뭇 정중했지만 당혹스러운 빛이 역력했다.

물론 실수라도 저지르지 않을까 하는 불안감과 수줍음에서 나온 것이지만, 스스로 지위가 낮다고 생각하는 사람들이 보기에는 거만하고 사귀기 힘든 상대로 생각할 수밖에 없는 태도였다. 그러나 가드너 부인과 엘리자베스는 그녀의 입장을 이해하고 걱정했다.

허스트 부인과 빙리 양은 그저 무릎을 살짝 굽혀서 인사를 했다. 잠시 동안 두 사람 사이에 어색한 침묵이 감돌았다. 먼저 침묵을 깨뜨린 사람은 고상하면서도 인상이 좋은 앤즐리 부인이었다. 그녀는 적당한 화제를 만들어 내려고 했고, 다른 사람들보다 예절바른 행동을 보여 주었다. 그렇게 해서 그녀와 가드너 부인, 엘리자베스 사이에 대화가 진행되었다. 다시 양은 대화에 익숙하지 않은 표정으로 남들이 귀를 기울이지 않을 때마다 짧게 말을 꺼내곤 했다.

잠시 후, 엘리자베스는 빙리 양이 자신을 빤히 바라보고 있다는 것을 알았다. 특히 자신이 다아시 양에게 한마디씩 건넬 때마다 어김없이 시선을 고정시켰다. 그녀의 시선을 느끼면서 많은 말을 하고 싶지는 않았지만, 그렇다고 해서 불쾌하지는 않았다. 그것은 마음속에 복잡한 생각들이 꽉 차 있었기 때문이다.

그녀는 당장이라도 신사들이 방 안으로 들어올지 모른다는 생각이 들었다. 그 신사들 가운데는 이 집의 주인이 있기를 바라면서도 한편으로는 두려웠다. 그녀는 자신의 본마음을 알 수가 없었다. 엘리자베스는 빙리 양의 말을 듣지 못한 채 15분가량 앉아 있다가, 가족들의 안부를 묻는 빙리 양의 쌀쌀맞은 질문에 화들짝 놀랐다. 엘리자베스 역시 쌀쌀맞게 대답을 하자 빙리 양은 더 이상 아무 말도 못했다.

다음번의 변화는 하인들이 냉육과 과자, 신선한 계절 과일을 내왔을 때 일어났다. 그러나 그 변화는 앤즐리 부인이 다아시 양에게 몇 차례 의미 있는 눈짓과 미소를 보내면서 다아시 양에게 그녀의 역할을 상기시켜 준 후에야 겨우 이루어졌다.

피라밋 형으로 아름답게 쌓아올린 포도와 넥타린 복숭아를 본 그들은 곧바로 식탁 주위로 모여들었다. 엘리자베스는 식사를 하고 있는 동안에도, 다아시의 출현에 대해 두려움을 느끼는지, 아니면 기다리고 있는지를 생각하면서 어느 감정이 우세한지 확인하고 싶었다. 그러나 조금 전까지만 해도 그의 출현을 고대했다고 생각했는데, 막상 그가 들어서는 것을 보니 그렇게 생각한 것이 후회되기 시작했다.

그는 저택에 와 있는 두세 명의 신사들과 강기슭에서 낚시를 하고 있던 가드너 씨와 함께 있었다. 그런데 가드너 가의 숙녀들이 그날 아침 조지아나를 방문하기로 되어 있다는 말만 듣고 그를 남겨 둔 채 와 버린 것이었다. 그가 나타나자 엘리자베스는 침착하고 평온해지려고 애썼다.

그가 방에 들어서자 모든 사람들이 의심스러운 눈으로 두 사람의 일거수일투족을 지켜보았다. 그래서 엘리자베스는 더욱 침착해지고자 애썼다. 모인 사람들 중 유독 빙리 양이 깊은 호기심을 보였다. 그러나 빙리 양은 자신이 호감을 가진 사람들과 대화를 나눌 때면 얼굴 가득 미소를 머금었다. 그 이유는 간단했다. 그녀는 아직까지 질투로 인해 절망적이지는 않은 상태였으며 다아시 양에 대한 관심 또한 여전했기 때문이었다.

다아시 양은 오빠가 들어오자 무슨 말이든 더 하려고 애썼다. 엘리자베스는 그가 여동생과 자신을 친하게 하려고 많은 애를 썼고, 양쪽 모두에게 골고루 말을 시키려고 노력한다는 사실을 눈치 챘다. 이런 사실을 알아챈 빙리 양은 너무 화가 난 나머지 기회를 틈타서 냉소적으로 말했다

"엘리자 양. 군부대가 메리튼에서 다른 곳으로 옮겨간 거 아세요? 댁의 식구들은 낙심이 무척 크겠군요."

다아시 앞에서 엘리자베스는 위컴의 이름을 입에 담을 용기가 없었다. 그러나 그녀는 곧 다아시 양의 마음속에 떠오른 사람이 바로 위컴이었다는 것을 알았다. 엘리자베스는 다아시 양의 질문으로 인해 그와 얽혀 있던 많은 일들이 떠올라 슬펐지만, 악의에 찬 공격을 막아보려고 최대한 노력하면서 초연한 말투로 응답했다. 대답을 하면서 문득 다아시를 보니, 그는 상기된 얼굴로 엘리자베스를 바라다보고 있었고, 다아시 양은 당황한 나머지 눈을 내리깔고 있었다.

만약 빙리 양이 둘도 없이 친한 친구에게 자신이 얼마나 많은 고통을 주고 있는가를 알았더라면 틀림없이 그렇게 비꼬는 듯한 말을 하지는 않았을 것이다. 그러나 빙리 양은 엘리자베스가 특별히 호감을 갖고 있는 것처럼 보이는 남자의 이야기를 꺼내서 그녀의 마음을 혼란스럽게 하고, 그녀에 대한 다아시의 평가를 깎아내리기에만 급급했다. 게다가 그녀의

가족들이 그 부대의 장교들과 교류하면서 저지른 모든 일을 그에게 상기시키고 싶었던 것이다.

그녀는 다아시 양이 도망치려다가 미수에 그친 사건에 대해서는 전혀 알지 못했다. 엘리자베스만 빼놓고 다른 사람들에게는 비밀로 했기 때문이다. 그녀의 오빠는 그 사실을 빙리 집안의 사람들에게는 특별히 더 감추기 위해 노력했다.

사실 엘리자베스는 전에도 추측을 했지만, 다아시로서는 여동생이 빙리 집안의 사람이 되기를 원하고 있었기 때문이다. 그는 그러한 계획을 세우고 있었다. 이 일이 빙리와 베넷 양이 헤어지도록 하는 계획에 효과가 있을 거라고까지는 생각지 않았겠지만, 친구의 행복을 위해서라면 도움이 될 수도 있는 일이었다.

그러나 엘리자베스의 초연한 태도를 보고 곧 그는 감정을 가라앉혔다. 빙리 양 또한 실망한 탓에 더 이상 위컴의 일을 입에 담지 않았고, 조지아나 역시 곧 평안을 되찾았다. 다행스럽게도 오빠는 이 문제에 그녀가 관여해 있다는 사실을 눈치 채지 못하는 것 같았다. 엘리자베스에게서 그의 생각을 멀어지게 하려던 말은 오히려 엘리자베스에 대한 그의 생각을 더욱 간절하게 만든 것 같았다.

대화를 마치고 엘리자베스 일행은 곧 그곳을 떠나기로 했다. 다아시가 그들을 마차 있는 곳까지 배웅하러 나간 사이 빙리 양은 엘리자베스의 인품, 태도, 의복 등을 비평하면서 스스로 화를 풀고 있었다. 그러나 조지아나는 끼어들고 싶지 않았다. 엘리자베스를 칭찬한 오빠 덕분에 그녀에게 충분히 호감이 갔기 때문이다. 그녀로서는 오빠의 판단이 옳았다는 것을 인정했다. 오빠는 그녀로 하여금 엘리자베스에게서 아름답고 사랑스럽다는 점 말고는 아무 단점도 찾아낼 수 없도록 칭찬을 했다.

다아시가 응접실로 되돌아왔을 때, 빙리 양은 여동생에게 하던 말들을 다시 한 번 그에게 할 수밖에 없었다.

"다아시 씨! 오늘 아침에 엘리자 베넷 양은 너무 초췌해 보이지 않았어요? 겨울 이후 그렇게 변해 버린 사람은 처음 봤어요. 얼굴빛도 검어졌고 피부도 너무 거칠어졌더군요. 루이저와 저는 그 사람을 다시 만나게 된 것을 후회하고 있었어요."

다아시로서는 그 말이 달갑지 않았다. 그가 보기에 얼굴이 약간 그을었다는 것 말고는 그녀에게서 별로 달라진 점을 발견할 수 없었기 때문이다. 그는 '얼굴이 그을린 것은 여름에 여행을 하다 보면 누구에게나 생길 수 있는 것'이라면서 냉정하게 대답했다.

"저는 사실 그 사람에게서 아름다움을 찾아 볼 수가 없었어요. 얼굴은 너무 마른데다가 안색은 창백했어요. 이목구비도 전혀 예쁜 구석이 없잖아요. 특히 코는 콧날도 뚜렷하지 않고 개성이 전혀 없더군요. 치아는 그런대로 괜찮은 것 같지만 그저 보통이고, 눈은 또 남들이 예쁘다고 말하는 것과 달리 그렇게 특별하다고 생각되지는 않아요. 인상이 날카롭고 심술궂어서 전 도저히 호감이 안가요. 더구나 그 사람의 태도는 고상한 구석도 없고 자만심만 차있어서 봐주기 힘들어요."

다아시가 엘리자베스를 좋아한다는 것을 알고 있는 빙리 양으로서는, 그 같은 말이 자신을 스스로 돋보이게 하지는 못했다.

사람은 화가 난 상태에서 현명하지 못할 때가 있다. 약간 불쾌한 표정을 짓는 다아시를 보고 그녀는 예상대로 성공했다고 생각했다. 그러나 다아시가 워낙 굳게 입을 다물고 있었기 때문에 무슨 수를 써서라도 그의 입을 열게 하려고 계속해서 말했다.

"아직도 잊히지 않지만, 처음 우리가 허트퍼드셔에서 그 사람을 만났을 때, 남들에게 미인으로 소문난 것을 알고 얼마나 놀랐는데요. 어느 날 밤에 하신 말씀이 특히 기억나네요. 네더필드로 그 사람 가족들을 식사에 초대한 자리에서 '저 여자가 미인이라구? 이제부터 그 여자의 어머니를 재주 있는 여자라고 부르겠어.'라고 말씀하신 거예요. 하지만 그 뒤 그 사람을 점점 좋게 보게 되었나 보죠. 그래도 한때는 몹시 아름다운 사람이라고 생각하신 것 같군요."

"그래요." 다아시가 더 이상 참을 수가 없다는 듯이 말했다. "하지만 그것은 내가 처음으로 그녀와 알게 되었던 때의 얘기지요. 내가 알고 있는 사람 중에서 가장 아름다운 여성의 한 명이라고 생각한 지도 몇 달 됐거든요."

그리고 다아시는 그 자리를 떠났다. 혼자 남은 빙리 양은 자신에게만 고통스럽던 일을 다아시에게 억지로 말을 시킴으로서 만족을 느꼈다.

돌아오는 길에 가드너 부인과 엘리자베스는 방문 중에 일어났던 일들에 관해 이야기를 나누었지만 정작 공통적인 관심사는 제외되고 말았다. 그녀들이 만났던 사람들의 용모나 행동은 모두 얘깃거리가 되었지만 특히 그녀들의 주의를 끌었던 사람에 대해서만은 언급하지 않았던 것이다.

두 사람은 그 사람만 빼고 그 사람의 여동생과 친지들, 가옥 또는 과일에 이르기까지 하나도 빠짐없이 이야기했다. 엘리자베스는 가드너 부인이 그 사람을 어떻게 생각하고 있는지 궁금해서 견딜 수가 없었다. 가드너 부인 또한 조카인 엘리자베스가 그 이야기를 먼저 시작하기를 은근히 기다릴 뿐이었다.

❦

4

엘리자베스는 램턴에 도착하여 제인에게서 편지가 오지 않은 것을 알고 크게 실망했다. 그리고 그 실망감은 그곳에서 아침을 맞을 때마다 차츰 더 커졌다.

그러나 사흘째 되던 날 아침, 언니에게서 온 편지를 두 통씩이나 받게 된 그녀의 불평도 사라졌다. 더구나 그 중 한 통은 다른 곳으로 잘못 배달이 되었다는 표시가 있었다. 제인이 수신인의 주소를 잘못 적었기 때문에 엘리자베스로서는 그리 놀랄 일도 아니었다.

편지가 배달되었을 때 그들은 막 산보 나갈 준비를 하고 있던 때였다. 외삼촌내외는 그녀가 조용히 남아 편지를 읽도록 자기들끼리만 산책을 나갔다.

엘리자베스는 닷새 전에 쓰인 잘못 배달된 편지부터 읽어 내려갔다. 서두에는 시골 소식과 함께 작은 모임, 초대 등에 관한 이야기가 있었고, 후반부에는 날짜가 하루 늦게 씌어있었다. 겉보기에도 흥분된 심정에서 쓴 것이었고, 꽤 중요한 정보를 전해 주고 있었다. 내용은 다음과 같았다.

사랑하는 리지에게

여기까지 쓰고 난 후에 전혀 생각지 못한 큰 일이 생겼단다. 혹시 내가 널 놀라게 한 것은 아닌지 모르겠다. 그러나 안심해도 좋아. 우린 모두 다 잘 있으니까. 내가 하고 싶은 말은 다른 것이 아니라 바로 가엾은 리디아에 관해서란다.

지난 밤, 모두들 막 잠자리에 들려고 했을 때였어. 포스터 대령한테서 속달이 왔는데, 리디아가 장교 한 사람과 스코틀랜드로 줄행랑을 쳐버렸다는 거야. 그 장교는 바로 위컴이었어. 그러니 내가 얼마나 놀랐는지 상상이 되니?

그런데 키티에게는 그 사실이 그리 놀랍지 않았나봐. 정말 너무도 가슴 아파. 두 사람이 어떻게 이렇게 무분별할 수가 있느냐 말이야. 그래도 나는 모든 일이 최대한 잘 해결되기를 바라고 있고, 또 그의 성격에 대해 오해한 거라고 믿고 싶다. 경솔한 사람인 것은 알지만 이번 일 ─ 우리는 그것을 기뻐하기로 하자 ─ 은 아주 나쁜 마음에서 비롯된 것은 아니란 걸 알아. 리디아를 택한 것도 어떤 이익을 바라고 한 짓은 아니야. 왜냐하면 그는 아버지가 리디아에게 물려줄 재산이 하나도 없다는 사실을 잘 알고 있거든. 어머님께선 몹시 슬퍼하고 계셔. 아버님께선 많이 참고 계시고 말이야.

그 사람의 나쁜 점을 부모님께 말하지 않은 것은 참 잘한 일인 것 같아. 우리 자신도 그것을 잊어야 해. 두 사람은 토요일 밤 12시경에 떠난 것으로 추측이 되지만, 어제 아침 8시까지는 그 사실을 전혀 모르고 있었어. 그리고 곧 속달이 온 거야.

사랑하는 리지.

두 사람은 겨우 10마일도 채 가지 못한 게 틀림없어. 포스터 대령께서 곧 이곳으로 올 것 같아. 리디아는 대령 부인에게 자신들의 뜻을 몇 줄의 메모로 남기고 떠났대.

이만 줄일게. 불쌍한 어머니 곁을 너무 오래 비워둘 수 없거든. 너도 이 편지 내용을 이해하기 어렵겠지만 편지를 쓴 나 역시 그렇단다.

생각할 여유도 없이 편지를 다 읽은 엘리자베스는 다른 한 통의 편지를 손에 들고 무서운 속도로 읽어 내려갔다. 그것은 하루 뒤에 쓴 편지였다.

사랑하는 리지.

지금쯤 내가 급하게 써 보낸 편지를 읽었을 거라고 생각한다. 이번 편지는 좀 더 자세한 내용을 쓰려고 했는데, 내 머리가 혼란스러워서인지 정확한 의사를 전달할 수 있을지는 장담할 수 없을 것 같아.

사랑하는 리지, 난 지금 무엇을 쓰고 싶은지 그것마저도 모르겠어. 너에게 나쁜 소식만 전하게 되는 것 같구나. 위컴과 가엾은 리디아 사이의 결혼은 일단 경솔하기는 했지만, 우리들로서는 그 결혼이 꼭 이루어지기를 간절하게 바랄 수밖에 없게 되어 버렸어. 왜냐하면 두 사람이 스코틀랜드로 가지 않았을 가능성이 너무 많기 때문이야. 엊그제 브레이튼을 출발했던 포스터 대령님이, 어제 속달이 도착한 지 몇 시간 안 되서 이곳으로 도착하셨거든.

리디아가 대령님 부인 앞으로 써 보낸 짧은 편지에서는 두 사람이 그레트너 그린으로 가려고 한 것 같았어. 그런데 데니라는 사람은, 위컴은 거기로 갈 생각은 없었고, 더구나 리디아와 결혼할 생각도 없다고 말했어.

데니의 말을 전해들은 대령은 노발대발하면서 두 사람의 뒤를 쫓기 위해 브레이튼을 출발했던 거야. 클래팸까지는 쉽사리 뒤쫓아 갈 수 있었지만 그 이상은 힘들었던 것 같아. 두 사람은 그곳에 도착해서 마차를 빌려 타고, 대신 에프솜에서 타고 왔던 이륜마차는 돌려보냈기 때문이지. 다음으로 내가 알아낸 것은 두 사람이 런던 거리를 달려가고 있는 것을 누군가가 봤다는 사실이야.

난 뭘 어찌해야 할지 모르겠어. 대령님께선 런던 방면으로 할 수 있는 한 모든 조치를 다 취하고, 바아넷과 해트필드에 있는 통행 관문이나 여관까지 샅샅이 추적했지만 성과는 없었어. 모두들 그들이 지나가는 것을 못 봤다고 했다는구나. 대령님께서는 특별한 관심을 가지고 롱본까지 오셔서, 정말 많이 걱정해 주셨어. 난 대령님 내외분께 진심으로 죄송하게 생각해. 그 누구도 그 분들을 탓할 수 없지.

사랑하는 리지, 우리는 너무나 괴롭단다. 부모님도 결과가 아주 최악이라고 단정하시지만 난 그 사람을 나쁘게만 생각하고 싶지 않아. 두 사람은 여러 가지 사정 때문에 런던에서 은밀히 결혼하는 편을 택했을지도 모르잖아. 설마 그럴 리는 없겠지만 혹시 그가 리디아 또래의 어린 여자에게 흑심을 품었다고 해도 그 애가 한순간에 모든 것을 다 버릴 수 있었겠니? 절대 그럴 리 없잖아.

하지만 대령님께서 두 사람이 결혼했다는 확신이 없다고 하시니 슬플 뿐이야. 나는 그들이 원하는 대로 되기를 바랐지만 대령님은 위컴을 신용할 수 없는 남자라고 하시더구나. 이미 불쌍한 우리 어머니만 병이 깊어지게 된 것 같아. 어머니께서 쾌차하시면 얼마나 좋겠니? 그러나 기대하기는 어려울 것 같구나.

아버지도 마찬가지야. 난 그분이 그렇게 괴로워하는 모습을 지금까지본 적이 없어. 키티는 두 사람이 속였다는 사실에 분노하고 있지만, 겉으로 드러내지는 않고 있어.

사랑하는 리지. 네가 이러한 어이없는 일을 겪게 되지 않은 것이 정말다행이야. 나도 어느 정도 충격에서 벗어났으니 빨리 돌아와 주지 않겠니? 네가 돌아올 상황이 아니라면 강요하진 않겠어. 나만 생각할 수는 없으니까.

내가 편지를 다시 보내는 이유는 네게 다시 할 말이 생겼기 때문이야. 일이 이렇게 되고 보니 모두들 빨리 와달라고 부탁하는 길 밖에 없더구나. 외삼촌 내외를 누구보다 잘 알고 있는 나로서는 미룰 수가 없었어. 그리고 특별히 외삼촌께 부탁드리고 싶은 것이 있어. 이제 아버님께선 리디아를 찾으시려고 포스터 대령님과 같이 곧 런던으로 출발하실 거야. 무슨생각을 하시는지 나도 알 수는 없지만 결단을 내리기가 무척 어려우신 눈치야. 포스터 대령님도 내일 밤에는 브레이튼으로 돌아가셔야 하는데, 이런 때야말로 외삼촌의 도움이 필요하다고 생각해. 외삼촌께서도 나를 이해하시고, 호의를 베풀어 주실 거야.

"지금 외삼촌은 어디에 계시는 걸까?"
편지를 읽고 난 엘리자베스는 의자에서 벌떡 일어났다. 그리고 빨리 외삼촌을 찾기 위해 나가려는데, 문 쪽에 다아시가 서 있었다. 다아시는 엘리자베스가 창백한 얼굴로 급하게 서두르는 것을 보며 깜짝 놀랐다. 엘리자베스는 리디아의 일로 복잡해져서 다아시가 무슨 일이냐고 물어보기도 전에 급하게 소리쳤다.
"실례할게요. 지금 급한 일이 있어 빨리 외삼촌을 찾아야 해요."
"도대체 무슨 일이기에 그러죠?" 애정이 가득한 말투로 물어 보던 그는 잠시 정신을 가다듬고 물었다. "단 1초라도 당신을 붙들고 싶지는 않아요. 하지만 저나 하인이 대신 찾아봐 드리지요. 당신은 정상이 아닌 것 같네요, 혼자서는 못 갈 것 같아요."
엘리자베스는 다리가 후들거려서 두 사람을 따라잡기에는 아무래도 무리인 것 같았다. 할 수없이 그녀는 하인에게 주인 내외를 모셔오라고 명령했다.
하인이 물러간 후, 그녀는 털썩 주저앉고 말았다. 그것을 본 다아시는 도저히 그녀의 곁을 떠날 수가 없었다.
"하녀를 불러드릴게요. 뭘 좀 먹고 힘을 내세요. 포도주는 어때요? 지금 무척 힘들어 보이는군요."
무척이나 부드러운 말투였다.
"아니요, 전 괜찮아요." 엘리자베스는 기운을 차리려고 애쓰면서 대답했다. "정말 괜찮아요, 별일 아니에요. 롱본에서 막 전해 온 소식 때문에 좀 괴로워서 그래요."

엘리자베스는 갑자기 말을 멈추고 울음을 터뜨렸다. 돌연한 행동에 불안해진 다아시는 두서없는 말로 그녀를 위로하다가 말없이 바라보았다. 이윽고 그녀가 말했다.

"제인 언니에게 정말 끔찍한 편지를 받았어요. 이건 숨길 일이 아닌 것 같아요. 막내 동생이 친구들하고 있다가, 한 남자와 도망을 갔대요. 위컴이라는 남자하고 말이에요. 당신도 위컴을 잘 아시죠? 동생은 돈도 없고, 재산 있는 친척도 없어요. 그 애가 위컴의 마음에 들 만한 조건은 하나도 없거든요. 이제 그 애는 영원히 제자리로 돌아오지 못할 거예요."

너무 놀란 나머지 다아시는 몸이 굳는 느낌이었고, 그녀는 더 혼란스럽다는 듯이 말했다.

"그 일은 미리 방지할 수도 있었을 거예요. 전 그 사람을 잘 알고 있거든요. 미리 말해 주었으면 좋았을 텐데… 그랬다면 이런 일은 생기지도 않았을 거예요. 하지만 지금은 너무 늦었어요."

"뭐라고 위로할 길이 없네요." 다아시가 말했다. "정말 충격적이군요. 그런데 확실한 겁니까?"

"확실해요. 일요일 밤, 두 사람이 브레이튼으로 가서 런던까지 훑어봤는데 그 이상은 알 수 없었대요. 스코틀랜드로 가지 않은 것은 분명한 것 같구요."

"그러면 동생을 어떻게 찾을 생각인데요?"

"아버님께서 런던으로 가셨어요. 그리고 제인 언니가 외삼촌께 곧 도와달라고 편지를 보냈구요. 우리들도 30분 내에 출발해야 해요. 어쩔 수 없어요. 다른 특별한 방법이 없거든요. 그 사람의 마음을 어떻게 돌리겠어요? 두 사람은 또 어떻게 찾겠어요? 전혀 희망 없는 무모한 짓일 뿐이예요!"

다아시는 말없이 고개를 저었다.

"그 사람의 본심을 알아챘을 때, 미리 손을 썼어야 했어요. 그런데 전 그 일이 너무 지나친 것이라고 생각했어요. 제가 실수한 거예요!"

다아시는 그녀의 말에 대답을 하지 않고, 미간을 찌푸리고 고개를 숙인 채 방안을 서성거렸다.

그런 다아시의 모습을 본 엘리자베스는 자신의 매력이 점점 줄어들고 있다는 사실을 깨달았다. 동생의 일로 가족의 위신이 땅에 떨어진 지금 그것은 당연할지도 몰랐다. 엘리자베스는 당혹스러웠고 마음만 더 심란 해졌다. 다아시와의 애정이 식은 지금만큼, 그를 진정으로 사랑할 수 있을 거라고 생각해 본 적은 없었다.

그러나 그녀의 이기심은 더 이상 커지지 않았다. 리디아로 인해 가족에 게 생긴 불행은 사사로운 감정을 누그러트리기에 충분했다. 엘리자베스는 얼마동안 손수건으로 얼굴을 가리고 마음을 안정시켰다.

다아시는 그런 그녀를 동정하면서도 단호한 말투로 이렇게 말했다.

"당신은 아까부터 내가 여기서 나가기를 바라고 있지요? 하지만 나로 서는 도움이 안 된다고 하더라도 걱정스러운 마음이 앞서서 나갈 수가 없 었어요. 하지만 이제 그러지 않을게요. 당신에게 고맙다는 인사를 듣기위 해 그런 것으로 오해할지도 모르니까요. 오늘 밤에 펨벌리에 못 나오시겠 네요?"

"네, 대신 다아시 양에게 미안하다고 전해 주세요. 급한 일이 생겨 집으 로 가게 되었다고 말해 주시구요. 그리고 지금까지 우리가 한 말은 비밀 로 해주세요. 물론 오래가지는 않겠지만 말예요."

그는 즉석에서 비밀을 지키기로 약속하고, 엘리자베스 가족에게 생긴 불미스런 사건에 대해 유감을 표했다. 그리고 앞으로 좋은 결과가 있기를 바란다고 말했다.

엘리자베스는 그가 방을 나갔을 때, 더비셔에서 여러 번 만나면서 느꼈던 감정으로는 더 이상 만날 수 없을 거라고 생각했다. 그리고 전에는 그와의 관계에 대해 부정적이던 마음이 이제 와서 호의적인 감정이 되는 것 같아 서글퍼졌다.

사랑이 감사와 존경에서 비롯된 거라고 한다면 그녀의 그런 감정 변화는 충분히 있을 수 있는 일이고 잘못도 아니었다. 그러나 사랑이 첫눈에 생기는 감정이며, 이론적으로 말하는 사랑과 비교했을 때 불합리하고 부자연스러운 것이라면, 엘리자베스를 변호해줄 말이 전혀 없을 것이다. 엘리자베스가 위컴에게 호감을 느꼈을 때 후자의 방법으로 시도했다가 실패하자, 이와는 다르게 좀 덜 흥미롭지만 전자의 방법으로 애정을 찾게 되었다는 식의 변명을 빼놓으면 말이다.

어쨌건 엘리자베스는 다아시가 가 버린 것을 섭섭하게 생각했다. 그리고 리디아의 잘못으로 인해 이런 일이 생긴 것에 대해 분통이 터졌다.

엘리자베스는 제인에게서 온 두 번째 편지를 읽고 난 후부터 위컴이 리디아와 결혼할 거라는 예상은 할 수 없었다. 그렇게 기대하면서 스스로를 위로하는 사람은 제인밖에 없을 것 같았다.

제인의 첫 번째 편지로 알 수 있는 것은 위컴이 재산도 없는 여자와 결혼하려 했다는 사실과 리디아가 어떻게 위컴에게 마음이 끌리게 되었는가에 관해서였다. 하지만 충분히 그럴 수도 있는 일이었다. 리디아는 사랑의 대상으로서 충분한 매력이 있었다. 또한 결혼할 생각도 없이 함부로 도망을 칠 만큼 어리석지도 않았다.

허트퍼드셔에 부대가 주둔하는 동안, 리디아가 위컴을 좋아했다는 사실은 전혀 눈치 챌 수가 없었다. 그러나 리디아는 유혹에 약해서 그 누구와도 사랑에 빠질 수 있는 가능성을 가지고 있었다. 그녀는 누군가가 관심을 가지고 있는 것만 알면 좋아했다가 다시 상대를 바꾸곤 했던 것이다. 그녀의 애정 상대는 끊임없이 바뀌었고, 한 번도 상대가 없을 때가 없었다. 엘리자베스는 그런 동생을 눈감아주고 방치해 두었다는 사실이 너무 고통스러웠다

엘리자베스는 집으로 돌아가고 싶어 미칠 지경이었다. 더 많은 사실을 확인하고 싶었고, 제인 혼자서 감당해야 할 일을 함께 나누고 싶었다. 아버지도 부재중이고 어머니는 대처할 능력이 없기 때문에 누군가가 붙어 있어야 할 상황이었다.

리디아는 어쩔 수 없다고 하더라도, 외삼촌이 도와주는 것이 무엇보다 중요하다고 여긴 그녀는 가드너 부부가 방에 들어설 때까지 초조해서 견딜 수가 없었다.

가드너 부부는 하인의 말을 듣고, 혹시라도 조카가 병이라도 난 줄 알고 놀라서 달려왔다. 그러나 엘리자베스는 그게 아니라고 안심시키고 나서, 제인의 편지 두 통을 큰 소리로 읽었다. 특히 마지막 편지의 추신은 떨릴 정도로 힘주어 천천히 읽어내려 갔다.

편지의 내용을 알게 된 가드너 부부는, 리디아가 특별히 마음을 쓰던 조카는 아니었지만 몹시 상심할 수밖에 없었다. 이제 리디아는 자신을 비롯한 모든 사람들이 사건에 휘말리도록 하고 만 셈이었다.

가드너 씨는 경악한 나머지 한숨을 쉬고 나서 힘닿는 데까지 최선을 다하겠다고 약속했다. 엘리자베스는 짐작은 했지만 눈물을 흘리며 감사했다.

세 사람은 모든 일을 처리하고 될 수 있는 한 빨리 출발하기로 했다. 그런데 바로 그때 가드너 부인이 말했다

"그런데 펨벌리의 일은 어떻게 하지? 존의 얘기로는 네가 우리를 부르러 보냈을 때 다시 씨가 여기에 있었다던데… 정말 그랬니?"

"맞아요. 그래서 약속을 지키지 못하게 됐다고 미리 말씀드렸어요. 그

일은 해결되었어요."

"다 해결됐다고?" 가드너 부인은 엘리자베스가 갈 준비를 하기 위해 자기 방으로 뛰어가는 것을 보고 중얼거렸다. "두 사람 사이가 집안의 우환을 얘기할 정도로 가까워졌다는 건가? 도대체 어디까지 진전이 된 거야!"

그러나 그런 희망은 소용없었다. 경황없이 바쁘고 혼란스러운 지금, 잠깐의 기쁨만 주었을 뿐이었다. 한편 엘리자베스는 한가했더라면 현재의 상황에서 일이 손에 잡히지 않았겠지만, 그래도 나름대로 해야 할 일이 있었다.

그것은 램턴의 친구들에게 집으로 가게 된 이유에 대해 거짓 편지를 쓰는 것이었다. 그러나 한 시간 후에는 가드너 씨가 여관비를 계산하고 나자 이제는 떠나는 일만 남았다. 오전 내내 비참한 기분에 잠겨있던 엘리자베스는 생각보다 빨리 롱본으로 향하는 마차에 몸을 실었다.

5

"엘리자베스, 곰곰이 이번 일을 생각해 보았는데 말이다." 세 사람을 태운 마차가 시내를 벗어나자 외삼촌이 말문을 열었다. "사실 이번 사건은 너의 언니가 내린 판단이 옳다고 생각되는구나. 보호자나 친구가 없는 것도 아니고 더구나 자기 부대의 대령 집에 머물고 있는 아가씨에게 아무리 젊은 남자라도 그런 짓을 한다는 것은 있을 수 없다고 생각한다. 난 그 사실을 낙관적으로 생각하고 싶다. 그 사람이라고 친척들 생각을 하지 않았겠냐? 그리고 그 사람이 포스터 대령님에게 무례한 짓을 저지르고도 부대로부터 좋은 대우를 받을 수 있다고 생각했겠니? 그 사람이 그 모두를 감수할 만큼 모험을 하면서 유혹한 거라고는 믿어지지 않아."

"정말 그럴까요?"

엘리자베스는 갑자기 마음이 밝아져서 소리를 질렀다. 그러자 가드너 부인도 이렇게 말했다.

"정말이야. 나도 네 외삼촌 의견과 같아. 품위나 명예, 이익을 따지자면 그건 무모한 짓이지. 그 사람은 그럴 수 없었을 거야. 나는 위컴이 그렇게 나쁜 사람이라는 생각은 하지 않아. 엘리자베스, 넌 그 사람이 아무렇지 않게 그런 짓을 할 사람이라고 단정 지을 정도로 그 사람을 믿지 않는 거니?"

"물론 자기의 이익을 무시해 버릴 수는 없겠죠. 그렇지만 그 외에는 뭐든 무시해 버릴 수 있는 사람이라고 생각해요. 말씀대로라면 얼마나 좋겠어요. 하지만 전 그렇게 생각하지 않아요. 그것이 사실이라면 두 사람이 왜 그 길로 당장 스코틀랜드까지 가지 않았을까요?"

"두 사람이 스코틀랜드에 있지 않다는 확실한 증거도 없지 않니?"

가드너 씨가 말했다.

"하지만 두 사람이 이륜마차에서 임대한 마차로 갈아타고 간 사실은 분명하잖아요. 더구나 바아닛으로 가는 길에서 두 사람이 지나갔다는 흔적은 못 찾았구요."

"그러면 두 사람이 런던에 있다고 생각하자. 정말로 런던에 가 있을지도 모를 일이지. 숨는 것 외에 별다른 목적이 없을 테니 말이다. 두 사람 모두 경제적인 여유가 없는 만큼 빠를 수는 없겠지만 스코틀랜드보다 런던에서 결혼하는 것이 훨씬 경제적이라고 생각했을지도 모를 일이고."

"그러면 뭣 때문에 이렇게 비밀리에 하는 거죠? 도대체 왜 결혼을 숨어서 하려는 걸까요? 아니, 그럴 리 없어요. 그 사람과 제일 친한 친구도 그 사람이 리디아 하고는 결혼할 의사가 없을 거라고 믿고 있어요. 위컴이란 사람은 재력이 없는 여자와는 절대 결혼하지 않을 거예요. 그런 짓을 할 수가 없는 사람이에요. 게다가 리디아도 젊고 건강하며 명랑한 성격 말고는 그 사람이 좋은 조건이라고 생각할 만큼 대단한 매력이 있는 것도 아니잖아요. 위컴 씨가 부대에서 불명예를 당하면서까지 그 애와 도망갈 생각을 했다는 것이 믿어지지 않아요. 그는 이번 일로 인해 생기게 될 결과에 대해서 모르는 것 같아요. 그리고 외삼촌이 말씀하신대로 다른 말씀도 어쩐지 신빙성이 없어 보여요. 리디아에게는 나서 줄 만한 오빠도 없어요. 그리고 아버지도 집에서 무슨 일이 일어나도 신경을 쓰지 않아요. 그 남자도 그런 것을 알고 우리 아버지가 아예 손을 놓고 있을 거라고 생각할 거예요. 다른 아버지들처럼 말이에요."

"그래도 리디아가 그 사람을 사랑하는 것만 제외하고는 모든 걸 포기하면서까지, 결혼이 아닌 동거에 동의했다고 생각할 수 있겠니?"

"아무리 그래도… 저는 정말 가슴이 아파요."

엘리자베스가 눈물을 글썽거리며 말했다.

"동생의 품위와 도덕성에 대해 어떻게 말해야 좋을지 모르겠어요. 제가 동생을 오해하고 있을 수도 있어요. 그러나 그 애는 너무 어려서 이런 문제에 대해 대처하는 법을 몰라요. 더구나 6개월 동안, 아니 1년 동안은 쾌락과 허영에만 빠져 있었죠. 전혀 가치 없는 일에만 신경 쓰면서 그저 되는대로, 생각나는 대로 살았어요. 부대가 메리튼에 주둔한 후부터는 그 애 머릿속에는 장교들과 연애나 하면서 사는 것 밖에 없었어요. 원래부터 열정적인 아이가 연애를 위해서 상당한 노력을 했던 거지요. 그 남자가 여자의 관심을 끌만큼 인간적인 매력과 말솜씨가 있다는 것은 익히 알고 있는 일이잖아요."

"그런데 제인은 위컴을 그렇게 나쁘게 생각하지 않더구나."

가드너 부인이 말했다.

"제인 언니가 누구든 나쁘게 말한 적 있나요? 확실한 증거가 있을 때까지 제인언니는 누구라도 쉽게 의심하지 않아요. 그러나 제인 언니도 나 못잖게 위컴이 어떤 사람이라는 것쯤은 잘 알아요. 우리는 그 사람이 방탕하고, 성실성이나 부끄러움도 모르는데다가 남이나 속이는 거짓말쟁이라는 것을 알고 있어요."

"정말 그렇게 잘 알고 있니?"

가드너 부인은 엘리자베스가 어떤 경로를 통해 그 모든 것을 알게 되었는지 무척 궁금해졌다.

"물론이죠. 얼마 전에 위컴이 다아시 씨에게 무례한 행동을 한 것은 들어서 알고 계실 거예요. 더구나 외숙모님은 지난번 롱본에 오셨을 때 자기한테 잘 대해준 사람을 그 사람이 어떤 식으로 대했는지 직접 들으셨잖아요? 또 제가 말할 수 없는 것도 있어요. 말할 가치도 없는 일들이 많아요. 펨벌리 가에 대해 그 사람이 한 거짓말은 끝이 없어요. 그 사람이 다아시 양에 대해 말했을 때, 전 다아시 양이 아주 오만하고 나쁜 여자로만 생각했어요. 그런데 알고 보니 정반대였어요. 다아시 양은 우리들이 본대로 상냥하고 겸손한 사람이란 것을 위컴이 모를 리 없어요."

"리디아가 그 사실을 전혀 모르니? 너와 제인이 잘 아는 사실을 그 애라고 해서 모를 리 없을 텐데."

"그럴 수도 있지요. 그 점이 잘못된 거예요. 저도 켄트에 가서 다아시 씨와 피츠윌리엄 대령님을 만날 때까지는 그 사실을 몰랐어요. 집에 돌아와 보니 부대가 2주일 내에 메리튼을 떠나기로 되어 있더군요. 그래서 언니와 저는 우리가 아는 사실을 모든 사람들에게 알릴 필요가 없다고 생각했어요. 그에 대한 주변의 평판도 좋았기 때문에, 뒤집어 봐야 아무에게도 이득될 것은 없었거든요. 그래서 리디아가 포스터 부인과 함께 가기로 했을 때도 위컴에 대한 것을 폭로할 필요는 없다고 생각했죠. 하지만 리디아가 그럴 줄은 몰랐어요. 외숙모님은 이미 예견하신 일이겠지만 저는 생각하기도 싫은 일이에요."

"그러면 두 사람이 브레이튼으로 떠날 때까지도 서로 좋아한다는 것을 몰랐다는 거야?"

"전혀요. 두 사람 중 아무도 그런 내색을 하지 않았어요. 만약 조금이라도 그런 낌새를 알았더라면 우리 집에서 그냥 두었을 리가 없었겠죠. 그 사람이 부대에 처음 입대했을 때, 리디아는 당장이라도 연애를 할 것 같았어요. 하지만 메리튼 근처에 살고 있는 아가씨들은 처음에만 위컴에게 관심을 가졌고, 그 사람이 리디아에게 특별한 관심을 보인 것 같지는 않았어요. 터무니없이 열광하던 시간이 지나니까 환상도 사라졌고, 그 애는 자기를 보다 잘 알아주는 부대 안의 다른 사람들을 좋아하게 된 거죠."

많은 대화를 통해서도 그들의 불안이나, 희망, 추측에 도움이 될 만한 사실은 없었다. 그러나 달리 화제를 바꿀 수도 없는 일이었다. 엘리자베스는 한순간도 그 사건을 잊은 적이 없었다. 많은 고민과 자책감 속에서 그녀는 편안하게 쉴 틈이 없었다.

그들은 차 안에서 밤을 지새우면서 여행을 계속했다. 그래야만 다음날 저녁때까지 롱본에 도착할 수가 있었다. 엘리자베스는 기다리다 못한 제인이 지쳤을지도 모른다는 생각에 마음이 불안했다.

멀리서 이륜마차가 달려오는 것을 본 가드너 가의 아이들은 계단에 서 있다가, 마차가 현관에 도착하자 기뻐서 날뛰었다. 집으로 돌아온 일행에 대한 최초의 환영식이었다.

엘리자베스는 달려가서 아이들에게 입맞춤을 하고는 급하게 현관으로 들어섰다. 때마침 제인이 어머니 방에 있다가 아래층으로 뛰어내려 오다가 그녀와 마주쳤다. 두 사람은 서로 포옹한 채 잠시 눈물을 글썽거렸다. 엘리자베스가 제인에게 도망간 사람들에 대한 소식이 없는지 물었다.

"아직 소식이 없지만 외삼촌께서 도와주시면 잘 해결 될 거야."

"아버지는 런던에 계셔?"

"그래, 편지에 쓴 대로야."

"새로운 소식은 있었구?"

"응, 한 번. 수요일에 짧은 편지를 보내셨더라. 무사히 도착하셨다는 내용과 계신 곳의 주소였어. 아주 중요한 일이 아니면 편지를 하지 않겠다고 하셨어."

"엄마는 어떠셔? 모두들 잘 있지?"

"엄마는 그냥 그래. 아직도 많이 낙심하고 계시지. 지금 2층에 계셔. 외삼촌 부부와 너를 보면 기뻐하실 거야. 메리와 키티는 아주 잘 있어."

"언니는 어땠어? 별로 좋아 보이지 않아. 그동안 힘들었지?"

하지만 제인은 아무 문제없이 여전히 건강하다고 말했다.

가드너 부부는 자신의 아이들과 얘기하고 있다가 제인과 엘리자베스가 다가오자 잠시 말을 멈췄다. 제인은 가드너 부부에게 눈물을 글썽거리며 웃는 얼굴로 잘 오셨다고 환영인사를 했다. 두 사람은 제인에게 리디아의 소식에 대해 물었지만 더 이상 진전은 없었다.

여전히 제인은 모든 일을 긍정적으로 생각하고 있었다. 모든 일이 원만하게 해결될 거라고 믿었고, 아침마다 리디아나 부친으로부터 일의 진행이나 결혼을 알리는 소식이 올 거라고 믿었다.

잠시 대화를 나누던 그들은 모두 베넷 부인의 방을 찾았다. 베넷 부인은 그들을 보자마자 위컴을 욕하고 울부짖었다. 그리고 어머니로서 딸을 방치해 둔 잘못을 시인하기 보다는 오히려 다른 사람들에게 책임을 물으며 비난했다.

"만약에 내가 우겨서라도 가족을 데리고 브레이튼으로 갔더라면 이런 꼴은 당하지 않았을 거야. 불쌍하게도 리디아를 돌보는 사람이 없었기 때문이 이런 일이 생긴 거지. 포스터 부부는 왜 리디아가 없어지도록 그냥 둔 거냐고? 모든 게 그 사람들 실수야. 처음부터 잘 돌봐주었다면 그런 일은 없었을 거야. 나는 그 사람들이 리디아를 봐줄 만한 사람이 아니란 것을 알았는데, 오히려 내 말은 믿지도 않았어. 불쌍한 리디아! 남편도 위컴을 만나면 당장이라도 사생결단을 낼 텐데 그러다가 죽기라도 하면 어떻게 해? 남편의 몸이 무덤에서 식기도 전에 콜린스 가에서 우리를 쫓아낼 거야."

그러자 모두들 최악의 경우를 생각할 필요는 없다고 목청을 높였다. 가드너 씨는 베넷 부인과 가족들에게 자신의 애정을 확실히 밝힌 후, 당장 내일이라도 런던에 가서 베넷 씨와 함께 리디아를 찾아올 거라고 말했다.

"너무 낙담할 필요는 없어요. 절대 나쁜 일은 없을 테니까요. 위컴과 리디아가 브레이튼을 떠난 지 일주일도 안 지났어요. 며칠 더 지나면 무슨 소식이 오겠죠. 어쨌든 모든 것을 확실히 알 때까지 단념은 하지 마세요. 런던에 도착하는 즉시 바로 매형을 찾겠어요. 그리고 같이 그레이스처치 가의 집으로 가서 구체적으로 의논해 볼게요."

"제발 그래다오. 그리고 런던에서 애들 행방을 꼭 찾아내라. 만약 결혼 전이라면 결혼 예복 때문에 애들을 기다리게 하지 말고 아예 결혼식을 올려. 결혼하고 나면 리디아에게 쓸 만큼 돈을 주겠다고 하고, 매형과 결투 같은 것은 하지 않도록 막아. 대신 지금 내 상태를 그대로 말해줘. 난 지금 미칠 지경이야. 온몸이 떨리고 허리는 마구 쑤셔. 머리는 깨질 정도로 아프고 가슴이 두근거려서 도무지 안정할 수가 없다고 전해라. 그리고 리디아에게는 나를 만날 때까지 옷을 사지 말라고 해. 그 애는 어떤 가게

가 좋은 가게인지 잘 몰라. 너는 누구보다 자상하니까 모든 것은 잘 처리해 줄 거라고 믿을게."

가드너 씨는 최선을 다할 것을 거듭 강조했지만, 지나치게 걱정을 하거나 희망을 갖지는 말라고 말했다. 그리고 식사 준비가 될 때까지 그런 얘기를 주고받다가, 딸들이 없는 사이에 부인이 자신을 돌봐주던 가정부에게 화풀이하는 것을 보고 모두들 방을 나와 버렸다.

가드너 부부는 베넷 부인을 가족과 격리시킬 이유는 전혀 없다고 생각했지만, 굳이 표현하지 않았다. 식사할 때 하인들 앞에서 입조심을 할 만큼 분별력이 있지도 않았고, 차라리 가정부 혼자서 베넷 부인의 하소연을 받아주는 편이 낫다고 생각했기 때문이다.

메리와 키티는 식당에서야 볼 수 있었다. 각자 자신들의 일에 바빴기 때문이었다. 한 아이는 책을 보다가 나왔고, 다른 아이는 화장을 하다말고 나왔는데 비교적 침착해서인지 아무런 변화도 찾아볼 수가 없었다. 단지 동생으로 인한 사건으로 화가 나서인지 키티의 말투에는 평소보다 초조함이 묻어났다.

식탁에 앉던 메리가 어른스러운 표정으로 엘리자베스에게 속삭였다.

"아마 이번 일은 가장 불행한 사건으로 오랫동안 기억될 거야. 우리들은 자매로서 서로의 상처를 살펴주고 치료해주어야 해."

엘리자베스가 대꾸하고 싶은 생각이 없다는 것을 알아챈 메리는 다시 말을 이었다.

"이번 사건이 리디아에게는 불행한 일이 틀림없지만 우리들은 반대로 교훈을 얻게 된 거야. 여자가 정조를 잃게 되면 다시는 돌이킬 수 없는 거야. 첫발을 잘못 디디면 파멸로 빠지게 되고 평판은 아름다움 못지않게 금방 깨지지. 가치 없는 남자에 대해서는 지나친 행실도 바람직하다는 교훈이야."

엘리자베스는 놀라서 대답할 수가 없었다. 그러나 메리는 계속해서 불행한 사건 속에서 교훈을 찾는 일에만 만족하고 있었다.

엘리자베스와 제인은 오후에서야 30분가량 얘기할 기회가 있었다. 엘리자베스는 제인에게 많은 질문을 했고, 제인 역시 열심히 답변을 해 주었다. 그러나 엘리자베스가 거의 확신하고 있는 끔찍한 결말에 대해서는 부정이나 긍정을 할 수 없었다. 엘리자베스는 계속해서 이렇게 말했다.

"만약 내가 모르는 사실이 있다면 하나도 빼지 않고 말해 줘. 포스터 대령님은 뭐라고 하셨어? 두 분께선 두 사람이 사라지기 전까지 낌새를 몰랐던 거야?"

"포스터 대령은 리디아가 위컴을 좋아한다는 것을 알았지만 경계할만한 점은 없었다고 하셨어. 그분은 정말 좋은 분이야. 두 사람이 스코틀랜드로 가지 않았을 거라고 생각을 하기 전부터 우리들이 걱정스러워서 달려오신 분이야."

"하지만 데니는 위컴이 결혼하지 않을 거라고 했다면서? 포스터 대령이 데니를 직접 만났던 거야?"

"그랬지. 하지만 데니는 대령님의 질문에 아무것도 모른다고 했대. 아마도 속마음을 얘기하지 않으려고 그랬나봐. 두 사람이 결혼하지 않을 거란 확신을 더 이상 주장하고 싶지 않았겠지. 내가 보기에 데니는 오해했던 것 같아."

"그럼 포스터 대령님이 오실 때까지 우리 집에서는 누구 한 사람도 두 사람의 결혼에 대해 의심하지 않았다는 거네?"

"그렇지는 않아. 어떻게 그래? 난 조금은 불안했어. 리디아가 위컴과 결혼하면 진정으로 행복해할까 의심스러웠거든. 난 위컴이 어떤 사람이란 것을 잘 알고 있었으니까. 부모님은 다만 그 결혼이 경솔하다는 정도로만 알고 계셔. 모든 사정을 잘 알고 있는 키티는 리디아가 보낸 마지막 편지를 통해서 일이 이렇게 될 거라고 짐작했던 것 같아. 키티는 두 사람이 서로 사랑하고 있다는 걸 오래전에 알았던 것 같아."

"하지만 두 사람이 브레이튼으로 떠나기 전부터는 아니겠지?"

"그랬겠지."

"포스터 대령님도 위컴의 본심을 아실까?"

"그런 것 같아. 그분도 전에 비해 위컴을 좋게 말하지는 않으시니까. 경솔하고 낭비벽이 심하다고 하셨거든. 이번 일이 일어난 후 위컴이 많은 빚을 지고 메리튼을 떠났다는 소문이 돌기도 하지만 그것은 헛소문이라고 믿고 싶어."

"언니, 만약 우리가 위컴에 대해서 사실대로 털어놓았더라면 이런 일이 생기지 않았을 거라는 생각이 들어!"

"그랬겠지. 하지만 제대로 알지도 못하고 남의 결점을 끄집어낸다는 것은 좋은 일이 아니야. 우린 좋은 의도에서 그랬을 뿐이야."

"대령님은 리디아가 부인께 보냈던 편지를 자세하게 기억하고 계셨나 봐."

"우리에게 보여 주려고 이걸 가지고 오셨더구나."

제인은 지갑에서 꺼낸 편지를 엘리자베스에게 건네주었다. 편지 내용은 다음과 같았다.

헤리엣 여사님.

제가 어디로 갔는지 아시면 웃으시겠지요. 내일 아침, 제가 사라진 것을 아시고 놀라실 걸 생각하니 저도 웃음이 나오네요. 전 지금 그레트너 그린으로 가요. 아마 누구와 함께인지는 잘 아실 거예요. 제가 사랑하는 사람은 오직 한 사람뿐이며, 마치 천사 같아요. 그이가 없다면 전 너무 불행할 거예요. 제가 집을 나갔다고 해서 나쁘게만 생각하지 마세요. 그리고 제가 떠난 사실을 롱본에 굳이 알리실 필요는 없어요. 제가 직접 제 이름으로 편지를 보내면 다들 놀랄 테니까요. 얼마나 재미있는 일이예요? 그 생각을 하면 너무 웃겨서 제대로 편지를 쓸 수가 없네요. 프랫에게는 오늘 저녁에 함께 춤을 못 추게 되어 미안하다고 전해 주세요. 다음에 무도회에서 만나면 반드시 춤을 추겠다고도 전해 주시구요. 옷은 롱본에 도착하는 대로 사람을 보내 받아올게요. 참, 짐을 챙기기 전에 샐리에게 부탁하나 해 주세요. 제가 수놓았던 머슬린 가운에 터진 부분을 수선해 달라고 말예요.

포스터 대령님께도 안부 전해 주세요. 그리고 저희가 행복한 여행을 할 수 있도록 축배를 들어주세요.

당신을 사랑하는 리디아 베넷 드림

"리디아는 정말 철딱서니가 없어!" 편지를 읽고 나서 엘리자베스가 소리쳤다. "그런 중요한 순간에 이런 편지를 쓰다니! 그래도 리디아는 진지했던 것 같아. 그 사람이 나중에 어떻게 설득을 했는지는 모르겠지만 그 애가 먼저 이번 일을 계획한 것은 아니야. 아버지 마음이 얼마나 아프실까?"

"그렇게 충격 받은 모습을 본 적이 없어. 한 10분 동안은 말 한마디도 못하셨으니까. 어머니는 그 자리에서 앓아누우셨고 집안은 뒤숭숭하게 변해버렸어."

"그런데 언니, 그 날 하루가 가기 전에 이 집의 하인들 중에서 그 일을 모르는 사람이 있었어?"

"모르겠어. 없었으면 좋겠지만 말이야. 그런 순간에 조심한다는 것은 어려운 일이잖아. 어머니는 히스테리를 부리셨고, 난 도와드리려고 애를 썼지만 마음만큼은 아니었어. 더 무서운 일이 생길까봐 너무 힘들었어."

"언니로서는 어머니를 돌보는 게 힘들었을 거야. 언니의 안색이 별로 좋아 보이지 않아. 내가 같이 있었더라면 좋았을 걸!"

"메리와 키티가 친절하게 대해 주었어. 그 애들은 아무리 힘든 일이라도 함께 할 거라고 생각했겠지만 나는 그 애들에게 부담을 주고 싶지가 않았어. 키티는 몸이 약하고, 메리는 열심히 공부하는 애여서 방해하고 싶지 않았거든. 고맙게도 필립스 이모님이 롱본까지 오셔서 화요일부터 목요일까지 머무르다 가셨어. 도움이 많이 되었지. 루커스 부인께서도 매우 친절하셨어. 우리를 위로해 주기 위해 수요일 아침에 여기까지 걸어오셔서는 도움만 된다면 가족들 중 누구라도 돕겠다고 하셨어."

"그분은 그냥 그대로 있는 게 나아." 엘리자베스는 단호하게 말했다. "동정심에서 그러셨겠지만, 이런 경우에 이웃사람들 얼굴을 안보는 것이 제일 좋아. 직접적인 도움은 별로 없거든. 그저 지켜만 봐주면 되는 거야."

그리고 엘리자베스는 아버지가 런던에서 어떤 방법으로 리디아를 데려오실 것인지 물었다.

"내 생각에는 두 사람이 마지막으로 말을 갈아탔던 엡솜에 가서 마부를 직접 만나 그때 상황을 들어보시려는 것 같아. 아버지는 틀림없이 클래펌에서 두 사람을 태우고 간 임대 마차의 번호를 찾아내려고 하실 거야. 런던에서 마차를 타고 온 남녀가 다른 마차로 옮겨 탔다면 아무래도 남의 눈에 띄었을 거라고 생각하신 게 분명하니까. 두 사람이 내린 장소를 마부가 알고 있다면 직접 찾아갈 생각이신가 봐. 다른 건 모르겠어. 경황이 없어서 급하게 가셨기 때문에 나도 그 정도밖에 생각해 낼 수가 없어."

6

✿

이튿날, 가족들이 기다리던 아버지의 소식은 오지 않았다. 다른 때라면 베넷 씨가 편지를 쓴다는 것을 매우 귀찮게 생각해서 그럴 거라고 이해했 겠지만, 지금 상황으로는 그럴 처지가 아니었다. 반갑지 않은 소식이라고 하더라도 사실을 알고 싶었다. 할 수 없이 가족들은 가드너 씨가 출발할 때까지 마냥 편지를 기다리는 수밖에 없었다.

외삼촌 가드너 씨가 간다면 적어도 돌아가는 상황을 알려올 것이 확실 했다. 게다가 가드너 씨가 헤어질 때, 베넷 씨를 설득해서 되도록 빨리 롱 본으로 되돌아오게 하겠다는 약속을 했기 때문에 베넷 부인은 마음이 놓 였다. 그녀로서는 남편인 베넷 씨가 혹시 결투라도 하여 살해당할지도 모 른다는 불안에 떨고 있었기 때문이다.

가드너 부인은 아이들과 며칠 더 머물기로 했다. 그러는 편이 조카들에 게 도움이 될 거라고 생각해서였다. 가드너 부인은 조카들과 교대로 베넷 부인을 돌보았고, 시간 나는 대로 조카들을 위로했다.

그리고 이모 한 사람이 자주 가족들을 방문하곤 했다. 이모의 말에 의 하면, 조카들에게 용기를 주기 위해서라고 했지만, 찾아올 때마다 위컴에 대한 악담을 늘어놓았기 때문에 오히려 가족들의 마음을 심란하게 만들 었다.

메리튼 사람들 또한 불과 3개월 전까지만 해도 우호적이던 사람들이 위컴의 얼굴에 먹칠을 하려고 애쓰는 것처럼 보였다. 위컴은 가게마다 빚 이 있다고 소문이 났고, 바람둥이라고까지 불리게 되었다. 그 소문은 모 든 가게에 퍼졌다. 사람들은 모두 위컴을 천하에서 제일 나쁜 인간이라고

350

했고, 이중적인 성격을 처음부터 알았다고 주장했다.

엘리자베스는 그런 소문을 절반도 믿지 않았지만, 동생까지 덤으로 매도당하는 것이 너무 가슴 아팠다. 제인 역시 희망을 잃었다. 두 사람이 스코틀랜드로 갔다는 희망을 뒷받침 해줄 만한 소식이 들리지 않는 것이 그녀를 더욱 비탄에 빠지게 했다.

가드너 씨는 일요일에 롱본을 떠났고, 화요일에는 그의 부인에게로 편지가 왔다. 편지에는 런던에 도착하자 곧 매형을 찾았으며, 잘 설득해서 그레이스처치 가로 데려 왔다고 적혀있었다. 그리고 베넷 씨는 런던에 도착하기 전에 엡솜이나 크래펌까지 가봤지만 알아낸 것은 없다고 했다. 그리고 두 사람이 런던에 도착하자마자 호텔에 숙박하고 있을지도 모르니까 런던 시내의 호텔들을 뒤져보기로 마음먹고 있다고 했다.

가드너 씨는 그 방법이 성공할거라고 기대하지는 않았지만, 매형이 워낙 확고하기 때문에 동조하기로 했다는 것이었다. 그리고 베넷 씨가 당분간 런던을 떠날 생각이 없다고 덧붙이고는 이렇게 추신을 달았다.

내가 포스터 대령에게 편지를 했소. 부대 안에 있는 위컴의 친구들한테 지금 런던의 어디에 있는지 알 만한 친척이 있는지 알아봐 달라고 말이요. 만약 그런 단서를 제공해 줄 사람이 있다면 좋은 결과가 있을 것이오. 지금으로서는 믿을 것이 하나도 없소. 아마도 포스터 대령이 우리를 위해 모든 일을 해 주시리라 믿고 있소. 생각해보니 위컴에게 연고자가 있는지는 엘리자베스가 잘 알 것 같소.

엘리자베스는 어떤 이유로 가드너 씨가 그렇게 생각하고 있는지 모르는 바는 아니었지만, 신뢰할 만한 정보를 제공할 수가 없었다. 위컴에게는 몇 년 전에 작고한 부모 외의 친척이 있다는 말을 들어본 적이 없어서였다. 그러나 부대에 있는 그의 동료 중 누군가가 알고 있을지도 모를 일이었다.

롱본에서의 가장 큰 일은 편지를 기다리는 일이었다. 희소식이든 아니든 소식이 도착할까봐 아침만 되면 모두가 초조해 했다. 그러던 어느 날 가드너 씨로부터 두 번째 소식이 있기 전, 베넷 씨 앞으로 편지가 왔다. 편지를 보낸 이는 뜻밖에도 콜린스였다.

제인은 아버지가 없을 때, 언제라도 그의 편지를 뜯어볼 수 있도록 허락을 받았기 때문에 편지를 읽어볼 수 있었다. 엘리자베스도 어깨너머로 함께 편지를 읽었다. 그 내용은 다음과 같았다.

삼가 문안드립니다.

어제 허트퍼드셔에서 온 편지를 읽고 소식을 알았습니다. 뭐라고 위로의 말씀을 드려야 할지 모르겠습니다. 저와 아내는 선생님과 귀댁의 고통스러운 일에 대해 진심으로 위로의 뜻을 전합니다. 시간이 지나도 잊혀지지 않는 일이란 정말 비통한 것이지요. 저로서는 조금이라도 선생님을 위로해 드릴 수 있다면 무슨 말이든 마다하지 않을 것입니다.

지금 상황이라면 차라리 따님이 죽는 것이 더 나을 뻔 했습니다. 저의 아내 샬롯의 말에 의하면, 따님께서 그처럼 행동하게 된 데에는 부모로서 단호하지 못하고, 너무 너그러웠기 때문입니다. 저는 따님이 본래부터 좋지 않은 성격을 가지고 있었기 때문에 그토록 엄청난 일을 감행했다고 생각합니다. 아니면 절대 그럴 수는 없는 것입니다.

어쨌거나 저와 아내를 비롯하여 캐서린 부인과 그분의 따님도 생각이 같습니다. 딸 하나로 인해 남아있는 따님들조차 좋지 않은 영향을 끼칠 거라는 의견 또한 같습니다. 캐서린 부인 말씀처럼 귀 댁 같은 집안과 누가 인연을 맺고 싶어 하겠습니까?

지난 11월의 일을 생각해보고 무척 다행으로 여겼습니다. 그때 만일 제가 엘리자 양과 결혼했더라면 저 또한 선생님 가족의 한사람으로 그런 치욕과 슬픔에 빠졌을 테니까요. 저는 선생님께서 스스로 위안을 찾으시고, 따님에게서는 정을 떼시라고 진심으로 말씀드립니다.

가드너 씨는 포스터 대령으로부터 회답을 받고 난 직후 두 번째 편지를 보내왔다. 그러나 반가운 소식은 하나도 없었다. 위컴에게는 가까운 친척이 한 사람도 없는 것이 분명했다. 옛날 친구들은 꽤 있었지만 부대에 입대하고 난 후에는 특별히 친한 사람이 없는 것 같았다. 경제적으로 곤궁한 상태인 위컴이 리디아의 친척을 피해 숨어 있어야 할 만한 이유가 있었던 것이다.

포스터 대령에 의하면 브레이튼에서 위컴이 진 빚은 1천 파운드 이상이었다. 시내에서도 많은 빚을 졌지만 도박에서 빌린 돈은 더욱 가공할 만한 액수였다. 가드너 씨는 이러한 사정들을 모조리 얘기했다. 제인은 그 사실을 듣고 치를 떨었다.

제인이 소리를 질렀다.

"도박꾼이라니! 정말 이건 몰랐어요. 생각지도 못한 일이에요."

가드너 씨는 편지에서 토요일이 되면 베넷 씨를 만날 수 있을 거라고 덧붙였다.

모든 계획이 물거품이 되어 더욱 기가 죽은 베넷 씨는 처남인 가드너 씨의 간절한 뜻을 받아들여 가족들에게 돌아가기로 하고, 두 사람을 찾아내는 데 도움이 될 만한 모든 일을 일임하기로 했다. 남편이 죽을까봐 걱정하던 베넷 부인은 정작 이런 소식을 듣자, 실망해서 소리를 질렀다.

"그냥 돌아오신다는 거야? 가엾은 리디아는 어쩌고 말이야! 두 사람을 찾아낼 때까지 아버지는 런던을 떠나지 않으실 거다. 아버지가 없으면 누가 위컴과 싸워서 리디아와 결혼시킨다니?"

가드너 부인이 집에 가고 싶어 했기 때문에, 베넷 씨가 런던을 떠나는 같은 시각에 그녀와 자녀들도 런던으로 떠나기로 했다. 그래서 마차는 그들을 역까지 태워다 주고 다시 주인을 태운 채 롱본으로 되돌아 왔다.

가드너 부인은 엘리자베스와 다아시에 관해서 더비셔에서부터 궁금하게 생각했던 문제를 풀지 못한 채 돌아갔다. 모두 엘리자베스 앞에서 그에 관한 얘기는 언급하지 않았고, 그 뒤에도 무슨 소식을 기대했으나 허사로 돌아갔기 때문이었다.

집에 돌아와서도 엘리자베스는 펨벌리에서 오는 편지는 한 통도 받지 못했다. 가족들이 불행한 상태인데다가 자신의 마음까지 가라앉아서 그것에 대해 신경 쓸 여유도 없었다.

엘리자베스는 만약 다아시를 모르는 상태였다면 리디아로 인해 생긴 나쁜 일을 잘 참아낼 수도 있었을 거라고 생각했다. 그렇다면 매일 같은 불면의 밤도, 절반으로 줄었을 것이었다.

집에 돌아온 베넷 씨는 평소와 같이 냉정하고 차분한 표정이었다. 말수가 적은 것도 전과 같았고, 집을 떠났던 용건에 대해서도 전혀 말이 없었기 때문에 참다못한 딸들이 먼저 말문을 열었다.

엘리자베스가 과감하게 화제를 꺼낸 것은 오후에 차를 마시는 시간이었다. 아버지가 겪었을 고충에 대해 짧게 유감의 뜻을 전했을 때 베넷 씨가 대답했다.

"그 얘긴 하지 말자. 괴로워도 다 내가 감내해야 할 일이니까 말이다. 모든 게 인과응보라는 생각이 든다."

"너무 자책하지 마세요."

엘리자베스의 말에 베넷 씨가 답했다.

"네 충고는 고맙게 받으마. 하지만 인간이란 원래 그런가 보구나! 리지, 내가 얼마나 질책을 받아야하는 인간인지 스스로 느끼게 놔두렴. 그렇다고 해서 오래가지는 않을 테니까."

"아버지는 두 사람이 런던에 있다고 생각하세요?"

"그래. 런던이 아니고는 감쪽같이 숨어 살 수 있는 곳이 또 어디 있겠니?"

"게다가 리디아는 늘 런던에 가고 싶어 했잖아요."

키티가 끼어들었다.

"그렇다면 행복하겠군. 거기서 한참동안 살겠지."

베넷 씨는 냉담하게 말하고는 잠시 침묵하다가 다시 말했다.

"리지, 나는 지난 5월에 네가 했던 충고가 옳았다고 해서 언짢은 느낌은 없다. 이번 일을 겪고 보니 네가 참 깊은 마음을 가졌다는 것을 느낄 수 있었단다."

그때 제인이 어머니의 차를 가지러 왔기 때문에 두 사람의 이야기는 곧 중단되고 말았다.

"참 멋진 시위군." 베넷 씨가 말했다. "불행한 것이 무슨 고상한 일이라고. 언제 나도 똑같이 해보겠어. 나이트캡을 쓰고 가운을 입은 채 서재에 앉아서 아주 귀찮게 굴어봐야지. 키티가 도망갈 때까지 기다려 보는 거지."

"전 도망치지 않을 거예요."키티가 불만스럽다는 듯이 말했다.

"저는 브레이튼으로 가더라도 리디아 같은 짓은 안 해요."

"네가 브레이튼으로 간다고? 그 근처인 이스트본까지 50파운드를 준다 해도 못 보낸다. 아니다, 키티야! 넌 이제부터 신중해야 한다는 것을 배웠잖니. 앞으로는 장교들이 우리 집에 한 발도 들여놓지도 못하게 하고 동네 앞으로 지나다니지도 못하게 할 거다. 언니들 중 한 사람을 대동하지 않고는 외출금지다. 그리고 매일 10분 동안 이성적으로 처신하지 않으면 밖에는 절대 못나갈 줄 알아라."

키티는 베넷 씨의 말을 곧이곧대로 받아들여서 왈칵 울음을 터트렸다.

"아니다, 아니야. 그렇게 상심할 필요는 없어. 앞으로 10년 동안 네가 착하게만 있으면 대신 열병식에는 데리고 가 주마."

7

꽃

베넷 씨가 돌아온 지 이틀이 지나서, 제인과 엘리자베스가 집 뒤의 관목 숲을 거닐고 있는데, 가정부 힐 부인이 다가오는 것이 보였다. 어머니가 부르는 줄 알고 마주 다가서자 그녀는 제인에게 이렇게 말했다.

"방해해서 죄송해요. 혹시 런던에서 무슨 소식이라도 받으시지 않으셨나 해서 실례를 무릅쓰고 여쭤 보러 왔어요."

"무슨 말이에요, 힐? 런던에서 아무 소식도 없었어요."

그러자 힐 부인이 몹시 놀라서 큰 소리로 외쳤다.

"아가씨, 가드너 씨가 주인님께 속달 보내신 걸 모르세요? 우체부가 30분 전에 다녀갔는데… 주인님께서 편지를 받으셨어요."

그들은 정신없이 뛰어갔다. 재빨리 현관을 통과해서 식당과 서재로 달려갔다. 그러나 베넷 씨는 어디에도 없었다. 혹시 2층에서 어머니와 함께 있지 않을까 해서 막 올라가려는데 집사와 마주쳤다.

"주인님은 지금 숲 쪽으로 걸어가고 계십니다."

그 말을 듣자 그녀들은 다시 아버지를 찾아 뛰쳐나갔다. 아버지는 마침 소목장의 한쪽에 있는 작은 숲을 향해 천천히 걸어가고 있었다.

몸이 날렵한 엘리자베스에 비해 제인은 달리기에 익숙하지 못했다. 제인은 곧 동생에게 뒤떨어졌지만 엘리자베스는 아버지를 향해 큰 소리로 물었다.

"아버지, 무슨 소식이 왔어요? 어떤 소식이에요? 외삼촌께서 보낸 소식인가요?"

"그래, 속달이 왔구나."

"무슨 소식인가요? 좋은 소식 아니면 나쁜 소식?"

"어디 좋은 소식을 기대할 수 있겠니?"

호주머니에서 편지를 꺼내면서 베넷 씨가 말했다.

"그렇지만, 읽고 싶겠지?"

엘리자베스는 얼른 편지를 받아 들었다. 제인도 바로 따라왔다.

"어디 큰 소리로 읽어 보렴. 무슨 말인지 나도 잘 모르겠구나."

매형, 드디어 조카에 관한 소식을 웬만큼 전해 드릴 수 있게 되었습니다. 대체적으로 만족하시기를 바랍니다. 매형께서 토요일에 집으로 돌아가신 뒤, 저는 다행스럽게도 두 사람이 런던의 어느 곳에 있는지 알게 되었습니다. 자세한 내용은 만나 뵙고 말씀드리겠지만, 분명히 두 사람을 찾았습니다.

"바라던 대로 둘이 결혼했나봐요."

제인이 외쳤고, 엘리자베스는 계속 편지를 읽어 내려갔다.

저는 두 사람 모두를 만나 보았습니다. 그들은 결혼을 하지 않은 상태였고, 결혼할 의사도 없는 것 같았습니다. 그러나 매형의 의사대로라면 두 사람은 곧 결혼할 수도 있다고 생각됩니다. 매형께서 하실 일은 누님 부부가 돌아가신 후 자녀들에게 나눠 줄 5천파운드에 대한 지분 중 리디아에게도 증여재산으로 분배해 줄 것을 확실히 약속하시는 것과, 매형이 생존해 있는 동안 매년 1백파운드씩 송금하겠다는 것을 약속하시는 것입니다.

모든 것은 제가 잘 고려해 본 후에, 매형을 대신해서 권한이 미치는 범위에서만 허락하도록 하겠습니다. 매형이 곧바로 회신을 주실 수 있도록 속달로 편지를 보냅니다. 지금 상황으로 볼 때, 위컴은 사람들이 알고 있는 것처럼 절망적인 상태가 아니라는 겁니다. 위컴은 빚을 모두 갚고도 리디아의 재산에 보탤 만큼의 돈이 남는 모양입니다. 지금이라도 매형이 제게 권한을 맡기신다면 당장 변호사인 해거스튼에게 적절한 수속을 밟도록 지시하겠습니다. 매형께서 다시 런던으로 오실 필요는 없습니다. 제게 모든 것을 맡기고 편하게 계시기 바랍니다.

하지만 되도록 빨리 답신을 주십시오. 저희는 리디아를 결혼시키는 것이 좋다고 생각합니다. 형님께서도 그렇게 인정해 주십시오. 리디아는 오늘 여기 오기로 되어 있습니다. 더 상의할 일이 있는 대로 편지를 드리겠습니다.

8월 2일 월요일 가드너 올림

"그럴 수가 있는 거예요? 위컴과 리디아의 결혼이 가능할까요?"
편지를 다 읽고 난 엘리자베스가 외쳤다.
"그렇다면 위컴은 우리가 생각한 만큼 아주 형편없는 사람은 아니네요. 축하해요 아버지."
제인이 말했다.
"그래서 뭐라고 회답을 하셨나요?"

다시 엘리자베스가 물었다.

"아직 하지 않았다. 하지만 빨리 보내야겠구나."

엘리자베스는 아버지에게 빨리 회신을 쓰라고 애원했다.

"아버지. 빨리 들어가서 편지를 쓰세요. 이런 때 일 분 일 초가 얼마나 중요한 지 생각해 보세요."

"제가 대신 써 드릴까요? 귀찮으시다면요."

이번에는 제인이 말했다.

"정말 쓰기 싫구나. 그래도 써야겠지."

베넷 씨가 대답했다. 그리고 그녀들과 함께 집으로 발길을 돌렸다.

"아버지! 그리고 그 조건은 승낙하셔야겠네요?"

엘리자베스가 말했다.

"승낙해야지. 난 왜 그렇게 돈을 적게 요구했는지 그게 부끄러울 뿐이다."

"두 사람은 결혼해야 돼요. 그럴 만한 남자이긴 하니까요!"

"그럼 그래야지, 별수 없잖니. 내가 알고 싶은 것은 너의 외삼촌이 일을 추진하면서 얼마나 많은 돈을 썼는가 하는 것과 어떻게 해야 그 돈을 갚아줄 수 있는가 하는 거란다."

"외삼촌께서 돈을 쓰셨다니요? 무슨 뜻이죠?"

제인이 물었다.

"내 말은 정신이 제대로 박힌 사람이라면 내가 생존해 있는 동안 매년 1백파운드, 그리고 죽은 후에는 5천 파운드라는 적은 돈에 눈이 멀어 리디아와 결혼할 사람은 없을 거라는 뜻이다."

그러자 엘리자베스가 말했다.

"맞는 말씀이세요. 저도 거기까지는 생각 못했어요. 빚 청산을 다해도 얼마가 남다니! 그건 틀림없이 외삼촌께서 하신 일인 것 같아요. 그렇게 관대하고 훌륭한 분이시니까 고생을 마다하지 않으셨겠죠. 적은 돈으로 그런 일은 못하셨을 거예요."

베넷 씨가 말했다.

"그렇고 말고. 1만 파운드에서 단 한 푼이라도 빼면 위컴은 리디아와 결혼하지 않을 거다. 집안 식구가 될 텐데 나쁘게만 생각하고 싶지는 않지만 말이다."

"1만 파운드요? 그런데 그 절반이라고 하더라도 어떻게 갚지요?"

베넷 씨는 입을 다물었다. 그리고 각자 생각에 잠겨 집에 도착할 때까지 조용했다.

베넷 씨는 오던 길로 편지를 쓰기 위해 서재로 갔고, 제인과 엘리자베스는 식당으로 들어섰다. 둘이 있게 되자 엘리자베스가 큰 소리로 말했다.

"정말 결혼하게 되다니! 그런데 너무 이상해. 두 사람이 결혼해도 행복하리라는 보장도 없고, 위컴은 돼먹지 않은 사람인데 왜 우리가 억지로 좋아하는 거지? 아, 리디아 나쁜 계집애 같으니라구."

"난 이런 식으로 위안을 삼고 있어." 제인이 대답했다. "위컴이 리디아에게 진정한 애정이 없다면 틀림없이 결혼을 하지 않을 거라고 말이야. 고마우신 외삼촌께선 그 사람이 진 빚을 갚아 주려고 많은 생각을 하셨겠지만 1만 파운드까지 빌려주었다고 생각하진 않아. 외삼촌에게는 아이들도 있고 또 더 낳을지도 모르잖아. 그런 판국에 어떻게 1만 파운드의 절반이라도 냈겠어?"

제인이 의문을 표하자 엘리자베스가 말했다.

"위컴의 빚이 도대체 얼마인지 알 수 있으면 좋겠어. 그 사람이 지참금으로 리디아에게 줄 재산이 얼마인지 알면 계산이 나올 텐데. 그 사람은 한 푼도 없다는 걸 아니까 외삼촌이 얼마를 쓰셨는지 알 수 있잖아. 리디아를 집으로 데려다가 잘 대해주신 은혜는 두고두고 갚아도 모자랄 거야. 지금쯤 리디아도 외삼촌댁에 있겠지? 그렇게 좋은 대우를 받으면서 뉘우치지 않는다면 리디아는 행복해질 자격도 없어. 무슨 염치로 외숙모님을 만났을까!"

제인이 말했다.

"우린 지금까지 두 사람에게 생긴 일을 될 수 있으면 잊어야 해. 난 두 사람이 아직도 행복해지기를 바래. 리디아와 결혼하겠다고 동의한 사실로도 위컴이 올바른 생각을 했다고 생각해. 두 사람은 애정의 힘으로 모든 걸 극복할 수 있을 거야. 내가 너무 낙관하고 있는지 몰라도 두 사람이 안정된 생활을 하면서 삶을 잘 개척해 나간다면 경거망동했던 지난 일들은 모두 잊어버리게 될 거야."

"두 사람의 행동은 우리 모두 용서할 수 없을 거야. 그런 말은 해봤자 소용없어."

바로 그때, 그들은 어머니가 지금의 일을 전혀 모르고 있으리라는 것에 생각이 미쳤다. 당장 서재로 간 그녀들은 어머니에게 소식을 알리는 문제를 아버지에게 물었다. 그러나 베넷 씨는 편지를 쓰고 있다가 고개도 들지 않고 냉정하게 대답했다.

"좋도록 해라."

"외삼촌이 보낸 편지를 읽어 드려도 돼요?"

"마음대로 하렴."

엘리자베스는 책상에서 편지를 집어 들고는 제인과 함께 2층으로 올라갔다. 마침 메리와 키티도 베넷 부인과 함께 있었기 때문에 단 한 번 읽어도 모두에게 소식을 알릴 수 있었다.

제인은 좋은 소식이라고 미리 말하고는, 큰 소리로 편지를 읽었다. 베넷 부인은 마음이 떨려서 도무지 진정을 못 하다가, 가드너 씨가 리디아가 곧 결혼하게 될 거라고 말한 부분까지 제인이 단숨에 읽어 나가자 탄성을 질렀고, 계속해서 편지를 읽는 것을 듣고는 흥분해서 어쩔 줄 몰랐다. 그녀는 딸이 결혼하게 된다는 사실을 알게 된 것만으로 충분히 기뻤다. 당연히 딸이 행복할 거라고 믿었고, 그동안의 잘못은 안중에도 없었다.

"아, 리디아! 정말 귀여운 그 애가 결혼을 하게 되다니… 그리고 다시 만날 수 있다니! 그것도 열여섯 살에 말이야. 아, 가드너는 정말 좋은 동생이야! 난 동생이 모든 것을 다 해결해 줄 줄 알았어. 동생을 만나고 싶구나. 물론 위컴도 함께 말이다. 그런데 결혼 예복은 어쩌지? 곧 너희 외숙모에게 편지를 보내야겠다. 리지, 지금 아래층에 계시는 네 아버지한테 가서 리디아에게 얼마나 내실 수 있으신지 여쭤봐라. 아니다, 내가 가마. 키티, 초인종을 눌러서 힐을 불러라. 금방 옷을 입어야 하니까. 아, 귀여운 리디아! 우리가 다 함께 만나면 얼마나 즐거울까?"

제인은 외삼촌이 가족을 위해 애쓴 사실들을 밝히고, 어머니의 흥분을 잠시 가라앉혀야겠다고 생각했다.

"사실 이런 행복도 모두 외삼촌 덕분이에요. 외삼촌이 당신의 돈으로 위컴 씨를 도와 마음을 돌리도록 한 게 확실하니까요."

"그래, 그건 당연한 생각이야. 외삼촌이 아니면 누가 그런 일을 했겠니? 만약 외삼촌에게 자식이 없었다면 외삼촌 재산은 나와 너희들이 받게 되었을 거야. 난 선물 몇 번 받은 것 외에는 외삼촌한테 뭔가를 받은 것이 처음이란다. 그래도 난 행복해! 얼마 안 있어 딸 하나를 결혼시키게 됐으니 말이다. 위컴 부인! 이 얼마나 근사한 소리냐! 더구나 리디아는 지난 6월에 겨우 열여섯이 됐거든. 애, 제인아. 난 가슴이 뛰어서 제대로 글을 쓰지 못할 것 같구나. 그러니까 내가 부르는 대로 내 대신 써 주렴. 돈 문제는 나중에 아버지하고 결정하기로 하자. 대신 물건들은 미리 주문해 두는 것이 좋겠구나."

이어서 베넷 부인은 캘리코, 모슬린, 흰 린넬 따위를 입에 담기 시작했다. 아버지가 시간 날 때 함께 의논하자고 제인이 말리지 않았더라면 주문량은 상당했을 터였다. 제인은 하루쯤 기다린다고 해서 큰일이 날 것은 아니라고 말했고, 베넷 부인도 너무 행복한 상태였기 때문에 고집을 부리지 않았다. 베넷 부인은 다른 생각이 났는지 이렇게 말했다.

"옷 입는 대로 메리튼으로 가야겠어. 난 이 길로 필립스 이모에게 가서 이 좋은 소식을 전해 줄 거야. 그리고 돌아오는 길에는 루커스 부인과 롱 부인 댁에도 들려야겠어. 키티, 너는 아래층으로 내려가서 마차를 준비시켜 줄래? 너희들 혹시 메리튼에 부탁할 일은 없니? 아, 마침 힐이 오는군. 힐, 좋은 소식 들었어? 리디아가 결혼하게 됐어. 이제 축하 펀치를 만들어야겠지?"

힐 부인은 바로 기쁨을 표시했다. 엘리자베스도 함께 축하를 받고 있다가 별로 기분이 좋지 않아 자기 방으로 돌아와 버렸다. 아무리 생각해 봐도 리디아의 처지는 좋을 게 없었다. 동생의 앞날은 결코 행복과 세속적인 번영을 기대하기 어려워보였다. 그렇지만 불과 두 시간 전만 해도 리디아 일로 걱정하던 것을 생각한다면 이렇게라도 된 것은 감지덕지할만한 일이었다.

❧

8

베넷 씨는 지금까지 살면서 수입의 일부를 자녀들과 아내를 위해 조금씩 저축해 두려고 생각했었다. 지금에 와서는 그런 생각이 더 간절해 졌다. 생각대로 했더라면 이번에 리디아를 위해서 처남에게 폐를 끼치지 않았을 지도 모를 일이었다. 그리고 영국에서 제일 능력 없는 남자를 사위로 삼게 된 기쁨을 맛보았을 터였다.

그는 아무런 이득도 없는 일에 처남이 돈을 썼다는 것을 알고, 가능하면 빨리 갚아야겠다고 결심했다.

베넷 씨는 결혼을 하고서는 바로 아들이 태어날 거라고 믿었기 때문에 경제적인 문제에 대해서는 신경을 쓰지 않았었다. 아들이 자라서 성년이 되면 한정 상속에 대한 제한이 풀리고, 아내와 아이들의 생활은 보장이 될 것이었다. 그러나 딸만 연이어 다섯이 태어나고도 아들은 끝내 태어나지 않았다. 베넷 부인은 리디아를 낳은 후, 다시 사내아이를 낳게 될 거라고 생각했다. 어쨌든 아들에 대한 희망을 버리긴 했지만, 이미 저축하기에는 늦어버린 때였다. 게다가 베넷 부인은 전혀 절약할 줄 몰랐고, 남편의 자립심 덕분에 지금까지 수입 이상의 지출을 하면서도 살아갈 수 있었다.

당시 결혼 계약서에는 베넷 부인과 아이들에게는 5천 파운드를 상속하기로 되어 있었다. 그러나 어떠한 비율로 분배될지는 부모의 의사에 달려 있었다. 적어도 리디아에 관해서는 바로 이 점만 처리해 두면 되었다. 베넷 씨로서는 처남의 제안에 주저할 이유가 없었다.

베넷 씨는 매우 간결한 문체로 처남의 친절에 감사의 뜻을 표했다. 그리고 처남의 의견을 전면적으로 승인하고 자신을 대신해서 체결해 준 계약을 기꺼이 이행하겠다는 뜻을 밝혔다. 그는 위컴을 설득해서 딸과 결혼시킬 수 있었다고 하더라도, 그토록 적은 비용으로 가능할거라는 생각은 하지 못했었다. 두 사람에게 1백 파운드를 지불한다고 하더라도, 감소되는 연 수입은 10파운드밖에 되지 않았다. 왜냐하면 리디아가 1년에 소비하는 돈의 액수가 거의 그 금액에 가까웠기 때문이다. 그로서는 적은 노력으로 일을 해결할 수 있다는 것이 자랑스러웠다.

지금 당장 그가 바라는 것은 이 문제를 가지고 더 이상 귀찮아지지 않는 것이었다. 처음에는 화가 머리끝까지 치밀어 올라 딸을 찾아 헤매기도 했지만, 분노가 가라앉자 전처럼 나태한 상태가 되었기 때문이었다.

베넷 씨의 편지는 곧 발송되었다. 그는 일을 착수하기까지는 느렸지만 처리하는 데는 빨랐기 때문이다. 처남에게 빚이 얼마인지 상세하게 알려 달라고 부탁했지만, 리디아에게는 몹시 화가 나 있었기 때문에 안부도 묻지 않았다.

기쁜 소식은 집안을 비롯한 이웃까지 퍼져 나갔다. 이웃에서는 냉담한 반응이었다. 차라리 리디아가(창녀라도 되어서) 런던 시의 보호아래 숨어있었다면 더 얘깃거리가 되었을 지도 모를 일이었다.

하지만 그녀의 결혼에 대해서는 이러쿵저러쿵 말도 많았다. 메리튼의 수다스러운 노부인들은 리디아를 좋게 보지 않았다. 이유는 위컴 같은 남편과 함께 산다면 틀림없이 불행해질 거라고 믿기 때문이었다.

베넷 부인은 아래층에 내려오지 않은 지도 2주가 지났지만, 기쁜 소식을 기회로 다시 한 번 아래층 식당의 상좌에 앉았다. 그녀는 매우 의기양양하고 기분이 좋은 상태여서, 전혀 부끄러움을 찾아볼 수 없었다.

제인이 열여섯 살이 된 후부터 그녀의 소원이었던 딸의 결혼 문제가 드디어 이루어질 단계에 이르렀던 것이다. 그녀가 우선시하는 것은 오로지 결혼식 하객들의 우아하고 훌륭한 의상과 새 마차, 하인들에 관한 일 뿐이었다.

베넷 부인은 딸이 살기에 적합한 장소를 부지런히 근처에서 찾아보기도 하고, 딸 내외의 수입이 어느 정도인지도 모른 채 집의 규모에 대해 트집을 잡곤 했다.

"굴딩네 집이 이사만 간다면 헤이파크도 괜찮을 거야. 군이 응접실이 커야한다면 스토크에 있는 큰 저택도 좋겠지만 말이야. 그렇다고 해도 애시워드는 너무 멀어. 나하고 10마일이나 떨어져 산다는 건 말이 안 돼. 펄비스롯지는 다락방이 형편없던데……."

베넷 씨는 하인들이 있을 때는 말없이 듣고만 있다가, 모두 밖으로 나가자 부인에게 이렇게 말했다

"여보, 딸 내외가 어떤 집으로 이사를 가느냐를 결정하기 전에 분명히 해 둬야 할 것이 있소. 이 근처에 있는 어느 집이고 그 애들을 들여놓지는 못해. 나는 롱본에 그 애들을 끌어들여 뻔뻔스럽게 살게 하고 싶지 않단 말이오."

이 때문에 오랫동안 말다툼이 있었지만, 베넷 씨의 의사는 확고했다. 베넷 부인은 말다툼을 통해서 남편이 딸의 예복을 살 때 돈 한 푼도 주지 않을 거라는 것을 알고 기겁을 했다. 베넷 씨는 딸이 결혼식을 해도 애정 표시는 하지 않겠다고 잘라서 말했다.

베넷 부인은 딸의 결혼을 위해 당연히 누려야 할 권리를 포기하게 할 만큼, 남편이 그토록 분노한 모습을 보이는 것을 도저히 이해할 수가 없었다. 그녀는 딸이 결혼하기 전부터 동거한 사실을 수치스럽게 여기기보다는, 멋진 예복이 없어서 딸의 결혼식 날 창피스럽지 않을까 하는 걱정만 하고 있었다.

엘리자베스는 다아시에게 집안일을 털어놓은 사실을 몹시 후회스럽게

생각했다. 리디아가 곧 결혼하게 된 지금, 굳이 속단해서 그 일을 얘기할 필요가 없었던 것이다. 물론 그가 소문을 내거나 하지는 않을 터였다. 왜 냐하면 그는 비밀을 지켜줄 만큼 신뢰가 갔기 때문이었다. 다만 리디아의 과오가 알려지는 것이 수치스러울 뿐이었다.

엘리자베스는 이번 일로 다아시와 자신 사이에 마음의 벽이 생긴 것이 라고 믿고 있었다. 리디아의 결혼이 아주 좋은 조건에서 이루어진다고 하 더라도, 경멸했던 위컴의 가장 가까운 집안과 인연을 맺는다는 것은 생각 할 수도 없는 노릇이었다.

만약 다아시가 그런 인연에 대해 꺼림칙한 감정을 갖는다 해도 엘리자 베스로서는 이상하게 여길 필요가 없었다. 더비셔에서 그의 감정을 확인 한 것에 의하면 다아시는 그녀의 사랑을 원하고 있었다. 그러나 지금까지 도 그런 감정이 남아 있을 거라고는 확신할 수 없는 일이었다.

그녀는 갑자기 슬퍼졌고 후회가 밀려왔다. 다아시가 어떻게 지낼지, 어 떤 생각을 하고 있을지 궁금해 졌고, 그와 만날 일이 없다고 생각하니까, 그와 함께라면 행복해질 수 있을 것 같았다. 엘리자베스는 불과 4개월 전 만 해도 그의 청혼을 과감하게 물리쳤다. 지금은 그 청혼을 기꺼이 받아 들일 자세가 되어있다는 것을 알면, 다아시는 승리의 감정을 만끽할 수 있을 터였다.

지금에서야 그녀는 다아시가 성격이나 재능 면에서 자신과 가장 잘 어 울린다는 사실을 알았다. 설사 그의 지성과 기질이 자신과 전혀 다르다 해도, 다아시는 그녀의 기대를 충족시킬 만한 사람이었다. 둘의 결합은 서로에게 이익이 될 것이며, 그녀의 여유 있고 쾌활한 성격에 의해 다아 시의 마음은 훨씬 온유해질 것이다. 더구나 그의 판단력과 지식, 세상에 대한 식견으로 인해 엘리자베스는 많은 것을 얻을 수 있게 될 것이었다.

하지만 현재로서는 많은 사람들에게 행복한 결혼으로 인한 진정한 행복의 조건이 무엇인지 가르쳐 줄 수는 없었다. 왜냐하면 전혀 다른 성격의 결합이 얼마 후 자신의 집에서 치러질 예정이기 때문이었다.

엘리자베스는 과연 위컴과 리디아가 자립적으로 살아갈 수 있을지 의문이었다. 다만 도덕심보다 정열로 결합된 부부의 뒤끝이 좋지 않다는 것은 쉽게 예측할 수 있었다.

가드너 씨는 곧 베넷 씨에게 소식을 보내 왔다. 가족의 안부를 묻고 베넷 씨의 감사인사에 간단히 답을 한 다음, 자신이 쓴 돈에 대해서는 두 번 다시 논의하지 말라는 말로 끝을 맺고 있었다. 이번 편지의 주된 내용은 위컴이 의용군을 그만두기로 결심했다는 사실이었다. 가드너 씨는 이 같이 덧붙였다.

저는 두 사람의 결혼 문제가 해결되는 대로, 위컴이 그렇게 하기를 바랐습니다. 형님께서도 위컴의 제대가 그 사람뿐만 아니라 조카를 위해서도 매우 바람직하다고 여겨주시기 바랍니다. 위컴은 정규군에 입대할 예정입니다. 위컴이 입대하면 도움을 해줄 수 있는 친구가 더러 있는 모양입니다. 현재 북부에 주둔하고 있는 어느 장군 휘하 부대에 기수로 가기로 약속을 받았습니다. 주둔지가 이곳에서 멀리 떨어진 곳이어서 오히려 다행스럽습니다. 위컴의 앞날은 매우 긍정적입니다. 새로 만나는 사람들에게 좋은 인상을 심어 주기 위해 좀 더 신중해지겠지요. 그래서 제가 확실한 약속을 해주었습니다. 그러니까 매형께서도 메리튼 채권자들에게 똑같이 보증해 주셨으면 합니다. 채권자의 명단은 제가 위컴에게 알아보고 추가해서 보내드리겠습니다. 위컴은 채무 건수를 전부 제시했는데, 적어도 우리를 속이는 것 같지는 않습니다. 해거슨에게도 똑같이 지시했으니 일주일만 지나면 모든 것이 해결될 것입니다. 그리고 두 사람을 롱본으로 초대하지 않는다면 그냥 입대하러 갈 겁니다. 아내의 말로는 리디아가 남부로 떠나기 전에 가족들을 몹시 만나고 싶어 한답니다. 리디아는 건강하며, 부모님께 안부 전해 달라고 합니다.

베넷 씨와 딸들은 위컴이 의용군을 그만두는 것이 여러 모로 유리할 거라고 생각했지만, 베넷 부인은 흡족하지 않았다. 그녀로서는 딸 내외가 북쪽에서 살아야한다는 것이 몹시 실망스러웠다. 더구나 리디아가 친한 사람들을 떠나 멀리까지 간다는 것은 견딜 수 없는 일이었다.

"그 애는 포스터 부인을 제일 좋아했어. 아마 그 애가 딴 곳으로 가는 걸 알면 충격 받을 거야. 게다가 그 애가 무척 따르던 청년들도 몇 사람 있었지. 아마 그 장군 부대에는 재미없는 사람들만 있을 거야."

북부로 떠나기 전, 집에 한 번 오고 싶다는 리디아의 소망은 쉽게 받아들여지지 않았다. 그러나 제인과 엘리자베스는 동생의 장래를 위해서라도 그 결혼은 부모님의 축복을 받아야 한다고 의견을 모았다. 그녀들은 결혼하는 즉시 동생 부부를 롱본으로 초대하자는 말을 상냥하고 합리적으로 하면서 베넷 씨를 설득했다. 결국 베넷 씨는 승낙을 했고, 베넷 부인은 딸이 북쪽으로 가기 전에 동네 사람들에게 보여 줄 수 있게 되어 흡족해 했다.

베넷 씨는 두 사람이 와도 좋다고 편지를 썼다. 그리고 결혼식이 끝나는 대로 두 사람은 롱본으로 오기로 했다. 엘리자베스는 위컴이 순순히 오겠다는 것에 놀라지 않을 수 없었다. 마음 같아서는 그의 얼굴을 두 번 다시 보지 않는 것이 소원이었다.

9

❧

리디아의 결혼식 날, 위컴 부부는 마차를 타고 저녁식사 때까지는 도착하기로 되어 있었다. 두 사람이 오는 것을 가장 두려워한 사람은 제인이었다. 제인은 리디아가 죄인의 심정으로 올 거라는 생각에 가슴이 아팠다.

마침내 두 사람이 도착하게 되어, 가족들은 식당에서 그들을 맞이했다. 마차가 문 앞까지 다가오자 베넷 부인의 얼굴에 미소가 감돌았다. 남편은 완고할 만큼 엄숙한 표정이었고, 딸들은 겁먹은 표정으로 어쩔 줄 몰랐다.

곧 현관으로부터 리디아의 목소리가 들려왔고, 문이 활짝 열리면서 그녀가 방 안으로 뛰어들었다. 베넷 부인은 다가가서 딸을 포옹하고 열렬히 환영했다. 그리고 바로 뒤에 오던 위컴에게 환하게 웃으면서 기쁨을 표시했다.

위컴과 리디아는 베넷 씨 쪽으로 돌아섰다. 그러나 그들을 맞는 베넷 씨의 태도는 그리 따뜻한 편은 아니었다. 얼굴 표정은 굳어 있었고, 거의 한 마디도 하지 않았다. 아무렇지도 않은 뻔뻔스러운 두 사람의 태도는 베넷 씨를 몹시 화나게 했다.

엘리자베스 또한 비위가 상했고, 제인도 충격을 받았다. 리디아는 변함없이 주책스럽고 뻔뻔하며 제멋대로인데다가 수다스럽고 전혀 두려워 할 줄 몰랐다. 그녀는 언니들에게 돌아가며 축하해 달라고 졸랐다.

이윽고 모두가 자리에 앉자 리디아가 방 안을 열심히 둘러보았다. 그러더니 약간 변한 부분을 찾아내고는 소리 내어 웃으며 이 방에 들어온 지도 참 오래되었다고 말했다. 위컴은 그녀보다 더 당황하는 기색이 없었다. 그러나 그의 미소와 부드러운 말솜씨만은 여전했다. 아마도 두 사람의 결혼이 바람직했다면 그런 태도는 칭찬받아 마땅했을 것이었다. 엘리자베스조차도 그가 이토록 뻔뻔스러운 짓을 했다는 것이 믿어지지 않을 정도였다. 그러나 정작 그를 대하고 보니 앞으로는 그 같이 섣부른 판단을 자제해야겠다는 생각이 들었다.

엘리자베스와 제인은 얼굴이 달아올랐지만, 위컴과 리디아는 얼굴색 하나 변하지 않았다. 얼마나 할 말이 많은지 리디아와 베넷 부인은 시간이 부족한 것 같았다. 위컴은 엘리자베스 옆에 앉아 가까운 사람들의 안부를 물었지만, 그녀는 대답할 기분이 아니었다. 위컴과 리디아는 세상에서 가장 즐거운 추억을 가지고 있는 듯이 보였고, 과거에 대해서 고통스러운 기억이 전혀 없는 것 같았다. 리디아는 언니들이 덮어 두고 있었던 화제를 먼저 들추어냈다.

"생각해 봐. 내가 집을 나간 지 3개월이나 됐잖아. 그런데 2주일 밖에 안 된 느낌이야. 그동안 많은 사건이 있었는데도 말이야. 나는 집을 나가면서 결혼해서 돌아오게 된다는 걸 꿈에서조차 생각 안 했어. 내가 결혼한다면 참 재미있겠다는 생각을 하기는 했지만 말이야."

그 말에 아버지가 눈을 치켜떴다. 제인은 당황했고, 엘리자베스는 리디아를 쏘아 보았다. 그러나 그녀는 원래 제멋대로여서 계속해서 자기 말만 늘어놓았다.

"어머니. 동네 사람들이 제가 오늘 결혼한 것을 알고 있어요? 혹시 모르는 건 아닌가요? 집에 오늘 길에 윌리엄 굴딩을 태운 이륜마차를 앞질러 가게 되었거든요. 전 그 사람을 향해 유리창을 내리고 장갑을 벗어서 반지를 보여줬어요. 그리고 고개를 숙여 인사하면서 의미 있는 미소를 지었죠."

엘리자베스는 더 이상 더 참을 수가 없었다. 그녀는 벌떡 일어나서 방을 나와 버렸다. 그리고 가족들이 복도를 지나 식당으로 가는 소리를 듣고서야 다시 나와서 자리에 함께 했다. 잠시 후, 리디아가 아주 자랑스럽게 베넷 부인의 곁으로 가더니 제인에게 이렇게 말했다.

"제인 언니. 내가 언니 자리에 앉아야겠어. 언닌 그 아랫자리로 가. 난 이제 기혼여성이거든!"

처음부터 제멋대로였던 리디아는 시간이 지날수록 점점 더 경박스럽게 우쭐거렸다. 그녀는 필립스 부인과 루커스 가의 사람들, 그리고 동네 사람들 모두에게서 '위컴 부인'이라는 호칭을 기대했다. 식사 시간이 끝나자마자 리디아는 힐과 두 명의 하녀들이 있는 쪽으로 결혼반지를 자랑하려고 다가갔다. 그리고 모두가 다시 식당으로 되돌아오자 이렇게 말했다.

"그런데, 어머니. 제 남편을 어떻게 생각하세요? 매력 있는 남자죠? 언니들은 틀림없이 절 부러워 할 거예요. 언니들이 저의 반만큼이라도 행복해졌으면 좋겠어요. 남편감 구하기에는 브레이튼이 최고예요. 우리 모두가 여름에 그곳에 가지 않은 게 정말 유감스러워요."

"그러게나 말이다. 내가 하자는 대로 했어야 했는데. 그런데 리디아. 네가 그렇게 멀리 가는 건 반대하고 싶다. 꼭 가야만 하니?"

"괜찮아요. 그런 건 아무렇지도 않아요. 전 금방 그 곳을 좋아하게 될 거예요. 어머니와 아버지, 언니들 모두 놀러오세요. 우린 겨울에는 뉴캐슬에 있을 거예요. 무도회도 열릴 테니까 언니들이 좋은 짝을 만날 수 있게 노력할게요."

"그건 듣던 중 반가운 소리로구나." 베넷 부인이 말했다.

"어머니는 집으로 돌아오실 때, 언니 한두 사람은 두고 가셔도 돼요. 겨울이 가기 전에 제 힘으로 신랑감을 구해 줄 수 있으니까요."

"고맙긴 하지만 네 식대로 남편을 구할 생각은 없어." 엘리자베스가 톡 쏟아붙였다.

위컴과 리디아는 열흘 이상은 체류할 수가 없었다. 위컴은 런던을 떠나기 전에 임명을 받았고, 2주일 뒤에 부대로 들어가야 했다. 두 사람의 체류 기간이 너무 짧은 것을 유감으로 생각하는 사람은 베넷 부인 혼자였다. 그녀는 주어진 시간을 최대한 활용하면서 리디아와 함께 이웃집들을 방문했고 매일 집안에서 파티를 열었다.

엘리자베스가 예상했던 대로 리디아가 더 위컴을 좋아했다. 두 사람의 도피행각은 위컴의 뜻이라기보다 리디아의 사랑의 힘 때문에 감행되었다는 것을 의심할 여지가 없었다. 게다가 위컴은 도망칠 수밖에 없었던 상태였고, 그로서는 동행자를 얻을 기회를 마다할 처지가 아니었다. 그런 사실을 몰랐더라면 위컴이 사랑하지도 않는 리디아와 도피행각을 벌인 일을 의심할 수밖에 없었을 것이다.

리디아는 위컴이 너무나 사랑스러웠다. 어떤 경우에도 위컴은 사랑스러운 존재였다. 그 누구도 감히 그와 경쟁할 수 없을 만큼 이 세상에서 최고였다. 리디아는 위컴이 9월이 되면 누구보다 많은 것을 이룰 수 있을 것이라고 믿었다.

그들이 집에 온 어느 날 아침, 리디아는 두 언니와 함께 앉아 있다가 엘리자베스에게 말을 건넸다.

"리지 언니, 언니에게는 아직 내가 결혼 때 얘기를 안 한 것 같아. 어머니와 다른 사람들한테 얘기할 때 언니는 없었거든. 어떤 식으로 진행됐는지 알고 싶지 않아?"

"별로 알고 싶지 않은데."

엘리자베스가 대답했다.

"그래? 언닌 이상하네. 그렇지만 난 어떻게 된 상황인지 꼭 말해주고 싶어. 언니도 알겠지만 우린 세인트 클레멘트 교회에서 결혼했어. 위컴 씨의 숙소가 그 쪽 교구에 있었거든. 우리는 11시까지 그곳으로 가기로 되어 있었어. 외삼촌 내외분과 내가 함께 가고, 다른 사람들은 교회에서 만나기로 했었지. 나는 또 일이 잘못돼서 결혼식이 연기될까봐 걱정했었어. 그랬더라면 난 미치고 말았을 거야. 게다가 외숙모는 내가 옷을 갈아입는 동안 내내 설교하듯이 일장연설을 하셨어. 한마디도 귀에 안 들어왔지. 난 줄 곧 사랑하는 위컴 씨 생각만 하고 있었거든. 위컴 씨가 푸른 연미복을 입고 식장에 올 것인지 알고 싶어서 견디지 못하겠더라구. 우리들은 평소처럼 11시에 아침 식사를 했는데, 시간이 너무 길게 느껴질 지경이었어. 그런데 말이야. 외삼촌 내외분은 나하고 함께 있을 때 무척 기분 나빠 하셨어. 믿어줘. 난 2주일 동안 그곳에 있으면서 단 한 발짝도 밖에 나갈 수 없었어. 파티는 물론이고 아무 것도 할 수 없었어. 여름의 런던은 쓸쓸했지만 소극장만은 개관 중이었거든. 그건 그렇고, 막 마차가 문 앞에 도착하더니 보기 싫은 스톤 씨가 외삼촌을 불러냈어. 무슨 일인지 모르지만 얘기가 길어지더라구. 난 걱정했어. 외삼촌이 날 신랑한테 넘겨주어야 하는데, 시간이 늦으면 완전히 낭패잖아. 다행히 10분 쯤 지나서 외삼촌이 돌아오셨고, 우린 모두 식장으로 향했지. 그런데 지금 생각해보니까 만일 그때 외삼촌이 참석을 못하셨다고 하더라도 결혼식을 연기할 필요는 없었던 거야. 다아시 씨께서 대신하시면 되는 일이었으니까."

"뭐, 다아시 씨라구?"

깜짝 놀란 엘리자베스가 외쳤다.

"그래, 위컴 씨와 같이 식장으로 오시게 돼 있었어. 아 참! 내 정신 좀 봐, 깜빡했네. 그 일은 비밀로 하기로 약속했는데. 그이가 뭐라고 할까? 일급비밀이었는데……."

"비밀이라면 더 이상 말하지 마. 나도 묻지 않을게. 우린 더 이상 물어보지 않을 거야."

제인이 말했다.

"고마워. 언니들이 자꾸 물어 보면 난 사실을 말 할 거고, 그렇게 되면 그이가 몹시 화를 낼 테니까." 리디아가 말했다.

엘리자베스로서는 묻고 싶은 마음을 억누르기 위해 그 자리를 뜰 수밖에 없었다. 그녀는 다아시가 리디아의 결혼식에 참석한 이유에 대해 추측해 보았지만 이렇다 할 생각이 떠오르지 않았다. 그의 행위를 정당화시키고 그녀로서도 그것을 믿고 싶을 만큼의 추측은 성립되지 않았다. 그녀는 의혹스러운 마음에 종이 한 장을 꺼내 외숙모 앞으로 짧은 편지를 썼다. 리디아 실토한 사실이 그렇게 비밀스러운 의도가 아니라면, 그녀가 말하지 않은 부분에 대해 알려달라는 내용이었다.

외숙모님, 우리들과는 아무 관계가 없는 사람이 어떤 연유로 그 곳에 있었는지 알려주세요. 저는 그것이 매우 궁금하답니다. 제발 빨리 답장을 해 주셔서 제가 그 사실을 알 수 있도록 해주세요. 리디아가 생각하는 것처럼 비밀에 부쳐 두어야 하는 것이라면, 저는 모르는 채로 지내는 것에 만족하려고 노력하겠습니다.

그리고 엘리자베스는 혼잣말로 '난 모르는 채 지내고 싶지 않아요. 외숙모님, 만일 솔직한 말씀을 안 해 주신다면 전 무슨 수를 쓰더라도 반드시 알아내고야 말겠어요.' 라고 하며 편지를 끝맺었다.

체면을 중시하는 제인은 리디아가 어쩌다가 내뱉은 사실에 대해 엘리자베스와 은밀히 애기할 마음이 아니었다. 엘리자베스는 오히려 그것이 더 좋았다. 자신이 보낸 편지에 대한 회답이 와서 만족한 답을 얻을 때까지는, 차라리 속내를 털어놓을 상대가 없는 편이 오히려 나을 것 같았다.

10

엘리자베스는 빠른 시일 내에 답장을 받게 되어 대만족이었다. 편지를 받자마자 아무도 없는 작은 숲 속으로 뛰어가서 벤치에 앉아 내용을 즐길 준비를 갖추었다. 편지의 두께로 짐작해 볼 때, 외숙모가 그녀의 부탁을 들어준 것이 확실했다.

사랑스런 엘리자베스에게

네 편지는 잘 받았다. 간단하게 할 말이 아니기 때문에 꼬박 아침나절 동안 회신을 쓰기로 했다. 사실 너의 질문을 받고 깜짝 놀랐어. 설마 네게 서 그런 편지가 올 줄은 몰랐거든. 그러나 내가 화내고 있다고 생각하지 는 말아라. 나는 네가 그런 일을 물어올 거라고는 상상조차 못했으니까. 이해할 수 있겠니? 네 외삼촌도 나 못지않게 놀라고 계신데, 그건 너도 이번 일에 관련이 있을 거라고 생각해서 그러신 거란다. 네가 정말로 아 무것도 모르고 있다면 솔직하게 말할게.

내가 롱본에서 돌아오던 날, 외삼촌께서는 생각지 못한 손님을 맞게 되 었단다. 다아시 씨가 찾아와서 몇 시간 동안 외삼촌과 이야기를 나누었거 든. 내가 도착하기 전에 벌써 얘기가 끝난 상태여서 나는 그다지 호기심 이 생기지 않았어. 다아시 씨는 외삼촌을 통해 네 동생과 위컴이 있는 곳 을 찾아냈고, 두 사람과 얘기까지 했는데 위컴과는 여러 차례였고, 리디 아와는 한 번이었다는 말을 하러 온 거야. 내 생각에 다아시 씨는 두 사람 을 찾으려고 우리들보다 하루 늦게 더비셔를 떠났던 모양이야. 그 사람 은, 생각 있는 여자가 위컴을 사랑하거나 믿을 수 없을 정도로 구제불능이라는 사실이 세상에 알려지지 않은 것은 오로지 자신의 탓이라고 말했어. 그 사람은 모든 일을 자신의 잘못으로 인정하면서, 과거에는 위컴의 나쁜 행동에 대해 사람들에게 알린다는 자체가 위신 떨어지는 행동이라고 생각했다고 고백했어. 위컴의 못된 인간성이 저절로 알려질 거라고 믿었다는 거야. 다아시 씨는 당장이라도 그의 악행을 알려서, 그동안 자신이 방치해서 일어난 일을 수습하는 것만이 의무라고 했어. 또 다른 이유도 있는데, 내가 그걸 말한다고 해서 다아시 씨에게 누가 되지는 않을 거라고 믿는다. 다아시 씨는 런던에 온 지 얼마 안 되서 두 사람을 찾았는데, 아마 단서를 가지고 있었던 모양이야. 그래서 우리 뒤를 따라 런던에 올 결심을 했나 봐.

얼마 전, 영이라는 여자가 다아시 양의 가정교사였다가 해고 된 적이 있었대. 그 후 그 여자는 에드워드 가에 큰 집을 사서 하숙을 치면서 살았나 봐. 그녀가 평소 위컴하고는 매우 절친한 사이라는 것을 알고 있었기 때문에, 런던에 도착하자 위컴의 정보를 들으러 찾아간 거지. 그런데 2, 3일이 지나서 정보를 입수했다는 것을 보면, 그녀가 사실을 자꾸 부정하니까 돈으로 매수한 것이 아닌가 싶어. 그 여자에 의하면 위컴은 런던에 도착하는 즉시 그녀를 찾아갔다고 해. 만약 그 여자가 두 사람을 받아 주었다면 거기 눌러앉았겠지. 어쨌거나 다아시 씨는 자신이 바라던 대로 두 사람이 머물고 있다는 곳을 알았어. 그 사람은 먼저 위컴을 만나고, 나중에 리디아를 만났지. 리디아를 만난 목적은, 집안에서 그 애를 받아들여 주기만 한다면 집으로 돌려보내려고 그랬던 거야. 그리고 리디아가 집으로 돌아갈 수 있게 최선을 다해 도와주겠다고 했다는 거야. 그런데 리디아는 요지부동이었나 봐.

그 애는 주위 사람들이 도와주거나 간섭하는 것이 싫었고, 위컴과 헤어지는 것은 죽기보다 싫다고 했단다. 틀림없이 자기들은 언젠가는 결혼할 거고, 그 때가 언제인지는 문제될 게 없다는 거였어. 리디아의 생각이 정 그렇다면 서둘러 결혼을 확정짓고, 신속하게 처리하는 길밖에 없다고 생각했지만 정작 위컴과 처음으로 대화하면서 알게 된 사실은 의외였던 거야. 위컴은 꿈에라도 그런 생각을 하고 있지 않더라는 거지.

그는 도박 빚에 몰려서 부대를 떠날 수밖에 없었다는 고백을 하면서, 리디아가 도망치면서 벌어진 모든 일들은 그 애가 어리석어서 생긴 거라고 당당하게 말하더라는 거야. 위컴은 당장이라도 장교직을 그만두고 싶지만, 장래를 알 수는 없다고 했대. 어디론가 가기는 가야하는데 갈 데도 없고, 생계를 유지할 만한 방법도 없다는 것을 알고 있었던 거야.

다아시 씨는 왜 리디아와 결혼하지 않느냐고 물었대. 베넷 씨가 그렇게 대단한 부자는 아니지만 위컴을 위해서는 손을 써 줄 수도 있을 것이며, 결혼하면 지금보다 입지도 나아질 거라고 타일렀던 것 같아. 아마도 위컴은 다른 곳에서 결혼하여 좀 더 많은 재산을 만들어 보려는 희망을 가지고 있었던가봐. 그렇지만 궁지에서 벗어날 수 있는 방법을 제시하는 다아시의 유혹에 마음이 움직였던 것 같아.

두 사람은 몇 차례 만나서 대화를 했고, 위컴이 요구한 재산은 적당한 선에서 합의가 되었지. 일단 그 문제를 매듭지은 다아시 씨는 외삼촌께 그 사실을 알렸고, 내가 집으로 돌아가기 전날 밤에 우리 집에 온 거란다. 그러나 그 날은 외삼촌이 없었기 때문에, 다아시 씨는 토요일이 되어서야 우리를 찾아왔어. 그래서 나도 그분을 만났고, 월요일이 되어서야 모든 일이 해결되었어. 그 길로 나는 롱본으로 속달을 띄웠던 거란다.

그런데 다아시 씨는 고집불통인 것 같아. 내 생각인데, 완고하다는 점이 그 사람의 결점인 것 같더구나. 그 사람은 여러 가지 결점을 지적받았겠지만 그것만은 정말 어쩔 수 없는 결점이야. 모든 일을 자기 손으로 해야 한다는 고집을 부리더구나. 사실 네 외삼촌께서 이번 일을 해결하려고 했거든. 다아시 씨와 네 외삼촌은 리디아와 위컴 문제로 긴 시간 싸우기도 했어. 그럴만한 가치도 없는 두 남녀에게는 과분한 일이었지. 결국은 네 외삼촌께서 양보를 했다. 그래서 겉으로만 조카를 위해 최선을 다하는 것처럼 되었던 거야. 그거야말로 네 외삼촌의 성미에 맞지 않는 일이었지.

네가 보내온 편지를 네 외삼촌은 매우 기쁘게 생각하신단다. 그동안의 헛된 생색을 벗고 마땅히 칭찬받아야 할 사람을 알려 주게 되었으니까 말이야. 하지만 리지야, 이 얘기는 너만 알고 있거나 제인에게만 알리도록 해라.

다아시 씨가 두 사람을 위해 어떤 일을 했는지 너는 잘 알고 있겠지? 위컴의 빚도 갚아 주기로 했는데, 아마 1천 파운드가 넘을 거야. 그리고 리디아에게 상속될 재산에 1천 파운드를 더 얹어서 주기로 했고, 위컴이 장교 직위를 얻도록 손을 써주었단다. 왜 이런 일을 다아시 씨 혼자서 도맡아 했는지는 내가 앞에서 말한 그대로야. 위컴의 인격을 모두들 잘못 해석해서 그가 사교계에 발을 들여놓았고, 남들의 이목을 끌게 된 것도 따지고 보면 자기 때문이라는 거야. 물론 여기에는 얼마간 진실이 있겠지. 나는 이번 사건에 대한 책임을 누가 입 다물고 있는 것인지 의심스럽게 생각해.

리지, 여하튼 네 외삼촌도 다아시 씨가 이 일과 어떤 이해관계가 있을 거라고 생각해서 양보하셨다는 것을 믿어주기 바란다. 나는 있는 대로 다 얘기를 했으니, 매우 놀랐겠지만 기분 상해하지 말도록 해라. 그 후에 리디아는 나한테 왔고 위컴도 어제든지 와도 좋다는 허락을 받았단다. 위컴은 허트퍼드셔에서 알았던 그대로였지만, 리디아의 행동은 여기 있는 동안 나로서는 도저히 참을 수 없을 정도였다. 수요일에 온 제인의 편지로도 리디아가 집에 가서도 여전한 것을 알았다. 내가 무슨 얘기를 해도 새삼스러울 것은 없겠지.

난 진지하게 리디아가 저지른 과오를 지적하면서 이해시키려고 애썼어. 하지만 그 애는 귓등으로도 듣지 않았단다. 난 가끔씩 화가 났지만 너나 제인을 생각해서 꾹 참았다.

다아시 씨는 약속대로 와주었고, 리디아가 네게 말한 것처럼 결혼식에 참석했단다. 다음날 우린 함께 식사하기로 했는데, 수요일이나 목요일에 다시 런던으로 떠난다고 하더구나.

리지, 이번 일을 통해서 내가 다아시 씨를 몹시 좋아하게 되었다면 나한테 화를 내겠니? 그 사람에 대한 느낌은 더비셔에 갔을 때 못잖게 좋은 느낌이었어. 이해심과 사리를 판단하는 능력은 꽤 탁월한 것 같아. 단지 활달하지 못한 것이 단점이지만, 신중하게 결혼을 하여 아내가 가르쳐 줄 수도 있는 문제지. 난 그 사람이 좀 능청스럽다고 생각했었어. 네 이름은 절대로 내색도 하지 않았으니까. 그런데 그런 것도 유행인가 보더라. 내가 넘겨짚었다면 용서해 주기 바란다. 나를 펨벌리에서 쫓아내진 말아다오. 나는 그 저택을 모두 돌아보기 전까지 행복할 수는 없을 테니까. 예쁜 망아지 두 마리가 끄는 아담한 사륜마차라면 너무 좋겠지.

30분이나 아이들을 기다리게 했으니, 이제 그만 줄여야겠다.

그레이스처치 가에서 9월 6일
외숙모 M. 가드너

엘리자베스는 편지를 읽고 가슴이 설레었다. 하지만 그 감정이 기쁨에서 오는 것인지 괴로움에서 오는 것인지 구분할 수가 없었다. 다아시가 동생의 결혼을 추진시키기 위해, 무슨 일을 해주었을 거라는 짐작은 있었다. 그러나 설마 그렇게 까지 호의를 베풀었다는 사실이 놀라웠다. 그는 런던까지 두 사람을 찾아 나섰고, 모든 수고와 굴욕을 감내해 냈다. 혐오했던 여자에게 부탁까지 해야 했고, 이름을 입에 올리기조차 싫었던 남자를 만나기도 했다. 그녀는 다아시가 자기에게 호감도 없는 여자를 위해 이 모든 일을 기꺼이 해 준 거라고 생각했다. 그러나 그의 청혼을 이미 거절해 버린 그녀로서는 위컴과 동서지간이 된다는 사실까지 참아내면서 다아시가 자신을 사랑할 거라는 기대는 별로 하지 않았다. 그는 위컴의 동서가 된다는 사실에 자존심이 상할 것이 분명했다.

엘리자베스는 그가 큰일을 해냈다는 것을 생각하면 부끄러운 생각이 들었다. 그러나 그가 이번 일에 개입한 데 대해 다른 이유를 붙일 수 있었던 것은, 위컴의 일을 자신의 잘못으로 여기고 있다는 점이었다. 그는 마음이 넓었고, 능력도 있었다. 그녀는 자신이 다아시가 한 일에 중요한 원인이 됐다고 생각하기는 싫었다. 그러나 그가 그녀의 마음을 편하게 해주기 위해 이번 일에 개입한 것은 사실이었다. 그녀는 갚을 수 없는 사람에게 은혜를 입었다는 사실이 괴로웠다.

리디아를 되찾고 그녀의 명예를 지킬 수 있었던 것은 모두가 다아시 덕분이었다. 그녀는 그에게 품었던 무례한 감정과 함부로 내뱉었던 오만한 말들을 뼈저리게 후회했다. 그녀는 동정심과 명예를 위해서 그가 스스로를 억제했다는 사실이 자랑스러웠다.

그녀는 외숙모가 그를 칭찬하는 대목을 몇 번이고 되풀이해서 읽어 보았다. 완벽하게 흡족하지는 않지만 그래도 기뻤다. 다아시와 그녀 사이에 여전히 애정과 신뢰가 남아있다는 사실을 외삼촌과 외숙모도 확신한다는 것을 알게 되자, 그녀는 후회스러운 생각이 들면서도 은근히 기뻤다.

누군가가 벤치로 다가오는 기척에 그녀는 생각을 멈추고 일어났다. 그리고 그녀가 작은 길로 막 들어서려는데 위컴이 따라왔다.

"혼자 걸으시는데 혹시 방해가 된 건 아닌지요?" 그녀 가까이 다가온 위컴이 말했다.

"그런 것 같네요. 하지만 방해되는 것이 반드시 나쁜 것은 아닐 수도 있죠." 그녀가 웃으며 말했다.

"방해가 된다면 정말 미안해요. 우린 늘 좋은 사이였고 지금은 그 이상이지만 말이죠."

"그래요. 다른 분들은 다들 나가셨나요?"

"잘 모르겠어요. 장모님은 리디아와 함께 마차를 타고 메리튼으로 가시려는 것 같아요. 그런데 처형은 직접 펨벌리에 가 보셨다면서요?" 그녀는 그렇다고 대답했다.

"부럽네요. 하지만 저에게는 과분한 즐거움이겠죠. 그렇지 않다면 뉴캐슬까지 그 즐거움을 가지고 갈 수 있을 텐데요. 나이 든 가정부도 보셨겠네요. 가엾은 레이놀즈. 그녀는 저를 참 좋아했거든요. 하지만 제 얘길 하진 않았겠죠?"

"아뇨, 했어요."

"그래, 뭐라고 하던가요?"

"위컴 씨가 입대했는데, 뭔가가 잘못된 것 같다구요. 먼 거리에 떨어지고 보면 헛소문이 날 수도 있으니까요."

"그건 그렇습니다."

엘리자베스는 그가 말을 하지 않기를 바랐지만, 그는 잠시 후에 말을 이었다.

"지난 달, 저는 의외로 런던에서 다아시를 만났어요. 서로 몇 번이나 마주쳤어요. 런던에서 그 사람은 뭘 했던 건가요?"

"아마도 드 버그 양과의 결혼 준비를 하고 있었나보죠. 이런 때 런던에 가신 것은 무슨 특별한 용무가 있어서 일거예요." 엘리자베스가 말했다.

"틀림없이 그랬을 겁니다. 램턴에 가셨을 때 다아시를 만나셨습니까?

전 가드너 씨 내외분으로부터 그런 얘기를 들었거든요."

"네, 그래요. 여동생도 소개받았어요."

"그녀가 마음에 드시던가요?"

"그럼요."

"그녀도 최근 사이에 참 좋아졌다고 들었습니다. 지난번에 만났을 때는 희망이 없어 보였는데 말이죠. 처형께서 그녀를 좋아하시다니 정말 기쁘네요. 그녀가 더 나아지기를 바랄 뿐입니다."

"걱정할 것까지는 없을 것 같아요. 가장 시련이 많을 나이는 지났으니까요."

"킴프넌 마을은 지나셨나요?"

"그건 기억에 없는데요."

"왜냐하면 제가 목사직을 받기로 했던 교회가 있는 곳이라서요. 정말 좋은 곳이었습니다. 목사관도 훌륭했지요. 모든 점에서 저에겐 최적의 조건을 갖추고 있었습니다."

"설교하는 것을 좋아하셨어요?"

"몹시 좋아했죠. 제 의무의 일부라고 생각했었고 그 길을 위해서라면 뭐든 할 수 있었을 테니까요. 후회해봤자 소용없겠지만, 저에겐 적당한 직책이었을 겁니다. 조용하고 한가한 생활은 저의 행복을 완전히 충족시켜 주었을 텐데, 아쉽게도 그렇게 되질 못했습니다. 처형이 켄트에 계실 때 다아시가 그런 얘기를 혹시 하던가요?"

"믿을 만한 사람에게 들었는데, 목사직은 조건부에 불과했고 후원자의 의사에 달려 있었다고 하더군요."

"들으셨군요. 그런 의미도 없지 않아 있었지요."

"또 들은 말이 있어요. 지금 생각과는 달리 설교가 취미에 안 맞을 때도 있어서 결국 성직자의 길을 포기했다구요. 그래서 그 일이 무산되었다는 거였죠."

"그렇게 들으셨군요. 터무니없는 말은 아니죠. 제가 처음 얘기할 때 그 점에 대해서 말한 것을 기억하고 계시겠지요."

그때 두 사람은 벌써 문 앞에 와 있었다. 왜냐하면 엘리자베스가 위컴을 피하기 위해 일부러 빨리 걸었기 때문이었다. 하지만 그녀는 리디아를 위해서, 그에게 상냥한 미소를 보이며 이렇게 대답했다.

"위컴 씨, 우리는 한 가족이 된 거예요. 지난 일로 인해서 말싸움은 말았으면 좋겠어요. 앞으로 우리는 모두 한 마음이 되어야 하니까요."

그녀가 손을 내밀자 위컴은 당황한 표정을 지었으나, 다정하게 그녀의 손등에 키스를 했다. 그리고 두 사람은 집 안으로 들어섰다.

11

위컴은 엘리자베스와의 대화에 만족했기 때문에 두 번 다시 그 얘기를 꺼내서 자신을 곤경에 빠트리거나, 그녀의 기분을 상하게 하고 싶지 않았다. 그녀 역시 그만큼 했으니, 위컴이 잠자코 있을 거라고 생각했다.

드디어 위컴과 리디아가 떠날 날이 다가왔다. 베넷 부인은 다시 자기 방에 가서 앓아누웠다. 가족 전체가 뉴캐슬까지 함께 가자는 그녀의 계획을 남편이 들어주지 않았기 때문에, 이 이별은 적어도 1년 동안은 지속될 것이었기 때문이다.

"귀여운 내 딸 리디아. 이제 가면 언제 또 만날 수 있겠니?"

그러자 리디아가 말했다.

"저도 몰라요. 앞으로 1, 2년은 못 만날 거예요."

"편지 자주 해라."

"그럴게요. 하지만 결혼한 처지에 편지 쓸 시간이 있을지 모르겠어요. 대신 언니들은 시간이 많을 테니 저에게 편지를 쓸 수 있을 거예요."

위컴의 작별 인사는 리디아보다는 훨씬 다정했다. 미소를 지으며 예절 바른 태도로 많은 얘기를 했다.

"지금까지 저런 사람은 처음 보았다. 싱글거리면서 유들유들하고, 능청스러운 게 집안의 자랑거리 같구나. 아마 윌리엄 루커스 경도 저만한 사윗감을 구하기 힘드실 거다."마차가 가자마자 베넷 씨가 말했다.

베넷 부인은 리디아가 가고나자 며칠 동안 몹시 우울해했다.

"내 생각에는 가족끼리 헤어지는 것처럼 가슴 아픈 일은 없는 것 같구나. 얼굴을 보지 못하는 것만큼 고통스런 일이 어디 있겠니?"

"딸을 결혼시키면 다 그런 거래요, 어머니. 아직도 넷이나 남아 있으니까 그래도 괜찮잖아요." 엘리자베스가 말을 받았다.

"그런 것이 아니야. 리디아가 결혼해서 멀리 간 게 아니고, 남편 부대가 먼 곳에 있기 때문에 따라 간 거잖니. 부대가 가까웠더라면 이렇게 빨리 가지는 않았을 거야."

그러나 이번 일로 인해 베넷 부인의 우울한 기분은 금방 풀렸다. 그리고 그녀의 마음은 다른 일로 인해서 희망에 부풀어 올랐다.

네더필드의 가정부는 빙리가 몇 주 동안 사냥을 하기 위해 하루 이틀 사이에 내려올 거라는 전갈을 받았다는 것이다. 그 일로 베넷 부인은 안절부절 못했다. 그녀는 제인의 얼굴을 가만히 바라보다가 웃기도 하고 때로는 머리를 흔들기도 했다.

"드디어 빙리 씨가 온다는 거야? 참 잘된 일이네. 그렇다고 내가 관심 있다는 것은 아니야. 그 사람은 우리와 아무 관계도 없으니까. 난 정말이지 두 번 다시 그 사람을 만나고 싶지는 않았어. 그래도 빙리 씨가 원한다면 네더필드에 오는 걸 환영해야지. 어떤 일이 생길지 누가 알아? 그래도 우리와는 상관없는 일이지. 우리 집에선 이제 그 문제에 대해 입을 다물기로 했거든. 빙리 씨가 오는 것은 확실해?"

필립스 부인이 다음과 같이 말했다.

"틀림없어요. 가정부로 있는 니콜스 부인이 지난밤에 메리튼에 왔었으니까요. 지나가는 걸 보고 직접 사실인지 확인해 봤어요. 사실이라네요. 늦어도 목요일, 아니 수요일쯤 올 거래요. 수요일에 맞춰서 정육점에 고기를 주문하러 가는 길이라고 하던걸요. 글쎄 금방 잡은 오리를 여섯 마리나 샀더군요."

제인은 빙리가 온다는 소식을 듣자 얼굴색이 달아올랐다. 지금까지 엘리자베스에게 그의 이름을 말해 본 적이 없었지만, 드디어 단 둘이 있게 되자 그녀가 말했다.

"리지, 오늘 필립스 이모가 빙리 씨 소식을 알려 왔을 때, 네가 나를 쳐다봤지? 나도 내가 당황한 표정이었다는 거 알아. 하지만 무슨 일이 있었던 것은 아니야. 그를 약간은 의식했기 때문에 순간적으로 당황했을 뿐이지. 난 그가 온다는 것이 아무렇지도 않아. 단 하나 기쁜 것은 그 사람 혼자서만 온다는 사실이지. 그러면 그 사람을 만날 기회가 줄어들 테니까. 난 괜찮은데 남들이 지켜본다는 게 싫어."

엘리자베스는 이 일을 어떻게 생각해야 할지 몰랐다. 더비셔에서 빙리를 만나지 않았더라면 그가 그저 사냥할 목적으로 온다고 생각했을 것이다. 엘리자베스는 빙리가 아직도 제인을 좋아하고 있다고 생각했다. 그가 다아시의 허락을 받고 오는 것인지, 아니면 대담하게도 그냥 오는 것인지도 알 수 없었다. 그녀는 때때로 이런 생각을 했다.

'하지만 그 사람은 자신이 합법적으로 빌린 집에 오는 것뿐이야. 괜히 억측을 할 이유가 없잖아? 좀 더 두고 봐야지.'

빙리가 오는 문제에 대해 제인은 자신의 감정을 분명히 했고, 또 그것이 사실일거라고 믿었지만 언니의 심정이 동요되는 것을 분명히 느낄 수 있었다. 제인이 이토록 마음이 흔들리는 것은 흔한 일이 아니었다.

1년 전, 부모님들 사이에 격렬하게 의논되었던 일이 다시 또 시작되었다.

"빙리 씨가 오게 되면, 물론 당신은 인사하러 갈 거죠?" 베넷 부인이 말했다.

"아니, 작년에 당신이 억지로 날 방문하게 하고, 내가 가게 되면 우리 집 딸 중의 하나와 그가 결혼하게 될 거라고 했잖소? 그러나 일이 허사가 된 지금 두 번 다시 그런 짓은 하지 않기로 했소."

베넷 부인은 빙리가 네더필드에 돌아온 이상, 이웃 남자들이 예절을 갖추어 그를 맞아주는 것은 당연하다고 말했다.

"그런 예법은 난 경멸해. 우리와 친해지고 싶으면 그 사람이 직접 오면 되잖아? 우리 집을 모르는 것도 아니고, 동네 사람들이 오고 갈 때마다 따라다니느라 시간을 낭비하고 싶지가 않아."

"만약 당신이 찾아가지 않으면 무척 실례가 될 거예요. 난 빙리 씨를 우리 집 식사에 초대할 생각이거든요. 롱 부인과 굴딩네 집 사람들도 모두 초대할 거예요. 모두 합하면 열세 사람이 되니까, 빙리 씨 자리만 남는 거죠."

베넷 부인은 이웃 사람들이 자기들보다 먼저 빙리를 만나게 될 걸 생각하니 몹시 속이 상했다. 그러나 자신의 결심을 실행에 옮기겠다는 말로 남편의 무례함에 대한 불만을 참아냈다.

빙리가 도착할 날이 되자 제인은 동생에게 말했다.

"빙리 씨가 온다는 것이 왠지 걱정스러워. 하지만 별 일 아니니까, 냉정한 입장에서 만날 수는 있을 것 같아. 그러나 어머니가 그 사람 얘기를 귀가 아프도록 하니까 너무 괴로워. 어머니는 좋은 뜻으로 그러실 테지만, 당신이 하신 말 때문에 내가 얼마나 괴로운지는 모르실거야. 빨리 빙리 씨가 네더필드를 떠났으면 좋겠어!"

이에 엘리자베스가 대답했다.

"언니를 어떻게 위로해야 할지 모르겠어. 나에게 그런 능력은 없지만 마음만이라도 알아줘. 고민하는 사람한테 참으라고만 하고 싶지는 않지만, 언니는 참을성이 많으니까 잘 견딜 거야."

마침내 빙리 씨가 도착했다. 베넷 부인은 하인들의 도움으로 모든 정보를 알아야했기 때문에 더 초조하고 불안했다. 그녀는 초대장을 보낼 수 있기까지, 얼마나 더 기다려야 하는지 헤아려 보았다. 아무래도 그 전에는 그를 만날 수 없을 것 같았다.

그러나 빙리가 허트퍼드셔에 온 지 사흘째 되는 날 아침, 베넷 부인은 화장실 창문을 통해서 빙리가 말을 타고 자신의 집 쪽으로 다가오는 것을 보았다. 그녀는 기쁨을 함께 나누기 위해 딸들을 불렀다. 제인은 식탁 앞에 그대로 앉아 있었고, 엘리자베스는 어머니의 비위를 맞춰주기 위해 창가로 다가갔다.

"어머니, 저기 함께 오는 다른 남자는 또 누구일까요?" 키티가 물었다.

"아마 아는 사람이겠지. 나도 모르겠다."

"어머니, 그 전에 함께 다니시던 그분 같아요! 이름이 뭐랬지? 왜, 그 키 크고 거만한 사람 말이야. 아 그래, 다아시 씨야. 틀림없어." 키티가 말했다.

제인은 놀라움과 걱정으로 엘리자베스를 바라보았다. 제인은 더비셔에서 엘리자베스와 다아시가 만났었다는 것을 거의 몰랐기 때문에, 동생이 그의 편지를 받고 처음 만나는 걸로 알았다. 그래서 두 사람의 만남이 매우 어색할 거라고 생각했다. 두 자매는 무척이나 혼란스러웠다. 둘은 서로를 걱정했고, 스스로의 마음을 진정시켰다.

베넷 부인은 딸들의 이야기는 들어보지도 않고, 다아시가 싫지만 빙리의 친구로서는 정중하게 대해 주겠다고 중얼거렸다.

그러나 엘리자베스에게는 제인이 모르는 불안이 있었다. 가드너 부인에게서 온 편지를 제인에게 보여 준다든가, 다아시에 대한 자기의 감정이 변했다는 것을 이야기할 용기가 지금까지 없었던 것이다. 제인의 눈에는 다아시가 동생에게 결혼을 청했다가 거절을 당한 사람이었다. 그러나 그는 가족 모두에게 물질적인 은혜를 베풀었으며, 아주 친절하지는 않아도 합리적이고 관심을 갖고 대해야 할 대상이었다. 그런 사정을 잘 알고 있는 엘리자베스는 그가 스스로 그녀를 찾아오고 있다는 사실을 알고 놀랄 수밖에 없었다.

엘리자베스의 얼굴은 붉게 달아올랐다. 그의 애정과 갈구가 변함없다는 사실을 알게 된 그녀는 회심의 미소와 함께 두 눈에 생기가 넘쳤다. 그러나 그녀는 신중하게 생각했다.

"그가 어떻게 나오는지 우선 지켜봐야지. 그때 가서 기대해도 늦지는 않을 거야."

그녀는 마음을 진정시키려고 수를 놓는데 정신을 쏟았다. 그러나 하인이 문 앞까지 왔을 때 걱정스러운 마음으로 언니를 바라다보았다. 제인은 평소보다 약간 창백해 보였지만 엘리자베스가 생각했던 것보다는 침착해 보였다. 남자들이 나타나자 얼굴이 상기되긴 했지만, 침착한 표정으로 예절바르게 그들을 맞아들였다.

엘리자베스는 실례가 되지 않는 범위 내에서 적당히 말수를 줄이며 자리에 앉아 수를 놓았는데, 필요 이상 정성을 쏟고 있었다. 그러다가 단 한 번 용기를 내서 다아시를 힐끗 바라보았다. 그는 허트퍼드셔에서 본 것처럼 딱딱한 표정이었다. 그러나 아마도 그는 어머니 앞에서 외삼촌 내외분 앞에서처럼 행동하지는 않을 터였다. 그녀는 다시 빙리 쪽을 바라보았다. 짧은 순간이었지만, 기쁨과 동시에 당황스러운 듯한 그의 표정을 볼 수 있었다.

베넷 부인은 두 딸이 부끄러워할 만큼 빙리를 대접했다. 반면에 그의 친구에 대해서는 냉랭하고 의례적인 인사만 나눴다. 당신의 귀여운 딸을 돌이킬 수 없는 오명에서 구해낸 사람이 다아시인 것을 알고 있는 엘리자베스로서는 그 같은 차별대우가 고통스러울 만큼 마음이 아프고 쓰라렸다.

다아시는 엘리자베스에게 가드너 부부의 안부를 물었다. 당황하지 않고서는 대답할 수 없는 그런 질문이었는데, 그 말을 끝으로 아무 말도 하지 않았다. 그는 엘리자베스 옆에 앉지 않았다. 아마도 그것이 그를 침묵하게 했는지도 모를 일이었다. 더비셔에서는 그렇지가 않았다. 그때는 그녀와 이야기를 안 할 때는 가드너 부부와 이야기를 했었다. 그러나 지금은 몇 분이 지나도록 그의 목소리를 들을 수가 없었다.

이따금 호기심이 발동한 그녀가 눈을 들어 그의 얼굴을 바라보니, 그는 제인과 그녀를 번갈아 보거나 마룻바닥만 내려다보았다. 지난 번 만났을 때보다는 훨씬 생각이 많아 보였고, 어울리고 싶어 하는 것 같지 않은 표정이었다. 그녀는 낙담하면서 스스로에게 화가 치밀었다. 그녀는 마음속으로 이렇게 말했다.

'결국 이렇게 될 수밖에 없었던 거야. 그런데 여길 도대체 왜 온 거지?'

그녀는 다아시 씨 외에는 누구와도 말하고 싶지 않았다. 그러나 선뜻 그에게 말을 건넬 용기가 나지 않았다. 다아시 양의 안부를 묻고 나서는 더 이상의 말을 할 수가 없었다.

"빙리 씨, 정말 오랜만이군요. 여길 떠나신 후로 말예요."

베넷 부인이 말하자 빙리는 그렇다고 답했다.

"난 혹시 영영 돌아오시지 않는 건가 했어요. 사람들 말로는 당신이 미카엘 제에 거길 완전히 떠날 거라고들 하더군요. 사실이 아니기를 빌어요. 당신이 떠나고 난 후, 여기선 많은 변화가 생겼어요. 루커스 양이 결혼해서 가정을 갖게 됐구요. 그리고 내 딸 아이도 결혼했죠. 신문에서 보셨을 거예요. '타임즈'와 '쿠리어'에 실렸으니까요. '최근에 조지 위컴 씨와 리디아 베넷 양이 결혼식을 올렸음' 정도로 실렸어요. 그 애 아버지나 출신지에 대해서는 한 마디 언급도 없었죠. 그 원고는 제 동생 가드너가 초안을 잡은 거랍니다. 그런데 왜 그렇게 나왔는지 의심스러워요. 혹시 읽어보셨나요?"

빙리는 읽었다고 대답하고 축하의 인사를 건넸다. 엘리자베스는 감히 고개를 들지 못했기 때문에 다아시가 순간 어떤 표정을 지었는지 알 수 없었다.

베넷 부인은 계속해서 말했다.

"딸을 좋은 데로 시집보내는 것은 참으로 기쁜 일이지요. 하지만 빙리 씨. 딸이 멀리 떨어져 산다는 건 정말 마음 아픈 일이예요. 그 애들은 뉴캐슬에서 살게 됐는데, 그곳에서 얼마나 오래 살게 될지 확실치도 않아요. 사위의 부대가 거기에 있어요. 사위가 다시 정규군에 들어갔다는 건 들어서 아시죠? 정말 고마운 일이지 뭐예요. 친구 몇 사람이 도와준 모양이에요. 그런 친구는 더 많아도 좋겠지만 말이지요."

엘리자베스는 이 말이 다아시를 두고 한 말이라는 것을 알았기 때문에, 더 이상 그 자리에 있을 수가 없을 정도로 수치스러웠다. 그러나 이 말로 인해 엘리자베스는 말할 용기를 얻게 되었다.

그녀는 곧 빙리에게 앞으로 얼마나 더 시골에 체류할 것인지 물어 보았다. 빙리는 2, 3주 동안일 거라고 대답했다.

베넷 부인이 또 다시 말했다.

"빙리 씨, 네더필드에 있는 새를 다 쏘고 나면 롱본에 와서 마음껏 사냥하세요. 남편도 기꺼이 도와주시려 할 거예요. 당신을 위해서 제일 좋은 메추리 떼를 남겨 두실 테니까요."

어머니의 불필요하고 공연한 친절은 엘리자베스의 심정을 더욱 비참하게 만들었다. 설사 1년 전, 빙리와 제인을 들뜨게 했던 것과 똑같은 상황이 벌어진다 하더라도, 전과 같이 안타까운 결말을 향해 치닫고 있다고 생각지 않을 수 없었다. 엘리자베스는 행복한 순간이 수 년 동안 지속된다고 해도 지금의 고통스러운 순간을 보상해 줄 수는 없을 거라고 생각했다.

그녀는 자신에게 말했다.

'내가 바라는 것은 이 두 사람 중 누구와도 만나지 않는 거야. 두 사람과 교제한다고 해서 이렇게 비참한 심정을 보상받지는 못할 거야! 다시는 아무도 만나지 말아야지.'

그러나 그런 비참한 생각은 빙리가 제인에게 사랑의 감정을 불태우는 것을 보게 되자 금방 사라지고 말았다. 처음에는 제인에게 거의 말도 건네지 않던 그는 시간이 흐르면서 제인에게 관심이 깊어졌다. 그는 제인이 여전히 아름다우며 한결같이 마음씨가 곱고 순수하다는 것을 알게 되었다.

제인도 자신이 달라지지 않았다는 것을 보이려고 애썼다. 그리고 다른 때보다 말을 많이 했다고 생각했지만, 마음만 앞서서 그냥 침묵을 지키고 있었다는 것을 깨닫지 못했다.

두 사람이 돌아가려고 일어서자, 베넷 부인은 생각했던 대로 그들을 정찬에 초대했다. 두 사람은 2, 3일 내에 롱본에서 식사하기로 약속을 했다.

베넷 부인이 덧붙여 말했다.

"빙리 씨는 우리한테 빚이 또 있어요. 지난겨울 런던으로 떠나면서 돌아오는 대로 우리 가족과 같이 식사하자고 했잖아요. 난 잊지 않았답니다. 그런데 돌아오지도 않고 약속도 안 지키셔서 많이 실망했죠."

빙리는 이 말에 짐짓 쑥스런 표정으로 일 때문에 약속을 못 지켜서 미안하다고 사과했다. 그리고 두 사람은 돌아갔다.

베넷 부인으로서는 오늘이라도 남아서 식사를 하자고 말하고 싶었다. 그러나 아무리 식탁이 풍성하다고 해서 두 코스 정도의 요리로는 빙리에게 충분하지 않은 것 같았다. 그리고 매년 1만 파운드의 수입을 올리는 사람의 식성과 자존심을 충족시켜 줄 수는 없을 것 같았다.

12

두 사람이 가고 나자 엘리자베스는 기분을 전환시키기 위해 산책을 나갔다. 아니, 차라리 기분을 더 가라앉게 할 문제에 대해 아무 방해 없이 곰곰이 생각해 볼 참이었다. 다아시의 태도는 그녀를 놀라게 했고, 괴롭게 했다.

"그렇게 엄숙하고 냉정한 표정으로 말없이 있으려면 왜 찾아왔던 거야?"

그녀는 아무리 생각해 봐도 그 이유를 알 수가 없었다.

'런던에서는 외삼촌 내외분께 그토록 상냥하고 호의적이었으면서, 왜 나한테는 그렇지가 못할까? 내가 두렵다면 여기까지 올 이유가 없잖아?

그리고 더 이상 나에게 관심이 없는 게 아니면 왜 말없이 있었던 거지? 정말 너무했어. 이제 그 사람 생각은 하지 말아야지.'

그 결심은 제인이 오는 바람에 잠시 보류되었다. 제인은 밝은 표정으로 엘리자베스 옆에 앉았는데, 표정으로 보아 두 사람의 방문에 엘리자베스보다는 훨씬 만족하는 듯한 눈치였다.

제인이 말했다.

"그를 만나고 나니까 마음이 너무 편해졌어. 이젠 담력도 생겼으니까 그 사람이 다시 찾아와도 절대 당황하지 않을 거야. 그 사람이 화요일 우리 집에서 식사하게 된 것은 잘된 일이야. 그때는 우리 두 사람 사이가 평범하고 무관한 사이라는 것을 모두 알게 될 거야."

엘리자베스가 웃으면서 말했다.

"그래, 아무 관계도 없겠지. 하지만 언니, 조심해."

"어머, 리지! 너는 내가 위험에 빠질 만큼 약한 여자라고 생각하면 안 돼."

"내가 보기에는 빙리 씨와 언니가 어느 때보다 격렬한 사랑에 빠질 것 같은 위험이 짙어 보이는데?"

그들은 화요일이 될 때까지 빙리와 다아시를 만나지 못했다. 그동안 베넷 부인은 빙리가 30분 정도의 방문에서 보여준 명랑하고 공손한 예절에 크게 고무되어 행복한 기분에 들떠있었다.

화요일이 되어 롱본에는 많은 사람들이 모여들었다. 간절하게 기다리던 두 남자는 시간을 지켜 식사 시간에 도착했다. 그들이 식당으로 들어서자 엘리자베스는 빙리가 파티 때마다 한결같이 앉았던 제인의 옆자리에 앉는지 지켜보았다. 그녀의 어머니도 같은 마음이었던지 그가 은근히 제인 옆에 앉기를 바랬다. 식당에 들어서자마자 빙리는 약간 머뭇거렸다. 그러나 주위를 둘러보던 제인이 그를 보고 미소 짓자 그는 바로 제인의 옆으로 가서 앉았다.

엘리자베스는 의기양양한 기분으로 다아시를 바라다보았다. 그는 관심 없다는 듯이 초연했다. 만일 빙리가 눈을 반쯤 감고 웃다가 놀라는 표정으로 다아시 쪽을 바라보지 않았더라면, 그가 친구로부터 행복해도 좋다는 허락을 받은 것으로 생각했을 것이다.

식사하는 동안 제인에 대한 빙리의 태도는 그녀를 몹시 애모하고 있는 것 같았다. 전보다 조심스럽기는 했지만, 만약 두 사람의 일을 빙리에게 맡긴다면 제인과 그는 행복할 거라고 엘리자베스는 생각했다.

단정할 수는 없지만 빙리의 태도를 관찰하는 것은 기쁜 일이었다. 별로 좋은 기분은 아니었지만 그 일은 그녀를 최대한 활기차게 해 주었다. 다아시는 식탁을 가운데 두고 엘리자베스로부터 가장 먼 거리인 베넷 부인 옆에 앉아 있었다. 그런 위치가 어머니나 다아시에게 어색할 뿐 아니라 이득이 될 것도 없다는 것을 그녀는 잘 알고 있었다.

두 사람의 대화가 들릴 만큼 가까운 거리는 아니었지만, 두 사람이 거의 입을 다물고 있는데다가 형식적인 태도만 취하는 것으로 보아 두 사람 사이는 매우 냉랭해 보였다. 어머니의 쌀쌀맞은 태도는 다아시의 은혜를 알고 있는 엘리자베스의 마음을 아프게 했다.

그녀는 가끔씩 가족 모두가 알지 못하는 그의 친절을 말할 수만 있다면 그 어떤 희생을 치르더라도 상관없다는 생각이 들곤 했다. 그녀는 밤이 되어 다아시와 단둘이 있을 수 있기를 바랐다. 그와 단순하고 형식적인 인사만으로, 이야기다운 이야기 한 번 해보지 못한 채 이번 방문이 끝나지 않기를 기대했다. 남자들이 식당에서 나오기까지 응접실에서 기다리는 동안 엘리자베스는 견딜 수 없이 지루하고 갑갑했다. 그녀는 두 사람이 나타나면 즐거울 거라고 기대하면서 속으로 이렇게 생각했다.

'이번에도 다아시 씨가 내게 오지 않는다면 영원히 단념하고 말테야.'

그때 남자들이 들어왔다. 그녀는 다아시의 표정을 보고 희망적이라고 생각했다. 그러나 제인이 차를 준비하고 엘리자베스가 차를 따르고 있는 테이블 주변에 여자들이 잔뜩 모여 있어 의자하나 들어갈 여유가 없었다. 게다가 남자들이 오는 것을 보고 한 아가씨가 엘리자베스에게 다가오더니 이렇게 속삭였다.

"남자들이 우릴 떼놓지 못하도록 해야 해. 우리에겐 별 볼일 없는 사람들이잖아, 안 그래?"

다아시는 방의 구석 쪽으로 걸어 나갔다. 엘리자베스는 눈으로 그의 뒤를 쫓았고, 그가 말을 건네는 사람은 누구나 할 것 없이 부러웠다. 그래서 다른 사람들에게 차를 권하는 것까지 잊어버릴 정도였다. 그녀는 자신의 바보 같은 태도에 화가 치밀었다.

'한 번 청혼해 온 것을 거절해 버린 사람인데, 바보처럼 그에게 사랑의 감정이 다시 생기는 걸 바라다니! 같은 여자에게 두 번씩이나 청혼하려는 멍청한 남자가 어디 있겠어? 그렇게 모욕적인 감정은 또 없을 거야!'

그러나 다아시가 직접 찻잔을 돌려주려고 오는 바람에 그녀의 기분은 다시 좋아졌다. 그 기회를 놓치지 않고 엘리자베스는 이렇게 말했다.

"여동생은 아직 펨벌리에 있나요?"

"예, 크리스마스까진 그곳에 머물게 될 겁니다."

"아니 혼자서요? 친구들은 다들 갔나요?"

"앤즐리 부인께서 함께 계세요. 다른 분들께선 스커버러로 3주일 전에 떠났습니다."

엘리자베스는 그 이상 할 말이 떠오르지 않았다. 그러나 다아시가 그녀와 대화하기를 원했다면 충분히 가능했을 터였다. 그는 잠시 말없이 옆에 서 있다가, 조금 전의 그 아가씨가 다시 엘리자베스에게 다가와 속삭이자 다른 쪽으로 가버리고 말았다.

찻잔을 치우고 카드 테이블을 가져다 놓자 부인들이 모두 다 일어났다. 엘리자베스는 다시 그가 와주리라 생각했지만 그녀의 예상은 빗나갔다. 휘스트 놀이를 할 사람을 모으고 있던 어머니에게 붙들린 그가 잠시 후 사람들과 함께 자리에 앉았기 때문이다.

그녀의 모든 기대는 물거품이 되었다. 저녁 내내 그들은 각자 다른 테이블 앞에 앉아있었다. 그녀는 다아시가 게임을 하면서 제대로 풀리지 않을 때마다 자주 그녀 쪽으로 시선을 돌린다는 것 밖에는 희망을 걸만한 것이 없었다.

베넷 부인은 네더필드의 두 남자를 저녁 식사 때까지 붙들어 놓을 생각이었다. 그러나 그들이 다른 사람들보다 먼저 마차를 불렀기 때문에 그들을 붙잡을 기회가 없었다.

가족끼리만 남게 되자 베넷 부인이 입을 열었다.

"그래, 애들아. 오늘은 어땠니? 내 생각엔 모든 일이 아주 제대로 된 것 같다. 요리는 아주 훌륭했어. 특히 사슴 고기는 알맞게 구워졌고, 그렇게 살찐 허리 고기는 처음 봤다고 모두들 칭찬하더라. 수프는 지난 주 푸커스 댁에서 먹었던 것보다는 50배는 더 맛있었어. 다아시 씨도 가재 맛이 특별히 좋았다고 했어. 내가 알기로는 그 사람은 불란서 요리사를 적어도 두세 사람은 데리고 있을 텐데 말이야. 그리고 제인, 넌 그렇게 예쁠 수가 없었어. 내가 롱 부인에게 정말 그러냐고 했더니 그렇다고 하셨어. 더구나 그분께서 뭐라고 하셨는지 아니? '베넷 부인, 드디어 댁의 따님이 네더필드로 시집가게 생겼네!' 라고 말이다. 지금까지 나는 롱 부인만큼 좋은 사람을 본 적이 없는 것 같다. 게다가 그분의 조카들도 아주 얌전하고 말이야. 예쁘지는 않지만, 난 좋더라."

베넷 부인은 아주 생기에 넘쳐 있었다. 제인에 대한 빙리의 태도를 보고 결국 딸이 그 사람을 사로잡았다고 확신했다. 그녀는 기분이 너무 좋은 나머지 가족들에게 유리한 방향으로만 생각하다가 정작 다음날 빙리가 청혼하러 오지 않자 완전히 실망하고 말았다.

제인이 엘리자베스에게 말했다.

"무척 기분 좋은 날이었어. 사람들도 제대로 골라서 초대해서 그런지 서로가 잘 어울리는 것 같았어. 모두들 다시 한 번 모였으면 좋겠어."

엘리자베스는 웃었다.

"리지, 그렇게 웃으면서 날 의심하지 마. 슬퍼진다, 애. 난 빙리 씨를 호감이 가고 지각 있는 청년이기 때문에 함께 대화를 즐긴 것뿐이지 더 이상 바라는 것은 없어. 다만 그 사람은 누구보다도 상냥하고 관대한 성격을 타고난 것뿐이야."

"언니는 정말 짓궂어. 나보고는 웃지 말라고 해놓고 이렇게 웃게 만들잖아."

"경우에 따라서는 사람을 믿게 하는 일이 어려울 때가 있어."

"절대로 믿어지지 않는 경우도 있지!"

"그런데 넌 왜 내가 인정하고 있는 그 이상의 감정을 가지고 있다고 우기는 거지?"

"그 질문에 대해서는 뭐라고 얘기를 못하겠어. 사람들은 몰라도 되는 것들을 남에게 가르치고 싶어 하니까. 용서해 줘. 언니가 아무것도 아니라고 생각한다면 나에게 말하지 않아도 되니까."

13

❧

며칠이 지난 후, 빙리는 다시 한 번 롱본을 찾아왔는데 이번에는 혼자였다. 다아시는 그날 아침에 런던으로 떠났고, 열흘 후에 다시 돌아온다고 했다.

빙리는 매우 기분이 좋아 보였다. 베넷 부인은 그에게 꼭 식사를 하고 가라고 했지만, 그는 유감의 뜻을 표하면서도 다른 약속이 있다고 말했다. 그러자 베넷 부인이 다시 말했다.

"다음에 다시 오실 때에는 기쁜 일이 더 많았으면 좋겠네요."

빙리는 언제라도 허락만 한다면 빠른 시간 내에 다시 방문하고 싶다고 말했다.

"그럼 내일은 어때요?"

사실 다음날은 약속이 없던 터라 빙리는 흔쾌히 베넷 부인의 초대에 응했다. 다음 날 빙리가 왔는데, 얼마나 시간을 잘 지켰던지 그녀들은 옷도 제대로 갖춰 입을 겨를이 없었다. 베넷 부인은 화장 가운을 입은 채 머리를 대충 빗은 다음, 딸들의 방으로 뛰어가서 큰 소리로 외쳤다.

"제인, 서둘러서 내려와라. 빙리 씨가 오셨다. 정말 그 사람이 온 거야. 이봐, 사라. 빨리 가서 제인이 옷 입는 걸 도와 줘. 리지의 머리는 나중에 해."

제인이 말했다.

"준비되는 대로 빨리 내려갈게요. 키티가 먼저 갈 거예요. 30분전에 벌써 2층에 올라와 있었으니까요."

"키티, 아무려면 어떠니? 너나 빨리 서둘러! 그런데 벨트는 어디 있지?"

그러나 어머니가 가고나자 제인은 동생들 중 한 명이라도 대동하지 않고는 내려가려고 하지 않았다.

베넷 부인은 밤이 되었는데도 빙리와 제인을 한 곳에 남겨두고 싶어 했다. 차를 마신 후에 베넷 씨는 평소처럼 서재로 들어갔고, 메리는 악기가 있는 2층으로 올라갔다.

다섯 중 두 명의 장애물이 물러가자 베넷 부인은 앉은 채로 엘리자베스와 캐서린에게 눈짓을 했다. 그러나 두 사람은 아무 눈치도 채지 못했다. 엘리자베스는 모른 체했지만, 나중에야 어머니의 시선을 느낀 키티가 아주 천진스럽게 말했다.

"어머니 왜 그러세요? 왜 저한테 자꾸 눈짓을 하시는 거죠? 제가 어떻게 하라는 거예요?"

"아니다, 키티. 난 아무 짓도 안 했어."

베넷 부인은 5분간 더 앉아 있었다. 그러다가 이렇게 귀중한 시간을 헛되게 보낼 수는 없다고 생각해서, 벌떡 자리에서 일어났다.

"키티. 이리로 와라. 너에게 할 말이 있단다."

베넷 부인은 키티를 방에서 데리고 나갔다. 어머니의 뜻을 짐작한 제인은 엘리자베스를 쳐다보며, 제발 남아 있어 달라는 간곡한 눈빛을 보냈다.

"리지야, 너에게도 할 말이 있단다."

그러나 엘리자베스도 곧 가야만 했다. 복도로 나가자 곧 어머니가 말했다.

"둘만 남겨 두는 것이 좋지 않겠니? 키티와 난 2층으로 올라가서 내 침실에 있으련다."

엘리자베스는 어머니와 상의하려고 하지 않았다. 그녀는 어머니와 키티가 보이지 않을 때까지 조용히 복도에 있다가 응접실로 되돌아왔다.

베넷 부인의 계획은 성과가 없었다. 빙리는 다른 모든 점에 있어서는 더할 나위 없이 훌륭했지만 자기 딸의 애인이라는 사실을 공언하지는 않았던 것이다. 그의 여유 있고 명랑한 성격이 그날 밤의 모임을 매우 즐겁게 했다. 그는 베넷 부인의 쓸데없는 간섭을 잘 참아냈고, 그녀의 어리석은 말들을 듣고도 내색하지 않았다. 제인으로서는 고마울 뿐이었다.

베넷 부인은 빙리에게 저녁 식사 때까지 있어 달라고 부탁할 필요가 없었다. 내일 아침 남편과 사냥하기 위해 다시 올 거라는 약속을 받았기 때문이다. 그날 이후로 제인은 자신이 말한 대로 빙리에게 관심이 없다는 말을 할 수가 없었다.

빙리의 일은 자매들 사이에서 논의되지 않았다. 그러나 엘리자베스는 다아시가 예정보다 빨리 돌아오지만 않는다면, 일이 빠른 속도로 진행될 거라고 믿었다. 그러나 일이 진척되기 위해서는 전적으로 다아시가 동의해야 할 거라고 생각했다.

빙리는 약속시간을 어기지 않았다. 베넷 씨와 빙리는 함께 아침시간을 보냈다. 베넷 씨는 빙리가 생각한 것과는 달리 친해지기 쉬운 상대였다. 그리고 빙리 또한 베넷 씨가 우습게 여기거나 침묵으로 일관할 만큼 불쾌한 대상은 아니었다.

빙리는 베넷 씨와 함께 식사하러 돌아왔다. 그리고 빙리를 다른 사람들로부터 격리시키려는 베넷 부인의 계획이 다시 한 번 시도되었다.

엘리자베스는 편지를 써야겠다며 차를 마시자마자 식당을 나갔다. 나머지 사람들이 카드놀이를 시작했기 때문에 구태여 거기 남아서 어머니의 계획을 방해하고 싶지가 않았기 때문이다. 그러나 편지를 다 쓰고 다시 응접실로 온 그녀는 어머니가 현명했다는 사실에 감탄했다.

그녀가 응접실 문을 열었을 때, 제인과 빙리가 난로 옆에 서서 뭔가 진지한 얘기를 나누고 있는 것이 보였다. 그 장면으로 단정할 수 없었지만, 곧 인기척을 느낀 두 사람이 화들짝 놀라며 서로에게서 떨어져 나가는 것을 보고 그것을 알 수 있었다.

두 사람은 매우 난처해했지만, 오히려 엘리자베스 자신이 더 당황스러웠다. 두 사람이 대화를 중단했기 때문에 엘리자베스는 자리에서 다시 일어났다. 그러자 빙리가 벌떡 일어서서 제인에게 뭐라고 귓속말을 하고는 방을 나가 버리는 것이었다.

일이 이렇게 되자 제인은 엘리자베스에게 비밀스러울 것이 없었다. 그녀는 갑자기 엘리자베스를 끌어안으며, 자기만큼 행복한 사람은 세상에 없을 거라면서 이렇게 말했다.

"너무 행복해! 정말 너무나 행복해. 내게는 너무 과분한 행복이야. 왜 다른 사람들은 나처럼 행복하지 못할까?"

엘리자베스는 말로 표현할 수 없을 만큼 진심으로 뜨겁고 기쁘게 축하했다. 그녀의 친절한 말 한마디 한마디가 제인에게는 새로운 행복을 느끼게 했다. 제인은 동생에게 오래 머무를 시간이 없었다.

"리지, 바로 어머니한테 가야겠어. 내가 아닌, 다른 사람의 입을 통해서 이 일을 알려 드리고 싶진 않아. 빙리 씨는 벌써 아버지에게 갔을 거야. 아, 리지, 내가 할 말이 우리 가족 모두에게 기쁨을 준다는 것이 얼마나 큰 행복인지 모르겠어."

제인은 곧바로 카드놀이를 멈추고 어머니와 키티가 있는 2층으로 달려갔다. 엘리자베스는 지난 몇 달 동안 고민했던 문제가 한꺼번에 해결되는 것 같아 얼굴에 미소가 감돌았다.

그녀는 혼자서 중얼거렸다.

'이것은 다시 씨가 그렇게 걱정하고 우려하던 것의 결과야. 그리고 빙리 양의 거짓과 계책의 결말인 거고. 정말이지 너무 행복하고 현명하며 당연한 결과야!"

잠시 후 빙리가 돌아왔다. 아버지와의 짧은 대화를 통해서 목적을 이룬 것이었다. 그는 문을 열고 다급히 말했다.

"언니는 어디 있죠?"

"어머니 하고 2층에 있어요. 곧 내려올 거예요."

그러자 빙리는 문을 닫고 그녀에게 다가와서 동생으로서 축하와 사랑의 말을 들려 달라고 했다. 엘리자베스는 진정으로 빙리와 인척 관계가 맺어진 것을 기뻐한다고 말했다. 두 사람은 진심으로 뜨거운 악수를 나누었다. 빙리는 제인이 올 때까지 자신이 얼마나 행복한지, 제인은 또 얼마나 완벽한 여자인지에 대해 낱낱이 말했다. 그는 연애를 하고 있지만 행복의 근원은 이성에서 비롯된다고 믿고 있었다. 그들의 애정은 제인의 탁월한 이해심과 훌륭한 성품, 그와 그녀의 감정이나 취미가 유사점이 있다는 데에 토대를 두고 있었다.

그날 저녁 가족들의 즐거움은 아주 특별했다. 제인의 흡족한 마음은 얼굴에도 그대로 나타나서 매우 아름답고 생기 있어 보였다. 키티도 연방 생글거리면서 곧 자기 차례가 올 것을 기대하고 있었다. 베넷 부인은 30분 동안이나 빙리와 얘기하면서도, 두 사람의 사랑에 대한 승낙을 스스로가 흡족할 만큼의 따뜻한 말로 할 수가 없었다. 식사시간에 베넷 씨는 빙리의 목소리나 태도로 보아서 그가 진정으로 행복하다는 사실을 분명히 알 수 있었다. 그러나 베넷 씨는 빙리가 갈 때까지 한마디 말도 하지 않았다. 그러다가 정작 빙리가 가고나자 제인에게 이렇게 말했다

"제인, 축하한다. 넌 정말로 행복하게 될 거야."

제인은 곧바로 아버지에게로 달려가서 입을 맞추며 진심으로 감사했다. 아버지는 다시 말했다.

"넌 착한 딸이야. 일이 이렇게 잘 해결되다니 너무 기쁘구나. 앞으로 너

희 두 사람은 잘 살 거라고 믿는다. 둘의 성격이 많이 닮았어. 너희들은 서로의 입장을 중요하게 생각하는 편이라서 무슨 일이고 쉽게 결정을 못 내릴 것 같구나. 마음이 좋아서 하인들이 속일 수도 있고, 씀씀이가 커서 수입보다 지출이 클 수도 있을 거다."

"그렇지 않을 거예요. 금전적인 면에서 경솔하거나 무분별하다든가 하는 일은 없을 테니까요."

베넷 부인이 외쳤다.

"여보, 수입을 초과한다니 그게 무슨 소리예요? 그 사람 수입은 일 년에 4, 5천 파운드나 되잖아요, 그 이상이 될지도 모르죠."

그러고 나서 제인에게 이렇게 말했다.

"제인, 정말 기쁘다. 난 밤새도록 한잠도 못잘 것 같다. 진작부터 일이 이렇게 될 줄 알았어. 네가 이렇게 예쁜데 아무 일 없을 수가 있겠니? 나는 작년에 빙리가 처음 허트퍼드셔에 왔을 때가 기억난단다. 그 사람을 보자마자 난 너희 두 사람이 함께 살 거라고 예상했지. 난 살면서 그렇게 잘 생긴 남자를 처음 봤단다."

베넷 부인은 위컴과 리디아에 대해 까맣게 잊고 있었다. 지금 그녀에게는 제인이 가장 소중한 딸이었다. 메리와 키티는 언니가 나누어줄 행운에 대해 요구하기 시작했다. 메리는 네더필드의 도서실을 사용하게 해달라고 부탁했고, 키티는 겨울에 몇 번씩 무도회를 개최해 달라고 부탁했다.

이때부터 빙리는 매일같이 롱본을 찾아왔다. 어떨 때는 아침 식사 전에 찾아와서 저녁 식사를 마칠 때까지 있었다. 엘리자베스는 제인과 이야기할 틈이 없었다. 제인은 빙리와 함께 있을 때 아무에게도 신경 쓰지 않았기 때문이었다. 그러나 엘리자베스는 두 사람이 가끔 떨어져 있을 때에는 자신이 그 둘에게 매우 필요한 존재라는 걸 알았다. 빙리는 제인이 없을 때 엘리자베스에게 즐겁게 제인의 이야기를 했다. 그리고 제인도 빙리가 없을 때는 같은 방법으로 엘리자베스에게 위안을 얻었다.

어느 날 저녁 제인이 엘리자베스에게 말했다.

"빙리 씨는 내가 지난봄에 런던에 갔었던 사실을 전혀 모르고 있었다지 뭐니? 그럴 수가 없다고 생각했었는데 말이야."

"난 그럴 거라고 생각했어. 그런데 빙리 씨가 왜 몰랐데?"

"분명히 빙리 양 짓이겠지. 빙리 양은 자기 오빠가 나와 사귀는 것을 달갑지 않게 생각했으니까. 뻔해. 왜냐하면 오빠가 나보다 더 훌륭한 상대를 고를 수 있을 거라고 생각했겠지. 그래도 빙리 씨와 내가 행복해질 수 있다는 사실을 알아줬으면 좋겠어. 그렇게 되면 우리 모두 사이좋게 잘 지낼 수 있을 테니까 말이야. 비록 전처럼 될 수는 없겠지만."

"제인 언니! 언니는 너무 착해서 탈이야. 나는 언니가 두 번 다시 빙리 양의 거짓 호의에 넘어가지 않았으면 좋겠어."

"리지, 작년 11월에 런던으로 갔던 빙리 씨가 나를 사랑하면서도 돌아오지 않은 이유는 내가 자기에게 관심이 없는 줄 알아서였다고 한다면 믿겠어?"

"빙리 씨가 좀 오해한 것 같아. 어쩌면 너무 겸손해서 그랬을 수도 있고."

그러자 제인은 빙리가 겸손해서 자신의 자질을 낮게 평가한다면서 입이 닳도록 칭찬하기 시작했다.

엘리자베스는 빙리가 다아시의 간섭을 누설하지 않은 것을 알고 기뻤다. 제인은 몹시 마음이 넓었지만 그 사실만큼은 다아시에게 편견을 갖도록 할 게 분명했기 때문이다. 제인은 큰 소리로 말했다.

"난 세상 누구보다 행복해. 리지야, 가족 중에서 나만 이런 기쁨을 누려도 되는 거니? 너도 나처럼 행복했으면 너무나 좋겠어."

"나는 빙리 씨 같은 사람을 40명 쯤 준대도 언니처럼 행복해질 순 없을 거야. 언니처럼 좋은 성품과 미덕이 많지 않아서 언니처럼 행복할 수가 없을 걸? 난 그냥 내 힘으로 어떻게 해볼게. 누가 알아? 운이 좋아서 제2의 콜린스 씨와 만나게 될지 말이야."

롱본의 집에 일어난 경사는 온 동네에 퍼졌다. 베넷 부인이 필립스 부인에게 속삭인 것을 필립스 부인이 다시 메리튼 사람들에게 똑같이 알렸기 때문이었다.

베넷 집안은 불과 2, 3주 전 만해도 리디아 때문에 불운한 집이라고 알려졌지만, 지금은 세상에서 가장 행복한 집이라고 모두들 인정했다.

14

🍀

빙리와 제인이 약혼한 지 일주일이 지났다. 빙리와 집안 여자들이 식당에 앉아 있는데 멀리서 마차 소리가 들려왔다. 모두들 창밖을 내다보니 사두마차가 달려오고 있는 것이 보였다.

손님이 오기에는 이른 시간이었고, 마차는 물론 마차를 모는 하인의 복장이 매우 낯설었다. 빙리는 갑작스런 손님의 방해를 피해 관목 숲으로 산책이나 가자고 제인을 설득했다. 두 사람이 나가고 난 뒤, 남아있던 사람들은 누가 찾아온 것인지 궁금했다. 그런데 갑자기 문이 벌컥 열리면서 캐서린 드 버그 부인이 들어서는 것이었다.

정말 예상 밖이었다. 초면인 베넷 부인과 키티보다 더 놀란 사람은 엘리자베스였다. 부인은 어느 때보다 불손한 태도로 방 안에 들어섰다. 그리고 엘리자베스의 인사에 고개를 약간 숙여 보이고, 말없이 자리에 앉았다. 엘리자베스는 어머니에게 부인을 소개했다. 베넷 부인은 지체 높은 손님을 맞게 되어 기뻤지만 너무 놀란 나머지 아주 예의 바르게 부인을 맞이했다. 부인은 잠시 말없이 앉아 있다가 딱딱한 말투로 엘리자베스에게 말했다.

"베넷 양, 잘 지냈지요? 저 분이 귀양의 모친이신가요?"

엘리자베스는 매우 짧게 그렇다고 대답했다.

"그럼 저 아가씨가 자매 중의 한 분이겠군요?"

베넷 부인은 캐서린 부인과 대화 할 수 있게 된 것을 매우 기뻐하며 말했다.

"그렇습니다, 영부인. 저 애는 끝에서 둘째입니다. 막내딸은 최근에 결혼했고, 맏딸은 정원 어딘가에서 한 청년과 산책하고 있지요. 그 청년은 이제 저희 가족이 된답니다."

"정원이 무척 좁겠군요."

캐서린 부인이 잠시 후에 말을 되받았다.

"로징스와는 비교도 안 되지요, 부인. 그러나 윌리엄 루커스 경 댁보다는 훨씬 넓은 걸로 압니다."

"여름날 저녁에는 이 방이 불편하겠네요. 창문이 모두 서향이니까요."

베넷 부인은 저녁 식사가 끝난 뒤에는 이 방에 있지 않는다고 말하고 나서 이렇게 말했다.

"콜린스 씨 내외분도 모두 안녕하시지요?"

"그럼요, 잘들 있지요. 그저께 저녁에도 두 사람을 만났죠."

엘리자베스는 이제 부인이 샬롯에게서 온 편지를 내놓을 거라고 생각했다. 부인의 방문 목적이 그것 밖에는 있을 것 같지 않았기 때문이다. 그러나 부인은 편지를 내놓지 않았고 엘리자베스는 무척 당황했다.

베넷 부인은 다과라도 드시지 않겠냐고 정중하게 물었다. 그러나 부인은 생각이 없다고 말하면서 자리에서 일어나 엘리자베스에게 말했다.

"베넷 양, 댁의 잔디밭 한 쪽에 괜찮은 숲이 있는 것 같더군요. 베넷 양과 함께 잠깐 거닐었으면 좋겠네요."

베넷 부인이 외쳤다.

"그래, 부인께 산책길 여기저기를 안내해 드려라. 아마 부인께서도 정자를 보면 마음에 드실 겁니다."

엘리자베스는 자신의 방에서 양산을 들고 나와서 곧 부인에게로 내려갔다. 캐서린 부인은 현관 복도를 걸어가면서 식당과 응접실 문을 열고 살펴보더니 격조 높은 방이라고 말했다. 부인과 함께 숲으로 향하던 엘리자베스는, 현관 앞에 멈추어 있는 부인의 마차 안에 하녀가 대기하고 있는 것을 보았다.

그들은 잡목 숲을 통하는 자갈길을 조용히 걸어갔다. 엘리자베스는 평소보다 유난히 거만하고 불쾌한 부인의 태도에 애써서 말을 걸지 않기로 마음먹었다. 도저히 부인의 조카와 같은 마음으로 대할 수가 없었던 것이다. 잡목 숲으로 들어서게 되자, 곧 캐서린 부인은 말을 꺼냈다.

"베넷 양, 내가 왜 여기에 왔는지 잘 알고 있죠? 양심에 물어보면 알 수 있을 거예요."

엘리자베스는 놀라면서 부인을 바라다보았다.

"그건 잘못 생각하신 것 같습니다. 저는 부인께서 여기까지 오시게 된 이유를 잘 모르겠습니다."

그러자 부인은 매우 화난 음성으로 말했다.

"베넷 양, 날 놀리면 안 되지요. 베넷 양이 성의가 있든 없든 난 그렇지 않아요. 원래 나는 성실하고 솔직하다고 알려져 있어요. 지금처럼 중요한 문제라면 더 그렇죠. 며칠 전에 아주 놀라운 소식을 들었어요. 당신 언니가 매우 유리한 결혼을 하게 될 뿐만 아니라, 당신 또한 그와 유사한 조건에 있는 내 조카 다아시와 결혼할거라는 소문이었죠. 소문이 사실일지도 모른다고 생각하는 자체가 조카를 욕되게 하는 것이지만 난 내 기분 상태가 어떤지 알려 주고 싶어서 왔답니다."

"그렇다면 왜 여기까지 오신건가요? 어떻게 하실 생각이시죠?"

엘리자베스는 놀라움과 모멸감에 얼굴을 붉히면서 말했다.

"그런 소문은 전적으로 사실이 아니라는 것을 분명히 해두기 위해서 왔을 뿐예요."

"저와 저의 가족을 만나시려고 롱본까지 찾아오신 것은 오히려 소문을 인정하신다는 것이 될 텐데요. 만일 그런 소문이 났다면 말예요."엘리자베스가 침착하게 말했다.

"만일? 그렇다면 일부러 모른 체 하는 건가요? 당신네 가족이 열심히 퍼뜨린 결과가 아니란 말이군요. 아니, 세상이 다 알고 있는 소문을 모른다는 겁니까?"

"그런 소문은 전혀 듣지 못했어요."

"그렇다면 그 소문이 전혀 근거 없는 소문이라고 분명하게 말할 수 있나요?"

"저는 부인만큼 솔직하게 대답할 수 없어요. 아무리 질문을 하셔도 저에게는 대답하고 싶지 않은 부분이 있습니다."

"말도 안돼요. 베넷 양, 내가 납득이 가게 말해요. 내 조카가 청혼이라도 했다는 건가요?"

"부인께선 그런 일은 있을 수 없는 일이라고 말씀하셨습니다."

"당연히 그래야죠. 조카가 제정신이라면 말예요. 하지만 당신의 술수나 유혹에 정신이 빠져서 무엇이 옳은 지도 모르고 그랬을 수도 있겠죠. 당신이 능히 조카를 꾀었는지도 모르구요."

"만약 제가 그랬더라도 절대 자백은 안 할 겁니다."

"베넷 양, 내가 누군지 모르나요? 난 그따위 말투에 익숙한 사람이 아닙니다. 난 조카와 가장 가까운 친척이에요. 당연히 조카에 대한 문제는 모두 알 권리가 있다는 겁니다."

"하지만 저에 대한 것을 아실 권리는 없으시죠. 더구나 이런 식이시라면 저는 더 말씀드릴 것이 없습니다."

"내가 하는 말 잘 들어요. 주제에 넘는 이번 혼담은 절대로 성립이 안 될 테니 그리 알아요. 다아시는 내 딸과 약혼했어요. 이래도 할 말이 있어요?"

"이 말씀만 드리겠습니다. 부인의 말씀이 사실이라면 다아시가 제게 청혼할거라고 생각하실 이유가 없으시잖아요."

캐서린 부인은 잠깐 주저하다가 이렇게 대답했다.

"두 사람의 약혼은 조금 특별한 경우예요. 어릴 적부터 정해진 거니까요. 그것은 나와 다아시의 어머니도 바라셨던 일이었어요. 그 애들이 갓난아이 때부터 우린 사돈을 맺기로 약속했었죠. 이제 막 우리 두 가문이 맺어지려고 하는 때에, 집안도 기울고 가문도 좋지 않은 집안의 아가씨에게 방해를 당하고 말았으니! 당신은 다아시 가족의 소망이나, 드 버그 양과의 사이에 묵인된 약혼이 어떻게 되든 상관없다는 건가요? 그렇게 분별력이 없어요? 어릴 적부터 그 사람이 내 딸과 결혼할 운명이라고 하는 내 말이 당신 귀에는 들리지도 않아요?"

"예, 그 전에 들은 적이 있어요. 그런데 그게 어쨌다는 거지요? 만약 제가 조카와 결혼하는 것에 문제가 없다면, 그분의 어머님과 부인께서 두 사람을 결혼시킬 희망을 가졌었다는 걸 알았다고 해서 문제될 것은 없어요. 두 분께서 결혼 계획을 세우신 건 좋지만, 결혼을 하는 것은 두 사람 마음이지요. 다아시 씨가 왜 다른 사람들을 선택해선 안 된다는 건가요?

그리고 그분이 만약에 절 선택하셨다면 제가 받아들이지 않을 이유가 없지 않겠습니까?"

"명예나 예의, 사리분별, 그리고 이해관계가 그걸 금하니까 그렇지요. 베넷 양, 만약 당신이 조카 가족의 의향을 어기고 제멋대로 하게 되면 많은 사람들에게 좋은 소리는 못들을 거예요. 다아시와 관련된 모든 사람이 비난하고 업신여기게 될 겁니다. 둘이 결혼한다면 그것은 수치스러운 일이 되어서 당신 이름조차 입에 올리지 않을 거요."

"정말 굉장히 불행한 일이네요."엘리자베스는 대답했다."하지만 다아시 씨의 부인이 되면, 그에 맞는 특별한 행복을 누리게 되겠죠. 전반적으로 후회할 일은 없을 텐데요."

"참 고집 세고 제멋대로군! 오히려 내가 다 부끄럽네! 바로 이것이 내가 지난봄에 베푼 친절에 대한 대가인가? 전혀 은혜를 모르는군. 앉아 봐요. 내가 여기까지 온 것은 이미 결심을 했기 때문이고 무슨 일이 있어도 단념하지 않을 거예요. 나는 실망을 참고 견딜 만한 성격이 아니에요."

"그러면 부인의 입장이 더 난처하실 거예요. 전 생각이 바뀌지 않았거든요."

"남의 말을 가로막지 말아요! 잠자코 들어요. 우리 딸과 조카는 천생연분이야. 외가 쪽은 양쪽 다 귀족의 혈통을 이어받았고, 친가 쪽은 비록 작위는 없지만 존경받을 만큼 명예로운 가문이오. 재산은 두 집안 모두 말할 것도 없구요. 두 사람은 집안의 뜻에 따라 결합되어야 할 운명인 거예요. 그 사이를 무엇이 갈라놓을 수 있겠어요? 가문이나 친척은 물론이고 재산도 없는 젊은 여자가 건방지게 권리를 내세우다니 그걸 어떻게 참으라는 거지? 이건 말도 안 돼! 당신이 분별력이 있다면 자신이 자랐던 세계에서 나오지 말아야 하는 거요."

"조카분과 결혼한다고 해도 전 제자신이 그 세계 밖으로 나갔다고 생각하진 않을 겁니다. 다아시 씨는 신사이시고 저 또한 신사의 딸입니다. 그러니 우린 평등하죠."

"그래요. 당신은 분명 신사의 딸이오. 그러나 그대의 어머니는요? 그대의 이모부와 이모는 어떤가요? 우리는 그들의 신분을 잘 알아요."

"제 집안이 어떻든 간에 부인의 조카분께서 다른 뜻이 없다면 부인께선 상관할 일이 아니실 줄 아는데요."

"정확하게 말해 봐요, 그 애랑 약혼했어요?"

엘리자베스는 부인의 궁금증을 만족시키기 위해 대답하기는 싫었지만, 한참 생각하고 나서 이렇게 말했다.

"아니오."

그 말을 듣자 캐서린 부인은 매우 기뻐하는 것 같았다.

"그럼 앞으로 약혼은 절대로 않겠다고 약속해 줄 수 있어요?"

"그건 약속할 수 없어요."

"베넷 양, 놀랍군요. 난 당신이 사리가 분명한 사람이라고 생각했어요. 내가 물러설 거라고는 생각하지는 말아요. 당신이 약속할 때까지 난 이곳을 떠나지 않을 작정이니까."

"그런 약속은 절대 하지 않겠어요. 위협을 받는다고 해서 지키지도 못할 약속 같은 건 하지 않아요. 부인께선 다아시 씨와 댁의 따님이 결혼하길 바라시지만, 부인이 원하는 대로 제가 약속을 한다고 해서 두 사람의 결혼이 가능하겠어요? 만약 다아시 씨가 절 사랑하는데, 제가 그 사람을 거절한다고 해서 바로 댁의 따님에게 가겠습니까? 아시겠지만 이번 부탁 자체가 원래 잘못된 거였어요. 그리고 제가 그런 설득에 넘어갈 거라고 생각하셨다면 저를 잘 모르셔서 그런 겁니다. 조카님께서는 자신의 문제를 부인께서 간섭하시도록 어느 정도 인정할지는 모르지만 부인께서 제 문제에 관여하실 권리는 없습니다. 그러니까 이 문제로 인해 더 이상 저

412

를 괴롭히지 말아 주세요."

"서두를 필요 없어요. 아직 끝난 것은 아니니까. 지금까지 내세웠던 이유 말고 더 있어요. 난 당신 막내 동생의 수치스러운 도피행각에 대해 잘 알아요. 그 남자가 동생하고 결혼하게 된 것은 당신의 아버지와 외숙부가 돈으로 진행시켰다는 것까지 말이죠. 그런 여자가 내 조카의 처제가 될 수 있다고 생각해요? 그 여자의 남편은 돌아가신 다아시 어른의 집사 아들이에요. 대체 우리를 어떻게 생각하는 거죠? 깨끗하고 조용한 펨벌리를 이렇게 더럽혀도 좋단 말인가요?"

"더 하실 말씀이 없으시겠지요. 부인께선 절 모욕하신 거예요. 이제는 집에 가겠습니다."

그녀는 분개해서 이렇게 대답하고는 일어섰다. 캐서린 부인도 따라서 일어났다. 부인은 몹시 화가 나 있었다.

"그러면 당신은 내 조카의 명예나 신용이 아무렇게 돼도 좋다는 말이죠? 매정하고 이기적인 여자군! 당신과 결혼하는 것이 다아시의 명예를 실추시키는 거라고 생각하지 않나요?"

"전 더 이상 드릴 말씀이 없습니다. 제 기분을 아시겠지요?"

"기필코 다아시를 당신 것으로 만들겠다는 건가요?"

"결코 그런 말을 한 적은 없습니다. 부인과 제가 아무 관계없는 것처럼 저는 제가 행복할 수 있는 방법으로 행동하기로 결심했을 뿐입니다."

"끝까지 내 말을 안 듣겠다는 말이군요? 의무와 명예, 은혜에는 아랑곳하지 않겠다는 말이군. 다아시의 평판을 떨어뜨리고 세상 사람들에게 경멸의 표적으로 만들겠다는 결심이로군."

"의무니 명예니 감사니 하는 것은 현재 저에게 아무것도 주장할 권리가 없어요. 제가 다아시 씨와 결혼한다 해도 그 어느 원칙에 위배되는 건 아니죠. 그 사람 집안과 세상의 분노 같은 것에도 구애받지 않겠어요. 설

413

사 결혼으로 인해 그 집안사람들로부터 분노를 산다 해도 저와는 상관없는 일이에요. 세상 사람들도 분별력이 있을 테니 모두가 저를 경멸하지는 않을 거라고 생각합니다."

"그게 당신의 진심이구만! 대단해. 이젠 나도 생각이 있어요. 베넷 양, 그런 야심이 성취될 거라고는 생각 말아요. 난 당신이 어떻게 나오는지 알아보려고 온 거니까. 분별력이 있는 사람인 줄 알았는데 아니군. 어쨌든 난 내 방식대로 할 테니까."

캐서린 부인은 이런 식으로 계속 말을 하면서 마차가 있는 곳까지 가서는 갑자기 뒤를 돌아보면서 이렇게 덧붙였다.

"베넷 양, 난 작별 인사 안하겠소. 어머니에게도 인사 못 드립니다. 당신네는 인사 받을 자격도 없는 사람들이니까요. 난 지금 너무 불쾌해요."

엘리자베스는 대답하지 않았다. 부인한테 집으로 들어가자고 권하지도 않고 혼자서 조용히 집 안으로 들어섰다. 그녀가 2층으로 올라왔을 때 마차가 떠나가는 소리가 들렸다.

베넷 부인이 화장실 입구에서 초조하게 기다리다가 캐서린 부인이 왜 안으로 들어오지 않고 그냥 갔는지 물었다.

"그러고 싶지 않았나 봐요. 가야겠다고 하시더군요."엘리자베스가 말했다.

"참 아름다운 분이시더라. 여기까지 찾아와 주시다니 감사한 일이야. 그런데 콜린스 내외가 잘 있다는 안부를 전하러 오신 건 아닐 테고, 어디 가시는 도중인 것 같았어. 메리튼을 지나는 길에 갑자기 널 만나보고 싶었던 걸지도 모르지. 특별히 너한테 무슨 말 하지 않으셨니?"

상황이 이렇게 되고 보니 엘리자베스로서는 거짓말이라도 해야 할 것 같았다. 캐서린 부인과 주고받은 이야기를 입 밖에 낼 수는 없었기 때문이다.

15

❦

캐서린 부인의 방문으로 인해 엘리자베스는 한동안 혼란스러웠고, 몇 시간 동안 그 생각 밖에 할 수가 없었다. 부인은 다아시와 그녀가 약혼할 거라고 생각하여 그것을 말리기 위해 이곳까지 왔던 거였다. 하지만 그 소문이 어디서부터 비롯된 것인지 그녀로서는 도통 짐작이 가지 않았다.

가족들은 빙리가 다아시의 친구이며, 그녀 또한 제인의 동생이므로 제인과 빙리가 결혼하고 나면 그녀 또한 바로 결혼하기를 원하고 있어서 그런 생각을 할 수도 있을 거라고 짐작했다. 제인이 결혼하게 되면 다아시가 엘리자베스와 만날 기회가 많아진다는 것은 틀림없을 터였다.

그래서 이웃 루커스 댁의 사람들은 그녀가 머지않아 그렇게 될 거라고 확신했고, 콜린스 부인과 캐서린 부인의 관계 때문에 소문이 거기까지 간 것 같았다.

엘리자베스는 캐서린 부인이 남기고 간 말을 되새겨 보면서, 그녀의 고집 때문에 벌어질 결과가 불안했다. 두 사람의 결혼을 방해하겠다는 결심으로 봐서는 충분히 조카인 다아시에게 결혼하지 말라고 권유할 만 했다. 그리고 캐서린 부인이 지난번처럼 결혼에 대해 반대할 만한 이유를 설명한다면 다아시가 어떻게 받아들일지 판단이 서지 않았다.

그의 이모에 대한 애정의 정도를 알 수는 없었지만 그녀보다는 부인 쪽의 입장에서 생각할 것이 당연하다는 생각이 들었다. 게다가 캐서린 부인 집안과는 비교도 안될 만큼 보잘것없는 집안이라는 약점만을 내세워서 말할 것이 분명했다. 또 품위를 우선시하는 다아시가 별 의미를 두지 않는 엘리자베스의 말들 속에 충분한 의의와 확고한 이유가 있다고 느낄지도 모를 일이었다.

또한 그가 전부터 자신의 태도에 대해 망설이고 있는 상태에서, 캐서린 부인처럼 가까운 친척의 충고와 간청을 받게 된다면 모든 의문을 풀게 된 그가 가문을 위하는 쪽을 택할 수도 있을 것이다. 만일 그렇게 된다면 다아시는 영영 돌아오지 않을 지도 모른다. 캐서린 부인은 가는 길에 런던에 들러서 다아시를 만날 것이다. 그렇게 되면 빙리와 다시 네더필드에서 만나기로 한 약속은 지켜지지 못할 게 뻔했다.

'만약 며칠 후에 다아시 씨가 약속을 지키지 못한 것을 사과하는 편지를 빙리 씨에게 보내온다면, 내가 어떻게 해야 할지 알 수 있을 거야. 그리고 그때가 되면 그분의 지조에 대한 기대나 희망을 포기해야 할 거야. 그가 나의 사랑을 얻을 수 있는 순간에 뒤로 물러난다면, 나 역시 미련을 갖지 않을 테야.'

방문객이 누구였는지를 알게 된 가족들은 무척 놀랐다. 그러나 다행히도 그들 역시 베넷 부인의 호기심을 진정시킬 정도만 추측했기 때문에 엘리자베스는 더 이상 귀찮은 질문을 받지 않아도 되었다. 다음날 아침에 아래층으로 내려간 그녀는 편지를 손에 쥐고 서재에서 나오는 아버지와 마주쳤다.

"리지, 마침 네게 가는 중이었단다. 잠깐 내 방으로 오너라."

엘리자베스는 아버지의 뒤를 따라 방안으로 들어갔다. 무슨 말씀일까 알고 싶었지만, 아버지가 쥐고 있는 편지와 무슨 관계가 있을 거라는 생각에 더욱 궁금증이 생겼다. 문득 캐서린 부인에게 온 편지일지도 모른다고 생각하니, 아버지에게 듣게 될 여러 가지 이야기가 연상되면서 끔찍한 생각이 들었다.

그녀는 아버지의 뒤를 따라 난로 곁에 자리를 잡았다. 이윽고 베넷 씨가 입을 열었다.

416

"나는 오늘 아침 깜짝 놀랄만한 편지를 받았다. 주로 너에 관한 것이기 때문에 네게 보여줄 필요가 있다고 생각했단다. 난 지금까지 딸이 둘씩이나 결혼을 앞두고 있다는 것을 잊고 있었구나. 우선 축하한다. 너는 아주 굉장한 남자의 사랑을 얻었더구나."

아버지가 가지고 있는 편지가 캐서린 부인에게서가 아니라 다아시에게서 온 것임을 감지한 엘리자베스는 갑자기 두 뺨이 달아올랐다. 다아시가 자신의 의중을 분명히 한 것을 좋아해야 하는지, 아니면 그녀 자신에게 직접 편지를 쓰지 않은 것에 대해 화를 내야 할지 망설이고 있을 때 아버지가 계속해서 말했다.

"너도 느꼈나 보구나. 젊은 여자들의 직관력이 뛰어나다는 것을 잘 알고 있지만, 지금 너는 네가 아무리 현명하다 해도 널 숭배하고 있는 이 사람의 이름은 모를 거다. 이 편지는 콜린스한테서 온 것이다."

"콜린스 씨요? 아니 그분이 저에게 무슨 할 말이 있었을까요?"

"물론 있겠지. 아마도 이런 소식을 순하고 남 말하기 좋아하는 루커스 집안사람들한테서 들은 것 같다. 제인의 결혼소식에 대해 축하한다는 인사로 시작했는데, 네가 그 편지를 읽으면서 초조해 하는 것을 이 애비는 볼 자신이 없다. 너와 관계있는 부분만 읽어주마. '귀 댁의 이번 경사에 대해 저는 아내와 함께 진심으로 축하드리며, 다른 건에 대해서도 짧게 말씀드릴까 합니다. 이 역시 똑같은 소식통으로부터 들은 것입니다. 엘리자베스 양께서 언니의 뒤를 이어서 곧 베넷이란 성을 버릴 거라는 것입니다. 또한 엘리자베스 양이 선택한 사람은 이 나라에서 가장 훌륭한 명사이며 존경받아 당연한 분이십니다.' 리지, 누구를 가리키는지 알겠지? '이 청년은 인간이 바랄 수 있는 최상의 것, 많은 재산, 지체 높은 친척들, 그리고 최고의 성직임명권 등의 혜택을 두루 지니고 계십니다. 그러나 제가 엘리자베스 양과 귀하께 경고의 말씀을 드리는 것은, 이 분의 청

417

혼에 무작정 응함으로 해서 이후에 있게 될 해로운 일 때문입니다. 물론 귀댁에서는 눈앞에 다가온 기회를 놓치고 싶지는 않겠지만 말입니다.' 리지, 이 남자가 누구인지 짐작은 가니? 이제 곧 알게 될 거다. '제가 경고하는 것은 다음과 같은 이유에서 입니다. 그 분의 이모님이신 캐서린 드 버그 부인이 귀댁과의 연분을 그다지 탐탁하게 여기고 있지 않는 근거를 가지고 있기 때문입니다.'

다아시 씨가 바로 그 장본인이란다! 자, 리지. 이만하면 네가 놀랄만 할 텐데? 콜린스 씨나 루커스 집안사람들이, 우리들이 알고 있는 사람들 중에서 이름만 들어도 거짓말이란 게 뻔한 이름을 거론할 것이 뭐란 말이냐? 여자를 보기만 하면 늘 헐뜯기 일쑤고 지금까지 한 번도 너한테 눈길을 돌려본 적이 없었던 다아시가 아니더냐? 참 감탄할 일이구나!"

엘리자베스는 아버지의 말에 맞장구를 치려고 했지만 억지 미소밖에 지을 수가 없었다. 더구나 아버지의 재치가 이렇게 자신을 곤란하게 한 일은 전혀 없었다.

"왜 재미없니?"

"아뇨, 재미있어요. 계속해서 더 읽어 주세요."

"그래. 들어 보렴. '지난밤에 이 결혼이 아무래도 사실인 것 같다는 말을 영부인께 드렸더니, 그 자리에서 이에 대한 부인의 견해를 들려 주셨습니다. 부인께서는 엘리자베스 양의 집안에 문제가 있다는 이유로 그처럼 치욕스런 연분에 찬동할 의향이 절대로 없다고 분명히 밝히셨습니다. 저는 이 사실을 빨리 엘리자베스 양에게 알려서, 그녀와 그녀의 고매한 숭배자가 지금 무슨 일을 하려는지 자각시키고, 정식으로 허가 받지 못한 결혼을 서두르지 않게 하는 것이 의무라고 믿었습니다.' 그리고 콜린스는 이렇게 덧붙였단다. '저는 리디아의 슬픈 사건이 무난히 해결된 것을 진심으로 기쁘게 생각하고 있으며, 마음 아픈 것은 결혼 전에 두 사람이

동거한 사실이 세상에 소문났다는 것뿐입니다. 제가 저의 지위에 관한 의무를 소홀히 할 수 없어서인지, 두 사람이 결혼하자마자 귀하께서 집으로 불러들였다는 사실을 알고 난 뒤 무척 놀라지 않을 수 없었습니다. 그것은 악덕을 장려하는 행위나 다를 바 없는 일입니다. 만약 제가 롱본 교구의 목사였다면 결사적으로 반대했을 것입니다. 귀하께서는 기독교인 입장에서 두 사람을 용서해 주서야겠지만, 두 사람과의 만남은 당연히 거부했어야 하며, 두 사람의 이름을 말하는 자체부터 기피했어야 합니다.' 이것이 바로 그의 기독교적인 아량인거야! 나머지 부분은 귀여운 샬롯의 근황과 득남하기를 기대한다는 이야기란다. 그런데 리지, 재미없니? 괜히 새침을 떼면서 근거 없는 소문에 대해 화난 척하는 것은 아니겠지? 때로는 우리가 이웃 사람들을 즐겁게 해주고, 또 다음에는 우리가 이웃사람들을 놀려주면서 사는 것 아니겠니?"

"아니에요, 재미있게 들었어요. 하지만 너무나 이상해요."

"그래, 그러니까 재미있는 거야. 만약 다른 사람이라면 아무렇지 않겠지만, 다아시는 완전히 무관심한데다가 넌 지독히 증오하니 일을 완전히 우습게 만드는 거지! 펜을 들기가 죽도록 싫지만, 어떤 일이 있더라도 콜린스에게 답장을 해야겠다. 다아시의 편지를 읽게 되면 위컴 이상으로 좋아지는 것은 어쩔 수 없단다. 내가 위컴의 후안무치한 점과 위선을 높이 평가하는 것처럼 말이다. 그런데 리지, 이 소문에 대해서 캐서린 부인이 뭐라고 하시든? 허락 못한다는 말을 하기 위해서 찾아오신 거라니?"

아버지의 질문에 엘리자베스는 말없이 웃었다. 전혀 의심을 품지 않고 한 질문이었기 때문에 아버지가 이 문제를 되풀이해도 그녀는 전혀 당황하지 않았다. 지금까지 엘리자베스는 자신의 감정을 숨겨야 했던 적이 없었다.

엘리자베스는 속으로는 울고 싶었지만 겉으로는 웃어야 했다. 게다가 다아시가 무관심하다는 아버지의 말은 그녀를 더없이 슬프게 만들었다. 그녀는 아버지의 통찰력이 이처럼 부족한 것을 이해할 수 없었다. 그리고 한편으로 아버지의 통찰력이 부족한 것이 아니라, 자신의 상상력이 너무 지나쳤을 지도 모른다는 생각이 들었다.

16

❦

엘리자베스는 빙리가 그의 친구로부터 사과 편지를 받을 거라고 생각했다. 그러나 캐서린 부인이 오고 난 며칠 후 편지 대신 다아시를 롱본으로 데리고 왔다.

빙리와 다아시는 아침 일찍 찾아왔다. 엘리자베스는 베넷 부인이 그의 이모를 만났다는 말을 할까봐 잠시 불안했다. 그러나 빙리가 벌써부터 제인과 둘이 있고 싶어 했으므로 모두들 밖으로 산책이나 하자는데 동의했다. 베넷 부인은 산책하는 것을 좋아하지 않았고 메리는 시간을 낭비하는 성격이 아니어서, 나머지 다섯 명만 산책을 나갔다.

곧 빙리와 제인은 다른 사람들을 앞서 보내고 뒤처져서 걸었다. 결국 엘리자베스와 키티, 그리고 다아시 셋이서 걷게 되었다. 세 사람은 모두 말이 없었다. 키티는 다아시를 너무 어려워해서 말할 용기가 없었고, 엘리자베스가 말을 해보려고 생각 중이었는데, 다아시도 마찬가지였을 것이다.

키티가 마리아를 만나고 싶어 했기에 그들 모두는 루커스 댁을 향해 걸어갔다. 그러나 엘리자베스는 모두 다 마리아를 만날 필요가 없다고 생각해서 키티가 루커스 댁으로 들어가자 큰 맘 먹고 다아시와 단 둘이 걸어갔다. 드디어 그녀의 결심을 실행할 순간이었다. 엘리자베스는 용기를 내서 입을 열었다.

"다아시 씨, 나는 너무 이기적이에요. 제 감정의 돌파구를 찾기 위해 당신의 감정을 상하게 할 수도 있으니까요. 전 동생에 대한 당신의 친절을 너무 감사하게 생각해요. 그 상황을 모두 알고 난 후부터 얼마나 고맙게 생각하고 있는지 꼭 말씀드리고 싶었어요. 가족 모두가 알고 있는 사실이 아니어서, 나만 감사하다는 인사를 하게 되었지만 말이에요."

"정말로 유감입니다. 받아들이기에 따라서는 불편할 수도 있는 일인데… 당신까지 알게 되었군요. 가드너 부인은 그렇게 믿을 만한 분이 아닌 것 같군요."

다아시는 놀라면서 감동스러운 듯이 대답했다.

"외숙모님을 탓하지 마세요. 당신이 그 일에 개입했다는 건 경솔했던 리디아에게 들었어요. 물론 자세한 내용을 알기까지는 마음이 불편했죠. 가족 모두를 대신해서 거듭 감사드릴게요. 두 사람을 찾아내느라 너무 고생하셨고, 그 숱한 굴욕을 참아주신 당신의 배려는 잊지 않을 거예요."

"정말로 나에게 감사하다면 마음으로만 하시기 바랍니다. 나의 마음이 움직인 것은 당신의 행복을 위해서였다는 것을 부정하고 싶지 않습니다. 하지만 당신의 가족들이 나에게 부담을 느낄 필요는 없습니다. 가족 분들을 모두 존경하지만, 전 당신만을 생각했습니다."

당황한 엘리자베스는 한마디도 말할 수 없었다. 다아시는 잠시 후 다시 말했다.

"마음이 너그러운 당신은 저를 놀림감으로 만들지는 않으시겠지요? 당신의 마음이 지난 4월과 똑같다면 그렇다고 말씀해 주십시오. 당신에 대

421

한 저의 애정과 소망은 한결같습니다. 그러나 당신이 아니라고 한다면, 그 한마디로 이 문제에 대해서 끝까지 침묵하고 있겠습니다."

엘리자베스는 그가 몹시 어색하고 불안해 한다는 것을 감지했다. 그래서 무슨 말이든 해야만 했다. 그녀는 다아시가 말한 그 시기에 자신의 감정에 대해 결정적인 변화를 겪었기 때문에, 그의 사랑을 감사와 기쁨으로써 받아들일 수 있다고 그를 이해시켰다.

그녀의 대답은 다아시에게 지금까지 느껴보지 못한 행복감을 안겨주었다. 그는 곧바로 격렬한 사랑을 하고 있는 남자만이 할 수 있는 방식으로, 가장 조리 있고 열정적으로 자신의 입장을 말했다. 엘리자베스가 그의 얼굴을 마주 보지는 못했지만, 그 순간 그의 얼굴이 진정한 기쁨의 표정으로 매우 아름다워 보였다는 것을 짐작할 수 있었다. 그녀는 그것을 눈으로 볼 수는 없었지만, 기쁨에 찬 소리는 들을 수 있었다. 그는 그녀가 얼마나 소중한 존재인가를 고백했고, 그에 따라 그녀의 사랑도 점점 소중한 것이 되어만 갔다.

두 사람은 방향도 모른 채 무작정 걸어갔다. 다른 것을 생각할 겨를이 없을 정도로 그들은 생각할 것과 느낄 것과 해야 할 말이 많았다. 그녀는 두 사람이 서로를 이해하게 된 것이 모두 캐서린 부인의 덕분이란 것을 알았다.

캐서린 부인은 집으로 돌아가는 길에 런던을 통과하면서 분명히 그를 찾았고, 롱본에 들렀던 것과 그래야만 했었다는 이유, 그리고 엘리자베스와 했던 이야기를 전해 주었던 것이다.

부인은 자기가 판단한 대로, 엘리자베스의 고집스럽고 뻔뻔스러움을 특별히 내세우면서 갖가지 표현을 사용하여 몹시 헐뜯었고, 그렇게 하는 것이 엘리자베스에게서 조카의 마음을 돌릴 수 있다고 믿었다. 그러나 부인의 예상과 달리 결과는 전혀 다르게 나타난 것이다.

다아시가 말했다.

"나는 그 말을 듣고 희망을 품었습니다. 그때까지만 해도 전혀 희망을 가지지 않았었거든요. 내가 알기로 당신의 성격에 저를 거부하려는 의사가 확실했다면 그대로 이모에게 시인했을 테니까요."

엘리자베스는 상기된 얼굴로 웃으면서 대답했다.

"맞아요, 당신은 저의 솔직한 심정을 잘 알고 계실 테니까 능히 그럴 수 있을 거라고 생각했겠죠. 직접 면전에서 당신을 비난한 적도 있었으니까요. 친척 앞에서 당신의 욕을 하는 것은 아무것도 아니었을 거예요."

"저한테 했던 말은 모두 당연한 것이 아니었나요? 당신의 비난이 근거 없고 잘못된 전제에서 나왔다 해도 그 당시에는 아무리 심한 소리를 들어도 마땅했지요. 그때 일을 생각하면, 제 자신이 혐오스럽습니다."

엘리자베스가 말을 이었다.

"그날 밤의 일에 대해 더 이상 말하지 말기로 해요. 엄밀히 따져 보면 둘 다 실수했던 거니까요. 그러나 그 일이 있고나서부터 우리 두 사람은 예의를 갖추게 된 것 같군요."

"전 그렇게 쉽게 제 자신을 용서할 수가 없습니다. 그때 제가 했던 말과 그날 저녁의 행동, 말투를 생각하면 지금도 그렇지만 지난 몇 달 동안 정말 괴로웠습니다. 저는 적절했던 당신의 질책을 잊을 수가 없습니다. '좀 더 신사답게 행동하셨던 들' 하고 당신이 말씀하셨지요. 그 말이 얼마나 저를 괴롭게 했는지, 당신은 상상도 못하실 겁니다. 솔직히 말하면 당신의 말이 옳았다는 것을 많은 시간이 흐른 후에야 깨달았습니다."

"저는 그 말이 그렇게 심했던 것인지 상상도 못했어요."

"그랬을 겁니다. 당신은 그때 제가 정상이 아니라고 생각했을 테니까요. 당신이 저에게, 고백을 받아들일 수 있도록 구혼하는 방법도 모르는 인간이라고 했을 때의 표정을 결코 잊지 못할 것입니다."

"자꾸 그런 말 하지 마세요. 그런 기억을 떠올리는 것은 아무런 도움도 되지 않아요. 솔직히 저도 그 후에 그런 말을 했던 자신을 부끄럽게 생각했으니까요."

다아시는 자신의 편지에 대해 말했다.

"그 편지를 읽은 후로 다시 저에 대한 감정이 살아난 건가요? 제 진의를 조금이라도 파악하셨나요?"

그녀는 그 편지가 자신에게 어떠한 효과를 주었는지 설명했다. 그리고 그때까지 마음에 간직했던 편견이 사라지기 시작했다고 말했다.

다아시가 말했다.

"제가 쓴 편지가 당신에게 고통을 주었을 거라고 짐작은 했습니다. 그러나 그렇게 하지 않을 수가 없었죠. 그 편지는 찢어 없애 주세요. 당신이 두 번 다시는 읽고 싶지 않은 구절이 편지의 첫머리에 씌어 있을 겁니다. 당신의 미움을 사도 당연할 대목도 몇 군데 있습니다."

"당신에 대한 저의 사랑을 지속시키는 데 필요하다면, 그 편지는 반드시 불에 태울게요. 하지만 저의 생각이 아주 변할 수 없는 것은 아니어도, 편지를 태우거나 태우지 않거나 하는 문제 때문에 쉽게 변하지는 않을 거예요.

다아시가 대답했다.

"그 편지를 썼을 당시, 저는 아주 침착하고 냉정한 마음이었습니다. 그런데 지금 생각해 보니 그 당시에는 아주 화가 나있는 상태였다는 것을 알게 되었습니다."

"아마도 처음에는 화가 난 상태에서 쓰셨겠지요. 그러나 끝 부분에서는 그렇지도 않은 것 같았어요. 마지막 작별 인사 부분에서는 애정이 넘치고 있었구요. 어쨌든 편지에 대해선 더 이상 생각하지 마세요. 편지를 보낸 사람이나 받은 사람의 기분이 그 때와는 달라서 그때의 불쾌한 일까지 모두 잊어버려야 당연하다고 생각해요. 저의 철학을 당신도 배우셔야 되겠어요. 과거에 대해서는 즐거운 일만 생각하자는 게 저의 철학이거든요."

"그런 철학이라면 신뢰할 수가 없겠는데요. 당신의 추억은 부끄러울 만한 것이 없으니까요. 그런 추억에 의한 만족감은 철학적이라기보다는, 아무것도 후회할 일이 없는데서 오는 것이지요. 그렇지만 저의 경우는 안 그래요. 쫓아 버릴 수도 없고 또한 쫓아 버려서도 안 되는 고통들이 밀려오기 때문이죠. 전 지금까지 이론상으로는 그렇지 않았지만 실천에 있어서 이기적인 인간이었습니다. 어렸을 때 올바르게 행동하라는 교육은 받았지만, 저의 성격을 고치는 것을 배우지는 못했습니다. 나는 높은 경지의 도의는 배웠습니다만, 오만과 자부심만으로 그것을 추구하게 내버려두었던 것입니다. 불행히도 저는 독자여서, 오랫동안 동생이 없었으니까요, 부모님이 절 너무 애지중지 기르셨지요. 부모님들은 아주 좋은 분들이셨죠. 특히 아버지는 자비롭고 인정이 많으셨어요. 제가 이기적으로 오만한 행동을 하도록 방치하시고 오히려 권장하기까지 하셨죠. 제 친척들만 제외하고는 아무에게도 신경 쓰지 않도록, 나머지 세상 사람들은 모두 다 우습게 여기고 그들의 지각과 가치를 나와 비교해서 하찮게 생각하도록 말입니다. 저는 여덟 살 때부터 그래왔습니다. 만일 세상에서 누구보다 귀엽고 사랑스러운 당신이 아니었다면 지금까지도 저는 그런 인간이었을 겁니다. 당신 덕분에 처음에는 괴로웠지만 더없이 유익한 교훈을 얻었고, 또한 겸손해질 수 있었습니다. 사랑하는 여인의 마음을 사로잡고 즐겁게 해주는 것에 얼마나 인색한지, 당신은 가르쳐 주었던 거죠."

"그렇다면 당신은 제 마음을 사로잡을 수 있다고 생각하셨나요?"

"물론이지요. 당신은 저의 허영심을 어떻게 생각하시나요? 전 당신이 저의 구혼을 바라고 있고, 또 기대할 거라고 생각했습니다."

"제 태도는 나빴지만 고의가 아니었어요. 당신을 혼란스럽게 하려던 것은 아니었지만 저는 기분 내키는 대로 엉뚱한 짓을 저지를 때가 많아요. 그날 밤 이후, 절 무척 미워하셨죠?"

"미워하다니요! 처음엔 화가 났지만, 바로 풀어졌습니다."

"우리들이 펨벌리에서 처음 만났을 때 당신이 저를 어떻게 생각하셨을지 생각만 해도 두려워요. 제가 거기 가서 많이 흥보셨지요?"

"아뇨, 그렇지 않아요. 그저 좀 놀랐을 뿐입니다."

"그래도 저의 경우에 비하면 아무것도 아니었을 거예요. 양심상 그토록 굉장하고 정중한 대우를 받을 만한 자격이 없었다고 생각했거든요. 솔직히 말하면 분에 넘치는 대우를 받을 거라고 생각도 못 했어요."

다아시가 대답했다.

"그 당시 저의 목적은 될 수 있는 한 정중한 태도로, 과거에 미련을 갖는 비열한 남자가 아니라는 것을 당신에게 보여 주고 싶었던 겁니다. 당신의 비난을 깊이 받아들였다는 것을 알림으로써 당신이 저를 용서하고 오해를 풀 수 있을 거라고 생각했던 것입니다. 또 다른 소망이 언제쯤 생각난 것인지 잘 모르겠지만 아마 당신을 만나고 나서 30분쯤 지난 후였던 것 같습니다."

그리고 그는 조지아나가 그녀와 알게 된 것을 매우 기뻐하고 있으며, 갑자기 그들의 만남이 방해를 받아 실망하고 있다는 말을 했다. 엘리자베스는 나중에 알게 된 사실이지만 다아시가 리디아를 찾기 위해 더비셔에서 자기의 뒤를 따라오기로 결심했던 것은 그가 아직 여관을 떠나기 이전의 일이었다는 것을 알았다. 그리고 그곳에서 그가 진지한 표정으로 생각에 잠기곤 했던 것도 모두 그 일 때문이라는 것을 알게 되었다.

엘리자베스는 다시 한 번 감사하다고 말했다. 그리고 그 일은 서로에게 너무나도 괴로운 화제여서 더 이상 말하지 않기로 했다.

그들은 천천히 몇 마일을 걸어가면서 이야기를 나누느라, 시계를 들여다보았을 때는 이미 집에 돌아가 있어야 할 시각이라는 것을 뒤늦게 알게 되었다.

'빙리 씨와 제인 언니는 어떻게 된 것일까?' 하고 궁금해 하다가 화제는 곧 그 두 사람에게로 옮겨 갔다. 다아시는 두 사람의 약혼을 기뻐하고 있었다. 빙리가 벌써 그들의 약혼을 다아시에게 알렸던 것이다.

"혹시 놀라셨나요?" 엘리자베스가 말했다.

"전혀요. 여길 떠나면서 곧 그렇게 될 줄 알고 있었거든요."

"이를테면 허락을 해 주신 거군요. 짐작은 했어요."

허락이라는 말을 듣자 다아시가 소리쳤지만, 사정이 그랬다는 것은 충분히 알 수 있었다.

"런던으로 떠나기 전날 밤, 전부터 마음먹고 있던 것을 빙리에게 고백했습니다. 그동안 일어났던 일의 전부를 다 말했죠. 내가 빙리의 일에 간섭한 것이 너무도 주제넘은 짓이었다는 것을 말입니다. 그 친구는 무척 놀랐습니다. 그는 전혀 몰랐으니까요. 그리고 저는 평소에 제인이 빙리에 대해서 무관심하다고 생각했던 것은 제 자신의 착오였다고 말했습니다. 저는 제인에 대한 그의 애정이 한결같다는 것을 눈치 챘기 때문에 두 사람이 결혼하면 분명히 행복해질 거라고 생각했습니다."

엘리자베스는 친구를 너무도 쉽게 다루는 그의 태도에 저절로 웃음이 나왔다.

"당신이 직접 관찰한 결과였나요? 언니가 그분을 사랑한다고 말씀하셨다니 말이에요. 아니면 지난 봄, 저한테서 들으셨던 말로 그렇게 짐작을 하신 건가요."

"전자의 경우죠. 최근에 두 번이나 당신의 집을 방문했을 때 저는 언니를 자세히 관찰했습니다. 빙리에 대한 애정은 의심할 여지가 없었습

427

니다."

"당신이 확신하셨기 때문에 빙리 씨도 곧 확신하신 게로군요."

"그렇습니다. 빙리는 원래 꾸밈없고 순수한 친구입니다. 걱정거리가 있으면 너무 소심해서 자신의 판단을 믿지 못하고 친구인 저에게 의지하곤 하지요. 제가 고백한 어떤 일로 한동안 그가 화를 냈던 적도 있지만 어쩔 수 없었습니다. 제인이 작년 겨울에 3개월 동안 런던에 가 있었던 사실을 알면서도 말해주지 않았던 것을 고백했거든요. 빙리는 무척 화를 냈습니다. 그러나 언니의 사랑에 대한 불신이 싹 가시게 되면서 곧 사라졌습니다. 지금은 물론 저를 용서했지요."

엘리자베스는 빙리가 매우 유쾌한 사람이며, 남의 말에 쉽게 이끌리는 사실로 미루어 볼 때 그의 가치가 더욱 소중한 거라고 말하고 싶었지만 꾹 참았다. 다아시야 말로 앞으로 농담하는 것도 배워야 하겠지만, 지금 당장 그러기에는 이르다고 생각했다. 그는 집에 도착할 때까지 자기보다 빙리가 더 행복하기를 바라면서 이야기를 계속했다. 그리고 현관에 들어서자 두 사람은 헤어졌다.

❧

17

"애, 리지, 어디 갔었니?"

엘리자베스가 방안으로 들어서자마자 제인이 물었다. 다른 사람들도 그녀가 식탁에 앉자마자 모두 그 일을 궁금해 했다. 그냥 걷다보니 자신들도 모르게 멀리까지 갔었다고 대답할 수밖에 없었다. 말을 하는 동안 그녀가 다소 상기된 표정을 지었지만 그렇다고 또 다른 일이 있었다고 의심할 근거는 없었다.

그날 밤은 별 일없이 조용하게 지나갔다. 공인받은 연인들은 서슴없이 대화를 나누었고, 그렇지 못한 연인들은 침묵하고 있었다.

다아시는 행복감으로 인해 희열을 느끼는 성격이 아니었다. 엘리자베스는 흥분한 상태였으므로 자신이 행복하다는 것에 대해 실감이 나지 않았다. 자신의 이러한 상황을 가족들이 알게 된다면 어떻게 생각할지 그녀는 너무나 잘 알고 있었다. 제인만 빼고 다아시를 좋아하는 사람은 없었다. 그리고 다른 사람들은 다아시의 재산이나 사회적 지위로도 어쩔 수 없는 혐오감을 가지고 있지는 않을까 하는 생각이 들 정도였다. 그녀는 밤이 되어서야 제인에게 자신의 마음을 고백했다. 웬만해서는 남을 의심하지 않는 제인이었지만, 이번에는 도저히 믿어지지 않는 모양이었다.

"농담이겠지, 리지? 이건 있을 수 없는 일이야! 다아시 씨와 약혼을 한다구? 난 안 속아. 이건 정말이지 말도 안 돼."

"처음부터 그러지 마. 언니가 이 사실을 믿어 주지 않는다면 누가 믿어 주겠어? 언니, 나는 정말 진지하게 사실만을 말하고 있는 거야. 그 사람은 날 사랑해. 우리는 약혼할 거야."

제인은 의아스러운 눈길로 그녀를 바라다보았다.

"아, 리지! 그러면 안 돼. 난 네가 그 사람을 얼마나 싫어하는지 잘 알고 있어."

"하지만 언니는 잘 모르는 부분이 있어. 지난 일은 모두 잊어야 해. 나도 그 사람을 한결같이 사랑해 왔다고는 말 못해. 나는 이번을 마지막으로 지난 일을 더 이상 기억하지 않기로 했어."

제인은 여전히 놀란 표정이었다. 엘리자베스는 다시 한 번 더 진지하게 사실을 확인시켰다. 그러나 제인이 소리 질렀다.

"세상에, 그게 있을 수 있는 일이니? 하지만 믿을 수밖에 없구나. 리지, 난 축하해 주고 싶은 거야. 아니지, 정식으로 축하한다. 그런데 확실한 거야? 이런 걸 묻는 나를 용서해. 다아시 씨와 함께 살면 정말 행복해질 수 있을 것 같니?"

"그건 확실해. 우린 세상에서 제일 행복한 부부가 되자고 약속했거든. 그런데 언니는 어떻게 생각해? 그 사람과 인척관계를 맺는 게 좋아?"

"그래 너무 좋다. 빙리 씨나 나에게 이보다 좋은 일은 없을 거야. 우리도 짐작은 했지만 그렇게 쉬운 일은 아닐 거라고 생각했지. 너는 정말로 그 사람을 죽을 만큼 사랑하고 있니? 리지, 애정 없는 결혼은 신중해야 하는 법이야. 네가 그렇게 느낄 만큼 사랑하고 있다는 확신이 드는 거야?"

"물론이야. 내가 자초지종을 설명하면 당연히 그 이상의 사랑을 느꼈을 거라고 생각할 테니까."

"무슨 뜻이야?"

"얘기를 해야겠네. 언니가 섭섭하겠지만 나는 빙리 씨보다 다아시를 더 사랑해."

"얘, 제발 솔직하게 말해봐. 난 지금 너하고 정말 솔직한 대화를 하고 싶어. 내가 몰랐던 부분에 대해 빠짐없이 얘기해 줘. 언제부터 네가 그 사람을 좋아하게 된 거니?"

"천천히 진행된 거라서 언제부터 시작된 건지 잘 모르겠어. 아마도 펨벌리의 아름다운 저택을 처음 구경했을 때부터였던 것 같아."

그러나 제인이 좀 더 진지해 보라고 요구하자, 엘리자베스는 자신의 사랑을 엄숙하게 인정하면서 제인을 납득시켰다. 그 문제에 대해 확신을 갖게 된 제인은 더 이상 바랄 것이 없었다. 제인이 말했다.

"자, 이젠 안심이다. 나처럼 너도 행복하게 되었으니까. 난 언제나 그 사람을 존경했어. 그 사람이 널 사랑하고 있다는 사실만으로도 좋게 봤지. 하지만 빙리 씨의 친구이자 너의 남편이라고 해도 내게 가장 중요한 사람은 빙리 씨와 너밖에 없어. 그렇지만 리지, 넌 너무 앙큼했어. 나한테까지 비밀로 했잖아. 펨벌리나 램턴에서 무슨 일이 있었는지 전혀 말해주지도 않고 말이야. 정작 그것을 알았던 것은 너의 입을 통해서가 아니라 다른 사람을 통해서였어."

엘리자베스는 비밀로 했던 이유를 털어놓았다. 사실 그 전에는 빙리에 대해 말하기 싫었고, 그녀 자신도 감정이 불안해서 다아시의 이름조차 거론하고 싶지 않았었다. 그러나 일이 이렇게 된 이상 다아시가 리디아의 결혼에 지대한 공헌을 했다는 사실을 더 이상 감출 필요는 없었다. 결국 제인은 모든 사실을 알게 되었고, 그날 밤은 서로 이야기를 주고받으며 보냈다.

다음날 아침, 창가에 서 있던 베넷 부인이 외쳤다.

"아니 저럴 수가! 저 기분 나쁜 다아시가 왜 우리 빙리와 함께 이리로 오는 거지? 날마다 오다니 귀찮은 일이야. 사냥이라도 가서 우리를 방해하지 않았으면 좋겠어. 무슨 수가 없을까? 리지, 너 그 사람하고 다시 산책이라도 가서 빙리에게 방해가 안 되게 해 봐라."

엘리자베스는 그처럼 쉬운 부탁에 웃지 않을 수가 없었다. 그러나 어머니가 다아시를 늘 못마땅하게 여기는 것에 대해서는 몹시 불쾌했다.

빙리는 다아시와 함께 들어오자마자 베넷 부인을 의미심장하게 바라보면서 열렬히 악수를 했다. 그것은 그가 좋은 소식을 가져왔다는 뜻이었다. 빙리는 큰 소리로 말했다.

"베넷 부인, 리지 양이 오늘 미아가 될 만큼 좁은 길이 이 근방에 또 없습니까?"

베넷 부인이 대답했다.

"다아시 씨와 리지, 그리고 키티는 오컴 산으로 산책을 가도록 해요. 아주 쾌적해서 산책할 만할 거야. 아마 다아시 씨는 그쪽 경치가 처음일 거예요."

그러자 빙리가 말했다.

"두 사람은 괜찮지만 키티에게는 무리일 것 같은데요. 안 그래요, 키티 양?"

키티는 그냥 집에 남아 있겠다고 말했다. 다아시는 산에서 내려다보는 경치가 몹시 보고 싶다고 말했고, 엘리자베스는 잠자코 동의했다. 그녀가 준비를 하기 위해 2층으로 올라가자 베넷 부인이 뒤따라와서 이렇게 말했다.

"리지, 너에겐 정말 미안하구나. 네가 싫어하는 남자를 떠맡았으니 말이다. 그래도 괜찮겠지? 이 모두가 네 언니를 위해서 그러는 거야. 그 사람한테는 말을 건네려고 애쓰지 말고 조금씩만 해도 된단다. 그러니까 무리하면서까지 애쓸 필요는 없단다."

그들은 산책하는 동안, 그날 저녁에 베넷 씨의 승낙을 얻기로 결정을 했다. 베넷 부인은 엘리자베스가 맡기로 했다. 어머니가 어떻게 나올 것인지 그녀로서는 짐작할 수가 없었다. 그만한 재력과 지위라면 다아시에 대한 어머니의 편견을 깰 수 있을 것 같다는 막연한 생각도 들었다. 그러나 어머니가 이 결혼에 대해 찬성을 하든 반대를 하든, 분명한 것은 어머니의 태도가 그리 교양 있는 태도는 못될 거라는 것이었다. 그녀는 어머니가 반대의 입장과 찬성하는 입장을 너무 강하게 표현할 것이라는 사실에 견딜 수가 없었다.

저녁때가 되어 베넷 씨가 서재로 들어가자, 다아시도 곧바로 일어나서 그의 뒤를 따라갔다. 그것을 보자 엘리자베스의 마음은 몹시 설레었다. 아버지의 반대를 두려워하지는 않았지만, 만약 아버지가 행복하지 않다면 그것은 자신의 탓이라고 생각했다. 또한 아버지에게 가장 귀여운 자식으로서 결혼 상대를 선택하여 아버지를 슬프게 하고, 자신의 결혼 때문에 아버지에게 눈물과 아쉬움을 남길 거라고 생각하니 마음이 무거웠다. 슬픈 감정에 잠겨 있을 때 다아시가 다시 나타났다. 그녀는 미소를 머금고 있는 그를 보고 나서 약간은 마음이 놓였다.

잠시 후 다아시는 엘리자베스가 키티와 함께 앉아 있는 테이블로 다가갔다. 그리고 그녀의 뜨개질을 칭찬하는 척 하면서 속삭였다.

"아버지께 가 보세요. 서재에서 기다리고 계시니까요."

그녀는 바로 아버지에게로 갔다.

베넷 씨는 근심스러운 표정으로 방안을 서성이고 있다가 방안으로 들어서는 그녀를 보고 말했다.

"리지, 지금 무슨 짓을 하려는 거니? 그런 남자를 받아들이다니, 혹시 정신 나간 건 아니냐? 넌 평소에 그 사람을 미워했잖니?"

그때 그녀는 과거 자신의 의견이 더욱 합리적이었고, 자신의 표현이 좀 더 온건한 것이었기를 간절히 바랐다. 만약 그랬다면 이렇게 어색한 변명과 고백을 하지 않아도 될 것이었다. 그러나 지금 당장은 해명이 필요했다. 그녀는 적잖이 당황하면서 다아시를 사랑하고 있다고 아버지에게 분명히 말했다.

"그렇다면 너는 그 사람을 네 남편으로 삼겠다고 결심했다는 거로구나. 확실히 그 사람은 부자이니까 너는 제인보다 더 훌륭한 옷과 마차를 가질 수가 있겠지. 그러나 그것만으로 네가 행복해질 수 있겠니?"

엘리자베스가 물었다.

"반대하시는 다른 이유가 또 있으세요? 제가 그 사람을 사랑하고 있지 않다고 믿으시는 것 말고요."

"아니 없다. 그러나 우리들은 그 사람이 지나치게 거만하고 기분 나쁜 사람이란 것을 알고 있잖니? 하긴 네가 그 사람을 진심으로 좋아한다면 상관없겠지만 말이다."

엘리자베스는 눈물을 글썽이면서 말했다.

"전, 정말 그 사람을 좋아해요. 전 그 사람을 사랑하고 있어요. 그 사람은 도리에 어긋날 정도로 오만한 사람이 아니에요. 아주 인자해요. 아버지께서 그 사람의 진면목을 모르셔서 그래요. 그러니까 그 사람에 대해 그런 식으로 말씀하시지 말아 주세요."

베넷 씨가 말했다.

"리지, 나는 그 사람에게 승낙을 했단다. 그 사람이 머리를 숙이면서 청을 하더구나. 나로서는 거절할 수가 없었다. 네가 그 사람과 결혼하기로 결심했다면 허락하겠다. 그러나 충고해 두지만, 다시 한 번 잘 생각해 보면 어떻겠니? 난 너를 잘 알고 있다, 리지. 너는 남편을 진정으로 존경하지 않거나 너보다 더 훌륭한 사람이라고 우러러보지 않을 때는 행복해질 수도 없다는 것을 잘 알고 있단다. 너는 재주가 많아서 어울리지 않는 결혼을 했다가는 네 자신을 위험한 궁지에 몰아넣을 수도 있을 것이다. 그러다가는 불명예와 불행을 면할 길이 없을 거다. 리지, 네가 생애의 반려자를 존경하지 못하는 꼴을 이 아버지가 안 보게 해 다오. 넌 지금 네가 무엇을 하려는지도 모르는 것 같구나."

엘리자베스는 더욱 더 감동해서 진심으로 숙연하게 대답했다. 다아시 씨만이 진정 자신의 배우자라는 것을 거듭 확신시키고, 그의 애정은 하루아침에 생긴 것이 아니라 수개월을 두고 시험해 본 결과였음을 말했다. 그리고 다아시의 장점을 낱낱이 늘어놓음으로써, 결국은 아버지가 의심을 풀고 자신들의 결혼에 동의하게 했다.

딸의 말이 끝나자 아버지가 이렇게 말했다.

"그렇다면 더 이상 할 말도 없다. 사정이 그렇다면 그 사람은 너와 천생연분인 거야. 그만한 가치가 없는 사람이라면 난 널 시집보낼 수가 없단다, 리지."

그녀는 다아시를 더 좋게 보이려고 그가 리디아에게 베풀어 준 친절에 대해 이야기했다. 아버지는 놀라서 입을 다물 수가 없었다.

"오늘 밤은 정말 놀라운 밤이다! 그래 그 모든 일을 다아시가 해치운 거로구나. 결혼을 성사시키려고 돈을 내주고, 위컴의 빚을 대신 갚아 주고, 장교로 만들어주기까지 했다는 거구나! 잘 됐구나. 물심양면의 걱정거리가 없어지는 셈이구나. 너의 외숙부가 그런 거라면 어떻게 해서든지 돈을 갚으려고 마음먹고 있었다. 그런데 연애에 열중하고 있는 그 사람이 자기 마음대로 일을 처리했구나. 내가 내일 당장 그 돈을 갚겠다고 말해야겠다. 그러면 그 사람은 너를 사랑한다고 외치면서 뛰어다닐 것이고, 문제는 그걸로 끝나고 말겠지."

베넷 씨는 2, 3일 전에 콜린스에게서 온 편지를 읽었을 때 엘리자베스가 당황해 하던 것을 생각해 냈다. 그는 딸을 보고 잠깐 미소를 지은 다음 나가도 좋다고 말했다. 딸이 방을 나가려고 했을 때 아버지가 말했다.

"혹시 어떤 청년들이 메리나 키티의 일로 찾아오거든 이리로 들여보내라. 난 지금 한가하니까 말이다."

엘리자베스의 마음은 다소 무거운 기분에서 벗어나 있었다. 30분쯤 자신의 방에서 조용히 생각하던 그녀는 다시 침착한 모습으로 가족들과 어울렸다. 모든 것이 기쁘기만 했지만 그날 밤은 조용히 지나갔다. 이젠 더 걱정해야 할 중대사는 없었고, 그럭저럭 평온하고 단란한 즐거움을 맛보게 될 터였다.

밤이 깊어서 어머니가 침실로 올라가자, 엘리자베스는 어머니의 뒤를 따라가서 이 중대한 사실을 전했다. 그러나 결과는 전혀 예상 밖이었다. 베넷 부인은 딸의 말을 듣고 가만히 앉은 자세에서 한마디 말도 없었다. 가족들에게 이익이 된다던가, 누군가가 딸의 연인으로 나타나면 그것을 믿는 일에 아둔한 편이 아닌데도 몇 분 동안 자신이 들은 말을 이해하지 못했다. 잠시 후 정신을 차린 베넷 부인은 의자에 앉아 몸을 불안하게 움직였으며, 일어섰다 앉았다 하면서 경탄하다가 자기 자신을 축복하기 시작했다.

"오, 이럴 수가! 도대체 말이 나오지 않는구나! 아니, 다아시 씨라고 누가 생각했겠어? 정말이지? 아, 귀여운 내 자식! 리지, 넌 이제 부자이면서 지체도 높아지겠구나! 용돈이나 보석, 마차 모두 갖게 되겠구나! 제인과는 비교도 안 되겠다. 난 너무 행복하구나! 얼마나 매력 있는 남자니? 잘 생기고 키도 크고 말이다! 아, 귀여운 리지! 내가 어쩌자고 그 사람을 싫어했는지, 네가 나대신 사과해 다오. 그 사람도 이해하겠지만 말이다. 귀여운 내 딸! 런던에 저택도 있고, 하나에서 열까지 모두 완벽하다니! 딸 셋이 결혼을 하다니! 일 년에 1만 파운드야! 오, 하느님! 난 어떻게 되는 걸까? 정신이 다 없구나."

이 정도면 벌써 어머니는 승낙한 거나 다름없었다. 엘리자베스는 이런 말을 혼자만 들은 것을 기뻐하면서 방을 나왔다. 그러나 그녀가 자기 방에 들어가서 3분도 채 안되었을 때, 어머니가 바로 뒤따라 들어왔다.

베넷 부인은 큰 소리로 말했다.

"애야. 다른 것은 생각할 필요도 없다. 1년에 1만 파운드, 아니 그 이상이 될 지도 모르지. 귀족이나 마찬가지야! 게다가 특별허가도 있고, 그 특별허가를 받아서 결혼하게 될 거야. 리지. 다아시 씨가 무슨 음식을 특별히 좋아하는지 알려 주렴. 내가 내일 만들어 주어야겠다."

그것은 그 신사에게 어머니가 어떻게 행동할지를 알려주는 서글픈 조짐이었다.

엘리자베스는 다아시의 아주 열렬한 사랑을 독차지 했고, 부모님의 승낙도 얻었지만 뭔가 부족하다는 것을 느꼈다. 그러나 이튿날은 예상보다 훨씬 수월하게 지나갔다. 다행스럽게도 베넷 부인은 미래의 사윗감인 다아시의 위엄에 눌려 있었다. 그래서 그에게 말 한마디 건네지 못했고, 다만 친절하게 대한다거나 그의 의견에 경의를 표했을 뿐이었다.

엘리자베스는 아버지가 다아시와 친해지려고 애쓰는 것을 보고 매우 기뻤다. 베넷 씨는 다아시가 볼수록 훌륭하고 존중하고 싶은 사람이라고 엘리자베스에게 힘주어 말했다.

베넷 씨는 이렇게 말했다.

"나는 세 명의 사위들에 대해 감사하고 있다. 그 중에서도 위컴을 제일 좋아하지만… 네 남편 될 사람도 제인의 남편에 못지않게 좋아질 것 같구나."

❦

18

엘리자베스의 기분은 한층 고조되었다. 그녀는 다아시에게 처음에 어떻게 해서 자기를 사랑하게 되었는지 이유를 물었다.

"처음에 어떻게 시작된 거죠? 일단 시작만하면 멋지게 진행시켜 나간다는 것은 알고 있었지만 어떤 계기로 시작하게 된 거였어요?"

"시작의 시점이나 장소, 용모, 말 같은 것들은 확실치가 않아요. 워낙 오래된 일이라 시작했다는 것을 알게 되었을 때는, 벌써 중간쯤에 와 있었거든요."

"처음에는 제가 예쁘다는 것을 인정하지 않으셨어요. 사실 당신에 대한 저의 행동은 한결같이 무례할 정도였죠. 당신과 말을 할 때는 어떻게 해서든지 약을 올리려고 생각했어요. 진심을 말해 주세요. 저의 건방진 태도가 마음에 들었나요?"

"당신의 성격이 발랄했기 때문이지요."

"차라리 건방지다는 표현이 좋을 것 같네요. 거의 그랬거든요. 사실 당신은 예의와 경의, 지나친 친절 같은 것이 지겨웠던 거예요. 늘 당신에게 잘 보이려고 애쓰는 사람들에게 신물이 났던 거죠. 전 그런 사람들과 달라서 당신에게 자극적이고 흥미를 유발시켰을 지도 모를 일이구요. 당신이 상냥하지 않았다면 아마도 나를 미워했을 거예요. 그러나 아무리 감추려고 해도 당신의 기분은 늘 고상하고 정당했어요. 어때요, 맞나요? 지금까지의 정황으로 봐서는 이치에 맞는 설명이라고 생각해요. 확실히 당신은 아직까지 저의 장점을 몰라요. 누구나 사랑에 빠지면 그런 것까지는 생각을 못하는 법이죠."

"제인이 네더필드에서 병이 났을 때, 당신의 애정 어린 태도에는 좋은 점이 하나도 없었던 걸까요?"

"아, 제인 언니라면! 제인 언니를 위해서라면 그 정도 못할 사람이 누가 있겠어요? 하지만 그것은 미덕이에요. 당신은 저의 장점을 지켜 주시고 가능하면 추켜 주도록 하세요. 대신 자주 당신을 성가시게 하고 말다툼 할 기회를 만드는 것은 제가 맡을게요. 단도직입적으로 말할게요, 왜 결국에는 이렇게 될 것을 그토록 싫어했던 거죠? 맨 처음 찾아왔을 때도 그렇고, 나중에 식사하러 왔을 때도 그렇고 자꾸만 나를 피했잖아요? 특히 우리 집에 왔을 때는 나 같은 사람은 안중에도 없다는 식이었잖아요."

"당신이 늘 엄숙하게 침묵만 지키고 있어서 용기가 나지 않았던 겁니다."

"그렇지만 나도 나름대로 곤란해서 그랬던 거예요."

"내 경우도 마찬가지였습니다."

"식사하러 오셨을 때는 좀 더 얘기할 수도 있었잖아요."

"감정이 메말랐다면 그럴 수도 있었겠지요."

"당신은 이치에 맞는 대답만 하시고 나는 이성으로 그것을 인정하게 되니 참 불행한 일이네요! 그렇지만 당신을 그대로 내버려두었더라면 언제까지나 그 상태로 있었을 거예요! 내가 먼저 묻지 않았다면 언제까지 침묵할 작정이었나요? 확실히 리디아에게 베푼 친절에 대해 감사했던 것이 효과가 있었어요. 지나치다고 생각할 만큼 말이죠. 그 얘기는 하지 말았어야 하지만, 그러한 약속을 깬 것이 오히려 우리에게 행복을 가져다주었으니 도덕이 설 자리가 없겠네요. 이러면 안 되는데 말이에요."

"괴로워하지 마세요. 도덕이란 언제나 완벽한 것이니까요. 우리 사이를 갈라놓으려던 캐서린 부인의 도리에 어긋나는 노력은, 나의 의문을 깨끗이 풀어버리는데 도움이 됐습니다. 현재 내가 행복하다고 말하는 것은 당신이 그것을 원해서가 아닙니다. 나는 당신이 먼저 말해주기를 기대하지 않았습니다. 이모님이 가지고 오신 소식이 희망을 주었기 때문에 나는 모든 일을 알아보겠다고 결심했던 것이죠."

"캐서린 부인께서 많은 도움이 되셨는데 그분 자신께서도 매우 만족하시고 계시겠지요. 그런 것을 좋아하는 분이니까. 그렇지만 네더필드까지 왜 왔었는지 말해주세요. 겨우 롱본까지 말을 타고 와서 당황해 하려고 오신 건가요? 아니면 그보다 더 중요한 일을 위해서였나요?"

"사실 나는 당신을 만나기 위해서 온 거였어요. 당신에게서 사랑을 기대할 수 있는지 판단해 보려고 말이지요. 그리고 공공연하게 말할 수 있는 또 다른 목적은 제인이 빙리를 여전히 사랑하고 있는지 알아보는 거였습니다. 그리고 만약 그렇다면 빙리에게 알려 줄 참이었지요. 이미 그렇게 했듯이 말입니다."

"캐서린 부인께 무슨 일이 일어나게 될지 말씀드릴 용기가 있으세요?"

"내게는 용기가 아니라 시간이 없다고 하는 편이 낫겠습니다. 그렇지만 반드시 해야 할 일입니다. 종이 한 장만 주세요. 편지로 간단하게 처리할 테니까요."

"나도 편지 쓸 것이 없다면, 어떤 젊은 여자가 그랬던 것처럼 옆에 앉아서 당신의 글씨를 칭찬해 주고 싶어요. 하지만 나도 더 이상 등한시해서는 안 될 외숙모님이 계세요."

엘리자베스는 가드너 부인이 보내 온 장문의 편지에 아직 답장을 못하고 있었다. 그 이유는 자신과 다아시의 친분이 과대평가 되어 온 것을 고백하기가 싫었기 때문이었다.

그러나 현재로서는 축하받을 일이었기 때문에, 이번 일을 알려주지 않을 수가 없었다. 그녀는 외삼촌 내외가 3일씩이나 반가운 소식을 모르고 있다는 것을 생각하자, 미안한 생각이 들었다. 엘리자베스는 다음과 같은 편지를 썼다.

　외숙모님, 여러 가지 문제에 대해 자상한 편지를 보내주셨는데도 고맙다는 인사를 못 드려서 죄송합니다. 사실 저는 난처한 기분에 도저히 편지를 쓸 수가 없었어요. 외숙모님께서 사실 그 이상으로 상상하고 계셨기 때문입니다. 그렇지만 이제는 마음껏 상상하셔도 돼요. 공상의 활개를 펴시고 이 주제에 맞는 상상의 나래를 펼치셔도 좋아요. 제가 벌써 결혼했다고 생각하지만 않으시다면 아무렇게나 생각하셔도 별로 틀릴 것은 없을 것 같네요. 빠른 기일 내에 다시 한 번 편지 주세요. 그리고 지난번보다도 더 많이 그분을 칭찬 해주세요.

　호수지방으로 가지 않게 된 것에 대해서는 거듭 감사를 드립니다. 그곳에 가고 싶다고 생각한 것이 얼마나 바보스런 생각이었는지 모르겠어요! 망아지가 끄는 사륜마차를 타고 장원을 돌아보자는 말씀은 재미있는 생각이세요. 우리 매일같이 장원을 돌아다니기로 해요. 저는 세상에서 제일 행복한 사람입니다. 전에도 그런 말을 한 사람들이 많았지만 저만큼은 아닐 거라고 믿어요. 제인보다도 전 행복해요. 언니는 미소를 짓겠지만, 전 큰소리로 웃고 있어요. 다아시 씨가 저에게 베풀지 않아도 될 사랑은 모두 외숙모님께 보내드리고 싶대요. 성탄절에는 외숙모님 가족 모두 펨벌리로 와 주세요. 그럼 이만 줄일게요.

　캐서린 부인 앞으로 보낸 다아시의 편지는 엘리자베스의 편지와는 완전히 달랐다. 그러나 그 두 사람의 편지와 또 다른 것은 베넷 씨가 콜린스에게 쓴 회답이었다.

　삼가 다시 한 번 축하를 받기 위해 폐를 끼치게 되었습니다. 내 딸 엘리자베스가 곧 다아시 씨의 부인이 될 것입니다. 당신이 캐서린 부인을 위로해 드리시기 바랍니다. 그러나 내가 당신이라면 조카인 다아시 씨 편을 들겠습니다. 어느 면으로 보나 매우 출중한 사람이니까요. 그럼 이만.

곧 있을 오빠의 결혼에 대한 빙리 양의 축하편지는 애정이 담겨있긴 했지만 성의가 없었다. 그녀는 제인에게도 똑같이 편지를 보내서 결혼 축하에 대해 기쁨을 표시했다. 제인은 그대로 믿지는 않았지만 감동을 받았고, 그녀에게 어떤 기대도 없었지만 분에 넘칠 만큼의 친절한 답장을 보내주었다.

결혼 소식을 듣고 보내온 다아시 양의 편지는, 자신의 오빠 못지않게 기쁨의 감정이 담뿍 담겨 있었다. 자신의 기쁨과 올케에게서 사랑받고 싶은 마음을 모두 옮기기에는 편지지 네 장도 모자랄 지경이었다.

콜린스 씨의 회신과 엘리자베스의 결혼을 축하하는 샬롯의 축하 편지가 도착하기 전에, 롱본의 가족들은 콜린스 부부가 루커스 경 댁에 와 있다는 소문을 들었다. 이렇게 급하게 오게 된 이유는 곧 밝혀졌다.

캐서린 부인이 조카의 편지를 받고 무척 화를 냈기 때문에, 샬롯은 속으로 엘리자베스와 다아시의 결혼을 기뻐하면서도 그 여파가 잠잠해 질 때까지 피신해 있고 싶었던 것이다. 엘리자베스는 이럴 때 친구가 오게 된 것이 너무 기뻤다. 그러나 몇 번 만나면서 콜린스 부부가 눈에 띄게 다아시에게 아부하는 듯한 태도를 보여서, 엘리자베스는 친구를 만나는 기쁨이 쉽지 않게 얻어지는 거라고 생각했다. 그러나 다아시는 감탄할 만큼 침착하게 이를 참아냈다.

그는 윌리엄 루커스 경의 말조차도 가만히 듣고만 있었다. 루커스 경은 자신이 이 지방에서 가장 빛나는 보석을 가져가게 되었다고 인사치레를 한 다음, 세인트 제임스 궁전에서 자주 만나 뵙고 싶다고 말했다. 다아시는 윌리엄 루커스 경이 사라지고 난 후에야 비로소 어깨를 으쓱해 보였다.

필립스 부인의 저속한 태도는 다아시의 인내력을 시험할 정도였다. 필립스 부인은 언니와 마찬가지로 그를 대단히 어려워했다. 명랑한 빙리와는 친하게 이야기를 나누었지만, 다아시와는 그렇게 할 수 없었다. 그녀는 다아시에 대한 존경심으로 다소 조용하기는 했지만, 품위 있어 보이지는 않았다. 엘리자베스는 다아시가 그 두 사람에게 시선을 주지 않고 될 수 있으면 자신 쪽으로 주의를 끌도록 애를 썼다.

이런 상황에서 유발되는 불쾌한 감정은 사랑을 표현할 때 방해가 되긴 했지만, 그로 인해 앞날에 대한 희망을 갖는 데는 도움이 되기도 했다. 그녀는 달갑지 않은 사람들과 떨어져 펨벌리의 편안하고 우아한 가족모임을 하게 될 날을 즐거운 심정으로 고대했다.

19

가장 소중하게 여겼던 두 딸의 결혼식 날, 베넷 부인은 어머니로서의 섭섭함 보다 행복한 마음이 앞섰다. 결혼 후, 베넷 부인이 첫 딸인 빙리 부인을 찾을 때마다 얼마나 자랑스럽게 생각했는지, 둘째 딸인 다아시 부인에 대한 이야기를 할 때는 얼마나 만족스럽고 기쁨에 차 있었는지 짐작이 가고도 남을 것이다. 작가로서의 나는 그녀가 딸을 시집보내려는 간절한 소망을 이루었기 때문에, 한결 지각 있고 상냥하며 교양 있는 부인으로 변화되었고 결과가 행복했다고 말하고 싶다.

　물론 그처럼 특이하게 행복을 추구하던 아내의 사고방식과는 전혀 취향이 다른 베넷 씨의 입장에서는, 아내가 가끔 신경질을 부리고 여전히 어리석은 편이 행복했을지도 모르겠지만 말이다.

　베넷 씨는 둘째딸이 없어지자 몹시 허전해 했다. 그는 엘리자베스가 보고 싶을 때마다 가끔 집을 떠나곤 했다. 그리고 펨벌리에 가는 것을 낙으로 삼았는데, 아무도 예기치 못했던 때에 찾아오곤 했다.

　빙리와 제인은 네더필드에서 겨우 1년밖에 머물지 않았다. 제인의 착하고 따뜻한 성품으로도 친정 식구들이 가까이서 지낸다는 사실은 바람직하지 않았기 때문이었다. 빙리는 여동생의 소원대로 더비셔 근처에 땅을 샀다. 제인과 엘리자베스는 모든 행복의 조건을 다 갖추고 서로 30마일 떨어진 곳에서 살게 되었다.

　키티가 대부분의 시간을 두 언니들과 보낼 수 있었던 것은, 실질적으로 자신에게 유익했기 때문이다. 그녀는 지금까지 알아 왔던 것과 달리 수준 높은 사교계에 나오게 되자 매우 빠르게 발전했다. 리디아만큼 충동적인 성격도 아닌데다가 그녀의 영향을 받을 필요가 없었던 키티는 적당한 관심과 감독을 받게 되자 신경질도 줄어들었고 다소 예리해졌으며 점점 세련되어 갔다. 리디아와 접촉하여 좋지 않은 영향을 받을까봐 행동이 자유롭지 않았던 것은 물론이다. 가끔 위컴 부인인 리디아가 젊은 남자들을 부르고 무도회를 개최한다고 초청을 해도 베넷 씨는 절대로 보내지 않았다.

　집에 남은 딸이라고 메리뿐이었다. 베넷 부인은 혼자 있는 성격이 아니어서 딸을 곧잘 불러냈다. 메리는 전과 달리 어머니가 아침마다 찾아와 제대로 취미생활을 할 수가 없었을 뿐 아니라 사람들과 어울리지 않을 수 없었다. 베넷 씨는 메리가 더 이상 언니들과 자신의 아름다움을 비교당하는 것을 고민할 필요가 없어져서, 기꺼이 이러한 변화에 순응하는 것이 아닐까 생각했다. 위컴과 리디아 두 사람의 성격은 언니들이 결혼했음에도 크게 달라진 것이 없었다. 위컴은 엘리자베스가 전에 몰랐던 자기의 배은망덕한 행동을 모두 알고 있을 거라고 믿었다. 그러나 다아시를 설득해서 자기를 도와주기만 한다면 한 밑천 잡을 수 있을 거라는 희망을 버리지 않았다. 엘리자베스가 결혼했을 때 리디아가 보낸 축하 편지를 보면, 위컴 본인은 그런 생각이 없었다고 해도 리디아는 그런 희망을 품고 있다는 것을 분명히 알 수 있었다. 편지는 이런 내용이었다.

사랑하는 리지 언니.

결혼을 축하해. 내가 우리 남편을 사랑하는 반만큼이라도 언니가 형부를 사랑한다면 정말 행복해질 수 있을 거야. 언니가 그렇게 큰 부잣집으로 시집가게 되었다니 너무도 기뻐. 시간이 나면 우리 생각도 좀 해줘. 남편은 궁정에 있는 아무 자리나 취직하기를 원하고 있어. 우리는 남의 도움 없이 살 수가 없거든. 1년에 3, 4백 파운드 정도만 받을 수 있어도 좋을 거야. 만약 내키지 않거든 형부한테는 비밀로 해주기 바래.

엘리자베스로서는 남편에게 말하지 않는 것이 좋겠다고 판단했기 때문에, 그런 식의 요구나 기대는 일체하지 말라는 편지를 리디아에게 보냈다. 그러나 엘리자베스는 자신의 지출을 줄여가면서 할 수 있는 한도 내에서 돈을 만들어 리디아에게 보내주었다. 엘리자베스는 동생 내외가 무조건 허욕만 부리고 장래에 대한 준비를 하지 않는 것으로 봐서 먹고 살기도 힘들 거라는 것을 잘 알고 있었다. 두 사람이 숙소를 바꿀 때마다 제인이나 그녀, 둘 중의 누군가가 집세를 내달라는 청구를 받아야만 했다.

두 사람의 생활은 위컴이 제대하고 나서도 늘 불안정했다. 두 사람은 값싼 주택을 구하기 위해 여기저기 떠돌아다니면서도, 분에 넘치게 화려한 생활을 했다. 리디아에 대한 위컴의 애정은 곧 식고 말았다. 그러나 리디아는 그보다 좀 더 오래 갔다. 나이도 어렸지만 결혼한 여자로서 평판을 더럽히는 일만은 절대로 하려 하지 않았다.

다아시는 위컴을 펨벌리로 부른 적은 없었지만, 엘리자베스를 위해서 직장을 구하는 일에는 도움을 주었다. 리디아는 남편이 런던이나 바아드로 외출하고 나면 가끔씩 펨벌리를 찾곤 했다. 그러나 빙리의 집에는 두 사람이 함께 찾아와서 늦게까지 머물다 가곤해서, 때때로 마음 착한 빙리까지도 은근히 가주기를 바랄 정도였다.

빙리 양은 다아시의 결혼을 매우 애석하게 생각했지만, 펨벌리를 방문하는 권리를 지속시키는 것이 현명하다고 여겼기 때문에 모든 분노를 잊기로 했다. 그녀는 전보다 조지아나를 더 좋아하게 되었고, 전과 다름없이 다아시에게 배려를 했으며 엘리자베스에게는 전에는 갖추지 않던 예의까지 갖추었다.

이제 펨벌리는 조지아나의 집이 되었다. 시누이와 올케 사이는 다아시가 원하던 대로 친밀해졌으며 서로를 사랑했다. 조지아나는 엘리자베스를 세상에서 제일 높게 평가했다. 처음에는 올케가 오빠에게 너무 명랑하고 장난스럽게 대해서 놀랐던 것이 사실이었다. 자신에게 존경의 대상이었고, 애정과 존경심으로 대했던 오빠가 이제는 드러내 놓고 농담을 할 수 있는 대상이 되었던 것이다. 엘리자베스의 행동을 보면서 그녀는 지금까지 생각지도 못했던 것들을 알게 되었다. 오빠가 열 살이나 어린 여동생에게는 함부로 행동하는 것을 허용하지 않지만, 남편으로서는 아내에게 그런 행동을 허용한다는 것을 이해했던 것이다.

한편 캐서린 부인은 조카의 결혼에 대해 대단히 분개하고 있었다. 결혼이 확정되었다는 사실을 써서 보낸 편지의 답장에는 자신의 성질을 이기지 못하고 무척이나 심한 욕을 해댔다. 특히 엘리자베스에 대한 욕이었기 때문에 얼마간은 모든 교류가 끊어지고 말았다. 결국 엘리자베스가 그런 모욕을 감수하고 다아시를 설득하여 화해를 구해야 했다.

이모인 캐서린 부인 쪽에서는 화해를 완강하게 거부했다. 그러나 조카에 대한 애정과 엘리자베스가 어떻게 처신하고 있는지 보고 싶은 호기심 때문에, 곧 화가 풀려서 고맙게도 펨벌리로 그들을 보러 왔다. 엘리자베스의 존재가 아니어도 외삼촌 내외인 가드너 부부가 이미 다녀가서 숲이 더럽혀졌음에도 불구하고 말이다.

두 사람은 가드너 부부와 언제나 친하게 지냈다. 특히 다아시는 엘리자베스를 더비셔까지 데리고 옴으로써 두 사람의 인연을 맺게 해준 사람들에 대해 깊은 감사의 마음을 표시했다.